Gloucester

St. John

Lordsborough

Longmede

Mudeford

Portsmouth

Combe

Cherburgo

LAS TINIEBLAS Y EL ALBA

KEN FOLLETT

LAS TINIEBLAS Y EL ALBA

Traducción de ANUVELA

PLAZA JANÉS

Papel certificado por el Forest Stewardship Council®

Título original: *The Evening and the Morning*

Primera edición: septiembre de 2020

© 2020, Ken Follett
© 2020, Penguin Random House Grupo Editorial, S. A. U.
Travessera de Gràcia, 47-49. 08021 Barcelona
© 2020, ANUVELA (Ana Alcaina Pérez, Verónica Canales Medina, Laura Manero Jiménez,
Laura Martín de Dios y Laura Rins Calahorra), por la traducción
Diseño del mapa: Daren Cook

Printed in Spain – Impreso en España

ISBN: 978-84-010-2287-6
Depósito legal: B-8.037-2020

Compuesto en La Nueva Edimac, S. L.

Impreso en Liberdúplex
Sant Llorenç d'Hortons (Barcelona)

L 0 2 2 8 7 A

Penguin
Random House
Grupo Editorial

In memoriam,
E. F.

Con el ocaso del Imperio romano, Britania entró en un período de decadencia y retroceso. A medida que las villas romanas iban desmoronándose, la población construía viviendas de madera de una sola habitación, sin chimeneas. La producción de la cerámica romana —importante para la conservación de los alimentos— se perdió en su mayor parte. La alfabetización sufrió un fuerte declive.

En ocasiones se hace alusión a este período histórico como la Edad Oscura, y apenas se produjeron avances de ninguna clase en quinientos años.

Entonces, por fin, las cosas empezaron a cambiar…

PRIMERA PARTE

La boda

997 d.C.

1

Jueves, 17 de junio de 997

Edgar había descubierto que era muy difícil permanecer en vela durante toda una noche, aunque fuese la noche más importante de su vida.

Había extendido su capa sobre la estera de juncos del suelo y en ese momento yacía tumbado sobre ella, vestido con la túnica de lana de color pardo que le llegaba hasta las rodillas y que era lo único que llevaba en verano, día y noche. En invierno se arrebujaba con la capa y se acostaba junto al fuego, pero en esas fechas hacía calor: apenas quedaba una semana para el solsticio de verano, el día de San Juan.

Edgar siempre sabía qué día era. La mayoría de la gente tenía que preguntárselo a los clérigos, que eran quienes se ocupaban de los calendarios. El hermano mayor de Edgar, Erman, le había dicho en cierta ocasión: «¿Cómo es que sabes cuándo es el día de Pascua?», y él le había respondido: «Porque es el primer domingo tras la primera luna llena después del 21 de marzo, evidentemente». Añadir la apostilla de «evidentemente» había sido un error, porque Erman le había dado un puñetazo en el estómago, castigándolo por su sarcasmo. De eso hacía algunos años, cuando Edgar era pequeño. Ahora ya era mayor; cumpliría los dieciocho tres días después de la festividad de San Juan. Sus hermanos ya no le daban puñetazos.

Sacudió la cabeza. Aquellos pensamientos volátiles hacían que le entrara el sueño, y a punto estuvo de quedarse dormido, de modo que trató de ponerse lo más incómodo posible, apuntalándose sobre el puño para permanecer despierto.

Se preguntó cuánto tiempo más tendría que esperar aún.

Volvió la cabeza y miró alrededor, a la luz del fuego. Su casa era como casi todas las demás casas del pueblo de Combe: paredes hechas con tablones de madera de roble, una techumbre de paja y un suelo de tierra parcialmente cubierto con juncos de la ribera del río cercano. No había ventanas. En mitad del único espacio había un recuadro formado con piedras que rodeaba el hogar. Encima del fuego había un armazón de hierro triangular del que se podía colgar un puchero, y sus patas proyectaban sombras tentaculares sobre la parte inferior del techo. Por todas las paredes había clavijas de madera de las que colgaban prendas de ropa, utensilios de cocina y herramientas para la construcción de barcos.

Edgar no estaba seguro de cuánto tiempo había pasado, porque se había quedado adormilado, quizá más de una vez. Un rato antes había escuchado los ruidos propios del pueblo preparándose para la noche: las voces de un par de borrachos canturreando una tonada obscena, las amargas acusaciones de una disputa conyugal en una casa vecina, un portazo, los ladridos de un perro y, en algún lugar próximo, los sollozos de una mujer. Sin embargo, en ese momento no se oía más que la suave canción de cuna que entonaban las olas en una resguardada playa. Miró hacia la puerta, buscando alguna reveladora rendija de luz en sus bordes, pero solo vio oscuridad. Eso significaba que o bien la luna ya se había ocultado —por lo que era noche cerrada—, o bien el cielo estaba nublado, lo cual no le serviría de nada.

El resto de los miembros de su familia estaban desperdigados por la habitación, acostados cerca de las paredes, donde se respiraba menos humo. Padre y madre dormían dándose la espalda. A veces se despertaban en plena noche y se abrazaban, se hablaban en susurros y se movían al unísono, hasta que se separaban de pronto, jadeando; sin embargo, en ese instante se hallaban profundamente dormidos, acompañados por los ronquidos de padre. Erman, el hermano mayor, de veinte años, estaba tumbado cerca de Edgar, y Eadbald, el mediano, en el rincón. Edgar oía su respiración apacible y regular.

Por fin oyó el tañido de la campana de la iglesia.

Había un monasterio en las afueras del pueblo. Los monjes habían ideado un método para calcular las horas de noche: fabricaban velas graduadas que señalaban el tiempo a medida que iban consumiéndose. Una hora antes del alba, tocaban la campana y luego se levantaban para rezar el oficio de maitines.

Edgar permaneció inmóvil; puede que el sonido de la campana hubiese despertado a su madre, que tenía el sueño muy ligero. Dio tiempo a que esta volviera a sumirse en un profundo sueño y entonces Edgar se levantó.

Con gran sigilo, recogió del suelo su capa, sus zapatos y su cinto, donde llevaba envainado su puñal. Atravesó la estancia descalzo, esquivando el escaso mobiliario: una mesa, dos taburetes y un banco. La puerta se abrió sin hacer ruido, pues Edgar había engrasado las bisagras de madera el día anterior con una generosa cantidad de sebo de oveja.

Si algún miembro de su familia se despertaba en ese instante y le preguntaba qué hacía, le diría que iba afuera a orinar, rezando para que no se fijase en que llevaba los zapatos en la mano.

Eadbald soltó un gruñido y Edgar se quedó inmóvil. ¿Se habría despertado su hermano o simplemente había emitido aquel ruido en sueños? Imposible saberlo, pero Eadbald era el más pasivo de los tres, siempre reacio a crear conflictos, al igual que su madre. No armaría ningún alboroto.

Edgar salió de la casa y cerró la puerta a su espalda con sumo cuidado.

La luna había desaparecido, pero el cielo estaba sereno y la playa, cuajada de estrellas. Entre la casa y la marca de la pleamar había un pequeño astillero. Padre era constructor de barcos, y sus tres hijos trabajaban con él. Era un buen profesional y un mal comerciante, por lo que madre se encargaba de todas las decisiones relativas al dinero, en especial el difícil cálculo de saber qué precio pedir por algo tan complejo como una embarcación o una nave. Si algún cliente trataba de regatear, su padre siempre estaba dispuesto a ceder, pero su madre lo obligaba a mantenerse firme y a no dar su brazo a torcer.

Edgar miró al astillero mientras se ataba los cordones de los zapatos y se ceñía el cinto. Solo había un barco en construcción en esos momentos, una pequeña embarcación de remo para remontar el río. Junto a ella se apilaba una abundante y valiosa cantidad de madera, los troncos partidos por la mitad y en cuartos, listos para que les dieran forma y los amoldaran a las partes de un barco. Una vez al mes aproximadamente, la familia al completo se adentraba en el bosque y talaba un roble maduro. Empezaban su padre y Edgar, descargando hachazos de forma alterna con hachas de mango largo y arrancando una precisa cuña del tronco. Luego descansaban mientras Erman y Eadbald tomaban el relevo. Cuando el árbol caía al fin al suelo, lo cortaban en partes más pequeñas y luego enviaban la madera flotando río abajo hasta Combe. Tenían que pagar, por supuesto, pues el bosque pertenecía a Wigelm, el barón o *thane*, a quienes la mayoría de los habitantes de Combe pagaban su terrazgo, y este exigía doce peniques de plata por cada árbol.

Amén de la pila de madera, en el astillero había también un barril de brea, un rollo de cuerda y una piedra de afilar. Todo el material estaba custodiado por un mastín sujeto a unas cadenas llamado Grendel, negro y con el hocico gris, demasiado viejo para hacer algún daño a los ladrones pero capaz aún de dar la voz de alarma con sus ladridos. En ese momento Grendel estaba tranquilo, observando a Edgar con indiferencia y con la cabeza apoyada en las patas delanteras. Edgar se arrodilló junto a él y lo acarició.

—Adiós, viejo amigo —murmuró, y Grendel meneó la cola sin levantarse.

En el astillero había asimismo un barco ya terminado, y Edgar lo consideraba como propio; lo había construido él mismo a partir de un diseño original, basado en un barco vikingo. Lo cierto era que Edgar nunca había visto a ningún vikingo —no habían atacado el pueblo de Combe desde que él había nacido—, pero hacía dos años, los restos de una nave naufragada habían llegado a la orilla de la playa, vacía y renegrida por el fuego, con el mascarón de proa en forma de dragón medio destrozado, seguramente a consecuencia de una batalla. Edgar permaneció extasiado ante su belleza mutilada: las esbeltas curvas, la proa alargada y serpenteante y la elegancia del casco. Se había quedado tremendamente impresionado por la enorme quilla que, en saledizo, recorría la longitud de la nave y que —tal como descubrió después de pensarlo detenidamente— procuraba la estabilidad que permitía a los vikingos atravesar los mares. La embarcación de Edgar era una versión más rudimentaria, con dos remos y una vela pequeña y cuadrangular.

Edgar se sabía poseedor de un talento especial; ya era mejor constructor de barcos que sus hermanos mayores, y no tardaría demasiado en superar en pericia a su propio padre. Tenía un don intuitivo para determinar el modo de encajar distintas formas para componer una estructura estable. Unos años antes había oído por casualidad a padre decirle a madre: «Erman aprende despacio y Eadbald aprende rápido, pero es como si Edgar ya me entendiese antes incluso de que las palabras salgan de mi boca». Era verdad; había hombres capaces de tomar en sus manos un instrumento musical que no habían tocado en su vida, una flauta o una lira, y arrancarle una melodía apenas minutos después. Edgar poseía esa clase de instinto para los barcos, y también para las casas. De pronto decía: «Esa barca va a escorar a estribor», o bien: «Ese tejado va a tener goteras», y, efectivamente, siempre llevaba razón.

En esos momentos estaba soltando el amarre de su barca para empujarla por la playa. El chirrido del casco al arrastrarse por la arena se vio amortiguado por el sonido de las olas al romper en la orilla.

Lo sobresaltó una risa femenina. Bajo la luz de las estrellas vio a una mujer desnuda tumbada en la arena, y a un hombre recostado encima de ella. Seguramente Edgar los conocía a ambos, pero no podía ver con claridad sus rostros y desvió la vista rápidamente, pues no quería reconocerlos. Supuso que los había sorprendido en un encuentro ilícito; la mujer parecía joven y el hombre tal vez estaba casado. Los curas predicaban en contra de semejantes lances, pero la gente no siempre seguía las reglas. Edgar hizo caso omiso de la pareja y empujó su barca en el agua.

Echó la vista atrás para mirar a su casa, sintiendo una punzada de remordimiento, preguntándose si volvería a verla algún día. Era el único hogar que podía recordar. Sabía, porque se lo habían contado, que había nacido en otra localidad, Exeter, donde su padre había trabajado para un maestro constructor de barcos. Luego, la familia se había trasladado, cuando Edgar era aún un niño de pecho, y había establecido su nuevo hogar en Combe, donde su padre había inaugurado su propio negocio con un pedido para una barca de remos. Sin embargo, Edgar no recordaba nada de eso; aquel era el único hogar que conocía, e iba a abandonarlo para siempre.

Tenía suerte de haber encontrado empleo en otro lugar: el negocio se había resentido tras los renovados ataques vikingos en el sur de Inglaterra, cuando Edgar tenía nueve años. Tanto el comercio como la pesca eran actividades peligrosas cuando los invasores merodeaban cerca. Solo los más valientes compraban barcos.

A la luz de las estrellas, vio que en aquel instante había tres barcos en el puerto: dos arenqueros y un barco mercante de bandera franca. Varadas sobre la arena había un puñado de embarcaciones menores, costeras y fluviales. Edgar había ayudado a construir uno de los arenqueros, pero recordaba la época en que siempre había una docena o más de barcos atracados en el puerto.

Percibió la fresca brisa del viento del sudoeste, el viento predominante. Su barca contaba con una vela, pequeña, pues eran muy costosas: una mujer tardaba cuatro años largos en terminar de coser una vela completa para un barco de gran calado. Pese a ello, no merecía la pena desplegarla para la breve travesía por la bahía. Se dispuso a remar, algo que le requería muy poco esfuerzo. Edgar era robusto y muy musculoso, como un herrero, al igual que su padre y hermanos. Toda la jornada, seis días a la semana, trabajaban con el hacha, la barrena y la azuela, dando forma a las tracas de roble que componían el casco de los barcos. Era un trabajo duro y fortalecía a los hombres.

Sintió una dicha inmensa. Había conseguido irse de Combe sin ser visto e iba a reunirse con la mujer que amaba. Las estrellas brillaban con fuerza, la playa relucía con un blanco resplandeciente y, cuando sus remos quebraban la superficie del agua, la espuma rizada era como la melena de su amada cayéndole en cascada sobre los hombros.

Se llamaba Sungifu, aunque solían llamarla con el diminutivo de Sunni, y era una mujer excepcional en todos los sentidos.

Edgar observó el paisaje de la costa del pueblo, compuesto en su mayor parte por los cobertizos de los mercaderes y los pescadores: la forja de un hojalatero que hacía piezas inoxidables para barcos; la amplia atarazana en la que un cordelero tejía sus cuerdas, y el inmenso horno de un peguero que horneaba los troncos de madera de pino para producir el pegajoso líquido con que los constructores de barcos empecinaban sus naves para impermeabilizarlas. El pueblo siempre parecía más grande desde el agua; era el hogar de varios centenares de habitantes, cuyo medio de vida, ya fuese de forma directa o indirecta, era el mar.

Miró a través de la bahía hacia su destino. En la oscuridad no habría podido ver a Sunni aunque hubiese estado ahí, cosa que sabía que era imposible, puesto que habían acordado reunirse al despuntar el alba; sin embargo, no podía evitar mirar con anhelo al lugar donde ella no tardaría en aparecer.

Sunni tenía veintiún años, tres más que Edgar. Había llamado su atención un buen día que el chico estaba en la playa admirando el pecio vikingo. La conocía de vista, por supuesto —allí en el pueblo conocía a todo el mundo—, pero nunca se había fijado especialmente en ella ni recordaba nada sobre su familia. «¿Es que has llegado arrastrado hasta aquí con los restos del naufragio?

—le había dicho ella—. Estabas tan quieto que te había tomado por un tablón de madera del barco naufragado.» Edgar se dio cuenta de que tenía que ser muy ingeniosa para que se le ocurriera decir tal cosa nada más verlo, que fuera eso lo primero que le había venido a la cabeza, y él le explicó lo que le fascinaba sobre la forma de la nave, seguro de que ella lo entendería. Estuvieron hablando una hora larga y él se enamoró de ella.

Luego Sunni le dijo que estaba casada, pero ya era demasiado tarde.

Su marido, Cyneric, tenía treinta años. Ella contaba catorce cuando se casó con él. Poseía un pequeño rebaño de vacas lecheras, y Sunni se encargaba de la vaquería. Era muy lista y ganaba mucho dinero para su marido. No tenían hijos.

Edgar había descubierto enseguida que Sunni odiaba a Cyneric. Cada noche, tras ordeñar a las vacas, él salía a una taberna llamada The Sailors y se emborrachaba. Mientras estaba ahí, Sunni podía escaparse al bosque y encontrarse con Edgar.

De ahora en adelante, en cambio, no tendrían que volver a esconderse nunca más. Ese día iban a escapar juntos o, para ser más precisos, iban a zarpar juntos. Edgar contaba con una oferta de empleo y con una casa en una aldea de pescadores a ochenta kilómetros de distancia, en la costa. Había tenido suerte de encontrar a un constructor de barcos que estuviese buscando gente. Edgar no tenía dinero; nunca tenía dinero. Madre decía que no le hacía ninguna falta, pero sus herramientas estaban en un armario en el interior de la barca. Empezarían una nueva vida.

En cuanto se diesen cuenta de que se habían ido, Cyneric se consideraría libre para casarse de nuevo, pues una esposa que se marchaba con otro hombre equivalía, en la práctica, a un divorcio: puede que a la Iglesia no le gustase, pero esa era la costumbre. Al cabo de unas semanas, dijo Sunni, Cyneric iría al campo y encontraría alguna familia pobre y desesperada con una hermosa hija de catorce años. Edgar se preguntó para qué querría aquel hombre una esposa: según Sunni, mostraba más bien un interés escaso por el sexo. «Quiere tener a alguien a quien dar órdenes y manejar a su antojo —le había dicho ella—. Mi problema fue que me hice mayor y empecé a odiarlo y a despreciarlo.»

Cyneric no saldría tras ellos, aunque averiguase dónde estaban, cosa poco probable, al menos por algún tiempo. «Y si nos equivocamos y Cyneric nos encuentra, le daré una paliza de muerte», había dicho Edgar. Por la expresión de Sunni, supo que a esta le parecía una amenaza estéril y estúpida, y él sabía que llevaba razón. A continuación, precipitadamente, añadió: «Pero lo más probable es que no lleguemos a ese extremo».

Alcanzó el lado opuesto de la bahía y luego atracó la barca en la playa y la amarró a una roca.

Oyó los cánticos de los monjes y sus oraciones. El monasterio estaba muy cerca, y la casa de Cyneric y Sunni, a unos pocos cientos de metros de este.

Se sentó en la arena, contemplando la oscuridad del mar y el cielo nocturno, pensando en Sunni. ¿Lograría escabullirse con la misma facilidad que él? ¿Y si Cyneric se despertaba y le impedía que se fuera? Tal vez habría una pelea; ella podía resultar herida. De pronto estuvo tentado de cambiar el plan, de irse de aquella playa y dirigirse a su casa a buscarla.

Reprimió aquel deseo con no poco esfuerzo. Ella se las apañaría mejor sola. Cyneric estaría durmiendo la mona y Sunni se levantaría con movimiento felino. Había planeado irse a la cama llevando al cuello su única joya, un medallón circular de plata con intrincados grabados colgado de un cordón de cuero. Llevaría aguja e hilo en su faltriquera, así como la diadema bordada de hilo que lucía en ocasiones especiales. Como Edgar, podía estar fuera de la casa en escasos y sigilosos segundos.

No tardaría en aparecer allí, con los ojos chispeantes de nervios y entusiasmo, su cuerpo ágil más que dispuesto para la aventura. Se abrazarían con fuerza y se besarían apasionadamente; luego ella se subiría a la barca, él la apartaría de la orilla y la empujaría con el remo hacia el agua y hacia la libertad. Remaría un poco más, mar adentro, y luego volvería a besarla, pensó. ¿Cuánto tiempo pasaría hasta que pudieran hacer el amor? Ella estaría igual de impaciente que él. Edgar remaría hasta rodear el cabo, arrojaría la piedra atada con la cuerda que utilizaba como ancla y podrían tumbarse en la cubierta, bajo la bancada; sería un poco embarazoso, pero ¿qué importaba eso? La barca se mecería con suavidad sobre las olas y sentirían la calidez del sol naciente sobre su piel desnuda.

Aunque tal vez fuese más prudente y sensato desplegar la vela y poner más distancia entre ellos y el pueblo antes de arriesgarse a que los detuviesen. Él pretendía estar bien lejos de allí para cuando fuese pleno día. Le costaría mucho resistirse a la tentación teniéndola tan cerca, viendo cómo lo miraba y le sonreía con cara de felicidad, pero era más importante asegurar el futuro de ambos.

Habían decidido que, cuando llegaran a su nuevo hogar, dirían que ya estaban casados. Hasta entonces nunca habían pasado una noche en la cama, pero a partir de ese día cenarían juntos todas las tardes, pasarían todas las noches en brazos del otro y se sonreirían con aire cómplice al despertar a la mañana siguiente.

Vio un destello de luz en el horizonte. Estaba a punto de amanecer. Sunni llegaría de un momento a otro.

Solo sentía tristeza al pensar en su familia. Podía vivir muy feliz sin sus hermanos, que aún lo trataban como a un crío estúpido y hacían como si no se hubiese hecho mayor y más listo que cualquiera de los otros dos. Echaría de menos a su padre, quien durante toda su vida le había dicho cosas que no olvidaría jamás, cosas tales como: «No importa lo bien que ensambles dos tablones, el ensamblaje siempre es la parte más débil». Además, la idea de abandonar a su madre hacía que se le saltasen las lágrimas. Era una mujer fuerte; cuando las cosas iban mal, no perdía tiempo lamentándose de su destino, sino que se arremangaba inmediatamente para tratar de solucionarlas. Hacía tres años, su padre había caído enfermo con unas fiebres y había estado a punto de morir, y su madre se había hecho cargo del astillero —dándoles órdenes a los tres chicos, cobrando deudas, asegurándose de que los clientes no cancelasen los pedidos— hasta que su padre se recuperó.

Era una líder, y no solo de la familia. Su padre era uno de los doce miembros del consejo de jefes de Combe, pero era su madre quien había encabezado las protestas de la población contra Wigelm, el *thane* o barón de las tierras, cuando este había decidido incrementar las rentas de los habitantes del pueblo.

La idea de marcharse habría sido insoportable de no haber sido por la maravillosa perspectiva de un futuro con Sunni.

Bajo la exigua luz, Edgar vio algo extraño en el agua. Tenía un sentido de la vista magnífico, y estaba acostumbrado a divisar barcos a lo lejos desde mucha distancia, distinguiendo la forma de un casco de la de una ola de gran altura o una nube baja, pero en ese momento no estaba seguro de qué era lo que estaba viendo. Aguzó el oído para tratar de percibir algún sonido, pero lo único que oyó fue el ruido de las olas en la playa, justo delante de él.

El corazón le latió con fuerza cuando, al cabo de unos segundos, creyó ver la cabeza de un monstruo, y sintió un escalofrío de miedo. Recortadas contra el leve resplandor del cielo, le pareció ver unas orejas puntiagudas, unas fauces gigantescas y un cuello alargado.

Al cabo de un momento se dio cuenta de que estaba viendo algo peor que un monstruo: era un barco vikingo, con la cabeza de un dragón en el extremo de su proa curva y prolongada.

Otro barco se materializó ante sus ojos, y luego un tercero, y un cuarto. Las velas estaban henchidas y tensas por el vigoroso viento del sudoeste, y las ligeras naves se desplazaban con rapidez vertiginosa, deslizándose sobre las olas. Edgar se levantó de un salto.

Los vikingos eran ladrones, violadores y asesinos. Atacaban en la costa y también remontando los ríos; prendían fuego a pueblos enteros, robaban todo lo que pudiesen llevar consigo y mataban a todos salvo a mujeres y a hombres jóvenes, a quienes hacían prisioneros para venderlos como esclavos.

Edgar vaciló unos instantes.

En ese momento veía diez barcos, lo cual significaba que había al menos quinientos vikingos.

¿Estaba seguro de que eran barcos vikingos? Al fin y al cabo otros constructores habían hecho suyas sus innovaciones y copiado sus diseños, como el propio Edgar, pero sabía distinguir la diferencia: había una amenaza velada en los barcos escandinavos que ningún imitador había logrado reproducir.

Además, ¿quién sino ellos podría estar acercándose a la costa, en semejante número y al amanecer? No, no había ninguna duda.

Estaba a punto de desatarse un infierno sobre Combe.

Tenía que alertar a Sunni; si conseguía llegar hasta ella a tiempo, tal vez aún podrían escapar.

No sin remordimiento, reparó en que su primer pensamiento había sido para ella, en lugar de para su familia. Debía alertarlos a ellos también, pero estaban en el extremo opuesto del pueblo. Iría a buscar a Sunni primero.

Se volvió y echó a correr por la playa, examinando el camino para sortear posibles obstáculos ocultos. Al cabo de un minuto se detuvo y miró a la bahía; se quedó horrorizado al comprobar el rápido avance de los vikingos. Se veían las llamaradas de las antorchas acercándose velozmente, algunas reflejándose en la superficie cambiante del mar, y otras, al parecer, avanzando por la arena. ¡Ya estaban pisando tierra!

Sin embargo, no hacían ningún ruido. Edgar aún oía los rezos de los monjes, completamente ajenos al destino que se cernía sobre ellos. Debería alertarlos a ellos también… ¡pero no podía avisar a todo el mundo!

O tal vez sí. Al observar la silueta de la torre de la iglesia de los monjes recortada en el cielo del alba, vio un modo de alertar a Sunni, a su familia, a los monjes y al pueblo entero.

Se desvió hacia el monasterio. Una valla de escasa altura surgió de entre la oscuridad y Edgar saltó por encima de ella sin aminorar el ritmo. Aterrizó al otro lado, se tropezó, recobró el equilibrio y siguió corriendo.

Llegó a la puerta de la iglesia y miró por encima del hombro. El monasterio se alzaba sobre un discreto promontorio, y desde allí se divisaba la totalidad del pueblo y la bahía. Centenares de vikingos estaban abriéndose paso por la orilla para alcanzar la playa y encaminarse hacia el pueblo. Edgar vio arder en llamas un tejado de paja crepitante y reseca por el verano, y luego otro, y otro más. Conocía todas las casas del pueblo y a sus dueños, pero, bajo la escasa luz, no sabía cuál era cuál, y se preguntó con amargura si su propia casa estaría ya ardiendo.

Abrió de golpe la puerta de la iglesia. La nave central estaba iluminada por la titilante luz de las velas. Se produjo una oscilación en los cánticos de los monjes cuando algunos de ellos lo vieron correr a la base de la torre. Vio la cuerda, la sujetó con ambas manos y tiró de ella hacia abajo, pero, para su consternación, la campana no emitió ningún sonido.

Uno de los monjes se apartó del grupo y se dirigió con paso decidido hacia él. La coronilla rasurada de su cabeza estaba rodeada de rizos blancos, y Edgar reconoció al prior Ulfric.

—Sal de aquí, insensato —dijo el prior con indignación.

Edgar no podía pararse a dar explicaciones.

—¡Tengo que tocar la campana! —exclamó con desesperación—. ¿Qué le pasa?

El oficio divino se había interrumpido y todos los monjes estaban observándolo. Se les acercó otro monje, el cocinero, Maerwynn, un hombre más joven y no tan pretencioso como Ulfric.

—¿Qué pasa, Edgar? —preguntó.

—¡Vienen los vikingos! —gritó el muchacho, y volvió a tirar de la cuerda. Nunca había intentado tocar una campana de iglesia, y su peso le sorprendió.

—¡Oh, no! —exclamó el prior Ulfric. Su expresión pasó de la censura al miedo—. ¡Que el Señor nos asista!

—¿Estás seguro, Edgar? —dijo Maerwynn.

—¡Los he visto desde la playa!

Maerwynn corrió a la puerta y se asomó fuera. A su regreso, estaba muy pálido.

—Es verdad —dijo.

—¡Corred todos! —gritó Ulfric.

—¡Esperad! —dijo Maerwynn—. Edgar, sigue tirando de la cuerda. Hay que dar varios tirones para que empiece a sonar. Levanta los pies del suelo y cuélgate de ella. Los demás, tenemos unos pocos minutos antes de que lleguen; coged lo que podáis antes de huir: primero los relicarios con los restos de los santos, luego los objetos con joyas y piedras preciosas, luego los libros, y luego… corred hacia el bosque.

Sin soltar la cuerda, Edgar despegó su cuerpo del suelo y al cabo de un momento oyó el estruendo de la inmensa campana.

Ulfric cogió un crucifijo de plata y salió corriendo, y los otros monjes siguieron su ejemplo, algunos cogiendo con calma objetos de gran valor y otros gritando presas del pánico.

La campana empezó a oscilar y su tañido sonó repetidas veces. Edgar tiraba de la cuerda con gran ímpetu, utilizando todo el peso de su cuerpo. Quería que todo el mundo supiese al instante que no se trataba de una simple llamada a maitines para los monjes soñolientos, sino una voz de alarma dirigida al pueblo entero.

Al cabo de un minuto supo con seguridad que ya había hecho suficiente. Dejó la cuerda colgando y salió de la iglesia a todo correr.

El olor acre a paja quemada le escocía en los orificios nasales: el viento vivaz del sudoeste estaba propagando las llamas a una velocidad pavorosa. Al mismo tiempo, el día empezaba a clarear. En el pueblo la gente salía corriendo de sus casas con sus niños pequeños en brazos, sujetando a sus hijos y cualquier cosa valiosa para ellos, ya fuesen herramientas, gallinas y bolsas de cuero con monedas. Los más rápidos ya estaban atravesando los campos en dirección al bosque, y Edgar pensó que algunos lograrían escapar gracias a esa campana.

Fue contracorriente, esquivando a amigos y vecinos, en dirección a la casa de Sunni. Vio al panadero, quien sin duda habría estado temprano al pie de su horno: ahora salía corriendo de su casa con un saco de harina a la espalda. La taberna llamada The Sailors todavía estaba tranquila, sus ocupantes lentos en levantarse aun después de la alarma. Wyn el orfebre pasó por su lado a caballo, con un cofre atado a la espalda; el caballo galopaba presa del pánico y el hombre se aferraba a su cuello con desesperación. Un esclavo llamado Griff pasó cargado con una anciana, su ama. Edgar examinó todos los rostros que pasaban por su lado, por si el de Sunni estaba entre ellos, pero no la vio.

Entonces se topó con los vikingos.

La vanguardia de la fuerza estaba formada por una docena de hombretones y dos mujeres de aspecto terrorífico, todos vestidos con jubones de cuero y armados con lanzas y hachas. Edgar vio que no llevaban casco, y a medida que el miedo se agolpaba en su garganta como si fuera vómito, reparó en que no necesitaban protegerse de los débiles habitantes del pueblo. Algunos ya acarreaban su botín: una espada con la empuñadura engastada con piedras preciosas, fabricada sin duda para ser exhibida más que para librar batallas; una bolsa con dinero; un manto de pieles; una lujosa silla de montar con arneses de bronce dorado. Uno de ellos llevaba de las riendas un caballo blanco al que Edgar reconoció como perteneciente al dueño de un arenquero; otro cargaba a una muchacha encima del hombro, pero, por suerte, vio que no se trataba de Sunni.

Retrocedió unos pasos, pero los vikingos seguían avanzando, y no podía huir porque tenía que encontrar a Sunni.

Unos pocos valerosos hombres del pueblo resistían. Estaban de espaldas a Edgar, por lo que este no podía ver quiénes eran. Algunos empleaban hachas y dagas, y otros, arcos y flechas. Durante varios segundos Edgar se limitó a observar la escena con el corazón acelerado, paralizado por las imágenes de aquellas hojas afiladas que cercenaban la carne humana, el fragor de los hombres heridos, que aullaban como animales, el olor del pueblo en llamas. La única clase de violencia que había presenciado en su vida consistía en las peleas a puñetazos entre jóvenes agresivos o entre borrachos. Aquello era nuevo para él: chorros de sangre a borbotones, tripas deshechas y gritos de agonía y de terror. Estaba paralizado por el miedo.

Los mercaderes y los pescadores de Combe no eran rival para

aquellos saqueadores, cuyo medio de vida era la violencia. Los lugareños quedaron reducidos a despojos humanos en cuestión de minutos, y los vikingos prosiguieron su avance, con tropas más numerosas por detrás de sus líderes.

Edgar se recobró de su estado de conmoción y corrió a refugiarse detrás de una casa. Tenía que huir de los vikingos, pero no estaba demasiado asustado para acordarse de Sunni.

Los atacantes se estaban desplazando por la calle mayor del pueblo, persiguiendo a los lugareños que huían por el mismo camino, pero no había vikingos detrás de las casas. Cada hogar disponía de media hectárea de tierra aproximadamente, donde la mayoría de los habitantes de Combe cultivaban hortalizas y disponían de árboles frutales, mientras que los más prósperos tenían allí un gallinero o una pocilga. Edgar iba corriendo de un jardín trasero al siguiente, buscando la casa de Sunni.

Cyneric y ella vivían en una casa como otra cualquiera salvo por la vaquería, una construcción tipo cobertizo hecha de una mezcla de arena, arcilla, paja y tierra, con un tejado de delgadas tejas de piedra, todo ello con el fin de mantener fresco el interior. El edificio se hallaba en la orilla de una pequeña extensión de campo donde pastaban las vacas.

Edgar llegó a la casa, abrió la puerta y entró precipitadamente en el interior.

Vio en el suelo a Cyneric, un hombre bajo y grueso con el pelo negro. La estera a su alrededor estaba empapada de sangre, y él se había quedado completamente inmóvil. Una herida abierta entre el cuello y el hombro había dejado ya de sangrar, y a Edgar no le cupo ninguna duda de que estaba muerto.

La perra de Sunni, Manchas, llamada así por su pelaje marrón con manchas blancas, se hallaba en un rincón, temblando y jadeando como hacen los perros cuando están aterrorizados.

Pero ¿dónde estaba ella?

En la parte de atrás de la casa había una puerta que daba a la vaquería. La puerta permanecía abierta, y cuando Edgar se encaminaba hacia ella, oyó gritar a Sunni.

Entró en la vaquería y vio la espalda de un vikingo muy alto con el pelo amarillo. Se había producido una pelea: en el suelo de losa se había derramado un balde de leche, y el pesebre alargado de donde comían las vacas estaba volcado en el suelo.

Una fracción de segundo más tarde, Edgar vio que el adversario del vikingo no era otro que Sunni: su cara bronceada estaba roja de furia, mostraba todos los dientes con la boca completamente abierta y tenía el pelo oscuro en movimiento. El vikingo blandía un hacha en una mano, pero no la estaba utilizando. Con la otra mano intentaba doblegar a Sunni y tirarla al suelo mientras ella le respondía amenazándolo con un enorme cuchillo de cocina. Era evidente que su intención era capturarla más que matarla, pues una mujer joven y sana tenía mucho valor como esclava.

Ninguno de los dos vio a Edgar.

Antes de que este pudiera hacer ningún movimiento, Sunni acuchilló al vikingo en plena cara y este lanzó un alarido de dolor mientras la sangre manaba a borbotones del corte en su mejilla. Fuera de sí, soltó el hacha, agarró a la mujer de los hombros y la tiró al suelo. Ella cayó aparatosamente y Edgar oyó un ruido estremecedor cuando la cabeza de Sunni dio contra el umbral de piedra. Su horror fue absoluto tan pronto se dio cuenta de que parecía haber perdido el conocimiento. El vikingo se hincó sobre una rodilla, hurgó en su jubón y extrajo un cordel de cuero, con la intención evidente de maniatarla.

Al volverse levemente, vio a Edgar.

Su rostro reflejó una expresión de alarma y buscó el hacha que había arrojado al suelo, pero era demasiado tarde: Edgar la recogió segundos antes de que el vikingo pudiera echarle la mano encima. Era muy parecida a la herramienta que usaba para talar los árboles. Asió el mango y, con un destello en un recoveco de su cerebro, advirtió que el mango y la hoja estaban en perfecto equilibrio. Dio un paso atrás, fuera del alcance del vikingo. El hombre hizo ademán de ponerse en pie.

Edgar levantó el hacha trazando un amplio círculo.

La llevó hacia atrás, la alzó por encima de su cabeza y, finalmente, la descargó sobre el hombre, con un movimiento rápido, duro y certero, dibujando una curva perfecta. La afilada hoja aterrizó justo en lo alto de la cabeza del vikingo y atravesó el pelo, el cuero cabelludo y el cráneo, de modo que los sesos quedaron al descubierto.

Edgar vio horrorizado que el vikingo no caía inmediatamente fulminado al suelo, sino que pareció, por un momento, como si siguiera luchando por mantenerse de pie; acto seguido, su vida se apagó como se extingue la luz de una vela tras un soplo de aire, y cayó al suelo en una maraña de miembros deslavazados.

Edgar soltó el hacha y se arrodilló junto a Sunni, quien tenía los ojos muy abiertos, desorbitados. Él murmuró su nombre.

—Háblame —le dijo.

Le tomó la mano y le levantó el brazo. Estaba inerte. La besó en la boca y advirtió que no respiraba. Le palpó el corazón, justo debajo de la curva del suave pecho que tanto adoraba. Dejó la mano allí, esperando contra toda esperanza percibir algún latido, y prorrumpió en sollozos cuando se dio cuenta de que no iba a ser así. Había muerto, y su corazón no volvería a latir nunca más.

Siguió mirándola con incredulidad durante largo rato y, a continuación, con infinita ternura, le tocó los párpados con las yemas de los dedos, muy delicadamente, como si tuviera miedo de hacerle daño, y le cerró los ojos.

Inclinó el cuerpo hacia delante muy despacio hasta apoyar la cabeza encima de su pecho, y sus lágrimas empaparon la lana marrón de su vestido de hilo.

Al cabo de un momento sintió que una ira enloquecida hacia el hombre que había acabado con su vida se apoderaba de todo su cuerpo. Se levantó de un salto, empuñó el hacha y empezó a descargar golpes sobre el rostro muerto del vikingo, destrozándole la frente, desgarrándole los ojos, rajándole la barbilla.

El arrebato apenas le duró unos minutos, hasta que se dio cuenta de la espantosa inutilidad de lo que estaba haciendo. Cuando se detuvo, oyó a alguien gritando algo en una lengua que era muy parecida a la suya, pero no exactamente igual. Aquello lo devolvió de golpe a la situación de peligro en que se hallaba. Puede que incluso a las puertas de la muerte.

«No me importa, moriré», pensó, pero ese estado de ánimo duró apenas unos segundos. Si se topaba con otro vikingo, era muy posible que su propia cabeza acabase tan destrozada como la del hombre que yacía a sus pies. Roto de dolor como estaba, aún sentía terror ante la idea de que lo matasen a hachazos.

Pero ¿qué podía hacer? Tenía miedo de que lo encontrasen en el interior de la vaquería, con el cadáver de su víctima clamando venganza; pero si salía al exterior, sin duda lo capturarían y lo matarían. Miró desesperadamente a su alrededor: ¿dónde podía esconderse? De pronto reparó en el pesebre volcado en el suelo, una rudimentaria estructura de madera. Así, vuelto del revés, el interior parecía lo bastante grande para meterse dentro y esconderse allí.

Se tumbó en el suelo de piedra y se cubrió con la pieza de madera. Inmediatamente, se acordó del hacha, volvió a levantar el borde y la escondió consigo a su lado.

Por las rendijas del pesebre se colaba algo de luz. Permaneció inmóvil, aguzando el oído. La madera amortiguaba a medias cualquier ruido, pero seguía oyendo los gritos y los alaridos del exterior. Esperó, muerto de miedo; en cualquier momento podía entrar un vikingo y sentir la curiosidad de levantar el pesebre y descubrir qué había debajo. Edgar decidió que, si eso sucedía, intentaría matar al hombre inmediatamente con el hacha, pero estaría en gran desventaja, allí tumbado en el suelo con su enemigo cerniéndose sobre él.

Oyó el gañido de un perro y comprendió que Manchas debía de estar junto al pesebre volcado.

—Vete —le susurró, pero el sonido de su voz no hizo sino alentar al animal, y la perra gimió con más fuerza.

Edgar maldijo en voz alta y, a continuación, levantó el borde del pesebre, alargó la mano y metió a la perra consigo en el interior. Manchas se tumbó con él y se quedó en silencio.

Edgar esperó, escuchando los terribles sonidos de la muerte y la destrucción.

Manchas empezó a lamer los restos de los sesos del vikingo de la hoja del hacha.

No sabía cuánto tiempo llevaba allí dentro. Empezó a sentir calor y supuso que el sol debía de haberse encaramado ya a lo alto del cielo. Al final el ruido del exterior había ido haciéndose menos intenso, pero no podía estar seguro de que los vikingos se hubiesen marchado, y cada vez que se planteaba asomarse a mirar, decidía no arriesgar aún su vida. Entonces volvía a pensar en Sunni y se echaba a llorar de nuevo.

Manchas dormitaba a su lado, pero de vez en cuando el animal gemía y temblaba en sueños. Edgar se preguntó si los perros tendrían pesadillas.

Él tenía pesadillas a veces: soñaba que estaba a bordo de un barco que se hundía, o que un roble se caía en su camino y no podía sortearlo, o que huía de un incendio en el bosque. Cuando despertaba de esas pesadillas, experimentaba una sensación de alivio tan intensa que le daban ganas de llorar. En ese momento no dejaba de pensar que el ataque vikingo podía tratarse de una pesadilla de la que despertaría en cualquier momento y descubriría que Sunni estaba viva aún. Pero no despertó.

Por fin escuchó unas voces que hablaban claramente en el idioma anglosajón. Aun así, dudó. Los que hablaban parecían preocupados, pero no aterrorizados, sino que sus voces más bien dejaban traslucir tristeza y dolor, y no tuvo la impresión de que temieran por sus vidas. Llegó a la conclusión de que eso debía de significar que los vikingos se habían ido.

¿A cuántos de sus amigos se habrían llevado para venderlos como esclavos? ¿Cuántos cadáveres de sus vecinos habrían dejado atrás? ¿Todavía tenía una familia?

Manchas arrancó un ruido esperanzado de su garganta e intentó ponerse de pie. No podía incorporarse en el reducido espacio, pero era evidente que la perra creía que ahora era seguro moverse.

Edgar alzó a pulso el pesebre y Manchas salió inmediatamente. El joven se levantó rodando por el suelo, sin soltar el hacha vikinga, y dejó el comedero en su sitio. Se puso de pie, con las extremidades doloridas por el prolongado confinamiento. Enganchó el hacha a su cinturón.

Luego se asomó a la puerta de la vaquería.

El pueblo había desaparecido.

Durante unos segundos se quedó absolutamente perplejo: ¿cómo podía haber desaparecido Combe? Pero sí sabía cómo, por supuesto: casi todas las casas habían ardido hasta quedar reducidas a cenizas y, de hecho, varias seguían ardiendo. Desperdigadas aquí y allá, algunas estructuras de obra permanecían en pie, y le llevó un tiempo identificarlas. El monasterio tenía dos edificios de piedra, la iglesia y un edificio de dos plantas con un refectorio en la planta baja y un dormitorio en el piso superior. Había otras dos iglesias de piedra. Le llevó más tiempo identificar la casa de Wyn, el orfebre, quien necesitaba reforzar con piedra su negocio para protegerse de los ladrones.

Las vacas de Cyneric habían sobrevivido, agrupándose con aire temeroso todas juntas en mitad de su pasto vallado: las vacas eran valiosas, pero demasiado voluminosas e irritables, razonó Edgar, para llevarlas a bordo del barco; como todos los ladrones, los vikingos preferirían dinero en efectivo o pequeños artículos de gran valía como joyas.

Los habitantes del pueblo contemplaban las ruinas con aire aturdido, casi sin hablar, pronunciando monosílabos de dolor, horror y perplejidad.

En la bahía seguían amarradas las mismas embarcaciones, pero los barcos vikingos se habían ido.

Edgar por fin se permitió mirar los cuerpos de la vaquería: la figura del vikingo era casi irreconocible como un ser humano. Se sintió extraño al pensar que él había sido el responsable de eso. Le parecía increíble.

El rostro de Sunni tenía una expresión asombrosamente apacible. No había ningún signo visible de la herida en la cabeza que la había matado. Tenía los ojos entreabiertos y Edgar se los cerró.

Se arrodilló a su lado y volvió a buscar un latido, sabiendo que era absurdo; su cuerpo ya estaba frío.

¿Qué debía hacer? Tal vez podría ayudar a su alma a llegar al cielo. El monasterio seguía en pie. Tenía que llevarla a la iglesia de los monjes.

La tomó en brazos. Levantarla le resultó más difícil de lo que esperaba. Era una mujer delgada y él era fuerte, pero su cuerpo inerte lo desequilibraba y, mientras luchaba por mantenerse en pie, tenía que aplastarla contra su pecho con más fuerza de la que habría deseado. Abrazarla tan bruscamente, sabiendo que no iba a sentir ningún dolor, subrayaba aún más la realidad de su muerte, y le hizo llorar de nuevo.

Atravesó la casa, pasó por delante del cuerpo de Cyneric y salió por la puerta.

Manchas lo siguió.

Parecía media tarde, aunque era difícil saberlo con certeza: había cenizas en el aire, junto con el humo de los rescoldos, y un desagradable olor a carne humana quemada. Los supervivientes miraban a su alrededor con perplejidad, como si no pudieran asimilar lo que había sucedido. En ese momento había más supervivientes regresando del bosque, algunos guiando al ganado.

Edgar se dirigió al monasterio. El peso de Sunni empezaba a hacerle daño en los brazos, pero acogió el dolor con malsana resignación. Sin embargo, no había forma de que los ojos de la joven permaneciesen cerrados y, de algún modo, aquello lo angustiaba. Quería que pareciera como si estuviera dormida.

Nadie le prestaba mucha atención: todos tenían sus propias tragedias individuales. Edgar llegó a la iglesia y entró en ella.

No había sido el único en tener la misma idea: había cuerpos tendidos a lo largo de la nave, con gente arrodillada o de pie a su lado. El prior Ulfric se acercó a Edgar, con una mirada angustiada, y le preguntó con tono urgente:

—¿Viva o muerta?

—Es Sungifu; está muerta —respondió Edgar.

—Los muertos, en el extremo este —dijo Ulfric, demasiado

ocupado para mostrarse delicado o amable—. Los heridos, en la nave.

—¿Rezaréis por su alma, por favor?

—Recibirá el mismo trato que los demás.

—Fui yo quien dio la alarma —protestó Edgar—. Tal vez salvé vuestra vida. Por favor, rezad por ella.

Ulfric se alejó apresuradamente, sin contestarle.

Edgar vio que el hermano Maerwynn estaba atendiendo a un hombre malherido, vendándole una pierna mientras el herido gemía de dolor. Cuando Maerwynn se levantó al fin, Edgar le dijo:

—¿Rezarás por el alma de Sunni, por favor?

—Sí, por supuesto —respondió Maerwynn, e hizo la señal de la cruz en la frente de Sunni.

—Gracias.

—De momento, déjala en el extremo este de la iglesia.

Edgar avanzó por la nave y dejó atrás el altar. En el extremo opuesto de la iglesia había veinte o treinta cadáveres distribuidos en hileras ordenadas, con parientes consumidos por el dolor llorando desconsoladamente a su lado. Edgar depositó a Sunni en el suelo con delicadeza. Le acomodó las piernas de forma que quedaran extendidas, le cruzó los brazos sobre el pecho y, a continuación, le atusó el pelo con los dedos. Deseó entonces que hubiese algún sacerdote a su lado para que pudiese ocuparse de su alma.

Permaneció así, arrodillado junto a ella, durante largo rato, observando su rostro inmóvil, tratando de asimilar la idea de que nunca más volvería a mirarlo con una sonrisa en los labios.

Al final los pensamientos sobre los vivos acabaron por imponerse en su mente. ¿Estarían vivos sus padres? ¿Se habrían llevado los vikingos a sus hermanos para convertirlos en esclavos? Apenas unas horas antes, había estado a punto de abandonarlos a todos para siempre; ahora, los necesitaba. Sin ellos, estaría solo en el mundo.

Siguió junto a Sunni un poco más y luego salió de la iglesia, seguido de Manchas.

Una vez fuera, se preguntó por dónde empezar. Decidió ir a

su casa. Esta habría desaparecido, por supuesto, pero tal vez encontrase allí a su familia, o alguna indicación de qué les había ocurrido.

La manera más rápida de llegar hasta allí era por la playa. Mientras se encaminaba hacia el mar, esperaba encontrar su barca en la orilla. La había dejado a cierta distancia de las casas más cercanas, por lo que había muchas posibilidades de que no hubiese sido pasto de las llamas.

Antes de llegar al mar, se encontró con su madre, que se dirigía a pie hacia al pueblo desde el bosque. Al ver su expresión fuerte y resuelta, y sus andares decididos, se sintió súbitamente tan débil de puro alivio que estuvo a punto de caer al suelo. Su madre llevaba una cacerola de bronce, puede que lo único que había logrado rescatar de la casa. Tenía el rostro crispado de pena y dolor, pero su boca era una línea recta de sombría determinación.

Cuando vio a Edgar, su expresión se tornó en una exhibición de alegría absoluta. Le echó los brazos alrededor del cuello y enterró la cara en su pecho, sollozando:

—¡Ay, hijo mío! ¡Mi Eddie…! ¡Gracias a Dios!

Él la abrazó con los ojos cerrados, más agradecido de tenerla de lo que lo había estado en toda su vida.

Al cabo de un momento miró por encima de su hombro y vio a Erman, tan moreno como su madre pero con expresión terca en lugar de decidida; y también a Eadbald, de piel clara y con pecas. Sin embargo, no vio a su padre.

—¿Dónde está padre? —dijo.

—Nos dijo que huyéramos —contestó Erman—. Él se quedó atrás para salvar el astillero.

A Edgar le dieron ganas de echarle en cara que lo hubiesen dejado atrás, pero no era el momento de recriminaciones y, en cualquier caso, él también se había marchado.

Su madre lo soltó.

—Vamos a volver a la casa —dijo—. A lo que queda de ella.

Se dirigieron a la orilla de la playa. Su madre caminaba deprisa, impaciente por descubrir qué había pasado, ya fuese bueno o malo.

—Tú sí te largaste rápido, hermanito —dijo Erman en tono acusador—. ¿Por qué no nos despertaste?

—Sí os desperté —contestó Edgar—. Fui yo quien tocó la campana del monasterio.

—No es verdad.

Era muy propio de Erman comenzar una pelea en un momento como ese. Edgar apartó la mirada y no dijo nada. Le traía sin cuidado lo que pensase Erman.

Cuando llegaron a la playa, vio que su barca no estaba. Los vikingos se la habían llevado, naturalmente; nadie como ellos para saber reconocer una buena nave, y además les habría resultado muy fácil transportarla: se habrían limitado a amarrarla a la popa de uno de sus barcos y la habrían arrastrado.

Era una gran pérdida, pero nada comparable a la muerte de Sunni.

Caminando por la playa se toparon con el cadáver de la madre de un muchacho de la edad de Edgar, y este se preguntó si la habrían asesinado mientras intentaba detener a los vikingos para que no se llevaran a su hijo como esclavo.

Unos metros más adelante había otro cadáver, y otro un poco más lejos. Edgar se detuvo a comprobar la identidad de cada uno de ellos: eran todos amigos y vecinos, aunque su padre no se hallaba entre ellos, por lo que, con mucha cautela, empezó a hacerse ilusiones de que tal vez había sobrevivido pese a todo.

Llegaron a su casa. Lo único que quedaba intacto era el hogar, con su armazón de hierro aún de pie encima.

A un lado de las ruinas hallaron el cadáver del padre. Su madre lanzó un grito de horror y de pena, y cayó de rodillas en el suelo. Edgar se agachó junto a ella y rodeó con el brazo sus hombros temblorosos.

El brazo derecho de su padre había sido seccionado a la altura del hombro, seguramente con la hoja de un hacha, y todo apuntaba a que había muerto desangrado. Edgar pensó en la destreza y la fuerza que había reunido aquel brazo, y lloró lágrimas amargas de rabia e impotencia ante tamaña pérdida.

Oyó a Eadbald decir:

—Mirad el astillero.

Edgar se levantó y se secó los ojos. Al principio no estaba seguro de qué estaba viendo, y volvió a restregárselos.

El astillero había sido pasto de las llamas. El barco en construcción y las pilas de madera habían quedado reducidos a cenizas, junto con la brea y las cuerdas. Lo único que había sobrevivido era la piedra de afilar que utilizaban con sus herramientas. Entre las cenizas, Edgar distinguió unos huesos calcinados demasiado pequeños para ser humanos, y supuso que el pobre Grendel había muerto abrasado, atado aún al extremo de su cadena.

Todo cuanto poseía la familia estaba en ese astillero.

Edgar reparó en que no solo habían perdido el astillero, sino también su medio de vida. Aun cuando un cliente quisiese encargar la construcción de un barco a tres aprendices, no tenían madera con la que fabricarlo, ni herramientas para moldear las tablas, ni dinero para comprar nada de cuanto necesitaban.

Su madre probablemente tenía unos pocos peniques de plata en su bolsa, pero la familia nunca había guardado muchos ahorros, y su padre siempre había empleado cualquier excedente para comprar más madera. La madera buena era mejor que la plata, solía decir, porque era más difícil robarla.

—Nos hemos quedado sin nada, y tampoco tenemos forma de ganarnos la vida —dijo Edgar—. ¿Qué diantres vamos a hacer ahora?

2

Sábado, 19 de junio de 997

El obispo Wynstan de Shiring tiró de las riendas de su caballo para refrenarlo y se quedó contemplando a sus pies el pueblo de Combe. No quedaba gran cosa del lugar: el sol estival se proyectaba sobre una extensión gris y baldía.

—Es peor de lo que imaginaba —se lamentó el obispo.

En el puerto se veían algunas naves y pequeñas embarcaciones intactas; la única señal de esperanza.

Su hermano Wigelm se situó junto a él.

—Hasta el último vikingo debería ser abrasado vivo —declaró.

Ostentaba el título de *thane*, un barón miembro de la élite terrateniente. A sus treinta años, cinco más joven que Wynstan, era un hombre propenso a la ira.

Aunque, en esa ocasión, su hermano coincidía con él.

—Y a fuego lento —apostilló.

El medio hermano mayor de ambos los oyó. Tal como dictaba la costumbre, todos tenían nombres de fonética parecida. El de más edad, de cuarenta años, se llamaba Wilwulf, y solían llamarlo Wilf. Era el *ealdorman* o conde de Shiring, el gobernador de una parte del oeste de Inglaterra que incluía Combe.

—Jamás habéis visto un pueblo tras una incursión vikinga. Este es el aspecto que tiene —sentenció.

Entraron a caballo en la población arrasada, seguidos por un reducido séquito de hombres armados. Wynstan sabía que componían una visión imponente: tres hombres altos con caros ropajes y buenas monturas. Wilf vestía una túnica azul hasta las rodillas y botas de cuero; Wigelm, un atuendo similar, pero en color rojo. Wynstan iba ataviado con un sencillo hábito tobillero de color negro, como correspondía a su condición de sacerdote, aunque la urdimbre del tejido era muy delicada. Llevaba, además, un gran crucifijo de plata colgado al cuello con un cordón de cuero. Cada uno de los hermanos lucía un frondoso bigote de vello claro, aunque no barba, como era la moda entre los nobles ingleses. Wilf y Wigelm tenían cabellera abundante y rubia; Wynstan llevaba la cabeza rasurada con tonsura en la coronilla, como todos los religiosos. Parecían ricos e importantes, y lo eran.

Los habitantes del pueblo deambulaban desconsolados entre las ruinas, rebuscaban y escarbaban para formar tristes pilas con sus posesiones recuperadas: fragmentos de utensilios de cocina de hierro retorcido, peines de hueso ennegrecidos por el fuego, cacerolas agrietadas y herramientas inservibles. Las gallinas picoteaban y los cerdos orzaban, rebuscando cualquier cosa comestible. Había un hedor desagradable a fuegos extinguidos, y Wynstan se dio cuenta de que respiraba con dificultad.

A medida que los hermanos iban pasando por Combe, sus pobladores levantaban la mirada en dirección a ellos y su rostro se iluminaba con expresión esperanzada. Muchos los conocían de vista y aquellos que jamás los habían visto sabían por su aspecto que eran hombres poderosos. Algunos les daban la bienvenida a voz en cuello, otros los vitoreaban y aplaudían. Todos dejaban lo que estuvieran haciendo y los seguían. Sin duda alguna, las expresiones de esas personas reflejaban la pregunta de si unos seres tan imponentes tendrían alguna forma de salvarlos.

Los hermanos detuvieron sus caballos en una extensión de terreno diáfano entre la iglesia y el monasterio. Los muchachos se peleaban por sujetarles los animales mientras desmontaban. El prior Ulfric apareció para darles la bienvenida. Tenía la blanca cabellera manchada de hollín.

—Señores, la ciudad anhela vuestra ayuda con desesperación —dijo—. El pueblo...

—¡Esperad! —espetó Wynstan con un tono de voz que congregó a su alrededor a la multitud.

Sus hermanos no se sorprendieron: Wynstan ya les había advertido de sus intenciones de antemano.

Los habitantes de Combe callaron de golpe.

Wynstan se quitó el crucifijo del cuello y lo elevó por encima de su cabeza, se volvió y dio unos pasos lentos y ceremoniosos hacia la iglesia.

Sus hermanos le fueron a la zaga y, tras ellos, le siguieron todos los demás.

Entró en el templo y avanzó por el pasillo con parsimonia, fijándose en las hileras de heridos que yacían en el suelo, aunque no volvió la cabeza para mirarlos. Los que eran capaces le hacían una reverencia o se arrodillaban a su paso, mientras él seguía portando el crucifijo en alto. Identificó más cuerpos postrados hasta el mismo fondo del templo, pero ya eran cadáveres.

Cuando llegó al altar se tendió boca abajo y permaneció totalmente inmóvil, con la cara pegada al suelo de tierra y el brazo derecho extendido en dirección al altar, sujetando el crucifijo en alto.

Siguió así durante largo rato, mientras los presentes lo contemplaban en silencio. Entonces se incorporó y quedó arrodillado. Separó los brazos con gesto de súplica.

—¿Qué hemos hecho? —preguntó en voz alta.

La multitud emitió un sonido similar a un gemido colectivo.

—¿De qué manera hemos pecado? —declamó—. ¿Por qué nos merecemos esto? ¿Podemos ser perdonados?

Prosiguió en el mismo tono. Sus palabras componían un discurso entre plegaria y sermón. Necesitaba explicar a los feligreses que lo ocurrido era la voluntad de Dios. La incursión vikinga debía ser vista como un castigo divino por sus pecados.

No obstante, había tareas prácticas que realizar y eso no era más que una ceremonia preliminar, por lo que fue breve.

—Al emprender la labor de reconstruir nuestro pueblo, rogamos que se redoblen nuestros esfuerzos por ser cristianos devotos, humildes y temerosos de Dios —oró a modo de conclusión—. En el nombre de Jesucristo Nuestro Señor, amén.

—Amén —respondió la congregación a coro.

Wynstan se puso en pie y se volvió hacia la multitud para que viera su rostro empapado en lágrimas. Se colgó de nuevo el crucifijo al cuello.

—Y ahora, ante los ojos de Dios, solicito a mi hermano, el conde Wilwulf, que dé audiencia.

Wynstan y Wilf avanzaron en paralelo por la nave del templo, seguidos por Wigelm y Ulfric. Salieron al exterior y los habitantes de Combe los siguieron.

Wilf miró a su alrededor.

—Daré audiencia en este mismo lugar.

—Excelente, mi señor —dijo Ulfric. Chascó los dedos en dirección a un monje—. Trae el gran sitial. —Se volvió de nuevo hacia Wilf—. ¿Querréis tinta y pergamino, conde?

Wilf sabía leer, pero no escribir. Wynstan sabía leer y escribir, como la mayoría de los clérigos de jerarquía superior. Wigelm era analfabeto.

—Dudo que sea necesario escribir nada —advirtió Wilf.

Wynstan se distrajo mirando a una mujer esbelta de unos treinta años, ataviada con un vestido rojo hecho jirones. Era atractiva a pesar del hollín que le manchaba una mejilla. Habló entre susurros, pero el hombre percibió la desesperación en su tono de voz.

—Debéis ayudarme, mi señor obispo, os lo suplico —rogó.

—No me dirijas la palabra, ramera estúpida.

Wynstan sabía quién era. Se trataba de Meagenswith, más conocida como Mags. Vivía en una casa grande con otras diez o doce chicas —algunas esclavas, otras voluntariamente allí—; todas ellas mantenían relaciones sexuales con los hombres a cambio de dinero. Wynstan respondió sin mirarla.

—No puedes ser la primera persona de Combe de la que me apiade —afirmó hablando en voz baja pero con premura.

—¡Pero los vikingos se han llevado a todas mis chicas y todo mi dinero!

Wynstan pensó que las muchachas ya serían esclavas a esas alturas.

—Hablaré contigo más tarde —masculló. Después levantó la voz para que lo oyeran las personas más próximas a él—. ¡Aparta de mi vista, fornicadora inmunda!

La mujer retrocedió de inmediato.

Dos monjes llegaron transportando un enorme sitial de roble y lo situaron en el centro del espacio abierto. Wilf tomó asiento, Wigelm permaneció de pie a su izquierda y Wynstan, a su derecha.

Mientras los habitantes de Combe se congregaban a su alrededor, los hermanos mantenían una conversación preocupada en voz baja. Los tres recaudaban rentas del pueblo. Era la segunda población más importante del condado, después de la ciudad de Shiring. Todos los hogares pagaban una renta a Wigelm, quien repartía las ganancias con Wilf. El pueblo también satisfacía los diezmos eclesiásticos, que las iglesias compartían con el obispo Wynstan. Wilf recaudaba los aranceles de todas las mercancías que pasaban por el puerto. Wynstan percibía un salario del monasterio. Wigelm vendía la madera del bosque. Hacía dos días, todas esas fuentes de ingresos se habían agotado.

—Pasará mucho tiempo hasta que alguien pueda volver a pagar nada —comentó Wynstan con pesadumbre.

Tendría que reducir sus gastos. Shiring no era una diócesis rica. «Si fuera arzobispo de Canterbury, no volvería a preocuparme jamás: poseería el control de todas las riquezas de la Iglesia en el sur de Inglaterra», pensó. Sin embargo, como mero obispo de Shiring, se veía limitado. Se preguntó a qué privaciones debería someterse, pues detestaba renunciar a sus placeres.

Wigelm se expresó con desdén:

—Todas estas personas tienen dinero. Basta con abrirles la panza en canal para descubrirlo.

Wilf negó con la cabeza.

—No seas idiota. —Era algo que le decía a Wigelm a menudo—. La mayoría de ellos lo han perdido todo —prosiguió—: no tienen comida, ni dinero para comprarla, ni medios para ganarse la vida. Cuando llegue el invierno tendrán que salir a recoger bellotas para prepararlas en sopa. Los que hayan sobrevivido a los vikingos vivirán debilitados por el hambre. Los niños contraerán enfermedades y morirán; los viejos caerán y se fracturarán los huesos; los jóvenes y fuertes se marcharán.

Wigelm parecía irritado.

—Entonces ¿qué podemos hacer?

—Lo sabio sería reducir nuestras exigencias.

—¡No podemos permitir que vivan sin pagar las rentas!

—No seas idiota, los muertos no pagan rentas. Si unos cuantos supervivientes consiguen volver a pescar, producir cosas y venderlas, quizá sean capaces de retomar los pagos la primavera que viene.

Wynstan estuvo de acuerdo. Wigelm no, aunque no añadió nada más: Wilf era el mayor y lo superaba en jerarquía.

—Ahora, prior Ulfric, decidnos qué ha ocurrido.

El conde empezaba así a dar audiencia.

—Los vikingos llegaron hace dos días, con las primeras luces del alba, cuando todos dormían.

—¿Por qué no presentasteis batalla, cobardes? —imprecó Wigelm.

Wilf levantó una mano para pedir silencio.

—Vamos paso a paso —sugirió. Se volvió hacia Ulfric—. Si la memoria no me falla, esta es la primera vez que Combe sufre un ataque vikingo. ¿Sabéis de dónde procedía este grupo en particular?

—Yo no, mi señor. Tal vez alguno de los pescadores haya visto una flota vikinga durante sus travesías.

—No los habíamos visto jamás, señor —afirmó un hombre corpulento de barba canosa.

—Ese es Maccus —aclaró Wigelm, quien conocía a los aldeanos mejor que sus hermanos—. Es el propietario de la embarcación pesquera más grande del pueblo.

—Creemos que los vikingos atracaron del otro lado del Canal —prosiguió Maccus—. En Normandía. Dicen que allí recogieron su avituallamiento; luego cruzaron el cauce para atacarnos y regresaron para vender el botín a los normandos, que Dios condene sus almas inmortales.

—Eso es posible, pero no de gran ayuda —comentó Wilf—. Normandía tiene un litoral extenso. Supongo que Cherburgo debe de ser el puerto más próximo, ¿no es así?

—Eso creo —admitió Maccus—. Me han contado que hay un cabo alargado que se adentra en el canal. Yo no he estado allí nunca.

—Ni yo tampoco —coincidió Wilf—. ¿Alguien de Combe ha visitado el lugar?

—Tal vez en un tiempo pasado —intervino Maccus—. Hoy en día no nos aventuramos hasta tan lejos. Queremos evitar a los vikingos, no encontrarnos con ellos.

A Wigelm le impacientaba tanta cháchara.

—¡Deberíamos reunir una flota para navegar hasta Cherburgo y reducir el lugar a cenizas al igual que han incendiado Combe! —exclamó.

Algunos de los hombres jóvenes entre la multitud expresaron su aprobación a gritos.

—Cualquiera que pretenda atacar a los normandos no sabe nada sobre ellos —sentenció Wilf—. Recordad que son descendientes de los vikingos. Quizá sean civilizados, pero no son menos rudos. ¿Por qué creéis que los vikingos nos han atacado a nosotros y no a los normandos?

Wigelm adoptó una expresión de abatimiento.

—Ojalá supiera más sobre Cherburgo —se lamentó Wilf.

Un joven de entre la multitud se animó a hablar:

—Yo visité Cherburgo en una ocasión.

Wynstan lo miró con interés.

—¿Y tú quién eres?

—Edgar, hijo del constructor de barcos, mi señor obispo.

Wynstan miró con detenimiento al muchacho. Era de estatura media, pero musculoso, como solían ser los constructores de embarcaciones. Tenía el pelo castaño claro y una perilla hirsuta. Hablaba con educación, pero sin miedo; resultaba evidente que no se sentía intimidado por la noble condición de los hombres a quienes se dirigía.

—¿Qué circunstancias te llevaron a Cherburgo? —preguntó Wynstan.

—Me llevó mi padre. Tenía que entregar un barco que había construido. Pero eso fue hace cinco años. El lugar puede haber cambiado.

—Mejor poca información que ninguna —comentó Wilf—. ¿Qué recuerdas?

—Tienen un buen puerto, es amplio, con espacio para varias embarcaciones grandes y barcos más pequeños. El conde Hubert era el señor del lugar y seguramente sigue en el poder, pues no era viejo.

—¿Algo más?

—Recuerdo a la hija del conde, Ragna. Tenía el cabello pelirrojo.

—Un muchacho no olvida algo así —apostilló Wilf.

Todos rieron, y Edgar se ruborizó.

—Y había una torre de piedra —añadió el joven alzando la voz para hacerse oír a pesar de las risas.

—¿Qué te había dicho? —le dijo Wilf a Wigelm—. No es fácil atacar una población con fortificaciones de piedra.

—Quizá pueda hacer una sugerencia —replicó Wynstan.

—Por supuesto —concedió su hermano.

—¿Y si trabamos amistad con el conde Hubert? Podríamos convencerlo de que los cristianos normandos y los cristianos ingleses colaboren para vencer a esos vikingos asesinos adoradores de Odín. —En términos generales los vikingos que se habían asentado en el norte y el este de Inglaterra se habían convertido al cristianismo, Wynstan lo sabía, pero los hombres de mar seguían fieles a su creencia en los dioses paganos—. Tú sabes ser muy convincente cuando quieres algo, Wilf —comentó sonriendo, y estaba en lo cierto: Wilf poseía un encanto especial.

—No estoy seguro de que funcione —protestó Wilf.

—Ya sé en qué estás pensando —replicó Wynstan enseguida. Prosiguió en voz más baja para hablar de cuestiones que escapaban al entendimiento de los habitantes del pueblo—: Te preguntas qué opinará el rey Etelredo de ello. Las relaciones entre distintos países son una prerrogativa real.

—Exacto.

—Déjalo en mis manos. Yo convenceré al rey.

—Debo hacer algo antes de que esos vikingos arruinen mi condado —advirtió Wilf—. Y esta es la primera sugerencia práctica que he escuchado.

Los presentes se removían en el sitio y empezaban a murmurar. Wynstan opinaba que hablar sobre la posibilidad de aliarse con los normandos era algo demasiado teórico. Los habitantes de Combe necesitaban ayuda ese mismo día y esperaban que los tres hermanos se la proporcionaran. La nobleza tenía el deber de proteger al pueblo —era lo que justificaba su posición social y sus riquezas—, y los tres hermanos no habían logrado mantener a salvo la población. En ese momento se esperaba de ellos que hicieran algo al respecto.

Wilf tenía la misma impresión.

—Vayamos a las cuestiones de orden práctico —dijo—. Prior Ulfric, ¿cómo está alimentándose el pueblo?

—Gracias a la despensa del monasterio, que no fue saqueada —respondió Ulfric—. Los vikingos despreciaron el pescado y las legumbres de los monjes y prefirieron robar el oro y la plata.

—¿Y dónde duerme la gente?

—En la nave de la iglesia, donde yacen los heridos.

—¿Y los muertos?

—En el ala este del templo.

—¿Puedo intervenir, Wilf? —preguntó Wynstan.

Su hermano asintió con la cabeza.

—Gracias. —Wynstan alzó la voz para que todos lo oyeran—. Hoy, antes del ocaso, oficiaré un servicio colectivo para las almas de todos los muertos y autorizaré la excavación de una fosa común. Con este tiempo tan cálido existe el peligro de que los cadáveres causen algún brote de enfermedad, por lo que quiero todos los cuerpos bajo tierra antes de que finalice el día de mañana.

—Así se hará, mi señor obispo —dijo Ulfric.

—Aquí debe de haber unas mil personas —comentó Wilf mirando a la multitud y frunciendo el ceño—. La mitad de la población ha sobrevivido. ¿Cómo ha conseguido tanta gente escapar de los vikingos?

—Un muchacho que se había levantado temprano los vio venir y corrió hacia el monasterio para alertarnos —respondió Ulfric—, y tañimos la campana.

—Eso fue algo inteligente —alabó Wilf—. ¿Quién fue ese muchacho?

—Edgar, el que acaba de hablar sobre Cherburgo. Es el más joven de los tres hijos del constructor de barcos.

«Un muchacho listo», pensó Wynstan.

—Hiciste bien, Edgar —lo felicitó Wilf.

—Gracias.

—¿Qué haréis ahora tu familia y tú?

Edgar intentaba parecer valiente, pero Wynstan percibió que el futuro lo atemorizaba.

—No lo sabemos —respondió el muchacho—. Han matado a mi padre y hemos perdido nuestras herramientas y toda la madera almacenada.

—No podemos empezar a discutir la situación personal de cada familia —dijo Wigelm impaciente—. Debemos decidir el porvenir de todo el pueblo.

Wilf asintió con la cabeza.

—Los habitantes de Combe deben intentar reconstruir sus casas antes de que llegue el invierno —dijo Wilf—. Wigelm, renunciaréis a las rentas que deben pagarse el día de San Juan.

Las rentas normalmente se pagaban cuatro veces al año, en las fechas que marcaban el cambio de estación: el día de San Juan, 24 de junio; la fiesta de San Miguel, 29 de septiembre; Navidad, 25 de diciembre; y el día de la Anunciación, 25 de marzo.

Wynstan se quedó mirando fijamente a Wigelm. Parecía contrariado, pero no dijo nada. Era una estupidez por su parte enfadarse por eso: los habitantes de Combe no tenían medios con los que satisfacer sus rentas, así que Wilf no estaba renunciando a nada.

—¡Y las rentas de las fiestas de San Miguel, por favor, señor! —exclamó una mujer de entre la multitud.

Wynstan la miró. Era una mujer menuda y de aspecto rudo, de unos cuarenta años.

—Cuando lleguen las fiestas de San Miguel, ya veremos cómo os las vais arreglando —advirtió Wilf con prudencia.

—Necesitaremos madera para reconstruir nuestras casas —añadió la misma mujer—, pero no podemos pagarla.

—¿Quién es esa? —le preguntó Wilf a Wigelm sin que lo oyeran.

—Mildred, la esposa del constructor de barcos —respondió Wigelm—. Es una alborotadora.

A Wynstan lo asaltó una idea repentina.

—Podría librarte de ella, hermano —murmuró.

—Quizá sea una alborotadora, pero tiene razón —replicó Wilf en voz baja—. Wigelm deberá darles acceso a la madera sin pagar nada.

—Muy bien —accedió Wigelm a regañadientes. Levantando la voz, se dirigió hacia la multitud—: Madera sin coste alguno, pero solo para los habitantes de Combe, únicamente para reconstruir las casas y solo hasta las fiestas de San Miguel.

Wilf se levantó.

—Eso es todo cuanto podemos hacer, por ahora —anunció. Se volvió hacia Wigelm—. Habla con ese tal Maccus. Averigua si quiere llevarme hasta Cherburgo, qué pediría como pago, cuánto podría durar el viaje y esas cosas.

La multitud murmuraba descontenta. Estaban decepcionados. Esa era la desventaja del poder, pensó Wynstan; la gente esperaba que se obraran milagros. Varias personas se adelantaron para exigir algún tipo de tratamiento especial. Los hombres de armas se movilizaron a fin de mantener el orden.

Wynstan se alejó. Volvió a toparse con Mags en la puerta de la iglesia. La mujer había decidido cambiar de estrategia y, en lugar de actuar con desesperación, en ese momento se mostró persuasiva.

—¿Vamos por detrás de la iglesia y os chupo la verga? —le ofreció—. Siempre decís que lo hago mejor que las chicas jóvenes.

—No seas estúpida —espetó Wynstan. Tal vez a un marinero o a un pescador les trajera sin cuidado que los vieran recibiendo una felación, pero un obispo debía ser discreto—. Ve al grano —exigió—. ¿Cuánto necesitas?

—¿A qué os referís?

—Para sustituir a las chicas —aclaró Wynstan. Había pasado muy buenos ratos en la casa de Mags y esperaba volver a hacerlo—. ¿Cuánto dinero necesitas que te preste?

Mags estaba acostumbrada a reaccionar ante los rápidos cambios de humor masculinos y volvió a adaptar su actitud a un talante más comercial.

—Si son esclavas jóvenes y sin desflorar, cuestan una libra por cabeza en el mercado de Bristol.

Wynstan asintió en silencio. Había un importante mercado de esclavos en Bristol, a varios días de viaje desde Combe. El obispo tomó una decisión expeditiva, como siempre.

—Si hoy te presto diez libras, ¿podrás devolverme veinte dentro de un año a contar a partir de ahora mismo?

A ella se le encendió la mirada, aunque fingió sopesar la oferta.

—No sé si los clientes regresarán tan pronto.

—Siempre habrá marineros de visita. Y las chicas nuevas atraerán a más hombres. Tienes un oficio al que nunca le faltan clientes.

—Concededme dieciocho meses.

—Págame veinticinco libras en Navidad del año que viene.

—Está bien —accedió Mags, aunque con cara de preocupación.

Wynstan llamó a Cnebba, un hombretón con yelmo de hierro que era el custodio del dinero del obispo.

—Entrégale diez libras a esta mujer —ordenó.

—El cofre está en el monasterio —le dijo Cnebba a Mags—. Ven conmigo.

—Y no la engañes —advirtió Wynstan—. Puedes fornicar con ella si quieres, pero dale diez libras, ni una menos.

—Que Dios os bendiga, mi señor obispo —dijo ella.

Wynstan le tocó los labios con un dedo.

—Ya me lo agradecerás más tarde, cuando oscurezca.

Ella lo tomó de la mano y le chupó el dedo con lascivia.

—Estoy impaciente por hacerlo.

Wynstan se apartó antes de que alguien pudiera percatarse.

Miró con detenimiento a la multitud. Las personas que la formaban parecían desconsoladas y resentidas, pero no se podía hacer nada al respecto. Wynstan cruzó la mirada con el hijo del constructor de barcos y le hizo una señal con la cabeza para que se acercara. Edgar se dirigió hacia la puerta de la iglesia con una perra marrón y blanca pegada a los talones.

—Ve a buscar a tu madre —le ordenó Wynstan—. Y a tus hermanos. Es posible que pueda ayudaros.

—¡Gracias, señor! —exclamó Edgar con gran entusiasmo—. ¿Queréis que os construyamos un barco?

—No.

La expresión de Edgar se ensombreció.

—¿Qué queréis entonces?

—Ve a buscar a tu madre y os lo diré.

—Sí, señor.

Edgar se alejó y regresó con Mildred, quien miraba con recelo a Wynstan, y con dos jóvenes que a todas luces eran sus hermanos, ambos más corpulentos que Edgar pero sin su despierta mirada de inteligencia. Tres muchachos fuertes y una mujer vigorosa; era una buena combinación para los planes que Wynstan tenía en mente.

—Conozco una granja que está desocupada —anunció el obispo.

Le haría un favor a Wigelm si lograba deshacerse de la rebelde Mildred.

Edgar se mostró decepcionado.

—¡Somos constructores de barcos, no granjeros!

—¡Cállate la boca, Edgar! —ordenó su madre.

—¿Eres capaz de administrar una granja, viuda? —preguntó Wynstan.

—Nací en una granja.

—Esta se encuentra junto a un río.

—Pero ¿cuánto terreno tiene?

—Doce hectáreas. Por lo general se considera suficiente para alimentar a una familia.

—Eso depende del tipo de suelo.

—Y del tipo de familia.

—¿Cómo es el suelo? —Mildred no pensaba dejarse engatusar.

—Lo normal en estos casos: un poco pantanoso por la parte situada junto al río, más ligero y margoso ladera arriba. Además hay una plantación de avena en el terreno que en este momento empieza a echar brotes verdes. Lo único que tenéis que hacer es cosecharla y estaréis preparados para el invierno.

—¿Algún buey?

—No, pero no los necesitarás. Con esa tierra tan fina no se precisa un arado de grandes dimensiones.

Mildred lo miró con los ojos entornados.

—¿Por qué está desocupada la granja?

Una pregunta astuta. Lo cierto era que el último campesino había sido incapaz de cultivar lo suficiente en aquel terreno yermo para alimentar a los suyos. La esposa y sus tres hijos pequeños habían fallecido, y el aparcero había huido. Sin embargo, la familia de Mildred era distinta, pues contaba con tres buenos trabajadores y tenía solo cuatro bocas que alimentar. La situación seguiría constituyendo todo un desafío, pero Wynstan tenía el pálpito de que se las apañarían. No obstante, no pensaba decirles la verdad.

—El aparcero murió de unas fiebres y su mujer regresó a casa de su madre —mintió.

—Entonces es un lugar insalubre.

—Ni mucho menos. Es una pequeña aldea con una colegiata. Una iglesia atendida por una comunidad de sacerdotes que conviven, y…

—Ya sé lo que es una colegiata. Es como un monasterio, pero no tan estricto.

—Mi primo Degbert es el deán, además del señor de la aldea, incluida la granja.

—¿Qué edificaciones posee la granja?

—Una vivienda y un granero. Y el ocupante anterior dejó sus herramientas.

—¿A cuánto asciende la renta?

—Tendrás que entregar a Degbert cuatro lechones gordos en las festividades de San Miguel, para el tocino de los sacerdotes. ¡Y eso es todo!

—¿Por qué tan poco?

Wynstan sonrió. La mujer era terca como una mula.

—Porque mi primo es un hombre amable.

Mildred resopló con escepticismo.

Se hizo un silencio. Wynstan se quedó mirándola. La mujer no quería la granja, no le cabía duda; no confiaba en él. Sin embargo, el obispo percibía la desesperación en su mirada, porque no tenía nada más. Al final la aceptaría, tenía que hacerlo.

—¿Dónde está ese lugar? —preguntó Mildred.

—A un día y medio de jornada río arriba.

—¿Cómo se llama?

—Dreng's Ferry.

3

Finales de junio de 997

Caminaron durante un día y medio, siguiendo un sendero apenas visible junto al río serpenteante; tres hombres jóvenes, su madre y una perra de pelaje marrón con manchas blancas.

Edgar estaba desorientado, desconcertado y nervioso. Había planeado una nueva vida para sí mismo, pero no aquella. El destino había dado un giro completamente imprevisto y él no había tenido tiempo de prepararse. En cualquier caso, Edgar y su familia no tenían la menor idea de lo que les deparaba aquella nueva vida; no sabían prácticamente nada de aquel lugar, Dreng's Ferry, que significaba, literalmente, «la balsa de Dreng». ¿Cómo sería? ¿Recelarían sus habitantes de los forasteros o, por el contrario, los recibirían con los brazos abiertos? ¿Y la granja? ¿Sería la tierra un suelo fértil, apto para el cultivo, o, por el contrario, estaría formado por arcilla gruesa y dura? ¿Habría perales o gansos salvajes graznando sin cesar o ciervos asustadizos? La familia de Edgar creía en los planes; su padre repetía a menudo que había que construir el barco entero en la imaginación antes de levantar la primera plancha de madera.

Habría mucho trabajo que hacer para volver a poner en condiciones una granja abandonada, y a Edgar le costaba reunir el entusiasmo necesario. Aquel era el canto fúnebre de sus sueños y esperanzas; nunca tendría su propio astillero, nunca construiría barcos. Estaba seguro de que nunca llegaría a casarse.

Trató de sentir algún interés por cuanto le rodeaba. Nunca había caminado tanto ni tanta distancia. En una ocasión había viajado muchas millas marinas, hasta Cherburgo y de vuelta, pero en el trayecto solo había visto agua y más agua. Ahora, por vez primera, estaba descubriendo Inglaterra.

Había una gran cantidad de bosque, como aquel en que su familia había estado talando árboles desde que él tenía uso de razón. La zona boscosa quedaba interrumpida por la presencia de algunas aldeas y unas pocas fincas de gran extensión. El paisaje se hacía más ondulante a medida que se adentraban hacia el interior. La vegetación se volvía más espesa, pero aún había asentamientos y señales de actividad humana: una cabaña de caza, un pozo, una mina de estaño, el cobertizo de un cazador de caballos, una pequeña familia de carboneros, un viñedo en una ladera orientada hacia el sur, un rebaño de ovejas pastando en lo alto de una colina…

Por el camino se encontraron con otros viajeros: un sacerdote rollizo montado a lomos de un escuálido poni; un platero bien vestido acompañado de cuatro ceñudos escoltas; un granjero corpulento que llevaba una marrana grande y negra al mercado, y una anciana encorvada que portaba huevos morenos para venderlos. Se detuvieron a hablar con todos ellos e intercambiar información sobre el camino que tenían por delante.

Tuvieron que relatar el saqueo vikingo de Combe a todo aquel con quien se encontraban, pues así era como la gente se enteraba de las noticias, a través de los viajeros. La mayoría de las veces la madre de Edgar explicaba una versión abreviada, pero en las poblaciones más opulentas se sentaba y relataba la historia entera, y a los cuatro les ofrecían comida y bebida a cambio.

Saludaban a los barcos que pasaban. No había puentes, y tan solo un vado, en un lugar llamado Mudeford Crossing. Podrían haber pasado la noche en la posada de esa localidad, pero hacía bueno y la madre decidió que dormirían al raso y así ahorrarían dinero. Pese a todo, prepararon sus jergones a escasa distancia del edificio.

La madre dijo que el bosque podía ser peligroso y advirtió a los muchachos que estuviesen ojo avizor, lo que no hizo sino acrecentar la sensación de Edgar de que aquel era un mundo sin reglas. Salteadores de caminos y proscritos vivían allí y robaban a los viajeros. En aquella época del año esos hombres podían esconderse con facilidad entre la frondosa vegetación estival y aparecer brusca e inesperadamente.

Edgar y sus hermanos podían responder y defenderse a puñetazo limpio, se dijo. Aún llevaba consigo el hacha del vikingo que había asesinado a Sunni, y contaban con la perra; no es que Manchas fuese a ser muy útil en una pelea, como había demostrado durante el ataque vikingo, pero podía olfatear la presencia de un asaltante entre la maleza y lanzar una advertencia en forma de ladridos. Y lo que era más importante: saltaba a la vista que no merecía la pena robar a aquel miserable grupo de cuatro personas, pues no llevaban consigo ninguna pieza de ganado, ni ornamentadas espadas, ni ningún cofre de hierro que pudiese contener dinero. Nadie robaba a un pobre, pensó Edgar, pero ni siquiera estaba seguro de eso.

En la caminata era su madre quien imponía el ritmo. Era una mujer muy dura; pocas mujeres llegaban a su edad, los cuarenta años, ya que la mayoría morían a los pocos años de dar a luz a los primeros hijos, entre el matrimonio y los treinta y tantos. En los hombres era distinto. Su padre tenía cuarenta y cinco años cuando murió, y había muchísimos hombres mayores aún.

Su madre se hallaba en su elemento cuando había de bregar con problemas prácticos, cuando tenía que tomar decisiones y dar consejos, pero en las largas horas de caminata en silencio, Edgar se dio cuenta de que estaba consumida por el dolor y la pena. Cuando creía que nadie la veía, bajaba la guardia y su rostro dejaba traslucir una tristeza inmensa. Había estado con padre más de la mitad de su vida. A Edgar le costaba trabajo imaginar que hubiesen experimentado alguna vez el arrebato de la tórrida pasión que él y Sunni habían sentido el uno por el otro, pero suponía que así debía de haber sido. A fin de cuentas habían criado a tres hijos, y después de todos esos años, aún se despertaban para abrazarse en mitad de la noche.

Él ya nunca tendría esa relación con Sunni. Mientras su madre lloraba por lo que había perdido, Edgar lo hacía por lo que nunca llegaría a tener: nunca se casaría con Sunni, ni tendría hijos con ella, ni se despertaría en plena noche para tener relaciones sexuales en la mediana edad; nunca habría ya ocasión de que él y Sunni se acostumbrasen el uno al otro, de que cayesen en la rutina, de que diesen por sentado el amor del otro; y todo eso le entristecía tanto que casi no podía soportarlo. Había encontrado un auténtico tesoro, algo que valía más que todo el oro del mundo, y luego lo había perdido. Tenía toda una vida por delante, pero era una vida completamente vacía.

Durante la larga caminata, cuando su madre se sumía en el desconsuelo, a Edgar lo asaltaban recuerdos de la violencia extrema. Era como si la exuberante abundancia de hojas de roble y carpe blanco a su alrededor se desvaneciese de repente y, en su lugar, veía el tajo abierto en el cuello de Cyneric, como si fuera un trozo de carne en el taco de madera de un carnicero; percibía el cuerpo suave de Sunni enfriándose en la muerte, y se horrorizaba una vez más al recordar lo que le había hecho al vikingo, cuyo rostro nórdico de barba rubia era una amalgama de sangre, desfigurado por el mismísimo Edgar en un arrebato de odio incontrolable y enloquecido. Vio el campo de cenizas al que había quedado reducido el pueblo, los huesos calcinados del viejo mastín, Grendel, y el brazo cercenado de su padre en la playa, como los restos de un naufragio. Pensó en Sunni, enterrada ahora en una fosa común del cementerio de Combe. Aunque sabía que su alma estaba con Dios, seguía pareciéndole horrible que el cuerpo que tanto amaba estuviese bajo aquella tierra fría, revuelto con otros centenares de cadáveres más.

Al segundo día, cuando casualmente Edgar y su madre iban caminando juntos un poco por delante de los demás, ella le dijo con aire pensativo:

—Parece evidente que estabas bastante lejos de casa cuando avistaste los barcos vikingos.

Edgar esperaba aquello; Erman ya le había hecho preguntas,

perplejo, y Eadbald había adivinado que tenía que estar relacionado con algo ilícito, pero Edgar no tenía por qué darles explicaciones. Con su madre, en cambio, era distinto.

Pese a todo, no estaba seguro de por dónde empezar, de modo que optó por una lacónica respuesta:

—Sí.

—Imagino que debías de ir al encuentro de alguna muchacha.

Edgar se sintió avergonzado.

Su madre siguió hablando:

—No veo ninguna otra razón por la que tuvieras que salir a escondidas de casa en plena noche.

Se encogió de hombros; siempre había sido difícil ocultarle algo a su madre.

—Pero ¿a qué venía tanto secreto? —preguntó, siguiendo la lógica de su pensamiento—. Ya eres lo bastante mayor para cortejar a una chica, no tienes de qué avergonzarte. —Hizo una pausa—. A menos que fuera una mujer casada…

Edgar no dijo nada, pero sintió que se le ruborizaban las mejillas.

—Adelante, ponte rojo de vergüenza —señaló ella—. Tienes motivos para estar avergonzado.

Su madre era estricta, igual que lo había sido su padre. Creían en la obediencia a las leyes de la Iglesia y del rey. Edgar también creía en ello, pero se había dicho a sí mismo que su relación con Sunni había sido algo excepcional.

—Ella odiaba a Cyneric —dijo él.

Mildred no iba a comulgar con aquello.

—Y entonces ¿qué crees? —dijo sarcásticamente—. ¿Que el mandamiento dice: «No cometerás adulterio, a no ser que la esposa odie a su marido»?

—Ya sé lo que dice el mandamiento. Lo quebranté.

Su madre hizo caso omiso de su confesión y siguió expresando sus pensamientos en voz alta.

—La mujer debió de morir durante el ataque —señaló—. De lo contrario, no habrías venido con nosotros.

Edgar asintió con la cabeza.

—Supongo que era la mujer del lechero. ¿Cómo se llamaba...? Sungifu.

Lo había adivinado todo. Edgar se sintió como un idiota, como un niño pillado en falta.

—¿Teníais planeado huir juntos esa noche?

—Sí.

Su madre lo cogió del brazo y su voz se dulcificó:

—Bueno, al menos supiste elegir, eso lo reconozco. Me gustaba Sunni; era una mujer inteligente y trabajadora. Siento mucho que haya muerto.

—Gracias.

—Era una buena mujer. —Mildred le soltó el brazo, y volvió a cambiarle el tono de voz—. Pero era la mujer de otro hombre.

—Lo sé.

Su madre no dijo nada más. La conciencia de Edgar se encargaría de juzgarlo, y ella lo sabía.

Hicieron un alto en el camino y se detuvieron junto a un arroyo a beber agua fresca y descansar un poco. Hacía horas desde la última vez que habían ingerido algún alimento, pero no tenían comida.

Erman, el hermano mayor, estaba tan deprimido como Edgar, pero carecía de la sensatez de callárselo.

—Yo soy un artesano, no un campesino ignorante —rezongó mientras reanudaban la caminata—. No sé por qué tengo que ir a esa granja.

Su madre ya no tenía paciencia para aguantar a los refunfuñones.

—¿Qué alternativa propones, entonces? —le espetó interrumpiendo sus lamentaciones—. ¿Qué habrías hecho si no te hubiese mandado embarcar en este viaje?

Erman no tenía respuesta para eso, naturalmente, de modo que mascolló que habría esperado a ver qué pasaba más adelante.

—Ya te digo lo que habría pasado más adelante —continuó su

madre—: la esclavitud. Esa es tu alternativa. Eso es lo que le sucede a la gente cuando no tiene qué llevarse a la boca.

Sus palabras iban dirigidas a Erman, pero fue Edgar quien se quedó más conmocionado. No se le había pasado por la cabeza la posibilidad de acabar convertido en esclavo, y la sola idea le resultaba extremadamente inquietante. ¿Era ese el destino que aguardaba a su familia si no conseguían hacer viable la granja?

—A mí nadie va a esclavizarme —dijo Erman con aire arrogante.

—No —repuso su madre—, tú te ofrecerías voluntario.

Edgar había oído hablar de personas que se ofrecían como esclavas, pero no conocía a nadie que hubiese llegado a hacerlo. Había conocido a muchos esclavos en Combe, por supuesto: uno de cada diez habitantes lo era. Muchachas y muchachos jóvenes y apuestos se convertían en divertimento de hombres ricos, mientras que el resto tiraban de un arado, recibían latigazos cuando se cansaban y pasaban las noches encadenados como perros. La mayoría de ellos eran britanos, gente de los salvajes confines occidentales de la civilización, Gales, Cornualles e Irlanda. De vez en cuando atacaban a los prósperos ingleses y les robaban el ganado, las gallinas y las armas, y, en represalia, los ingleses los castigaban atacándolos a ellos, quemando sus aldeas y convirtiéndolos en sus esclavos.

La esclavitud voluntaria era algo distinto. Había un ritual predeterminado, y su madre se lo describió a Erman con aire desdeñoso.

—Te arrodillarías ante un noble, ya fuese hombre o mujer, con la cabeza gacha a modo de súplica —dijo—. El noble podría rechazarte, por supuesto, pero si la persona apoya la mano sobre tu cabeza, serías su esclavo de por vida.

—Antes preferiría morir de hambre —repuso Erman en un intento de parecer desafiante.

—No, no es verdad —contestó Mildred—. Tú no has pasado hambre en toda tu vida, ni siquiera un día. Tu padre se aseguró de que así fuera, incluso cuando él y yo teníamos que privarnos de la comida para poder alimentaros a vosotros. Tú no sabes lo que es no comer nada durante una semana. Tú agacharías la cabeza en menos que canta un gallo, solo por ese plato de comida, pero entonces tendrías que trabajar el resto de tu vida a cambio únicamente de tu sustento.

Edgar no acababa de creer a su madre. Pensaba que él preferiría pasar hambre.

Erman habló con rabia desafiante:

—Pero la gente puede dejar de ser esclava.

—Sí, pero ¿te das cuenta de lo difícil que es eso? Puedes comprar tu libertad, sí, pero ¿de dónde sacarías el dinero? A veces la gente da propinas a los esclavos, pero no a menudo, y no mucho dinero. Como esclavo, tu única esperanza realista es que, en sus últimas voluntades, un amo bondadoso disponga que se te conceda la libertad, y entonces vuelves a estar como al principio, sin casa y en la miseria, solo que veinte años más viejo. Esa es la alternativa, cretino. Y ahora dime que no quieres ser granjero.

Eadbald, el hermano mediano, se detuvo de pronto, arrugó la frente salpicada de pecas y anunció:

—Creo que ya hemos llegado.

Edgar miró al otro lado del río. En la ribera norte había un edificio que parecía una posada: más alargada que una taberna normal, con una mesa y bancos en el exterior y una enorme extensión de hierba donde pacían una vaca y dos cabras. Había una rudimentaria barca amarrada en las inmediaciones. Un transitado sendero ascendía por la ladera junto a la posada. A la izquierda del camino había otras cinco casas de madera más, y a la derecha, una pequeña iglesia de piedra, otra casa grande y un par de estructuras que bien podían haber sido establos o graneros. Más allá, el camino desaparecía adentrándose en el bosque.

—Una balsa, una posada y una iglesia —dijo Edgar con creciente entusiasmo—. Creo que Eadbald tiene razón.

—Vamos a comprobarlo —dijo la madre—. Dales una voz, anda.

Eadbald tenía una voz muy potente. Hizo bocina con las manos alrededor de la boca y su grito reverberó por el agua.

—¡Eh! ¡Eh! ¿Hay alguien ahí? ¿Hola?

Aguardaron una respuesta.

Edgar miró río abajo y reparó en que el caudal se dividía en dos al llegar a una isla de unos cuatrocientos metros de largo. A pesar de la frondosidad del bosque, Edgar vislumbró, a través de los árboles, lo que parecía parte de un edificio de piedra. Se preguntó con viva curiosidad qué sería aquello.

—Vuelve a llamar —dijo su madre.

Eadbald gritó de nuevo.

La puerta de la posada se abrió y asomó una mujer. Desde el otro lado del río, Edgar calculó que debía de ser poco más que una niña, unos tres o cuatro años menor que él. La joven miró a la otra orilla del río a los recién llegados, pero no hizo ningún amago de saludarlos. Llevaba un balde de madera y se dirigió con parsimonia a la ribera del río, vació el balde en el agua, lo sacudió y luego regresó al interior de la taberna.

—Tendremos que atravesar el río a nado —dijo Erman.

—Yo no sé nadar —repuso su madre.

—Esa chica está diciéndonos algo —señaló Edgar—. Quiere que sepamos que es una persona superior, no una sirvienta. Traerá la barca hasta aquí cuando le venga en gana, y esperará que nos mostremos agradecidos.

Edgar tenía razón. La joven volvió a salir de la posada y esta vez se dirigió con la misma parsimonia de antes a donde estaba amarrada la balsa. Soltó el amarre, cogió un remo, se subió a la embarcación y la empujó para apartarse de la orilla. Fue alternando el movimiento con el remo a uno y otro lado de la balsa y se adentró en el río con maniobra experta y, aparentemente, sin hacer gran esfuerzo.

Edgar examinó la balsa con consternación. Estaba hecha con el tronco vaciado de un árbol y, por tanto, era muy inestable, aunque saltaba a la vista que la chica estaba más que acostumbrada.

A medida que iba acercándose, la examinó a ella: tenía un aspecto más bien anodino, con el pelo castaño y acné en la cara, pero no pudo evitar fijarse en su figura regordeta, y corrigió sus cálculos iniciales hasta decidir que debía de tener quince años.

La muchacha siguió remando hasta alcanzar la ribera sur del río y detuvo la balsa con mano experta a escasos metros de la orilla.

—¿Qué queréis? —preguntó.

La madre respondió con otra pregunta:

—¿Qué lugar es este?

—La gente lo llama Dreng's Ferry.

«Así que este es nuestro nuevo hogar», pensó Edgar.

—¿Eres Dreng? —le preguntó la madre a la chica.

—Ese es mi padre, yo soy Cwenburg. —Miró con interés a los tres muchachos—. ¿Y vosotros quiénes sois?

—Somos los nuevos aparceros de la granja —respondió Mildred—. Nos envía el obispo de Shiring.

Cwenburg no tenía intención de dejarse impresionar.

—¿Ah, sí?

—¿Nos llevas al otro lado?

—Es un cuarto de penique cada uno, y nada de regatear.

La única moneda acuñada por el rey era el penique de plata. Edgar sabía —porque le interesaban esa clase de cosas— que un penique pesaba una vigésima parte de una onza. Había doce onzas en una libra, de manera que una libra eran doscientos cuarenta peniques. El metal no era puro, sino que treinta y siete partes de cuarenta eran plata y el resto, cobre. Con un penique se compraba media docena de gallinas o un cuarto de oveja. Para la mercancía más barata, había que cortar un penique en dos mitades de medio penique o en cuartos. La división exacta creaba constantes disputas.

—Ten, un penique —dijo la madre.

Cwenburg hizo caso omiso de la moneda que le ofrecía.

—Sois cinco, contando al perro.

—La perra puede cruzar nadando.

—Algunos perros no saben nadar.

Mildred estaba al borde de la exasperación.

—En ese caso, se puede quedar en esta orilla y morir de hambre o saltar al río y ahogarse. No pienso pagar para que un perro vaya en una balsa.

Cwenburg se encogió de hombros, llevó la balsa a la orilla del agua y aceptó la moneda.

Edgar fue el primero en subir a bordo, arrodillándose y agarrándose a los dos bordes para estabilizar la barca. Advirtió que el viejo tronco de madera tenía algunas grietas y había un charco en el fondo.

—¿De dónde has sacado esa hacha? —le preguntó Cwenburg—. Parece cara.

—Se la quité a un vikingo.

—¿Ah, sí? ¿Y qué dijo cuando se la quitaste?

—Pues no mucho, porque le partí la cabeza por la mitad con ella. —Edgar se sintió muy satisfecho al decir aquello.

Los demás embarcaron también y Cwenburg empujó la balsa. Manchas se tiró al río sin pensárselo dos veces y fue nadando detrás de ellos. Lejos de la sombra del bosque, el sol pegaba con fuerza en la cabeza de Edgar.

—¿Qué hay en esa isla? —le preguntó a Cwenburg.

—Un convento de monjas.

Edgar asintió. Ese debía de ser el edificio de piedra que había vislumbrado entre la vegetación.

—También hay unos cuantos leprosos —añadió Cwenburg—. Viven en refugios que construyen con ramas de árboles. Las monjas les dan de comer. La llamamos la isla de los Leprosos.

Edgar sintió un escalofrío. Se preguntó cómo sobrevivían las monjas. Se decía que, si tocabas a un leproso, podías contraer la enfermedad, aunque él nunca había oído hablar de nadie que lo hubiese hecho.

Alcanzaron la orilla norte y Edgar ayudó a su madre a bajar de la balsa. Percibió el fuerte olor a la fermentación de cerveza.

—Alguien está haciendo cerveza —señaló.

—Mi madre fabrica una cerveza muy buena en el cobertizo —dijo Cwenburg—. Deberíais entrar en la casa a refrescaros.

—No, gracias —contestó la madre inmediatamente.

Cwenburg insistió:

—Puede que queráis dormir aquí mientras arregláis los edificios de la granja. Mi padre os dará desayuno y cena por medio penique cada uno. Es muy buen precio.

—¿Es que los edificios no están en buenas condiciones? —preguntó la madre.

—La última vez que pasé por allí había agujeros en el tejado de la casa.

—¿Y el granero?

—La pocilga, querrás decir...

Edgar frunció el ceño. Aquello no sonaba nada bien. Aun así, tenían doce hectáreas: podrían hacer algo de provecho con eso.

—Ya veremos —dijo la madre—. ¿En qué casa vive el deán?

—¿Degbert Baldhead? Es mi tío. —Cwenburg señaló un edificio—. En la casa grande, junto a la iglesia. Todos los monjes viven allí.

—Iremos a verlo.

Dejaron atrás a Cwenburg y caminaron un breve trecho por la ladera.

—Este deán es nuestro nuevo señor. Comportaos y sed amables. Yo me mostraré firme con él si es necesario, pero no queremos que nos tome manía por lo que sea.

La pequeña iglesia parecía estar en ruinas, pensó Edgar. El arco de la entrada se estaba desmoronando y lo único que impedía que se derrumbase por completo era el soporte de un robusto tronco de árbol plantado en mitad de la puerta. Junto a la iglesia había una casa de madera, del doble de tamaño que una casa normal, como la posada. Aguardaron en la puerta educadamente.

—¿Hay alguien en casa? —preguntó la madre.

La mujer que asomó por la puerta portaba a un niño de pecho apoyado en la cadera y estaba embarazada, y había otro crío agarrado por detrás de su falda. Llevaba el pelo sucio y tenía un pecho abundante. Puede que hubiese sido guapa en el pasado, con sus pómulos marcados y la nariz recta, pero en ese momento parecía tan cansada que apenas podía tenerse en pie. Ese era el aspecto que tenían muchas mujeres a los veinte años. Con razón morían tan jóvenes, pensó Edgar.

—¿Está el deán Degbert? —preguntó su madre.

—¿Qué queréis de mi marido? —dijo la mujer.

Era evidente, pensó Edgar, que aquella no era una comunidad religiosa demasiado estricta. En principio, la Iglesia prefería que los sacerdotes fuesen célibes, pero esta norma se quebrantaba más veces de las que se respetaba, y no resultaba inaudito que hubiese algún que otro obispo casado.

—Nos envía el obispo de Shiring.

La mujer gritó por encima del hombro:

—¡Degsy! Tenemos visita… —Volvió a mirarlos fijamente un minuto más y luego desapareció en el interior de la casa.

El hombre que ocupó su lugar tenía unos treinta y cinco años, pero lucía una cabeza calva como un huevo pelado, sin ni siquiera una tonsura. Puede que su calvicie se debiera a alguna enfermedad.

—Soy el deán —dijo con la boca llena—. ¿Qué queréis?

Mildred se lo explicó de nuevo.

—Tendréis que esperar —aseveró Degbert—. Ahora estoy cenando.

Madre sonrió y no dijo nada, y los tres hermanos siguieron su ejemplo.

Degbert pareció darse cuenta de que no se estaba mostrando muy hospitalario, pero no se ofreció a compartir su comida de todos modos.

—Id a la taberna de Dreng —dijo—. Tomad algo de beber.

—No podemos permitirnos comprar cerveza —replicó la madre—. Estamos arruinados; los vikingos saquearon Combe, donde vivíamos.

—Entonces esperad ahí.

—¿Por qué no nos decís dónde está la granja? —propuso Mildred en tono conciliador—. Estoy segura de que podremos encontrarla.

Degbert vaciló un instante y luego dijo con irritación:

—Supongo que tendré que llevaros. —Miró al interior de la casa—. ¡Edith! Pon mi cena junto a la lumbre. Volveré dentro de una hora. —Entonces salió—. Seguidme —les dijo.

Bajaron por la colina.

—¿Qué hacíais en Combe? —preguntó Degbert—. No podíais ser granjeros ahí.

—Mi marido era constructor de barcos —aclaró la madre—. Lo mataron los vikingos.

Degbert se santiguó con indiferencia.

—Bueno, nosotros aquí no necesitamos barcos. Mi hermano Dreng es el dueño de la balsa y no hay espacio para dos.

—Dreng necesita una barca nueva —sugirió Edgar—. Esa balsa se está rompiendo. Cualquier día se hundirá.

—Puede ser.

—Ahora somos granjeros —dijo la madre.

—Bien, vuestras tierras empiezan aquí. —Degbert se detuvo en el extremo opuesto de la taberna—. A partir de la orilla del agua hasta la hilera de árboles, toda la tierra es vuestra.

La granja era una franja de tierra de unos doscientos metros de ancho junto al río. Edgar examinó el suelo. El obispo Wynstan no les había dicho lo estrecha que era, por lo que Edgar no había imaginado que una proporción tan grande de tierra estaría inundada de agua. El terreno iba mejorando a medida que iba alejándose del lecho del río y se convertía en una marga arenosa, con brotes verdes germinando.

—Se prolonga unos setecientos metros hacia el oeste —explicó Degbert— y luego vuelve a ser bosque.

La madre echó a andar entre la franja pantanosa y el suelo empinado, y los demás la siguieron.

—Como veis, hay una buena cantidad de avena a punto para la cosecha —señaló Degbert.

Edgar no distinguía la avena de cualquier otro cereal, y habría creído que aquellas plantas eran simples hierbajos.

—Veo la misma cantidad de malas hierbas que de avena —comentó Mildred.

Caminaron poco más de medio kilómetro y llegaron a un par de edificios en lo alto de una loma. Más allá de los edificios, el claro finalizaba y la zona de bosque llegaba hasta la orilla del río.

—Hay un huerto muy productivo —señaló Degbert.

No era un huerto en realidad, solo unos pocos manzanos y algunos nísperos. El níspero era una fruta de invierno que apenas resultaba comestible para los humanos y que a veces se daba de comer a los cerdos. La pulpa era dura y amarga, aunque podía ablandarse por las heladas o cuando estaban demasiado maduros.

—La renta son cuatro cochinillos bien engordados, pagaderos en la festividad de San Miguel —anunció Degbert.

Edgar se dio cuenta de que eso era todo, ya habían visto la granja entera.

—Son doce hectáreas, eso es verdad —dijo la madre—, pero es un terreno muy malo.

—Por eso la renta es tan baja.

Edgar sabía que su madre estaba negociando; la había visto hacer aquello mismo muchas veces con clientes y abastecedores. Se le daba muy bien, pero aquel era todo un reto. ¿Qué tenía que ofrecer? Degbert prefería que alguien arrendase la granja, eso estaba claro, y puede que quisiese complacer a su primo el obispo, pero, por otra parte, era evidente que una renta tan baja no le hacía ninguna falta, y podía muy bien decirle a Wynstan que su madre había rechazado aceptar una perspectiva tan poco prometedora. Ella negociaba desde una posición muy débil.

Inspeccionaron la casa. Edgar reparó en que estaba construidas con postes de madera clavados en el suelo y que las paredes entre los postes eran de zarzo y argamasa, como correspondía a las construcciones típicas de adobe y cañas. Las esteras de juncos del suelo estaban enmohecidas y olían muy mal. Cwenburg tenía razón, había agujeros en el tejado de paja, pero podían repararse.

—Este sitio está hecho un asco —señaló Mildred.

—Solo necesita algunas reparaciones.

—Pues a mí me parece que requiere mucho trabajo. Tendremos que traer madera del bosque.

—Sí, sí —dijo Degbert con impaciencia.

Pese a su tono malhumorado, el deán había hecho una importante concesión: podían talar árboles y no había mencionado para nada un pago a cambio. Obtener madera gratis era algo muy valioso.

El edificio más pequeño estaba aún en peores condiciones que la casa.

—El granero se está cayendo prácticamente a trozos —dijo la madre.

—Ahora mismo no necesitáis ningún granero —repuso Degbert—. No disponéis de nada que almacenar.

—Tenéis razón, estamos arruinados —dijo Mildred—, de modo que no podremos pagaros en San Miguel.

Degbert sintió que lo había dejado en evidencia; no podía oponerse a esa lógica.

—Podéis estar en deuda conmigo —sugirió—. Me deberéis cinco lechones en San Miguel el año que viene.

—¿Y cómo voy a comprar una cerda? Con esta avena apenas si voy a poder alimentar a mis hijos este invierno. No me quedará nada con lo que mercadear.

—¿Rechazas quedarte con la granja, entonces?

—No, lo que digo es que para que la granja sea viable, vais a tener que darme más ayuda. Necesito una suspensión temporal de la renta, y necesito una cerda. Y necesito también un saco de harina a crédito… no tenemos comida.

Eran unas exigencias un tanto osadas: los terratenientes esperaban que les pagasen a ellos, y no al contrario. Sin embargo, a veces tenían que ayudar a los aparceros a arrancar, y Degbert tenía que saberlo.

El deán parecía frustrado, pero al final no tuvo más remedio que ceder.

—Está bien —dijo—. Os prestaré harina. No os cobraré la renta este año. Te conseguiré una cerda, pero me deberás un lechón de la primera camada, y eso será aparte de la renta.

—Supongo que tendré que aceptarlo —dijo la madre. Habló

con aparente reticencia, pero Edgar estaba seguro de que había conseguido un trato harto ventajoso.

—Y ahora me vuelvo a mi cena —dijo Degbert con aire gruñón, intuyendo que había salido perdiendo. Se marchó, dirigiéndose de vuelta a la aldea.

La madre lo llamó:

—¿Cuándo tendremos la cerda?

El hombre respondió sin mirar atrás:

—Pronto.

Edgar examinó su nuevo hogar. Era deprimente, pero se sentía asombrosamente bien. Tenían un reto por delante, y eso era mucho mejor que la desesperación que había sentido hasta entonces.

—Erman —dijo su madre—, ve al bosque a recoger leña. Eadbald, ve a la posada y consigue un tizón encendido para prender la lumbre, utiliza todos tus encantos con esa muchacha de la balsa. Edgar, mira a ver si puedes tapar temporalmente los agujeros del tejado, ahora no tenemos tiempo de reparar la techumbre como es debido. Andando, chicos. Y mañana empezaremos a desherbar el campo.

Degbert no llevó ninguna cerda a la granja en los siguientes días.

Madre no dijo nada. Desbrozó los campos de avena con la ayuda de Erman y Eadbald, los tres encorvando la espalda en el terreno estrecho y alargado mientras Edgar reparaba la casa y el granero con madera del bosque, empleando el hacha vikinga y algunas herramientas herrumbrosas que había dejado allí el anterior aparcero.

Sin embargo, Edgar estaba preocupado; al igual que su primo el obispo Wynstan, el deán no era de fiar. Temía que Degbert esperase a verlos asentarse en la granja y decidiese entonces que ya estaban comprometidos y se desdijese de su palabra. En ese caso a la familia le resultaría muy difícil pagar la renta, y una vez que empezasen a atrasarse en los pagos les sería imposible ponerse al día, tal como Edgar sabía tras haber observado la suerte de sus vecinos poco previsores de Combe.

—No te preocupes —lo tranquilizó su madre cuando el muchacho compartió su desasosiego con ella—. Degbert no se me va a escapar: hasta el peor de los curas tiene que aparecer por la iglesia tarde o temprano.

Edgar esperaba que tuviese razón.

Cuando oyeron el sonido de la campana de la iglesia el domingo por la mañana, recorrieron andando el trecho desde su granja hasta la aldea. Edgar supuso que serían los últimos en llegar, teniendo en cuenta el largo camino que había desde la casa hasta allí.

La iglesia era poco más que una torre cuadrada adosada a un edificio de una sola planta en el ala oriental. Edgar advirtió que toda la estructura estaba asentada sobre la pendiente inclinada de la ladera; cualquier día se vendría abajo.

Para entrar, tuvieron que pasar de lado a través de un acceso que estaba parcialmente bloqueado por el grueso tronco de árbol que sostenía el arco de medio punto. Edgar se dio cuenta de por qué el arco estaba a punto de derrumbarse: las juntas de argamasa entre las piedras de un arco de medio punto formaban líneas que debían apuntar al centro de un círculo imaginario, como los radios de la rueda de un carro, pero en aquel arco eran aleatorias, de manera que hacía la estructura más débil y también parecía horrible.

La nave central era la planta baja de la torre. Su techo elevado hacía que el espacio pareciese aún más estrecho. Una docena aproximada de adultos y unos pocos niños pequeños esperaban a que empezase la misa. Edgar saludó con la cabeza a Cwenburg y a Edith, las únicas dos personas a las que conocía.

En una de las piedras que formaban la pared había una inscripción que Edgar no podía leer desde donde estaba, pero supuso que se correspondería con el nombre de alguien enterrado allí, tal vez un noble que había ordenado la construcción de la iglesia para que fuese su último lugar de reposo.

Un estrecho pasillo con arcos en el muro oriental conducía al presbiterio. Edgar se asomó por el hueco y vio un altar con una cruz de madera y una pintura mural de Jesucristo detrás de ella. Degbert estaba allí junto con otros clérigos.

Los miembros de la congregación mostraban más interés por los recién llegados que por el oficio de misa. Los niños miraban sin disimulo a Edgar y a su familia, mientras que sus padres les lanzaban miradas furtivas y luego se volvían para cuchichear en voz baja sobre lo que habían visto.

Degbert despachó la misa rápidamente. Edgar pensó que la precipitación con que parecía oficiarla casi rayaba la irreverencia, y eso que él no era una persona especialmente devota. Tal vez no importaba, pues de todos modos los feligreses no entendían las palabras en latín, pero el chico estaba acostumbrado a un ritmo más pausado en Combe. En cualquier caso, no era problema suyo, siempre y cuando sus pecados fuesen perdonados.

A Edgar no le inquietaban demasiado los sentimientos religiosos. Cuando la gente hablaba de cómo pasaban el tiempo los muertos en el cielo, o de si el diablo tenía cola o no, él se soliviantaba, pensando que era imposible que alguien llegase a saber la verdad sobre aquello algún día. A él le gustaban las preguntas que tenían respuestas precisas, como cuál debía ser la altura del mástil de un barco.

Cwenburg se situó a su lado y sonrió. Saltaba a la vista que había decidido mostrarse simpática.

—Deberías venir a casa alguna noche —le sugirió.

—No tengo dinero para cerveza.

—Pero puedes visitar a tus vecinos de todos modos.

—Puede ser. —Edgar no quería parecer descortés, pero no tenía ningún deseo de pasar una velada en compañía de Cwenburg.

Al término del oficio, su madre siguió con paso firme a los clérigos al exterior de la iglesia. Edgar la acompañó y Cwenburg lo siguió. La madre abordó a Degbert antes de que este pudiese escabullirse.

—Necesito esa cerda que me prometisteis —le dijo.

Edgar se sintió orgulloso de su madre; era una mujer valiente y decidida. Y había escogido el momento a la perfección. Degbert no querría que lo acusasen de incumplir su palabra delante de toda la aldea.

—Habla con Bebbe la Gorda —contestó secamente y siguió andando.

Edgar se dirigió a Cwenburg:

—¿Quién es Bebbe?

Cwenburg señaló a una mujer rolliza que trataba de rodear el tronco del árbol con bastante dificultad.

—Provee a la colegiata de huevos, carne y otros productos de la cosecha de su terreno.

Edgar indicó a su madre quién era la mujer.

—El deán me ha dicho que hable contigo para que me des una cochina —le dijo, acercándose a ella.

Bebbe tenía un rostro rubicundo y parecía simpática.

—Ah, sí —dijo—. Tengo que daros una lechona destetada. Venid conmigo y así podréis escoger.

Mildred acompañó a Bebbe y los tres chicos las siguieron.

—¿Cómo os va en la granja? —preguntó Bebbe en tono afable—. Espero que la casa no esté en muy mal estado.

—Pues está bastante mal, sí, pero la estamos reparando —contestó la madre.

Edgar calculó que las dos mujeres debían de ser más o menos de la misma edad, y pensó que tal vez congeniarían. Eso esperaba, porque su madre necesitaba una amiga.

Bebbe tenía una pequeña casa en un terreno bastante extenso. En la parte de atrás de la casa había un estanque con patos, un gallinero y una vaca atada con un ternero recién nacido. Pegado a la casa había un recinto vallado donde una cerda de gran tamaño tenía una camada de ocho crías. Bebbe gozaba de una buena posición económica, pero probablemente dependía de la colegiata.

Mildred examinó atentamente los lechones durante unos minutos y luego señaló a una de las crías, pequeña y enérgica.

—Buena elección —dijo Bebbe, y cogió al animal en sus brazos con movimiento ágil y experto. La lechona chilló asustada. Bebbe sacó unas correas de cuero de su faltriquera y le ató las patas—. ¿Quién va a llevarla?

—Yo —se ofreció Edgar.

—Pásale el brazo por debajo de la panza y ten cuidado, que no te muerda.

Edgar hizo lo que le decía. La lechona estaba muy sucia, naturalmente.

La madre le dio las gracias a Bebbe.

—Necesito que me devolváis esas correas tan pronto como podáis —dijo Bebbe. Todos los tipos de tiras y cuerdas eran muy valiosos, ya fuesen de cuero, tendones o hilo.

—Por supuesto —convino Mildred.

Se marcharon. La lechona chillaba y se retorcía desesperadamente al ver que la separaban de su madre. Edgar le cerró el morro con la mano para acabar con el ruido, pero, casi como represalia, el animal le cagó un reguero de heces líquidas por la parte delantera de su túnica.

Se detuvieron en la taberna y pidieron encarecidamente a Cwenburg que les diese unas sobras con las que alimentar a la lechona. La joven les dio un buen puñado de cortezas de queso, colas de pescado, corazones de manzana y otros restos de comida.

—Hueles que apestas —le dijo a Edgar.

Ya lo sabía.

—Tendré que meterme en el río.

Regresaron a la granja y Edgar dejó a la lechona en el granero. Ya había reparado el agujero de la pared, de modo que el animal no podía escapar. Dejaría a Manchas allí por las noches para que la custodiara.

Madre puso agua al fuego y arrojó las sobras para hacer unas gachas. Edgar se alegraba de tener una cerda, pero era otra boca que alimentar. No podían comérsela: tenían que cebarla bien hasta que fuese adulta y luego ponerla a criar. Durante un tiempo no sería sino otra responsabilidad más que minaría sus escasos recursos.

—La lechona no tardará en alimentarse ella sola del suelo del bosque, sobre todo cuando empiecen a caer las bellotas —dijo su madre—. Pero tenemos que adiestrarla para que vuelva a casa por las noches, o de lo contrario nos la robarán los proscritos o se la comerán los lobos.

—¿Cómo adiestrabais a los cerdos cuando eras pequeña y vivías en la granja? —le preguntó Edgar a su madre.

—No lo sé... Siempre acudían cuando mi madre los llamaba. Imagino que sabían que iba a darles algo de comer. Nunca acudían a nosotros, los niños.

—Nuestra lechona podría aprender a acudir a tu llamada, pero entonces no acudiría a ninguna otra voz. Necesitamos una campana.

La madre soltó un bufido escéptico. Las campanas eran muy caras.

—Y yo necesito un broche de oro y un poni blanco —comentó, burlona—, pero no me van a caer del cielo.

—Nunca se sabe lo que te puede caer del cielo —dijo Edgar.

Se dirigió al granero. Recordó algo que había visto allí: una vieja hoz, con el mango podrido y la hoja curvada oxidada y partida en dos. La había arrojado a una esquina con otros cacharros. En ese momento cogió el extremo roto de la hoja, un hierro en forma de media luna de un poco más de un palmo que, aparentemente, no servía para nada.

Encontró una piedra lisa, se sentó bajo la suave luz de la mañana y empezó a restregarla sobre el hierro para eliminar el óxido. Era una tarea ardua y tediosa, pero estaba acostumbrado al trabajo duro y siguió restregando hasta que estuvo lo bastante limpia para que se reflejase la luz del sol. No afiló el borde, pues no pensaba cortar nada con ella.

Con ayuda de una ramita flexible que hizo las veces de cuerda, colgó la hoja de hierro de la rama de un árbol y luego le dio un golpe con la piedra. Emitió un ruido; no era el repiqueteo melodioso de una campana, sino un sonido que, si bien no era musical en absoluto, sí resultaba bastante audible.

Se la enseñó a su madre.

—Si golpeas esto con la piedra antes de dar de comer a la lechona, esta aprenderá a acudir al oír el sonido —explicó.

—Muy bien —dijo Mildred—. ¿Cuánto tardarás en hacerme el broche de oro? —Habló en tono de broma, pero sus palabras dejaban traslucir un dejo de orgullo. Pensaba que Edgar había heredado de ella su cerebro, y seguramente tenía razón.

La comida de mediodía estaba lista, pero solo estaba compuesta por pan ácimo y cebollas silvestres, y Edgar quería lavarse antes de comer. Caminó por la margen del río hasta encontrar una pequeña playa de fango. Se quitó la túnica y la lavó en la orilla, frotando y restregando la tela de lana para eliminar bien el hedor. A continuación la extendió sobre una roca para secarla al sol.

Se sumergió en el agua, agachando la cabeza para lavarse el pelo. Solía decirse que bañarse no era saludable, y Edgar nunca se bañaba en invierno, pero los que no lo hacían jamás apestaban durante toda su vida. Su madre y su padre habían enseñado a sus hijos a mantenerse aseados bañándose al menos una vez al año.

Edgar había crecido junto al mar y había aprendido a nadar casi al mismo tiempo que a caminar. En ese momento decidió cruzar el río a nado, solo por gusto.

La corriente era moderada y nadar le resultó fácil. Disfrutó del contacto del agua fría sobre su piel desnuda. Cuando llegó a la otra orilla, dio media vuelta y regresó. En cuanto hizo pie al alcanzar el otro lado, se levantó. La superficie le llegaba a las rodillas y el agua le chorreaba del cuerpo. El sol no tardaría en secarlo.

Entonces se percató de que no estaba solo.

Cwenburg se hallaba sentada en la orilla, observándolo.

—Tienes buen cuerpo —comentó.

Edgar se sintió idiota. Abochornado, dijo:

—¿Puedes irte, por favor?

—¿Por qué habría de hacerlo? Cualquiera es libre de pasear a la orilla del río.

—Por favor...

La muchacha se levantó y dio media vuelta.

—Gracias —dijo Edgar.

Pero había malinterpretado la intención de la joven, que, en lugar de marcharse, se despojó de su vestido quitándoselo rápidamente por la cabeza. Su piel desnuda era pálida.

—¡No, no! —exclamó Edgar.

Ella se volvió.

Edgar la miró horrorizado. Su aspecto no tenía nada de malo —de hecho, un recoveco de su cerebro se fijó en que tenía una bonita figura redondeada—, pero no era la mujer deseada. Su corazón estaba dominado por Sunni, y el cuerpo de ninguna otra persona podía ya estremecerlo.

Cwenburg se metió en el río.

—Desde aquí se te ve el pelo de otro color —le dijo con una sonrisa de complicidad no solicitada—. Casi pelirrojo.

—No te acerques —le dijo él.

—Tienes tu cosa toda arrugada por el agua fría... ¿Quieres que te la caliente? —Cwenburg alargó el brazo hacia él.

Edgar la apartó. Como estaba tenso y muerto de vergüenza, la empujó con más fuerza de la pretendida y la joven perdió el equilibrio y se cayó en el agua. Edgar aprovechó para pasar a su lado y subir a la playa mientras ella se levantaba del agua.

—¿Se puede saber qué te pasa? —le dijo a su espalda—. ¿Es que eres uno de esos sarasas afeminados a los que les gustan los hombres?

Edgar recogió su túnica. Aún estaba húmeda, pero se la puso de todos modos. Sintiéndose menos vulnerable, se volvió hacia ella.

—Sí, eso es —contestó—. Soy un afeminado.

Cwenburg lo miró con furia.

—No, no lo eres —replicó—. Te lo estás inventando.

—Sí, me lo estoy inventando. —Edgar empezaba a perder la paciencia—. La verdad es que no me gustas. Y ahora, ¿me dejarás en paz?

Salió del agua.

—Cerdo asqueroso —lo insultó—. Espero que te mueras de hambre aquí en esta granja de mala muerte. —Se puso el vestido por la cabeza—. Y luego espero que vayas derecho al infierno —dijo, y se marchó.

Edgar sintió un gran alivio al librarse por fin de ella, pero al cabo de un momento se arrepintió por no haber sido más amable. En parte era culpa de la chica por ser tan insistente, pero él podría haber tenido algo más de tacto. Muchas veces se arrepentía de ser tan impulsivo y pensaba que ojalá tuviese un poco más de contención.

A veces, pensó, era difícil hacer lo correcto.

El campo estaba tranquilo y en silencio.

En Combe siempre había mucho ruido: los estridentes chillidos de las gaviotas argénteas, el golpeteo de los martillos sobre los clavos, el murmullo de la multitud y el grito de una voz solitaria. Incluso de noche se oía el crujido de los barcos al mecerse sobre las aguas inquietas. El campo, en cambio, solía estar en completo silencio. Si soplaba el viento, los árboles protestaban con un susurro de descontento, pero si no, reinaba en él un silencio sepulcral.

Por eso, cuando Manchas empezó a ladrar en plena noche, Edgar se despertó de inmediato.

Se levantó al instante y descolgó el hacha de su soporte en la pared. El corazón le latía desbocado y tenía la respiración jadeante.

La voz de su madre resonó en la penumbra:

—Ten cuidado.

Manchas estaba en el granero y, pese a que sus ladridos se oían distantes, eran ladridos de alarma. Edgar la había dejado allí para que protegiera a la lechona, pero algo la había puesto en guardia ante el peligro.

Edgar se dirigió a la puerta, pero su madre se le había adelantado. Edgar vio la luz del fuego relumbrar con aire siniestro en la hoja del cuchillo que llevaba en la mano. Lo había limpiado y afilado él mismo, para ahorrarle a ella el esfuerzo, de modo que sabía que podía asestar con él una cuchillada mortal.

—Apártate de la puerta —le susurró Mildred—. Uno de ellos podría estar agazapado detrás.

Edgar hizo lo que le decía. Sus hermanos iban detrás de él; esperaba que ellos también hubiesen cogido un arma de alguna clase.

Madre levantó el cerrojo de la puerta cuidadosamente, casi sin hacer ruido. Luego abrió la puerta de par en par.

Acto seguido una figura apareció en el umbral. Su madre había tenido razón al advertir a Edgar: los ladrones habían previsto que la familia se despertaría y uno de ellos los estaba esperando, listo para atraparlos si, de forma imprudente, salían corriendo de la casa. Era una noche de luna clara, por lo que Edgar distinguió perfectamente el puñal alargado en la mano derecha del ladrón. El hombre irrumpió a ciegas en la oscuridad de la casa, dando cuchilladas a diestra y siniestra pero rajando solo el aire.

Edgar levantó el hacha, pero su madre fue más rápida. El cuchillo relució y el ladrón lanzó un aullido de dolor y cayó de rodillas en el suelo. La mujer se acercó más a él y la hoja del cuchillo relampagueó en la garganta del hombre.

Edgar pasó junto a ambos. Cuando salió al exterior, a la luz de la luna, oyó el chillido de la lechona. Al cabo de un momento vio otras dos figuras emerger del granero. Una de ellas llevaba una especie de tocado que le cubría parcialmente la cara y cargaba en los brazos la lechona.

Vieron a Edgar y echaron a correr.

El joven estaba indignado. Aquella cerda era preciosa para ellos; si la perdían, no conseguirían ninguna otra, ya que todos dirían que no eran capaces de cuidar de sus animales. En un momento de ansiedad extrema, Edgar actuó sin pensar: blandió el hacha por encima de su cabeza y la arrojó a la espalda del ladrón que llevaba a la lechona en brazos.

No creía que fuese a acertarle, y lanzó un gruñido de frustración, pero la afilada hoja se clavó en el brazo del fugitivo, que emitió un fuerte alarido, soltó a la cerda y cayó de rodillas en el suelo, agarrándose la herida del brazo.

El segundo hombre lo ayudó a levantarse.

Edgar salió corriendo tras ellos, pero siguieron huyendo, dejando la lechona atrás.

Edgar vaciló un instante; quería atrapar a los ladrones, pero si no iba por la lechona, tal vez esta, aterrorizada, echaría a correr sin parar, muy lejos, y puede que nunca llegase a encontrarla. Abandonó la persecución de los hombres y fue tras el animal. Era pequeña y sus patas eran muy cortas, y después de un minuto le dio alcance, se abalanzó encima de ella y le atrapó una pata con ambas manos. El animal se resistió, pero no pudo escapar de él.

Edgar sujetó con fuerza a la cerda en sus brazos, se levantó y regresó a la granja.

Dejó a la lechona en el granero y se detuvo un momento a felicitar a Manchas, que meneó la cola orgullosamente. Recuperó su hacha de donde había caído y limpió el filo en la hierba para eliminar la sangre del ladrón. Por fin fue a reunirse con su familia.

Estaban mirando al otro ladrón, en el suelo.

—Está muerto —anunció Eadbald.

—Habrá que tirarlo al río —propuso Erman.

—No —contestó su madre—. Quiero que los demás ladrones sepan que lo hemos matado. —No había que tener ningún temor a la ley, pues era cosa sabida que si alguien pillaba a un ladrón con las manos en la masa, podía matarlo sin más—. Seguidme, hijos. Traed el cadáver.

Erman y Eadbald lo recogieron. La madre los guio al bosque y se internaron un centenar de metros por un camino apenas visible a través del sotobosque hasta llegar a un lugar donde se cruzaba con otro sendero casi imperceptible. Cualquiera que fuese a la granja a través del bosque tendría que pasar por fuerza por allí.

A la luz de la luna, miró a los árboles que había alrededor y señaló uno cuyas ramas eran más bien bajas.

—Quiero colgar el cuerpo en ese árbol —dijo.

—¿Para qué? —preguntó Erman.

—Quiero que todo el mundo sepa lo que les pasa a los hombres que intentan robarnos.

Edgar estaba impresionado. Nunca había imaginado que su madre pudiese llegar a ser tan dura, pero era evidente que las circunstancias habían cambiado.

—No tenemos ninguna cuerda —advirtió Erman.

—Ya se le ocurrirá algo a Edgar —dijo la madre.

Edgar asintió. Señaló una rama que se bifurcaba en dos, a poco más de un par de metros del suelo.

—Colocadlo ahí, con una rama bajo cada axila —les indicó.

Mientras sus hermanos manipulaban el cuerpo para colgarlo del árbol, Edgar encontró un palo de dos palmos de longitud y casi tres dedos de diámetro y afiló un extremo con la hoja de su hacha.

Los hermanos colocaron el cuerpo en posición.

—Ahora, juntadle los brazos hasta que tenga las manos cruzadas por delante.

Cuando los hermanos tuvieron los brazos en la postura indicada, Edgar sujetó una de las manos del muerto y le clavó el palo en la muñeca. Tuvo que golpearlo con la cabeza del hacha para que le horadase la carne. De la herida manó muy poca sangre, pues el corazón del hombre hacía rato que había dejado de latir.

Edgar sujetó la otra muñeca y se la atravesó con el palo también. Ahora las manos estaban bien juntas y remachadas y el cuerpo colgaba con firmeza del árbol.

Y ahí seguiría hasta que se pudriese por completo, pensó Edgar.

Sin embargo, los otros ladrones debieron de regresar, porque, a la mañana siguiente, el cadáver había desaparecido.

Al cabo de unos días la madre envió a Edgar a la aldea a pedir prestado un trozo de cordón para atarse los zapatos, porque se le habían roto. Entre vecinos era habitual prestarse cosas, pero nadie tenía nunca cuerda ni cordón suficiente. Sin embargo, Mildred había contado la historia del ataque vikingo dos veces, primero en la casa de los clérigos y luego en la posada, y aunque los campesinos no eran muy amigos de dar la bienvenida a los forasteros, su madre se había ganado la simpatía de los habitantes de Dreng's Ferry al hablarles de su tragedia.

Era media tarde y había un pequeño grupo de gente sentada en los bancos de la taberna de Dreng, bebiendo de vasos de madera al caer el sol. Edgar aún no había probado la cerveza, pero a los clientes parecía gustarles.

Ya había conocido a todos los habitantes del lugar y reconoció a los miembros del grupo. El deán Degbert estaba hablando con su hermano, Dreng. Cwenburg y la rubicunda Bebbe los escuchaban. Había otras tres mujeres presentes: Leofgifu, llamada Leaf, era la madre de Cwenburg; Ethel, una mujer más joven, era la otra esposa de Dreng, o tal vez su concubina, y Blod, que era la que llenaba los vasos de una jarra, era una esclava.

Cuando Edgar se aproximó, la esclava levantó la vista y dijo, en un anglosajón muy rudimentario:

—¿Quieres cerveza?

Edgar negó con la cabeza.

—No tengo dinero.

Los otros lo miraron.

—¿Y por qué vienes a una taberna si no tienes dinero para un vaso de cerveza? —exclamó Cwenburg con desdén.

Era evidente que aún estaba molesta por el rechazo de Edgar ante sus insinuaciones. Se había ganado una enemiga y maldijo para sus adentros.

Dirigiéndose al grupo en lugar de a la propia Cwenburg, dijo con actitud humilde:

—Mi madre me manda pediros si podríais prestarle un trozo de cuerda o cordón para que se pueda remendar los zapatos.

—Dile que se fabrique su propia cuerda —soltó Cwenburg.

Los otros permanecieron en silencio, observando.

Edgar sentía vergüenza, pero no se arredró.

—El préstamo sería un favor —dijo, apretando los dientes—. Os lo devolveremos cuando nuestra situación sea un poco más desahogada.

—Si es que eso llega a ocurrir algún día —comentó Cwenburg.

Leaf lanzó un resoplido de impaciencia. Aparentaba unos treinta años, de modo que debía de tener quince cuando dio a luz a Cwenburg. Edgar pensó que debía de ser guapa cuando era joven, pero ahora parecía como si bebiera demasiada cerveza de su propia elaboración. Sin embargo, estaba lo bastante sobria para avergonzarse de la actitud grosera de su hija.

—No seas tan desconsiderada con tus vecinos, niña —le dijo.

—Déjala en paz —terció Dreng con enfado—. Tiene razón.

Edgar advirtió que era un padre muy indulgente, lo cual sin duda explicaría el comportamiento de su hija.

Leaf se levantó.

—Ven adentro —le dijo a Edgar en tono amable—. A ver qué puedo encontrar.

La siguió al interior de la casa. La mujer llenó un vaso de cerveza de un barril y se lo ofreció.

—Este es gratis —le dijo.

—Gracias. —Edgar tomó un sorbo. Estaba a la altura de su reputación: la cerveza tenía muy buen sabor y enseguida le levantó el ánimo. Apuró el vaso de un trago y dijo—: Está muy rica.

La mujer sonrió.

A Edgar se le pasó por la cabeza la idea de que tal vez Leaf se había propuesto lo mismo que su hija con respecto a él. No era un muchacho vanidoso y no creía que todas las mujeres debían sentirse atraídas por él, pero supuso que en un lugar tan pequeño como aquel, todos los recién llegados debían de suscitar el mismo interés para las mujeres.

Sin embargo, Leaf se volvió y se puso a rebuscar en un arcón. Al cabo de un momento sacó un rollo de cuerda.

—Toma, aquí tienes.

Edgar se dio cuenta entonces de que solo pretendía ser amable.

—Es muy considerado por tu parte —le dijo él.

Ella le quitó el vaso vacío.

—Transmítele mis mejores deseos a tu madre. Es una mujer valiente.

Edgar salió. Degbert, a todas luces relajado por la cantidad de cerveza ingerida, estaba solazándose con el sonido de su propia voz.

—Según los calendarios, estamos en el año novecientos noventa y siete de Nuestro Señor —dijo—. Jesucristo tiene novecientos noventa y siete años. Dentro de tres años se cumplirá el milenio.

Edgar entendía de números y no pudo dejar pasar aquello.

—Pero ¿no nació Jesucristo en el año uno? —preguntó.

—Sí —dijo Degbert, que añadió con aire presuntuoso—: Cualquier hombre educado lo sabe.

—Entonces debió de cumplir su primer año en el año dos.

Degbert empezó a poner cara de incertidumbre.

Edgar siguió hablando:

—En el año tres cumplió dos años, y así sucesivamente, de modo que este año, el novecientos noventa y siete, cumple novecientos noventa y seis.

Degbert trató de salir del paso poniéndose bravucón:

—¡No sabes lo que dices, mocoso arrogante!

Una vocecilla en el interior de su cerebro le decía a Edgar que no se enzarzase en una discusión, pero la voz quedó silenciada por su deseo de corregir un error aritmético.

—No, no —dijo—. De hecho, el cumpleaños de Jesucristo será el día de Navidad, de manera que ahora mismo solo tiene todavía novecientos noventa y cinco y medio.

Observándolos desde la puerta, Leaf sonrió de oreja a oreja y dijo:

—Ahí te ha pillado, Degsy.

Degbert estaba lívido de ira.

—¿Cómo te atreves a hablarle así a un hombre de la Iglesia? —le dijo a Edgar—. ¿Quién te crees que eres? ¡Si ni siquiera sabes leer!

—No, pero sé contar —replicó Edgar con tozudez.

—Coge tu cuerda y lárgate —le dijo Dreng—, y no vuelvas hasta que hayas aprendido a respetar a tus mayores y a tus superiores.

—Pero si son solo números… —dijo Edgar, retractándose cuando ya era demasiado tarde—. No era mi intención mostrarme irrespetuoso.

—Fuera de mi vista —le espetó Degbert.

—Vamos, lárgate —añadió Dreng.

Edgar dio media vuelta y se fue, tomando el camino de la orilla del río, completamente abatido. Su familia necesitaba toda la ayuda posible, pero él ahora ya se había granjeado dos enemigos.

¿Por qué diantres habría abierto su estúpida boca?

4

Principios de julio de 997

Lady Ragnhild, hija del conde Hubert de Cherburgo, se encontraba sentada entre un monje inglés y un sacerdote francés. Ragna, como la llamaban, consideraba interesante al monje y pomposo al sacerdote, aunque este último era al que debía embelesar.

Era el momento de la comida del mediodía en el castillo de Cherburgo. La imponente fortaleza de piedra se alzaba en lo alto de la colina, con vistas al puerto. El padre de Ragna se sentía orgulloso de la construcción. Era innovadora y poco común.

El conde Hubert se enorgullecía de muchas cosas. Valoraba su herencia guerrera de origen vikingo, aunque lo satisfacía en mayor medida la forma en que los vikingos se habían convertido en normandos, con su versión propia de la lengua francesa. Aunque, por encima de todo, apreciaba el modo en que habían adoptado el cristianismo, restaurando las iglesias y monasterios saqueados por sus ancestros. En el transcurso de un siglo, los que fueran piratas crearon una civilización respetuosa de las leyes, equiparable a cualquiera de las demás civilizaciones europeas.

La alargada mesa montada sobre caballetes se encontraba en el gran salón, situado en el piso superior del castillo. Estaba cubierta por manteles de lino blanco, largos hasta el suelo. Los padres de Ragna presidían la mesa. Su madre se llamaba Ginnlaug, pero, con tal de complacer a su esposo, había cambiado su nombre por la versión fonética más francesa: Geneviève.

El conde, la condesa y sus invitados más importantes comían en escudillas de bronce, bebían en vasos de madera de cerezo con borde de plata y utilizaban cuchillos y cucharas bañados en oro; una vajilla costosa, pero no hasta el punto de la extravagancia.

El monje inglés, el hermano Aldred, era de una belleza celestial. A Ragna le recordaba a una antigua escultura romana de mármol que había visto en Ruan: la cabeza de un hombre con el pelo corto y rizado, manchada por el paso del tiempo y a la que le faltaba la punta de la nariz, aunque sin duda había pertenecido otrora a la estatua de un dios.

Aldred había llegado la tarde anterior, sujetando contra el pecho un pequeño baúl de libros que había comprado en la gran abadía normanda de Jumièges.

—¡Posee un *scriptorium* a la altura de los mejores del mundo! —comentó Aldred, entusiasmado—. Lo forman un ejército de monjes que copian e ilustran manuscritos para iluminar a la humanidad.

Los libros y la sabiduría que estos transmitían sin duda constituían la gran pasión de Aldred.

Ragna tenía la impresión de que, en la vida del monje, esa pasión sustituía a la que, de no haberse ordenado, habría sentido por el amor romántico, vetado para él por su fe. Aldred se mostraba encantador con ella, aunque en su rostro afloraba una expresión distinta, más ávida, cuando miraba al hermano de la joven, Richard, un muchacho alto de catorce años y labios de muchacha.

En ese momento Aldred estaba esperando que el viento fuera favorable para regresar por el Canal hasta Inglaterra.

—Estoy impaciente por llegar a mi hogar en Shiring y mostrar a mis hermanos cómo ilustran sus letras los monjes de Jumièges —comentó. Hablaba en francés intercalando algunas palabras en latín y anglosajón. Ragna sabía latín y había entendido algo del anglosajón gracias a una nodriza casada con un marinero normando que vivía en Cherburgo—. ¡Y dos de los libros que he adquirido son obras de las que jamás había oído hablar! —prosiguió Aldred.

—¿Sois el prior de Shiring? —le preguntó Ragna—. Parecéis bastante joven.

—Tengo treinta y tres años, y no, no soy el prior —negó esbozando una sonrisa—. Soy el *armarius*, el director del *scriptorium* y de la biblioteca.

—¿Es una biblioteca grande?

—Tenemos ocho libros, pero, cuando llegue a casa, serán dieciséis. El *scriptorium* lo formamos un asistente, el hermano Tatwine, y yo. Él ilumina las letras mayúsculas. Yo me encargo de la caligrafía simple; estoy más interesado en las palabras que en los colores.

El sacerdote francés interrumpió su conversación, lo que recordó a Ragna su deber de dar una buena impresión.

—Decidme, lady Ragnhild, ¿sabéis leer? —le preguntó el padre Louis.

—Por supuesto que sí.

El religioso enarcó una ceja, ligeramente sorprendido. Ese «por supuesto» estaba fuera de lugar; no todas las mujeres de la nobleza sabían leer, en absoluto.

Ragna se dio cuenta de que acababa de hacer el típico comentario con el que se había ganado la reputación de arrogante.

—Mi padre me enseñó a leer cuando era pequeña, antes de que naciera mi hermano —añadió en un intento de mostrarse más amigable.

Hacía una semana, cuando el padre Louis llegó al castillo, la madre de Ragna, la condesa, la había llevado a los aposentos privados del matrimonio para hablar con ella.

—¿Por qué crees que ha venido? —le preguntó.

Ragna frunció el ceño.

—No lo sé.

—Se trata de un hombre importante, es el secretario del conde de Reims y canónigo de la catedral.

Geneviève tenía un porte escultural, pero, a pesar de su imponente apariencia, se dejaba impresionar con facilidad.

—Entonces ¿qué lo trae a Cherburgo?

—Tú —dijo su madre.

Ragna empezó a entender.

—El conde de Reims tiene un hijo —prosiguió Geneviève—, Guillaume, de tu misma edad y sin esposa. El conde está buscando una mujer para su heredero. Y el padre Louis ha venido a visitarnos para averiguar si tú eres la doncella apropiada.

Ragna sintió una punzada de rabia. Esa clase de situación era algo habitual; no obstante, la hacía sentirse como una res valorada por un posible comprador. Reprimió su indignación.

—¿Cómo es Guillaume?

—Es uno de los sobrinos del rey Roberto.

Roberto II, de veinticinco años, era el rey de Francia. En opinión de Geneviève, la cualidad más apreciable de un hombre era su consanguinidad con la realeza.

Ragna tenía otras prioridades. Estaba impaciente por saber cómo era el muchacho, al margen de su condición social.

—¿Algo más? —preguntó con un tono de voz bastante pícaro, aunque se dio cuenta demasiado tarde.

—No seas sarcástica. Ese es el típico comportamiento que provoca rechazo a los hombres.

Eso le dolió. Ragna ya había desalentado a varios pretendientes perfectamente adecuados. En cierto sentido, los espantaba. Ser tan alta no la ayudaba mucho —tenía el tipo de su madre—, aunque había algo más.

—Guillaume no está enfermo, ni loco ni es un depravado —añadió Geneviève.

—Parece el sueño de cualquier mujer.

—¡De nuevo esa actitud tan tuya!

—Lo siento. Seré agradable con el padre Louis, te lo prometo.

Ragna tenía veinte años y no podía quedarse para vestir santos. No quería acabar en un convento.

Su madre empezaba a impacientarse.

—Tú sueñas con una pasión arrebatadora, una historia de amor para toda la vida, pero esas cosas solo existen en los poemas —sentenció Geneviève—. En la vida real las mujeres nos conformamos con lo que hay.

Ragna sabía que su madre estaba en lo cierto.

Seguramente se casaría con Guillaume, siempre y cuando no fuera del todo despreciable, pero quería hacerlo poniendo sus condiciones. Deseaba que Louis la aprobara, aunque también necesitaba que el sacerdote entendiera qué clase de esposa sería. No pensaba convertirse en un mero objeto decorativo, cual lujoso tapiz del que su marido se sintiera orgulloso al enseñarlo a sus invitados; ni tampoco sería una simple anfitriona que organizara banquetes y entretuviera a las visitas distinguidas. Sería la compañera de su esposo en el gobierno de sus dominios. No era habitual que las mujeres desempeñaran un papel así: siempre que un noble partía a la guerra debía dejar a alguien a cargo de sus tierras y su fortuna. Algunas veces ese representante era algún hermano o un hijo mayor, aunque, a menudo, se trataba de su esposa.

En ese momento, ante un plato de lubina recién pescada en el mar, cocinada a la sidra, Louis empezaba a poner a prueba las capacidades intelectuales de Ragna.

—¿Y cuáles son las lecturas que os interesan, mi señora? —le preguntó con cierto escepticismo. Con su tono daba a entender que le costaba creer que una joven atractiva entendiera algo de literatura.

Si a ella le hubiera gustado más el religioso, le habría resultado más fácil impresionarlo.

—Me gustan los poemas que narran historias —respondió.

—¿Como por ejemplo...?

Resultaba evidente que Louis la creía incapaz de citar obra literaria alguna, pero se equivocaba.

—La historia de santa Eulalia es muy conmovedora —comentó Ragna—. Al final la santa asciende a los cielos transformada en paloma.

—Así es, en efecto —corroboró el religioso con una prepotencia que sugería que ella no podía contarle nada nuevo sobre la vida de los santos.

—Y hay un poema inglés titulado *El lamento de la esposa*. —Se volvió hacia Aldred—. ¿Lo conocéis?

—Así es, aunque no sé si el original es inglés. Los poetas viajan. Amenizan la corte de algún noble durante uno o dos años y luego se trasladan cuando sus poemas quedan obsoletos. O tal vez se ganan la estima de un mecenas más rico y se marchan porque se sienten halagados. A medida que van trasladándose, sus admiradores traducen sus obras a otras lenguas.

A Ragna le pareció fascinante. Le gustaba Aldred. Sabía muchísimo y era capaz de compartir sus conocimientos sin servirse de ellos para demostrar su superioridad.

La joven se volvió de nuevo hacia Louis, teniendo muy presente su cometido de agradar al sacerdote.

—¿No os parece eso fascinante, padre Louis? Vos sois de Reims, un lugar próximo a tierras donde se habla alemán.

—En efecto, así es —admitió el religioso—. Poseéis una educación exquisita, mi señora.

Ragna tuvo la sensación de haber aprobado un examen. Se preguntó si la actitud condescendiente de Louis habría sido un intento deliberado de provocarla. Se alegraba de no haber mordido el anzuelo.

—Sois muy amable —agradeció con falsedad—. Mi hermano tiene un tutor, y a mí me permiten asistir como oyente a sus lecciones siempre que permanezca en silencio.

—Muy bien. No muchas jóvenes saben tanto. Aunque, en referencia a mis lecturas, debo decir que son sobre todo de las Sagradas Escrituras.

—Naturalmente.

Ragna había logrado cierto grado de aprobación. La esposa de Guillaume debía ser culta y capaz de mantener una conversación a título personal, y la hija del conde había demostrado poseer tales cualidades. La joven esperaba que eso compensara su altivez inicial.

Un hombre de armas llamado Bern el Gigante entró en la sala y habló entre susurros al conde Hubert. Bern tenía barba pelirroja y una barriga oronda.

Tras un breve intercambio, el conde se levantó de la mesa. El padre de Ragna era un hombre menudo y parecía incluso más bajo situado junto a Bern. Tenía mirada de niño pícaro, a pesar de sus cuarenta y cinco años de edad. Llevaba la nuca rapada al estilo de moda entre los normandos. Se colocó junto a Ragna.

—Debo ir a Valognes de forma inesperada —le anunció—. Había planificado para hoy atender una disputa en el pueblo de Saint-Martin, pero ahora no podré acudir. ¿Podrías ocupar mi lugar?

—Será un placer —respondió Ragna.

—Hay un siervo llamado Gaston que no quiere pagar su renta, por lo visto, a modo de protesta de alguna clase.

—Yo me encargaré de ello, no te preocupes.

—Gracias.

El conde abandonó la sala en compañía de Bern.

—Vuestro padre os aprecia —comentó Louis.

—Tanto como yo a él —replicó Ragna sonriendo.

—¿Lo sustituís a menudo?

—La aldea de Saint-Martin es especial para mí. Todo el territorio es parte de mi dote. Pero sí, a menudo represento a mi padre, en ese pueblo y en cualquier otro.

—Sería más normal que su esposa lo sustituyera.

—Cierto.

—A vuestro padre le gusta hacer las cosas de forma distinta. —Separó los brazos para señalar el castillo—. Esta edificación, por ejemplo.

Ragna no sabía si Louis estaba meramente intrigado o expresando su desaprobación.

—A mi madre no le gusta gobernar, pero a mí me fascina.

—Algunas veces, las mujeres lo hacen bien —intervino Aldred—. El rey Alfredo de Inglaterra tenía una hija llamada Etelfleda que gobernó la gran región de Mercia tras el fallecimiento de su esposo. Fortificó los pueblos y ganó batallas.

Ragna vio la oportunidad de impresionar a Louis. Lo invitaría a presenciar cómo resolvía la disputa en el pueblo. Eso era parte de su cometido como mujer de la nobleza, y la joven sabía que se le daba bien.

—¿Os gustaría acompañarme a Saint-Martin, padre?

—Sería un placer —respondió enseguida.

—De camino, podríais hablarme de la casa del conde de Reims. Creo que tiene un hijo de mi edad.

—En efecto, así es.

Una vez que su invitación hubo sido aceptada, Ragna cayó en la cuenta de que no le apetecía en absoluto pasar un día hablando con Louis, por lo que se dirigió a Aldred.

—¿Os gustaría acompañarnos también? —le preguntó—. Estaréis de regreso para viajar con la marea vespertina; así, si el viento cambia durante el día, todavía estaréis a tiempo de zarpar esta noche.

—Sería un placer.

Todos se levantaron de la mesa.

La doncella personal de Ragna, Cat, era una muchacha de pelo negro y de la misma edad que su señora. Tenía una nariz respingona y puntiaguda. Sus fosas nasales parecían los dos plumines de sendas plumas colocados uno junto al otro. A pesar de ello resultaba atractiva, con su mirada vivaracha y un brillo malicioso en los ojos.

Cat ayudó a Ragna a quitarse sus escarpines de seda y los guardó en el baúl. La doncella sacó entonces unas polainas de lino para proteger la piel de los tobillos de Ragna cuando montara, y sustituyó los escarpines por botas de cuero. Por último le entregó una fusta.

La madre de Ragna se acercó a ella.

—Sé amable con el padre Louis —le aconsejó—. No intentes demostrar que eres más inteligente que él, los hombres odian eso.

—Sí, madre —acató Ragna con tono burlón.

La joven sabía muy bien que las mujeres no debían intentar ser inteligentes, pero ella había quebrantado esa norma tantas veces que su madre tenía derecho a recordárselo.

Ragna salió del castillo y se dirigió hacia los establos. Cuatro hombres de armas, encabezados por Bern el Gigante, estaban esperándola para escoltarla; el conde los habría avisado. Los mozos de cuadra ya habían ensillado su montura favorita, una yegua llamada Astrid.

El hermano Aldred, mientras colocaba la manta de cuero sobre su caballo, contempló con admiración la silla de madera tachonada de bronce usada por Ragna.

—Es una silla preciosa, pero ¿no lastima al caballo?

—No —respondió la joven con firmeza—. La madera reparte la carga, mientras que una silla blanda provoca dolor en el dorso del animal.

—Fíjate, Dimas —le dijo Aldred a su caballo—. ¿Te gustaría tener una silla tan elegante?

Ragna se fijó en que Dimas tenía una mancha blanca en la frente con la forma casi perfecta de una cruz. Parecía apropiado para la montura de un monje.

—¿Dimas? —preguntó Louis.

—Así se llamaba uno de los ladrones crucificados junto a Jesús.

—Ya lo sé —afirmó Louis con rotundidad, y Ragna se recordó no parecer tan lista.

—Este Dimas también roba, sobre todo comida —aclaró Aldred.

—Ah.

Quedó claro que a Louis no le parecía en absoluto adecuado que un animal llevara ese nombre, pero no añadió nada más y se volvió para ensillar su caballo castrado.

Salieron cabalgando del recinto del castillo. Mientras descendían por la colina, Ragna observó con mirada experta los barcos del puerto. Había crecido en una población portuaria y sabía distinguir las distintas clases de naves. Ese día predominaban las barcas pesqueras y las embarcaciones costeras, aunque vio en el muelle una nave comercial que debía de ser en la que pretendía viajar Aldred; y a nadie le habría dejado indiferente la inconfundible y amenazadora silueta de los barcos de guerra vikingos anclados mar adentro.

Se dirigieron hacia el sur y, en cuestión de minutos, ya estaban dejando atrás las casitas de la pequeña población. La brisa marina barría la llanura. Ragna siguió una senda ya conocida junto a los terrenos de pastura y las huertas de manzanos.

—Ahora que ya habéis conocido nuestro país, hermano Aldred, ¿podéis decirme qué os gusta de él?

—Me he fijado en que aquí los nobles tienen una sola esposa y ninguna concubina, al menos oficialmente. En Inglaterra el concubinato e incluso la poligamia son tolerados, a pesar de las claras enseñanzas de la Iglesia.

—Esas costumbres pueden ocultarse —aclaró Ragna—. Los nobles normandos no son ningunos santos.

—Eso es seguro, pero al menos los habitantes de este país saben distinguir entre qué constituye un pecado y qué no. Por otra parte, tampoco he visto esclavos en ningún lugar de Normandía.

—Hay un mercado de esclavos en Ruan, pero los compradores son extranjeros. La esclavitud ha sido abolida casi por completo en este país. Nuestro clero la condena, sobre todo porque muchos esclavos son utilizados para fornicar y practicar la sodomía.

Louis emitió una exclamación de sobresalto. Quizá no estuviera acostumbrado a escuchar a jóvenes doncellas hablar de fornicación y sodomía. Ragna se dio cuenta, con abatimiento, de que acababa de cometer un nuevo error.

Aldred no se inmutó. Prosiguió la conversación sin pausa.

—Por otro lado —añadió el monje—, vuestros campesinos son siervos, que necesitan el permiso de su señor para casarse, cambiar su modo de ganarse la vida o trasladarse a otro pueblo. Por el contrario, los campesinos ingleses son libres.

Ragna reflexionó sobre ello. No se había parado a pensar en que el sistema normando no era universal.

Llegaron a una aldea llamada Les Chênes. La joven se fijó en la alta hierba que crecía en las praderas. Calculó que los aldeanos la segarían al cabo de una o dos semanas y la pondrían a secar para obtener el heno con el que alimentar al ganado durante el invierno.

Los hombres y mujeres que trabajaban en los campos detenían sus tareas para saludarla agitando la mano.

—¡Débora! —le gritaban—. ¡Débora!

Ragna correspondía los saludos.

—¿He oído que os llamaban Débora? —dijo Louis.

—Sí. Es un apodo.

—¿A qué es debido?

—Ya lo veréis.

El ruido producido por los siete caballos hizo que los habitantes de la aldea salieran de sus casas. Ragna vio a una mujer a la que reconoció.

—Tú eres Ellen, la panadera —dijo.

—Sí, mi señora. Que Dios os guarde.

—¿Qué fue de tu hijo pequeño, el que se cayó del árbol?

—Falleció, mi señora.

—Lo lamento mucho.

—Dicen que no debo llorar su pérdida, pues tengo otros tres hijos.

—Pues los que dicen eso son idiotas —espetó Ragna—. La pérdida de una criatura es una desgracia terrible para una madre y nada tiene que ver cuántos hijos tenga.

A Ellen le cayeron las lágrimas por las mejillas sonrojadas debido a la ventolera y alargó una mano. Ragna se la tomó y la apretó con suavidad. Ellen besó la mano de su señora.

—Vos sí que me entendéis —le dijo.

—Quizá sí, pero solo un poco —aclaró Ragna—. Adiós, Ellen.

Siguieron cabalgando.

—Pobre mujer —comentó Aldred.

—Os reconozco el mérito, señora Ragna —intervino Louis—. Esa mujer os rendirá pleitesía durante el resto de su vida.

Ragna se sintió menospreciada. Estaba claro que el religioso creía que su gesto había sido una mera estrategia para aumentar su popularidad. Sintió el deseo de preguntarle si acaso creía que nadie sentía jamás auténtica compasión. Sin embargo, se recordó a sí misma el deber que tenía y permaneció en silencio.

—Con todo, sigo sin saber por qué os llaman Débora —añadió Louis.

Ragna le dedicó una enigmática sonrisa. Le apetecía que fuera él mismo quien lo averiguara.

—Me he fijado en que muchas personas de esta aldea poseen la misma maravillosa cabellera cobriza que vos, lady Ragna —comentó Aldred.

Ragna era muy consciente de su voluptuosa melena de bucles cobrizos.

—Es por nuestra sangre vikinga —aclaró—. Por estos lares, algunas personas todavía hablan nórdico.

—Los normandos son distintos a todas las personas que habitamos las tierras francas —aseveró Louis.

Eso podría ser un cumplido, aunque Ragna no lo interpretó como tal.

Una hora después llegaron a Saint-Martin. La hija del conde se detuvo en las afueras. Varios hombres y mujeres estaban atareados en una frondosa huerta y, entre ellos, la joven localizó a Gerbert, el alguacil o jefe de la aldea. Ragna desmontó y cruzó un terreno de pastura para hablar con él, y sus acompañantes la siguieron.

Gerbert la saludó con una reverencia. Era un personaje de aspecto extraño, con la nariz ganchuda y la dentadura tan deforme que no podía cerrar la boca del todo. El conde Hubert lo había nombrado jefe porque era inteligente, pero Ragna no estaba muy segura de poder confiar en él.

Todos dejaron lo que estaban haciendo y se apelotonaron alrededor de Ragna y Gerbert.

—¿Qué labor estás realizando hoy aquí, Gerbert?

—Recogiendo algunas de las manzanas pequeñas, mi señora, para que las demás puedan crecer más grandes y jugosas —respondió él.

—Así podréis elaborar rica sidra.

—La sidra de Saint-Martin es más fuerte que ninguna otra, por la gracia de Dios y de nuestras fértiles tierras.

La mitad de los pueblos de Normandía aseguraban fabricar la sidra más fuerte, pero Ragna no lo dijo.

—¿Qué haréis con las manzanas verdes?

—Dárselas a las cabras para que su queso sea dulce.

—¿Quién es el mejor quesero de la aldea?

—Renée —respondió Gerbert de inmediato—. Ella utiliza leche de borregas.

Algunos de los presentes negaron con la cabeza. Ragna se volvió hacia ellos.

—¿Qué opináis los demás?

Dos o tres personas se pronunciaron:

—Torquil.

—Acompañadme pues, todos vosotros, y probaré ambos quesos.

Los siervos la siguieron alegremente. Por lo general agradecían cualquier oportunidad de romper con la tediosa rutina de su día a día y no solían negarse a dejar de trabajar.

—No habréis cabalgado durante todo este tiempo solo para probar unos quesos, ¿verdad? —preguntó Louis con un retintín airado—. ¿No estáis aquí para resolver una disputa?

—Sí. Y esta es mi forma de hacerlo. Tened paciencia.

Louis emitió un gruñido malhumorado.

Ragna no volvió a montar en su caballo, sino que se dirigió caminando hacia la aldea por una senda polvorienta entre los campos dorados por el grano. Yendo a pie podía hablar más fácilmente con las gentes que iba encontrándose por el camino. Prestaba especial atención a las mujeres, que le transmitían información a través de los chismes que a un hombre le traerían sin cuidado. Durante el trayecto se enteró de que Renée era la esposa de Gerbert; que el hermano de Renée, Bernard, tenía un rebaño de ovejas, y que Bernard estaba involucrado en una disputa con Gaston, el hombre que se negaba a pagar su renta.

Ragna hacía especial hincapié en recordar los nombres. Eso transmitía la sensación de que le importaban las personas. Cada vez que oía un nombre en una conversación distendida, lo memorizaba.

A medida que avanzaban, iban sumándose a ellos más personas. Cuando llegaron a la aldea encontraron a más gente esperándolos. Ragna sabía que existía una especie de comunicación mística a través de los campos: jamás lo había entendido, pero los hombres y mujeres que trabajaban separados por más de un kilómetro y medio de distancia se enteraban de la llegada de visitantes.

Había una pequeña y elegante iglesia de piedra, con ventanas con arco de medio punto perfectamente alineadas. Ragna sabía que el sacerdote, Odo, oficiaba las misas allí y en otras tres aldeas que visitaba todos los domingos, pero ese día seguía estando en Saint-Martin. Una vez más, fruto de esa mágica forma de comunicación.

Aldred fue directamente a hablar con el padre Odo. Louis no lo hizo; quizá tuviera la sensación de que, para su elevada posición jerárquica, hablar con un mero cura de aldea habría supuesto rebajarse.

Ragna probó los quesos de Renée y de Torquil y afirmó que ambos eran tan buenos que no podía escoger un ganador, y compró una rueda de cada uno, lo que complació a todos.

Se dio un paseo por la aldea, entró en cada una de las casas y graneros, y se aseguró de intercambiar unas palabras con todos los adultos y con muchos de los niños; a continuación, cuando les hubo comunicado sus buenos deseos, se sintió preparada para dar audiencia.

Gran parte de la estrategia seguida por Ragna la había aprendido de su padre. A él le encantaba conocer a las personas y se le daba bien trabar amistad con ellas. Más adelante, tal vez, algunos de ellos se convertirían en enemigos —ningún gobernador era capaz de complacer a todo el mundo de forma indefinida—, pero les costaría oponerse a sus decisiones. El conde enseñó a Ragna muchas cosas y ella había aprendido muchas otras observándolo.

Gerbert acercó una silla y la colocó en el exterior, junto a la fachada oeste de la iglesia, y Ragna tomó asiento mientras los presentes se situaban a su alrededor. Gerbert le presentó a Gaston, un campesino fuerte y corpulento de unos treinta años de edad con una mata de alborotado pelo negro. Su rostro reflejaba indignación, aunque la joven intuyó que, en términos generales, era un tipo afable.

—Bien, Gaston —dijo Ragna—, ha llegado la hora de que nos cuentes, a tus vecinos y a mí, por qué te niegas a pagar tu renta.

—Mi señora, me persono ante vos…

—Espera. —Ragna levantó una mano para silenciarlo—. Recuerda que no estamos en la corte del rey de los francos. —Los aldeanos rieron con nerviosismo—. No hace falta que hablemos con tanto formalismo ni que usemos expresiones rimbombantes. —No era muy probable que Gaston pronunciara un discurso de esa clase, pero seguramente lo habría intentado si no se le daban las pautas claras—. Imagina que estás bebiendo sidra con un grupo de amigos que acaban de preguntarte por qué te has puesto hecho una furia.

—Sí, mi señora. Mi señora, no he pagado mi renta porque no puedo.

—¡Paparruchas! —espetó Gerbert.

Ragna lo miró con el ceño fruncido.

—Espera tu turno —le ordenó con brusquedad.

—Sí, mi señora.

—Gaston, ¿a cuánto asciende tu renta?

—Cuido el ganado bovino, mi señora, y debo entregar a vuestro noble padre dos becerros cada día de San Juan.

—¿Y dices que no tienes las bestias?

Gerbert volvió a interrumpir:

—Sí que las tiene.

—¡Gerbert!

—Lo siento, mi señora.

—Mi pastura ha sido invadida. Las ovejas de Bernard se han comido toda la hierba. Mis vacas tuvieron que comer heno, por eso se han quedado sin leche y dos de mis terneros han muerto —explicó Gaston.

Ragna miró a su alrededor intentando recordar cuál de ellos era Bernard. Fijó la mirada en un hombre menudo y delgado, con el cabello rubio pajizo. Aunque no estaba muy segura, levantó la vista y habló:

—Escuchemos qué tiene que decir Bernard.

No se había equivocado. El hombre delgado tosió antes de hablar:

—Gaston me debe un ternero.

Ragna presintió que iba a ser una discusión convulsa con una larga historia.

—Un momento —dijo—. ¿Es cierto que tus ovejas pastaron en el terreno de Gaston?

—Sí, pero él me lo debía.

—Ya llegaremos a eso. Dejaste que tus ovejas entraran en su campo.

—Tenía un buen motivo.

—Pero esa es la razón por la que los terneros de Gaston murieron.

Entonces intervino Gerbert, el alguacil:

—Solo han muerto los terneros nacidos este año. Todavía tiene los nacidos el año pasado. Tiene dos becerros que puede entregar al conde en concepto de renta.

—Pero entonces no tendré becerros el año que viene —repuso Gaston.

Ragna empezó a marearse, como le ocurría siempre que intentaba seguir una discusión entre campesinos.

—Guardad silencio, todos —ordenó—. Hasta ahora hemos aclarado que Bernard invadió el terreno de pastura de Gaston, tal vez con razón, eso ya lo veremos, y que, como consecuencia, Gaston cree, con razón o no, que es demasiado pobre para pagar su renta de este año. Ahora bien, Gaston, ¿es cierto que debes un ternero a Bernard? Responde sí o no.

—Sí.

—¿Y por qué no se lo has pagado?

—Lo haré. Pero todavía no he podido hacerlo.

—¡La devolución no puede posponerse para siempre! —exclamó Gerbert, indignado.

Ragna escuchó con paciencia mientras Gaston explicaba por qué había pedido el préstamo a Bernard y las dificultades que tenía para devolver lo que debía. Durante el relato salieron a colación varias cuestiones de dudosa importancia: los insultos proferidos por uno y otro, los insultos entre las esposas de ambos, las disputas sobre las palabras que se habían pronunciado y el tono de voz utilizado. Ragna permitió la perorata. Necesitaban ventilar su ira. Sin embargo, al final dio por concluido el intercambio.

—Ya he escuchado bastante —zanjó—. Esta es mi decisión. Primero, Gaston le debía a mi padre, el conde, dos becerros. No hay excusas. Obró mal al no entregarlos. No será castigado por su transgresión, porque fue provocado; pero una deuda es una deuda.

Los presentes recibieron la sentencia con una variedad de reacciones. Algunos murmuraron expresando desaprobación, otros asintieron aprobándola. El rostro de Gaston era el reflejo del orgullo herido.

—Segundo, Bernard es responsable de las muertes de dos de los terneros de Gaston. La deuda no saldada de Gaston no excusa la falta de Bernard. Por ello, Bernard debe a Gaston dos terneros. No obstante, como Gaston ya debía un ternero a Bernard, este solo debe pagarle con uno.

En ese momento fue Bernard quien se mostró impactado. Ragna estaba siendo más implacable de lo que el pueblo esperaba. Sin embargo, no protestaron; sus decisiones eran justas.

—Por último, no debería haberse permitido que esta disputa se agravara, y esa responsabilidad recae sobre Gerbert.

—Mi señora, ¿me permitís hablar? —preguntó el alguacil, indignado.

—Desde luego que no —le negó Ragna—. Ya has tenido tu oportunidad. Ahora me toca a mí. Guarda silencio.

Gerbert apretó los labios.

—Gerbert es el alguacil —prosiguió Ragna— y debería haberlo resuelto hace ya tiempo. Creo que ha sido su esposa la que lo ha convencido para que no lo haga, Renée, quien quería que favoreciera a su hermano, Bernard.

Renée parecía avergonzada.

—Como todo esto es, en parte, culpa de Gerbert, lo pagará con un ternero —continuó Ragna—. Sé que tiene uno, lo he visto en el patio de su casa. Entregará la bestia a Bernard, quien se la dará a Gaston. De esta forma, las deudas están saldadas y todos los infractores, castigados.

Supo al instante que los aldeanos aprobaban su fallo. Había insistido en la obediencia de las normas, pero lo había hecho de una forma inteligente. Observó cómo se miraban entre ellos y asentían, algunos sonriendo y ninguno expresando objeción alguna.

—Y ahora —dijo al tiempo que se levantaba—, podéis servirme un vaso de esa famosa sidra y Gaston y Bernard pueden beber juntos para reconciliarse.

El rumor de la cháchara fue en aumento mientras todos comentaban lo ocurrido. El padre Louis se acercó a Ragna.

—Débora era una de las juezas de Israel —le dijo—. Por eso os han puesto ese apodo.

—En efecto.

—Era la única mujer que ejercía como jueza.

—Hasta ahora.

El religioso asintió con la cabeza.

—Habéis obrado bien.

«Por fin lo he impresionado», pensó Ragna.

Bebieron sidra y se pusieron en marcha. Mientras cabalgaban de regreso a Cherburgo, Ragna preguntó a Louis sobre Guillaume.

—Es alto —comentó el monje francés.

«Eso puede ayudar», pensó ella.

—¿Qué le hace enfadar?

La mirada de Louis indicó a Ragna que reconocía la astucia de su pregunta.

—No muchas cosas —respondió—. Guillaume mira la vida con flema, en general. Tal vez se enoje cuando un sirviente se muestra descuidado: por alguna comida mal cocinada, una silla de montar floja o la ropa de cama sin alisar.

Parecía un tiquismiquis, reflexionó la joven.

—Lo tienen en muy alta estima en Orleans —prosiguió Louis. Orleans era el trono principal de la corte francesa—. Su tío, el rey, lo aprecia muchísimo.

—¿Guillaume es ambicioso?

—No más de lo habitual en un joven de la nobleza.

Una respuesta demasiado prudente, consideró Ragna. O bien Guillaume era ambicioso hasta la obsesión, o más bien todo lo contrario.

—¿Qué cosas le interesan? —preguntó—. ¿La caza? ¿La cría de caballos? ¿La música?

—Le encantan las cosas bellas. Colecciona broches esmaltados y conteras ornamentadas. Tiene buen gusto. Pero no me habéis formulado la que yo creía que sería la primera pregunta de una joven dama.

—¿Y qué es?

—Si el joven es bien parecido.

—Ah, a ese respecto seré yo quien opine —comentó Ragna.

Cuando entraban a caballo en Cherburgo, la joven se apercibió de que el viento había cambiado.

—Vuestro navío partirá esta noche —le dijo a Aldred—. Os queda una hora antes de que la marea cambie de dirección, pero mejor será que embarquéis.

Regresaron al castillo. Aldred recogió su baúl de libros. Louis y Ragna lo acompañaron mientras el monje llevaba a Dimas hasta el muelle.

—Ha sido un placer conoceros, señora Ragna —dijo Aldred—. De haber sabido que existían jóvenes como vos, quizá no me hubiera ordenado monje.

Se trataba del primer comentario de coquetería que le hacía, y ella supo enseguida que solo estaba siendo amable.

—Gracias por el cumplido —dijo—, pero os habríais ordenado monje de todas formas.

Él le sonrió con cierta incomodidad, pues estaba claro que sabía en qué estaba pensando ella.

Ragna seguramente no volvería a verlo más, lo cual era una pena, pensó la joven.

Una nave se aproximaba con la pleamar. Parecía un pesquero inglés, creyó percibir Ragna. La tripulación plegó la vela y el barco llegó hasta la orilla impulsado por la corriente marina.

Aldred embarcó en la nave de su elección junto a su caballo. La tripulación ya estaba soltando las amarras y levando el ancla. Mientras tanto, el barco pesquero inglés llevaba a cabo la maniobra contraria.

El monje se despidió de Ragna y de Louis agitando una mano a medida que el barco se alejaba de la costa gracias a la marea cambiante. Al mismo tiempo, un grupo reducido de hombres desembarcaban de la nave recién llegada. Ragna los observaba con despreocupada curiosidad. Lucían frondosos mostachos, pero sin barba, lo que los distinguía como ingleses.

La mirada de Ragna se centró en el más alto de ellos. De unos cuarenta años de edad, tenía abundante cabellera de pelo rubio. Y llevaba una capa azul, en ese momento agitada por la brisa, prendida de los hombros con ornamentados alfileres de plata; su cinturón tenía una hebilla y una contera de plata también muy decoradas y la vaina de su espada lucía incrustaciones de piedras preciosas. Los orfebres ingleses eran los mejores de la cristiandad, según le habían dicho a Ragna.

El inglés caminaba con paso firme, y sus acompañantes se apresuraban para seguirle el ritmo. Se dirigió enseguida hacia Ragna y Louis, sin duda tras suponer, por su atuendo, que eran personajes importantes.

—Bienvenido a Cherburgo, inglés. ¿Qué os trae hasta nuestras tierras? —lo saludó Ragna.

El hombre la ignoró por completo. Le hizo una cortés reverencia a Louis.

—Buen día tengáis, padre —saludó con un francés rudimentario—. He venido para hablar con el conde Hubert. Soy Wilwulf, conde de Shiring.

Wilwulf no poseía la misma clase de belleza que Aldred. El conde tenía una nariz importante y la barbilla prominente, y sus manos y brazos estaban afeados por las cicatrices. Sin embargo, todas las doncellas del castillo se ruborizaron y rieron nerviosas cuando él pasó dando grandes zancadas. Un extranjero siempre resultaba interesante, aunque el interés que despertaba Wilwulf se debía a algo más. Estaba relacionado con su corpulencia, el desenfado con el que caminaba y la intensidad de su mirada. Lo que más destacaba de su persona era una confianza en sí mismo que parecía disponerlo para cualquier cosa. Una joven sentiría que en cualquier momento podría levantarla en volandas sin esfuerzo y llevársela.

Ragna se sintió atraída por el personaje, pero él no prestó ni la más mínima atención ni a ella ni a ninguna de las otras mujeres. Hablaba con el conde y con los nobles normandos que estaban de visita e intercambiaba palabras con sus soldados en un anglosajón rápido y gutural que Ragna era incapaz de entender; aunque apenas se dirigía a las mujeres. La hija del conde se sentía menospreciada, no estaba acostumbrada a que la ignorasen de esa manera. La indiferencia del inglés suponía un desafío. Ragna se propuso llegar a conocerlo en profundidad.

Su padre no estaba tan fascinado. No le atraía la idea de tomar partido por los ingleses contra los vikingos, que eran sus parientes sin civilizar. Wilwulf estaba perdiendo el tiempo allí.

Ragna quería ayudarlo. No sentía ni la más mínima afinidad con los vikingos y simpatizaba con sus víctimas. Además, si lo ayudaba, tal vez él dejara de ignorarla.

Aunque el conde Hubert no estaba interesado en Wilwulf, un noble normando tenía el deber de ser hospitalario, así que organizó una salida para cazar jabalíes. Ragna recibió la idea con entusiasmo. Le encantaba la caza y tal vez fuera una oportunidad para llegar a conocer mejor a Wilwulf.

La partida se reunió en los establos con la primera luz del alba y tomaron un desayuno rápido, de pie, consistente en sobras de cordero asado y potente sidra. Escogieron sus armas: podían usar la que quisieran, pero la que tuvo más éxito fue una pesada lanza especial con largo filo, un mango del mismo tamaño y una barra fija entre ambos. Montaron sus animales —Ragna montaba a Astrid— y partieron cabalgando junto a una manada de perros tremendamente excitados.

El padre de Ragna encabezaba la cacería. El conde Hubert se resistía a la tentación en la que caían muchos hombres bajos de compensar su altura montando un caballo imponente. Su montura favorita para la caza era un caballo corpulento y bajo llamado Thor. En el bosque era tan veloz como cualquier otro animal más grande, aunque más ligero.

Wilwulf montaba muy bien, Ragna se apercibió enseguida de ello. El conde había prestado al inglés un semental con manchas llamado Goliat. Wilwulf dominó al caballo sin esfuerzo e iba sentado en él con la misma facilidad que si estuviera haciéndolo en una silla.

Un burro de carga seguía a la partida de caza con las alforjas cargadas de pan y sidra de la cocina del castillo.

Se dirigieron hacia Les Chênes y luego viraron para adentrarse en el Bois des Chênes, el territorio boscoso más vasto de la península que quedaba en la zona, donde podía encontrarse la mayoría de la fauna. Siguieron una senda entre los árboles mientras los perros iban rastreando el terreno hasta el último rincón, como locos, olisqueando el mantillo en busca del hediondo olor del jabalí.

Astrid pisaba con delicadeza y Ragna disfrutaba de la sensación de trotar por el bosque, con la brisa matutina, y emocionada por la anticipación creciente. La euforia se intensificaba gracias al peligro. Los jabalíes eran imponentes, con sus grandes colmillos y sus fuertes mandíbulas. Un jabalí adulto podía derribar un caballo y matar a un hombre. Esos animales atacarían incluso estando heridos, sobre todo si se sentían acorralados. Era el motivo por el que la lanza para cazar jabalíes tenía una cruceta, porque el animal empalado podía deslizarse por el mango y atacar al cazador a pesar de estar herido mortalmente. La caza del jabalí requería tener la cabeza fría y los nervios de acero.

Uno de los perros olfateó un rastro, ladró victorioso y salió disparado, adelantándose hacia la pista. Los demás lo siguieron en manada y los jinetes les fueron a la zaga. Astrid se agachaba entre los matorrales con paso decidido. El hermano pequeño de Ragna, Richard, pasó junto a ella, montando con una seguridad exagerada, como era típico en los adolescentes.

Ragna oyó el rebudio del jabalí alarmado. Los perros enloquecieron y los caballos apretaron el paso. La caza había empezado y a la joven se le aceleró el pulso.

Los jabalíes corrían mucho. No eran tan veloces como los caballos en terreno despejado, pero en el bosque, zigzagueando entre la vegetación, eran difíciles de atrapar.

Ragna divisó la presa cruzando un claro, como miembro de un grupo: una hembra enorme, de un metro y medio de largo del morro a la cola, y seguramente pesaba más que la joven; asimismo, había otras dos hembras más pequeñas y un grupito de jabatos a rayas que corrían sorprendentemente rápido para lo cortas que tenían las patas. Las manadas familiares de jabalíes eran matriarcales; los machos vivían por separado, salvo en invierno, durante la temporada de apareamiento.

A los caballos les encantaba la emoción de la caza, sobre todo cuando iban al galope tendido, en una partida, acompañados por los perros. Levantaban el mantillo e iban aplastando los matorrales y árboles jóvenes. Ragna montaba con una sola mano, sujetando las riendas con la izquierda mientras sostenía la lanza con la derecha, lista para usarla. Agachó la cabeza acercándola al cuello de Astrid para evitar las ramas bajas, algo que habría resultado más letal que el jabalí para un jinete descuidado. Sin embargo, aunque montaba con prudencia, se sentía imparable, como Skadi, la diosa nórdica de la caza, omnipotente e invulnerable, como si nada malo pudiera ocurrirle en ese estado de éxtasis.

La partida de caza salió disparada desde el bosque hasta un terreno de pastura. Las vacas se dispersaron, mugiendo, aterrorizadas. Los caballos alcanzaron a la hembra de jabalí en cuestión de segundos. El conde Hubert lanceó a una de las hembras de menor tamaño y le dio muerte. Ragna fue a por un jabato esquivo, lo alcanzó, se agachó y lo lanceó por los cuartos traseros.

La hembra de más edad se volvió peligrosamente, dispuesta a contraatacar. El joven Richard cargó contra ella valeroso, pero la lanceó sin pensar y clavó la punta en el lomo musculado. La lanza no penetró más que tres o cuatro centímetros y se partió. Entonces Richard perdió el equilibrio, cayó del caballo y se estampó contra el suelo con un golpe seco. La vieja hembra fue a por él y Ragna lanzó un grito de terror, temiendo por la vida de su hermano.

En ese momento apareció Wilwulf por detrás, al galope tendido, con la lanza en alto. Saltó por encima de Richard con su caballo, se agachó peligrosamente y empaló al animal. El acero penetró por el cogote de la hembra y salió por el pecho. La punta debió de alcanzarle el corazón, porque el animal cayó muerto enseguida.

Los cazadores refrenaron sus caballos y desmontaron, exhaustos y jubilosos, felicitándose entre sí. Al principio, Richard estaba pálido tras haberse librado del peligro por tan poco, pero los jóvenes aplaudieron su valentía y no tardó en comportarse como el héroe del momento. Los sirvientes destriparon las presas y los perros se abalanzaron con avidez sobre las tripas desparramadas por el suelo. Se respiraba un fuerte hedor a sangre y mierda. Apareció un campesino, furioso aunque en silencio, y llevó pastoreando a sus inquietas vacas hacia un campo de las cercanías.

El burro de carga con las alforjas llegó al lugar donde se encontraba la partida de caza, y los cazadores bebieron sedientos y dieron buena cuenta de las hogazas de pan.

Wilwulf se sentó en el suelo con un vaso de madera en una mano y una rebanada de pan en la otra. Ragna vio la oportunidad de conversar y se acomodó a su lado.

Él no se mostró especialmente complacido.

Ella estaba acostumbrada a que los hombres quedaran embelesados por su presencia y la falta de interés de Wilwulf hirió su orgullo. ¿Quién se creía que era? Pero a ella le gustaban los desafíos y, en ese momento más que nunca, ansiaba hechizarlo con sus encantos.

Se dirigió a él en su anglosajón titubeante:

—Habéis salvado a mi hermano. Gracias.

Él respondió con bastante amabilidad:

—Los muchachos de su edad deben correr riesgos. Tendrá mucho tiempo para actuar con prudencia cuando sea un hombre hecho y derecho.

—Si vive lo suficiente para llegar a serlo.

Wilwulf se encogió de hombros.

—Un noble timorato no se ganará el respeto de nadie.

Ragna decidió no discutir.

—¿Erais impulsivo en vuestra juventud?

El inglés contrajo los labios, como si los recuerdos lo divirtieran.

—Tremendamente insensato —respondió, aunque había sido más un arrebato que una confesión.

—Ahora sois más sabio, por supuesto.

Él sonrió de oreja a oreja.

—Hay diversidad de opiniones al respecto.

Ragna tuvo la impresión de que empezaba a traspasar sus reservas. Cambió de tema:

—¿Cómo os lleváis con mi padre?

A Wilwulf le mudó la expresión.

—Es un anfitrión generoso, pero no tiene interés en facilitarme aquello por lo que he venido.

—¿Y eso es…?

—Quiero que vuestro padre deje de acoger a los vikingos en su puerto.

Ella asintió en silencio. Su padre ya se lo había contado. Sin embargo, Ragna deseaba que Wilwulf siguiera hablando.

—¿Cómo os afecta eso?

—Zarpan desde aquí para cruzar el Canal con el objetivo de saquear mis pueblos y aldeas.

—No han causado ningún daño en esta costa durante un siglo. Y la razón no es que seamos descendientes de los vikingos. Ya no atacan Bretaña ni las tierras francas, ni el ducado de la Baja Lorena ni el condado de Flandes. ¿Por qué la tienen tomada con Inglaterra?

Wilwulf se mostró sorprendido, como si no hubiera esperado una pregunta estratégica de una mujer. Sin embargo, estaba claro que Ragna había tocado un tema que le afectaba en lo más profundo, pues le respondió con tono encendido:

—Amasamos grandes fortunas, en especial en nuestras iglesias y monasterios, pero lo cierto es que no somos buenos defendiéndonos. He hablado con hombres letrados, obispos y abades sobre nuestra historia. El gran rey Alfredo logró combatir y echar a los vikingos, pero fue el único monarca que los ha repelido de forma efectiva. Inglaterra es una vieja y rica dama con un arca llena de dinero y nadie que vele por su seguridad. No es de extrañar que nos roben.

—¿Qué ha dicho mi padre de vuestra petición?

—Como cristiano, había imaginado que accedería a una petición así, pero no lo ha hecho.

Ragna ya lo sabía y había reflexionado sobre ello.

—Mi padre no quiere tomar partido en una disputa que no le concierne —comentó.

—Es lo que he supuesto.

—¿Queréis saber qué haría yo?

Wilwulf dudó un instante y se la quedó mirando con una expresión que era mezcla de escepticismo y esperanza. Aceptar el consejo de una mujer claramente no era plato de gusto para él. Aunque no se cerraba en banda a esa posibilidad, como percibió Ragna, complacida. La joven esperó, pues no quería imponerle su opinión.

—¿Qué haríais vos? —preguntó él por fin.

—Le ofrecería algo a cambio —respondió ella, que ya tenía la frase preparada.

—¿Es así de interesado? Creía que nos ayudaría movido por la solidaridad.

Ella se encogió de hombros.

—Estáis en una negociación. La mayoría de los tratados conllevan un intercambio de beneficios.

El interés de Wilwulf se vio acrecentado.

—Quizá debería pensar en ello, en ofrecer a vuestro padre alguna clase de incentivo por hacer lo que le pido.

—No estaría de más intentarlo.

—Me pregunto qué podría desear.

—Yo podría haceros una sugerencia.

—Adelante.

—Los mercaderes de Cherburgo venden productos a Combe, sobre todo barriles de sidra, ruedas de queso y telas de lino de buena calidad.

Él asintió.

—A menudo de alta calidad —puntualizó.

—Pero sufrimos la obstaculización constante de las autoridades de Combe.

Wilwulf frunció el ceño, molesto.

—Yo soy la autoridad de Combe.

Ragna insistió:

—Pero, al parecer, vuestros subalternos pueden hacer lo que se les antoja. Siempre se producen retrasos. Los hombres exigen sobornos. Y nunca se sabe cuánto se gravará como impuesto. En consecuencia, los mercaderes evitan el envío de sus productos a Combe si pueden.

—Deben gravarse impuestos. Es mi derecho.

—Pero deberían ser siempre los mismos. Y no debería haber retrasos en la entrega de los bienes ni cobrarse sobornos.

—Eso traería problemas.

—¿Más que un ataque vikingo?

—Buen argumento. —Wilwulf se quedó pensativo—. ¿Estáis diciéndome que es esto lo que vuestro padre desea?

—No. No se lo he preguntado, y no hablo en su nombre. Él dirá lo que tenga que decir. No hago más que ofreceros mi consejo basado en lo bien que lo conozco.

Los cazadores estaban preparándose para partir.

—Regresaremos pasando por la cantera, estoy seguro de que allí habrá más jabalíes —anunció el conde Hubert.

—Pensaré con detenimiento en lo que habéis dicho —le dijo Wilwulf a Ragna.

Volvieron a montar y partieron. El inglés cabalgaba junto a la joven, en silencio, absorto en sus cavilaciones. Ella se sentía encantada con el resultado de la conversación. Por fin había conseguido atraer el interés del visitante.

El día se caldeó. Los caballos iban más deprisa, pues sabían que regresaban a casa. Ragna empezaba a pensar que la caza había terminado cuando divisó una zona de tierra revuelta, donde un jabalí había estado hozando en busca de raíces y topos, dos de sus alimentos favoritos. Sin duda alguna, los perros olfatearon su rastro.

Volvieron a la carga, con los caballos a la zaga de los sabuesos, y Ragna no tardó en localizar a las presas: en esa ocasión se trataba de un grupo de machos, tres o tal vez cuatro. Salieron corriendo a través de un bosquecillo de robles y hayas y luego se dividieron: tres siguieron por una angosta senda y el cuarto se adentró entre los matorrales. La partida de caza siguió al grupo de tres, pero Wilwulf fue a por el cuarto y Ragna hizo lo propio.

Se trataba de un animal ya maduro con largos dientes caninos que asomaban curvos por fuera del morro; pese al peligro que corría, tuvo la inteligencia de no emitir sonido alguno. Wilwulf y Ragna rodearon el matorral y avistaron al jabalí más allá, fueron a por él y Astrid logró saltarlo, por los pelos.

El jabalí era fuerte. Los caballos no disminuyeron el ritmo, pero no lograban acercársele. Cada vez que Ragna creía que Wilwulf o ella estaban lo bastante cerca para atacar, la bestia cambiaba bruscamente de dirección.

Ragna apenas era consciente de que ya no oía al resto de la partida de caza.

El jabalí llegó corriendo a un claro sin lugar donde ocultarse y los caballos se lanzaron al galope tendido. Wilwulf se situó a la izquierda del animal y Ragna, a su derecha.

Wilwulf apuntó con la lanza y la arrojó. El jabalí la esquivó en el último segundo. La punta de la lanza se clavó en el lomo y lo hirió, aunque no frenó sus movimientos. Viró de golpe y se lanzó al ataque contra Ragna. Ella se echó hacia la izquierda, tiró con fuerza de las riendas y Astrid se volvió hacia el jabalí con paso firme a pesar de la velocidad con la que corría. Ragna cabalgó directamente hacia el animal con la lanza apuntando hacia abajo. La bestia intentó esquivarla de nuevo, pero fue demasiado lenta y el arma de la joven penetró directamente por el morro abierto. Ragna sujetó el mango con fuerza y empujó la lanza hasta que la resistencia opuesta por el animal amenazó con tirarla de la silla; al final soltó el mango. Wilwulf obligó a su montura a cambiar de dirección y volvió al ataque, penetró al animal clavándole la lanza en su grueso cuello y el jabalí cayó desplomado.

Ambos desmontaron, sonrojados y jadeantes.

—¡Bien hecho! —exclamó Ragna.

—¡Lo mismo os digo a vos! —replicó Wilwulf y acto seguido la besó.

El beso empezó como una espontánea felicitación en los labios, pero no tardó en transformarse. Ragna percibió el repentino deseo del hombre. Notó la caricia de su bigote mientras sus labios se movían ansiosos sobre los suyos. Ella se mostró más que dispuesta y abrió la boca, deseosa, para que él la penetrara con su lengua. A continuación ambos oyeron la partida de caza aproximándose y se separaron de golpe.

Pasado un instante, estaban rodeados por los demás cazadores. Tuvieron que explicar que la caza había sido fruto de un esfuerzo conjunto. La pieza era la más grande de la jornada y recibieron numerosas felicitaciones.

Ragna se sentía embriagada por la caza y más aún por el beso. Estaba feliz cuando todos montaron sus caballos y se dirigieron a casa. Cabalgó algo apartada de los demás para poder pensar en lo ocurrido. ¿Qué habría querido expresar Wilwulf con ese beso, si es que pretendía expresar algo?

Ella no sabía mucho sobre los hombres, pero era consciente de que les encantaba robar algún que otro beso a una mujer hermosa casi en cualquier momento. También eran capaces de olvidarlo con bastante rapidez. Ragna había percibido el creciente interés de Wilwulf por ella, aunque tal vez él hubiera disfrutado de sus labios como lo habría hecho con una ciruela, y no había vuelto a pensar en lo ocurrido. ¿Y cómo se sentía ella con el beso? Aunque no había durado mucho, la había estremecido. Ya había besado a algún joven, pero no lo hacía con frecuencia y jamás había sido como aquel beso.

Recordó una ocasión en que estaba nadando en el mar siendo niña. Siempre le había encantado el agua, y se había convertido en una buena nadadora, pero una vez, de pequeña, la había arrollado una ola cuando rompía. Se puso a chillar hasta que hizo pie y entonces volvió a lanzarse contra el mar embravecido. En ese instante recordó la sensación de no poder resistirse a algo tan placentero como ligeramente temible.

¿Por qué había sido tan intenso el beso? Quizá por lo que había ocurrido antes de que se lo dieran. Habían departido como iguales sobre el problema de Wilwulf, y él la había escuchado. Y eso a pesar de la impresión externa que le había dado de ser el típico noble agresivo sin tiempo para las mujeres. Luego habían matado juntos el jabalí, en colaboración, como si llevaran años en la misma partida de caza. Todo ello, pensó Ragna, reflexiva, la había ayudado a confiar en él hasta el punto de sentir que podía besarlo y disfrutar.

Deseaba volver a hacerlo; no le cabía ninguna duda. Quería besarlo más prolongadamente la próxima vez. Pero ¿quería algo más de él? No lo sabía. Esperaría a ver qué ocurría.

Decidió no cambiar de actitud con Wilwulf mientras estuvieran en público. Se comportaría con normalidad y decoro. Cualquier otra forma de actuar llamaría la atención. Las mujeres captaban esa clase de comportamientos tal como los perros olfateaban el rastro del jabalí. No quería que las doncellas del castillo empezaran a cuchichear sobre ella.

Sin embargo, en privado sería algo distinto; estaba decidida a encontrarse con él a solas al menos una vez más antes de que se marchara. Por desgracia, allí nadie gozaba de privacidad salvo el conde y la condesa. Resultaba difícil hacer cosas en secreto en el castillo. Los campesinos tenían más suerte, o eso pensaba ella; podían escapar al bosque o tumbarse sin ser vistos en un vasto campo de trigo maduro. ¿Cómo organizaría un encuentro clandestino con Wilwulf?

Llegó de regreso al castillo de Cherburgo sin haber dado con una respuesta.

Dejó a Astrid en manos de los mozos de cuadra y entró en el castillo. Al poco su madre la mandó llamar a sus aposentos privados. Geneviève no tenía interés alguno en escuchar el relato sobre la cacería.

—¡Buenas noticias! —exclamó con un brillo especial en la mirada—. He estado hablando con el padre Louis. Parte hacia Reims mañana. ¡Pero me ha dicho que tienes su aprobación!

—Me alegro mucho —dijo Ragna, no muy segura de si era lo que sentía.

—Dice que eres un poco atrevida, como si no lo supiéramos ya, pero cree que no lo serás tanto cuando madures. Y también opina que serás un gran apoyo para Guillaume cuando se convierta en el conde de Reims. Por lo visto, resolviste el conflicto de Saint-Martin con gran habilidad.

—¿Louis cree que Guillaume necesita un apoyo? —preguntó Ragna con suspicacia—. ¿Es un muchacho débil?

—Oh, no seas tan negativa —la reprendió su madre—. Quizá hayas conseguido marido, ¡deberías sentirte feliz!

—Ya me siento feliz —afirmó Ragna.

Ragna encontró un lugar donde podrían besarse.

Además del castillo había otras muchas edificaciones dentro de la empalizada: establos y vaquerías; un horno para el pan, una bodega y una cocina; casas familiares, así como despensas para la carne y el pescado ahumados, la harina, la sidra, el queso y el heno. El pajar no se utilizaba en julio, cuando estaba lleno de hierba verde para que pastara el ganado.

La primera vez, Ragna llevó a Wilwulf hasta allí con la excusa de enseñarle el lugar donde sus hombres podrían guardar temporalmente sus armas y armaduras. Él la besó en cuanto se aproximaron a la puerta, y el beso fue incluso más apasionado que la ocasión anterior. Ese lugar no tardó en convertirse en un punto de encuentro habitual. Cuando caía la noche —a última hora de la tarde en ese momento del año—, salían del castillo, pues lo hacía casi todo el mundo al mismo tiempo antes de irse a dormir, e iban por separado al pajar. El espacio olía a humedad, pero a ellos no les importaba. Se acariciaban de forma más íntima con cada día que pasaba. Entonces Ragna ponía freno, jadeante, y se marchaba a toda prisa.

Se comportaban con una discreción escrupulosa, pero no llegaron a engañar del todo a Geneviève. La condesa no sabía nada del pajar, pero percibía la pasión entre su hija y el visitante. Aun así, aludió a ello de forma indirecta, como prefería hacerlo siempre.

—Inglaterra es un lugar desagradable —comentó un día, como quien no quiere la cosa.

—¿Cuándo has estado allí? —le preguntó Ragna.

Fue una pregunta capciosa, pues ya conocía la respuesta.

—No he estado nunca —reconoció Geneviève—. Pero he oído decir que es fría y que no para de llover.

—Entonces me alegro de no tener que ir.

A la madre de Ragna no se la hacía callar tan fácilmente.

—Los hombres ingleses no son de fiar —prosiguió.

—¿De veras? —Wilwulf era inteligente y sorprendentemente romántico. Cuando se encontraban en el pajar, se comportaba con amabilidad y ternura. No era dominante, pero sí provocador en extremo. Una noche soñó que lo ataban con una cuerda hecha con los cabellos pelirrojos de Ragna, según le contó, y se había despertado con una erección. A ella le pareció muy excitante. ¿Sería de fiar? Ella creía que sí, pero estaba claro que su madre no opinaba lo mismo—. ¿Por qué dices eso? —le preguntó la joven.

—Los ingleses cumplen sus promesas solo cuando les conviene, y en ninguna otra ocasión.

—¿Y crees que los hombres normandos no harían lo mismo?

Su madre lanzó un suspiro.

—Eres inteligente, Ragna, pero no tanto como crees.

La joven pensó que en realidad esa afirmación era aplicable a muchas personas, desde el padre Louis hasta lo más bajo en la jerarquía: su costurera Agnes. ¿Por qué no iba a ser cierta referida a ella misma?

—Quizá tengas razón —admitió.

Geneviève aprovechó que su hija le daba la razón.

—Tu padre te ha malcriado enseñándote cómo gobernar. Pero una mujer no puede ser gobernante jamás.

—Eso no es cierto —replicó Ragna con un tono más encendido de lo que pretendía—. Una mujer puede ser reina, condesa, abadesa o priorera.

—Siempre bajo la autoridad de un hombre.

—En teoría así es, pero en gran parte depende del carácter de la mujer en cuestión.

—Entonces tú serás reina, ¿no es así?

—No sé qué voy a ser, pero me gustaría gobernar en igualdad de condiciones junto a mi marido, hablar con él y que él lo haga conmigo sobre lo que debemos hacer para que nuestros dominios sean prósperos y nuestros súbditos, felices.

Geneviève negó con la cabeza y expresión triste.

—¡Sueños! —dijo—. Todos los tenemos. —No añadió nada más.

Mientras tanto, las negociaciones de Wilwulf con el conde Hubert progresaban positivamente. A Hubert le gustaba la idea de facilitar el paso de las exportaciones normandas por el puerto de Combe, ya que él se beneficiaba de las tasas gravadas a todos los barcos que entraban en Cherburgo y salían de allí. Las conversaciones llegaron al detalle: Wilwulf se mostraba reticente a reducir los impuestos sobre los productos comerciales y Hubert habría preferido que no se gravara impuesto alguno, pero ambos estuvieron de acuerdo en que la coherencia era importante.

Hubert preguntó a Wilwulf si contaba con la aprobación del rey Etelredo de Inglaterra para el acuerdo que estaban negociando. El inglés admitió que no había solicitado su autorización previa, y contestó con bastante despreocupación que sin duda pediría al rey que aprobara el trato, pero que estaba seguro de que sería una mera formalidad. Hubert confesó en privado a Ragna que no se sentía del todo satisfecho con ese aspecto en particular, pero creía que no tenía mucho que perder.

Ragna se preguntó por qué Wilwulf no se habría hecho acompañar por uno de sus consejeros más expertos, para ayudarle, pero al final entendió que el inglés no tenía consejeros. Tomaba numerosas decisiones en el consejo comarcal, en presencia de sus barones, y a veces aceptaba el parecer de un hermano suyo que era obispo. Sin embargo, gran parte del tiempo gobernaba en solitario.

Al final Hubert y Wilwulf alcanzaron un acuerdo y el secretario del conde redactó el tratado. Los testigos fueron el obispo de Bayeux y varios caballeros y clérigos normandos que se encontraban en el castillo en ese momento.

Entonces Wilwulf estuvo listo para regresar a su hogar.

Ragna lo esperaba para hablar del futuro. Quería volver a verlo, pero ¿cómo sería posible? Vivían en países diferentes.

¿Vería él su romance como una mera aventura pasajera? Desde luego que no. El mundo estaba lleno de jóvenes campesinas que no dudarían en pasar una noche en compañía de un noble, por no mencionar a las esclavas que no tenían ni voz ni voto a la hora de decidir. Wilwulf debía de haber visto algo especial en Ragna para ingeniárselas con tal de verla a diario solo para besarla y acariciarla.

Ella podría haberle preguntado directamente cuáles eran sus intenciones, pero dudaba en hacerlo. A una joven doncella no le convenía parecer ansiosa. Además, era demasiado orgullosa. Si él quería estar con ella, tendría que pedírselo, y si no se lo pedía, era que no la deseaba lo suficiente.

Su barco lo esperaba, el viento era favorable, y él planeaba marcharse a la mañana siguiente cuando se reunieron en el pajar por última vez.

El hecho de que se marchara, y de que ella no supiera si volvería a verlo algún día, podría haber apagado la fogosidad de Ragna, pero, en realidad, tuvo el efecto contrario. Se aferró a él como si pudiera retenerlo en Cherburgo solo sujetándolo con fuerza. Cuando él le tocó los pechos, ella se excitó de tal forma que sintió la humedad empapándole la cara interior de los muslos.

Pegó su cuerpo al del inglés para poder notar su erección a través de sus ropas, y empezaron a frotarse el uno contra el otro como si estuvieran copulando. Ragna se levantó los largos faldones del vestido hasta la cintura, para sentirlo mejor. Eso no hizo más que aumentar enormemente su deseo. En algún profundo rincón de su mente sabía que estaba perdiendo el control, pero no lograba dominarse.

Él también iba vestido como ella, salvo que su túnica le llegaba hasta las rodillas, y de alguna forma esta se levantó y quedó apartada de su entrepierna. Ninguno de los dos llevaba ropa interior —se la ponían solo en ocasiones especiales como, por ejemplo, para estar más cómodos a la hora de montar— y, con un escalofrío, Ragna sintió la piel de Wilwulf sobre la suya.

Un segundo después, él estaba dentro de ella.

Ragna apenas lo oyó decir algo como: «¿Estás segura...?».

—¡Empuja, empuja! —respondió ella.

La joven sintió un dolor punzante, pero solo duró unos segundos, y después fue todo gozo. Ella deseaba que la sensación se prolongase para siempre, pero él empezó a moverse más deprisa y de pronto ambos estaban estremeciéndose extasiados; Ragna notó el fluido caliente en el interior de su cuerpo y creyó morir de placer.

Dejó caer el peso de su anatomía sobre Wilwulf con la impresión de que las piernas le cederían en cualquier momento. Él la mantuvo abrazada durante largo tiempo y al final se retiró un poco para poder mirarla.

—¡Dios mío! —exclamó.

Parecía que algo lo hubiera sorprendido.

—¿Es siempre así? —preguntó ella cuando por fin logró hablar.

—Oh, no —respondió él—. Casi nunca es así.

Los sirvientes dormían en el suelo, pero Ragna y su hermano Richard, además de unos pocos miembros de más edad del servicio, tenían camas, bancos anchos pegados a la pared con jergones de lino rellenos de paja. Ragna se cubría con una sábana de lino en verano y con una manta de lana cuando hacía frío. Esa noche, cuando apagaron las velas, la joven se acurrucó bajo la sábana y rememoró lo ocurrido.

Había perdido la virginidad con el hombre al que amaba, y eso era maravilloso. A escondidas, se metió un dedo entre las piernas y lo sacó empapado del fluido de Wilwulf. Olfateó su aroma a pescado, lo probó y lo encontró sabroso.

Sabía que había hecho algo que había cambiado su vida. Un sacerdote diría que no estaba casada ante los ojos de Dios, y ella sabía que era cierto. Y se sentía feliz. La emoción que la había abrumado en el pajar era la expresión física de la unión que se había forjado tan rápido entre ellos. Él era el hombre adecuado para ella, Ragna tenía esa certeza.

Además estaba comprometida con Wilwulf de una forma más práctica. Una mujer noble debía ser virgen para su esposo. En ese momento ella no podría desposarse con nadie que no fuera él, no sin un engaño que podría arruinar el matrimonio.

Y era posible que estuviera embarazada.

Se preguntaba qué ocurriría por la mañana. ¿Qué haría Wilwulf? Tendría que decir algo: sabía tan bien como ella que todo había cambiado por lo que habían hecho. Debería hablar con su padre sobre el matrimonio. Tendrían que acordar la dote. Tanto él como ella pertenecían a la nobleza y habría que discutir las consecuencias políticas de su unión. Wilwulf necesitaría la autorización del rey Etelredo.

Por otra parte, también tendría que hablarlo con ella. Debían discutir la fecha de la boda, el lugar de la ceremonia y cómo sería esta. Estaba impaciente por todo ello.

Se sentía jubilosa, pues esas cuestiones tenían solución. Ella lo amaba y él la amaba, y serían compañeros de por vida.

La joven tenía la sensación de no ser capaz de conciliar el sueño en toda la noche, pero no tardó en quedarse profundamente dormida. No se despertó hasta que el sol salió del todo y empezó el habitual traqueteo de los sirvientes colocando las escudillas sobre la mesa y el trajín de las enormes hogazas de pan que iban sacando del horno.

Se incorporó enseguida y miró a su alrededor. Vio que los hombres de armas de Wilwulf ya estaban metiendo sus escasas pertenencias en arcones y en sacas de cuero, listos para partir. Wilwulf no se encontraba en la estancia, debía de haber salido para asearse.

Los padres de Ragna salieron de sus aposentos y ocuparon la presidencia de la mesa. Geneviève no iba a alegrarse con las nuevas de esa mañana. Hubert se mostraría menos dogmático, aunque tampoco daría tan fácilmente su aprobación. Ambos tendrían otros planes para Ragna. Sin embargo, si era necesario, ella les contaría que ya había perdido su virginidad con Wilwulf, y ellos tendrían que ceder.

Ragna tomó una rebanada de pan, la untó con una pasta elaborada a base de bayas machacadas y vino y la engulló con avidez.

Wilwulf entró y ocupó su lugar en la mesa.

—He hablado con el capitán —les dijo a los presentes en general—. Partiremos dentro de una hora.

Ragna creyó que en ese momento él se lo contaría a sus padres, pero entonces sacó su cuchillo, cortó una gruesa loncha de una pata de jamón y empezó a comer. Luego pensó que hablaría tras el desayuno.

De repente se sintió demasiado nerviosa para comer. El pan se le adhería a la garganta y tuvo que tomar un buen trago de sidra para conseguir tragarlo. Wilwulf estaba hablando con su padre sobre el tiempo que hacía en el Canal y sobre cuánto tardaría en llegar a Combe, y a ella le daba la sensación de estar escuchando la conversación de un sueño, pues las palabras no tenían sentido. La ingesta finalizó demasiado pronto.

El conde y la condesa decidieron bajar caminando hasta el muelle para despedir a Wilwulf y Ragna se unió a ellos, sintiendo que era un espíritu invisible, sin decir nada y siguiendo a la multitud, ignorada por todos. La hija del mayoral, una muchacha de la misma edad que Ragna, la vio.

—¡Hermoso día! —le dijo.

Ragna no respondió al comentario.

Ya en la orilla los hombres de Wilwulf se levantaron las túnicas y se prepararon para adentrarse en el agua y embarcar en su nave. El inglés se volvió y sonrió a la familia. Seguro que en ese momento diría: «Quiero casarme con Ragna».

Hizo una reverencia formal a Hubert, a Geneviève, a Richard y, por último, a Ragna.

—Gracias por vuestra amabilidad —le dijo en torpe francés sujetándola por ambas manos.

Luego, aunque resultara increíble, dio media vuelta, entró chapoteando en el agua y embarcó en la nave.

Ragna se quedó sin habla.

Los marineros soltaron las amarras. La hija del conde no creía lo que estaba viendo. ¿Era aquella una pesadilla de la que no lograba despertar? La tripulación desplegó la vela. Esta se sacudió un instante, luego se puso en dirección favorable al viento y este la hinchó. El barco se alejó navegando.

Apoyado en la borda, Wilwulf agitó la mano una sola vez para despedirse y luego se volvió de espaldas.

5

Finales de julio de 997

Cabalgando por el bosque una tarde de verano, observando las figuras cambiantes que la luz jaspeada de sol proyectaba sobre el recoleto camino que tenía ante sí, el hermano Aldred iba cantando himnos a pleno pulmón. Entre un himno y el siguiente hablaba con su poni, Dimas, preguntándole al animal si le había gustado el último himno y qué quería escuchar a continuación.

Aldred estaba a un par de jornadas de camino de Shiring, y la sensación al regresar a casa era triunfal: su misión en la vida era llevar luz y conocimiento donde antes solo había ceguera e ignorancia. Los ocho nuevos libros que había en el baúl atado a la grupa de Dimas, escritos en pergamino y bellamente ilustrados, iban a ser la modesta fundación de un gran proyecto. El sueño de Aldred era convertir la abadía de Shiring en un gran centro de saber y erudición, con un *scriptorium* capaz de rivalizar con el de Jumièges, una extensa biblioteca y una escuela que enseñaría a los hijos de los nobles a leer, a contar y a convertirse en hombres temerosos de Dios.

En aquellos momentos la abadía se hallaba aún muy lejos de ese ideal, pues los superiores de Aldred no compartían sus ambiciones. El abad Osmund era un hombre jovial y perezoso; se había portado muy bien con Aldred, ascendiéndolo ya de muy joven, pero eso se debía principalmente a que sabía que, una vez que le encomendase a Aldred una tarea, ya podía darla por hecha, y así él mismo no necesitaba esforzarse más. Osmund aceptaría de buen grado cualquier propuesta que no implicase tener que trabajar. Se toparía con una oposición mucho más férrea por parte del tesorero, Hildred, que estaba en contra de cualquier propuesta que implicase algún tipo de gasto, como si la misión del monasterio fuese la de ahorrar dinero, en lugar de iluminar al mundo.

Tal vez Osmund y Hildred eran enviados de Dios para enseñar a Aldred la virtud de ser paciente.

Aldred no estaba completamente solo en sus anhelos; por lo general, entre los monjes había habido desde hacía mucho tiempo un movimiento para reformar las viejas instituciones que habían caído en la desidia y la autocomplacencia. Se estaban produciendo muchos y muy bellos manuscritos en Winchester, Worcester y Canterbury. Sin embargo, el ansia de mejoras no había llegado todavía a la abadía de Shiring.

Aldred entonó su siguiente himno:

Alabemos ahora al guardián del cielo,
la obra del padre glorificado...

Se calló de golpe al ver a un hombre plantarse en mitad del camino, delante de él.

Aldred ni siquiera se había fijado de dónde había salido. No llevaba zapatos en sus pies mugrientos, iba vestido con harapos y portaba un yelmo de hierro oxidado que le tapaba buena parte de la cara. Un trapo sanguinolento atado en el brazo evidenciaba que había sufrido alguna herida recientemente. Estaba plantado en mitad del camino, impidiendo el paso a Aldred. Podía ser un pobre mendigo vagabundo, pero parecía más bien un proscrito.

A Aldred se le cayó el alma a los pies. No debería haber corrido el riesgo de viajar solo, pero aquella mañana, en la posada de Mudeford Crossing, no había habido nadie que fuese en su misma dirección, de modo que había cedido a la impaciencia y había emprendido la marcha, en lugar de esperar un día o dos para ir acompañado de otros en un mismo grupo.

En ese momento tiró de las riendas para refrenar a su montura. Era importante aparentar calma y no mostrar miedo, como con un perro peligroso.

—Dios te bendiga, hijo mío —dijo, tratando de mantener un tono de voz sosegado.

El hombre contestó con voz bronca y a Aldred se le ocurrió que tal vez estaba impostándola.

—¿Qué clase de cura eres tú?

El pelo de Aldred, con tonsura en la coronilla, indicaba que era un hombre de Dios, pero eso podía significar cualquier cosa, desde un simple acólito hasta una autoridad superior.

—Soy un monje de la abadía de Shiring.

—¿Y viajas solo? ¿Es que no tienes miedo de que te roben?

Aldred tenía miedo de que lo mataran.

—Nadie puede robarme —dijo con falsa seguridad—. Yo no tengo nada.

—Salvo por ese baúl.

—El baúl no es mío; pertenece a Dios. Solo un necio podría robar a Dios, por supuesto, y condenar su alma al fuego eterno.

Aldred vio entonces a otro hombre semiescondido detrás de un arbusto. Aunque se plantease la posibilidad de plantar cara y defenderse, no podría con aquellos dos.

—¿Qué hay en el baúl? —preguntó el rufián.

—Ocho libros sagrados.

—Entonces serán valiosos…

Aldred se imaginó al hombre llamando a la puerta de un monasterio para ofrecer la venta de un libro. Lo azotarían por su desfachatez y el libro sería confiscado.

—Puede que fuese valioso para alguien que pudiese venderlos sin despertar sospechas —dijo Aldred—. ¿Tienes hambre, hijo mío? ¿Quieres un mendrugo de pan?

El hombre vaciló un momento y luego dijo en tono desafiante:

—No necesito pan, necesito dinero.

Su instante de vacilación indicó a Aldred que el hombre estaba hambriento. Tal vez se diese por satisfecho con la comida.

—Yo no tengo dinero para darte.

Técnicamente, era cierto: el dinero que Aldred llevaba en su bolsa pertenecía a la abadía de Shiring.

El hombre parecía haberse quedado sin palabras, sin saber cómo responder al rumbo inesperado que había tomado la conversación. Al cabo de una pausa dijo:

—Un hombre podría vender un caballo más fácilmente que un baúl de libros.

—Podría —convino Aldred—, pero alguien podría decir: «El hermano Aldred tenía un poni con una cruz blanca en la testuz, igual que esa… Dime, ¿de dónde has sacado tú ese animal, amigo mío?». ¿Y qué respondería a eso el ladrón?

—Eres muy listo.

—Y tú eres muy osado, pero no eres estúpido, ¿verdad que no? No vas a matar a un monje por ocho libros y un poni, ninguno de los cuales vas a poder vender.

Aldred decidió que había llegado el momento de poner fin al intercambio. Con el corazón en la boca, espoleó a Dimas para que siguiera adelante.

El proscrito no se apartó de su sitio durante un segundo o dos, pero luego se hizo a un lado con aire indeciso. Aldred pasó por su lado con el poni, aparentando indiferencia.

Una vez que hubo pasado, tuvo la tentación de espolear aún más a Dimas para que fuera al trote, pero eso habría revelado el miedo que sentía, de modo que se obligó a sí mismo a dejar que el poni siguiera avanzando tranquilamente. Se dio cuenta de que estaba temblando.

En ese momento el hombre dijo:

—Querría un poco de pan.

Era una petición que un monje no podía ignorar, pues era el deber sagrado de Aldred dar de comer al hambriento. El propio Jesús había dicho: «Apacienta mis ovejas». Aldred tenía que obedecer, aun poniendo en riesgo su propia vida. Tiró de las riendas.

Llevaba media hogaza de pan y un trozo de queso en la alforja. Sacó el pan y se lo dio al proscrito, que inmediatamente arrancó un pedazo y se lo metió en la boca, introduciéndolo por el agujero de su herrumbroso yelmo. Era evidente que estaba muerto de hambre.

—Compártelo con tu amigo —le indicó Aldred.

El otro hombre salió de los arbustos, tapándose la mitad del rostro con la capucha de manera que Aldred apenas podía verlo.

El primer hombre parecía reacio a compartir su pan, pero partió un pedazo y se lo dio.

—Gracias —masculló el otro por detrás de la mano.

—No me des las gracias a mí, sino a Nuestro Señor, que me ha enviado.

—Amén.

Aldred le dio el queso.

—Comparte eso también.

Y mientras se repartían el queso, Aldred prosiguió su camino.

Al cabo de un minuto se volvió a mirar, pero no vio ni rastro de los proscritos. Al parecer, estaba a salvo. Rezó una oración para dar gracias.

Esa noche seguramente iba a pasar hambre, pero podría soportarlo, y sintió gratitud por que ese día Dios le hubiese pedido que sacrificase su cena y no su vida.

La tarde fue avanzando y al final vio, al otro lado del río, una aldea formada por media docena de casas y una iglesia. Al oeste de las casas había unos terrenos de labranza que se extendían por la orilla norte del río.

Había alguna clase de barca amarrada en la otra orilla. Aldred nunca había estado en Dreng's Ferry, pues había seguido una ruta distinta para el camino de ida, pero dedujo que aquel debía de ser el lugar. Desmontó y dio voces dirigidas al otro lado del río.

No tardó en aparecer una muchacha, que desató la barca, se subió en ella y empezó a remar en su dirección. A medida que se acercaba, Aldred se fijó en que estaba bien alimentada, pero tenía un aspecto anodino y lucía una expresión ceñuda. Cuando estuvo lo bastante cerca para oírlo, se dirigió a ella:

—Soy el hermano Aldred, de la abadía de Shiring.

—Yo me llamo Cwenburg —respondió—. Esta balsa es de mi padre, Dreng. Igual que la posada.

De modo que Aldred estaba en el sitio correcto.

—Es un cuarto de penique para cruzar —dijo la joven—, pero el caballo no puede subir.

Aquello era evidente para Aldred: la barca era tan rudimentaria que volcaría fácilmente.

—No te preocupes, Dimas cruzará a nado al otro lado.

Pagó el cuarto de penique. Descargó la montura y depositó el baúl de libros y la silla de montar en la balsa. Sin soltar las riendas mientras embarcaba, se sentó y a continuación tiró con delicadeza de ellas para animar a Dimas a que se metiese en el agua. El animal vaciló un momento, como si fuese a oponer resistencia.

—Vamos —lo alentó Aldred en tono tranquilizador, y justo en ese momento Cwenburg apartó la embarcación de la orilla y Dimas entró en el río. En cuanto el nivel del agua fue lo bastante profundo, el animal empezó a nadar. Aldred no soltó las riendas; no creía que Dimas intentase escapar, pero no tenía sentido arriesgarse.

—¿A qué distancia está Shiring de aquí? —le preguntó Aldred a Cwenburg mientras cruzaban el río.

—A dos días.

Aldred miró al cielo. El sol estaba bajo. Quedaba aún una larga tarde por delante, pero quizá no encontrase ningún otro lugar donde hospedarse antes de que oscureciese. Era mejor que pasase allí la noche.

Alcanzaron la otra orilla y Aldred percibió un inconfundible olor a cerveza.

Dimas hizo pie. Aldred soltó las riendas y el poni subió por la ribera del río, se sacudió vigorosamente para quitarse el exceso de agua que le empapaba el pelaje y se puso a pastar en la hierba de verano.

De la posada salió otra joven. Debía de rondar los catorce años y tenía el pelo negro y los ojos azules, y a pesar de su juventud, estaba embarazada. Podía haber sido hermosa, pero no sonreía. Aldred se escandalizó al ver que no llevaba tocado de ninguna clase; por lo general, una mujer que enseñaba su cabello solía ser una prostituta.

—Esta es Blod —dijo Cwenburg—. Nuestra esclava.

Blod no dijo nada.

—Habla galés —añadió Cwenburg.

Aldred descargó el baúl de la barca y lo dejó en la orilla del río. A continuación hizo lo mismo con la silla de montar.

Blod recogió el baúl con aire servicial. Aldred la observó incómodo, pero ella simplemente llevó el baúl al interior de la posada.

—Puedes beneficiártela por un cuarto de penique —dijo una voz de hombre.

Aldred se volvió. El hombre había salido de un pequeño edificio que probablemente debía de ser un cobertizo para la elaboración de cerveza, así como el origen del fuerte olor. De unos treinta y tantos años, tenía edad para, con toda seguridad, ser el padre de Cwenburg. Era alto y de amplia espalda, y a Aldred le recordaba vagamente a Wynstan, el obispo de Shiring. Además, Aldred creía recordar haber oído que Dreng era el primo de Wynstan. No obstante, Dreng cojeaba al andar.

Miró a Aldred con curiosidad, con ojos muy juntos a cada lado de una larga nariz. Su sonrisa no era sincera.

—Un cuarto de penique es muy barato —añadió—. Antes, cuando estaba aún joven y tierna, costaba un penique entero.

—No —dijo Aldred.

—Nadie la quiere. Es porque está preñada, la muy estúpida.

Aldred no podía tolerar aquello.

—Yo supongo que está preñada porque tú la prostituyes, desafiando las leyes de Dios.

—A ella le gusta, ese es el problema que tiene. Las mujeres solo se quedan preñadas cuando disfrutan.

—¿De veras?

—Todo el mundo lo sabe.

—Yo no lo sé.

—Tú no sabes nada de esas cosas, ¿verdad? Tú eres un monje.

Aldred trató de tragarse el insulto con resignación cristiana.

—Eso es cierto —dijo, e inclinó la cabeza.

Mostrar humildad ante los insultos a veces producía el efecto de hacer que la persona que insultaba se sintiese suficientemente avergonzada para persistir en su actitud, pero Dreng parecía inmune a la vergüenza.

—Antes tenía un muchacho... Puede que él te hubiese interesado —dijo—. Pero murió.

Aldred desvió la mirada. Se sentía vulnerable ante aquella acusación porque, en su juventud, había padecido esa clase de tentación. De novicio, en la abadía de Glastonbury, se había encariñado apasionadamente de un joven monje llamado hermano Leofric. Aldred pensaba que lo que hacían era únicamente tontear como los muchachos jóvenes que eran, pero los habían pillado *in flagrante delicto* y se había armado un gran escándalo. Habían trasladado a Aldred para separarlo de su amante y así era como había terminado en Shiring.

No había vuelto a caer en la tentación: Aldred aún tenía pensamientos perturbadores, pero era capaz de resistirse a ellos.

Blod salió de la taberna y Dreng le hizo señas para que recogiera la silla de montar de Aldred.

—Yo no puedo cargar peso, tengo la espalda delicada —explicó Dreng—. Un vikingo me tiró del caballo en la batalla de Watchet.

Aldred comprobó qué hacía Dimas, que parecía contento pastando en la hierba, y luego entró en la posada. Era como una casa normal salvo por el tamaño. Tenía muchos muebles, mesas, banquetas, arcones y cuadros en las paredes. También había otros indicios de opulencia: un salmón enorme colgando del techo, ahumándose con el humo del fuego; un barril con un tapón encima de un banco; gallinas picoteando la estera de juncos del suelo; un puchero hirviendo en el fuego y despidiendo un delicioso olor a cordero lechal.

Dreng señaló a una joven delgada que estaba removiendo el

puchero y Aldred se fijó en que llevaba un colgante redondo de plata grabada en un cordón de cuero alrededor del cuello.

—Esa es mi esposa Ethel —dijo Dreng.

La mujer miró a Aldred sin decir nada. Aldred vio que Dreng estaba rodeado de mujeres jóvenes, y que todas ellas parecían infelices.

—¿Pasan muchos viajeros por aquí? —preguntó. Semejante prosperidad resultaba sorprendente para un asentamiento tan pequeño, y se le pasó por la cabeza la posibilidad de que tal vez se costeara mediante el robo.

—Los suficientes —se limitó a contestar Dreng.

—No muy lejos de aquí me he tropezado con dos hombres que parecían proscritos. —Observó la expresión de Dreng y añadió—: Uno de ellos llevaba un viejo yelmo de hierro.

—Lo llamamos Testa de Hierro —dijo Dreng—. Es un embustero y un asesino. Roba a los viajeros de la ribera sur del río, donde el camino discurre principalmente por el bosque.

—¿Por qué no lo ha detenido nadie?

—Lo hemos intentado, créeme. Offa, el alguacil de Mudeford, ha ofrecido dos libras de plata al primero que atrape a Testa de Hierro. Evidentemente, tiene un escondite en algún lugar del bosque, pero no lo encontramos. Hemos enviado allí a los hombres del sheriff y todo.

Aldred pensó que era plausible, pero seguía teniendo sus sospechas. Con su cojera, Dreng no podía ser Testa de Hierro, a menos que fingiese, pero tal vez se beneficiaba de otro modo de los pillajes. Tal vez supiese dónde se hallaba el escondite y le pagaban por su silencio.

—Habla con una voz extraña —dijo Aldred, tratando de sonsacarle algo.

—Seguramente es irlandés o vikingo o algo así. Nadie lo sabe. —Dreng cambió de tema—: Será mejor que te tomes una jarra de cerveza, para refrescarte después de tu viaje. Mi esposa hace una cerveza estupenda.

—Tal vez luego —dijo Aldred. No se gastaba el dinero del monasterio en tabernas si podía evitarlo. Se dirigió a Ethel—: ¿Cuál es el secreto para elaborar una buena cerveza? —le preguntó.

—Ella no —terció Dreng—. Mi otra esposa, Leaf, prepara la cerveza. Ahora mismo está en el cobertizo, haciéndola.

La Iglesia tenía que luchar contra aquello: la mayoría de los hombres que podían permitírselo tenían más de una esposa, o una esposa y una o más concubinas, y también jóvenes esclavas. La Iglesia no tenía jurisdicción sobre el matrimonio. Si dos personas intercambiaban votos delante de testigos, estaban casadas. Un sacerdote podía ofrecer su bendición, pero no era una figura esencial ni mucho menos. Nunca se formulaba nada por escrito a menos que se tratase de una pareja acomodada, en cuyo caso podían suscribir un contrato sobre intercambio de propiedades.

La objeción de Aldred ante aquellas prácticas no era solo moral. Cuando un hombre como Dreng fallecía, a menudo se producía una agria disputa por la herencia que giraba en torno a cuáles de sus hijos eran legítimos. El carácter informal de los matrimonios dejaba espacio para desavenencias que podían fracturar a las familias.

De modo que el caso de Dreng no era excepcional. No obstante, resultaba sorprendente encontrar aquello en una pequeña aldea adyacente a una colegiata.

—Los clérigos de la iglesia sin duda estarán muy disgustados si supiesen de tus arreglos domésticos —sentenció con severidad.

Dreng se echó a reír.

—¿Tú crees?

—Estoy seguro de ello.

—Bueno, pues te equivocas. Todos están al tanto. El deán, Degbert, es mi hermano.

—¡Eso no debería suponer ninguna diferencia!

—Eso es lo que tú crees.

Aldred estaba demasiado furioso para seguir con aquella conversación. Dreng le resultaba detestable. Para evitar perder los nervios y montar en cólera, salió afuera. Echó a andar por la ribera del río, tratando de apaciguar su furia paseando.

En el límite donde acababan las tierras de cultivo había una granja y un granero, ambas construcciones muy viejas y con aspecto de haber sufrido varias reparaciones. Aldred vio a un grupo de gente sentado frente a la casa: tres hombres jóvenes y una mujer mayor; una familia sin padre, supuso. Dudó sobre acercarse a ellos o no, por miedo a que todos los habitantes de Dreng's Ferry fuesen como Dreng. Estaba a punto de dar media vuelta cuando uno de ellos lo saludó afablemente con la mano.

Si saludaban a los extraños, puede que no fuesen tan malos.

Aldred subió por una cuesta hacia la casa. Era evidente que la familia carecía de muebles, pues estaban sentados en el suelo para tomar su cena. Los tres chicos no eran altos, pero sí tenían las espaldas anchas y el pecho robusto. La madre tenía aspecto cansado, pero también decidido. Los rostros de los cuatro eran delgados, como si no comieran demasiado. Había un perro blanco y marrón sentado a su lado, y también este era muy flaco.

La mujer habló primero.

—Tomad asiento con nosotros y estirad las piernas, si gustáis —dijo—. Yo soy Mildred. —Señaló a los chicos, del mayor al menor—. Mis hijos son Erman, Eadbald y Edgar. Nuestra cena es muy sencilla, pero estáis invitado a compartirla con nosotros.

Ciertamente, la comida era muy sencilla: tenían una hogaza de pan y un puchero de gran tamaño que contenía un surtido de verduras y hortalizas silvestres, ligeramente hervidas, como lechuga, cebolla, ajo y perejil. No se veía ningún trozo de carne. Con razón no engordaban, entonces. Aldred tenía hambre, pero no podía quitarles la comida a otras personas tan miserablemente pobres, de modo que, con suma delicadeza, rehusó la invitación.

—Huele muy bien, pero no tengo hambre y los monjes debemos evitar el pecado de la gula. Sin embargo, me sentaré con vosotros, y os doy las gracias por vuestra acogida.

Se sentó en el suelo, algo que los monjes no acostumbraban a hacer, a pesar de sus votos. Aldred pensó que una cosa era la pobreza y otra, la pobreza auténtica.

Quiso dar un poco de conversación:

—La hierba casi parece a punto para la cosecha. Dentro de unos días tendréis una buena cantidad de heno.

—No estaba segura de que pudiéramos cosechar heno —respondió Mildred—, porque la ribera del río es casi demasiado pantanosa, pero se secó con el calor. Espero que ocurra lo mismo todos los años.

—¿Sois nuevos aquí, entonces? —preguntó Aldred.

—Sí —dijo ella—. Vinimos de Combe.

Aldred adivinaba por qué se habían marchado de allí.

—Luego debisteis de sufrir el ataque vikingo. Vi con mis propios ojos la devastación cuando anteayer pasé por el pueblo.

Edgar, el más joven de los hermanos, habló entonces. Debía de tener unos dieciocho años, con apenas el vello rubio de un adolescente en la barbilla.

—Lo perdimos todo —dijo—. Mi padre era constructor de barcos... Lo mataron. Nuestras reservas de madera se quemaron y nuestras herramientas quedaron destrozadas, así que tuvimos que empezar de cero.

Aldred estudió al joven con interés. Puede que no fuese guapo exactamente, pero había algo atractivo en sus rasgos. Aunque la conversación era informal, sus frases eran claras y lógicas. Aldred se sorprendió sintiendo cierta atracción por Edgar. «Haz el favor de contenerte», pensó para sus adentros. Para Aldred, el pecado de la lujuria era más difícil de refrenar que el de la gula.

—¿Y cómo os va en vuestra nueva vida? —le preguntó a Edgar.

—Podremos vender el heno, siempre y cuando no llueva en los próximos días, y entonces al fin lograremos reunir un poco de dinero. En los bancales más altos cultivamos avena, y también tenemos una lechona y un cordero. Deberíamos poder pasar el invierno.

Todos los campesinos vivían en una situación de absoluta incertidumbre, sin saber nunca con seguridad si la cosecha de ese año sería suficiente para garantizar su sustento hasta la del siguiente. A la familia de Mildred le iba mejor que a otras.

—Tal vez tuvisteis suerte con este sitio.

—Ya lo veremos —dijo Mildred secamente.

—¿Y cómo es que vinisteis a Dreng's Ferry? —le preguntó Aldred.

—El obispo de Shiring nos ofreció esta granja.

—¿Wynstan? —Aldred conocía al obispo, naturalmente, y no tenía muy buena opinión de él.

—Nuestro terrateniente es Degbert Baldhead, el deán de la colegiata, que es el primo del obispo.

—Fascinante. —Aldred empezaba a comprender cómo funcionaba Dreng's Ferry. Degbert y Dreng eran hermanos, y Wynstan era su primo. Formaban un pequeño trío harto siniestro—. ¿Y Wynstan aparece por aquí alguna vez?

—Vino de visita poco después del solsticio de verano.

—Dos semanas después del día de San Juan —puntualizó Edgar.

—Regaló un cordero a todas las casas de la aldea —continuó Mildred—. Fue así como obtuvimos el nuestro.

—El dadivoso obispo —comentó Aldred.

Mildred captó el retintín en sus palabras.

—Parecéis escéptico. ¿Acaso no creéis en su generosidad?

—Nunca lo he visto hacer una buena acción a menos que fuese a obtener algo a cambio. No estáis ante uno de los admiradores de Wynstan, precisamente.

Mildred sonrió.

—Ningún problema por nuestra parte.

En ese momento intervino otro de los muchachos. Era Eadbald, el hijo mediano, el de la cara llena de pecas. Tenía la voz grave y reverberante.

—Edgar mató a un vikingo —dijo.

—O eso dice —intervino Erman, el mayor.

Aldred se dirigió a Edgar:

—¿Es cierto eso? ¿Mataste a un vikingo?

—Lo sorprendí por la espalda —explicó Edgar—. Estaba forcejeando con... una mujer. No me vio hasta que fue demasiado tarde.

—¿Y la mujer? —Aldred advirtió la vacilación y supuso que era alguien especial para el joven.

—El vikingo la arrojó al suelo justo antes de que yo me abalanzara sobre él. Se golpeó la cabeza contra una losa de piedra y fue demasiado tarde para salvarla. Murió.

Los preciosos ojos de color avellana de Edgar se inundaron de lágrimas.

—¿Cómo se llamaba?

—Sungifu. —El nombre le salió en un susurro.

—Rezaré por su alma.

—Gracias.

Era evidente que Edgar había amado a esa mujer. Aldred sintió lástima por él. También sintió alivio: no era probable que un joven capaz de amar de esa manera a una mujer pudiese pecar con otro hombre. Puede que Aldred se sintiese tentado, pero Edgar no lo estaría, de modo que podía dejar de preocuparse por eso.

Eadbald, el de la cara pecosa, volvió a hablar:

—El deán odia a Edgar.

—¿Por qué? —preguntó Aldred.

—Porque discutí con él —contestó Edgar.

—Y tú ganaste la discusión, imagino, y eso lo disgustó.

—Dijo que estamos en el año novecientos noventa y siete, y que eso significa que Jesucristo tiene novecientos noventa y siete años. Yo señalé que si Jesús nació en el año uno, su primer cumpleaños habría sido en el año dos, y que, por tanto, cumpliría novecientos noventa y seis años la próxima Navidad. Es muy sencillo, pero Degbert me llamó mocoso arrogante.

Aldred se echó a reír.

—Degbert estaba equivocado, aunque es un error que han cometido muchos otros.

—No se les lleva la contraria a los sacerdotes —dijo Mildred con reprobación—, ni siquiera cuando están equivocados.

—Especialmente cuando están equivocados. —Aldred se levantó—. Está oscureciendo. Será mejor que regrese a la colegiata mientras aún hay luz, o podría caerme al río en el camino de vuelta. Ha sido un placer conoceros a todos.

Se fue siguiendo la orilla del río. Se sentía aliviado de haber conocido a unas personas tan agradables en aquel lugar tan sumamente desagradable.

Pensaba pasar la noche en la colegiata. Entró en la taberna y recogió su baúl y su silla de montar. Se dirigió a Dreng con cortesía pero no se entretuvo a entablar conversación. A continuación guio a Dimas colina arriba.

La primera casa a la que llegó era un pequeño edificio en una parcela de terreno muy extensa. La puerta estaba abierta, como solían estarlo todas las de las casas en aquella época del año, y Aldred se asomó al interior. Una mujer de unos cuarenta años y algo rolliza estaba sentada junto a la entrada con un retal de cuero en el regazo, cosiendo un zapato a la luz de la ventana. Levantó la vista y dijo:

—¿Quién eres tú?

—Aldred, un monje de la abadía de Shiring. Busco al deán Degbert.

—Degbert Baldhead vive al otro lado de la iglesia.

—¿Cómo te llamas?

—Soy Bebbe.

Al igual que la taberna, aquella casa mostraba indicios de prosperidad. Bebbe tenía una fresquera para el queso, una caja con los lados de muselina para que circulara el aire y mantener alejados a los ratones. En una mesa a su lado había un vaso de madera y una pequeña jarra de barro que, muy probablemente, contenía vino. De un gancho colgaba una gruesa manta de lana.

—En esta aldea parecéis todos muy ricos —comentó Aldred.

—No tanto —dijo Bebbe rápidamente. Tras reflexionar un momento, añadió—: Aunque la colegiata distribuye parte de su riqueza entre nosotros.

—¿Y de dónde procede la riqueza de la colegiata?

—Vaya, conque eres curioso, ¿eh? ¿Quién te envía a espiarnos?

—¿Espiaros? —exclamó, sorprendido—. ¿Quién se molestaría en enviar a un espía a una pequeña aldea de mala muerte?

—Bueno, pues en ese caso, no deberías ser tan metomentodo.

—Lo tendré en cuenta.

Aldred se marchó.

Caminó colina arriba hasta la iglesia y vio, en el lado este, una casa de grandes dimensiones que debía de ser la residencia de los clérigos. Reparó en la especie de cobertizo que habían construido en la parte de atrás, junto a la pared del fondo. La puerta estaba abierta y en el interior había encendido un fuego. Parecía una fragua, pero era demasiado pequeña: un herrero necesitaba más espacio.

Sintiendo curiosidad, se acercó a la puerta y se asomó al interior. Vio un fuego de carbón sobre un hogar de leña elevado, con un fuelle al lado para darle más vigor. Un bloque de hierro firmemente incrustado en una sección de un tronco de árbol formaba un yunque a la altura de la cintura. Había un clérigo inclinado sobre él, trabajando con un martillo y un cincel estrecho, labrando un disco de lo que parecía plata. Había un candil sobre el yunque, iluminando su trabajo. Tenía también un balde con agua, sin duda para enfriar el metal caliente, y unas tijeras muy recias, probablemente para cortar la lámina de metal. Detrás de él había una puerta que debía de dar a la casa principal.

Aldred supuso que el hombre era un orfebre. Tenía un surtido de herramientas precisas y bien ordenadas: leznas, pinzas, cuchillos y tijeras de hojas pequeñas y mangos largos. Debía de tener unos treinta años, un hombre rollizo con doble papada, muy concentrado en su labor.

Como no quería asustarlo, Aldred tosió.

La precaución fue inútil, porque el hombre se sobresaltó y se le cayeron las herramientas.

—¡Oh, Dios mío! —exclamó.

—No pretendía molestaros —dijo Aldred—. Os pido perdón.

El hombre parecía asustado.

—¿Qué queréis?

—Nada en absoluto —dijo Aldred con su voz más tranquilizadora—. Es que he visto luz y temía que se hubiese prendido fuego a algo. —Estaba improvisando, pues no quería parecer entrometido—. Soy el hermano Aldred, de la abadía de Shiring.

—Yo soy Cuthbert, sacerdote aquí en la colegiata, pero no se permiten visitas en mi taller.

Aldred frunció el ceño.

—¿Por qué estáis tan nervioso?

Cuthbert vaciló antes de contestar.

—Creía que erais un ladrón.

—Supongo que aquí guardáis metales preciosos.

Cuthbert miró por encima de su hombro involuntariamente. Aldred siguió su mirada hasta un arcón de hierro que había junto a la puerta de la casa. Supuso que aquel debía de ser el tesoro de Cuthbert, donde guardaba el oro, la plata y el cobre que empleaba.

Muchos sacerdotes practicaban distintos tipos de expresión artística: música, poesía, pintura mural… No había nada raro en que Cuthbert fuese orfebre. Probablemente fabricaba ornamentos para la iglesia, y debía de tener un provechoso surtido de joyería para su venta; no había nada deshonroso en que un clérigo ganase dinero, así pues, ¿a qué venía aquel gesto de culpabilidad?

—Debéis de tener muy buena vista para hacer un trabajo tan preciso. —Aldred examinó lo que había en la mesa. Cuthbert parecía estar grabando una elaborada imagen de animales extraños en el disco—. ¿Qué estáis haciendo?

—Un broche.

—¿Qué demonios haces metiendo las narices aquí dentro? —dijo una nueva voz.

El hombre que se dirigía a Aldred no era calvo solo en parte, como solía ser habitual, sino completamente. Debía de ser Degbert Baldhead, el deán.

—Vaya, sí que sois susceptibles en esta aldea —respondió Aldred con calma—. La puerta estaba abierta y he entrado a mirar. ¿Qué diantres os pasa? Es casi como si tuvierais algo que ocultar.

—No seas ridículo —dijo Degbert—. Cuthbert necesita tranquilidad e intimidad para hacer su delicado trabajo, eso es todo. Por favor, déjalo en paz.

—No es eso lo que me ha dicho Cuthbert; a él le preocupaba que fuera un ladrón.

—Ambas cosas. —Degbert pasó junto a Aldred y tiró de la puerta de modo que dio un portazo, dejándolos a él y a Aldred fuera del taller—. ¿Quién eres tú?

—Soy el *armarius* de la abadía de Shiring. Me llamo Aldred.

—Un monje —dijo Degbert—. Y supongo que esperas que te procuremos la cena.

—Y un sitio donde dormir esta noche. Estoy haciendo un largo viaje.

Saltaba a la vista que Degbert era reacio a complacerlo, pero no podía negarse a ofrecer su hospitalidad a otro clérigo, no sin tener una razón de peso.

—Bueno, pues intenta guardarte tus preguntas para ti —dijo; se alejó y entró en la casa por la puerta principal.

Aldred se quedó pensativo unos instantes, pero no alcanzaba a comprender la razón de la hostilidad de la que acababa de ser objeto.

Dejó de darle vueltas al asunto y siguió a Degbert al interior de la casa.

No era lo que esperaba.

Debería haber habido un gran crucifijo expuesto en un lugar prominente, para indicar que aquel era un edificio al servicio de Dios. Una colegiata siempre debía tener un atril con un libro sagrado para que se pudiesen leer algunos pasajes a los monjes mientras estos daban cuenta de sus frugales comidas. Cualquier cuadro colgado en las paredes debía reflejar escenas bíblicas que les recordasen las leyes de Dios.

Sin embargo, en aquel lugar no había ningún crucifijo ni atril, y el tapiz colgado en la pared mostraba una escena de caza. La mayoría de los hombres presentes exhibían la parte redondeada y rasurada de la cabeza llamada tonsura, pero también había mujeres y niños que parecían estar cómodamente en casa. Tenía el aire del hogar de una gran familia, una familia rica y acomodada.

—¿Esto es una colegiata? —exclamó con incredulidad.

Degbert lo oyó.

—¿Quién te crees que eres, presentándote aquí con esa actitud?

Aldred no estaba sorprendido por su reacción. Los curas laxos solían mostrarse hostiles con los monjes más estrictos, pues sospechaban en ellos una actitud de superioridad moral, a veces con razón. Aquella colegiata empezaba a parecer la clase de lugar al que podía ir dirigido el movimiento de reforma. Sin embargo, Aldred decidió suspender cualquier juicio. Tal vez Degbert y sus clérigos llevaban a cabo todos los servicios de rigor de manera impecable, y eso era lo más importante.

Aldred dejó su baúl y su silla de montar apoyados en la pared y extrajo un poco de grano de la silla. Salió afuera y se lo dio de comer a Dimas, y a continuación ató las patas traseras del poni para que no se alejase de allí por la noche. Luego regresó al interior.

Esperaba que la colegiata fuese un oasis de calma y de contemplación en mitad del bullicio del mundo. Se había imaginado pasando la noche en compañía de iguales, con quienes hablaría de intereses similares a los suyos. Puede que discutiesen alguna cuestión relacionada con la exégesis bíblica, como la autenticidad de la *Epístola de Bernabé*. Podrían hablar de los problemas del atormentado rey inglés, Etelredo el Malaconsejado, o incluso de asuntos relacionados con la política internacional, como la guerra entre la España musulmana y los reinos cristianos del norte. Esperaba que quisiesen saberlo todo acerca de Normandía y, en particular, de la abadía de Jumièges.

Sin embargo, aquellos hombres no llevaban esa clase de vida. Charlaban con sus esposas y jugaban con sus hijos mientras bebían cerveza y sidra. Un hombre estaba incrustando una hebilla de hierro en un cinturón de cuero; otro, cortándole el pelo a un niño pequeño. Nadie leía ni oraba.

La vida doméstica no tenía nada de malo, naturalmente; un hombre debía cuidar de su esposa e hijos, pero un clérigo también tenía otras obligaciones.

Se oyó el tañido de la campana de la iglesia y, sin prisa, los hombres dejaron de hacer lo que estaban haciendo y se prepararon para el oficio vespertino. Al cabo de unos minutos salieron de la casa y Aldred los siguió. Las mujeres y los niños se quedaron dentro y no acudió nadie de la aldea.

La iglesia estaba en tal estado de deterioro que Aldred se quedó conmocionado. El arco de la entrada estaba apuntalado por el tronco de un árbol y la totalidad del edificio no parecía estar derecho del todo. Degbert debería haber empleado su dinero en su mantenimiento, pero, por supuesto, un hombre casado debía anteponer primero a su familia. Y por eso los sacerdotes tenían que mantenerse célibes.

Todos entraron.

Aldred se fijó en una inscripción labrada en la pared. Las letras estaban desgastadas por el tiempo, pero, pese a todo, pudo leer el mensaje. Lord Begmund de Northwood había construido la iglesia y estaba enterrado allí —rezaba la inscripción— y había dejado dinero en su testamento para pagar a los sacerdotes al objeto de que rezaran por su alma.

Si el estilo de vida de la casa había llenado de consternación a Aldred, el oficio lo dejó absolutamente horrorizado. Los himnos eran una cantinela monótona; los rezos, una algarabía de voces, y dos diáconos se pasaron la ceremonia discutiendo sobre si un gato salvaje podía matar a un perro de caza. Para cuando pronunciaron el último «amén», Aldred echaba humo por las orejas.

Con razón Dreng no mostraba vergüenza de ninguna clase por tener dos esposas y su esclava prostituta... No había ejemplo moral en aquella aldea. ¿Cómo iba el deán Degbert a reprobar a un hombre por desafiar los preceptos de la Iglesia sobre el matrimonio cuando no los respetaba él mismo?

Aldred se había sentido asqueado por Dreng, pero Degbert lo enfurecía. Aquellos hombres no estaban sirviendo a Dios ni a su comunidad. Los clérigos recaudaban dinero de los pobres campesinos y vivían con toda clase de comodidades: lo mínimo que podían hacer a cambio era realizar los oficios de forma concienzuda y rezar por las almas de las personas que los sustentaban. Pero aquellos hombres simplemente estaban tomando el dinero de la Iglesia y usándolo para llevar una vida regalada. Eran peores que los ladrones. Aquello era una auténtica blasfemia.

Sin embargo, resolvió, no iba a ganar nada diciéndole a Degbert lo que pensaba y discutiendo con él.

Ahora sentía una gran curiosidad. El deán no temía las consecuencias de su transgresión, probablemente porque contaba con la protección de un poderoso obispo... pero eso no era todo. Normalmente, los aldeanos no tardaban en quejarse de los curas holgazanes o pecaminosos; les gustaba que los líderes morales tuviesen la credibilidad que otorgaba obedecer sus propias reglas. En cambio, ninguna de las personas con las que había hablado ese día había criticado a Degbert o a la colegiata. De hecho, la mayoría de ellas se habían mostrado reacias a responder cualquier pregunta. Solo Mildred y sus hijos habían sido cordiales y francos con él. Aldred sabía que no tenía don de gentes —le habría gustado ser como lady Ragna de Cherburgo y hacer que todo el mundo fuese amigo suyo—, pero no creía que su carácter fuese motivo suficiente para explicar la actitud taciturna de los habitantes de Dreng's Ferry. Allí estaba pasando algo raro.

Y estaba decidido a averiguar qué era.

6

Principios de agosto de 997

Entre las viejas herramientas oxidadas que había dejado el anterior aparcero había una guadaña, el utensilio para la cosecha de mango alargado que permitía realizar la siega sin tener que agacharse. Edgar limpió el acero, afiló la hoja y la encajó en un nuevo mango de madera. Los hermanos fueron segando la hierba por turnos. La lluvia cesó y la hierba se transformó en paja que su madre vendió a Bebbe por un cerdo grande, un barril de anguilas, un gallo y seis gallinas.

A continuación recogieron la avena y luego llegó el momento de la trilla. Edgar fabricó un mayal con dos palos, un mango largo y una vara que agitaba para la siega atada al mango con una tira de cuero que no le había devuelto a Bebbe. Esparció algunas espigas de avena sobre una zona plana del terreno y empezó a majarlas. No era agricultor y estaba improvisando sobre la marcha, con la ayuda de su madre. Pero el mayal parecía estar funcionando: las nutritivas semillas quedaban separadas de las inútiles cáscaras, que salían volando impulsadas por el viento.

Los granos que quedaban parecían pequeños y resecos.

Edgar se detuvo para descansar un rato. El sol brillaba y él se sentía bien. Los pedazos de anguila en la olla familiar lo habían fortalecido. Madre ahumó gran parte del pescado colgándolo de las vigas de la casa. Cuando la anguila ahumada se acabara quizá tuvieran que sacrificar al cerdo para preparar el tocino. Y podrían conseguir huevos de las gallinas antes de tener que comérselas. No era mucha comida para alimentar a cuatro adultos durante todo el invierno, pero, gracias a la avena, seguramente no morirían de inanición.

En ese momento la casa ya estaba habitable. Edgar había reparado todos los agujeros de las paredes y el tejado. Había esteras nuevas en los suelos, un hogar de piedra y una pila de leña hecha con los troncos caídos del bosque. El joven no quería pasar toda su vida así, pero empezaba a sentir que su familia y él habían superado la situación de emergencia.

Madre entró en la casa.

—He visto a Cwenburg hace unos minutos —dijo—. ¿Estaba buscándote?

—Desde luego que no —respondió Edgar, abochornado.

—Pareces muy seguro. A mí me daba la impresión de que ella… bueno, de que estaba interesada en ti.

—Sí que lo estaba y tuve que serle sincero y decirle que yo no sentía lo mismo por ella. Por desgracia, eso la ofendió.

—Me alegro. Temía que pudieras hacer alguna tontería después de perder a Sungifu.

—Ni siquiera se me ha pasado por la cabeza. Cwenburg no es ni guapa ni bondadosa; además, no me enamoraría de ella aunque fuera un ángel.

Mildred asintió, comprensiva.

—Tu padre era igual: hombre de una sola mujer —afirmó—. Su madre me dijo que jamás había mostrado interés en otra chica que no fuera yo. Y siguió igual después de casarnos, lo que es incluso menos habitual. Pero tú eres joven. No puedes seguir enamorado de una muchacha muerta el resto de tu vida.

Edgar pensaba que sí podría, pero no quería discutirlo con su madre.

—Tal vez —dijo.

—Algún día aparecerá otra persona —insistió ella—. Seguramente te pillará por sorpresa. Creerás que sigues enamorado de la chica del pasado, cuando de pronto te darás cuenta de que estás pensando en otra a todas horas.

Edgar aprovechó para volver las tornas:

—¿Tú te casarías de nuevo?

—¡Ah! —Mildred suspiró—. Qué listo eres. No, no lo haría.

—¿Por qué no?

Madre permaneció en silencio durante largo rato. Su hijo se preguntó si la habría ofendido. Pero no, la mujer solo estaba pensando.

—Tu padre tenía la solidez de una roca —dijo por fin—. Sentía todo lo que decía y hacía cuanto prometía. Me amaba y os quería a vosotros tres, y eso no cambió en más de veinte años. No era guapo y algunas veces ni siquiera tenía buen carácter, pero yo confiaba profundamente en él y jamás me decepcionó. —Las lágrimas le anegaron los ojos cuando dijo—: No quiero un segundo marido, pero, aunque así fuera, sé que no encontraría a otro como él. —Lo había dicho con un tono cauteloso y considerado, pero acabaron aflorando sus verdaderos sentimientos. Levantó la vista hacia el cielo de estío y dijo—: Te echo tanto de menos, amado mío…

A Edgar le entraron ganas de llorar. Permanecieron allí de pie, juntos, durante un minuto, sin decir nada. Al final la madre tragó saliva y se enjugó las lágrimas.

—Ya basta.

Edgar aprovechó esas palabras para cambiar de tema:

—¿Estoy haciendo bien esto de la trilla?

—Oh, sí. Y el mayal funciona. Pero veo que los granos están un poco estropeados. Vamos a pasar hambre este invierno.

—¿Hemos hecho algo mal?

—No, es por la tierra.

—Pero ¿crees que sobreviviremos?

—Sí, aunque me alivia que no estés enamorado de Cwenburg. Esa chica tiene pinta de comer por dos. Esta granja no podría alimentar a un quinto adulto, ni mucho menos a los hijos que pudieran llegar. Moriríamos todos de hambre.

—Tal vez el año que viene nos vaya mejor.

—Abonaremos el campo antes de volver a pasar el arado,

y eso debería ayudar, pero al final no hay forma de mejorar las cosechas de un suelo poco fértil.

Madre se mostraba tan perspicaz y convincente como de costumbre, pero Edgar estaba preocupado por ella. Había cambiado desde la muerte de padre. A pesar de su ánimo, ya no parecía invulnerable. Siempre había sido fuerte, pero ahora su hijo tenía que ayudarla a levantar algún leño grande para el hogar o un balde lleno de agua del río. No hablaba de sus preocupaciones: no querría levantar sospechas de debilidad. En ese sentido era más parecida a un hombre. Sin embargo, Edgar no podía evitar pensar con desánimo en la posibilidad de una vida sin ella.

Manchas ladró de pronto y con impaciencia. El joven frunció el ceño: la perra solía ponerse en estado de alerta antes de que los humanos supieran siquiera que algo andaba mal. Unos instantes después, el joven oyó unos gritos; no solo una charla airada, sino chillidos y gruñidos furibundos. Eran sus hermanos, y se oían las voces de ambos: debían de estar peleándose.

Edgar corrió hacia el origen del ruido, que procedía de algún punto cercano al granero, en el otro extremo de la casa. Manchas lo siguió corriendo y ladrando. Con el rabillo del ojo, el joven vio a su madre agachada recogiendo la avena trillada, para aprovechar hasta el último grano y evitar que se lo comieran los pájaros.

Erman y Eadbald rodaban por el suelo, justo a la entrada del granero, dándose puñetazos y mordiscos, gritando de rabia. Eadbald tenía la pecosa nariz ensangrentada y Erman lucía una raspadura sangrante en la frente.

—¡Parad los dos de una vez! —gritó Edgar.

Ambos lo ignoraron. «Vaya par de idiotas —pensó su hermano—. Necesitamos todas las fuerzas para trabajar en esta condenada granja.»

El motivo de la pelea se hizo evidente al instante. Cwenburg se encontraba plantada en la puerta del granero, mirándolos, riendo, encantada. Estaba desnuda. Al verla, Edgar sintió un rechazo inmediato.

Erman rodó, quedó encima de Eadbald y lanzó el puño hacia

atrás para estamparlo contra la cara de su hermano. Aprovechando esa oportunidad, Edgar agarró a Erman por detrás, lo sujetó por los brazos y tiró de él. Desestabilizado, Erman no pudo resistir y cayó al suelo; por fin soltó a Eadbald.

Este se levantó de un salto y pateó a Erman. Edgar agarró a Eadbald por un pie y lo alzó para tirarlo de espaldas al suelo. Entonces Erman volvió a levantarse y apartó a Edgar de un empujón para ir a por Eadbald. Entretanto Cwenburg aplaudía, entusiasmada.

En ese instante se oyó la voz de la autoridad.

—Parad de una vez, muchachos estúpidos —ordenó su madre al tiempo que asomaba doblando la esquina de la casa.

Erman y Eadbald quedaron paralizados de inmediato.

—¡Has estropeado la diversión! —protestó Cwenburg.

—Vuelve a ponerte el vestido, chiquilla desvergonzada —espetó Mildred.

Durante un instante la muchacha puso cara de querer desafiarla y decirle que se fuera al diablo, pero no tuvo el valor de hacerlo. Dio media vuelta, avanzó un paso para entrar en el granero y se agachó para recoger su vestido. Lo hizo con la parsimonia necesaria para que todos le vieran bien el trasero. Luego se volvió de nuevo y levantó el vestido por encima de su cabeza, alzando los brazos de tal forma que los pechos quedaran expuestos. Edgar no pudo evitar mirar y se dio cuenta de que había ganado algo de peso desde la última vez que la había visto desnuda en el río.

Por último la chica dejó caer la prenda sobre su cuerpo. Como toque final de provocación, se meneó hasta que el vestido le quedó ajustado cómodamente.

—Que el cielo nos ampare —suspiró Mildred.

—Supongo que uno de vosotros estaba fornicando con ella y el otro no estaba de acuerdo —dijo Edgar dirigiéndose a sus hermanos.

—¡Erman la ha forzado! —exclamó Eadbald con indignación.

—Yo no la he forzado —replicó Erman.

—Seguro que lo has hecho. ¡Ella me ama a mí!

—No la he forzado —insistió Erman—. Ella me deseaba.

—Ella no te deseaba.

—Cwenburg, ¿Erman te ha forzado? —le preguntó Edgar.

Ella adoptó una actitud evasiva.

—Ha sido muy hábil.

Estaba disfrutando mucho de la situación.

—En todo caso, Eadbald asegura que tú lo amas. ¿Es eso cierto? —preguntó Edgar.

—Oh, sí. —Hizo una pausa—. Amo a Eadbald. Y a Erman.

Madre emitió un gruñido de disgusto.

—¿Estás diciéndonos que has yacido con los dos?

—Sí.

Cwenburg parecía muy satisfecha de sí misma.

—¿Muchas veces?

—Sí.

—¿Desde hace cuánto?

—Desde que llegasteis.

Madre sacudió la cabeza, asqueada.

—Gracias a Dios que no he tenido ninguna hija.

—¡No lo he hecho yo sola! —protestó Cwenburg.

Madre lanzó un suspiro.

—No, para eso hacen falta dos —apostilló.

—Yo soy el mayor —dijo Erman—. Debería casarme primero.

Eadbald rio con suficiencia.

—¿Quién te ha dicho que esa es la norma? Me casaré cuando quiera, no cuando tú lo digas.

—Pero yo puedo permitirme una esposa y tú no. Tú no tienes nada. Un día yo heredaré la granja.

Eadbald se sintió indignado.

—Madre tiene tres hijos. La granja será dividida entre todos cuando ella muera, y espero que eso no ocurra hasta dentro de muchos años.

—No seas idiota, Eadbald —espetó Edgar—. Esta granja apenas puede mantener a nuestra familia con los miembros que somos ahora. Si los tres intentamos tener una familia en un tercio de la tierra, moriremos todos de hambre.

—Como siempre, Edgar es el único que habla con sentido común —zanjó su madre.

Eadbald pareció sinceramente dolido.

—Entonces, madre, ¿quiere eso decir que vas a echarme?

—Jamás haría algo así. Ya lo sabes.

—¿Y los tres tenemos que respetar el celibato, como si estuviéramos en un monasterio de monjes?

—Espero que no.

—Entonces ¿qué vamos a hacer?

La respuesta de Mildred pilló a Edgar por sorpresa:

—Vamos a hablar con los padres de Cwenburg. Venga.

Edgar no estaba seguro de si eso ayudaría en algo. Dreng tenía muy poco sentido común, y lo más probable era que intentara mangonear la situación. Leaf era más inteligente y también más amable. Pero Mildred tenía un as guardado en la manga, aunque su hijo no lograba imaginar de qué se trataba.

Avanzaron trampeando por la orilla del río. La hierba había vuelto a crecer en la zona en la que habían segado el heno. La aldea disfrutaba del sol de agosto, sumida en el silencio, salvo por el rumor omnipresente del agua.

Encontraron a Ethel, la esposa más joven, y a Blod, la esclava, en la taberna. Ethel sonrió a Edgar; por lo visto, el chico le gustaba. Les dijo que Dreng se encontraba en la colegiata de su hermano, y Cwenburg fue a buscarlo. Edgar localizó a Leaf en la taberna, removiendo la mezcla con una vara. Se alegró de poder dejar el trabajo durante un rato. Se llenó una cantarilla de cerveza y la llevó hasta el banco situado a la entrada de la taberna. Cwenburg regresó con su padre.

Se sentaron todos al sol, disfrutando de la brisa levantada por la corriente del agua. Blod sirvió a todos cerveza y Mildred expuso el problema en pocas palabras.

Edgar se quedó mirando con detenimiento las caras de los presentes. Erman y Eadbald empezaban a darse cuenta de lo estúpidos que parecían: cada uno de ellos pensaba que había engañado al otro, cuando ambos habían sido víctimas de un engaño. Cwenburg sencillamente se sentía orgullosa de ejercer el poder que tenía sobre los dos hermanos. Sus padres no aparentaban estar sorprendidos por lo que había hecho: quizá ya se hubieran producido incidentes de ese tipo con anterioridad. Dreng saltaba ante cualquier atisbo de crítica hacia su hija. Leaf parecía simplemente agotada. Mildred llevaba la voz cantante; se mostraba segura. Al final, pensó Edgar, ella sería quien decidiera cómo iban a solucionarlo.

—Cwenburg debe casarse pronto —sentenció Leaf cuando su madre terminó de hablar—. De no ser así, la preñará cualquier pasajero de la barca que desaparecerá y nos dejará a su bastardo para que lo criemos.

«Ese bastardo sería tu nieto», quiso decir Edgar, pero se lo reservó para sí.

—No hables así de mi hija —la reprendió Dreng.

—También es hija mía.

—Eres demasiado dura con ella. Tal vez tenga sus defectos...

—Todos queremos que la chica se case —los interrumpió Mildred—, pero ¿dónde va a vivir? Mi granja no dará de comer a otra boca, ni mucho menos a dos más.

—No voy a casarla con un marido que no pueda mantenerla —advirtió Dreng—. Soy el primo del conde de Shiring. Mi hija podría casarse con un hombre noble.

Leaf soltó una risotada burlona.

—Además —prosiguió Dreng—, no puedo dejarla marchar. Por aquí hay demasiado trabajo que hacer. Necesito a alguien joven y fuerte para hacer de barquero. Blod está demasiado gorda por el embarazo y yo no puedo hacerlo por mis problemas de espalda. Un vikingo me tiró del caballo...

—Sí, sí, en la batalla de Watchet —concluyó la frase Leaf con impaciencia—. He oído que estabas borracho y que te caíste mientras montabas a una ramera, no un caballo.

—En cuanto a eso, Dreng —intervino Mildred—, cuando Cwenburg se marche puedes darle trabajo a Edgar.

«Vaya —pensó Edgar—, eso sí que no me lo esperaba.»

—Es joven y fuerte y, lo que es más importante, puede construirte una embarcación nueva para sustituir ese viejo tronco de árbol, que se hundirá cualquier día de estos.

Edgar no tenía muy clara la propuesta de su madre. Le habría encantado construir otro barco, pero odiaba a Dreng.

—¿Emplear a ese novato arrogante? —preguntó Dreng con desprecio—. Ningún amo quiere a un perro que le ladre, y yo no quiero a Edgar.

Madre pasó por alto el comentario.

—Puedes pagarle medio penique al día. Jamás conseguirás una embarcación más barata.

Dreng puso expresión de estar concluyendo que su madre estaba en lo cierto.

—No, no me gusta —dijo a pesar de ello.

—Hay que hacer algo —repuso Leaf.

—Yo soy el padre y yo decidiré. —Dreng se mostraba obstinado.

—Existe otra posibilidad —intervino Mildred.

«Ahora llega lo bueno —pensó Edgar—. ¿Qué plan habrá maquinado?»

—Pues venga, escúpelo ya —imprecó Dreng.

Intentaba mostrarse al mando de la situación, pero no engañaba a nadie.

Mildred permaneció en silencio durante largo rato.

—Cwenburg debe casarse con Erman y con Eadbald —dijo por fin.

Edgar tampoco había previsto aquello.

Dreng se mostró escandalizado:

—¿Y tendría dos maridos?

—Bueno, muchos hombres tienen dos esposas —argumentó Leaf con retintín.

Dreng parecía indignado, pero en ese instante no logró encontrar las palabras para rebatir la afirmación de Leaf.

—He oído hablar de esa clase de matrimonios —añadió Mildred

con serenidad—. Se celebran cuando dos o tres hermanos heredan una granja que es demasiado pequeña para más de una familia.

—Pero ¿cómo se organizan? —preguntó Eadbald—. Bueno… quiero decir, ¿por las noches?

—Los hermanos se turnan para yacer con la esposa —aclaró madre.

Edgar estaba seguro de no querer participar en algo así, pero permaneció callado durante un rato, pues no quería restar autoridad a las palabras de su madre. Ya dejaría claro su parecer más adelante. Bien pensado, ella ya debía de imaginar qué sentía él al respecto.

—Una vez conocí a una familia así —dijo Leaf—. Cuando era pequeña a veces jugaba con una niña que tenía una madre y dos padres. —Edgar no sabía si creerla. La miró fijamente a la cara y vio en ella la expresión del auténtico recuerdo. La mujer añadió—: Margaret, se llamaba.

—Pues así se hará —zanjó Mildred—. Cuando nace un niño, nadie sabe qué hermano es el padre, ni cuál es el tío. Y, si son razonables, a nadie le importa. Se limitan a criar a todos los hijos como si fueran propios.

—¿Qué pasa con la boda? —preguntó Eadbald.

—Se pronuncian los votos habituales, delante de unos cuantos testigos; basta que estén presentes los miembros de ambas familias, eso sugiero.

—Ningún sacerdote daría su bendición a un matrimonio así —opinó Erman.

—Por suerte —dijo su madre—, no necesitamos a ningún sacerdote.

—Pero si lo necesitáramos, el hermano de Dreng seguramente nos ayudaría —intervino Leaf con mordacidad—. Degbert tiene dos mujeres.

—Una mujer y una concubina —corrigió Dreng a la defensiva.

—Aunque nadie sabe quién es quién.

—Muy bien —dijo Mildred—. Cwenburg, ¿tienes algo que contarle a tu padre?

La chica se mostró perpleja.

—Me parece que no.

—A mí me parece que sí.

«¿Y ahora qué?», pensó Edgar.

Cwenburg frunció el ceño.

—Que no.

—No has tenido tu sangrado mensual desde que llegamos a Dreng's Ferry, ¿no es así?

«Es la tercera vez que madre me sorprende», pensó Edgar.

—¿Cómo lo sabes? —le preguntó la chica a Mildred.

—Lo sé porque te ha cambiado la forma del cuerpo. Has ganado un poco de peso en la cintura y tienes los pechos más grandes. Imagino que te duelen los pezones.

Cwenburg estaba asustada y se puso blanca como la cera.

—¿Cómo sabes todo eso? ¡Tienes que ser una bruja!

Leaf entendió adónde quería ir a parar Mildred.

—¡Oh, Dios mío! —exclamó—. Debería haber visto las señales.

«Tenías la visión borrosa por la cerveza», pensó Edgar.

—¿A qué te refieres? —preguntó Cwenburg.

—Vas a tener un hijo —dijo ella con amabilidad—. Cuando dejas de tener el menstruo, es que estás embarazada.

—¿Eso es verdad?

Edgar se preguntó cómo era posible que una chica de quince años todavía no supiera algo así.

Dreng estaba furioso.

—¿Quieres decir que ya lleva una criatura en su seno? —preguntó.

—Sí —afirmó Mildred—. Lo supe en cuanto la vi desnuda. Y ella no sabe si el padre es Erman o Eadbald.

Dreng la miró con severidad.

—¿Insinúas acaso que mi hija no es mejor que cualquier ramera?

—Tranquilízate, Dreng —le advirtió Leaf—. Tú te beneficias a dos mujeres, ¿te iguala eso a una ramera?

—Hace tiempo que no fornico contigo.

—Una bendición por la que doy gracias al cielo a diario.

—Alguien tiene que ayudar a Cwenburg a criar al niño, Dreng. Y solo hay dos posibilidades. Ella puede quedarse aquí contigo y tú puedes ayudarla a criar a tu nieto.

—Una criatura necesita a su padre. —Dreng estaba hablando con una integridad poco habitual en él.

Edgar se había percatado de que su actitud se suavizaba cuando Cwenburg estaba cerca.

—La alternativa es que Erman y Eadbald se casen con Cwenburg y críen juntos al niño. Y si eso ocurre, Edgar puede venir a vivir aquí y le pagaréis medio penique al día además de la comida.

—No me gusta ninguna de las dos opciones.

—Entonces sugiere tú otra.

Dreng abrió la boca, pero no le salieron las palabras.

—¿Qué te parece a ti, Cwenburg? —le preguntó Leaf—. ¿Quieres casarte con Erman y Eadbald?

—Sí —respondió la chica—. Me gustan los dos.

—¿Cuándo podríamos celebrar la boda? —preguntó Leaf.

—Mañana —sugirió Mildred—. A mediodía.

—¿Dónde? ¿Aquí?

—Se presentarán todos los habitantes de la aldea.

—No pienso invitarlos a todos a beber cerveza gratis —protestó Dreng.

—Y yo no quiero explicar el matrimonio diez veces a todos los idiotas de Dreng's Ferry —repuso Mildred.

—Entonces se celebrará en la granja —sugirió Edgar—. Ya se enterarán más tarde.

—Yo aportaré un barril pequeño de cerveza —ofreció Leaf.

Madre miró con expresión interrogante a Ethel, quien no había dicho ni media palabra.

—Prepararé pastelitos de miel —dijo entonces.

—¡Oh, qué bien! —exclamó Cwenburg—. Me encantan los pastelitos de miel.

Edgar se quedó mirándola con incredulidad. Acababa de acceder a casarse con dos hombres y era capaz de alegrarse pensando en unos pastelitos.

—¿Y bien, Dreng? —preguntó Mildred.

—Le pagaré a Edgar un cuarto de penique al día.

—Hecho —accedió. Se levantó—. Os esperamos a todos mañana al mediodía.

Sus tres hijos se levantaron y la siguieron hasta la salida de la taberna.

«Ya no soy granjero», pensó Edgar.

7

Finales de agosto de 997

Ragna no estaba encinta.

Había pasado dos semanas de agonía, presa de la aprensión, después de que Wilwulf se fuera de Cherburgo. Quedarse embarazada y luego ser abandonada era la peor de las humillaciones posibles, sobre todo para una joven de la nobleza. La hija de un campesino que sufriese el mismo destino sería objeto de las mismas burlas y el mismo trato desdeñoso, pero al final tal vez encontraría a alguien dispuesto a casarse con ella y aceptar criar al hijo de otro hombre, pero una dama sería rechazada por todos los hombres de su extracción social.

Sin embargo, ella había escapado a ese destino: había acogido la llegada del menstruo con la misma alegría con que recibía al siguiente amanecer.

Después de eso, lo lógico habría sido que odiase a Wilwulf, pero descubrió que no podía. Él la había traicionado, pero ella aún estaba enamorada de él. Era una tonta, lo sabía. De todos modos, ya no importaba, porque lo más probable es que no volviera a verlo en la vida.

El padre Louis había vuelto a Reims sin percatarse de las primeras señales del romance de Ragna con Wilwulf y, al parecer, había informado de que Ragna sería una magnífica esposa para el joven vizconde Guillaume, pues el propio Guillaume había llegado a Cherburgo para tomar la decisión final.

A Guillaume, Ragna le pareció perfecta.

No dejaba de repetírselo: la estudiaba, tomándole a veces el mentón con los dedos para moverle un poco la cara a uno u otro lado, hacia arriba o hacia abajo, para atrapar mejor la luz.

—Perfecta —decía—. Los ojos, verdes como el mar, de una tonalidad que no había visto jamás. La nariz, tan recta, tan elegante... Los pómulos, perfectamente simétricos. La piel clara... Pero, sobre todo, el pelo. —Ragna siempre llevaba casi todo el pelo tapado con un tocado, como hacían todas las mujeres respetables, aunque dejaba algunos mechones sueltos aquí y allá, con gran habilidad—. De un dorado tan resplandeciente... Las alas de los ángeles deben de ser de ese color.

Ella se sentía halagada, pero no podía evitar sentir que la miraba como podía haber estado admirando un broche de esmalte, el más valioso de su colección. Wilwulf nunca le había dicho que era perfecta, sino que le decía: «Por todos los dioses, no puedo quitarte las manos de encima».

El propio Guillaume era muy apuesto. Ambos estaban en lo alto del castillo de Cherburgo, contemplando desde la balaustrada los barcos en la bahía, y el viento le alborotaba el pelo, largo y brillante, de color castaño oscuro con reflejos color caoba. Tenía los ojos castaños y rasgos armoniosos. Era mucho más guapo que Wilwulf, pero a pesar de ello, las sirvientas del castillo nunca se sonrojaban ni reían atolondradamente cuando pasaba junto a ellas. Wilwulf ejercía un magnetismo masculino que Guillaume, lisa y llanamente, no poseía.

Acababa de darle a Ragna un regalo, un chal de seda bordado por su madre. Ragna lo desdobló y estudió el dibujo, compuesto por un entramado de hojas y pájaros gigantescos.

—Es precioso —exclamó—. Debe de haber tardado un año en bordarlo.

—Tiene buen gusto.

—¿Cómo es ella?

—Absolutamente maravillosa. —Guillaume sonrió—. Supongo que todos los hijos piensan que su madre es maravillosa.

Ragna no estaba segura de que eso fuera verdad, pero se reservó aquel pensamiento para sí.

—Considero que cualquier dama perteneciente a la nobleza debería tener un dominio absoluto sobre todo lo que tenga que ver con telas —dijo, y Ragna presintió que estaba a punto de escuchar un discurso preparado de antemano—: tejer, hilar, teñir, coser, bordar y, por supuesto, lavar. Una mujer debería imperar sobre ese mundo igual que su marido impera sobre su territorio. —Hablaba como si estuviera haciendo una generosa concesión.

—Yo detesto todas esas cosas —afirmó Ragna rotundamente.

Guillaume estaba sorprendido.

—¿Acaso no bordáis?

Ragna resistió la tentación de andarse con evasivas. No quería que él se llevase falsas impresiones. «Soy como soy», pensó.

—Dios santo, no.

El joven se quedó perplejo.

—¿Por qué no?

—Adoro la ropa bonita, como todo el mundo, pero no quiero tener que hacerla yo. Me aburre soberanamente.

Parecía decepcionado.

—¿Os aburre?

Tal vez era el momento de parecer más positiva.

—¿No creéis que una dama tiene otras obligaciones también? ¿Qué ocurre cuando su marido va a la guerra? Alguien tiene que asegurarse de que los vasallos paguen las rentas y se imparta justicia.

—Bueno, sí, por supuesto, en una emergencia.

Ragna decidió que ya había dejado clara su postura y cedió en parte con la esperanza de bajar la temperatura.

—Eso es lo que quiero decir —afirmó, faltando a la verdad—. En una emergencia.

El joven parecía aliviado y cambió de tema:

—Qué vista tan magnífica...

El castillo ofrecía amplias vistas de todo el campo circundante, de manera que las tropas hostiles podían divisarse desde allí, aunque estuvieran aún muy lejos, para así tener tiempo de preparar las defensas… o de huir. El castillo de Cherburgo también tenía vistas al mar, por la misma razón, pero Guillaume estaba estudiando la ciudad. El río Divette serpenteaba a derecha e izquierda por entre las casas de techumbre de paja antes de desembocar en el frente marítimo. Las calles eran un hervidero de actividad, con carros que iban y venían del puerto, levantando con sus ruedas de madera nubes de polvo de los caminos de tierra reseca por el sol. Los vikingos ya no atracaban allí, tal como el conde Hubert había prometido a Wilwulf, pero había amarrados varios barcos de otras naciones y otros anclados mar adentro. Una nave francesa se aproximaba al puerto un tanto hundida en el agua, tal vez bajo el peso de su cargamento de hierro o piedra. Detrás de ella, a lo lejos, se acercaba un barco inglés.

—Una ciudad comercial —comentó Guillaume.

Ragna detectó un dejo de desaprobación.

—¿Qué clase de ciudad es Reims? —le preguntó.

—Un lugar santo —respondió él inmediatamente—. Clodoveo, rey de los francos, fue bautizado allí por el obispo Remigio hace mucho tiempo. En aquella ocasión una paloma blanca apareció con un recipiente, llamado la Sagrada Ampolla, que contenía el óleo santo que, desde entonces, se ha empleado en múltiples coronaciones reales.

Ragna pensó que por fuerza debía de haber también transacciones comerciales en Reims, además de milagros y coronaciones, pero, una vez más, se abstuvo de expresar en voz alta lo que pensaba. Siempre parecía estar conteniéndose cuando hablaba con Guillaume.

Se le estaba acabando la paciencia y se dijo que ya había cumplido con su deber.

—¿Bajamos ya? —sugirió, y mintió al añadir—: Me muero de ganas de enseñarle a mi madre este precioso chal.

Bajaron por la escalera de madera y entraron en el gran salón. No se veía a Geneviève por ninguna parte, lo que dio a Ragna una excusa para dejar a Guillaume y entrar en los aposentos privados del conde y la condesa. Encontró a su madre rebuscando en su joyero, escogiendo un alfiler para su vestido.

—Hola, querida —la saludó la condesa—. ¿Cómo te va con Guillaume? Parece encantador.

—Siente una gran devoción por su madre.

—Qué tierno.

Ragna le enseñó el chal.

—Ella me ha bordado esto.

Geneviève tomó el chal en sus manos y lo admiró.

—Qué detalle por su parte…

Ragna no pudo seguir conteniéndose.

—Oh, madre… Guillaume no me gusta…

Geneviève lanzó un resoplido de exasperación.

—Dale una oportunidad, ¿quieres?

—Lo he intentado, de verdad que sí.

—Pero, por el amor de Dios, ¿se puede saber qué le pasa?

—Quiere que me encargue de todo lo relacionado con la costura.

—Bueno, naturalmente, cuando seas la condesa. No pretenderás que se cosa su propia ropa, ¿no?

—Es remilgado y aprensivo.

—No, no lo es. Eso son imaginaciones tuyas. Es perfecto para ti.

—Ojalá estuviera muerta.

—Tienes que dejar de suspirar por ese inglés grandullón. Era terriblemente inadecuado para ti y, además, se ha ido.

—Mayor razón aún para desear estar muerta.

Geneviève se volvió para mirar a Ragna.

—Ahora escúchame bien: no puedes seguir soltera mucho más tiempo; empezaría a parecer una situación permanente.

—Tal vez lo es.

—Ni se te ocurra decir eso. No hay lugar para una dama de la nobleza soltera: las solteronas no sirven para nada y aún requieren vestidos, joyas, caballos y sirvientes, y sus padres se cansan de tener que pagarlo todo sin recibir nada a cambio. Y lo que es aún peor, las mujeres casadas las odian porque creen que quieren robarles el marido.

—Podría ingresar en un convento y hacerme monja.

—Eso lo dudo. Nunca has sido particularmente devota.

—Las monjas cantan y leen y cuidan de los enfermos.

—Y a veces tienen relaciones amorosas con otras, pero no creo que tú sientas esa clase de inclinación. Recuerdo aquella muchacha tan horrible de París, Constance, pero a ti en el fondo no te gustaba.

Ragna se ruborizó. No tenía ni idea de que su madre estuviese al tanto de lo de Constance. Se habían besado, se habían tocado mutuamente los pechos y habían visto a la otra masturbarse, pero Ragna no se había entregado a aquello con demasiado entusiasmo y, al final, Constance había trasladado su atención a otra muchacha. ¿Hasta qué punto estaba enterada Geneviève de lo sucedido entre ellas?

En cualquier caso, la intuición de su madre estaba en lo cierto: Ragna nunca iba a encontrar la felicidad en una relación amorosa con una mujer.

—Así que es muy probable que Guillaume sea el candidato más conveniente a estas alturas —prosiguió Geneviève.

«El candidato más conveniente —pensó Ragna—. Yo quería un romance apasionado que hiciera vibrar mi corazón, pero lo que tengo es un candidato conveniente.»

Daba lo mismo, porque el caso es que tendría que casarse con él.

Abatida, salió de los aposentos de su madre. Atravesó el gran salón y salió a la luz del sol con la esperanza de que le levantase el ánimo.

A las puertas del castillo había un pequeño grupo de visitantes que, según parecía, habían desembarcado de uno de los dos barcos que Ragna había visto acercarse al puerto. En el centro del grupo había un noble con bigote pero sin barba, a todas luces inglés, y por un momento se le aceleró el corazón al creer que se trataba de Wilwulf. Era alto y apuesto, con una nariz grande y una mandíbula firme, y por un instante se abrió paso en su cerebro una fantasía en la que Wilwulf había vuelto para casarse con ella y llevársela de allí. Sin embargo, inmediatamente se dio cuenta de que aquel hombre lucía una tonsura en la coronilla, amén de la larga sotana negra de un clérigo, y cuando se acercó un poco más, vio que tenía los ojos más juntos, que sus orejas eran enormes y aunque podía ser más joven que Wilwulf, su rostro ya estaba surcado de arrugas. Caminaba de forma distinta, también: si Wilwulf rezumaba confianza y seguridad en sí mismo, aquel hombre era un ser arrogante.

No se veía al padre de Ragna por ninguna parte, ni tampoco a los secretarios de este, por lo que era tarea de Ragna dar la bienvenida al visitante. Se dirigió a él:

—Buenos días, señor. Bienvenido seáis a Cherburgo. Yo soy Ragna, la hija del conde Hubert.

Su reacción la sorprendió. El hombre la miró con entusiasmo y esbozó una sonrisa burlona bajo su bigote.

—¿De veras? —dijo, como fascinado—. ¿En verdad sois vos? —Hablaba un buen francés, con acento.

Ragna no sabía qué decir, pero su silencio no pareció molestar al visitante. La miró de arriba abajo como podría haber inspeccionado a un caballo, fijándose en todos los elementos clave. Su mirada empezó a parecerle impertinente.

Entonces él habló de nuevo:

—Soy el obispo de Shiring —dijo—. Me llamo Wynstan. Soy el hermano del conde Wilwulf.

Ragna estaba más que nerviosa. La mera presencia de Wynstan allí la emocionaba. ¡Era el hermano de Wilwulf! Cada vez que miraba a Wynstan pensaba en lo cerca que estaba del hombre al que amaba: ellos dos habían crecido juntos, Wynstan debía de conocer a Wilwulf íntimamente, debía de admirar sus cualidades, comprender sus debilidades y reconocer sus estados de ánimo mucho mejor que Ragna. E incluso se parecía un poco a Wilwulf.

Ragna le dijo a su alegre doncella Cat que flirtease con uno de los escoltas de Wynstan, un hombretón llamado Cnebba. Los escoltas solo hablaban inglés, de modo que la comunicación era difícil y poco fiable, pero Cat creía haber entendido algo sobre la familia. El obispo Wynstan era en realidad el medio hermano del conde Wilwulf: la madre de Wilwulf había fallecido, su padre se había casado de nuevo y la segunda esposa había alumbrado a Wynstan y a un hermano menor, Wigelm. Los tres formaban una poderosa tríada en el oeste de Inglaterra: un conde, un obispo y un barón. Eran ricos, aunque su prosperidad se veía amenazada por los saqueos vikingos.

Pero ¿qué había traído a Wynstan a Cherburgo? Si los escoltas lo sabían, no abrían la boca al respecto.

Lo más probable era que la visita tuviese que ver con la implantación del trato acordado entre Wilwulf y Hubert. Tal vez Wynstan se había desplazado hasta allí para comprobar que Hubert estaba manteniendo su promesa e impidiendo a los vikingos que atracasen sus barcos en el puerto de Cherburgo. O puede que la visita tuviese algo que ver con Ragna.

Descubrió la verdad esa misma noche.

Después de cenar, cuando el conde Hubert se estaba retirando a sus aposentos, Wynstan lo abordó, lo llevó a un rincón y se puso a hablar con él en voz baja. Ragna aguzó el oído para captar lo que decían, pero no conseguía descifrar las palabras. Hubert le contestó hablando igual de bajo, luego asintió con la cabeza y prosiguió su camino hacia sus cámaras privadas, seguido de la condesa.

Poco después, Geneviève llamó a Ragna.

—¿Qué ha pasado? —exclamó la joven con el corazón en vilo en cuanto entró en la estancia—. ¿Qué ha dicho Wynstan?

Su madre parecía furibunda.

—Pregunta a tu padre —dijo.

—El obispo Wynstan ha traído una propuesta de matrimonio para ti de parte del conde Wilwulf —explicó el conde.

Ragna no pudo ocultar su alegría.

—¡No puedo creerlo! —exclamó. Tuvo que contenerse para

no ponerse a dar saltos de entusiasmo, como si fuera una niña—. ¡Creía que había venido para hablar de los vikingos!

—Por favor, no pienses ni por un momento que vamos a consentirlo —dijo Geneviève.

Ragna apenas la oyó. Podía escapar de Guillaume... y casarse con el hombre al que amaba.

—¡Me ama, después de todo!

—Tu padre ha accedido a escuchar la oferta del conde, eso es todo.

—Debo hacerlo —dijo Hubert—. De lo contrario sugeriría que el hombre es de todo punto inaceptable.

—¡Es que es inaceptable! —exclamó Geneviève.

—Probablemente —convino Hubert—. No obstante, esa es la clase de cosa que se piensa pero no se dice. No hay por qué ofender a nadie.

—Una vez que haya escuchado los términos de la proposición —continuó Geneviève— tu padre la rechazará educadamente.

—Me dirás cuál es la oferta antes de rechazarla, ¿verdad, padre? —dijo Ragna.

Hubert vaciló antes de contestar. No le gustaba decir que no.

—Por supuesto que sí.

Geneviève hizo un ruido de disgusto.

Ragna decidió tentar su suerte:

—¿Me dejarás asistir a tu encuentro con Wynstan?

—¿Serás capaz de estar callada durante toda la reunión? —le preguntó.

—Sí.

—¿Lo prometes?

—Lo juro.

—Muy bien.

—Ve a la cama —le dijo Geneviève a Ragna—. Ya hablaremos de eso por la mañana.

Ragna los dejó y se fue a dormir, acurrucándose en su cama junto a la pared. Le resultaba muy difícil estarse quieta, de lo nerviosa que estaba. ¡Él la amaba!

Cuando las velas de junco se extinguieron y la habitación quedó sumida en la oscuridad, los latidos de su corazón se apaciguaron y su cuerpo se relajó. Al mismo tiempo, empezó a pensar con mayor claridad. Si la amaba, ¿por qué se había ido tan precipitadamente sin dar explicaciones? ¿Ofrecería Wynstan una justificación para ese comportamiento? Decidió que, si no era así, se la pediría directamente.

La serenidad de aquella reflexión hizo que bajara de las nubes y se quedó dormida.

Se despertó con la primera luz de la mañana, y Wilwulf fue el primer pensamiento que le vino a la mente. ¿En qué consistiría su propuesta? Normalmente, a una novia aristócrata debía ofrecérsele sustento suficiente para mantenerla si el marido moría y se quedaba viuda. Si los hijos iban a heredar dinero o títulos, puede que tuvieran que criarse en el país del padre, incluso en la eventualidad de la muerte de este. A veces la propuesta estaba condicionada a la aprobación del rey. Un compromiso de matrimonio podía ser tan desesperante como un contrato comercial.

La máxima preocupación de Ragna era que la propuesta de Wilwulf no contuviese nada a lo que sus padres pudiesen poner alguna objeción.

Cuando se hubo vestido, deseó haber dormido hasta más tarde. El personal de cocina y los mozos de cuadra siempre se levantaban temprano, pero todos los demás aún dormían profundamente, incluido Wynstan. Tuvo que resistir la tentación de agarrarlo por los hombros y zarandearlo para despertarlo y someterlo a un interrogatorio.

Fue a la cocina, donde bebió un vaso de sidra y se comió un trozo de pan untado con miel. Cogió una manzana aún verde, se dirigió al establo y le dio la manzana a Astrid, su yegua. Astrid la acarició con el morro en señal de agradecimiento.

—Tú nunca has conocido el amor —murmuró Ragna al oído de la yegua, pero no era del todo cierto: había veces, normalmente en verano, en que Astrid levantaba la cola y había que sujetarla firmemente para mantenerla alejada de los sementales.

La paja del suelo del establo estaba húmeda y olía mal. A los mozos les daba pereza cambiarla y Ragna les ordenó que la sustituyesen inmediatamente por paja fresca.

El recinto estaba despertándose: los hombres acudían al pozo a beber y las mujeres a lavarse la cara. Los sirvientes llevaban pan y sidra al gran salón; los perros mendigaban las sobras y los gatos aguardaban agazapados a la caza de ratones. El conde y la condesa salieron de sus aposentos, se sentaron a la mesa y comenzó el desayuno.

En cuanto hubieron terminado de comer, el conde invitó a Wynstan a su gabinete privado. Geneviève y Ragna los siguieron y todos se sentaron en la cámara exterior.

El mensaje de Wynstan era simple:

—Cuando el conde Wilwulf estuvo aquí hace seis semanas, se enamoró de lady Ragna. Ahora que ha vuelto a casa, siente que sin ella su vida no está completa. Os ruega vuestro permiso, conde y condesa, para pedirle que se case con él.

—¿Y qué previsiones contempla para su seguridad económica? —preguntó Hubert.

—El día de su boda le regalará el valle de Outhen, es un valle muy fértil con cinco pueblos bastante importantes que contienen, en total, una población de un millar de habitantes, todos los cuales le pagarán una renta en dinero o en especie. También posee una cantera de piedra caliza. Si me permitís, conde Hubert, ¿qué aportaría lady Ragna al matrimonio?

—Algo comparable, el pueblo de Saint-Martin y ocho poblaciones más pequeñas similares en número de habitantes en total, poco más de un millar.

Wynstan asintió, pero no hizo ningún comentario, y Ragna se preguntó si esperaba algo más.

—¿Los ingresos de ambas propiedades serán de mi hija? —inquirió Hubert.

—Sí —respondió Wynstan.

—¿Y conservará ambas propiedades hasta su muerte, tras lo cual puede legárselas a quien ella desee?

—Sí —dijo Wynstan de nuevo—, pero ¿qué hay de la dote?

—Creía que con Saint-Martin bastaría.

—¿Puedo sugerir veinte libras de plata?

—Tendré que pensarlo. ¿Dará el rey Etelredo su visto bueno al matrimonio?

Era habitual solicitar el permiso real para los enlaces aristocráticos.

—He tomado la precaución —explicó Wynstan— de solicitar su consentimiento por adelantado. —Dirigió una sonrisa untuosa a Ragna—. Le dije que es una muchacha muy hermosa y bien educada que hará sentirse muy orgulloso a mi hermano, a Shiring y a Inglaterra. El rey accedió de muy buen grado.

Geneviève habló por primera vez:

—¿Vive vuestro hermano en un lugar como este? —Levantó las manos para señalar las piedras del castillo.

—No, mi señora, nadie vive en un lugar como este en Inglaterra, y me parece que tampoco lo hay ni siquiera en Normandía y en todos los territorios francos.

—Eso es cierto —convino Hubert con orgullo—. Solo hay un edificio como este en toda Normandía, en Ivry.

—Pues no hay ninguno en Inglaterra.

—Tal vez por eso los ingleses parecen tan incapaces de protegerse de los vikingos —señaló Geneviève.

—Eso no es así, mi señora. Shiring es una villa amurallada, fuertemente defendida.

—Pero es evidente que no posee un castillo de piedra ni una torre de defensa.

—No.

—Decidme algo más.

—Lo que gustéis, por supuesto.

—¿Vuestro hermano tiene unos treinta y pocos años?

—Más bien cuarenta, pero luce un aspecto muy joven, mi señora.

—¿Y cómo es que aún no se ha casado, a esa edad?

—Estaba casado, de hecho, por eso no propuso el matrimonio

mientras estaba aquí, en Cherburgo. Sin embargo, por desgracia, su esposa ya no está entre nosotros.

—Ah.

De modo que era eso, pensó Ragna. No podía proponerle matrimonio en julio porque por aquel entonces su mujer todavía estaba viva.

Su cabeza empezó a hacer toda clase de especulaciones. ¿Por qué le había sido infiel a su mujer? Tal vez ella ya estuviera enferma y anticipaba su muerte inminente. Puede que hubiese sufrido un lento deterioro y llevase algún tiempo sin poder cumplir con sus deberes conyugales como esposa, eso explicaría por qué Wilwulf se había mostrado tan fogoso y hambriento. Ragna tenía un sinfín de preguntas, pero había prometido guardar silencio y apretó la mandíbula con frustración.

—¿Puedo volver a mi país con una respuesta afirmativa? —dijo Wynstan.

—Ya os lo haremos saber —respondió Hubert—. Debemos considerar lo que nos habéis dicho muy ponderadamente.

—Por supuesto.

Ragna trató de leer el rostro de Wynstan. Tenía la sensación de que la elección de su hermano no acababa de entusiasmarle y se preguntó a qué podía deberse su ambivalencia. Sin duda quería tener éxito en la misión que su hermano, desde su posición de poder, le había encomendado, pero quizá había algo sobre el trasfondo del asunto que le disgustaba. Tal vez él tenía su propia candidata, pues los matrimonios entre aristócratas tenían un fuerte componente político. O tal vez no le gustara Ragna… aunque era consciente de que eso sería más bien raro en un hombre normal con sangre en las venas. Fuera cual fuese la razón, no parecía del todo consternado por la falta de entusiasmo de Hubert.

Wynstan se levantó y se fue.

—¡Esto es escandaloso! —exclamó Geneviève en cuanto la puerta se cerró a su espalda—. Quiere llevársela a vivir a una casa de madera y dejar que caiga en manos de los vikingos. ¡Podría acabar en el mercado de esclavas de Ruan!

—Eso me parece un tanto exagerado, querida —dijo el conde.

—Bueno, no cabe duda de que Guillaume es superior.

Ragna estalló en cólera:

—¡Yo no amo a Guillaume!

—Tú no sabes lo que es el amor —replicó su madre—. Eres demasiado joven.

—Y nunca has estado en Inglaterra —dijo su padre—. No es como vivir aquí, ¿sabes? Hace frío y siempre llueve.

Ragna estaba segura de que podría soportar la lluvia si eso implicaba poder estar con el hombre al que amaba.

—¡Quiero casarme con Wilwulf!

—Hablas como una campesina —dijo su madre—, pero eres la hija de un noble y no tienes derecho a casarte con alguien de tu elección.

—¡No me casaré con Guillaume!

—Sí lo harás, si tu padre y yo lo decimos.

—En tus veinte años de vida —dijo Hubert—, no has sabido lo que es pasar frío o morirte de hambre, pero hay un precio que pagar por tu privilegiada existencia.

Ragna no pudo responder a eso, pues la lógica de su padre era más eficaz que las bravatas de su madre. Nunca había pensado en su vida de ese modo. Fue como un golpe de realidad.

Pero seguía queriendo a Wilwulf.

—Wynstan tiene que entretenerse —dijo Geneviève—. Llévalo a dar un paseo a caballo. Enséñale los alrededores.

Ragna sospechaba que su madre esperaba que Wynstan dijese o hiciese algo que le quitase las ganas de ir a Inglaterra. Lo cierto es que quería estar a solas con sus pensamientos, pero entretendría a Wynstan y descubriría más cosas sobre Wilwulf y Shiring.

—Estaré encantada —dijo, y se marchó.

Wynstan accedió gustoso a acompañarla y se dirigieron juntos al establo, llevándose a Cnebba y a Cat con ellos.

—Amo a vuestro hermano —le confesó Ragna en voz baja a Wynstan por el camino—. Espero que lo sepa.

—Estaba preocupado por la forma en que se marchó de Cherburgo. Temía que eso hubiese agriado de algún modo vuestros sentimientos hacia él.

—Debería odiarlo, pero no puedo.

—Lo tranquilizaré al respecto en cuanto llegue a casa.

Tenía aún muchas otras cosas que decirle a Wynstan, pero la interrumpió el alboroto que armaba un pequeño grupo de gente, muy exaltado. A unos metros del establo, dos perros estaban peleándose, un perro de caza negro de patas cortas y un mastín gris. Los mozos de cuadra habían salido a mirar y estaban lanzando gritos de entusiasmo para animar a los perros y haciendo apuestas sobre cuál de los dos iba a ganar.

Indignada, Ragna entró en el establo para ver si había alguien para ayudar a ensillar los caballos. Vio que los mozos habían traído paja fresca, tal como había ordenado, pero todos habían abandonado su trabajo para presenciar la pelea de perros y la mayor parte de la paja estaba todavía en una bala en la parte interior de la puerta.

Estaba a punto de ir y llevarse a rastras del espectáculo a un par de mozos cuando sintió que algo le escocía en las fosas nasales. Olisqueó el aire y percibió olor a quemado. Con todos los sentidos en máxima alerta, vio una voluta de humo.

Dedujo que alguien había debido de traer un tizón de la cocina para encender un candil en alguna esquina oscura y que luego, distraído por el comienzo de la pelea de perros, lo había abandonado en un descuido. Fuera cual fuese la explicación, parte de la nueva bala de paja estaba ardiendo.

Ragna miró alrededor y vio un barril de agua para saciar la sed de los caballos, con un balde de madera puesto del revés en el suelo. Cogió el balde, lo llenó y arrojó el agua sobre la paja humeante.

Inmediatamente se dio cuenta de que aquello no iba a ser suficiente. En los escasos segundos que había tardado en hacer aquello, el fuego se había intensificado y en ese momento vio cómo algunas llamas trepaban por las paredes. Dio el balde a Cat.

—¡Sigue lanzando agua! —ordenó—. Nosotros iremos al pozo.

Salió corriendo del establo, y Wynstan y Cnebba la siguieron. Mientras corría, gritaba:

—¡Fuego en el establo! ¡Coged cubos y cazuelas!

Una vez en el pozo dio instrucciones a Cnebba para que accionase el cabrestante, pues parecía lo bastante fuerte para hacerlo sin agotarse. Cnebba no la entendió, como era natural, pero Wynstan rápidamente se lo tradujo a los sonidos guturales de la lengua inglesa. Varias personas acudieron con distintos recipientes y Cnebba empezó a llenarlos.

Los mozos del establo estaban tan absortos en la pelea de perros que ninguno de ellos se había percatado todavía de la emergencia. Ragna les gritaba, pero no conseguía atraer su atención, por lo que echó a correr e irrumpió entre la multitud, apartando violentamente a los hombres a un lado hasta llegar a los dos perros. Agarró al perro negro de las patas traseras y lo levantó del suelo. Eso interrumpió definitivamente la pelea.

—¡Incendio en el establo! —gritó—. ¡Formad una fila e id pasando el agua!

Se produjo un momento de caos, pero en un espacio de tiempo admirablemente corto, los mozos formaron una cadena con baldes llenos de agua.

Ragna entró en el establo. La paja fresca ardía con furia y el fuego se había propagado. Los caballos relinchaban atemorizados, dando coces y corcoveando para romper las cuerdas que los mantenían atados. Se acercó a Astrid, trató de calmarla, la desató y la llevó afuera.

Vio a Guillaume contemplando la escena.

—¡No te quedes ahí parado! —exclamó—. ¡Ayuda en algo!

El joven parecía sorprendido.

—No sé qué hacer —dijo con aire distraído.

¿Cómo podía ser tan inútil?

—Si no se te ocurre nada más, ¡mea en él para apagarlo, idiota! —exclamó, enfurecida.

Guillaume esbozó una expresión de agravio y se fue, sintiéndose insultado.

Ragna entregó las riendas de Astrid a una chiquilla y corrió de nuevo al interior. Desató a los caballos y los dejó salir al galope, esperando que no lastimasen a nadie por culpa del pánico. Durante unos segundos complicaron la labor de quienes estaban extinguiendo el fuego, pero su marcha dejó amplio espacio para maniobrar y al cabo de unos minutos no quedaba rastro de las llamas.

El techo de paja no había prendido, el establo se había salvado y numerosos caballos de gran valía habían logrado escapar a la muerte.

Ragna detuvo la actividad de la cadena de cubos de agua.

—Buen trabajo, todo el mundo —los felicitó—. Hemos sofocado el incendio a tiempo, sin haber sufrido daños de importancia, y ninguna persona ni ningún caballo han resultado heridos.

—¡Gracias a vos, lady Ragna! —gritó uno de los hombres.

Otros se sumaron ruidosamente a la expresión de gratitud y al final todos se pusieron a vitorearla.

Advirtió la mirada de Wynstan y vio que la estaba observando con algo parecido a una expresión de respeto.

Miró alrededor en busca de Guillaume, pero no se lo veía por ninguna parte.

Alguien debió de oír lo que le dijo a Guillaume, porque para la hora de la cena todo el castillo parecía estar al corriente del asunto. Cat le dijo que era la comidilla de todos, y después de eso se dio cuenta de que cuando la gente la miraba, le sonreía y luego murmuraban entre ellos y se reían, como recordando el final de un chiste. Dos veces oyó a alguien decir: «Si no se te ocurre nada más, ¡mea en él para apagarlo!».

Guillaume partió para Reims a la mañana siguiente. Había sido insultado y ahora era objeto de mofa. Su dignidad no podía soportarlo. Se fue discretamente y sin ceremonias de ninguna clase. Ragna no pretendía humillarle, pero no pudo evitar alegrarse de su marcha.

La resistencia de los padres de Ragna acabó por derrumbarse. Wynstan recibió confirmación de que la proposición de su hermano había sido aceptada, incluida la dote de veinte libras, y la fecha de la boda se fijó para el día de Todos los Santos, el primero de noviembre. Wynstan regresó a Inglaterra con la buena nueva. Ragna necesitaría unas semanas para prepararse y luego lo seguiría.

—Te has salido con la tuya, como haces siempre —le dijo Geneviève a Ragna—. Guillaume no te quiere y yo no tengo energías para buscarte otro noble francés, y al menos el inglés se encargará de ti y yo tendré un quebradero de cabeza menos.

Hubert se mostró más magnánimo.

—Al final el amor siempre triunfa —dijo—. Igual que en esas viejas historias que tanto te gustan.

—Sí —dijo Geneviève—, solo que esas historias casi siempre terminan en tragedia.

8

Principios de septiembre de 997

Edgar estaba decidido a construir una barcaza que contentara a Dreng.

Era difícil apreciar a su patrón, había pocas personas que lo hicieran. Era malvado y miserable. Al vivir en la posada, Edgar no tardó en habituarse a la familia. La esposa de más edad, Leaf, mostraba una fría indiferencia hacia Dreng la mayor parte del tiempo. La esposa más joven, Ethel, parecía asustada de su marido. Compraba comida y la cocinaba y lloraba cuando él se quejaba de cuánto había costado. Edgar se preguntaba si alguna de ellas habría amado alguna vez a Dreng y decidió que no: ambas provenían de familias campesinas pobres y seguramente se habían casado para lograr cierta seguridad económica.

Blod, la esclava, odiaba a Dreng. Cuando no estaba sirviendo a los forasteros que pasaban por allí y que querían sexo, su amo la mantenía ocupada limpiando la casa y los edificios colindantes, encargándose de los cerdos y las gallinas y cambiando las esteras del suelo. Siempre le hablaba con brusquedad, y ella, como resultado, se mostraba permanentemente hosca y resentida. Habría ganado más dinero para Dreng si no estuviera tan triste, pero él no parecía darse cuenta.

A las mujeres les gustaba Manchas, la perra de Edgar. El animal se había ganado el afecto femenino espantando a los zorros que merodeaban por el gallinero. Dreng jamás acariciaba a la perra, y ella, en consecuencia, actuaba como si el hombre no existiera.

A pesar de todo, Dreng sí quería a su hija, Cwenburg, y el afecto era recíproco. Él sonreía al verla, mientras que saludaba a casi todos los demás con un gruñido o, como mucho, una sonrisa de suficiencia. Por su hija siempre dejaba lo que estuviera haciendo y los dos se sentaban a hablar entre susurros, a veces durante una hora entera.

Eso demostraba que era posible mantener una relación humana normal con Dreng, y Edgar estaba decidido a intentarlo. No buscaba el afecto del hombre, solo un vínculo práctico y sin encono.

Edgar montó un taller al aire libre en la orilla del río y tuvo la suerte de que el cálido sol de agosto siguió luciendo hasta dar paso a un tibio septiembre. Se sentía feliz volviendo a construir algo, afilando la hoja de su hacha, oliendo a madera cortada, imaginando los contornos y las juntas, y luego dándoles forma.

Cuando hubo tallado todas las piezas de madera, las dispuso sobre el suelo y pudo ver la silueta de la barcaza.

—En un barco, por lo general, las planchas se superponen —comentó Dreng, intentando dejarlo en evidencia.

Edgar ya había previsto esa clase de dudas y tenía listas las respuestas, pero se mostró precavido. Debía convencer a Dreng sin parecer un sabelotodo, y ya sabía que ese era un peligro al que se enfrentaba constantemente.

—Ese tipo de casco se llama de tingladillo. Pero esta barcaza tendrá el fondo plano, así que el casco será tallado, con las planchas ensambladas por los bordes. Por cierto, se llaman tracas, no planchas.

—Planchas, tracas, lo mismo me da, pero ¿por qué tiene el fondo plano?

—Sobre todo para que las personas y el ganado puedan viajar de pie, y los cestos y los sacos puedan apilarse sin volcar. Además, la nave no oscilará tanto, lo que contribuye a que los pasajeros permanezcan tranquilos.

—Si es una idea tan buena, ¿por qué no se construyen todos los barcos así?

—Porque la mayoría están pensados para surcar las olas y las corrientes a toda velocidad. Y ese no es el caso de la barcaza. Aquí no hay oleaje, la corriente es constante, pero no fuerte, y la velocidad no es lo más importante en un trayecto de apenas cincuenta metros.

Dreng emitió un gruñido, luego señaló las tracas que componían las bandas del barco.

—Supongo que las barandillas irán más altas que eso.

—No. Como no hay olas, el barco no necesita bandas altas.

—Los barcos suelen tener la proa levantada. Este parece plano por ambos extremos.

—Es por el mismo motivo: no necesita navegar a toda velocidad. Y los extremos cuadrados y nivelados facilitan el embarque y desembarque. También por eso están las rampas. Incluso el ganado puede embarcar en esta nave.

—¿Y hace falta que sea tan ancha?

—Para llevar un carromato, sí. —En un intento de conseguir algún comentario de aprobación, Edgar añadió—: La barcaza del otro lado del estuario de Combe cobra un cuarto de penique por rueda: un cuarto de penique por una carretilla, medio penique por un carrito de mano y un penique entero por un carro de bueyes.

Una mirada codiciosa afloró en el rostro de Dreng.

—No trasladamos tantos carros —comentó a pesar de todo.

—Se van todos a Múdeford porque tu vieja barca no puede transportarlos. Espera y verás cómo vienen más con esta nueva.

—Lo dudo —replicó Dreng—. Y pesará un quintal para llevarla a remo.

—No necesita remos. —Edgar señaló dos largas pértigas—. El río no tiene, en ningún punto, un fondo más profundo de dos metros, así que la barcaza puede ser arrastrada con ayuda de las pértigas. Un hombre fuerte puede hacerlo.

—Yo no puedo, tengo problemas de espalda.

—Dos mujeres pueden hacerlo si trabajan juntas. Por eso he fabricado dos pértigas.

Algunos aldeanos habían bajado paseando hasta el río para contemplar la construcción, movidos por la curiosidad. Uno de ellos era el clérigo orfebre, Cuthbert. Era un hombre habilidoso y sabio, aunque tímido y poco sociable, amedrentado por su señor, Degbert. Edgar hablaba a menudo con él, pero recibía respuestas monosilábicas, excepto cuando se trataba de cuestiones de artesanía.

—¿Lo has tallado todo con un hacha vikinga? —preguntó Cuthbert.

—Es lo único que tengo —respondió Edgar—. La parte trasera del filo me sirve de martillo. Y mantengo la hoja afilada, que es lo principal.

Cuthbert parecía impresionado.

—¿Cómo ensamblarás los laterales de las tracas?

—Las encajo en una estructura de listones.

—¿Con clavos de acero?

Edgar negó con la cabeza.

—Usaré cabillas de madera. —Una cabilla era un pasador de madera con los extremos divididos. El pasador se insertaba en un agujero, luego se clavaban calzos en las puntas y el pasador se ensanchaba hasta quedar bien encajado. Después de eso, los extremos que sobresalían se recortaban con la traca para que la superficie quedara lisa.

—Eso funcionará —comentó Cuthbert—. Pero tendrás que proteger las juntas para que no se mojen.

—Tengo que ir a Combe a comprar un barril de brea y un saco de lana sucia.

Dreng escuchó aquello y lo miró con indignación.

—¿Más dinero? No se hacen barcos de lana.

—Las juntas entre las tracas deben calafatearse con lana empapada en brea para impedir que les entre el agua.

Dreng parecía molesto.

—Tienes respuesta para todo, debo reconocerlo —dijo por fin.

Fue casi un cumplido.

Cuando la barcaza estuvo terminada, Edgar la empujó para botarla en el río.

Siempre se trataba de un momento especial. Cuando padre todavía estaba vivo, la familia al completo se reunía para contemplarlo, y solían contar con la presencia de muchos habitantes del pueblo. Sin embargo, en esa ocasión, Edgar botó la embarcación a solas. No temía que se hundiera, solo pretendía no parecer demasiado orgulloso. Como recién llegado al lugar, aspiraba a encajar, no a destacar entre la multitud.

Con la barcaza amarrada a un árbol para que no se la llevara la corriente, tiró de ella para alejarla de la orilla y observó de cerca cómo permanecía en el agua. Estaba recta y nivelada, según comprobó con satisfacción. El agua no se filtraba por las juntas. Desató el cabo y subió por la rampa. Su peso desniveló el asiento del barco durante una fracción de segundo, tal como era de esperar.

Manchas contemplaba al joven con ansiedad, pero él no quería que la perra embarcara en esa travesía. Tenía que ver cómo navegaba la barcaza sin pasaje.

—Tú quédate ahí —dijo el joven, y el animal se tumbó con el hocico entre las patas para seguir mirándolo.

Las dos largas pértigas descansaban sobre unas horquillas de madera, un conjunto de tres a cada lado. Sacó una, hundió un extremo en el agua, tocó el lecho del río y empujó. Resultó más fácil de lo que esperaba y la barcaza zarpó con facilidad.

Caminó por la cubierta hasta la proa y colocó la pértiga en sentido de aguas abajo, dirigiendo la nave ligeramente río arriba, para navegar contrarrestando la corriente. Calculó que podrían hacerlo una mujer fuerte o un hombre normal: Blod o Cwenburg podrían, y Leaf y Ethel se las arreglarían bien juntas, sobre todo si él les enseñaba antes.

Mientras iba cruzando el río fijó la mirada en el frondoso follaje de finales de verano de la lejana orilla y vio una oveja. Otras muchas salieron del bosque, pastoreadas por dos perros.

Por último apareció el pastor, un joven de pelo largo y barba desgreñada.

Edgar ya tenía a sus primeros pasajeros.

De pronto se sintió nervioso. Había diseñado la barcaza para transportar ganado, aunque sabía mucho de barcos pero nada de ovejas. ¿Se comportarían como él había imaginado? ¿O les entraría el pánico y saldrían de estampida? ¿Las ovejas formaban estampidas? Ni siquiera sabía eso.

Quizá estuviera a punto de descubrirlo.

Al llegar a la orilla, desembarcó y amarró la barcaza a un árbol.

El pastor apestaba como si llevara años sin lavarse. Miró con intensidad a Edgar durante largo rato.

—Eres nuevo por aquí —le dijo por fin.

Parecía encantado con su propia perspicacia.

—Sí, soy Edgar.

—Ah. Y tienes una barcaza nueva.

—Es bonita, ¿verdad?

—Es distinta a la vieja.

Por cada frase que completaba, el pastor hacía una pausa para disfrutar, satisfecho, de su ocurrencia, y Edgar se preguntó si eso sería fruto de no tener a nadie con quien hablar habitualmente.

—Muy distinta —corroboró Edgar.

—Soy Saemar, suelen llamarme Sam.

—Que Dios te guarde, Sam.

—Voy a llevar estos lechales al mercado.

—Eso suponía. —Edgar sabía que los lechales eran los corderos de un año—. Para cruzar con la barcaza es un cuarto de penique por cada hombre y bestia.

—Ya lo sé.

—Por veinte ovejas, dos perros y tú, serán cinco peniques y tres cuartos.

—Ya lo sé. —Saemar abrió una faltriquera de cuero con monedas que llevaba atada al cinto—. Te doy seis peniques de plata y me debes un cuarto de penique.

Edgar no estaba preparado para las transacciones económicas. No tenía ningún lugar donde poner el dinero, ni cambio, ni tampoco cizalla para cortar las monedas en mitades y cuartos.

—Puedes pagarle a Dreng —aclaró—. Deberíamos poder cruzar el rebaño en un solo viaje.

—En la vieja barca teníamos que transportarlas en viajes de dos en dos. Nos llevaba toda la mañana. Y aun así, una o dos se caían al agua, las muy tontas, o les entraba el miedo y saltaban, y teníamos que rescatarlas. ¿Sabes nadar?

—Sí.

—Ah. Yo no.

—No creo que ninguna de tus ovejas se caiga de esta barcaza.

—Si hay alguna forma de lastimarse, las ovejas siempre la encontrarán.

Sam escogió una oveja y la subió a la barcaza. Sus perros lo siguieron hasta la embarcación y la exploraron, excitados, olisqueando la madera nueva. Sam les silbó con un timbre agudo y vibrante. Los perros obedecieron enseguida. Bajaron de un salto de la barcaza, rodearon al rebaño y lo dirigieron hacia la orilla del río.

Ese era el momento decisivo.

La oveja que iba en cabeza titubeó, innecesariamente intimidada por el agua del pequeño hueco que separaba la tierra firme de la embarcación. Lo miró de cabo a rabo, buscando una alternativa, pero los perros impidieron su huida. La oveja parecía dispuesta a negarse a dar un paso más. En ese momento uno de los perros gruñó levemente, con un tono grave y profundo, y el animal embarcó de un brinco.

Pisó con seguridad sobre la rampa interior y trotó felizmente hasta el fondo plano de la barcaza.

El resto del rebaño la siguió y Edgar sonrió, satisfecho.

Los perros siguieron a las ovejas a bordo y se colocaron cada uno a un lado del rebaño, como centinelas. Sam subió en último lugar. Edgar soltó el amarre, saltó a bordo y levantó la pértiga.

—Esta barcaza es mejor que la otra —comentó Sam mientras iban navegando por el centro del río.

Asintió con gesto de inteligencia. Cualquier banalidad que comentaba era pronunciada como una perla de sabiduría.

—Me alegro de que te guste —dijo Edgar—. Eres mi primer pasajero.

—Antes había una chica. Cwenburg.

—Se ha casado.

—Ah. Es lo que hacen las chicas.

La barcaza llegó a la ribera norte y Edgar desembarcó de un salto. Mientras estaba amarrando la embarcación, las ovejas empezaron a desembarcar. Lo hicieron con más celeridad que al embarcar.

—Han visto la hierba —comentó Sam a modo de explicación.

Como era previsible, las ovejas empezaron a pastar junto al río.

Edgar y Sam entraron en la taberna y dejaron a los perros encargándose del rebaño. Ethel estaba preparando la comida del mediodía, vigilada por Leaf y Dreng. Transcurridos unos minutos, Blod entró cargando la leña entre los brazos.

—Sam todavía no ha pagado —le anunció Edgar a Dreng—. Debe cinco peniques y tres cuartos, pero yo no tenía un cuarto para darle el cambio.

—Si lo redondeas a seis peniques, puedes fornicar con la esclava —le propuso Dreng a Sam.

El pastor miró con lujuria a Blod.

Leaf intervino:

—Está demasiado avanzada en el embarazo.

Blod estaba casi de nueve meses. Nadie había querido tener relaciones sexuales con ella desde hacía tres o cuatro semanas.

—A mí no me importa —dijo Sam, entusiasmado.

—No me preocupabas tú —espetó Leaf con mordacidad. El sarcasmo pasó desapercibido para Sam—. A estas alturas del embarazo, el niño podría sufrir daños.

—¿A quién le importa? —preguntó Dreng—. Nadie quiere al bastardo de una esclava.

Con el desprecio dibujado en su rostro, hizo un gesto a Blod para que se tendiera en el suelo.

Edgar no entendía cómo Sam podría tumbarse sobre el vientre abultado por el embarazo de Blod, pero ella se puso a cuatro patas y se levantó la parte trasera de su roñoso vestido. Sam se arrodilló enseguida por detrás de ella y se levantó la túnica.

Edgar abandonó el lugar.

Fue caminando hasta el río y fingió estar revisando los amarres de la barcaza, aunque sabía perfectamente que la había asegurado bien. Se sentía asqueado. Jamás había entendido a los hombres que pagaban a cambio de sexo en la casa de Mags en Combe. La idea le parecía patética. Su hermano Erman le había dicho: «Cuando necesitas hacerlo, no te importa nada», pero Edgar jamás se había sentido así. Con Sunni, ambos gozaban del mismo modo, y el joven sentía que, si la experiencia no era así, no valía la pena vivirla.

Lo que Sam estaba haciendo era peor que insatisfactorio, desde luego.

Edgar se sentó en la orilla del río y miró hacia la tranquila y plomiza superficie acuática deseando que aparecieran más pasajeros para olvidarse de lo que estaba pasando en la taberna. Manchas se sentó junto a él y esperó con paciencia para ver qué hacía su dueño a continuación. Pasados unos minutos, la perra se quedó dormida.

Poco después el pastor salió de la taberna y condujo a su rebaño hacia la colina entre las casas, en dirección al camino del oeste. Edgar no se despidió de él.

Blod descendió hasta el río.

—Siento lo que te ha pasado —dijo Edgar.

Blod no le dirigió la mirada. Se adentró en la orilla y se lavó la entrepierna.

Edgar miró hacia otro lado.

—Es algo muy cruel —comentó.

Sospechaba que Blod entendía el inglés. Ella fingía desconocer el idioma: cuando algo iba mal, blasfemaba en la incomprensible lengua galesa. Dreng le daba órdenes mediante gestos y gruñidos. Sin embargo, en algunas ocasiones, Edgar tenía la sensación de que ella seguía las conversaciones de la taberna, aunque fuera a hurtadillas.

En ese momento confirmó sus sospechas.

—No es nada —dijo ella. Habló en inglés con un fuerte acento extranjero, pero con claridad y voz melódica.

—Tú eres algo más que nada —dijo él.

Ella terminó de asearse y regresó a la orilla. Él la miró a los ojos. La chica tenía una mirada suspicaz y hostil.

—¿Por qué eres tan agradable? —exigió saber—. ¿Crees que así conseguirás un revolcón gratis?

Edgar volvió a desviar la mirada y la dirigió hacia la otra orilla, a la arboleda lejana, y no respondió. Imaginó que la chica se marcharía, pero ella se quedó plantada en el lugar, esperando una respuesta.

—Esta perra pertenecía a una mujer a la que yo amaba —dijo él por fin.

Manchas abrió un ojo. «Qué curioso —pensó Edgar—. Los perros siempre saben cuándo estás hablando de ellos.»

—Esa mujer era un poco mayor que yo y estaba casada —le comentó a Blod. Ella no mostró emoción alguna, aunque parecía escucharlo con atención—. Cuando su marido estaba borracho, ella se reunía conmigo en el bosque y hacíamos el amor sobre la hierba.

—Hacer el amor —repitió Blod, como si no estuviera muy segura de qué quería decir.

—Decidimos fugarnos juntos. —Sorprendido, vio que estaba a punto de romper a llorar y se dio cuenta de que era la primera vez que hablaba de Sunni desde que había hablado con su madre durante el viaje de regreso desde Combe—. Me habían prometido un trabajo y una casa en otro pueblo. —Estaba contándole a Blod cosas que ni siquiera su familia sabía—. Era bella, inteligente y amable. —Empezaba a notar que se le quebraba la voz, pero como ya había empezado la historia, quería continuar—. Creo que habríamos sido muy felices —concluyó.

—¿Qué ocurrió?

—El día que planeábamos marcharnos aparecieron los vikingos.

—¿Se la llevaron?

Edgar negó con la cabeza.

—Ella se enfrentó a los atacantes y la mataron.

—Tuvo suerte —dijo Blod—. Créeme.

Pensando en lo que Blod acababa de hacer con Sam, Edgar estuvo prácticamente de acuerdo.

—Se llamaba… —A Edgar le costaba decirlo—. Se llamaba Sunni.

—¿Cuándo ocurrió?

—Una semana antes de San Juan.

—Lo siento mucho, Edgar.

—Gracias.

—Todavía la amas.

—Oh, sí —afirmó Edgar—. Siempre la amaré.

El tiempo se volvió tormentoso. Una noche de la segunda semana de septiembre hubo un terrible vendaval. Edgar pensó que la torre de la iglesia se derrumbaría. Sin embargo, todos los edificios de la aldea resistieron, salvo uno, el más enclenque: el cobertizo donde Leaf elaboraba la cerveza.

Leaf perdió algo más que la edificación. Tenía un caldero en el fuego, pero el enorme recipiente se había volcado; el fuego se extinguió pero se perdió la cerveza. Todavía peor, los barriles de bebida recién fermentada habían quedado aplastados bajo las vigas, y los sacos de cebada malteada estaban empapados y no podían recuperarse tras quedar anegados bajo la lluvia torrencial.

A la mañana siguiente, cuando por fin llegó la calma tras la tormenta, salieron para inspeccionar los daños, y algunos de los aldeanos —más curiosos que nunca— se reunieron en torno a las ruinas.

Dreng estaba furioso y descargó su ira con Leaf.

—Ese chamizo apenas se mantenía en pie antes de la tormenta; ¡deberías haber trasladado la cerveza y la cebada a algún lugar más seguro!

Leaf no se dejó amedrentar por el estallido de Dreng.

—¡Te podrías haber dado cuenta tú mismo antes o decirle a Edgar que se encargara! —espetó—. ¡No me eches la culpa a mí!

Dreng se mostró inmune al razonamiento aplastante.

—Ahora tendré que comprar la cerveza en Shiring y pagar para que la transporten hasta aquí en carromato —prosiguió.

—La gente valorará más mi cerveza cuando tengan que beber la de Shiring durante un par de semanas —concluyó Leaf con satisfacción.

Su despreocupación enfureció a Dreng.

—¡Y esta no es la primera vez! —soltó, airado—. Has quemado ese cobertizo dos veces. En la última perdiste el sentido de lo borracha que estabas, y casi acabas muerta en el incendio.

Edgar tuvo una ocurrencia repentina.

—Deberías construir uno de piedra —sugirió.

—No seas idiota —espetó Dreng sin mirarlo siquiera—. No se levanta un palacio para fabricar cerveza.

Cuthbert, el corpulento orfebre, se encontraba entre la multitud, y Edgar se dio cuenta de que estaba negando con la cabeza, en desacuerdo con Dreng.

—¿Qué opinas tú, Cuthbert? —preguntó el joven.

—Edgar tiene razón —afirmó el orfebre—. Esta será la tercera vez en cinco años que tenéis que reconstruir ese edificio, Dreng. Una construcción de piedra soportaría las tormentas y no ardería. A largo plazo, ahorrarías dinero.

—¿Y quién construirá el edificio, Cuthbert? ¿Tú? —preguntó Dreng con tozudez.

—No, yo soy orfebre.

—No podemos hacer cerveza en un broche.

Edgar conocía la respuesta.

—Yo puedo construirlo.

Dreng soltó un bufido de desprecio.

—¿Qué sabes tú de construcciones de piedra?

Edgar no sabía nada sobre el tema, pero tenía la sensación de que sería capaz de arreglárselas con cualquier tipo de edificación. Y ansiaba la oportunidad de demostrar lo que era capaz de hacer.

—La piedra es como la madera —afirmó con más seguridad de la que en realidad sentía—, solo que un poco más dura.

La postura de Dreng por defecto era el desprecio, pero tuvo un momento de duda. Su mirada se paseó entre la orilla del río y la sólida barcaza que le hacía ganar dinero. Entonces se volvió hacia Cuthbert.

—¿Cuánto costaría algo así?

Edgar se sintió esperanzado. Padre siempre decía: «Cuando un hombre pregunta por el precio, está a medio camino de comprar el barco».

Cuthbert se quedó pensando.

—En las últimas reparaciones en la iglesia —dijo—, la piedra procedía de la cantera de piedra caliza de Outhenham.

—¿Dónde está eso? —preguntó Edgar.

—A un día de travesía río arriba.

—¿De dónde sacaste la arena?

—Hay un arenal en el bosque, a un kilómetro y medio de aquí. Solo hay que cavar y transportarla.

—¿Y la cal para la argamasa?

—Eso es difícil de mezclar, así que compramos nuestra argamasa en Shiring.

—¿Cuánto costaría? —repitió Dreng.

—Las piedras normales sin pulir —dijo Cuthbert— cuestan un penique cada una en la cantera, si mal no recuerdo, y nos cobraron un penique por piedra en la entrega.

—Dibujaré un plano —propuso Edgar— y trabajaré ciñéndome a él; pero seguramente necesitaré unas doscientas piedras.

Dreng fingió escandalizarse.

—Pero ¿cómo? ¡Eso son casi dos libras de plata!

—Y seguiría siendo más barato que reconstruir con madera y techar con paja una y otra vez. —Edgar aguantó la respiración.

—Construye exactamente según el plano —ordenó Dreng.

Edgar partió hacia Outhenham al alba de una mañana fresca, con la fría brisa de septiembre soplando desde el río. Dreng había acordado pagar la construcción de un edificio de piedra para la elaboración de cerveza. Edgar debía demostrar que aquello de lo que había presumido era cierto, y debía construirlo bien.

Se llevó su hacha para el viaje. Habría preferido hacerlo con uno de sus hermanos, pero ambos estaban ocupados con la granja, así que tuvo que correr el riesgo de viajar en solitario. Por otra parte, ya había conocido al proscrito Testa de Hierro, quien se había llevado la peor parte tras su encuentro y dudaría antes de atacarlo otra vez. De todas formas iba armado, listo para la acción, y se alegraba de que Manchas pudiera avisarlo del peligro inminente.

Los árboles y arbustos de la orilla del río estaban frondosos tras un verano soleado y resultaba difícil avanzar. Más o menos a media mañana llegó a un lugar donde tuvo que girar para dirigirse tierra adentro. Por suerte, el cielo estaba casi despejado, gracias a lo cual se veía el sol, y eso le ayudaba a no perder la orientación, con lo que, al final, logró reencontrar el camino de regreso al río.

Cada pocos kilómetros pasaba por algún asentamiento grande o pequeño, las mismas chozas de troncos y techos de paja amontonadas junto a la margen del río o, tierra adentro, cerca de las encrucijadas de caminos, de un estanque o de una iglesia. Al ir acercándose, se colgaba el hacha, sujeta al cinto, para dar impresión de ser un visitante pacífico, pero volvía a blandirla en cuanto volvía a estar solo. Le hubiera gustado detenerse a descansar, beber un vaso de cerveza y comer algo, pero no tenía dinero, así que se limitaba a intercambiar unas palabras con los aldeanos, comprobaba que iba por el camino correcto y seguía caminando.

Había pensado que sería fácil seguir el río. No obstante, este tenía muchos afluentes y no siempre estaba seguro de cuál era el principal y cuál el secundario. En una ocasión equivocó su decisión y supo en la siguiente aldea —una llamada Bathford— que debía desandar el camino.

Mientras caminaba iba pensando en el edificio que construiría para Leaf. Tal vez debiera tener dos estancias, como la nave principal y el presbiterio de una iglesia, para que el valioso contenido del almacén pudiera mantenerse a salvo del fuego. El hogar debía estar hecho de piedras talladas unidas con argamasa, para que pudiera soportar con facilidad el peso del caldero y se redujeran las posibilidades de que se hundiera.

Tenía previsto llegar a Outhenham a media tarde, pero los desvíos lo habían retrasado, así que el sol estaba ya bajo cuando pensó que podría estar aproximándose al final de su viaje.

Se encontraba en un fértil valle de grueso suelo arcilloso que creyó que podía ser el valle de Outhen. En los campos colindantes los campesinos estaban recolectando cebada, trabajando hasta tarde para aprovechar al máximo la escasez de lluvia. En un lugar donde un afluente desembocaba en el río, llegó a un pueblo de mayores dimensiones, con más de un centenar de casas.

Se hallaba en la orilla contraria y no había ni puente ni barcaza para cruzar, pero cruzó a nado sin problemas, levantándose la túnica por encima de la cabeza y usando una sola mano para impulsarse. El agua estaba fría y salió de ella temblando.

En la entrada del pueblo había una pequeña huerta donde un hombre de pelo cano estaba recogiendo fruta. Edgar se acercó a él con cierto reparo, temiendo que pudiera decirle que se encontraba demasiado lejos de su destino.

—Dios te guarde, amigo —lo saludó—. ¿Esto es Outhenham?

—Sí que lo es —respondió el hombre con amabilidad.

Se trataba de un señor cincuentón de mirada luminosa, sonrisa amigable y expresión despierta.

—Gracias al cielo —exclamó Edgar.

—¿De dónde vienes?

—De Dreng's Ferry.

—He oído que es un sitio dejado de la mano de Dios.

A Edgar le sorprendió que la dejadez de Degbert fuera conocida en un lugar tan remoto. No estaba seguro de cómo responder a ese comentario.

—Me llamo Edgar —se limitó a decir.

—Y yo soy Seric.

—He venido a comprar piedras.

—Si vas hasta la parte este del pueblo verás un camino bien marcado. La cantera se encuentra a unos ochocientos metros tierra adentro. Allí encontrarás a Gaberht, a quien llaman Gab, y a su familia. Es el maestro cantero.

—Gracias.

—¿Tienes hambre?

—Estoy hambriento.

Seric lo obsequió con un puñado de peras pequeñas. Edgar le dio las gracias y siguió su camino. Engulló la fruta, con el corazón y todo, en un santiamén.

El pueblo era relativamente próspero, con casas de construcción sólida y edificaciones anexas. En el centro se elevaba una iglesia de piedra enfrente de una taberna, situada al otro lado de un verde prado donde pastaban las vacas.

Un hombre corpulento de unos treinta años salió de la taberna, vio a Edgar y adoptó una actitud de confrontación, plantado en medio del camino.

—¿Quién demonios eres tú? —preguntó mientras el joven se aproximaba a él.

Era enorme, tenía los ojos rojos y hablaba arrastrando las palabras.

Edgar se detuvo.

—Que Dios te guarde, amigo —saludó Edgar—. Soy Edgar de Dreng's Ferry.

—¿Y adónde te crees que vas?

—A la cantera —respondió el joven con tranquilidad. No quería peleas.

Pero el hombre se mostraba agresivo.

—¿Y quién te ha dicho que puedes ir hasta allí?

A Edgar empezaba a agotársele la paciencia.

—No creo que necesite el permiso de nadie.

—Necesitas mi permiso para hacer cualquier cosa en Outhenham, porque soy Dudda, el jefe del pueblo. ¿Para qué quieres ir a la cantera?

—Para comprar pescado.

Dudda parecía confuso, pero luego se dio cuenta de que estaban burlándose de él y se puso rojo de ira. Edgar entendió que se había pasado de listo, otra vez, y se arrepintió de su ocurrencia.

—Eres un perro descarado —espetó Dudda y lanzó un puñetazo con su enorme manaza en dirección a la cabeza del joven.

Edgar retrocedió con agilidad.

El golpe de su atacante no impactó en el lugar esperado, el hombre perdió el equilibrio, tropezó y cayó desplomado al suelo.

Edgar se preguntó qué diantres haría a continuación. No le cabía duda de que podría derrotar a Dudda en una pelea, pero ¿en qué le ayudaría eso? Si empezaba a hacer enemigos en el lugar, sus habitantes podían negarse a venderle la piedra y su proyecto de construcción estaría en riesgo antes siquiera de haberse iniciado.

Se sintió aliviado al oír la voz calmada de Seric una vez más, a su espalda:

—Bueno, Dudda, deja que te lleve a casa. Seguro que te apetece acostarte una hora.

Sujetó al hombretón por el brazo y lo ayudó a levantarse.

—¡Ese mocoso me ha pegado! —gritó Dudda.

—No, no te ha pegado, te has caído tú solo, porque has vuelto a beber demasiada cerveza en la comida.

Seric hizo un gesto brusco con la cabeza hacia Edgar, para indicarle que era mejor que se marchara, y se alejó con Dudda caminando. El joven se dio por aludido.

Encontró la cantera sin problemas. Había cuatro personas trabajando allí: un hombre mayor que a todas luces era el maestro cantero y, por tanto, debía de ser Gab; otros dos que debían de ser sus hijos, y un muchacho que o bien era un recién llegado a la familia o un esclavo. La cantera resonaba con el martilleo de las herramientas, rematado a intervalos por la tos seca de Gab. Había una casa de troncos de madera, supuestamente el hogar familiar, y una mujer de pie en la puerta contemplando la puesta de sol. El polvillo de las piedras ahogaba la atmósfera y sus motas relucían doradas a través de los rayos de la luz vespertina.

Había otro cliente delante de Edgar. Un resistente carro de cuatro ruedas estaba en el centro del claro. Dos hombres cargaban con cuidado las piedras talladas, mientras dos bueyes —seguramente los animales de tiro— pastaban por allí cerca, espantando las moscas con el rabo.

El muchacho estaba barriendo las esquirlas de piedra, sin duda para venderlas como grava. Se acercó a Edgar y le habló con acento extranjero, lo que hizo que el joven pensara que se trataba de un esclavo.

—¿Has venido para comprar piedras?

—Sí. Necesito las suficientes para construir una edificación para elaborar cerveza, pero no tengo prisa.

Edgar se sentó sobre una roca plana, se quedó observando a Gab durante un par de minutos y pronto entendió cómo trabajaba. Insertaba una cuña de roble en una pequeña grieta de la piedra, luego martilleaba la cuña, abría más la grieta hasta convertirla en un corte y un fragmento se separaba de la roca. Si no encontraban una grieta formada naturalmente, Gab abría una con su cincel de acero. Edgar supuso que un cantero habría aprendido por experiencia a localizar los puntos débiles de la piedra que facilitaran su labor.

Gab partía las rocas más grandes en dos fragmentos y a veces en tres, a fin de que fueran más fáciles de transportar.

A continuación Edgar centró su atención en los compradores. Colocaban diez piedras en su carro y luego paraban. Seguramente era el peso máximo que podía soportar el buey de tiro. Empezaron a enjaezar las bestias, dispuestos para partir.

Gab terminó con lo que estaba haciendo, tosió, miró al cielo y, por lo visto, decidió que era hora de dejar de trabajar. Se dirigió hacia el carro de bueyes y charló con los dos compradores durante un rato, luego uno de los hombres le entregó el dinero.

Después hicieron restallar su látigo sobre el buey y se marcharon.

Edgar se dirigió hacia Gab. El cantero había recogido un palo tallado de una pila y estaba marcándolo cautelosamente con una nueva hilera de muescas. Se trataba de un palo de cómputo con el que los artesanos y mercaderes llevaban su contabilidad: no podían permitirse el pergamino y, aunque lo hubieran tenido, no habrían sabido escribir en él. Edgar supuso que Gab debía pagar tributos al señor del dominio, tal vez debía entregar el precio de una piedra por cada cinco vendidas, por eso necesitaba llevar las cuentas de sus transacciones.

—Soy Edgar de Dreng's Ferry —se presentó—. Hace diez años nos vendiste piedras para la reparación de la iglesia.

—Ya me acuerdo —dijo Gab al tiempo que se metía el palo de cómputo en el bolsillo.

Edgar se fijó en que solo había hecho cinco muescas, aunque hubiera vendido diez piedras: tal vez lo anotaría más tarde.

—No te recuerdo, pero por aquel entonces tú debías de ser un mocoso.

Edgar se quedó mirando a Gab. Tenía las manos cubiertas de viejas cicatrices, sin duda el resultado de su trabajo. Seguramente estaba preguntándose cómo se aprovecharía de aquel joven ignorante.

—El precio fue de dos peniques por piedra entregada —dijo Edgar con seguridad.

—¿Ese era el precio? —preguntó Gab con fingido escepticismo.

—Si sigue siendo lo mismo, queremos unas doscientas más.

—No sé si podremos hacerlo por el mismo precio. Las cosas han cambiado.

—En ese caso, tendré que regresar y hablar con mi señor.

Edgar no quería hacerlo. Estaba decidido a regresar para informar de su éxito, pero no podía permitir que Gab quisiera cobrarle de más. No confiaba en el cantero. Tal vez el hombre no estuviera más que negociando, pero Edgar tenía la sensación de que podría ser una persona deshonesta.

El cantero tosió.

—La última vez negociamos con Degbert Baldhead, el deán. No le gustaba gastarse el dinero.

—Mi amo, Dreng, es igual. Son hermanos.

—¿Para qué son las piedras?

—Voy a construir una nueva taberna para Dreng: su mujer elabora cerveza y no para de incendiar los cobertizos de madera.

—¿Vas a construirla tú mismo?

Edgar levantó la barbilla, orgulloso.

—Sí.

—Eres muy joven. Pero supongo que Dreng quiere a un constructor que le salga barato.

—También quiere que la piedra le salga barata.

—¿Has traído el dinero?

«Puede que sea joven —pensó Edgar—, pero no soy idiota.»

—Dreng te pagará cuando lleguen las piedras.

—Más le vale.

Edgar supuso que los canteros llevarían las piedras o que las transportarían en carromato hasta el río, luego las cargarían en una balsa para la travesía río abajo, hasta Dreng's Ferry. Les costaría varios viajes, dependiendo del tamaño de la balsa.

—¿Dónde pasarás la noche? —le preguntó Gab—. ¿En la taberna?

—Ya te lo he dicho, no tengo dinero.

—Entonces tendrás que dormir aquí.

—Gracias —dijo Edgar.

La esposa de Gab era Beaduhild, pero él la llamaba Bee. Era más hospitalaria que su marido e invitó a Edgar a compartir la comida de la noche. En cuanto el joven vació su cuenco, se dio cuenta de lo cansado que estaba tras la larga caminata, se tumbó en el suelo y se quedó dormido enseguida.

Por la mañana habló con Gab:

—Voy a necesitar un mazo y un cincel como el tuyo para poder tallar las piedras y darles la forma que necesito.

—Desde luego que sí —afirmó Gab.

—¿Puedo echar un vistazo a tus herramientas?

El maestro cantero se encogió de hombros.

Edgar levantó un mazo de madera y lo sopesó. Era grande y pesado, pero sencillo y ordinario, y vio que podía fabricar uno igual. El martillo más pequeño con cabeza de hierro tenía una factura más elaborada, con el mango firmemente encajado en la parte metálica. Lo mejor era el cincel de acero, con una hoja ancha y roma y con la parte superior abierta, como una margarita. Edgar sería capaz de fabricar una réplica en el taller de Cuthbert. A lo mejor, al orfebre no le gustaría la idea de compartir su espacio, pero Dreng podía hacer que Degbert insistiera y Cuthbert no tendría alternativa.

Colgados de unos ganchos, junto a las herramientas, había varios palos de cómputo con muescas.

—Supongo que tienes un palo de cómputo para cada cliente —comentó Edgar.

—Eso no es asunto tuyo.

—Disculpa.

Edgar no quería quedar como un fisgón. Sin embargo, se había fijado en que el último palo solo tenía cinco muescas. ¿Era posible que Gab solo incluyera en la contabilidad la mitad de las piedras vendidas? Eso le ahorraría mucho dinero en tributos.

Con todo, no era asunto de Edgar si Gab estaba estafando a su señor. El valle de Outhen formaba parte del condado de Shiring, y el conde Wilwulf ya era lo bastante rico en ese momento.

Edgar disfrutó de un desayuno abundante, se lo agradeció a Bee y emprendió su camino de regreso a casa.

Desde Outhenham pensó que encontraría la vía con facilidad, pues ya la había recorrido durante el viaje de ida, pero, para su gran decepción, volvió a perderse. Debido al retraso ya era casi de noche cuando llegó a casa, sediento, hambriento y agotado.

En la taberna estaban preparándose para acostarse. Ethel le sonrió, Leaf le dedicó un saludo de bienvenida farfullado y Dreng lo ignoró. Blod estaba apilando la leña. Dejó sus tareas, se enderezó, se puso la mano en la cadera izquierda y se estiró como si quisiera aliviar el dolor. Cuando se volvió, Edgar vio que tenía un ojo morado.

—¿Qué te ha pasado? —le preguntó.

Ella no respondió, fingiendo no entenderlo, pero Edgar ya imaginaba cómo se lo había hecho. En esas últimas semanas Dreng había estado cada vez más enfadado con ella, a medida que se aproximaba la fecha del parto. No era nada fuera de lo común que un hombre aplicara la violencia en el trato con su familia, por supuesto, y Edgar había visto a Dreng patear el trasero a Leaf y abofetear a Ethel, pero era especialmente cruel con Blod.

—¿Queda algo de cenar? —preguntó Edgar.

—No —respondió Dreng.

—Pero he estado todo el día caminando.

—Eso te enseñará a no llegar tarde.

—¡Estaba haciendo un recado para ti!

—Y por eso te pago, y no queda nada; cierra el pico de una vez.

Edgar se fue a dormir con hambre.

Por la mañana Blod despertó antes que nadie. Bajó al río en busca de agua fresca, ya que siempre era su primera tarea del día. El cubo estaba hecho de madera con listones de metal y era pesado incluso estando vacío. Edgar estaba poniéndose los zapatos cuando ella regresó. Se dio cuenta de que a Blod le costaba llevar el balde y se acercó para cogérselo, pero, antes de poder hacerlo, la chica tropezó con Dreng, quien seguía tumbado, medio dormido, y el agua del cubo se derramó sobre su cara.

—¡Maldita zorra estúpida! —le gritó.

Se levantó de un salto. Blod se apartó, pero Dreng levantó el puño. Entonces Edgar se interpuso entre ambos.

—Dame el cubo, Blod —le dijo.

Dreng lo miraba con furia. Durante unos segundos Edgar pensó que el hombre iba a pegarle un puñetazo a él en lugar de a

Blod. Dreng era fuerte, a pesar de los problemas de espalda que tan a menudo mencionaba: era alto y tenía las espaldas anchas. No obstante, Edgar tomó la decisión instantánea de devolverle el golpe si lo atacaba. Sin duda alguna recibiría un castigo, pero se daría el gusto de dejarlo en el suelo noqueado.

Sin embargo, como la mayoría de los bravucones, Dreng se acobardaba cuando se enfrentaba a alguien más fuerte. La rabia se transformó en miedo y bajó el puño.

Blod se esfumó.

Edgar le pasó el balde a Ethel. Ella vertió el agua en un caldero, lo colgó sobre el fuego, añadió copos de avena al líquido y removió la mezcla con un palo de madera.

Dreng se quedó mirando a Edgar con malicia. El joven supuso que jamás sería perdonado por interponerse entre un amo y su esclava, pero no encontraba razones para arrepentirse de lo que había hecho, aunque seguramente acabaría sufriendo las consecuencias.

Cuando las gachas estuvieron listas, Ethel las repartió entre cinco escudillas. Troceó un poco de jamón y lo añadió a una ración de gachas que sirvió a Dreng. A continuación repartió los demás cuencos.

Todos comieron en silencio.

Edgar acabó en cuestión de segundos. Miró el caldero y luego a Ethel. Ella no dijo nada, pero negó disimuladamente con la cabeza. No había más.

Era domingo y después de desayunar todos fueron a la iglesia.

Madre estaba allí con Erman y Eadbald y su esposa compartida, Cwenburg. Los aproximadamente veinticinco habitantes de la aldea ya estaban al tanto del matrimonio polígamo, pero nadie comentaba gran cosa al respecto. Edgar había concluido, a partir de varios retazos de conversación, que se consideraba algo poco común pero no escandaloso. Había oído a Bebbe decir lo mismo que Leaf: «Si un hombre puede tener dos esposas, una mujer puede tener dos maridos».

Al ver a Cwenburg de pie entre Erman y Eadbald, Edgar

quedó impactado por la diferencia entre sus atuendos. Las túnicas hiladas de sus hermanos, de confección casera, cortadas hasta las rodillas y de color parduzco de lana sin teñir, estaban viejas, ajadas y remendadas; en cambio Cwenburg llevaba un vestido de tejido cuidadosamente hilado, blanqueado y teñido de magenta. Su padre era miserable con todo el mundo, menos con ella.

Edgar se encontraba de pie junto a su madre. En el pasado ella jamás había sido una devota notoria, pero en ese momento parecía tomarse el servicio con mayor seriedad, con la cabeza inclinada y los ojos cerrados mientras Degbert y el otro clérigo llevaban a cabo su ritual; la reverencia que demostraba Mildred no se veía afectada por la actitud despreocupada y apresurada de ambos religiosos.

—Te has vuelto más religiosa —le comentó el joven a su madre cuando el servicio tocó a su fin.

Ella lo miró con expresión reflexiva, como si no supiera si confiar en él, y, por lo visto, decidió que su hijo podría entenderlo.

—Pienso en tu padre —dijo—. Creo que está con los ángeles de allí arriba.

La verdad era que Edgar no lo entendía.

—Puedes pensar en él siempre que quieras.

—Pero este parece el mejor lugar y el momento adecuado. Siento que no estoy tan lejos de él. Entonces, durante la semana, cuando lo echo de menos, siempre estoy deseando que llegue el domingo.

Edgar asintió en silencio. Eso era algo que sí entendía.

—¿Qué hay de ti? —le preguntó su madre—. ¿Piensas en él?

—Cuando estoy trabajando y tengo algún problema que resolver, una junta que no cierra o una hoja que no logro afilar, entonces pienso: «Se lo preguntaré a padre», y recuerdo que no puedo. Me ocurre casi a diario.

—¿Y qué haces cuando te pasa?

Edgar dudó un instante. Le daba miedo afirmar que había

tenido experiencias milagrosas. Las personas que tenían visiones a veces eran veneradas, pero también podían acabar lapidadas como representantes del diablo. No obstante, su madre lo entendería.

—Se lo pregunto de todas formas —afirmó—. Digo: «Padre, ¿qué debo hacer en este caso?», mentalmente. —Con cierto reparo, añadió—: Pero no se me aparece como una visión ni nada de eso.

Madre asintió con serenidad, sin sorprenderse.

—¿Qué ocurre entonces?

—Por lo general recibo la respuesta.

Ella se quedó callada.

—¿Y eso te parece raro? —le preguntó él.

—En absoluto —respondió ella—. Así actúan los espíritus.

Se volvió y empezó a hablar con Bebbe sobre unos huevos.

Edgar se quedó intrigado. «Así actúan los espíritus.» Era una frase que lo dejó pensativo.

Pero sus reflexiones se vieron interrumpidas.

—Vamos a construir un arado —dijo Erman tras acercarse a él.

—¿Hoy?

—Sí.

Edgar tuvo que abandonar de golpe el misticismo para pensar en las cuestiones mundanas del día a día. Supuso que habían escogido el domingo porque era el día en que él estaba disponible. Ninguno de ellos había construido jamás un arado, pero Edgar era capaz de hacer cualquier cosa a mano.

—¿Quieres que vaya a ayudaros? —preguntó.

—Si quieres…

A Erman no le gustaba reconocer que necesitaba ayuda.

—¿Tenéis el tronco listo?

—Sí.

Parecía que cualquiera podía conseguir madera en el bosque. En Combe el barón, Wigelm, había obligado a padre a pagar por tirar un roble. Pero allí, pensó Edgar, era más fácil vigilar a los taladores, porque tenían que arrastrar el tronco por el pueblo, a la vista de todos. En Dreng's Ferry no estaba claro si el bosque pertenecía a Degbert Baldhead o al alguacil de Mudeford, Offa, y ninguno de ellos reclamaba pago alguno: no cabía duda de que implicaba demasiada vigilancia para tan poca recompensa. En la práctica, la madera era gratis para cualquiera dispuesto a talar árboles.

Todo el mundo estaba saliendo de la pequeña iglesia.

—Será mejor que nos pongamos manos a la obra —dijo Erman.

Caminaron juntos hasta la granja: la madre, los tres hermanos y Cwenburg. Edgar se fijó en que la unión entre Erman y Eadbald seguía siendo la misma: básicamente, convivían en armonía, a pesar de una dinámica continuada, aunque poco significativa, de pequeñas riñas. Su peculiar matrimonio sin duda estaba funcionando.

Cwenburg no dejaba de lanzar a Edgar miradas triunfales. «Tú me rechazaste —parecía expresar—. Pero ¡mira lo que he conseguido a cambio!» A él no le importaba. Ella era feliz y también lo eran sus hermanos.

Él mismo no era infeliz, en cualquier caso. Había construido una barcaza y estaba trabajando en la construcción de un edificio. Su salario era tan bajo que suponía un auténtico robo, pero se había librado de ser granjero.

Bueno, casi.

Se quedó mirando la madera que sus hermanos habían apilado a la entrada del granero y se imaginó un arado. Incluso los habitantes del pueblo sabían qué aspecto tenía: contaría con un palo vertical para soltar la tierra y una vertedera colocada en ángulo para hacer los surcos y remover el terreno. Ambos debían estar encajados en una estructura de la que se pudiera tirar desde delante y guiarse desde atrás.

—Eadbald y yo tiraremos del arado y madre lo guiará —dijo Erman.

Edgar asintió con la cabeza. El terreno margoso era lo bastante blando para trabajar con un arado tirado por un solo hombre. El suelo arcilloso de un lugar como Outhenham habría requerido la fuerza de un buey.

Edgar sacó su navaja, se arrodilló y empezó a hacer muescas en la madera para que Erman y Eadbald la tallaran. Aunque el hermano pequeño estaba asumiendo el liderazgo, los otros dos no protestaron. Reconocían la habilidad superior de Edgar, aunque jamás lo admitieran en voz alta.

Mientras estaban trabajando la madera, Edgar empezó a elaborar la reja del arado, una cuchilla adherida a la parte delantera de la vertedera para hundirla con más facilidad en la tierra. Los otros dos habían encontrado una pala de acero oxidado en el granero. Edgar la calentó en el hogar de la casa, luego la golpeó hasta darle forma con una piedra. El resultado fue algo rudimentario. Podría haberlo hecho mejor con un martillo para la forja y un yunque.

Afiló la cuchilla con una piedra.

Cuando tenían sed, bajaban hasta el río y bebían usando las manos. No tenían ni cerveza ni vasos para beberla.

Estaban casi a punto de ensamblar las piezas con los tacos cuando su madre los llamó para la comida del mediodía.

Había preparado anguila ahumada con cebollinos y tortas de harina. Edgar salivó de forma tan brutal que de pronto sintió un pinchazo bajo la mandíbula.

Cwenburg susurró algo a Erman. Mildred frunció el ceño; los secretos en compañía eran de mala educación, pero no dijo nada.

Edgar fue a coger una tercera torta de harina.

—Tómatelo con calma, ¿quieres? —le dijo Erman.

—¡Tengo hambre!

—No nos queda mucha comida.

Edgar se sintió insultado.

—¡He renunciado a mi día de descanso para ayudaros a construir el arado y me llamas la atención por un pedazo de pan!

Como siempre había ocurrido entre los hermanos, no tardó en producirse el estallido de furia.

—No puedes comértelo todo y dejarnos sin comida —espetó Erman, airado.

—Ayer no cené nada y esta mañana solo he comido una pequeña escudilla de gachas. Me muero de hambre.

—Yo no puedo hacer nada.

—Entonces no me pidas que te ayude, perro desagradecido.

—El arado ya está casi listo; deberías haber regresado a la taberna para comer.

—Allí me dan de comer poca cosa.

Eadbald tenía un carácter más templado que Erman.

—La cuestión es, Edgar —dijo Eadbald—, que Cwenburg necesita comer más cantidad porque está embarazada.

Edgar vio cómo Cwenburg esbozaba una sonrisa burlona, lo que le molestó más todavía.

—Pues come menos tú, Eadbald —le soltó a su hermano—, y déjame comer tranquilo. No soy yo el que la ha preñado. —Y añadió entre dientes—: Gracias a Dios.

Erman, Eadbald y Cwenburg empezaron a vocear al mismo tiempo. Mildred dio unas palmadas y todos se callaron.

—¿Qué has querido decir, Edgar, con eso de que te dan más bien poco de comer en la taberna? —preguntó—. Estoy segura de que Dreng puede permitirse comprar mucha comida.

—Puede que Dreng sea rico, pero es malvado.

—Pero hoy sí has desayunado…

—Una escudilla pequeña de gachas. En la suya había carne, pero no había para los demás.

—¿Y qué cenaste anoche?

—Nada. Regresé caminando desde Outhenham y llegué tarde. Dreng dijo que ya se había terminado la comida.

Madre puso expresión de enfado.

—Entonces ahora come cuanto te apetezca —dijo—. Y todos los demás a callar, e intentad recordar que mi familia siempre tendrá de comer en mi casa.

Edgar se comió el tercer pedazo de pan.

Erman estaba enfadado.

—¿Cada cuánto vamos a tener que alimentar a Edgar si Dreng no lo hace? —preguntó Eadbald.

—No te preocupes —respondió su madre apretando los labios—. Yo ajustaré las cuentas con Dreng.

Durante el resto del día Edgar se preguntó cómo iba a cumplir madre su promesa de «ajustar las cuentas» con Dreng. Ella era una mujer ocurrente y obstinada, pero Dreng era poderoso. Edgar no tenía miedo a la fuerza física de su jefe, que pegaba a las mujeres, no a los hombres, pero era el señor de todos los demás habitantes de la casa: el esposo de Leaf y Ethel, amo de Blod y patrón de Edgar. Él era el segundo hombre más importante en la pequeña aldea, y el primero era su hermano. Podía hacer, más o menos, lo que le viniera en gana. No era muy inteligente enojarlo.

El lunes empezó como cualquier otro día de la semana. Blod fue a buscar agua y Ethel preparó las gachas. Mientras Edgar estaba sentado comiendo su frugal desayuno, Cwenburg irrumpió de pronto, indignada y furiosa.

—¡Tu madre es una vieja bruja! —exclamó señalando con un dedo acusador a Edgar.

El joven tenía la sensación de que iba a recibir buenas noticias.

—Siempre lo he creído —replicó en tono de chanza—. Pero ¿a ti qué te ha hecho?

—¡Quiere matarme de hambre! ¡Dice que solo puedo comer una escudilla de gachas!

Edgar supuso qué estaba pasando y reprimió una amplia sonrisa.

Dreng habló con el tono confiado de los poderosos:

—No puede hacerle eso a mi hija.

—¡Pues acaba de hacerlo!

—¿Y te ha dado algún motivo?

—Ha dicho que no va a darme de comer más de lo que tú le das a Edgar.

Dreng se sobresaltó. Estaba claro que no había previsto nada parecido. Se mostró perplejo y no dijo nada durante un rato. Luego se volvió hacia Edgar.

—Así que has ido a llorarle a tu madre, ¿verdad? —espetó.

Era una acusación endeble y a Edgar no le afectó.

—Para eso están las madres, ¿no es así?

—Bien, pues ya está, ya he escuchado suficiente —replicó Dreng—. Fuera de aquí, vete a casa.

Pero Cwenburg no pensaba tolerarlo.

—No puedes hacer que vuelva con nosotros —le dijo a su padre—. Será otra boca que alimentar y, tal como estamos, casi no nos llega para comer.

—Entonces tú volverás a la taberna. —Dreng fingía tener controlada la situación, pero parecía un poco desesperado.

—No —se negó Cwenburg—. Estoy casada y me gusta. Y mi pequeño necesita un padre.

Dreng se dio cuenta de que no tenía salida y se puso lívido.

—Tienes que darle a Edgar más de comer —le dijo Cwenburg—. Y ya está. Puedes permitírtelo.

Dreng se volvió hacia Edgar con una mirada cargada de malicia.

—Eres una rata traidora, ¿verdad?

—Esto no ha sido idea mía —dijo Edgar—. A veces me gustaría ser tan listo como mi madre.

—Pues vas a arrepentirte de que tu madre sea tan lista, te lo prometo.

—Yo quiero algo sabroso en mis gachas —dijo Cwenburg, y abrió el arcón donde Ethel guardaba la comida y sacó un bote de mantequilla.

Usó su navaja, cortó un pedazo y lo puso en la escudilla de Edgar.

Dreng se quedó mirándolo con gesto de impotencia.

—Cuéntale a tu madre lo que he hecho —le dijo Cwenburg a Edgar.

—Está bien —accedió él.

Se comió las gachas con mantequilla a toda prisa, antes de que nadie pudiera impedírselo. El alimento lo reconfortó, pero la amenaza de Dreng se repetía en su mente: «Pues vas a arrepentirte de que tu madre sea tan lista, te lo prometo».

Seguramente era cierto.

9

Mediados de septiembre de 997

Ragna se fue de Cherburgo con el corazón rebosante de alegría y expectación. Había conseguido que sus padres dieran su brazo a torcer y se dirigía a Inglaterra para casarse con el hombre al que amaba.

La ciudad entera acudió al puerto para despedirla. Su barco, el *Angel*, tenía un solo mástil con una gigantesca vela multicolor, además de dieciséis pares de remos. El mascarón de proa era un ángel tallado en madera tocando una trompeta, y la popa, una alargada cola que se curvaba hacia arriba y hacia delante hasta terminar en una cabeza de león. Su capitán era un hombre enjuto de barba encanecida llamado Guy que había cruzado el canal de Inglaterra muchas veces.

Ragna solo había viajado en barco en una ocasión: tres años antes, había ido con su padre a Fécamp, atravesando noventa millas de la bahía del Sena, no demasiado lejos de tierra firme. El tiempo había sido clemente, el mar estaba en calma y los marineros estaban encantados de tener a una hermosa joven de la nobleza a bordo. La travesía había transcurrido plácidamente sin incidentes.

Así pues, estaba ansiosa y expectante ante aquel largo viaje, el primero de muchas nuevas aventuras. Sabía que, en teoría, cualquier travesía por mar era azarosa, pero no podía evitar sentirse absolutamente exultante: era así por naturaleza. Podías estropear cualquier cosa si te preocupabas demasiado.

Iba acompañada por su doncella, Cat; por Agnes, su mejor costurera; por otras tres doncellas, y por Bern el Gigante y seis hombres de armas más para protegerla. Ella y Bern viajaban con sus caballos —el suyo era su yegua favorita, Astrid— y llevaban además cuatro ponis para transportar el equipaje. Ragna había incluido cuatro vestidos nuevos y seis pares de zapatos, también nuevos. Además tenía un pequeño regalo de boda personal para Wilwulf, un cinturón de cuero blando con una hebilla y contera de plata, guardado en su propio estuche especial.

Los caballos viajaban atados y sobre un lecho de paja, para amortiguar su caída en el caso de que el oleaje del mar resultase demasiado violento para ellos. Con una tripulación de veinte personas, la nave iba abarrotada.

Geneviève lloró cuando el barco levó el ancla.

Zarparon bajo la cálida luz del sol, empujados por un vigoroso viento del sudoeste que prometía llevarlos a Combe en un par de días. En ese momento Ragna sintió por primera vez la punzada de la preocupación. Wilwulf la amaba, pero tal vez hubiese cambiado. Ella estaba impaciente por hacerse amiga de su familia y sus súbditos, pero ¿les caería ella bien a ellos? ¿Lograría granjearse su afecto o, por el contrario, despreciarían sus costumbres extranjeras o envidiarían incluso sus riquezas y su belleza? ¿Le gustaría Inglaterra?

Para desterrar esas preocupaciones, Ragna y sus doncellas practicaban la lengua anglosajona. Ragna había recibido lecciones todos los días de una inglesa casada con un vecino de Cherburgo, y en ese momento estaba haciendo reír a las otras pronunciando los distintos vocablos para nombrar las partes masculinas y femeninas del cuerpo.

A continuación, prácticamente sin previo aviso, el viento estival se transformó en un vendaval de otoño y una cortina de lluvia fría azotó al barco y a todos sus pasajeros.

Era inútil buscar refugio. Ragna había visto en cierta ocasión una barcaza pintada con vivos colores con un dosel para, con su sombra, proteger a las damas del calor del sol, pero aparte de eso no había visto nunca un barco con ningún tipo de cobertizo ni ninguna clase de techumbre de protección. Cuando llovía, los pasajeros, la tripulación y la carga se mojaban todos por igual. Ragna y sus doncellas se juntaron para acurrucarse y se taparon la cabeza con la capucha de sus capas, tratando de apartar los pies de los charcos que se formaban en la cubierta.

Pero eso fue solo el principio. Dejaron de sonreír cuando el viento se transformó en un temporal. El capitán Guy parecía conservar la calma, pero arrió la vela por miedo a volcar. En ese momento la nave se deslizaba a donde la llevasen las inclemencias del tiempo; las estrellas se ocultaban por detrás de las nubes y ni siquiera los marineros sabían en qué dirección iban. Ragna empezó a asustarse de verdad.

La tripulación arrojó un ancla de capa por la popa, artilugio que consistía en un saco enorme lleno de agua que actuaba como resistencia sobre el barco, frenando sus movimientos y manteniendo la popa en la dirección del viento. Sin embargo, el oleaje se hizo aún más intenso y el barco cabeceó violentamente: el ángel apuntó con su trompeta hacia el cielo encapotado y, acto seguido, la hundió en las turbulentas profundidades. Los caballos no consiguieron mantener el equilibrio y cayeron de rodillas, relinchando aterrorizados. Los hombres de armas trataban de calmarlos, sin éxito. El agua entraba por doquier y parte de la tripulación se puso a rezar.

Ragna empezó a pensar que nunca llegaría a Inglaterra. Tal vez no estaba predestinada a casarse con Wilwulf y engendrar a sus hijos. Tal vez su destino era morir ahogada e ir al infierno a purgar el pecado que había cometido al hacer el amor con él antes de convertirse en marido y mujer.

Había caído en el error de imaginar qué se sentiría al ahogarse. Recordó un juego de su infancia en que había que aguantar la respiración para ver cuánto tiempo podía resistir sin respirar, y sintió el pánico que le había invadido al cabo de apenas un minuto o dos. Se imaginó el terror de estar tan desesperada por respirar como para inhalar bocanadas de agua. ¿Cuánto se tardaba en morir? La imagen le revolvió el estómago y vomitó la cena de la que había disfrutado bajo la luz del sol solo un par de horas antes. El vómito no logró asentarle el estómago, pero las náuseas sí disiparon el miedo, por lo que ahora ya le daba igual morir o vivir.

Sentía como si aquello no fuese a terminar nunca. Cuando dejó de ver caer la lluvia, se dio cuenta de que era porque se había hecho de noche. La temperatura bajó y Ragna se estremeció en la ropa empapada.

Ya había perdido la noción del tiempo que duraba la tormenta cuando, por fin, empezó a amainar. El aguacero se transformó en una llovizna y el viento dejó de soplar. El barco fue a la deriva en la oscuridad; había candiles y un tarro de aceite en un arcón estanco, pero no había fuego con que encenderlos. El capitán Guy dijo que tal vez habría izado la vela si hubiese sabido con seguridad que estaban lejos de tierra firme, pero sin tener ninguna certeza sobre la posición del barco y sin luz con la que ver alguna señal de su proximidad respecto a la costa, era demasiado peligroso. Tenían que esperar a que el día les devolviese la visión.

Cuando amaneció, Ragna vio que la cautela del capitán estaba fundada: vieron ante sí unos acantilados. El cielo estaba nublado, pero las nubes eran más claras en una dirección concreta, por lo que debía de ser el este. La tierra al norte de ellos era Inglaterra.

La tripulación se puso manos a la obra de inmediato a pesar de la pertinaz lluvia: primero izaron la vela, luego repartieron sidra y pan para desayunar y a continuación achicaron el agua de la cubierta del barco.

Ragna vio con asombro cómo aquellos hombres reanudaban sus tareas como si no hubiera pasado nada. Habían estado al borde de la muerte, ¿cómo podían comportarse con normalidad? Ella no podía pensar en otra cosa que no fuese el hecho de que seguía, milagrosamente, con vida.

Navegaron por la costa hasta que vieron un pequeño puerto con unos cuantos barcos. El capitán no conocía el lugar, pero supuso que debían de estar a sesenta o setenta kilómetros al este de Combe. Viró el barco hacia tierra y entró en el puerto.

De pronto, Ragna deseó con todas sus fuerzas poder sentir el suelo firme bajo sus pies.

El barco atracó en la orilla y luego llevaron a Ragna en brazos hasta una playa de guijarros. Con su séquito de doncellas y escoltas, subió la ladera que conducía al pueblo y entró en una posada. Ragna esperaba encontrar un vigoroso fuego en el hogar de leña y un desayuno caliente, pero era muy temprano. El fuego era débil y la posadera estaba recién levantada y de mal humor, restregándose el sueño de los ojos mientras arrojaba leños a una lánguida llama.

Ragna se sentó tiritando, a la espera de que descargaran su equipaje para poder cambiarse y ponerse ropa seca. La posadera le sirvió pan duro y una cerveza sin cuerpo.

—Bienvenida a Inglaterra —le dijo.

La seguridad en sí misma de Ragna empezó a flaquear. Nunca en toda su vida había estado asustada tanto tiempo. Cuando el capitán Guy dijo que debían esperar a que cambiase el tiempo y entonces navegar en dirección oeste por la costa inglesa hasta Combe, ella se negó rotundamente. Deseó no tener que volver a pisar la cubierta de un barco nunca más. Puede que el futuro aún le deparase otras sorpresas desagradables y prefería recibirlas en tierra firme.

Tres días después, no estaba segura de haber tomado la decisión correcta: no había dejado de llover, todos los caminos estaban empantanados, avanzar por el barro agotaba a los caballos, y tener frío y estar mojados constantemente hacía que toda la comitiva estuviese de un humor de perros. Las posadas donde se detenían a descansar eran todas sombrías y deprimentes, sin ofrecer apenas tregua de las molestias e incomodidad de la intemperie, y cuando oían a Ragna hablar con acento extranjero, se dirigían a ella a gritos, como si eso fuese a facilitarle entender su idioma. Una noche el grupo fue acogido calurosamente en el cómodo hogar de un noble de rango inferior, Thurstan de Lordsborough, pero las otras dos se hospedaron en monasterios, limpios pero fríos e inhóspitos.

En el camino Ragna se arrebujaba en su capa, balanceándose mientras Astrid avanzaba trabajosamente, y se recordaba a sí misma que al final del viaje la aguardaba el hombre más maravilloso del mundo.

La tarde del tercer día, un poni cargado con el equipaje se resbaló por la ladera de una loma. Cayó de rodillas y se deslizó hacia un lado. Intentó levantarse, pero la carga ladeada le hizo perder de nuevo el equilibrio. Resbaló por la ladera de barro, lanzando relinchos frenéticos, y cayó en un arroyo.

—¡Pobre animal! —gritó Ragna—. ¡Salvadlo, soldados!

Varios hombres de armas se arrojaron al agua, que tenía poco menos de un metro de fondo, pero no consiguieron levantar al animal.

—¡Tendréis que quitarle las bolsas del lomo! —les indicó Ragna.

Eso funcionó. Un hombre sujetó la cabeza del poni para evitar que siguiera moviéndola desesperadamente mientras otros dos le desataban las correas. Cogieron las bolsas y los baúles y se los pasaron a los demás. Cuando el poni se liberó de su carga, pudo levantarse sin problemas.

Ragna examinó la pila de equipaje junto al arroyo.

—¿Dónde está el estuche con el regalo de Wilwulf? —preguntó.

Todos miraron alrededor, pero nadie lo veía.

Ragna estaba consternada.

—No podemos haberlo perdido... ¡Es su regalo de bodas!

La joyería inglesa era muy famosa, y era más que probable que Wilwulf tuviese el listón muy alto, por lo que Ragna había encargado la confección de la hebilla y la contera al mejor joyero de Ruan.

Los hombres que se habían mojado para rescatar al poni regresaron al agua y rastrillaron el fondo del arroyo, buscando el estuche, pero fue Cat, con su aguda vista, quien lo localizó.

—¡Ahí! —gritó, señalando con la mano.

Ragna vio el estuche a unos cien metros, flotando en la corriente.

De pronto una figura apareció de entre la maleza. Ragna vislumbró una cabeza cubierta con una especie de casco cuando el hombre dio un paso para meterse en el agua y cogió el estuche.

—¡Ah, muy bien! —lo felicitó Ragna.

Por una fracción de segundo, el hombre se volvió hacia ella y la miró, y entonces Ragna pudo ver perfectamente un viejo yelmo de batalla con orificios para la boca y los ojos, y luego el hombre volvió a subir a la orilla y desapareció entre los arbustos.

Ragna se dio cuenta de que acababan de robarle.

—¡Prendedle! —ordenó.

Los hombres salieron en su persecución. Ragna los oyó llamándose entre ellos en el bosque, pero los gritos se vieron acallados por los árboles y la lluvia. Al cabo de un rato los jinetes volvieron uno a uno y dijeron que la vegetación del bosque era demasiado espesa para poder avanzar. Ragna empezó a dejarse vencer por el pesimismo.

—Se nos ha escapado —anunció Bern cuando apareció el último hombre.

Ragna intentó poner al mal tiempo buena cara.

—Sigamos adelante —dijo enérgicamente—. Lo que se pierde, perdido está.

Reemprendieron la marcha a través del lodo. Sin embargo, la pérdida del regalo fue demasiado para Ragna, después del temporal en el mar y de tres días de lluvia y de alojamientos deprimentes. Sus padres tenían razón con sus siniestras advertencias: aquel era un país terrible y se había condenado a ella misma a vivir allí. No consiguió contener las lágrimas, que le rodaban implacables por la cara, mezclándose con la lluvia fría. Se empujó la capucha hacia delante y agachó la cabeza con la esperanza de que los demás no se dieran cuenta.

Una hora después de perder el regalo, la comitiva llegó a la ribera de un río y vio una aldea al otro lado. Aguzando la vista bajo las inclemencias del tiempo, Ragna distinguió unas casas y una iglesia de piedra. Había una barcaza de tamaño considerable amarrada en la orilla opuesta. Según los habitantes del último pueblo por el que habían pasado, la aldea de la barca estaba a dos días camino de Shiring. Dos días más de penalidades, pensó con amargura.

Los hombres llamaron a voces para que los oyeran desde la otra orilla y, casi inmediatamente, apareció un joven y desató la barcaza. Un perro de pelaje marrón con manchas blancas lo siguió y se subió de un salto en la barca, pero el joven le dijo algo y el perro se bajó de nuevo de un salto.

Aparentemente inmune a la lluvia, se plantó en la proa e hizo avanzar la barca hincando la pértiga en el agua.

—¡Qué chico más fuerte! —oyó Ragna murmurar a Agnes, la costurera.

La barca atracó con un golpe en la orilla más próxima.

—Esperad a que la amarre antes de que os subáis a bordo —dijo el joven barquero—. Así es más seguro.

Era cortés y amable, pero no parecía sentirse intimidado por la llegada de una noble con un séquito tan numeroso. Miró a Ragna directamente y sonrió, como si la reconociese, aunque ella no tenía el más mínimo recuerdo de haberlo visto antes.

—Es un cuarto de penique por cada persona y animal —dijo una vez que hubo amarrado la barca—. Veo trece personas y seis caballos, así que serán cuatro peniques y tres cuartos, por favor.

Ragna hizo una señal con la cabeza a Cat, quien llevaba una faltriquera con una pequeña cantidad de dinero para gastos ocasionales. Uno de los ponis llevaba un arcón de hierro cerrado con llave con la mayor parte del dinero de Ragna, pero ese solo se abría en privado. Cat entregó al barquero cinco peniques ingleses, pequeños y ligeros, y él le devolvió un minúsculo cuarto de plata como cambio.

—Podéis subir directamente con el caballo, si tenéis cuidado —dijo—, pero si estáis nerviosa, desmontad y llevad al caballo de las riendas. Por cierto, me llamo Edgar.

—Y ella es lady Ragna, de Cherburgo —dijo Cat.

—Lo sé —dijo. Hizo una reverencia ante Ragna—. Es un honor, milady.

Ragna subió a la embarcación y los demás la siguieron.

La barcaza tenía una gran estabilidad en el río y parecía estar bien hecha, con las tracas perfectamente ensambladas. No había agua en la parte del fondo.

—Una magnífica barca —dijo Ragna. No añadió «para un pueblo de mala muerte como este», pero estaba implícito en sus palabras, y por un momento se preguntó si lo habría ofendido.

Sin embargo, Edgar no dio muestras de haberse percatado.

—Sois muy amable —dijo—. La construí yo mismo.

—¿Tú solo? —exclamó con aire escéptico.

Una vez más, podría sentirse agraviado. Ragna se dio cuenta de que estaba olvidando su determinación de trabar amistad con los ingleses. Eso no era propio de ella, pues no tardaba en ganarse la confianza de los desconocidos. Los disgustos del viaje y la extrañeza que le producía el nuevo país la habían hecho sacar su mal genio. Decidió ser más amable.

Pero Edgar no pareció darse por aludido, sino que se limitó a sonreír y dijo:

—Es que en este pueblo no hay dos constructores de barcos.

—Me maravilla que haya uno siquiera.

—Hasta yo mismo estoy maravillado.

Ragna se echó a reír. Aquel muchacho era agudo y despierto y no se tomaba a sí mismo muy en serio. Eso le gustaba.

Edgar vio subir a los pasajeros y a los animales a la barcaza y luego la desató y empezó a avanzar hacia el otro lado del río. A Ragna le hizo gracia ver a Agnes la costurera entablar conversación con él en su rudimentario anglosajón.

—Mi señora se va a casar con el conde de Shiring.

—¿Con Wilwulf? —dijo Edgar—. Creía que ya estaba casado.

—Lo estaba, pero su esposa murió.

—No lo sabía. Así que tu señora va a ser la señora de todos.

—A menos que nos ahoguemos todos de camino a Shiring.

—¿Es que no llueve en Cherburgo?

—No como aquí.

Ragna sonrió. Agnes era soltera y estaba ansiosa por casarse. Podía encontrar peores pretendientes que aquel avispado joven inglés. No sería de extrañar que más de una de las doncellas de Ragna encontrase marido allí: entre pequeños grupos de mujeres, el matrimonio era contagioso.

Miró adelante. La iglesia de la colina estaba construida en piedra, pero pese a ello el edificio era pequeño y tenía un aspecto dejado y ruinoso. Sus minúsculos ventanucos, todos de formas distintas, estaban colocados de cualquier manera en sus gruesas paredes. En una iglesia normanda, las ventanas no eran mucho más grandes, pero normalmente todas tenían la misma forma y estaban distribuidas en hileras regulares. Dicha consistencia hablaba de forma más elocuente del metódico Dios que había creado el mundo jerarquizado de las plantas, los peces, los animales y las personas.

La barcaza alcanzó la orilla norte. Una vez más, Edgar bajó a tierra de un salto y luego invitó a los pasajeros a desembarcar. De nuevo Ragna fue la primera, y su yegua infundió confianza al resto del séquito.

Bajó de su montura delante de la puerta de la posada. El hombre que salió de ella le recordó momentáneamente a Wilwulf, pues era de la misma altura y corpulencia, pero su cara era distinta.

—No puedo hospedar a toda esta gente —dijo en tono de enojo—. ¿Cómo voy a darles de comer?

—¿Cuánto falta para el siguiente pueblo? —preguntó Ragna.

—Eres extranjera, ¿verdad? —dijo, reparando en su acento—. El lugar se llama Wigleigh, y hoy no llegaréis allí.

Seguramente solo estaba maquinando cómo pedir unos precios escandalosos por hospedarlos. Ragna se impacientó con él.

—Bueno, y entonces ¿qué propones?

Edgar decidió intervenir:

—Dreng, ella es lady Ragna de Cherburgo. Va a casarse con el conde Wilwulf.

Dreng cambió inmediatamente de actitud y pasó a mostrarse servil.

—Perdonadme, milady, no tenía ni idea… —dijo—. Por favor, pasad, y seáis bienvenida. Vais a ser mi prima política, aunque tal vez no lo sepáis.

A Ragna la desconcertó la perspectiva de estar emparentada con aquel posadero. No aceptó su invitación para entrar inmediatamente.

—No, no lo sabía —dijo.

—Oh, sí. El conde Wilwulf es mi primo. Seremos familia cuando os caséis con él.

Ragna no parecía complacida.

—Mi hermano y yo dirigimos esta aldea —prosiguió él—, bajo la autoridad de Wilwulf, por supuesto. Mi hermano, Degbert, es el deán de la colegiata que hay encima de la colina.

—¿Esa iglesia tan pequeña es una colegiata?

—Solo hay media docena de clérigos, es muy pequeña. Pero entrad, os lo ruego. —Dreng pasó el brazo alrededor de los hombros de Ragna.

Aquello era ir demasiado lejos. Aunque hubiese sentido simpatía por aquel tal Dreng, no le habría permitido que la manoseara. Con un movimiento decidido se quitó el brazo de los hombros.

—A mi marido no le gustaría que su primo me acariciase —dijo tranquilamente y, acto seguido, entró delante de él en la casa.

—Bah, a nuestro Wilf no le importaría —repuso Dreng, siguiéndola, pero no volvió a tocarla.

Una vez dentro, Ragna miró alrededor con una sensación que ya empezaba a ser familiar. Como la mayoría de las tabernas y posadas inglesas, era oscura, olía mal y estaba llena de humo. Había dos mesas y varios bancos y banquetas repartidos por todo el espacio.

Cat la seguía de cerca. Desplazó una banqueta más cerca del fuego para Ragna y luego ayudó a su señora a quitarse la capa empapada. Ragna se sentó junto al fuego y alargó las manos para calentárselas.

Vio que había tres mujeres en la taberna; probablemente la mayor era la esposa de Dreng; la más joven, una muchacha embarazada con la cara demacrada, no llevaba ningún tocado que le cubriese el pelo, algo que, por lo general, indicaba que se trataba de una prostituta; Ragna supuso que debía de ser una esclava. La tercera mujer debía de tener la edad de Ragna y podía ser la concubina de Dreng.

Las doncellas y los escoltas de Ragna abarrotaron el interior de la casa.

—¿Puedes servir un poco de cerveza a mi séquito, por favor? —le pidió Ragna a Dreng.

—Mi esposa los atenderá enseguida, milady. —Se dirigió a las dos mujeres—: Leaf, dales un poco de cerveza. Ethel, prepara la cena.

Leaf abrió un arcón lleno de escudillas y vasos de madera y empezó a llenarlos de un barril en un soporte en el rincón. Ethel colgó un puchero de hierro sobre el fuego, vertió agua en él y a continuación sacó una enorme pata de cordero y la echó en la olla.

La muchacha embarazada llegó cargada con una brazada de leña. A Ragna le sorprendió verla haciendo tareas pesadas cuando era evidente que estaba próxima a dar a luz. Con razón parecía cansada y huraña.

Edgar se arrodilló junto a la lumbre y alimentó el fuego con paciencia, echando una rama tras otra. No tardó en arder vigorosamente con unas llamas que calentaron a Ragna y le secaron la ropa.

—En la barca, cuando mi doncella Cat te dijo quién era yo, dijiste: «Lo sé» —le comentó ella—. ¿Cómo lo sabías?

Edgar sonrió.

—Vos no lo recordáis, pero ya nos conocemos.

Ragna no se disculpó por no haberlo reconocido. Una dama de la nobleza conocía a centenares de personas y no se le podía pedir que las recordase a todas.

—¿Cuándo fue eso? —preguntó.

—Hace cinco años. Yo solo tenía trece.

Edgar extrajo su cuchillo del cinto y lo depositó en las piedras que rodeaban la lumbre de modo que la hoja tocaba las llamas.

—Así que yo tenía quince años. Esta es la primera vez que visito Inglaterra, de modo que tú debiste de venir a Normandía.

—Mi difunto padre era constructor de barcos en Combe. Fuimos a Cherburgo a entregar una nave. Ahí fue donde os conocí.

—¿Y hablamos?

—Sí.

Él parecía un tanto avergonzado.

—Espera un momento. —Ragna sonrió—. Tengo un vago recuerdo de un desvergonzado muchacho inglés que acudió al castillo sin que nadie lo invitara.

—Eso me suena mucho, sí.

—Me dijo que era guapa, en un francés muy malo.

Edgar tuvo la elegancia de ruborizarse.

—Pido disculpas por mi insolencia. Y por mi francés. —Entonces sonrió—. Pero no por mi gusto.

—¿Te contesté? No me acuerdo.

—Me hablasteis en un anglosajón bastante bueno.

—¿Y qué dije?

—Dijisteis que era encantador.

—¡Ah, sí! Y después dijiste que te ibas a casar con alguien como yo.

—No sé cómo pude ser tan descarado.

—No me molestó, de verdad, pero creo que decidí que la broma ya había ido demasiado lejos.

—Desde luego: me dijisteis que volviese a Inglaterra antes de que me metiese en un buen lío. —Se levantó, pensando tal vez que estaba al borde de la impertinencia, como cinco años antes—. ¿Os apetece un poco de cerveza caliente?

—Me encantaría.

La mujer llamada Leaf sirvió un vaso a Edgar. Utilizando su manga como guante, cogió su cuchillo del fuego y metió la hoja en el vaso. El líquido burbujeó y produjo espuma. Edgar lo removió y luego se lo dio a Ragna.

—No creo que queme demasiado —dijo.

Ragna se llevó el vaso a los labios y tomó un sorbo.

—Está perfecta —dijo, y tomó un sorbo más largo que le templó el estómago.

Ahora ya estaba más animada.

—Bueno, debo irme —dijo Edgar—. Supongo que mi patrón querrá hablar con vos.

—Oh, no, por favor —repuso Ragna rápidamente—. No soporto a ese hombre. Quédate aquí conmigo. Siéntate. Hablemos.

Edgar se sentó en una banqueta y se quedó pensativo un momento.

—Debe de ser difícil empezar una nueva vida en un país desconocido —comentó.

«Ni te lo imaginas», pensó Ragna, pero no quería parecer abatida.

—Es una aventura —dijo con entusiasmo.

—Pero todo es tan distinto… Aquel día en Cherburgo me sentí muy abrumado: un idioma distinto, ropajes extraños… hasta los edificios parecían raros. Y eso que solo estuve ahí un día…

—Es un reto —admitió ella.

—Me he percatado de que la gente no siempre es amable con los extranjeros. Cuando vivía en Combe, veíamos a muchos extranjeros. Algunos de mis paisanos se reían de los errores que cometían los visitantes franceses o flamencos.

Ragna asintió con la cabeza.

—Un ignorante piensa que los extranjeros son estúpidos, sin darse cuenta de que él también parecería igual de necio si viajase al extranjero.

—Debe de ser difícil de sobrellevar. Admiro vuestra valentía.

Era el primer inglés que expresaba sin ambages su empatía por lo que estaba pasando ella. Irónicamente, su compasión socavó la fachada de estoicismo decidido de Ragna. Para su propia consternación, se echó a llorar.

—¡Lo siento mucho! —exclamó Edgar—. ¿Qué he hecho?

—Has sido amable —acertó a decir ella—. Nadie más lo ha sido desde que desembarqué en este país.

Edgar volvió a sentirse abochornado.

—No era mi intención disgustaros.

—No eres tú, de verdad. —No quería quejarse de lo horrible que era Inglaterra. Descargó su rabia sobre el proscrito—. Hoy he perdido un objeto muy valioso para mí.

—Siento oír eso. ¿Qué era?

—Un regalo para mi futuro marido, un cinturón con hebilla y contera de plata. Me hacía tanta ilusión dárselo…

—Qué lástima.

—Lo robó un hombre que llevaba un yelmo.

—Ese parece Testa de Hierro. Es un proscrito. Intentó robar la lechona de mi familia, pero mi perra nos alertó.

Un hombre con la cabeza calva entró en la casa y se acercó a Ragna. Al igual que Dreng, guardaba cierta semejanza con Wilwulf.

—Bienvenida a Dreng's Ferry, milady —dijo—. Soy Degbert, deán de la colegiata y señor de la aldea. —Bajó la voz y se dirigió a Edgar—: Largo de aquí, muchacho.

Edgar se levantó y se fue.

Degbert se sentó, sin que nadie le hubiera invitado a hacerlo, en la banqueta que Edgar acababa de dejar libre.

—Vuestro prometido es mi primo —dijo.

—Encantada de conoceros —contestó Ragna educadamente.

—Es para nosotros un honor recibiros aquí.

—Es un placer —mintió ella. Se preguntó cuánto faltaría para poder irse a dormir.

Siguió conversando educadamente con Degbert unos aburridísimos minutos y luego Edgar regresó, acompañado por un hombrecillo rechoncho vestido con un hábito que llevaba un cofre. Degbert los miró.

—¿Qué es esto? —preguntó, visiblemente irritado.

—Le he pedido a Cuthbert que traiga alguna de sus piezas para mostrárselas a lady Ragna —respondió Edgar—. Hoy ha perdido algo muy valioso para ella, porque Testa de Hierro se lo robó, y tal vez pueda reemplazarlo.

Degbert vaciló un momento; era evidente que disfrutaba monopolizando la compañía de la ilustre visitante. Sin embargo, decidió tener la cortesía de ceder su puesto.

—En la colegiata estamos todos muy orgullosos de la habilidad de Cuthbert —dijo—. Espero que encontréis algo de vuestro gusto, mi señora.

Ragna era escéptica. Las mejores piezas de joyería inglesa eran magníficas, y eran muy apreciadas en toda Europa, pero eso no significaba que todo lo que produjesen los ingleses fuese bueno; y no parecía muy probable que en aquella aldea perdida fuesen a fabricar piezas demasiado refinadas. Pese a todo, se alegraba de poder librarse de Degbert.

Cuthbert exhibía una actitud tímida.

—¿Puedo abrir el cofre, milady? —dijo con nerviosismo—. No pretendo molestar, pero Edgar dijo que podríais estar interesada.

—Por supuesto —convino Ragna—. Me encantaría verlas.

—No tenéis que comprar nada, no os preocupéis.

Cuthbert extendió una tela azul sobre el suelo y abrió el cofre, que estaba lleno de objetos envueltos en un paño de lana. Sacó las piezas una a una, las desenvolvió con cuidado y las dispuso delante de Ragna, mirándola con expresión ansiosa todo el tiempo. A la joven le complació comprobar que la calidad era excelente. El orfebre había elaborado broches, hebillas, pasadores, brazaletes y anillos, la mayoría de plata, todos grabados con intrincados dibujos, a menudo con incrustaciones de una sustancia negra que Ragna supuso que sería niel, una aleación de metales.

Su mirada se posó en un grueso brazalete de aire masculino. Lo cogió y le pareció satisfactoriamente pesado. Era de plata, con un grabado de dos serpientes entrelazadas, y se lo imaginó perfectamente en el musculoso brazo de Wilwulf.

—Habéis escogido mi mejor pieza, milady —dijo Cuthbert astutamente.

Ragna lo examinó con detenimiento. Estaba segura de que a Wilwulf le gustaría, y de que lo luciría con orgullo.

—¿Cuánto cuesta? —preguntó.

—Lleva mucha plata.

—¿La plata es pura?

—Una parte de cada veinte es cobre, para que sea más resistente —respondió él—. Igual que nuestras monedas de plata.

—Muy bien. ¿Cuánto quieres?

—¿Sería para el conde Wilwulf?

Ragna sonrió: aquel hombre no iba a decir un precio hasta que no tuviera más remedio que hacerlo. Estaba tratando de calcular cuánto estaba ella dispuesta a gastar. Puede que Cuthbert fuese tímido, pensó, pero también era astuto.

—Sí —contestó—. Un regalo de boda.

—En ese caso, no puedo dejar que os lo quedéis por más de lo que me costó a mí, y esa será mi manera de honrar vuestras nupcias.

—Eres muy amable. ¿Cuánto?

Cuthbert lanzó un suspiro.

—Una libra —dijo al fin.

Era mucho dinero: doscientos cuarenta peniques de plata, pero habría unos doscientos gramos de plata en el brazalete, así que el precio era razonable. Además, cuanto más lo miraba, más ganas tenía de comprarlo. Se imaginaba colocándoselo a Wilwulf, primero por la mano y luego deslizándoselo por el brazo, y luego mirándolo a la cara y viéndolo sonreír.

Decidió no regatear, no era digno de ella; no era ninguna campesina comprando un cucharón para la sopa, pero sí fingió tener sus dudas, aunque solo fuese por las apariencias.

—No me obliguéis a venderlo por menos de lo que yo pagué, mi señora —dijo Cuthbert.

—Está bien —dijo ella—. Una libra.

—El conde estará encantado. Esta joya adornará maravillosamente su poderoso brazo.

Cat había estado observando el intercambio y en ese momento Ragna la vio acercarse con sigilo al lugar donde estaba su equipaje y abrir discretamente un cofre de hierro.

Ragna se puso el brazalete en su propio brazo. Era demasiado grande, por supuesto, pero le gustaba el grabado.

Cuthbert envolvió el resto de sus piezas y las guardó con sumo cuidado.

Cat regresó con una pequeña bolsa de cuero. Contó meticulosamente los peniques en múltiplos de doce. Cuthbert volvió a contar los montones de doce y, al final, se guardó el dinero, cerró el cofre y se fue, no sin antes desear a Ragna un magnífico día de boda y muchos años de feliz matrimonio.

La cena se sirvió en las dos mesas y los visitantes comieron primero. No había fuentes o bandejas de ninguna clase, sino que en su lugar se depositaron sobre la mesa unas gruesas rebanadas de pan y luego sirvieron el cordero con cebolla de Ethel sobre el pan. Todos aguardaron a que Ragna tomase el primer bocado. Pinchó un trozo de carne con su cuchillo, se lo metió en la boca y, a continuación, todos la imitaron. El plato era simple, pero sabroso.

Ragna se sintió reconfortada por la comida, la cerveza y el placer de haber comprado un regalo para el hombre al que amaba.

Cayó la noche mientras cenaban y la esclava embarazada prendió los candiles que había distribuidos por toda la estancia.

—Ahora estoy cansada —dijo Ragna en cuanto terminó de comer—. ¿Dónde duermo?

—Donde gustéis, mi señora —contestó Dreng alegremente.

—Pero ¿dónde está mi cama?

—Me temo que no tenemos camas, mi señora.

—¿No hay camas?

—Lo siento.

¿De veras esperaban que se arrebujase en su capa y se tumbase en la paja del suelo con todos los demás? Aquel siniestro y repulsivo Dreng probablemente intentaría tumbarse a su lado. Hasta entonces, en los monasterios ingleses le habían dado una sencilla cama de madera con un jergón, y Thurstan de Lordsborough había puesto a su disposición una especie de caja con hojarasca en el fondo.

—¿Ni siquiera una caja? —preguntó.

—Nadie en Dreng's Ferry tiene una cama de ninguna clase.

Edgar intervino entonces:

—Salvo las monjas.

Ragna se quedó sorprendida.

—Nadie me ha hablado de las monjas.

—En la isla —explicó Edgar—. Hay un pequeño convento.

Dreng parecía contrariado.

—No podéis ir ahí, mi señora. Cuidan de los leprosos y toda clase de enfermos. Por eso se llama la isla de los Leprosos.

La expresión de Ragna era escéptica. Muchas monjas cuidaban de los enfermos, y rara vez contraían la enfermedad de sus pacientes. Dreng solo quería aprovecharse del prestigio de hospedar a Ragna en su posada.

—No se les permite la entrada a los leprosos en el convento —explicó Edgar.

—Tú no sabes nada —replicó Dreng con enojo—; solo hace unos pocos meses que vives aquí, mantén la boca cerrada. —Miró a Ragna con una sonrisa empalagosa—. No puedo permitir que pongáis en riesgo vuestra vida, milady.

—No estoy pidiendo tu permiso —repuso Ragna fríamente—. Yo tomaré mis propias decisiones. —Se dirigió a Edgar—: ¿Cuáles son las condiciones para pasar la noche en el convento?

—Solo he estado allí una vez, para reparar el tejado, pero creo que hay dos dormitorios, uno para la madre superiora y su mano derecha y una sala más amplia para las otras cinco o seis monjas. Todas tienen armazones de madera con jergones y mantas.

—Eso suena maravilloso. ¿Me llevarás allí?

—Por supuesto, milady.

—Cat y Agnes vendrán conmigo. El resto de mis sirvientes se quedarán aquí. Si por cualquier motivo el convento no resulta un lugar adecuado, volveré directamente.

Cat cogió la bolsa de cuero que contenía los escasos artículos que Ragna necesitaba para la noche, como un peine y una pastilla de jabón duro, pues había descubierto que en Inglaterra solo había jabón líquido.

Edgar cogió un candil de la pared y Cat, otro. Si Dreng tenía alguna objeción, no la formuló en voz alta.

Ragna miró a Bern y le lanzó una mirada severa. Este asintió, comprendiendo de inmediato lo que había querido decirle: él estaba a cargo del arcón que contenía el dinero.

A continuación siguió a Edgar al exterior, con Cat y Agnes detrás, y se dirigieron a la orilla del agua para subir a la barca mientras el muchacho soltaba el amarre. Su perra subió a bordo también. Luego cogió un remo y la barca empezó a deslizarse por el agua.

Ragna esperaba que el convento fuese tal y como se lo habían descrito; necesitaba urgentemente una alcoba limpia, una cama blanda y una buena manta. Se sentía como el sediento cuyo gaznate arde en deseo al ver una jarra de sidra bien fría.

—¿Es próspero ese convento, Edgar? —preguntó.

—Relativamente —dijo. Empujaba la barca sin esfuerzo aparente y sin quedarse sin aliento para seguir hablando—. Las monjas son propietarias de unas tierras en Northwood y St.-John-in-the-Forest.

—¿Estás casado con alguna de las damas de la taberna, Edgar? —preguntó Agnes.

Ragna sonrió. Era evidente que Agnes se sentía atraída hacia Edgar.

El joven se echó a reír.

—No. Dos de ellas son las esposas de Dreng, y la embarazada es una esclava.

—¿Es que en Inglaterra los hombres pueden tener dos esposas?

—La verdad es que no, pero los curas no pueden hacer nada por impedirlo.

—¿Eres el padre del hijo que espera la esclava?

«Otra pregunta con segundas intenciones», pensó Ragna.

Edgar se sintió ligeramente ofendido.

—Por supuesto que no.

—¿Y quién es el padre?

—Nadie lo sabe.

—En Normandía no tenemos esclavos —dijo Cat.

Aún seguía lloviendo y no se veían estrellas ni tampoco la luna.

Ragna casi no veía nada, pero Edgar sabía cómo orientarse y en muy poco tiempo la barcaza chocó con suavidad contra una orilla de arena. A la luz de los candiles, Ragna vislumbró un pequeño bote de remos amarrado a un poste. Edgar atracó la barcaza.

—La orilla baja en picado —advirtió a las mujeres—. Podría llevaros, si queréis. Son solo dos pasos, pero os mojaréis el vestido.

—Lleva a mi señora, por favor —respondió Cat rápidamente—. Agnes y yo ya nos apañaremos.

Agnes emitió un ruido de disgusto, pero no se atrevió a llevar la contraria a Cat.

Edgar se colocó junto a la barca, en el agua, que le llegaba hasta los muslos. Ragna se sentó en la borda de espaldas a él, luego volvió el cuerpo, le rodeó el cuello con el brazo y, finalmente, deslizó las piernas por el costado. Él tomó el peso de su cuerpo con ambos brazos, sin hacer apenas esfuerzo.

Ragna descubrió que el contacto le resultaba agradable. También le daba un poco de vergüenza: estaba enamorada de un hombre y a punto de casarse con él... ¿qué diantres hacía acurrucándose en brazos de otro? Sin embargo, tenía una buena excusa y el contacto cesó enseguida: Edgar dio dos zancadas a través del agua y la depositó en la orilla.

Enfilaron un sendero colina arriba, al término del cual había un edificio de piedra de gran tamaño. A la luz del candil no se distinguía bien el contorno, pero a Ragna le pareció ver dos tejados a dos aguas y supuso que uno pertenecería a la iglesia mientras que el otro sería la cubierta del convento. En un costado del convento había una pequeña torre.

Edgar llamó a la puerta de madera.

—¿Quién llama a estas horas de la noche? —dijo una voz al cabo de un buen rato.

Ragna recordó que las monjas se acostaban temprano.

—Soy Edgar, el constructor. Vengo con lady Ragna, de Cherburgo, que apela a vuestra hospitalidad.

Abrió la puerta una mujer delgada, de unos cuarenta años, con los ojos azul claro. De debajo de la toca se le escapaban algunas canas. Levantó el candil que sujetaba en la mano y examinó a los visitantes. Cuando vio a Ragna, abrió mucho los ojos y se le ensanchó la boca. Aquello solía ocurrir con bastante frecuencia, Ragna ya estaba acostumbrada.

La monja dio un paso atrás y dejó entrar a las tres mujeres.

—Espera unos minutos, por favor —le dijo Ragna a Edgar—. Solo por si acaso.

La monja cerró la puerta.

Ragna vio una estancia con columnas, ahora oscura y vacía, pero probablemente el lugar donde vivían las monjas cuando no estaban rezando en la iglesia. Distinguió la silueta en penumbra de dos escritorios, y llegó a la conclusión de que aquellas monjas copiaban y quizá iluminaban manuscritos además de cuidar a los leprosos.

—Soy la madre Agatha, la abadesa de este convento —dijo la monja que los había dejado entrar.

—Y supongo que debéis vuestro nombre a la santa patrona de las enfermeras —dijo Ragna en tono afectuoso.

—Y de las víctimas de violaciones.

Ragna supuso que tras sus palabras debía de haber alguna historia, pero no tenía ganas de escucharla esa noche.

—Estas son mis doncellas, Cat y Agnes.

—Es un placer para mí daros la bienvenida aquí. ¿Habéis cenado ya?

—Sí, gracias, y estamos muy cansadas. ¿Podéis darnos camas?

—Por supuesto. Por favor, acompañadme.

Las condujo por una escalera de madera. Aquel era el primer edificio que Ragna había visto en Inglaterra que tuviese una planta superior. Una vez arriba, Agatha entró en una alcoba iluminada por una sola vela de junco. Había dos camas: una estaba vacía y en la otra había una monja de la misma edad que Agatha, pero más rolliza, sentada en la cama y con cara de sorpresa.

—Esta es la hermana Frith, mi vicaria —dijo Agatha.

Frith miró a Ragna como si no pudiera creer lo que veían sus ojos. Había algo en su expresión que a Ragna le recordó la manera como la miraban los hombres a veces.

—Levántate, Frith —le ordenó Agatha—. Vamos a dejar nuestras camas a las huéspedes.

Frith se levantó de la cama a toda prisa.

—Lady Ragna —dijo Agatha—, tomad mi cama, os lo ruego, y vuestras doncellas pueden compartir la de Frith.

—Sois muy amable —respondió Ragna.

—Dios es amor —dijo Agatha.

—Pero ¿dónde dormiréis vos y vuestra vicaria?

—En el dormitorio contiguo, con las otras monjas. Hay espacio de sobra.

Para absoluta satisfacción de Ragna, la habitación estaba impecable: el suelo era de madera, con tablones limpios y relucientes; en una mesa había una jarra de agua y una jofaina, sin duda para asearse, pues las monjas se lavaban las manos con frecuencia. También había un atril sobre el que descansaba un libro abierto. Era evidente que aquel era un convento de monjas muy culto. No había arcones de ninguna clase: las monjas no tenían posesiones.

—Esto es divino —señaló Ragna—. Decidme, madre Agatha, ¿cómo es que ha llegado a abrirse un convento en esta isla?

—Es una historia de amor —comenzó Agatha—. El convento fue construido por Nothgyth, la viuda de lord Begmund. Tras la muerte de este, y después de recibir sepultura en la colegiata, Nothgyth no quiso volver a casarse, pues él era el amor de su vida. Quiso hacerse monja y vivir cerca de sus restos durante lo que le quedase de vida, para poder alzarse juntos el día del Juicio Final.

—Qué romántico —comentó Ragna.

—Sí lo es, ¿verdad?

—¿Le diréis al joven Edgar que ya puede regresar?

—Por supuesto. Por favor, poneos cómoda. Luego volveré a ver si necesitáis algo más.

Las dos monjas se fueron. Ragna se quitó la capa y se metió en la cama de Agatha. Cat colgó la capa de su señora en un soporte en la pared. De la bolsa que había traído sacó un pequeño frasco de aceite de oliva. Ragna extendió las manos y Cat vertió una gota de aceite en cada una. La joven se frotó las manos.

Se puso cómoda. El jergón era de lino y estaba relleno de paja, y lo único que se oía era el arrullo del río al bañar la orilla de la isla.

—Cuánto me alegro de haber descubierto este sitio… —dijo.

—Edgar el constructor ha sido un regalo del cielo —señaló Agnes—: primero encendió el fuego, luego os trajo cerveza caliente, buscó a ese orfebre y ahora nos ha traído aquí.

—Te gusta Edgar, ¿verdad?

—Es encantador. Me casaría con él mañana mismo.

Las tres mujeres se echaron a reír.

Cat y Agnes se metieron en su cama compartida.

La madre superiora regresó.

—¿Va todo bien? —preguntó.

Ragna se desperezó complacientemente.

—Todo está perfecto —dijo—. Sois muy amable.

Agatha se inclinó por encima de Ragna y le dio un beso suave en los labios. Fue algo más que un simple beso de buenas noches, pero no se prolongó lo bastante para suscitar una verdadera objeción. Enderezó el cuerpo, se dirigió a la puerta y se volvió.

—Dios es amor —dijo la madre Agatha.

10

Finales de septiembre de 997

El único patrón que Edgar había conocido durante los primeros dieciocho años de su vida había sido su padre, quien podía tener mano dura, pero jamás fue cruel. Después de él, Dreng supuso todo un impacto para el joven. Edgar jamás había sido objeto de tanta maldad sinsentido.

Sin embargo, Sunni sí la había sufrido, por parte de su esposo. Edgar pensaba muy a menudo en cómo se relacionaba ella con Cyneric. Lo dejaba salirse con la suya la mayoría de las veces, aunque en las contadas ocasiones en que se enfrentaba a él se mostraba obstinada y audaz. Edgar intentaba tratar con Dreng de un modo similar. Evitaba la confrontación y aguantaba los pequeños ataques e injusticias sin importancia, pero cuando no podía eludir una discusión, se defendía con uñas y dientes hasta salir airoso.

Había evitado que Dreng le diera un puñetazo a Blod al menos en una ocasión. Había llevado a Ragna hasta el convento contra la voluntad de Dreng, quien claramente deseaba que la muchacha pasara la noche en la posada. Y, con ayuda de su madre, lo había obligado a darle de comer en condiciones.

A Dreng le habría gustado deshacerse de Edgar, sin duda alguna. Pero había dos obstáculos que se lo impedían. Uno era su hija, Cwenburg, quien en ese momento formaba parte de la familia de Edgar. Su madre le había dejado algo muy claro a Dreng: no podía hacer daño a su hijo sin que Cwenburg sufriera las consecuencias. El otro problema era que su patrón no encontraría a ningún otro constructor que trabajara por solo un cuarto de penique diario. Un buen artesano exigiría tres o cuatro veces más a cambio y, pensó Edgar, la mezquindad de Dreng superaba su vileza.

El joven sabía que se movía en terreno pantanoso. En el fondo, Dreng no se comportaba de forma completamente racional y cualquier día podía estallar sin venir a cuento. Con todo, no existía una forma segura de tratar con él, más allá de someterse a su voluntad y dejarse pisotear, como las esteras que cubrían el suelo. Aunque eso superaba con creces el aguante de Edgar.

Por todo ello, iba alternando entre la actitud de satisfacer a Dreng y la de plantarle cara, mientras se mantenía vigilante ante las señales que presagiaban tormenta.

El día después de la partida de Ragna, Blod se acercó a él.

—¿Quieres que te haga algo gratis? —le preguntó—. Estoy gordísima por el embarazo para un revolcón, pero puedo chupártela muy bien.

—¡No! —exclamó él al instante, y luego, un tanto avergonzado, añadió—: Gracias.

—¿Por qué? ¿Soy fea?

—Ya te conté lo de mi amada, Sunni, la que murió.

—Entonces ¿por qué eres tan amable conmigo?

—No soy amable contigo. Lo que pasa es que soy diferente a Dreng.

—Sí que eres agradable conmigo.

Edgar cambió de tema:

—¿Ya has pensado en un nombre para tu hijo?

—No estoy segura de que me dejen ponerle un nombre al niño o a la niña.

—Deberías ponerle un nombre galés. ¿Cómo se llaman tus padres?

—Mi padre se llama Brioc.

—Me gusta, tiene fuerza.

—Es el nombre de un santo celta.

—¿Y cómo se llama tu madre?

—Eleri.

—Bonito nombre.

A la chica empezaron a brotarle las lágrimas.

—Los echo muchísimo de menos.

—Te he entristecido. Lo siento.

—Eres el único inglés que me ha preguntado por mi familia en toda mi vida.

Se oyó un grito procedente del interior de la taberna.

—¡Blod! ¡Entra ahora mismo!

La chica se marchó y Edgar retomó su trabajo.

La primera comanda de piedras había llegado por el río desde Outhenham en una balsa conducida por uno de los hijos de Gab. Las piedras fueron descargadas y apiladas cerca de las ruinas del antiguo cobertizo. Edgar había preparado los cimientos de la nueva edificación, había cavado una zanja y la había rellenado hasta la mitad con piedras sueltas.

Tenía que averiguar cuál debía ser la profundidad adecuada de los cimientos. Echó un vistazo a los de la iglesia, para lo cual hizo un pequeño agujero en la pared del presbiterio y descubrió que apenas había cimientos; eso explicaba por qué el templo estaba derrumbándose.

Vertió la argamasa sobre las piedras y entonces se topó con un nuevo problema: ¿cómo asegurarse de que la superficie de la argamasa estaba nivelada? Tenía buen ojo, pero con eso no bastaba. Había visto trabajar a los constructores, y en ese momento deseó haberlos observado con más atención. Al final se inventó un artilugio. Talló un palo plano y delgado de unos noventa centímetros de largo y lo ahuecó para crear una pequeña canalización. El resultado fue una versión en miniatura de la balsa que Dreng había usado como barcaza. Edgar encargó a Cuthbert que le forjara una bolita de hierro pulido. Colocaba el palo sobre la argamasa, ponía la bolita en la canalización y golpeaba el artilugio. Si la bolita rodaba hacia un extremo del palo era la prueba de que la argamasa no estaba nivelada, y la superficie debía alisarse.

Se trataba de un proceso largo y Dreng empezaba a impacientarse. Salió de la posada y se quedó de pie con los brazos en jarras, mirando a Edgar durante unos minutos.

—Llevas una semana entera trabajando en eso y no veo que hayas levantado ningún muro —le dijo por fin.

—Tengo que nivelar los cimientos —le explicó Edgar.

—Me da igual si están nivelados —espetó Dreng—. Es una taberna, no una catedral.

—Si no está nivelada, se derrumbará.

Dreng se quedó mirándolo sin estar muy seguro de si creerlo, aunque no quería que su ignorancia quedara en evidencia.

—Necesito que Leaf se ponga a hacer cerveza cuanto antes —dijo al fin al tiempo que se alejaba—. Al comprarla en Shiring estoy perdiendo dinero. ¡Trabaja más deprisa!

Mientras Edgar trabajaba pensaba muy a menudo en Ragna. Ella había aparecido en Dreng's Ferry como un ángel de las alturas. Era tan alta, elegante y bella que cuando la mirabas resultaba difícil creer que fuera humana. Pero en cuanto hablaba, se revelaba como una criatura encantadora, sencilla, comprensiva, cálida y capaz de llorar por un cinturón perdido. El conde Wilwulf era un hombre afortunado. Los dos harían una pareja maravillosa. Fueran donde fuesen, todas las miradas los seguirían: un gobernante apuesto y su adorable novia.

A Edgar le halagaba que ella le hubiera hablado, aunque hubiera tenido la sinceridad de decirle que el motivo era mantener alejado a Dreng. Estaba sorprendentemente contento de haber sido capaz de encontrar un lugar donde ella pudiera pernoctar que no fuera la taberna. Comprendió su deseo de no yacer tumbada en el suelo con todos los demás. Incluso las mujeres de aspecto normal y corriente podían acabar siendo importunadas por parte de los hombres en esa clase de posadas.

A la mañana siguiente cruzó la barcaza con ayuda de la pértiga hasta la isla de los Leprosos para recogerla. La madre Agatha había llevado a Ragna, junto con Cat y Agnes, hasta el río, y durante ese corto recorrido, Edgar se dio perfecta cuenta de que la madre superiora también estaba encantada con la hija del conde, embelesada con sus palabras y prácticamente incapaz de apartar la mirada de ella. La monja se había quedado plantada junto al río, despidiéndose con la mano, hasta que la embarcación llegó a la otra orilla y Ragna entró en la posada.

Antes de que se marcharan, Agnes le había dicho a Edgar que esperaba volver a verlo pronto. A él se le ocurrió en ese momento que la chica albergaba alguna esperanza de tener un romance con él. De ser así, debería confesarle que él no podía enamorarse y explicarle la historia de Sunni. Se preguntó cuántas veces más tendría que relatarla.

A última hora de la tarde lo sobresaltó un grito de dolor procedente del interior de la posada. Parecía Blod, y Edgar creyó que Dreng estaría pegándole. Dejó caer las herramientas y entró corriendo.

Sin embargo, nadie estaba maltratándola. Dreng se encontraba sentado a la mesa, con gesto airado. Blod estaba en el suelo, con la espalda pegada a la pared. Tenía el negro pelo empapado de sudor. Leaf y Ethel permanecían de pie, mirándola. Cuando Edgar apareció, ella lanzó un nuevo alarido de dolor.

—¡Por Dios! —exclamó Edgar—. ¿Ha ocurrido alguna desgracia?

—¿Qué te pasa a ti, muchacho estúpido? —espetó Dreng—. ¿Es que nunca has visto a una mujer pariendo?

Así era. Edgar había visto parir a animales, pero esto era distinto. Era el pequeño de la familia y no había nacido cuando sus hermanos llegaron al mundo. Conocía la teoría sobre el nacimiento de los seres humanos y sabía que podía doler, y, pensándolo mejor, recordó que había oído gritos de dolor procedentes de casas del vecindario, y recordaba que su madre decía: «Ya le ha llegado la hora a esa chica». Pero jamás lo había visto tan de cerca.

Lo único que sabía con certeza era que la madre a menudo fallecía.

Le parecía insoportable mirar a una chica que sufría y no poder ayudarla.

236

—¿No deberíamos darle un sorbo de cerveza? —preguntó, desesperado. Las bebidas fuertes solían ayudar a los que padecían dolores.

—Podemos intentarlo —dijo Leaf.

Rellenó medio vaso y se lo entregó a Edgar.

Él se arrodilló junto a Blod y levantó el recipiente hasta su boca. Ella bebió ansiosa la cerveza y luego volvió a torcer el gesto por el padecimiento.

—Fue el pecado original lo que ha provocado esto. En el jardín del Edén —espetó Dreng.

—Mi marido, el sacerdote —soltó Leaf con sarcasmo.

—Es verdad —replicó Dreng—. Eva desobedeció. Por eso Dios castiga a todas las mujeres.

—Seguro que la pobre Eva enloqueció por culpa de su marido —dijo Leaf.

Edgar no sabía qué más podía hacer, y los demás, por lo visto, se sentían igual de impotentes. Tal vez estuviera todo en manos de Dios. El joven volvió a salir y retomó su trabajo.

Se preguntó cómo habría sido dar a luz para Sunni. Evidentemente sus encuentros amorosos acabarían en embarazo, pero Edgar jamás había pensado demasiado en ello. En ese instante se dio cuenta de que le habría sido insoportable verla sufrir tanto. Ya era lo bastante horrible ver a Blod, quien no era más que una conocida.

Acabó de echar la argamasa en los cimientos cuando empezaba a oscurecer. Ya revisaría la nivelación por la mañana, pero si todo salía bien, podría colocar la primera hilera de piedras al día siguiente.

Entró en la posada. Blod estaba tumbada en el suelo y parecía adormecida. Ethel servía la cena, un estofado de carne de cerdo con zanahorias. Era la época del año en que todos debían decidir qué animales sobrevivirían al invierno y cuáles debían sacrificarse en ese momento. Parte de la carne se comía fresca, pero el resto se ahumaba y se ponía en salmuera para el invierno.

Edgar comió con avidez. Dreng le lanzaba miradas furibundas, aunque no decía nada. Leaf bebió más cerveza. Empezaba a achisparse.

Cuando terminaron de cenar, Blod reanudó sus gemidos y sentía dolor con mayor frecuencia.

—No tardará mucho en llegar —anunció Leaf. Hablaba arrastrando las palabras, como solía ocurrirle a esas horas todas las noches, aunque estas seguían teniendo sentido—. Edgar, ve al río a por agua limpia para lavar al bebé.

El joven se sorprendió.

—¿Hay que lavar al bebé?

Leaf rio.

—Por supuesto… Tú espera y ya verás.

Agarró el balde y se dirigió al río. Estaba oscuro, pero el cielo se veía despejado y había una luna creciente de luz brillante. Manchas lo siguió, creyendo que iban a salir con la barcaza. Edgar hundió el cubo en el río y lo llevó hasta la taberna. De nuevo en el interior, vio que Leaf había sacado unos trapos limpios.

—Pon el cubo cerca del fuego para que el agua se caliente un poco —ordenó.

Los gritos de Blod sonaban más angustiados. Edgar se fijó en que la estera que tenía bajo las caderas estaba empapada con una especie de fluido. ¿Eso era normal?

—¿Voy a pedirle a la madre Agatha que venga? —preguntó.

Solían llamar a la monja para las emergencias médicas.

—No puedo permitirme pagarle —protestó Dreng.

—¡Si no cobra nada! —repuso Edgar, indignado.

—No oficialmente, pero siempre espera un donativo, a menos que seas pobre. Y querría sacarme dinero. La gente cree que soy un hombre rico.

—No te preocupes, Edgar —dijo Leaf—. Blod estará bien.

—¿Quieres decir que esto es normal?

—Sí que lo es.

Blod intentó levantarse. Ethel la ayudó.

—¿No debería tumbarse? —preguntó Edgar.

—Ahora no —aclaró Leaf.

Abrió un baúl. Sacó dos tiras de cuero. Luego lanzó un puñado de centeno seco al fuego. Se creía que quemar centeno ahuyentaba a los espíritus malignos. Por último tomó un trapo grande y limpio y se lo enrolló en el hombro.

Edgar se dio cuenta de que había un ritual del que no sabía nada.

Blod se encontraba de pie, con las piernas separadas, y se agachó hacia delante. Ethel se colocó a la altura de su cabeza y Blod la rodeó por la fina cintura con los brazos como punto de apoyo. Leaf se arrodilló por detrás de la parturienta y le levantó el vestido.

—Ya sale el niño —anunció.

—¡Qué asco! —exclamó Dreng.

Se levantó, se echó el manto encima, agarró su jarra metálica y salió renqueante.

Blod jadeaba como si estuviera levantando un peso tan grande que la estuviera matando. Edgar se quedó mirando, fascinado y horrorizado al mismo tiempo: ¿cómo iba a salir por ese sitio tan pequeño algo tan grande como un niño? Pero la abertura se agrandó. Parecía que un objeto estaba presionando desde el interior para salir.

—¿Qué es eso? —preguntó Edgar.

—La cabeza de la criatura —explicó Leaf.

El joven se quedó espantado.

—Que Dios asista a Blod.

La salida del niño no se produjo con facilidad. Más bien, el cráneo asomó unos segundos, ensanchó la abertura y luego se detuvo, como para descansar. Blod gritaba de dolor con cada acometida.

—Tiene pelo —comentó Edgar.

—Suelen tener pelo —aclaró Leaf.

Entonces, como una canica, toda la cabeza del niño salió al mundo.

Edgar fue presa de una poderosa emoción que no atinaba a describir. Se sentía maravillado con lo que estaba viendo. Tenía un nudo en la garganta, como si estuviera a punto de llorar, pero no era de tristeza; la verdad era que lo embriagaba el júbilo.

Leaf se quitó el paño del hombro y lo colocó entre los muslos de Blod, sujetando la cabeza del niño con las manos. Aparecieron los hombros, luego la barriga con algo colgando de ella; Edgar se dio cuenta enseguida de que era el cordón. El cuerpo al completo estaba cubierto por un fluido viscoso. Por último asomaron las piernas. El joven vio que se trataba de un varón.

—Me siento rara —dijo Ethel.

—Va a desmayarse —declaró Leaf mirando a la chica—. Sujétala, Edgar.

Ethel puso los ojos en blanco y se desplomó. Justo a tiempo, el joven la sujetó por las axilas y la dejó con mucho cuidado en el suelo.

El niño abrió la boca y lloró.

Blod se puso lentamente a cuatro patas. Leaf envolvió con el paño a la diminuta criatura y la depositó sobre la estera del suelo. Luego sacó las misteriosas tiras de cuero. Ató ambas alrededor del cordón umbilical, una cerca del vientre del niño y la otra a un par de centímetros de distancia. Al final sacó su navaja y cortó el cordón.

Empapó un paño limpio en el cubo de agua y lavó al recién nacido; fue quitándole con delicadeza la sangre y la mucosa de la cara y el pelo, luego hizo lo mismo con el resto del cuerpo. El niño lloró de nuevo al contacto con el agua. Leaf lo secó con delicados toquecitos y lo envolvió otra vez.

Blod gruñía por el esfuerzo, como si volviera a dar a luz, y a Edgar se le ocurrió de pronto que podían ser gemelos; pero lo que salió fue un bulto amorfo y, cuando el joven frunció el ceño, confuso, Leaf se lo aclaró.

—Son las secundinas —dijo.

Blod se volvió boca arriba y apoyó la espalda contra la pared. Su expresión habitual de hostilidad vigilante se había esfumado; estaba pálida y cansada. Leaf le entregó a la criatura y la expresión de Blod cambió de nuevo, suavizándose e iluminándose al mismo tiempo. Miró con amor el cuerpecito que sostenía entre los brazos. El niño volvió la cabeza hacia ella y su carita quedó pegada contra el busto de su madre. La chica se retiró la pechera del vestido y se puso a su hijito en el pecho. El recién nacido sabía qué hacer: su boca se cerró ávida alrededor del pezón y empezó a succionar.

Blod cerró los ojos y pareció complacida. Edgar jamás la había visto así. Leaf se sirvió otro vaso de cerveza y lo vació de un trago.

Manchas se quedó mirando al niño, fascinada. Una piernecita asomó por fuera del rebozo y la perra la lamió.

Tirar las esteras sucias por lo general era tarea de Blod, y Edgar decidió que, en aquel momento, haría mejor encargándose él. Recogió el desastre que había quedado en el lugar donde había estado la chica, incluidas las secundinas, y se lo llevó afuera.

Dreng se encontraba sentado en el banco, a la luz de la luna.

—Ya ha nacido —anunció Edgar.

El patrón se llevó el recipiente a la boca y bebió.

—Es un niño —añadió Edgar.

Dreng no dijo nada.

El joven tiró la estera junto al estercolero. Cuando se secara, la quemaría.

De regreso al interior, tanto Blod como el niño se habían dormido. Leaf estaba tumbada con los ojos cerrados, agotada, borracha, o ambas cosas. Ethel seguía espabilada.

Dreng entró. Blod abrió los ojos y lo miró con consternación, pero él se acercó al barril y rellenó su jarra metálica. La chica volvió a cerrar los ojos.

El hombre bebió un buen trago de cerveza y dejó la jarra sobre la mesa. Con un movimiento rápido y confiado se acercó a Blod y agarró a la criatura. El paño en el que estaba envuelto cayó al suelo.

—El pequeño bastardo es un niño —soltó Dreng.

—¡Devuélvemelo! —gritó Blod.

—¿Conque ahora sabes hablar inglés?

—Devuélveme a mi hijo.

Ethel no hizo nada, pero Leaf sí habló:

—Devuélvele el niño, Dreng.

—Creo que necesita aire fresco —dijo él—. Aquí dentro hay demasiado humo para un crío.

—Por favor… —suplicó Blod.

Dreng se llevó al pequeño al exterior.

Leaf fue tras él. Blod intentó levantarse, pero volvió a caerse. Edgar siguió a Leaf.

—Dreng, ¿qué estás haciendo? —gritó Leaf, aterrorizada.

—Ya está —le dijo Dreng a la criatura—. Respira el aire fresco del río. ¿Verdad que así está mejor?

Descendió por la ladera hasta la orilla del agua.

Edgar pensó que, seguramente, el aire fresco sería mejor para el niño, pero ¿eran esas las verdaderas intenciones de su patrón? Edgar jamás lo había visto ser amable con nadie que no fuera Cwenburg. ¿Le habría recordado lo dramático del nacimiento el día en que su hija había llegado al mundo? El joven siguió a Dreng desde la distancia, vigilándolo.

El hombre se volvió para mirar a Edgar y a Leaf. La luz de la luna brillaba con blanco fulgor sobre el pequeño rostro del recién nacido. El verano había dejado paso al otoño y el aire frío sobre la piel de la criatura la despertó y la hizo llorar.

—¡Mantenlo abrigado! —le gritó Leaf.

Dreng agarró al niño por un tobillo y lo puso boca abajo. El llanto del recién nacido se intensificó. Edgar no sabía qué estaba pasando, pero estaba seguro de que era algo malo y, presa de un pavor repentino, corrió hacia Dreng.

Con un rápido y vigoroso movimiento, el hombre agitó al niño, moviendo el brazo en molinete, y lo lanzó al agua.

Leaf gritó.

El llanto del pequeño se silenció de pronto en cuanto cayó al río.

Edgar se abalanzó sobre Dreng y ambos cayeron al suelo entre las sombras.

El joven se incorporó de inmediato. Se despojó del calzado a toda prisa y se quitó la túnica por la cabeza.

—¡Has intentado ahogarme, chalado! —espetó Dreng.

Edgar se sumergió, desnudo, en el agua.

El cuerpecito había sido arrastrado por la corriente: Dreng era un hombre corpulento y los problemas de espalda de los que hablaba tan a menudo no habían mermado su habilidad para lanzar al pequeño. Edgar nadó con fuerza en dirección al punto donde creía que el niño habría caído. No había nubes y la luz de la luna era intensa, pero, al mirar hacia delante, Edgar vio, desesperado, que no había nada en la superficie. ¿Los recién nacidos no flotaban? Los cuerpos humanos no se hundían hasta el fondo, ¿no era así? De todas formas las personas se ahogaban.

Siguió nadando y pasó por el lugar donde creía que lo encontraría sin ver nada. Removió el agua que lo rodeaba agitando los brazos, esperando topar con algo, pero no tocó nada.

La urgencia por salvar al niño era superior a él. Estaba desesperado. Tenía algo que ver con Sunni, aunque no entendía por qué, pero no permitió que ese pensamiento lo distrajera. Chapoteaba sobre el agua y se movía en círculos, mirando con atención, deseando que la luz fuera más potente.

La corriente siempre llevaba los restos flotantes río abajo. Nadó en esa dirección, tan rápido como podía, mientras escudriñaba la superficie a izquierda y derecha. Manchas nadaba junto a él, pateando con fuerza para mantenerse a su altura. Tal vez ella olfateara al pequeño antes de que el joven lograra verlo.

La corriente lo arrastró hasta la orilla norte de la isla de los Leprosos, y supuso que lo mismo le habría ocurrido al recién nacido. Algunas veces los desperdicios de la aldea acababan en la zona de enfrente de la isla, y Edgar decidió que lo mejor era ir hasta allí a buscar al pequeño. Nadó hacia la orilla. En ese punto, la margen no estaba tan definida: el terreno era pantanoso, pertenecía a la granja, aunque su tierra fuera estéril. El joven siguió nadando por la orilla, mirando con atención, iluminado por la luz de la luna. Vio muchísimos desechos: pedazos de madera, cáscaras de nuez, huesos de animales y un gato muerto. Si el niño estuviera allí, Edgar habría visto su cuerpecito blanco. Pero se llevó una decepción.

Cada vez más desesperado, abandonó ese tramo y cruzó el río a nado, en dirección a la isla de los Leprosos. Allí la orilla estaba cubierta de maleza y no veía bien la tierra firme. Salió del agua y caminó hacia el convento, mirando con atención a la orilla, como podía, iluminado únicamente por la luna. Manchas gruñó y Edgar oyó movimiento. Supuso que los leprosos estaban observándolo: se sabía que eran tímidos, quizá porque no les gustaba que la gente viera sus deformidades. Sin embargo, el joven decidió hablar.

—Eh, ¿hay alguien ahí? —dijo en voz alta. El rumor de movimiento cesó de inmediato—. Ha caído un recién nacido al río —aclaró Edgar—. ¿Has visto algo?

El silencio se prolongó un instante, luego emergió una silueta desde detrás de un árbol. El hombre iba vestido con harapos, pero no parecía deforme; quizá los rumores fueran exagerados.

—Nadie ha visto ningún niño —dijo el hombre.

—¿Me ayudas a echar un vistazo? —le preguntó Edgar.

El hombre titubeó, pero luego asintió con la cabeza.

—A lo mejor la corriente lo ha arrastrado hasta algún punto de la orilla —sugirió Edgar.

No hubo respuesta a ese comentario, así que Edgar se limitó a volverse y retomar la búsqueda. Poco a poco fue dándose cuenta de que tenían más compañía. Alguien se movía entre los arbustos junto a él, y otra persona acechaba entre las sombras a su espalda. También creyó percibir movimiento un poco más adelante. Agradecía que hubiera más personas mirando, así sería más fácil localizar un bulto tan pequeño.

Sin embargo, a medida que retrocedía en dirección a la posada, cerrando el círculo, le resultaba más difícil conservar la esperanza. Si él estaba agotado y tembloroso, ¿en qué estado se encontraría un bebé desnudo? Si no se había ahogado, probablemente ya habría muerto de frío.

Llegó a la altura del convento. Había luz en las ventanas y en el exterior, y percibió movimientos apresurados. Una monja se le acercó y él la reconoció: era la madre Agatha. Recordó que estaba en cueros, pero ella pareció no percatarse.

Llevaba un bulto entre los brazos. Las esperanzas de Edgar se vieron renovadas. ¿Habrían encontrado las monjas al pequeño?

Agatha debió de percibir la expectación en su rostro, porque negó con la cabeza y esbozó una expresión de tristeza. Edgar se sintió sobrecogido.

Ella se acercó y le mostró lo que tenía entre los brazos. Envuelto en una sábana de lana blanca estaba el hijo de Blod. Tenía los ojos cerrados y no respiraba.

—Lo encontramos en la orilla —dijo Agatha.

—¿Estaba…?

—¿Vivo o muerto? No lo sé. Lo llevamos a un sitio más cálido, pero ya era demasiado tarde. Lo bautizamos, eso sí, así que ahora está con los ángeles.

Edgar se sintió abatido por la tristeza. Empezó a llorar y a temblar al mismo tiempo y las lágrimas le nublaron la vista.

—Lo he visto nacer —repetía entre sollozos—. Fue como un milagro.

—Lo sé —dijo Agatha.

—Y luego he presenciado su asesinato.

Agatha retiró la sábana y entregó el niño a Edgar. Él sostuvo el cuerpo helado, se lo pegó al torso y lloró desconsolado.

11

Principios de octubre de 997

A medida que Ragna iba acercándose a Shiring, su corazón se llenaba cada vez más de aprensión.

Se había lanzado de cabeza a aquella aventura, impaciente por saborear los placeres del matrimonio con el hombre al que amaba, indiferente a los riesgos y peligros de aquella empresa. Los retrasos a causa de las inclemencias del mal tiempo habían resultado frustrantes. Ahora, con cada kilómetro que recorría, era cada vez más consciente de que, en realidad, no sabía dónde se estaba metiendo. La totalidad del escaso tiempo que habían pasado juntos ella y Wilwulf había sido en el hogar de esta, donde él era el extraño que trataba de encajar. Ragna nunca lo había visto en su elemento, nunca había presenciado cómo se desenvolvía entre su propia gente, nunca lo había oído hablar con su familia, con sus vecinos, con sus vasallos... Ella apenas lo conocía.

Cuando al fin divisó la ciudad por primera vez, se detuvo a contemplarla con suma atención.

Era muy grande, con centenares de casas amontonadas al pie de una colina, envueltas en una mortaja de niebla húmeda que cubría los tejados de paja. Estaba rodeada por un terraplén defensivo, sin duda para protegerla de los ataques vikingos. Destacaban dos iglesias de grandes dimensiones, de piedra clara y tejas planas de madera sobre la estructura de madera marrón. Una parecía formar parte del grupo de edificios monásticos rodeados por un foso y una valla, sin duda la abadía donde el apuesto hermano Aldred estaba a cargo del *scriptorium*. Tenía ganas de ver a Aldred de nuevo.

La otra iglesia debía de ser la catedral, pues junto a ella había una casa de dos plantas que debía de ser la residencia del obispo, el hermano de Wilwulf, Wynstan, el futuro cuñado de Ragna. Esperaba que actuase como una especie de hermano mayor para ella.

Un edificio de piedra sin campanario era probablemente el hogar del maestro de ceca, que contenía unas reservas de plata que debían ser custodiadas de los ladrones. Ragna había descubierto que la moneda de Inglaterra era muy fiable: la pureza de sus peniques de plata estaba cuidadosamente regulada por el rey, que imponía castigos en extremo severos por falsificación de moneda.

Habría más iglesias en una ciudad de aquel tamaño, pero seguramente eran de madera, al igual que las casas.

En lo alto de la colina, dominando la ciudad, se erigía un recinto vallado, veinte o treinta edificios variados rodeados por una robusta empalizada. Aquella debía de ser la sede del gobierno, la residencia del conde, el hogar de Wilwulf.

«Y ahora, también el mío», pensó Ragna con nerviosismo.

El recinto no tenía edificios de piedra, aunque eso no le sorprendía, puesto que los normandos no habían empezado a construir torres y puestos de vigilancia de piedra hasta tiempos muy recientes, y la mayoría de ellos eran más sencillos y rudimentarios que el castillo de su padre, en Cherburgo. Era un hecho innegable que allí iba a estar un poco menos segura.

Ya sabía de antemano que los ingleses eran un pueblo débil: los vikingos llevaban saqueando las poblaciones del país desde hacía dos siglos, y los ingleses todavía no habían sido capaces de poner fin a sus incursiones. Allí a la gente se le daba mejor el arte de hacer joyas y bordados que luchar.

Ordenó a Cat y a Bern que se adelantasen para anunciar su llegada. Ella los siguió más despacio, para dar tiempo a Wilwulf a preparar su recibimiento. Tuvo que reprimir el impulso de espolear a su yegua, Astrid, para que saliera al galope. Se moría de ganas de estrechar a Wilwulf en sus brazos y odiaba cada segundo que retrasara ese momento, pero, por encima de todo, deseaba hacer una entrada triunfal en Shiring.

Pese a la llovizna de agua fría, la ciudad era un hervidero de actividad comercial: gente que compraba pan y cerveza, caballos y carretas que entregaban sacos y barriles, mendigos y prostitutas que recorrían las calles llenas de barro. Sin embargo, el barullo cesó de repente en cuanto Ragna y su séquito se aproximaron. Formaban un nutrido grupo de personas elegantemente vestidas, y todos sus hombres de armas lucían el rígido corte de pelo que los identificaba, de forma inequívoca, como normandos. La gente los miraba y los señalaba con el dedo. Probablemente ya habían adivinado quién era Ragna, pues la inminente boda sin duda debía de ser la comidilla de la ciudad, y sus habitantes ya hacía tiempo que debían de haber anticipado su llegada.

Sus expresiones eran de cierto recelo, y supuso que no estaban seguros de cómo reaccionar ante ella. ¿Sería una usurpadora extranjera, venida para robarles al hombre más codiciado del oeste de Inglaterra a las muchachas locales, sin duda más merecedoras que ella de su amor?

Advirtió que sus hombres habían formado, de manera instintiva, un círculo protector alrededor de ella, y vio que eso era un error. El pueblo de Shiring necesitaba ver a su princesa.

—Parecemos estar demasiado a la defensiva —le dijo a Bern—, y eso no es bueno. Tú y Odo adelantaos diez pasos, para despejar el camino, simplemente. Dile al resto que se aparten, dejad que el pueblo me vea.

Bern parecía preocupado, pero cambió la formación siguiendo las instrucciones recibidas.

Ragna empezó a relacionarse con el pueblo llano. Miraba a los habitantes de la ciudad a los ojos y les sonreía. A la mayoría les resultaba difícil no devolver la sonrisa, pero detectó alguna que otra reticencia. Una mujer la saludó tímidamente con la mano y

Ragna le devolvió el saludo. Un grupo de techadores que estaban colocando el tejado en una casa interrumpieron su labor y la llamaron a gritos: hablaban inglés con un acento muy cerrado que Ragna no podía entender, así que no estaba segura de si sus comentarios a voz en grito representaban burla o entusiasmo, pero les lanzó un beso de todos modos. Algunos de los espectadores sonrieron con aire de aprobación. Un reducido grupo de hombres que bebían cerveza a las puertas de una taberna arrojaron sus gorras al aire y prorrumpieron en exclamaciones de alegría. Otros los imitaron.

—Así está mucho mejor —dijo Ragna, al tiempo que su ansiedad iba mitigándose por momentos.

El barullo sacó a la gente de sus casas y tiendas para ver qué sucedía, y la muchedumbre fue haciéndose cada vez más multitudinaria. Todos seguían al séquito, y cuando Ragna enfiló colina arriba en dirección al recinto vallado, el murmullo se convirtió en auténtico clamor. Ragna se contagió de su entusiasmo, y cuanto más sonreía ella, más la aclamaban los habitantes de Shiring, y cuanto más la aclamaban, más feliz se sentía.

La empalizada de madera tenía una enorme puerta doble y las dos partes estaban abiertas de par en par. En el interior se había congregado otra multitud, supuestamente los sirvientes de Wilwulf y su cohorte. Aplaudieron en cuanto vieron entrar a Ragna.

El recinto no era muy distinto del de Cherburgo, aparte de que carecía de un castillo. Había casas, establos y graneros. Las cocinas estaban abiertas. Una casa era del doble de tamaño que las demás, con ventanas pequeñas en ambos extremos; ese debía de ser el gran salón, donde el conde presidía las reuniones y celebraba los banquetes. Las otras casas debían de ser los hogares de hombres prominentes y sus familias.

La multitud formó dos hileras, evidenciando que esperaban que Ragna avanzase a caballo entre ellas en dirección al gran salón. Se desplazó lentamente, demorándose para mirar a la cara y sonreír a todos los presentes. Casi todas las expresiones eran felices y con un cálido aire de bienvenida; solo unas cuantas eran hieráticamente evasivas, como si, por precaución, estuvieran conteniendo cualquier atisbo de juicio, esperando más pruebas de que era una mujer adecuada, después de todo.

En la puerta de la casa alargada, de pie, la aguardaba Wilwulf.

Era tal y como lo recordaba: alto y grácil, con una abundante melena de pelo rubio y bigote, pero sin barba. Llevaba una capa roja con un broche de esmalte. En sus labios se dibujaba una amplia sonrisa, pero relajada, como si se hubieran dicho adiós tan solo el día anterior, en lugar de hacía dos meses. Estaba allí, bajo la lluvia, sin cubrirse la cabeza, sin importarle lo más mínimo acabar calado hasta los huesos. Abrió los brazos con un gesto de bienvenida.

Ragna no pudo seguir conteniéndose por más tiempo, se bajó del caballo y corrió hacia él. Todos los presentes estallaron en gritos de júbilo ante aquella exhibición de entusiasmo desbordante. La sonrisa de Wilwulf se ensanchó aún más, y Ragna se arrojó a sus brazos y lo besó apasionadamente. Las exclamaciones de alegría se hicieron atronadoras. Ella le rodeó el cuello con los brazos y, de un salto, le colocó las piernas alrededor de la cintura, y en ese momento la multitud enloqueció.

Lo besó con todas sus fuerzas, pero no durante mucho rato, y luego volvió a bajar los pies al suelo. Una pizca de vulgaridad siempre cosechaba sus frutos.

Se quedaron mirándose y sonriéndose el uno al otro. Ragna estaba pensando en hacer el amor con él y estaba segura de que él lo sabía perfectamente.

Dejaron que el pueblo siguiera aclamándolos unos minutos más y luego Wilwulf le cogió la mano y echaron a andar juntos hacia el gran salón.

Allí los aguardaba un grupo más reducido de gente, que los recibió con nuevos aplausos. Cuando los ojos de Ragna se habituaron a la tenue luz del interior, vio a un grupo formado por una docena de personas, vestidas con ropa más lujosa que la que lucía la muchedumbre de fuera, y supuso que aquella sería la familia de Wilwulf.

Uno de ellos dio un paso adelante y Ragna reconoció las grandes orejas y los ojos juntos.

—Obispo Wynstan —lo saludó—. Me complace enormemente veros de nuevo.

Él le besó la mano.

—Me alegro de que estéis aquí, y me siento orgulloso del modesto papel que desempeñé en los preparativos del feliz acontecimiento.

—Por el cual os doy las gracias.

—Habéis tenido un viaje muy largo.

—He tenido oportunidad de conocer mi nuevo país, desde luego.

—¿Y qué opináis de él?

—Que llueve bastante.

Todos rieron, lo cual complació a Ragna, pero sabía que aquel no era el momento más adecuado para expresarse con total sinceridad, de modo que añadió una mentira manifiesta:

—Los habitantes de Inglaterra se han mostrado cordiales y amables conmigo. Los adoro.

—Me alegro profundamente —dijo Wynstan, al parecer, creyendo sus palabras.

Ragna estuvo a punto de ruborizarse. Se había sentido desgraciada desde el día que pisó territorio inglés por primera vez: las posadas eran mugrientas, la gente desagradable, la cerveza era un pobre sustituto de la sidra y, por si eso fuera poco, le habían robado. Pero no, esa no era toda la verdad: la madre Agatha la había recibido con los brazos abiertos y el muchacho de la barcaza había sido tremendamente amable y servicial. Estaba claro que los ingleses eran una mezcla de buenas y malas personas, exactamente igual que los normandos.

Y los normandos no tenían a nadie como Wilwulf. Mientras charlaba tranquilamente con la familia, haciendo frecuentes pausas para rebuscar en su memoria y tratar de recordar la palabra anglosajona correcta, miraba a su futuro marido en cada ocasión, sintiendo una punzada de placer cada vez que reconocía un rasgo familiar: su mandíbula firme, sus ojos azul verdoso, el bigote rubio que tantas ganas tenía de besar de nuevo… Cada vez que lo miraba, lo sorprendía mirándola a ella, luciendo una sonrisa orgullosa que no conseguía ocultar un dejo de deseo impaciente. Eso hizo que se estremeciera.

Wilwulf le presentó a otro hombre alto con un poblado bigote rubio.

—Te presento a mi medio hermano Wigelm, señor de Combe.

Wigelm la miró de arriba abajo.

—¡Virgen santa! Sed muy bienvenida… —dijo. Sus palabras eran amables, pero su expresión hizo a Ragna sentirse bastante incómoda, a pesar de que estaba acostumbrada a que los hombres repasasen su cuerpo de los pies a la cabeza. Wigelm confirmó el rechazo instintivo que le producía al añadir—: Estoy seguro de que Wilf ya os habrá explicado que los tres hermanos lo compartimos todo, hasta nuestras mujeres.

Aquel comentario jocoso hizo que los hombres se echaran a reír a carcajadas, mientras que a las mujeres presentes no les hizo tanta gracia. Ragna decidió pasarlo por alto.

—Y esta es mi madrastra, Gytha —dijo Wilwulf.

Ragna vio ante sí a una matrona de aspecto temible de unos cincuenta años. Era más bien baja, por lo que Ragna dedujo que sus hijos debían de haber heredado su estatura de su difunto padre. Su larga cabellera gris enmarcaba una cara hermosa, con unas cejas muy marcadas. Ragna la imaginó una mujer astuta y poseedora de una voluntad de hierro. Intuía que aquella mujer iba a ser una fuerza arrolladora en su vida, para bien o para mal. Le dedicó un cumplido exagerado:

—Debéis de sentiros muy orgullosa de haber criado a estos tres hombres tan extraordinarios para Inglaterra.

—Sois muy amable —contestó Gytha, pero no sonrió, y Ragna presintió que tardaría en despertar las simpatías de aquella mujer.

—Gytha te enseñará los alrededores y luego cenaremos.

—Maravilloso —exclamó Ragna.

Gytha le mostró el camino. Las doncellas de Ragna la aguardaban fuera.

—Cat, ven conmigo —le ordenó Ragna—. El resto, esperad aquí.

—No temáis, nosotros nos encargaremos de todo —aseguró Gytha.

Ragna no estaba lista para ceder el control.

—¿Dónde están los hombres? —le preguntó a Cat.

—En los establos, ocupándose de los caballos.

—Dile a Bern que se quede con el equipaje hasta que yo lo llame.

—Sí, mi señora.

Gytha guio a Ragna por el lugar. Era evidente, por la deferencia con que todos trataban a la mujer, que era ella quien mandaba allí, quien estaba a cargo de la vida doméstica de Wilwulf. Eso tendría que cambiar, pensó Ragna. No iba a tolerar que su suegra le dijese lo que debía hacer.

Pasaron por las dependencias de los esclavos y entraron en las caballerizas. El lugar estaba abarrotado de gente, pero Ragna advirtió que los mozos de cuadra ingleses no les dirigían la palabra a los normandos. Eso no podía ser. Rodeó a Bern con el brazo y, alzando la voz, anunció:

—Eh, ingleses, este es mi amigo Bern el Gigante. Trata muy bien a los caballos, con mucho cuidado. —Le tomó la mano y la levantó en el aire—. Y también a las mujeres. —Se oyeron unas risas disimuladas entre los hombres. Estos siempre estaban bromeando con el tamaño del pene, pues decían que estaba relacionado con el tamaño de las manos, y Bern tenía unas manos enormes—. Trata con mucho cuidado a las mujeres —repitió, y ahora todos sonreían, porque ya sabían el chiste que iba a hacer a continuación. Les lanzó una mirada pícara y añadió—: No tiene más remedio, el pobre.

Todos se echaron a reír, y fue así como Ragna rompió el hielo.

—Cuando mis hombres cometan errores al hablar en vuestro idioma —continuó Ragna—, sed pacientes con ellos y a lo mejor ellos os enseñarán algunas palabras en francés normando. Así sabréis qué decirle cuando conozcáis a alguna chica francesa...

Todos se echaron a reír de nuevo y Ragna supo que se los había metido en el bolsillo. Salió de la cuadra antes de que se apagaran las risas.

Gytha le enseñó un edificio que tenía el doble de tamaño que los otros: los barracones de los hombres de armas.

—No voy a entrar —dijo Ragna. Era un dormitorio masculino, y entrar allí podía verse como algo demasiado atrevido para ella: había una delgada línea entre ser una mujer desinhibida, capaz de un delicioso coqueteo, y una fulana descarada; una extranjera debía tener especial cuidado con no cruzar nunca esa línea.

Sin embargo, reparó en que había un número de hombres considerable pululando alrededor del edificio, y recordó la cantidad de gente que abarrotaba los establos.

—Cuántos hombres hay... —le dijo a Gytha—. ¿Es que ocurre algo?

—Sí. Wilf está reuniendo un ejército. —Esa era la segunda vez que Ragna oía a alguien llamarlo Wilf. Era evidente que debía de ser el diminutivo familiar con el que se dirigían a él—. Los galeses del sur han atacado la frontera —continuó Gytha—. Lo hacen a veces, en esta época del año, después de la cosecha, cuando nuestros graneros están llenos. Pero no temáis, Wilf no saldrá con su ejército hasta después de la boda.

Ragna sintió un escalofrío de miedo. Su marido pensaba librar una batalla justo después de casarse. Era normal, por supuesto, al fin y al cabo ella había visto salir a su padre con sus tropas infinidad de veces, armados hasta los dientes, dispuestos a matar o a morir matando. Sin embargo, nunca había llegado a acostumbrarse. Sentía miedo cada vez que el conde Hubert iba a la guerra, y sentiría miedo cuando su Wilwulf hiciese lo mismo. Intentó apartar la idea de su mente; tenía otras cosas en que pensar.

El gran salón se hallaba en el centro del recinto. A un lado había toda una serie de edificios domésticos: la cocina, la tahona, el cobertizo de la cerveza y varias tiendas. Al otro lado había residencias individuales.

Ragna entró en la cocina. Como era costumbre, todos los cocineros eran hombres, pero contaban con la ayuda de media docena de mujeres y muchachas jóvenes. Saludó a los hombres educadamente, pero le interesaban más las mujeres. Le pareció que, entre ellas, una mujer corpulenta y bastante guapa, de unos treinta años, podía ser la líder del grupo.

—¡La cena huele muy bien! —le dijo Ragna.

La mujer le respondió con una sonrisa afable.

—¿Cómo te llamas? —preguntó Ragna.

—Gildathryth, milady, aunque todos me llaman Gilda.

Junto a ella había una muchacha limpiando la tierra de una enorme pila de pequeñas zanahorias de color violeta. Se parecía un poco a Gilda.

—¿Esta niña está emparentada contigo? —le preguntó Ragna. Era una pregunta bastante segura: en una comunidad pequeña, la mayoría de la gente estaba emparentada en uno u otro grado.

—Es mi hija Wilnod —contestó Gilda con orgullo—. Tiene doce años.

—Hola, Wilnod. Cuando seas mayor, ¿prepararás unas cenas estupendas, como tu mamá?

Wilnod era demasiado tímida para responder, pero asintió con la cabeza.

—Bueno, pues gracias por limpiar las zanahorias —dijo Ragna—. Cuando me coma una, pensaré en ti.

Wilnod sonrió de oreja a oreja, complacida.

Ragna salió de la cocina.

A lo largo de los siguientes días hablaría con todas las personas que vivían o trabajaban en el recinto. Le costaría recordar todos los nombres, pero haría cuanto estuviera en su mano por conseguirlo. Les preguntaría por sus hijos y por sus nietos, por sus dolencias y sus supersticiones, por su casa y su ropa. No le haría falta fingir interés, pues siempre había sentido mucha curiosidad sobre la vida cotidiana de cuantos la rodeaban.

Cat averiguaría más cosas aún, sobre todo a medida que fuese perfeccionando su inglés. Como Ragna, enseguida hacía amigos, y las doncellas no tardarían en compartir con ella los chismes más variados: qué lavandera tenía un amante, qué mozo de caballos prefería yacer con otros hombres en lugar de acostarse con mujeres, quién robaba comida de la cocina y a qué hombre de armas le daba miedo la oscuridad.

Ragna y Gytha se encaminaron hacia las casas. La mayoría de ellas eran de la mitad del tamaño del gran salón, pero no todas gozaban de la misma calidad en cuanto a su construcción. Todas contaban con robustos postes esquineros y tejados de paja; la mayor parte tenían paredes de zarzo y argamasa, listones verticales entretejidos con ramas horizontales y cubiertos con una mezcla de adobe y cañas. Las tres mejores casas estaban inmediatamente detrás del gran salón y contaban con paredes de tablones de madera propiamente dichos, ensamblados perfectamente filo contra filo y apuntalados sobre un resistente travesaño de madera.

—¿Cuál es la casa de Wilwulf?

Gytha señaló el edificio central y Ragna se dirigió a la entrada.

—Tal vez deberíais esperar a que os invitasen a pasar —sugirió la mujer.

Ragna sonrió y entró.

Cat la siguió y, con reticencia, Gytha fue la última en entrar.

A Ragna le complació ver una cama baja, con ancho de sobra para dos personas, con un jergón enorme y una sugerente pila de mantas de colores vivos. Por lo demás, el interior de la casa tenía un aire militar, con armas afiladas y armadura reluciente que colgaba de sus soportes en las paredes, tal vez listas para el inminente enfrentamiento de Wilwulf con los galeses del sur. El resto de sus pertenencias estaban guardadas en varios arcones de madera de gran tamaño. En la pared un tapiz mostraba una escena de caza, bien ejecutada. No parecía haber ningún tipo de material destinado a la lectura o la escritura.

Ragna volvió a salir y se dirigió a la parte posterior de la casa de Wilwulf, donde encontró otra casa noble. Cuando la joven se dirigía hacia allí, Gytha dijo:

—Tal vez debería enseñaros vuestra casa.

Ragna no estaba dispuesta a permitir que Gytha le dijera lo que tenía que hacer y sintió la necesidad de dejar eso meridianamente claro, más pronto que tarde.

—¿De quién es esta casa? —dijo sin detenerse.

—Esa es mía, no podéis entrar.

Ragna se volvió.

—No hay ningún edificio en este recinto que me esté vedado —dijo con voz serena pero firme—. Voy a casarme con el conde, y solamente él me dice lo que debo hacer. Aquí la señora del lugar soy yo.

Entró en la casa y Gytha la siguió.

El interior estaba amueblado con mucho lujo: había un sitial tapizado como el que usaban los reyes; en una mesa había una cesta con peras y un pequeño barril como los que solían contener vino. Unos costosos vestidos y capas de lana colgaban de unos percheros.

—Una casa muy bonita. Vuestro hijastro os trata muy bien —comentó Ragna.

—¿Y por qué no habría de hacerlo? —respondió Gytha, a la defensiva.

—Cierto.

Ragna salió de la casa.

Gytha le había dicho: «Tal vez debería enseñaros vuestra casa», lo cual sugería que Ragna tendría una separada de la de Wilwulf. Aquello no era del todo inusual, pero, por alguna razón, no se lo esperaba. La esposa de un noble opulento con frecuencia tenía un segundo hogar próximo a la casa del marido, con sus hijos y las nodrizas de estos, para criar allí a los niños; pasaba algunas noches allí y otras con su marido. Sin embargo, Ragna no tenía previsto pasar ninguna noche separada de Wilwulf antes de que un recién nacido lo hiciese necesario. La idea de una casa separada le parecía prematura, y deseó que Wilwulf le hubiese hablado de tal posibilidad, pero lo cierto es que no tenían ocasión de hablar de nada.

Se sentía incómoda, más aún porque era Gytha quien se lo estaba diciendo. Ragna sabía que las madres podían mostrarse irracionalmente hostiles con las mujeres de sus hijos, y en el caso de las madrastras, seguramente ocurría lo mismo. Ragna recordó un incidente en que a su hermano, Richard, lo habían sorprendido besándose con una lavandera en las murallas del castillo de Cherburgo. Su madre, Geneviève, pretendía mandar azotar a la muchacha. Era normal que no quisiese que una simple sirvienta se quedase encinta de su hijo, pero Richard solo había estado acariciando a la chica entre las piernas, y Ragna estaba segura de que todos los adolescentes hacían eso en cuanto tenían ocasión. Era evidente que en la ira de Geneviève había algo más que una simple actitud prudente. ¿Podía una madre —o una madrastra— sentir celos de las amantes de sus hijos? ¿Era Gytha arisca con ella porque ambas rivalizaban por el afecto de Wilwulf?

A Ragna le preocupaba aquel asunto, pero, en el fondo, no le quitaba el sueño. Sabía lo que Wilwulf sentía por ella y estaba segura de que sabría seguir siendo el objeto de su amor durante mucho tiempo. Si quería pasar todas las noches en su cama, eso haría, y se aseguraría de que eso le hiciese muy feliz a él.

Dirigió sus pasos a la última de las tres casas.

—Ahí es donde vive Wigelm —dijo Gytha, pero esta vez no intentó impedir a Ragna que entrara.

El interior de la casa de Wigelm daba la impresión de tener cierto carácter temporal, y Ragna supuso que se debía a que pasaba mucho tiempo en Combe, donde era el señor del lugar. Sin embargo, en ese momento estaba allí, sentado en compañía de otros tres hombres jóvenes alrededor de una jarra de cerveza, echando los dados y apostando peniques de plata. Cuando vio a Ragna, se levantó.

—Pasad, pasad —dijo—. Qué calor hace aquí dentro de repente…

Ragna se arrepintió de inmediato de haber entrado, pero no

estaba dispuesta a volver precipitadamente sobre sus pasos, como si estuviera asustada. Estaba decidida a reafirmar su derecho de poder ir y entrar en todas partes. Ignoró la chanza de Wigelm y dijo:

—¿Es que no estáis casado?

—Mi esposa está en Combe, supervisando la reconstrucción de nuestra casa tras el ataque vikingo. Pero estará aquí para la boda.

—¿Cómo se llama?

—Mildburg, pero la llamamos Milly.

—Estoy impaciente por conocerla.

Wigelm se acercó a ella y bajó la voz para hablarle en un tono más íntimo:

—¿Queréis sentaros y tomar un vaso de cerveza conmigo? Os enseñaremos a jugar a los dados, si lo deseáis.

—Hoy no.

En ese momento, como quien no quiere la cosa, Wigelm apoyó las manos sobre sus pechos y se los estrujó.

—Virgen santa, qué grandes las tenéis, ¿no?

Cat lanzó un bufido de indignación.

Ragna retrocedió un paso y le apartó las manos.

—Pero no son para vos —le soltó.

—Solo estaba comprobando la mercancía antes de que mi hermano la compre. —Lanzó una mirada cómplice a sus amigos, quienes, acto seguido, estallaron en risas.

Ragna miró a Gytha y vio el destello de una sonrisa burlona en sus labios.

—Para el próximo ataque vikingo —dijo Ragna—, espero que vosotros, valientes, estéis allí para recibirlos.

Wigelm se quedó mudo, sin saber si aquellas palabras eran un cumplido o, por el contrario, una maldición en toda regla.

Ragna aprovechó la ocasión para salir de allí.

Se le podía imponer una multa a un hombre por tocarle los pechos a una mujer, pero Ragna no iba a llevar a los tribunales aquel incidente. Sin embargo, se juró a sí misma que hallaría la manera de castigar a Wigelm.

Una vez fuera, se dirigió a Gytha:

—Bueno, ¿así que Wilf me ha preparado una casa?

Su forma de preguntar aquello era completamente deliberada, pues era responsabilidad de Wilwulf asegurarse de que estuviera cómoda. Probablemente había dejado en manos de Gytha todos los preparativos al respecto, pero Ragna se quejaría a él si no estaba satisfecha, no a Gytha, y quería que eso le quedase muy claro desde el principio.

—Por aquí —dijo Gytha.

Junto a la casa de Wigelm había otra construcción más barata, con rudimentarias paredes de adobe y cañas. Gytha entró y Ragna la siguió.

Los muebles eran correctos para el espacio: una cama, una mesa con bancos, varios arcones y multitud de vasos y escudillas de madera. Había una pila de leña junto al hogar y un barril que, previsiblemente, contenía cerveza. El lugar era sumamente espartano y carecía de cualquier atisbo de lujo.

Ragna sintió que era una bienvenida más bien pobre. Gytha percibió su reacción y dijo con aire vacilante:

—Sin duda habréis traído vuestra propia colección personal de tapices para las paredes y esas cosas.

Ragna no había traído nada parecido, pues esperaba que se lo facilitasen allí. Tenía dinero para comprar cuanto necesitase, pero ese no era el problema.

—¿Mantas? —inquirió.

Gytha se encogió de hombros.

—¿Para qué queréis mantas? Casi todo el mundo duerme en su capa.

—Me he fijado en que Wilf tiene muchas mantas en su casa.

Gytha no respondió.

Ragna miró alrededor, a las paredes.

—No hay bastantes ganchos en las paredes —dijo—. ¿No se os ha ocurrido que una novia podría tener mucha ropa que colgar?

—Siempre podéis poner más ganchos.

—Entonces voy a necesitar un martillo.

Gytha parecía perpleja, hasta que se dio cuenta de que Ragna estaba siendo sarcástica.

—Os enviaré a un carpintero.

—Esta casa es demasiado pequeña. Tengo cinco doncellas y siete hombres de armas.

—Los hombres pueden alojarse en el recinto.

—Prefiero tenerlos cerca.

—Puede que eso no sea posible.

—Ya lo veremos. —Ragna estaba enfadada y dolida. Sin embargo, necesitaba pensar e idear un plan antes de emprender cualquier acción. Se dirigió a Cat—: Reúne a las demás doncellas y di a los hombres que traigan el equipaje.

Cat salió de la casa.

Gytha trató de recuperar la iniciativa.

—Viviréis aquí —dijo, adoptando un tono autoritario—, y cuando Wilf quiera pasar la noche con vos, vendrá aquí u os invitará a que vayáis a su casa. Nunca deberíais acudir a su cama sin una invitación.

Ragna hizo caso omiso de sus palabras. Ella y Wilf se las apañarían sin la ayuda de su madrastra, pero resistió la tentación de decir aquello en voz alta.

Ya estaba harta de Gytha.

—Gracias por mostrarme todo el recinto —dijo en tono de despedida.

La mujer pareció vacilar.

—Espero que todo os parezca bien.

Probablemente esperaba encontrarse a una jovencita extranjera y asustada a la que poder manejar a su antojo. Ragna supuso que justo en esos momentos debía de estar revaluando su opinión.

—Ya veremos —contestó Ragna secamente.

Gytha probó de nuevo:

—¿Qué le diréis a Wilf sobre vuestro alojamiento?

—Ya veremos —repitió.

Parecía más que evidente que Ragna quería que Gytha se marchara, pero esta estaba ignorando sus indirectas a propósito. Hacía años que era la mujer al mando de Shiring, y tal vez no podía creer que otra mujer pudiese darle órdenes a ella. Ragna no tuvo más remedio que mostrarse más contundente.

—Por el momento, ya no necesito nada más por vuestra parte, querida suegra —dijo, y cuando vio que Gytha seguía sin hacer amago de marcharse, añadió—: Podéis iros.

Gytha se sonrojó con una mezcla de vergüenza e ira, pero al final se fue.

Cat regresó acompañada de los demás, con los hombres arrastrando arcones y bolsas. Apilaron el equipaje contra la pared.

—Esto está abarrotado —señaló Cat—, con tantos como somos.

—Los hombres tienen que dormir en otro sitio.

—¿Dónde?

—En algún lugar de la ciudad, pero no deshagáis todo el equipaje todavía, solo lo imprescindible para una noche.

El obispo Wynstan asomó por la puerta entreabierta.

—Vaya, vaya, vaya… —dijo, mirando alrededor—. De modo que esta es vuestra nueva casa.

—Eso parece —dijo Ragna.

—¿No os complace?

—Eso lo hablaré con Wilf.

—Buena idea. Él solo desea vuestra felicidad.

—Me alegro.

—Vengo por vuestra dote.

—¿De veras?

Wynstan frunció el ceño con gesto hosco.

—¿La habéis traído?

—Por supuesto.

—Veinte libras de plata, eso fue lo que acordé con vuestro padre.

—Sí.

—Entonces tal vez podríais dármelas.

Wynstan no le inspiraba confianza, y aquella exigencia no hizo sino acentuar su recelo.

—Se la daré a Wilf cuando nos casemos. Fue eso lo que acordasteis con mi padre.

—Pero debo contar el importe.

Ragna no quería que Wynstan supiese ni siquiera en qué cofre guardaba el dinero.

—Podréis contarlo la mañana de la boda. Luego, una vez que hayamos jurado nuestros votos, haré la entrega de la dote... a mi marido.

Wynstan la miró con una mezcla de disgusto y respeto.

—Como gustéis, por supuesto —dijo, y se marchó.

Al día siguiente, Ragna se levantó antes del alba.

Pensó con detenimiento sobre qué debía ponerse. El día anterior había llegado con un vestido beis y una capa roja, un atuendo sumamente favorecedor, pero la ropa estaba empapada y manchada de barro, por lo que no lucía su mejor aspecto. Ese día su intención era deslumbrar como una flor que se hubiese abierto al despuntar el alba, de modo que escogió un vestido de seda amarillo con bordados en el cuello, los puños y el bajo. Cat le lavó las comisuras de los ojos y le cepilló la tupida melena cobriza, y a continuación le envolvió la cabeza con un pañuelo verde.

Mientras aún estaba oscuro, Ragna comió un poco de pan mojado en cerveza clara y se concentró en la misión que se había propuesto. Había pasado buena parte de la noche dando vueltas a su estrategia. Wigelm debía ser castigado, pero eso era un asunto secundario. Su tarea principal consistía en demostrar que era ella, y no Gytha, quien estaba ahora al frente de la vida doméstica de Wilf. Ragna no quería discutir, pero no podía permitir que Gytha siguiera dando órdenes allí ni siquiera un día más, porque cada minuto que pasase aparentando aceptar su autoridad, más debilitada la dejaba esa situación. Tenía que pasar a la acción de forma inmediata.

Sin embargo, era una maniobra arriesgada, pues podría disgustar a su futuro marido —y eso en sí ya era suficientemente malo—, pero, lo que era aún peor, podía perder la batalla, y una victoria para Gytha en aquel momento podía ser permanente.

Cat le dio el brazalete que había comprado a Cuthbert en Dreng's Ferry, y Ragna se lo metió en la faltriquera que llevaba sujeta al cinto.

Salió al exterior. En el horizonte, al este, destellaba un leve brillo plateado. Había llovido por la noche, así que el suelo estaba cubierto de barro, pero el día prometía sol. Abajo, en la ciudad oscura, la campana del monasterio llamaba a rezar el oficio de prima. El recinto justo empezaba a cobrar vida: Ragna vio a un joven esclavo vestido con una túnica raída acarreando una gavilla de leña, y luego a una criada de aspecto robusto con un balde de leche fresca que humeaba en el aire de la mañana. No se veía a nadie más, tal vez todos cómodamente dormidos aún en sus camas, con los ojos cerrados, fingiendo que no había amanecido todavía.

Ragna atravesó el recinto en dirección a la casa de Wilf.

Vio entonces a otra persona, una joven en la puerta de la casa de Gytha, apoyada en la pared, bostezando. La joven vio a Ragna y se enderezó de golpe.

Ragna sonrió. Gytha la estaba vigilando, no iba a correr riesgos. Bien, pues resultaba que aquello jugaba a favor de Ragna ese día.

Se acercó a la puerta de Wilf, bajo la mirada atenta de la criada.

De pronto se le ocurrió que tal vez Wilf atrancaba su puerta por las noches, pues había gente que lo hacía. Eso le estropearía el plan.

Sin embargo, cuando levantó el pestillo, la puerta se abrió y Ragna se tranquilizó. Tal vez Wilf pensaba que cerrar su puerta por las noches lo haría parecer miedoso a ojos de sus hombres.

Con el rabillo del ojo vio a la atenta criada escabullirse y entrar en la casa de Gytha.

Wilf tenía otra razón para mostrarse confiado: cuando Ragna

entró en su casa, oyó un fuerte gruñido. Wilf tenía un perro para protegerlo de los intrusos.

Ragna miró hacia donde sabía que estaba la cama. Vislumbró un resplandor en los rescoldos del fuego y una débil luz que se filtraba por los ventanucos. Vio cómo una figura se incorporaba a medias en la cama y buscaba un arma.

—¿Quién anda ahí? —exclamó la voz de Wilf.

—Buenos días, mi señor —dijo Ragna en voz baja.

Lo oyó reír.

—Pues sí que son buenos, ahora que estás tú aquí.

Volvió a tumbarse de nuevo.

Hubo un movimiento en el suelo y Ragna vio a un mastín retomar su posición, tumbado junto al fuego.

Ella se sentó al borde de la cama. Aquel era un momento delicado; su madre le había insistido en que no se acostara con Wilf hasta después de la ceremonia. Él querría que lo hiciese, había dicho Geneviève, y Ragna sabía que ella también querría, pero estaba decidida a resistir la tentación. No sabía decir por qué exactamente era tan importante, sobre todo teniendo en cuenta que ya lo habían hecho una vez. Sus sentimientos tenían que ver con lo felices que se sentirían ambos sobre su matrimonio cuando al fin pudieran entregarse a sus deseos sin culpabilidad ni miedo.

Pero, pese a todo, lo besó.

Se inclinó sobre su amplio pecho, agarrando el borde de la manta con las dos manos, manteniéndola en su sitio como barrera adicional entre sus cuerpos. A continuación fue bajando lentamente la cabeza hasta fundir sus labios con los de él.

Wilf emitió un sonido ronco de satisfacción.

Ella le recorrió la boca con la lengua, saboreando la suavidad de sus labios y la aspereza de su bigote. Él enterró una poderosa mano en la espesura de su melena y le arrancó el pañuelo, pero cuando quiso alcanzar uno de sus pechos con la otra mano, ella se lo impidió.

—Tengo un regalo para ti —le dijo.

—Tienes varios —repuso él en una voz preñada de deseo.

—Te traía un cinturón de Ruan con una preciosa hebilla de plata, pero me lo robaron durante el viaje.

—¿Dónde? —preguntó él—. ¿Dónde te lo robaron?

Ragna sabía que él era el responsable de mantener la ley y el orden, y cualquier robo lo dejaba en evidencia.

—Entre Mudeford y Dreng's Ferry. El ladrón llevaba un yelmo viejo.

—Testa de Hierro —dijo con rabia—. El alguacil de Mudeford ha registrado el bosque, pero no logra encontrar su escondite. Le diré que vuelva a buscar.

Ragna no pretendía quejarse y lamentaba haberlo hecho enfadar. Actuó rápidamente para recuperar el ambiente romántico:

—Te ha traído otra cosa, algo aún mejor.

Se levantó, miró alrededor y vio el color blanco níveo de una vela. La encendió en la lumbre y la colocó en un banco cerca de la cabecera de la cama. A continuación le enseñó el brazalete que le había comprado a Cuthbert.

—¿Qué es esto? —preguntó él.

Ragna acercó la vela para que él pudiera examinarlo. Recorrió con el dedo el resalte de las líneas del intrincado dibujo, grabadas en la plata y esmaltadas en niel.

—Es una pieza exquisita —dijo—, pero a pesar de eso tiene un aire masculino y atrevido. —Se lo deslizó por el brazo, por encima del codo. El brazalete se le ceñía perfectamente a los músculos—. ¡Qué buen gusto tienes! —exclamó.

Ragna estaba entusiasmada.

—Te sienta de maravilla.

—Seré la envidia de toda Inglaterra.

Eso no era exactamente lo que Ragna quería oír. No quería que aquello fuese ningún símbolo de grandeza, como un caballo blanco o una magnífica espada.

—Quiero pasarme todo el día besándote —dijo él.

Eso sí le gustaba oírlo, y volvió a inclinarse hacia él. Ahora se mostraba más resuelto, y cuando empezó a palparle el pecho y ella intentó apartarle la mano, él se lo impidió y la atrajo hacia así.

Ragna se puso nerviosa; aún jugaba con ventaja por el hecho de que él estaba tumbado, pero si forcejeaban de verdad, ella no podría oponer resistencia.

En ese momento llegó la interrupción que esperaba. El perro gruñó y se oyó una voz en la puerta.

—Buenos días, hijo mío —dijo Gytha.

Ragna se tomó con calma el momento de interrumpir el abrazo, pues quería que Gytha viese cuánto la deseaba Wilf.

—¡Oh, Ragna! —exclamó Gytha—. No sabía que estabais aquí.

«Mentirosa», pensó. La criada le habría dicho a Gytha que Ragna había entrado en la casa de Wilf, y la madrastra se habría vestido apresuradamente para ir y ver qué estaba ocurriendo allí dentro.

Ragna se volvió despacio. Tenía todo el derecho a besar a su prometido, e hizo un gran esfuerzo por no aparentar culpabilidad.

—Querida suegra —dijo—. Buenos días.

Se dirigió a ella con cortesía, pero dejó entrever un dejo de irritación en su voz. Gytha era la intrusa allí, era ella quien había irrumpido en un lugar que no le correspondía por derecho.

—¿Quieres que envíe al barbero para que te afeite, Wilf? —propuso Gytha.

—Hoy no —respondió él con cierta impaciencia—. Me afeitaré la mañana de la boda. —Hablaba como si ella ya hubiese tenido que saberlo, y se hizo evidente que la mujer solo lo había preguntado porque necesitaba un pretexto para estar allí.

Ragna se retocó el pañuelo, demorándose más tiempo del necesario y subrayando así el hecho de que Gytha había irrumpido en un momento de intimidad.

—Enséñale a Gytha tu regalo, Wilf —dijo mientras se ataba el pañuelo.

Wilf señaló el brazalete, que relumbró a la luz del fuego.

—Muy bonito —dijo Gytha con indiferencia—. La plata es siempre un valor seguro —añadió, dando a entender de forma implícita que la plata era más barata que el oro.

Ragna hizo caso omiso de la indirecta.

—Y ahora, Wilf, debo pedirte algo.

—Lo que quieras, amada mía.

—Me has alojado en una casa muy modesta.

Parecía sorprendido.

—¿De veras?

Su asombro confirmó la sospecha de Ragna de que había dejado el asunto en manos de Gytha.

—No tiene ventanas —prosiguió la joven—, y por las paredes se cuela el aire frío de la noche.

Wilf miró a Gytha.

—¿Es eso cierto?

—No está tan mal como dice —replicó la madrastra.

Esa respuesta enfureció a Wilf.

—¡Mi prometida se merece lo mejor de lo mejor! —exclamó.

—Es la única casa disponible —protestó Gytha.

—No es del todo cierto —dijo Ragna.

—No hay ninguna otra casa vacía —insistió Gytha.

—Pero Wigelm no necesita realmente una casa para él y sus hombres de armas —dijo Ragna en un tono de cortés racionalidad—. Su esposa ni siquiera está aquí. Su hogar está en Combe.

—¡Wigelm es el hermano del conde! —exclamó Gytha.

—Y yo soy la futura esposa del conde. —Ragna estaba haciendo un gran esfuerzo por contener su enfado—. Wigelm es un hombre, con las necesidades básicas de un hombre, pero yo soy la novia que debe prepararse para el día de su boda. —Se volvió para mirar a Wilf—. ¿A cuál de las dos vas a dar la razón?

Solo había una respuesta posible por parte de un novio.

—A ti, por supuesto —dijo.

—Y después de la boda —continuó ella, sosteniendo la mirada de Wilf—, estaré más cerca de ti por las noches, porque la casa de Wigelm está justo al lado.

Wilf sonrió.

—Pues decidido, entonces.

Wilf había tomado una decisión y Gytha no tuvo más remedio que ceder. Era demasiado lista para ponerse a discutir cuando llevaba todas las de perder.

—Muy bien —dijo—. Cambiaré entonces a Ragna con Wigelm. —No pudo resistir la tentación de añadir—: A Wigelm no le va a gustar.

—Si se queja —contestó Wilf secamente—, recuérdale qué hermano es el conde.

Gytha inclinó la cabeza.

—Por supuesto.

Ragna había ganado y Wilf estaba disgustado con Gytha. Ragna decidió desafiar a la suerte.

—Perdóname, Wilf, pero necesito las dos casas.

—¿Para qué diantres necesitáis dos? —dijo Gytha—. Nadie tiene dos casas.

—Quiero a mis hombres cerca. Ahora mismo se alojan en la ciudad.

—¿Y por qué necesitáis hombres de armas? —preguntó Gytha.

Ragna la miró con altanería.

—Lo prefiero así —dijo—. Y estoy a punto de convertirme en la esposa del conde.

Se volvió para mirar a Wilf.

Este estaba a punto de perder la paciencia.

—Gytha, dale lo que quiere y no se hable más del asunto.

—Muy bien —accedió Gytha.

—Gracias, amor mío —dijo Ragna, y lo besó de nuevo.

12

Mediados de octubre de 997

E l día en que se reunía el consejo de la demarcación, Edgar se notaba nervioso, aunque decidido.

La demarcación de Dreng's Ferry estaba compuesta por cinco asentamientos pequeños, muy desperdigados. Bathford era la población de mayores dimensiones, aunque Dreng's Ferry era el centro administrativo, y el deán de la colegiata solía presidir el tribunal del consejo.

Sus representantes se reunían cada cuatro semanas. El encuentro se desarrollaba a cielo abierto, sin importar qué tiempo hiciera, aunque ese día lucía el sol y hacía frío. El gran sitial de madera fue colocado enfrente de la fachada oeste de la iglesia y se dispuso una pequeña mesa junto a él. El padre Deorwin, el sacerdote de más edad, sacó el copón de debajo del altar. Labrado por Cuthbert, se trataba de un recipiente redondeado y de plata con una tapa sujeta por bisagras, y cuyos laterales estaban ornamentados con imágenes de la crucifixión. Contenía una hostia sagrada de la santa misa y ese día sería utilizado para prestar juramento.

Al acontecimiento asistían hombres y mujeres de las cinco aldeas, incluidos niños y esclavos, algunos a caballo, pero la mayoría a pie. Todos se personaban si tenían la posibilidad, porque el tribunal del consejo tomaba decisiones que afectaban a su vida diaria. Incluso la madre Agatha estaba presente, aunque era la única monja de su convento. A las mujeres no se les permitía testificar, al menos, en teoría, porque las de carácter imponente como la madre de Edgar a menudo expresaban su opinión.

Edgar había asistido al consejo en numerosas ocasiones en Combe. En varias instancias, su padre se había visto obligado a presentar alguna demanda contra personas que retrasaban el pago de sus facturas. Su hermano Eadbald había pasado por una fase de delitos menores y, dos veces, había sido acusado de pelearse en las calles. Por eso Edgar estaba habituado a la ley y los procedimientos legales.

Ese día había más revuelo del habitual, porque iban a escuchar una acusación de asesinato.

Los hermanos de Edgar habían intentado disuadirlo para que retirara los cargos. No querían problemas.

—Dreng es nuestro suegro —había dicho Eadbald mirando a Edgar, quien tallaba una piedra de contorno irregular para darle una forma rectangular perfecta, usando el martillo nuevo y el cincel.

La rabia acrecentó la fuerza del brazo del joven mientras golpeaba la piedra y saltaban las esquirlas.

—Eso no significa que pueda violar la ley.

—Pero sí significa que mi hermano no puede ser quien lo acuse.

Eadbald era el más inteligente de los dos hermanos de Edgar, capaz de persuadir a cualquiera con un argumento racional.

Edgar había dejado sus herramientas para prestar total atención a su hermano.

—¿Cómo voy a quedarme callado? —respondió—. Se ha cometido un asesinato, aquí, en nuestra aldea. No podemos fingir que no ha sido así.

—No veo por qué no —replicó Eadbald—. Acabamos de instalarnos. Esta gente empieza a aceptarnos. ¿Por qué tienes que causar problemas?

—¡El asesinato está mal! —exclamó Edgar—. ¿Qué más motivos puedo necesitar?

Eadbald emitió un gruñido de frustración y se alejó caminando.

El otro hermano, Erman, había abordado al joven la noche anterior, a la entrada de la taberna. Optó por una estrategia distinta.

—Degbert Baldhead preside el consejo de la demarcación —aclaró—. Se asegurará de que el tribunal no condene a su hermano.

—Tal vez no pueda hacer tal cosa —repuso Edgar—. La ley es la ley.

—Y Degbert es el deán, y nuestro señor.

Edgar sabía que Erman estaba en lo cierto, pero eso no cambiaba las cosas.

—Degbert puede hacer cuanto le plazca y responder por ello el día del Juicio Final, pero no pienso perdonar el asesinato de un niño.

—¿Es que no estás asustado? Degbert es quien tiene el poder en este lugar.

—Sí —admitió Edgar—, claro que estoy asustado.

Cuthbert también había intentado disuadirlo. Edgar había fabricado sus nuevas herramientas en el taller del orfebre, que era la única forja de Dreng's Ferry. El joven había aprendido que en aquel lugar se compartían los recursos de forma más habitual que en Combe; un lugar pequeño tenía servicios limitados y, tarde o temprano, todo el mundo necesitaba ayuda. Mientras Edgar daba forma a sus herramientas en el yunque de Cuthbert, el clérigo le había hecho un comentario:

—Degbert está furioso contigo.

Edgar pensó que lo habrían obligado a comentarle tal cosa. El hombre era demasiado tímido para atreverse a hacer una crítica por iniciativa propia.

—No puedo hacer nada por evitarlo —había replicado Edgar.

—No es bueno tenerlo como enemigo.

El joven percibió un timbre aterrorizado en la voz de Cuthbert, sin duda alguna le tenía pavor al deán.

—No me cabe duda.

—Y pertenece a una familia poderosa. El conde Wilwulf es su primo.

Edgar ya sabía todo aquello.

—Eres un hombre de Dios, Cuthbert —respondió el joven, exasperado—. ¿Puedes permanecer en silencio cuando se ha cometido un asesinato?

Cuthbert podía hacerlo, por supuesto; era débil. Pero la pregunta de Edgar lo ofendió.

—Yo no he presenciado ningún asesinato —respondió, molesto, y se marchó.

Mientras los asistentes al consejo empezaban a congregarse, el padre Deorwin habló a los más importantes de los presentes, sobre todo a los jefes de cada aldea. Edgar sabía, por haber asistido a otros eventos previos, que Deorwin estaba preguntándoles si tenían asuntos que exponer ante el consejo y memorizando la lista para comunicárselo a Degbert.

Por último Degbert emergió de la casa de los clérigos y se acomodó en el sitial.

En principio, lo que ocurría en el consejo de la demarcación era que los habitantes de la zona tomaban una decisión colectiva. En la práctica, el tribunal solía estar presidido por un noble o un clérigo de alto rango en la jerarquía que tendría la última palabra en el procedimiento. Sin embargo, sí debía alcanzarse cierto grado de consenso, porque para un bando era difícil obligar al otro a acatar su decisión. Un noble podía hacer muy difícil la vida a los vasallos de múltiples formas, pero estos podían negarse a obedecerle. No había otro mecanismo para obligar a acatar las decisiones del tribunal que el consenso general. Por ello, el consejo a menudo consistía en una lucha de poderes entre dos fuerzas más o menos igualadas, parecido a cuando un navegante se daba cuenta de que el viento empujaba su embarcación hacia un lado mientras la marea lo impulsaba hacia el lado contrario.

Degbert anunció que el consejo discutiría en primer lugar la posibilidad de compartir la boyada.

No había ninguna norma que le diera derecho a marcar el orden de discusión de las cuestiones. En algunos lugares el jefe del pueblo más grande asumía ese papel, pero Degbert hacía tiempo que se había adueñado de tal privilegio.

El compartir los bueyes siempre constituía un problema. Dreng's Ferry no tenía un terreno difícil de arar, pero los otros cuatro asentamientos poseían un suelo arcilloso y compartían una boyada de ocho cabezas, que debía ser trasladada de un lugar a otro durante la temporada de arado del invierno. El momento ideal era cuando hacía tanto frío que la hierba dejaba de crecer y la humedad era suficiente para que el terreno se hubiera reblandecido tras la aridez del verano. Sin embargo, todos querían contar antes que nadie con el grupo de bueyes, porque las aldeas que araran más tarde tal vez no pudieran enfrentarse al terreno desecado y limoso.

En esa ocasión el jefe de Bathford, un anciano sabio de barba cana llamado Nothelm, había planteado un compromiso razonable, y Degbert, quien no tenía interés alguno en el arado de las tierras, no puso objeción.

A continuación Degbert invitó a Offa, el alguacil de Mudeford, a que hablara. Wilwulf le había encomendado buscar, una vez más, el escondite de Testa de Hierro, quien había cometido la temeridad de robar a la futura esposa del conde. Offa era un hombre corpulento de unos treinta años con la nariz torcida, seguramente a resultas de alguna pelea.

—He buscado por la ribera sur —dijo—, desde aquí hasta Mudeford, y he interrogado a todas las personas que me he encontrado, incluso a Saemar, el hediondo pastor. —Se oyeron risitas entre el público, todos conocían a Sam—. Creemos que Testa de Hierro debe de vivir en la ribera sur, porque siempre roba allí, pero, de todas formas, también he recorrido la del norte. El mismo resultado: no hay ni rastro del proscrito.

Nadie se sorprendió. Testa de Hierro llevaba años esquivando a la justicia.

Por fin llegó el momento de escuchar a Edgar. Primero Degbert lo llamó para que prestara juramento. Edgar puso su mano sobre el cáliz de plata.

—Juro por Dios Todopoderoso que Dreng el barquero asesinó al hijo recién nacido de la esclava Blod ahogándolo en el río hace doce días. Lo vi con mis propios ojos y lo oí con mis oídos. Amén.

Se oyó un murmullo de repulsión entre la multitud. Ya conocían de antemano la acusación, pero quizá no conocieran los detalles; o a lo mejor sí los conocían, pero les horrorizó escucharlos en voz alta y clara, relatados por Edgar. Fuera por lo que fuese, el joven se alegró de que se sintieran impresionados. Así debía ser. Tal vez la indignación popular avergonzaría a Degbert y este accedería a hacer justicia de algún modo.

Edgar añadió algo más antes de que siguiera avanzando la discusión del caso.

—Deán Degbert, no podéis presidir este juicio. El acusado es vuestro hermano.

El sacerdote fingió verse ofendido por la afrenta.

—¿Estás sugiriendo que mi juicio podría ser corrupto? Puedes ser castigado por una afirmación así.

Edgar ya había previsto esa reacción y tenía la réplica preparada:

—No, deán, pero no debería pedirse a ningún hombre que condenara a su propio hermano.

El joven se fijó en que algunas personas del público asentían en silencio. Los aldeanos se mostraban muy celosos de sus derechos y sentían auténtico resentimiento contra la costumbre de los nobles a imponer su autoridad en los consejos locales.

—Soy sacerdote —afirmó Degbert—, deán de la colegiata y señor del pueblo. Seguiré presidiendo este consejo de la demarcación.

Edgar insistió, no porque pensara que podía salir airoso de la discusión, sino para hacer hincapié, ante los aldeanos, en la manipulación ejercida por Degbert.

—El jefe de Bathford, Nothelm, podría presidirlo sin problema.

—Eso es totalmente innecesario.

El joven asintió con la cabeza aceptando la derrota. Había dejado claro lo que opinaba.

—¿Deseas llamar a algún cojurador?

Un cojurador era alguien que juraba que otra persona estaba diciendo la verdad, o, sencillamente, que se trataba de un hombre honrado. El peso del juramento era mayor si el cojurador tenía una posición social elevada.

—Llamo a Blod —dijo Edgar.

—Una esclava no puede testificar —repuso Degbert.

Edgar había visto a esclavos prestar testimonio en Combe, aunque no a menudo.

—Eso no es lo que dicta la ley —replicó.

—Yo diré qué es lo que dicta o no la ley —repuso Degbert—. Tú ni siquiera sabes leer.

Estaba en lo cierto, y el joven tuvo que desistir.

—En tal caso, llamo a Mildred, mi madre —dijo.

—Juro por Dios Todopoderoso —pronunció Mildred poniendo su mano sobre el cáliz— que la acusación de Edgar es la pura verdad y que no hay falsedad en su juramento.

—¿Alguien más? —preguntó Degbert.

Edgar negó con la cabeza. Había pedido el favor a Erman y a Eadbald, pero ellos se habían negado a prestar juramento en contra de su suegro. El joven ni siquiera se había molestado en pedírselo a Leaf o a Ethel, quienes no podían testificar en contra de su marido.

—¿Qué tiene que decir Dreng sobre la acusación? —preguntó Degbert.

Dreng dio un paso al frente y posó la mano sobre el cáliz.

«Bueno —pensó Edgar—, ¿será capaz de poner en riesgo la inmortalidad de su alma?»

—Juro por Dios Todopoderoso que soy inocente tanto de cometer como de instigar el crimen del que Edgar me acusa.

El joven lanzó un suspiro ahogado. Dreng estaba cometiendo perjurio y tenía la mano sobre un objeto sagrado. Pero el hombre parecía inmune a la condenación a la que se estaba abocando.

—¿Algún cojurador?

Dreng llamó a Leaf, a Ethel, a Cwenburg, a Edith y a todos los clérigos de la colegiata. Componían un grupo impresionante de personas con elevada posición social, pero todos dependían, de una forma u otra, o bien de Dreng, o bien de Degbert. ¿Cómo valorarían sus juramentos los pobladores del consejo de la demarcación? Edgar era incapaz de preverlo.

—¿Tienes algo más que decir? —preguntó Degbert.

El joven cayó en la cuenta de que así era.

—Hace tres meses, los vikingos mataron a mi padre y a una muchacha a la que amaba —dijo. El público no esperaba aquello y todos se quedaron en silencio, preguntándose qué iba a suceder—. No se hizo justicia, porque los vikingos son bárbaros. Adoran a falsos dioses y sus deidades ríen al verlos asesinar a hombres, violar a mujeres y robar a las familias honradas.

Se produjo un murmullo de asentimiento entre la multitud. Algunos de los presentes tenían experiencias personales con los vikingos y la mayoría de los demás seguramente conocían a alguna de sus víctimas. Todos detestaban a los vikingos.

—Pero nosotros no somos como ellos —prosiguió Edgar—, ¿no es así? Nosotros conocemos al dios verdadero y acatamos sus leyes. Y él nos dice: «No matarás». Pido al consejo que castigue este asesinato, según la voluntad de Dios, y demuestre que nosotros no somos unos salvajes.

—Es la primera vez que un constructor de barcos de dieciocho años me da lecciones sobre la voluntad de Dios —dijo Degbert a renglón seguido.

Se trataba de un réplica ingeniosa, pero los testigos habían adoptado una actitud de solemnidad ante lo horripilante del caso y no estaban de humor para reír las ocurrencias de nadie. Edgar tuvo la sensación de que se había ganado su apoyo. Los presentes lo miraban con expresión de aprobación.

Sin embargo, ¿serían capaces de desafiar a Degbert?

El deán invitó a Dreng a hablar.

—No soy culpable —afirmó su hermano—. El niño nació

muerto. Ya estaba muerto cuando lo tomé en brazos. Por eso lo lancé al río.

Edgar se sintió ultrajado por su descarada mentira.

—¡No estaba muerto!

—Sí que lo estaba. Intenté decirlo en ese momento, pero nadie estaba escuchándome: Leaf estaba gritando como una loca y tú te lanzaste al río directamente.

El tono de confianza con el que hablaba el hombre hizo que Edgar se enfadara todavía más.

—El niño lloró cuando lo tiraste, ¡yo lo oí! Y el llanto se silenció cuando cayó, desnudo, al agua helada.

—¡Oh, pobre criatura! —murmuró una mujer del público.

Edgar vio que se trataba de Ebba, una mujer que hacía de lavandera para la colegiata. Incluso aquellos cuya forma de vida dependía de Degbert se sintieron impactados. Pero ¿bastaría con eso?

—¿Cómo pudiste oírlo llorar si Leaf estaba gritando? —Dreng seguía hablando con el mismo tono despreciativo.

Durante un instante Edgar se sintió acorralado por la pregunta. ¿Cómo pudo oírlo? Entonces la respuesta se le ocurrió de pronto:

—De la misma forma que es posible escuchar a dos personas hablando al mismo tiempo. Sus voces son distintas.

—Ni hablar, muchacho. —Dreng negó con la cabeza—. Has cometido un error. Creíste presenciar un asesinato, pero no fue así. Y lo que pasa ahora es que eres demasiado orgulloso para admitir que te has equivocado.

El tono de voz de Dreng era repelente y su actitud, arrogante, pero su versión de los hechos era plausible, aunque enervante, y Edgar temió que los presentes lo creyeran.

—Hermana Agatha —dijo Degbert—, cuando vos encontrasteis al niño en la playa, ¿estaba vivo o muerto?

—Estaba prácticamente muerto, pero seguía con vida —respondió la monja.

Entre la multitud se elevó una voz, y Edgar reconoció a quién pertenecía. Theodberht Clubfoot, un ovejero con terrenos de pastura a unos kilómetros de distancia río abajo.

—¿Y Dreng tocó el cuerpo? —preguntó—. Me refiero a después de que lo encontrara la hermana Agatha.

Edgar sabía por qué hacía esa pregunta. La gente creía que si el asesino tocaba el cadáver, este volvería a sangrar. El joven no tenía ni idea de si eso era cierto.

—¡No, no lo tocó! Mantuve el cuerpo de mi hijo alejado de ese monstruo —declaró Blod a gritos.

—¿Tú qué dices, Dreng? —preguntó Degbert.

—No estoy seguro de haberlo hecho o no —respondió el hombre—. Lo habría hecho de haber sido necesario, pero no creo que tuviera motivo alguno para tocarlo.

Aquello no era concluyente.

Degbert se volvió hacia Leaf.

—Tú eras la única presente en el lugar, aparte de Dreng y su acusador, cuando Dreng lanzó al niño. —Eso era cierto: Ethel se había desmayado en la taberna—. Tú gritaste, pero ¿ahora estás segura de que la criatura estaba viva? ¿Podrías haberte equivocado?

Lo único que quería Edgar era que Leaf dijera la verdad, pero ¿tendría ella la valentía de hacerlo?

—La criatura llegó a este mundo con vida —respondió ella con tono desafiante.

—Pero murió antes de que Dreng la lanzara al río —insistió Degbert—. No obstante, en ese momento, tú imaginaste que estaba viva. Ese fue tu error, ¿no es así?

Degbert estaba amedrentando a Leaf descaradamente, pero nadie podía impedírselo.

Leaf miró primero a Degbert, luego a Edgar y, por último, a Dreng, con expresión de pánico. Al final se quedó cabizbaja. Permaneció en silencio durante largo rato y por fin habló, prácticamente susurrando:

—Creo que... —La multitud calló de pronto para poder escuchar bien sus palabras—. Tal vez haya cometido un error.

Edgar se desesperó. Resultaba evidente que se trataba de una mujer aterrorizada dando falso testimonio bajo presión. Había dicho exactamente lo que Dreng necesitaba que dijera.

Degbert miró a los presentes.

—Las pruebas son claras —sentenció—. El niño estaba muerto. La acusación de Edgar no ha sido demostrada.

El joven se quedó mirando a los aldeanos. Parecían disgustados, pero se dio cuenta enseguida de que no estaban lo bastante furiosos para contradecir a los dos hombres más poderosos del lugar. Edgar sintió repulsión. Dreng iba a librarse del castigo. No se había hecho justicia.

—Dreng es culpable del delito de dar sepultura inapropiada —prosiguió Degbert.

Aquel fue un movimiento astuto, pensó Edgar con amargura. El niño ya estaba enterrado en el camposanto de la iglesia, pero, en su momento, Dreng se había deshecho del cuerpo de forma ilícita. Lo que era más importante, el hombre sería castigado por un delito menor, y eso facilitaría que los aldeanos aceptaran mejor que se hubiese librado de una condena por un crimen mucho más grave.

—Lo sentencio a pagar seis peniques —zanjó Degbert.

Era muy poco, y los presentes murmuraron, pero se mostraban más descontentos que rebeldes.

—¿Seis peniques? —gritó Blod.

Los aldeanos se quedaron callados. Todo el mundo dirigió la mirada hacia la esclava.

Ella tenía la cara empapada en lágrimas.

—¿Seis peniques por mi hijo? —preguntó.

Se volvió de espaldas a Degbert con toda la intención. Se alejó dando grandes zancadas, pero tras avanzar una docena de pasos, se detuvo y se volvió para dirigirse a él nuevamente.

—Tú, inglés… —espetó con la voz ahogada por la pena y la rabia.

Escupió al suelo.

Y se marchó.

Dreng había ganado, pero algo cambió en la aldea. La actitud hacia él se había transformado. Edgar mascullaba mientras comía su almuerzo en la taberna. En el pasado personas como Edith, la esposa de Degbert, y Bebbe, quien proporcionaba comida a la colegiata, se habrían detenido a hablar con Dreng cuando se cruzaban sus caminos, pero en ese momento se limitaban a intercambiar unas palabras y seguir a toda prisa. La mayoría de las noches la taberna estaba vacía o prácticamente sin gente: Degbert a veces acudía a beber la potente cerveza de Leaf, pero los demás se mantenían alejados. La población se mostraba correcta con Degbert y Dreng, hasta el punto de ser deferente, pero no había calidez en su actitud. Era como si los aldeanos estuvieran intentando compensar su incapacidad de exigir justicia. Edgar no creía que a Dios le bastara con eso.

Cuando aquellos que habían testificado en favor de Dreng se cruzaban con Edgar, mientras él trabajaba en la construcción del nuevo edificio, parecían avergonzados y apartaban la mirada. Un día, en la isla de los Leprosos, mientras entregaba un barril de cerveza a las monjas, la madre Agatha salió a su encuentro para hablar con él y decirle que había hecho lo correcto.

—Se hará justicia en la próxima vida —le aseguró.

Edgar se sintió agradecido por su apoyo, aunque deseaba que también se hiciera justicia en esta vida.

En la taberna Dreng estaba más malhumorado que de costumbre. Abofeteó a Leaf por servirle un vaso de cerveza con posos; pegó un puñetazo a Ethel en el estómago cuando sus gachas estaban frías, y tumbó a Blod con un golpe en la cabeza por ningún motivo en particular. Todas las veces actuó rápidamente, sin dar a Edgar la oportunidad de intervenir; entonces, cuando ya había propinado el golpe, lanzaba una mirada desafiante al joven, provocándolo para que hiciera algo al respecto. Incapaz de evitar lo que ya estaba hecho, Edgar se limitaba a apartar la mirada.

Dreng jamás le pegó, y el joven se alegraba. Sentía un odio tan creciente en su interior que, si hubiera empezado una pelea, no habría parado hasta que Dreng estuviera muerto. De alguna forma el hombre percibía esa furia y se contenía.

Blod se mostraba extrañamente tranquila. Realizaba su trabajo y obedecía las órdenes sin protestar. Dreng seguía tratándola con desdén. Sin embargo, cuando lo miraba directamente, sus ojos estaban inyectados de rabia y, con el paso de los días, Edgar percibió que Dreng le tenía miedo. Quizá temiera que lo matara. Tal vez la esclava lo haría.

Mientras Edgar estaba comiendo, Manchas ladró para avisar de algún peligro. Se aproximaba un desconocido. Como sin duda se trataba de un pasajero de la barcaza del río, el joven se levantó de la mesa y salió al exterior. Dos hombres harapientos con un burro de carga se acercaban desde el norte. Había una alta pila de pellejos marrones sobre el lomo del asno.

Edgar los saludó.

—¿Queréis cruzar el río? —les preguntó.

—Sí —respondió el mayor de ambos—. Vamos a Combe para vender nuestro cuero a un mercader exportador.

Edgar asintió. Los ingleses sacrificaban muchas reses y sus pellejos solían venderse en Francia. Sin embargo, aquellos hombres tenían algo que hizo que se preguntara si habrían adquirido las pieles de forma honrada.

—La tarifa es de un cuarto de penique por persona y animal —dijo sin estar muy seguro de que pudieran permitírselo.

—Está bien, pero primero comeremos algo y beberemos una jarra de cerveza, si es que esto es una taberna.

—Sí que lo es.

Descargaron a la bestia, la dejaron descansar y la pusieron a pastar mientras ellos entraban en la posada. Edgar siguió comiendo y Leaf sirvió cerveza a los viajeros mientras Ethel les servía el estofado del caldero. Dreng les preguntó si tenían alguna noticia.

—La novia del conde ha llegado desde Normandía —dijo el visitante de más edad.

—Eso ya lo sabíamos, la señora Ragna pasó una noche aquí cuando iba de camino —informó Dreng, orgulloso.

—¿Cuándo será la boda? —preguntó Edgar.

—El día de Todos los Santos.

—¡Qué pronto!

—Wilwulf está impaciente.

Dreng rio con disimulo.

—No me sorprende. Es una auténtica belleza.

—También es cierto, pero la verdadera razón es que el conde necesita levantarse contra los invasores galeses y no lo hará hasta que esté casado.

—No lo culpo —dijo Dreng—. Sería una lástima morir y dejarla virgen.

—Los galeses se han aprovechado de su retraso.

—Estoy seguro de que esos salvajes así lo han hecho.

Edgar estuvo a punto de reír. Quería preguntar si los galeses eran tan salvajes para matar a niños recién nacidos, pero se mordió la lengua. Lanzó una mirada a Blod, aunque ella parecía no atender a la cháchara difamatoria sobre sus iguales.

El viajero de más edad siguió hablando:

—Ya han avanzado más de lo que nadie pueda recordar. Hay un descontento generalizado sobre esta cuestión. Algunos dicen que el deber del conde es primero proteger a su pueblo y luego casarse.

—Eso no es asunto suyo, maldita sea —espetó Dreng. No le gustaba escuchar que el pueblo criticara a la nobleza—. No sé quiénes se habrán creído que son.

—Hemos oído que los galeses han llegado a Trench.

Edgar se mostró tan sorprendido como Dreng.

—¡Eso está a solo un par de jornadas desde aquí! —exclamó Dreng.

—Ya lo sé. Me alegro de que vayamos en la dirección contraria, teniendo en cuenta la carga tan valiosa que transportamos.

Edgar terminó de comer y regresó al trabajo. El nuevo cobertizo estaba creciendo rápidamente, una hilera de piedras sobre la anterior. Pronto tendría que empezar a tallar la madera para el tejado.

Dreng's Ferry no contaba con defensas de ningún tipo para repeler una invasión galesa, eso pensó el joven; ni tampoco, para el caso, contra un ataque vikingo si estos conseguían alguna vez llegar hasta ese punto alto del río. Por otra parte, los invasores podían considerar que no había gran cosa para ellos en un lugar como ese, a menos que supieran de la existencia de Cuthbert y de su taller de orfebrería. Edgar creía que Inglaterra era un lugar peligroso, con los vikingos al este y los galeses al oeste, y los hombres como Dreng en medio de ambos lugares.

Pasada una hora, los dos viajeros volvieron a cargar al burro y Edgar los llevó en la barcaza hasta la otra orilla del río.

Cuando regresó, encontró a Blod escondida en el edificio a medio construir de la taberna. Estaba llorando y tenía sangre en el vestido.

—¿Qué ha ocurrido? —le preguntó.

—Esos dos forasteros han pagado para fornicar conmigo —dijo.

Edgar se quedó impactado.

—Pero ¡si todavía no hace ni dos semanas que tuviste al niño!

No estaba muy seguro de cuánto era el tiempo de abstinencia sexual para las mujeres que acababan de dar a luz, pero estaba claro que tardarían un mes o dos en recuperarse de aquello que había visto experimentar a Blod.

—Por eso me duele tanto —aclaró ella—. Y el segundo no me quería pagar todo lo que le pedía porque ha dicho que lo he estropeado llorando. Y ahora Dreng va a pegarme.

—Oh, por Cristo bendito —exclamó Edgar—. ¿Qué vas a hacer ahora?

—Voy a matarlo antes de que él me mate a mí.

Edgar no la creía capaz, pero le hizo una pregunta práctica:

—¿Cómo lo harás?

Blod tenía un cuchillo, como todo el mundo con más de cinco años, pero el suyo era pequeño, como el de un niño, y no le estaba permitido tenerlo muy afilado. No podía matar a nadie con él.

—Voy a levantarme por la noche —dijo—, te robaré el hacha y clavaré el filo en el corazón de Dreng.

—Entonces te ejecutarán.

—Pero moriré satisfecha.

—Yo tengo una idea mejor —sugirió Edgar—. ¿Por qué no huyes? Podrías irte sin que te vieran cuando se vayan a dormir; por lo general están borrachos al caer la noche, no se despertarán. Es un buen momento: los invasores galeses están a solo dos días del pueblo. Viaja de noche y ocúltate durante el día. Podrías ir a reunirte con los tuyos.

—¿Qué pasa con el clamor de haro?

Edgar asintió en silencio. El clamor de haro era el medio gracias al cual los delincuentes eran arrestados. Todos los hombres estaban obligados por ley a perseguir a cualquiera que hubiera cometido un delito dentro de la demarcación. Si se negaban a hacerlo, debían cubrir los gastos de los perjuicios causados por el delito; por lo común, el valor de los bienes robados. Los hombres no solían negarse: les interesaba capturar a los criminales y, en cualquier caso, la persecución era emocionante. Si Blod huía, Dreng debería emitir un clamor de haro, y era muy probable que la joven esclava fuera capturada.

Sin embargo, Edgar ya había pensado en ello.

—Cuando te hayas ido, llevaré la barcaza río abajo y la amarraré en algún lugar para regresar a pie. Cuando vean que ya no está, creerán que la has usado para escapar y supondrán que has ido río abajo, para navegar más deprisa y poner la máxima distancia entre ellos y tú. Así que te buscarán por el río, pero hacia el este. Mientras tanto, tú te habrás marchado en dirección contraria.

El rostro constreñido de Blod se iluminó, esperanzado.

—¿De verdad crees que podría huir?

—No lo sé —respondió Edgar.

Edgar no fue consciente de lo que había hecho hasta más adelante.

Si ayudaba a huir a Blod, estaría cometiendo un delito. Hacía solo unos días se había presentado ante el consejo de la demarcación y había insistido en que debía cumplirse la ley. En ese momento estaba a punto de quebrantarla. Si lo descubrían, sus vecinos tendrían poca piedad con él: lo llamarían hipócrita. Sería condenado a pagar a Dreng el precio de una nueva esclava. Estaría endeudado durante años. Incluso podía llegar a convertirse en esclavo.

No obstante, no podía faltar a su palabra. Ni siquiera se lo planteaba. Estaba harto de ver cómo trataba Dreng a Blod y le resultaba inconcebible permitir que siguiera siendo así. Quizá había principios más importantes que el imperio de la ley.

Sencillamente, se aseguraría de que no lo descubrieran.

Dreng había estado bebiendo más de lo habitual desde el consejo de la demarcación, y esa noche no fue ninguna excepción. Cuando empezó a oscurecer, ya arrastraba las palabras al hablar. Sus esposas lo animaban a beber porque, cuando estaba borracho, solía errar el blanco de sus puñetazos. Por la noche apenas fue capaz de desabrocharse el cinto y envolverse en su capa antes de caer inconsciente sobre las esteras del suelo.

Leaf siempre bebía muchísimo. Edgar sospechaba que lo hacía para no resultarle atractiva a Dreng. El joven jamás los había visto abrazarse. Ethel era la mujer escogida por Dreng para el acto sexual cuando estaba lo bastante sobrio, lo cual no ocurría muy a menudo.

Ethel no se dormía tan rápido como los demás y Edgar escuchó con atención su respiración, esperando a que adquiriese el ritmo constante del sueño profundo. Se acordó de una noche de hacía meses cuando se había quedado despierto en su casa familiar de Combe. Lo sobrecogió el dolor al recordar lo emocionante que le había parecido imaginar el futuro junto a Sunni y lo desolador que le parecía sin ella.

Tanto Leaf como Dreng estaban roncando, Leaf con un rumor constante; Dreng, con sonoros ronquidos seguidos por suspiros ahogados. Al final la respiración de Ethel se tornó regular. Edgar miró al otro extremo de la sala, donde se encontraba Blod. Vio su rostro iluminado por el fuego del hogar. Tenía los ojos abiertos y estaba esperando su señal.

Había llegado el momento de la decisión final.

Edgar se incorporó y Dreng se movió.

El joven volvió a recostarse.

Dreng dejó de roncar, se dio la vuelta, respiró con normalidad un minuto y luego se levantó a duras penas. Cogió un vaso, lo llenó con agua del balde, bebió y ocupó de nuevo su sitio en el suelo.

Pasado un rato, los ronquidos se reiniciaron.

Edgar sabía que no habría una ocasión mejor. Se enderezó. Blod hizo lo mismo.

Ambos se levantaron. Edgar se mantuvo atento a cualquier cambio sonoro de los durmientes. Descolgó su hacha del gancho, se dirigió de puntillas hasta la puerta y se volvió a mirar.

Blod no lo había seguido. Estaba agachada sobre Dreng. Edgar sintió un pánico repentino. ¿Iba a matar a su torturador? ¿Habría pensado que podía degollarlo y escapar? Eso habría convertido a Edgar en cómplice de asesinato.

Sobre las esteras que Dreng tenía a su lado se encontraba su cinto con la daga metida en la vaina. Era la que usaba para sus quehaceres diarios, incluido cortar carne, pero tenía una hoja más larga y afilada que la de Blod. A Edgar se le cortó la respiración. Blod sacó con sigilo la daga de su funda y el joven estuvo seguro de que iba a apuñalar al asesino de su hijo. Ella se levantó con el arma blanca en la mano. Luego enrolló el mango de la daga en el cordón que usaba a modo de cinturón y se volvió hacia la puerta.

Edgar reprimió un grito de alivio.

Supuso que Blod había robado el cuchillo de Dreng como precaución por si se topaba con hombres peligrosos durante sus caminatas nocturnas, situación en la que su pequeño cuchillo no le serviría de gran cosa.

Edgar abrió la puerta lentamente. Esta crujió, pero no muy alto.

La mantuvo abierta para Blod y ella la cruzó, seguida por Manchas. Por suerte, la perra era lo bastante lista para saber cuándo no debía ladrar.

El joven se quedó contemplando a los durmientes por última vez. Para su espanto, vio que Ethel tenía los ojos abiertos como platos y que estaba mirándolo. Creyó que iba a parársele el corazón.

La miró fijamente. ¿Qué haría la mujer? Durante un largo rato ambos quedaron paralizados. Tal vez ella estuviera buscando el valor para alertar con un grito a Dreng.

Pero Ethel no hizo nada.

Edgar salió y cerró la puerta con sigilo tras de sí.

Permaneció inmóvil y en silencio en el exterior, esperando oír el grito de alarma, pero solo oyó el suave rumor del río. Ethel había decidido dejarlos marchar. Una vez más Edgar estuvo a punto de desplomarse por el alivio que sintió.

Se colgó el hacha del cinto.

El cielo estaba parcialmente cubierto y la luna asomaba por detrás de una nube. El agua del río cabrilleaba, pero la aldea estaba sumida en la oscuridad. Edgar y Blood ascendieron a pie por la colina que se elevaba entre las casas. Edgar temía que algún chucho los oyera y empezara a ladrar, pero no ocurrió nada: los perros del pueblo seguramente reconocían sus pasos u olfateaban a Manchas, o ambas cosas. Por la causa que fuera, decidieron que no había motivos para alarmarse.

Cuando Edgar y Blod pasaron por delante de la iglesia, ella entró en el recinto del templo. Edgar se sintió sobresaltado. ¿Qué pensaba hacer?

La hierba todavía no había crecido sobre la tumba de su hijo. Sobre la tierra revuelta había una cruz hecha con piedras, debía de ser obra de la propia Blod. Se arrodilló a los pies del crucifijo con las manos unidas para la oración y Edgar imitó el gesto.

Con el rabillo del ojo vio que alguien salía de la casa de los clérigos.

Tocó a Blod en el brazo para advertirla. Vio que se trataba del padre Deorwin. El anciano avanzó tambaleante unos metros y luego se levantó el faldón del hábito. Edgar y Blod permanecieron quietos como estatuas. No había forma de que fueran invisibles, pero el joven esperaba que, a ojos de un anciano, pasaran desapercibidos en la oscuridad.

Como a todos los niños, a Edgar le habían enseñado que era de mala educación mirar mientras alguien se aliviaba, pero en ese momento miró a Deorwin con preocupación, rezando para que el viejo no levantara la vista. Sin embargo, el sacerdote estaba muy concentrado y no tenía interés alguno en echar un vistazo a la aldea mientras sus habitantes dormían en la oscuridad. Al final dejó caer su hábito y regresó a la casa con parsimonia. Durante un instante dirigió el rostro hacia Edgar y Blod, y el joven se tensó a la espera de que reaccionara. No obstante, el sacerdote no los vio y regresó al interior de su hogar.

Blod y Edgar siguieron su camino, agradeciendo que el anciano tuviese tan mal la vista.

Continuaron hasta la cima del monte. En la cresta se bifurcaba el camino. Blod se dirigiría hacia el noroeste, en dirección a Trench.

—Adiós, Edgar —se despidió Blod.

Parecía triste. Debería haberse sentido feliz, estaba huyendo en busca de su libertad.

—Buena suerte —le deseó Edgar.

—Nunca volveré a verte.

«Espero que no —pensó Edgar—. Si volvemos a vernos, significará que te han atrapado.»

—Saluda de mi parte a Brioc y a Eleri —dijo.

—¡Te has acordado de cómo se llaman mis padres!

Él se encogió de hombros.

—Me gusta cómo suenan sus nombres.

—Lo sabrán todo sobre ti. —Ella lo besó en la mejilla—. Has sido un amigo para mí —afirmó—. El único.

Él se había limitado a tratarla como a un ser humano.

—No ha sido nada.

—Lo ha sido todo para mí.

Blod lo rodeó con los brazos, apoyó la cabeza en su hombro y lo abrazó con fuerza. No solía demostrar emoción alguna y lo cariñoso de su abrazo sorprendió a Edgar.

Ella se apartó y, sin volver a hablar, se alejó por el camino. No volvió a mirar atrás.

El joven siguió observándola hasta que ya no la vio más.

Descendió por la colina y continuó pisando con sigilo. Parecía que nadie más se había despertado. Eso era bueno: si lo veían en ese momento, no podría poner ninguna excusa plausible. Una esclava había huido y él estaba despierto y caminando en plena noche; su condición de cómplice resultaba innegable. Era muy difícil imaginar siquiera las consecuencias de aquel acto.

Se sintió tentado de volver a entrar en la taberna y tumbarse al cobijo de la cómoda seguridad, pero había prometido dejar un falso rastro sobre la trayectoria de Blod.

Fue hacia la orilla del río y soltó el amarre de la barcaza. Manchas subió de un salto. Edgar embarcó y levantó con sigilo la pértiga.

Solo fue necesario empujarla una vez para que la barca se adentrara en la corriente. La potencia del agua llevó la embarcación hasta la orilla norte de la isla de los Leprosos. Edgar usó la pértiga para mantenerse alejado de ambas orillas.

Pasó navegando junto a la granja. Erman y Eadbald habían arado el campo y la luna iluminaba los surcos húmedos. No se veía lumbre alguna en la casa, ni siquiera la del hogar, porque carecía de ventanas.

La corriente se aceleraba un poco hacia la derecha, en el centro del río. Manchas se puso en guardia dirigiéndose hacia la proa, olisqueando el aire, con las orejas levantadas, atenta a cualquier ruido. Pasaron a través de un espeso bosque intercalado por aldeas con asentamientos de una única familia. Un búho ululó y Manchas comenzó a gruñir.

Pasada una hora, Edgar empezó a observar con detenimiento la margen izquierda en busca de un lugar adecuado donde amarrar la barcaza. Necesitaba una ubicación donde la embarcación pudiera haberse enredado con la vegetación de la orilla de forma tan intrincada que una muchacha bajita y menuda no pudiera sacarla de allí. Debía dejar falsas pruebas que demostraran una coartada sencilla y clara. Si cometía el más mínimo error, las sospechas no tardarían en recaer sobre él. No debía dejar ni un resquicio para la duda.

El lugar que escogió fue una pequeña playa de guijarros cubierta por árboles de ramas colgantes y arbustos. Se acercó a la orilla con ayuda de la pértiga y bajó de un salto. Con cierto esfuerzo, sacó parte de la pesada embarcación fuera del agua y la empujó hasta meterla entre la vegetación.

Retrocedió para observar la escena que había creado. Parecía exactamente como si una persona inexperta hubiera perdido el control de la barcaza y esta se hubiera enredado entre la maleza, quedando varada.

Había llevado a cabo su misión. Lo siguiente era regresar caminando.

Primero debía cruzar el río. Se quitó la túnica y los zapatos y formó un hatillo con ellos. Se metió en el agua, sujetando la ropa por encima de la cabeza con una mano para que no se mojara, y cruzó a nado. Al llegar a la otra orilla se vistió a toda prisa, temblando, mientras Manchas se sacudía con energía para secarse.

Edgar y su perra emprendieron el camino de regreso a casa uno junto a la otra.

En el bosque habría personas. Sin embargo, incluso Testa de Hierro estaría durmiendo a esas horas. Si alguien seguía despierto y merodeando por el lugar, Manchas le advertiría. De todas formas se sacó el hacha del cinto para estar listo en caso de cualquier imprevisto.

¿Funcionaría su coartada? ¿Deducirían Dreng y los demás habitantes de la aldea lo que Edgar pretendía que creyeran? De pronto fue incapaz de valorar lo creíble que resultaba su ardid. Las dudas lo atormentaban: no podía soportar siquiera la idea de que volvieran a capturar a Blod, después de todo lo que había sufrido.

Pasó junto al redil de Theodberht Clubfoot y el perro del ovejero ladró. Al joven lo asaltó un instante de ansiedad: si Theodberht lo veía, su ardid perdería toda credibilidad. Se apresuró y el perro dejó de ladrar. No salió nadie de la casa.

Mientras caminaba por la orilla, de tanto en tanto con muchos problemas para cruzar por la espesa vegetación, se dio cuenta de que el camino era más largo a pie que con la barcaza, y tardó casi dos horas en regresar. La luna se ocultó cuando pasaba por la granja y las estrellas quedaron oscurecidas por una nube, así que realizó el último tramo totalmente a oscuras.

Logró volver a la taberna de memoria y a tientas. Era el último momento peligroso. Se detuvo ante la puerta para aguzar el oído, pero los únicos sonidos del interior eran los ronquidos. Levantó el pasador con cuidado y empujó la puerta para abrirla. Los ronquidos siguieron inalterables. Entró. A la luz de la lumbre vio las siluetas de los durmientes: Dreng, Leaf y Ethel.

Colgó el hacha de su gancho y se tumbó con sigilo sobre la estera. Manchas se acostó junto al fuego.

Edgar se quitó los zapatos y el cinturón, cerró los ojos y se tumbó. Después de tanta tensión, pensó que permanecería en vela durante largo rato, pero se quedó dormido en cuestión de segundos.

Se despertó cuando alguien lo sacudió por el hombro. Abrió los ojos y vio que ya era de día. Era Ethel quien lo despertaba. Edgar echó un vistazo rápido y vio que Dreng y Leaf seguían durmiendo.

Con un brusco movimiento de la cabeza, Ethel le hizo una señal y salió al exterior. Él la siguió.

Edgar cerró la puerta tras de sí.

—Gracias por no delatarnos —dijo.

Ya era demasiado tarde para que Ethel lo hiciera, ya que tendría que haber confesado que los había visto marcharse y no había hecho nada. En ese instante ella también era cómplice.

—¿Qué ha pasado? —preguntó ella susurrando.

—Blod se ha marchado.

—¡Creía que habíais huido juntos!

—¿Juntos? ¿Por qué iba yo a huir?

—¿No estás enamorado de Blod?

—Desde luego que no.

—Oh. —Ethel se quedó pensativa mientras se replanteaba sus suposiciones—. Entonces ¿por qué te has ido con ella en plena noche?

—Solo para acompañarla.

A Edgar no le gustaba mentir, aunque empezaba a darse cuenta de que una mentira llevaba a otra.

Ethel se fijó en algo.

—La barcaza ha desaparecido.

—Ya te lo contaré todo en otro momento —dijo Edgar—. Mientras tanto, debemos actuar con normalidad. Diremos que no sabemos dónde está Blod, que no entendemos su desaparición, pero que no nos preocupa, porque seguramente volverá a aparecer.

—Está bien.

—Para empezar, iré a por leña para que enciendas el fuego.

Ethel entró en la taberna. Cuando Edgar regresó con la leña, Dreng y Leaf ya estaban despiertos.

—¿Dónde está mi daga? —preguntó Dreng.

—Donde la dejaras anoche —respondió Leaf con irritación. Jamás estaba de buen humor por las mañanas.

—La dejé aquí, en su vaina, colgada de mi cinto. Tengo el cinturón en la mano, con la funda, pero no está el cuchillo.

—Bueno, pues yo no lo tengo.

Edgar dejó la leña y Ethel empezó a encender el fuego.

Dreng miró a su alrededor.

—¿Dónde se ha metido esa esclava?

Nadie respondió.

Dreng se dirigió a Edgar:

—¿Por qué has ido tú a por la leña? Ese es el trabajo de la esclava.

—Supongo que habrá ido a la iglesia, a visitar la tumba de su hijo —dijo Edgar—. A veces lo hace a primera hora de la mañana, cuando tú todavía estás muerto para el mundo.

—¡Debería estar aquí! —gritó Dreng, indignado.

—No te preocupes, yo iré a por el agua —dijo Edgar levantando el cubo.

—Ir a por agua también es su trabajo, no el tuyo.

Edgar iba a hacer otro comentario conciliador, cuando se dio cuenta de que podría levantar sospechas al ser tan considerado, así que se permitió expresar sus verdaderos sentimientos:

—¿Sabes una cosa, Dreng? La vida te hace un ser tan amargado que no entiendo por qué no te tiras al maldito río y te ahogas de una vez.

—¡Maldito perro insolente! —espetó Dreng.

Edgar salió al exterior.

En cuanto estuvo fuera se dio cuenta de que debía mostrarse sorprendido ante la desaparición de la barcaza.

Abrió de nuevo la puerta.

—¿Dónde está la barca? —preguntó.

—Donde está siempre, muchacho estúpido —respondió Dreng.

—No, no está.

Dreng se asomó a la puerta y echó un vistazo.

—¿Y dónde se ha metido?

—Eso es lo que estaba preguntándote.

—Bueno, pues tú deberías saberlo.

—Es tu barcaza.

—Se la habrá llevado la corriente. No la habrás amarrado bien.

—La amarré con fuerza. Siempre lo hago.

—Pues entonces supongo que las hadas del bosque la habrán desamarrado —soltó Dreng—. ¿Es eso lo que insinúas?

—Ellas o Testa de Hierro.

—¿Para qué iba a querer Testa de Hierro una barca?

—¿Y para qué iban a quererla las hadas del bosque?

Dreng empezó a sospechar.

—¿Dónde se ha metido esa esclava?

—Eso ya lo has dicho.

Dreng era un ser maligno, pero no era idiota.

—La barca no está, mi daga ha desaparecido y la esclava también —dijo.

—¿Qué insinúas, Dreng?

—La esclava ha huido en la barcaza, idiota. Está claro.

Por una vez a Edgar no le importó la brusquedad de Dreng. Le alegraba que hubiera llegado enseguida a la conclusión que él había planeado.

—Iré a mirar al camposanto de la iglesia —dijo.

—Llama a la puerta de todas las casas, no tardarás mucho. Diles a todos que tenemos que emitir el clamor de haro a menos que la encontremos dentro de un par de minutos.

Edgar siguió todas las órdenes. Se dirigió al camposanto, miró en el interior de la iglesia y luego entró en la casa de los clérigos. Las madres estaban alimentando a sus hijos. Anunció a los hombres que con seguridad se emitiría un clamor de haro a menos que Blod apareciera de pronto. El clérigo más joven empezó a atarse los cordones y a ponerse el manto. Edgar miró con intensidad a Deorwin, pero el anciano lo ignoró y no parecía haber visto nada raro durante la noche.

El joven fue a la casa de Bebbe la Gorda para poder decir que había buscado a Blod allí. Bebbe estaba dormida y no la despertó. Las mujeres no estaban obligadas a responder al clamor de haro y, de todas formas, ella habría sido demasiado lenta.

Los demás residentes eran pequeñas familias de siervos que trabajaban para la colegiata encargándose de la cocina, la limpieza, la colada y otras tareas domésticas. Edgar despertó a Cerdic, quien les suministraba la leña procedente del bosque, y a Hadwine, al que llamaban Had, quien cambiaba las esteras del suelo.

Cuando regresó a la taberna, el grupo ya estaba congregándose. Degbert y Dreng iban a caballo. Todos los perros de la aldea estaban presentes: podrían olfatear a una fugitiva hasta localizar su escondite. Degbert señaló que sería útil darles alguna vieja prenda de Blod para que olfatearan y así sabrían qué olor estaban rastreando, pero Dreng dijo que su esclava llevaba puestas las únicas ropas que tenía.

—Edgar, ve a buscar una cuerda del baúl de la casa —le ordenó su patrón—, por si necesitamos atar a la esclava.

El joven obedeció la orden.

Cuando salió de la taberna, Dreng levantó la voz para dirigirse a todos ellos:

—Ha robado la barcaza y es una embarcación pesada para que una muchacha la empuje con la pértiga río arriba, así que sin duda habrá navegado río abajo.

Edgar se alegraba de ver que el tabernero continuaba sobre la pista falsa. Sin embargo, Degbert no se mostró tan crédulo.

—¿Podría haber desamarrado la barcaza y dejado que se la llevara la corriente para darnos esquinazo mientras se dirigía en la otra dirección?

—No es tan lista —advirtió Dreng.

Había otro punto débil en la suposición de Degbert, pero Edgar no se molestó en señalarlo, porque temía parecer muy suspicaz con la cuestión de ir a buscarla río abajo. Sin embargo, Cuthbert la sugirió por él:

—La barcaza no habría ido muy lejos sin navegante. La corriente la habría llevado hasta la playa que se encuentra frente a la isla de los Leprosos.

Otros asintieron con la cabeza: ese era el punto donde se acumulaban más desperdicios a la deriva.

—Hay otra embarcación —dijo Cerdic—, la que pertenece a las monjas. Podríamos pedirla prestada.

—La madre Agatha no nos la dejará así como así —aclaró Cuthbert—. Está enojada con nosotros por lo de la muerte del niño. Seguramente opina que Blod ha hecho bien en marcharse.

—Pues nos la llevamos sin más —sugirió Cerdic encogiéndose de hombros.

—Es una embarcación pequeña —señaló Edgar—, con capacidad para solo dos personas. No nos sería de gran ayuda.

—No quiero tener problemas con Agatha —zanjó Dreng con decisión—, ya tengo bastantes preocupaciones. Vamos a ponernos en marcha. La esclava está alejándose más con cada minuto que pasa.

De hecho, pensó Edgar, seguramente, a esas alturas, ya estaba escondida en algún lugar del bosque hacia el noroeste, entre el pueblo y Trench. Estaría en medio de la densa maleza, oculta, intentando recuperar algo de sueño en el frío suelo. La mayoría de las criaturas del bosque eran apocadas y permanecerían alejadas de ella. Incluso un jabalí agresivo o un lobo no atacarían a un ser humano si este no los provocaba, a menos que la persona estuviera evidentemente herida o, por otra parte, fuera incapaz de defenderse. El peligro principal serían los bandidos como Testa de Hierro, y Edgar esperaba que no la sorprendieran esa clase de individuos.

Los hombres de Dreng's Ferry se pusieron en marcha río abajo por la margen derecha y Edgar empezó a sentir que su plan estaba funcionando. Se detuvieron en la granja y tanto Erman como Eadbald se sumaron al grupo. En el último momento Cwenburg también decidió acompañarlos. Estaba embarazada de casi cuatro meses, pero apenas se le notaba y era una joven fuerte.

Los caballos resultaron ser un impedimento. Avanzaban bien en las zonas en que la orilla estaba cubierta de hierba, pero el terreno a menudo era de bosque denso y debían cruzar con ellos por matorrales intrincados y árboles jóvenes. El celo y la emoción disminuyeron entre los hombres y los perros a medida que la marcha se hacía más extenuante.

—¿Estamos seguros de que tomó este camino? —preguntó Degbert—. Su tierra natal se encuentra en dirección contraria.

El comentario puso nervioso a Edgar.

Por suerte, Dreng se mostró en desacuerdo con su hermano.

—Se ha dirigido a Combe —afirmó—. Cree que allí no llamará la atención. Un pueblo grande siempre está lleno de extraños. No es como una aldea, donde todos los viajeros deben explicar su presencia allí.

—No sé yo... —dudó Degbert.

Nadie lo sabía con certeza, por fortuna, pensó Edgar, así que tuvieron que seguir la suposición más probable, y era la de Dreng.

Pronto llegaron a la casa de Theodberht Clubfoot. Un esclavo estaba vigilando a las ovejas con ayuda de un perro. El animal ladró y Edgar reconoció el ladrido: era el que había oído en plena noche. Qué suerte que los perros no supieran hablar.

Theodberht salió renqueando de la casa, seguido por su esposa.

—¿Por qué se ha emitido el clamor de haro? —preguntó.

—Mi esclava escapó anoche —aclaró Dreng.

—La conozco —dijo el ovejero—. Me fijé en ella cuando estuve en la taberna. Una chica de unos catorce años...

Estaba a punto de decir algo más cuando miró a su mujer y cambió de idea. Edgar supuso que había hecho algo más que solo fijarse en Blod.

—¿No la has visto en las últimas doce horas? —le preguntó Dreng.

—No, pero alguien pasó por aquí anoche. El perro ladró.

—Debía de ser ella —dijo Dreng con decisión.

Los otros lo corroboraron con entusiasmo y todos se sintieron más animados. Edgar estaba encantado. El perro de Theodberht le había hecho un favor inesperado.

—Cuando tu perro ladró, ¿fue a primera hora de la noche o cuando ya estaba a punto de amanecer?

—No tengo ni idea.

—Fue más o menos a media noche —dijo la mujer del ovejero—. Yo también me desperté.

—Ya debe de estar muy lejos a estas alturas —añadió Theodberht.

—Eso no importa —dijo Dreng—. Atraparemos a esa pequeña ramera.

—Os acompañaría —se excusó Theodberht—, pero no haría más que retrasaros.

Dreng emitió un gruñido y el grupo reemprendió la marcha.

Poco después llegaron a un lugar que Edgar no había visto en la oscuridad. Un par de metros tierra adentro desde el río había un cercado con tres caballos. Junto a la puerta del cercado se encontraba el mastín más grande que Edgar había visto en su vida, tumbado bajo un cobertizo rudimentario. Estaba atado con una cuerda lo suficientemente larga para atacar a cualquiera que intentara robar los caballos. Junto al cercado había una casa bastante maltrecha.

—Cazadores de caballos —dijo Degbert—. Ulf y Wyn.

Había ponis salvajes en el bosque, tímidos y veloces, difíciles de ver, difíciles de atrapar y muy reacios a ser domados. Era una forma de vida muy especializada y quienes la adoptaban eran individuos rudos, violentos con los animales y poco sociables con los seres humanos.

Dos personas salieron de la casa: un hombre pequeño y enjuto y su esposa, más corpulenta, ambos con ropajes sucios y gruesas botas de cuero.

—¿Qué queréis? —preguntó Ulf.

—¿Habéis visto a mi esclava? —preguntó Dreng—. Una chica galesa de unos catorce años.

—No.

—¿Pasó alguien por aquí anoche? ¿Vuestro perro ladró?

—No lo tenemos para que ladre. Lo tenemos para que muerda.

—¿Nos serviríais un vaso de cerveza? Pagaremos por ella.

—No tenemos cerveza.

Edgar disimuló la sonrisa. Dreng había encontrado la horma de su zapato.

—Debes responder al clamor de haro y ayudarnos a encontrarla.

—Yo no.

—Así lo dicta la ley.

—No vivo en vuestra demarcación.

Edgar supuso que, con toda probabilidad, nadie sabía exactamente en qué demarcación vivían Ulf y Wyn. Eso los mantenía exentos de pagar las rentas y tributos. Considerando lo poco que parecían tener, a nadie le valdría la pena intentar intimidarlos.

—¿Dónde está tu hermano? —le preguntó Dreng a Wyn—. Creía que vivía aquí, contigo.

—Begstan murió —dijo ella.

—¿Y dónde está su cuerpo? No lo enterraste en la colegiata.

—Lo llevamos a Combe.

—Mentirosa.

—Es la verdad.

Edgar supuso que habrían enterrado a Begstan en el bosque para ahorrarse pagar a un sacerdote. Aunque no tenía importancia.

—Sigamos adelante —ordenó Dreng con impaciencia.

El grupo no tardó en llegar al lugar donde Edgar había dejado varada la barcaza. El joven la vio antes que nadie, pero decidió que él no podía ser quien la localizara primero: eso podría levantar sospechas. Esperó a que algún otro la viera. Estaban todos mirando hacia el camino que tenían por delante, bosque traviesa, y Edgar empezó a pensar que nadie la vería.

—Mirad —dijo por fin su hermano Erman—. ¿Esa no es la barcaza de Edgar, en la otra orilla del río?

—No es suya, es mía —aclaró Dreng con desagrado.

—Pero ¿qué está haciendo ahí?

—Parece que, si la esclava llegó navegando hasta aquí, por algún motivo decidió seguir a pie hasta más lejos —dijo Degbert.

Había abandonado la teoría de la ruta alternativa, observó Edgar con satisfacción.

Cuthbert estaba sudando y jadeando; era demasiado gordo para esa clase de esfuerzo.

—¿Cómo vamos a cruzar? —preguntó—. La barcaza está en la otra orilla.

—Edgar irá a buscarla —indicó Dreng—. Él sabe nadar.

Al joven no le importaba, aunque fingió hacerlo a regañadientes. Se quitó los zapatos y la túnica con parsimonia y, desnudo, se metió temblando en el agua helada. Nadó hasta la otra orilla, llegó hasta la barcaza y regresó empujándola con la pértiga.

Volvió a vestirse mientras el grupo embarcaba. Los llevó en la barcaza y la amarró.

—La esclava está huyendo por la margen del río —intervino Degbert—. Se encuentra en algún punto entre este lugar y Combe.

Combe se hallaba a dos jornadas de camino desde Dreng's Ferry. El clamor de haro no tenía efecto hasta tan lejos.

A mediodía se detuvieron en una aldea llamada Longmede, que marcaba el límite sudeste de la demarcación. Allí nadie había visto a una esclava fugitiva, como Edgar ya sabía. Compraron pan y cerveza a los aldeanos y se sentaron a descansar.

Cuando hubieron comido, Degbert habló:

—No hay ni rastro de ella desde que hemos estado en el redil de Theodberht.

—Me temo que hemos perdido su pista —dijo Cuthbert.

Edgar supuso que estaba deseando acabar con todo y volver a casa.

—¡Es una esclava valiosa! —protestó Dreng—. No puedo pagar a otra. No soy un hombre rico.

—Hace tiempo que ha pasado el mediodía —comentó Degbert—. Si queremos estar de regreso en casa cuando caiga la noche, tenemos que dar la vuelta ahora.

—Podemos regresar a la barcaza y volver con ella —sugirió Cuthbert.

—Edgar puede llevarnos con la pértiga —dijo Dreng.

—No —negó Edgar—. Navegaríamos contracorriente. Harán falta dos hombres para empujar las pértigas al mismo tiempo y se cansarían después de una hora. Tendremos que turnarnos.

—Yo no puedo hacerlo —protestó Dreng—. Tengo problemas de espalda.

—Contamos con suficientes hombres jóvenes para hacerlo con facilidad —afirmó Degbert, decidido. Levantó la vista en dirección al sol—. Pero será mejor que nos pongamos ya en marcha.

Se levantó.

El grupo emprendió el viaje de regreso.

Blod había huido, pensó Edgar con júbilo. Su ardid había

funcionado. El clamor de haro había desperdiciado su energía en un viaje inútil. A esas alturas ella ya estaría a medio camino de Trench.

Edgar caminaba con la cabeza gacha, ocultando la sonrisa triunfal que no dejaba de aflorarle en los labios.

13

Finales de octubre de 997

El obispo Wynstan iba a montar en cólera, Aldred lo sabía. La tormenta estalló el día antes de la boda. Esa mañana el abad convocó a Aldred para hablar con él. El novicio que le llevó el mensaje le dijo además que había llegado el hermano Wigferth de Canterbury, y Aldred supo de inmediato lo que significaba aquello.

El novicio lo encontró en el pasillo cubierto que unía el edificio principal de la abadía de Shiring con la iglesia de los monjes. Era allí donde Aldred había establecido su *scriptorium*, que no consistía en nada más que en tres banquetas y un arcón con materiales de escritura. Soñaba con que algún día el *scriptorium* sería una sala del cenobio dedicada por entero a aquella actividad, escalfada por el fuego, donde una docena de monjes amanuenses trabajarían todo el día copiando e iluminando códices. En esos momentos disponía de un ayudante, Tatwine, a quien recientemente se había sumado un novicio con el rostro cubierto de granos llamado Eadgar, y los tres se sentaban en sendas banquetas y escribían en tablas inclinadas que apoyaban sobre sus rodillas.

Aldred apartó a un lado su obra para dejar que se secase y, a continuación, enjuagó el plumín de su pluma en un cuenco con agua y lo secó en el manga de su hábito. Fue al edificio principal y subió por la escalera exterior a la primera planta. Allí se hallaba el dormitorio, y los sirvientes de la abadía estaban sacudiendo los jergones y barriendo el suelo. Atravesó la habitación y entró en las dependencias privadas del abad Osmund.

La sala lograba combinar un aire espartano y práctico con un alto grado de confort discreto. Una estrecha cama junto a la pared contaba con un jergón robusto y gruesas mantas. Había un sencillo crucifijo de plata en la pared este con un reclinatorio delante y un cojín de terciopelo en el suelo, gastado y desvaído pero bien mullido para proteger las ancianas rodillas de Osmund. La cantarilla que había en la mesa contenía vino tinto, no cerveza, y había un pedazo de queso a su lado.

Osmund no era ningún entusiasta de la mortificación de la carne, como podía deducir cualquiera que lo viese. Aunque lucía la sotana negra y de tacto áspero del monasterio y llevaba la coronilla afeitada con la tonsura propia de los monjes, tenía un rostro rubicundo y rollizo, y sus zapatos estaban hechos de piel de ardilla.

El tesorero Hildred se hallaba de pie junto a Osmund, una estampa que a Aldred le era familiar. En ocasiones anteriores eso siempre había significado que Hildred estaba en desacuerdo con algo que Aldred estaba haciendo —normalmente porque costaba dinero— y había convencido a Osmund para que le comunicase su reprobación. En ese momento Aldred miró con atención el enjuto rostro de Hildred, con las mejillas hundidas y oscuras aun recién afeitadas, y advirtió que no reflejaba la habitual expresión de engreimiento que habría sugerido que estaba a punto de tenderle una de sus trampas. De hecho, lucía una expresión casi bondadosa.

El tercer monje de la sala llevaba un hábito manchado por el barro de un largo viaje durante el mes de octubre inglés.

—¡Hermano Wigferth! —dijo Aldred—. Me alegro de verte. —Habían compartido noviciado en Glastonbury, aunque Wigferth tenía otro aspecto en aquel entonces: su cara era ahora más redondeada, su barba se había espesado y el cuerpo, antes delgado, era más rollizo. Wigferth visitaba con frecuencia la región y se rumoreaba que tenía una amante en la población de Trench.

Era el mensajero del arzobispo y el encargado de recaudar las rentas para los monjes de Canterbury.

—Wigferth nos trae una carta de Elfric —dijo Osmund.

—¡Bien! —exclamó Aldred, aunque también sintió una punzada de miedo.

Elfric era el arzobispo de Canterbury, el líder de la Iglesia cristiana en la mitad sur de Inglaterra. Anteriormente había sido obispo de Ramsbury, localidad cercana a Shiring, y Osmund lo conocía bien.

El abad cogió una hoja de pergamino de la mesa y leyó en voz alta:

—«Gracias por vuestro informe sobre la preocupante situación en Dreng's Ferry.»

Aldred había escrito ese informe, aunque era Osmund quien lo había firmado. El monje había relatado con todo lujo de detalles el estado ruinoso de la iglesia, los oficios rutinarios y la opulencia y ostentación de las que hacían gala las casas de los clérigos casados. También había escrito en privado a Wigferth acerca de Dreng y el hecho de que tener dos esposas y una esclava prostituta estuviese plenamente justificado por parte de su hermano, el deán Degbert.

Era esta última carta la que sin duda iba a enfurecer al obispo Wynstan, cuando supiera de ella, puesto que era Wynstan quien había nombrado deán a Degbert, que era su primo, y por eso Osmund había decidido formular sus quejas directamente al arzobispo Elfric: no tenía sentido hablar con Wynstan.

El abad siguió leyendo:

—«Decís que la mejor solución al problema sería echar a Degbert y a sus clérigos y sustituirlos por monjes.»

También aquello había sido por sugerencia de Aldred, pero no era una idea original, pues el propio Elfric había hecho algo similar cuando llegó a Canterbury, expulsando a los sacerdotes indolentes y poblando el monasterio con monjes disciplinados. Aldred tenía muchas esperanzas depositadas en que Elfric accedería a hacer lo mismo con Dreng's Ferry.

—«Estoy de acuerdo con vuestra propuesta» —leyó Osmund.

—¡Una noticia excelente! —exclamó Aldred.

—«El nuevo monasterio estará bajo la jurisdicción de la abadía de Shiring, con un prior sometido a la autoridad del abad de Shiring.»

Eso también había sido una propuesta de Aldred, de modo que se sintió muy complacido. La colegiata de Dreng's Ferry era una abominación y como tal había sido sancionada.

—«El hermano Wigferth también trae una carta para nuestro hermano en Cristo Wynstan, comunicándole mi decisión, puesto que Dreng's Ferry se halla bajo su obispado.»

—La reacción de Wynstan va a ser interesante —dijo Aldred.

—Estará disgustado —comentó Hildred.

—Por decirlo suavemente.

—Pero Elfric es el arzobispo y Wynstan debe ceder ante su autoridad. —Para Hildred, una regla era una regla, y no había nada más que añadir.

—Wynstan piensa que todo el mundo debería obedecer las reglas… excepto él —apuntó Aldred.

—Cierto, pero también conoce a la perfección los entresijos de la política eclesiástica —dijo Osmund tranquilamente—, así que no me imagino que vaya a enfrentarse con el arzobispo por un lugarcillo insignificante como Dreng's Ferry. Si hubiese cosas más importantes en juego, todo sería distinto.

Aldred esperaba que tuviese razón.

—Te acompañaré al palacio episcopal —se ofreció a Wigferth.

Bajaron por la escalera exterior.

—¡Gracias por traernos estas nuevas! —dijo Aldred mientras cruzaban la plaza que conformaba el centro de la ciudad—. Esa horrible colegiata me estaba sacando de quicio.

—El arzobispo reaccionó igual cuando supo lo que ocurre allí.

Pasaron por delante de la catedral de Shiring, una típica iglesia inglesa de grandes dimensiones, con pequeñas ventanas situadas en lo alto de sus gruesas paredes. Junto a ella estaba la residencia del obispo Wynstan: esta y el monasterio eran los dos únicos edificios de dos plantas de todo Shiring. Aldred llamó a la puerta y un joven clérigo acudió a abrirla.

—Este es el hermano Wigferth —dijo Aldred—, que ha venido de Canterbury con una carta del arzobispo Elfric para el obispo Wynstan.

—El obispo no está, pero podéis darme la carta a mí —dijo el clérigo.

Aldred recordó el nombre del joven: Ithamar. Era un diácono y hacía las labores de secretario para Wynstan. Tenía cara de niño y el pelo rubio ceniciento, pero Aldred estaba seguro de que no era ningún angelito.

—Ithamar —le dijo en tono severo—, este hombre es un mensajero del señor de tu señor. Debes darle la bienvenida, invitarlo a entrar, ofrecerle comida y bebida y preguntarle si hay algo más que puedas hacer por él.

Ithamar le lanzó una mirada emponzoñada de resentimiento, pero sabía que Aldred tenía razón, y después de una pausa, dijo:

—Tened la bondad de entrar, hermano Wigferth.

Wigferth permaneció donde estaba.

—¿Cuánto crees que tardará en volver el obispo Wynstan?

—Una hora o dos.

—Esperaré. —Wigferth se dirigió a Aldred—: Volveré en cuanto haya entregado la carta. Prefiero dormir en la abadía.

«Buena decisión», pensó Aldred; la vida en la residencia de un obispo podía ofrecer tentaciones que un monje preferiría evitar.

Se despidieron y Aldred encaminó sus pasos de vuelta a la abadía, pero entonces dudó. Hacía mucho tiempo de la última vez que había visitado a la futura esposa de Wilwulf. Lady Ragna le había dado una cálida bienvenida en Cherburgo y él quería corresponderla de la misma forma en Shiring. Si iba a verla en ese momento, podría transmitirle en persona su enhorabuena por la boda.

Echó a andar entre los comercios y los talleres del centro de la ciudad.

La floreciente ciudad de Shiring estaba al servicio de tres estamentos distintos: el recinto del conde, separado del resto por una empalizada, con sus hombres de armas y su cohorte; la catedral y el palacio episcopal, con sus clérigos y sus sirvientes, y la abadía, con los monjes y los hermanos seglares. Entre los mercaderes se incluían los caldereros, los cuchilleros y otros comerciantes de utensilios domésticos; los tejedores y los costureros; los fabricantes de sillas de montar y guarnición para las caballerías; los leñadores y los carpinteros; los fabricantes de cotas de malla, espadas y yelmos; los arqueros y los flecheros; las lecheras, los panaderos, los fabricantes de cerveza y los matarifes, que abastecían de carne a todos los habitantes.

Sin embargo, la actividad más lucrativa de todas era el bordado; una docena de mujeres de la ciudad pasaban sus días entretejiendo figuras en vistosa lana de colores sobre telas claras de lino. En sus trabajos normalmente plasmaban historias de la Biblia y escenas de la vida de los santos, con frecuencia decoradas con aves exóticas y con formas abstractas en los bordes. El lino bordado —o a veces lana clara— se integraba finalmente en piezas de vestimenta eclesiástica y túnicas reales, y se vendía en toda Europa.

Aldred era muy conocido y la gente lo saludaba al pasar a su lado en la calle. Por el camino se vio obligado a detenerse a charlar con algunos de los habitantes de la ciudad: con un tejedor que arrendaba su casa a la abadía y se estaba atrasando en el pago de su renta; con el proveedor de vino del abad Osmund, que estaba teniendo dificultades para que el tesorero Hildred le pagara lo debido, y con una mujer que quería que los monjes rezasen por su hija enferma, porque todo el mundo sabía que las oraciones de los monjes célibes eran más eficaces que las de los sacerdotes normales.

Cuando al fin llegó al recinto, encontró a todos sus moradores atareados con los preparativos de la boda. La entrada estaba abarrotada de carros que hacían entrega de barriles de cerveza y sacas de harina. Los sirvientes estaban armando largas hileras de mesas de caballete en el exterior; era evidente que iba a haber demasiados invitados para que cupiesen todos en el gran salón. Un carnicero estaba sacrificando animales para las brasas, y había un buey colgado de sus cuartos traseros de la rama de un roble, con la sangre cálida manándole del robusto cuello y cayendo sobre un barril.

Aldred halló a Ragna en la casa que anteriormente ocupaba el más joven de los tres hermanos, Wigelm. La puerta permanecía entreabierta y Ragna estaba allí con tres de sus sirvientes de Cherburgo: la atractiva doncella Cat, la costurera Agnes y el escolta de barba pelirroja llamado Bern. También se hallaba presente Offa, el alguacil de Mudeford, y Aldred se preguntó qué estaría haciendo allí, pero no tardó en concentrar su atención en Ragna. Estaba examinando escarpines de seda de distintos colores con sus dos doncellas, pero levantó la vista y sonrió de oreja a oreja al reconocer a Aldred.

—Bienvenida a Inglaterra —dijo—. He acudido a ver cómo os está yendo en vuestro nuevo hogar.

—¡Hay tanto que hacer…! —respondió ella—. Pero es todo muy emocionante.

Aldred escudriñó su rostro entusiasta. Recordaba que ya le había parecido muy hermosa, pero su recuerdo palidecía al lado de la imagen que tenía delante. Su cerebro no había retenido el insólito azul verdoso de sus ojos, la graciosa curva que trazaban sus marcados pómulos o la exuberante espesura de su melena cobriza, que ahora asomaba por debajo de un pañuelo de seda de color pardo. A diferencia de la mayoría de los hombres, no se sentía atraído al pecado de la lujuria por el reclamo de unos pechos femeninos, pero hasta él se daba cuenta de que la joven tenía una maravillosa figura.

—¿Y cómo os sentís ante la perspectiva de la boda? —le dijo.

—¡Impaciente! —contestó ella, sonrojándose.

«De modo que todo va bien», pensó Aldred.

—Supongo que Wilf también estará impaciente —dijo.

—Quiere un hijo varón —anunció Ragna.

Aldred cambió de tema para ahorrarle más sonrojos:

—Imagino que Wigelm se disgustaría al verse despojado de su casa.

—No podía reclamar prioridad sobre la voluntad de la futura esposa del conde —dijo Ragna—. Además, él está aquí solo: su mujer sigue en Combe, de modo que en realidad no necesita la casa.

Aldred miró alrededor. La casa era una construcción de madera de primera calidad, pero no tan cómoda como podría haber sido. Las casas de madera precisaban de importantes reparaciones tras el transcurso de veinte años, y se desmoronaban por completo al cabo de cincuenta. Vio un postigo torcido en la ventana, un banco con una pata rota y una gotera en el tejado.

—Necesitáis la ayuda de un carpintero —comentó.

Ragna lanzó un suspiro.

—Están todos ocupados fabricando bancos y mesas para la boda. Y el maestro carpintero, Dunnere, suele estar ya borracho a mediodía.

Aldred frunció el ceño; sin duda la prometida del conde debería tener prioridad.

—¿Y no podéis deshaceros de Dunnere?

—Es el sobrino de Gytha, pero sí, está en mis planes cambiar los arreglos con los artesanos encargados del mantenimiento.

—Había un muchacho en Dreng's Ferry que parecía un buen profesional: Edgar.

—Lo recuerdo. ¿Podría pedirle que arreglase esta casa?

—No tenéis por qué pedir nada cuando podéis dar órdenes: el patrón de Edgar es Dreng, el primo de Wilwulf. Simplemente, ordenad a Dreng que os envíe a su sirviente.

Ragna sonrió.

—Todavía no estoy segura de cuáles son los derechos que me corresponden aquí, pero seguiré vuestro consejo.

Una extraña sensación estaba importunando a Aldred. Tenía la impresión de que Ragna había dicho algo importante, pero se le había escapado su significado. Ahora ya no recordaba qué era.

—¿Qué opináis de la familia de Wilwulf? —dijo.

—He hablado con Gytha y ya ha aceptado que yo voy a ser la señora del lugar, pero tengo mucho que aprender y desearía poder contar con su ayuda.

—Estoy seguro de que vais a ganaros las simpatías de todos. Os he visto hacerlo con anterioridad.

—Espero que tengáis razón.

Era evidente que Ragna tenía sus reservas, pero Aldred no estaba seguro de que comprendiese del todo el alcance de cómo iba a ser su vida a partir de entonces.

—Es poco habitual que dos hermanos sean el obispo y el conde del mismo territorio —dijo—. Eso otorga mucho poder a una sola familia.

—Tiene sentido. Wilf necesita a alguien en quien pueda confiar como obispo.

Aldred vaciló antes de contestar a eso:

—Yo no diría exactamente que confía en Wynstan.

Ragna parecía interesada.

Aldred tenía que ir con cuidado con lo que decía. Para él, Wilwulf y su familia eran como gatos salvajes encerrados en una jaula, siempre a punto de atacarse unos a otros, conteniéndose de ejercer la violencia solo por interés, pero no quería mostrarse tan contundente con Ragna por temor a que cayera en el desánimo. Tenía que advertirla sin asustarla.

—Yo diría que sus hermanos no pueden sorprenderlo demasiado, eso es todo —puntualizó el monje.

—El rey debe de sentir simpatía por la familia, para haberles otorgado tanto poder.

—Tal vez la sentía, en el pasado.

—¿A qué os referís?

Aldred se dio cuenta de que no lo sabía.

—Wilwulf ha caído en desgracia ante el rey Etelredo por el trato que ha firmado con vuestro padre. Debería haber solicitado el permiso del rey.

—Él nos dijo que el permiso sería inminente.

—Pues no lo ha sido.

—A mi padre le preocupaba eso. ¿Fue castigado Wilf?

—El rey le impuso una sanción, pero no la ha pagado. Wilf piensa que el rey Etelredo no está siendo razonable.

—¿Qué pasará?

—A corto plazo, nada grave. Si un noble desafía abiertamente la autoridad real, un rey no puede hacer gran cosa de forma inmediata. Aunque a largo plazo, ¿quién sabe?

—¿Hay alguien que actúe como contrapeso ante el poder de la familia? ¿Algún puesto que Wilf no haya podido ocupar con alguien designado por él mismo?

Aquel era el meollo de la cuestión, y Ragna subió en la consideración de Aldred por formular esa pregunta. El monje supuso que la joven había aprendido todo cuanto su padre tenía que enseñarle, y tal vez incluso había contribuido con su propia sabiduría.

—Sí —contestó—. El sheriff, Den.

—¿El sheriff? No tenemos esa figura en Normandía.

—Es lo mismo que el alguacil, el representante del rey en la localidad. Wilwulf quería que Wigelm se quedara con el puesto, pero el rey Etelredo se negó y puso a su propio hombre. Puede que lo llamen Etelredo el Malaconsejado, pero no es del todo necio.

—¿Es un puesto importante?

—Los sheriffs han ido acumulando cada vez más poder.

—¿Y en qué consiste ese poder?

—Tiene que ver con los vikingos. En los últimos seis años Etelredo ha pagado dos veces a los vikingos con dinero para evitar una invasión, pero eso es extremadamente caro. Hace seis años pagó diez mil libras, y hace tres fueron dieciséis mil.

—Oímos hablar de eso en Normandía. Mi padre dijo que era como dar de comer a un león con la esperanza de que dejara de intentar comerte a ti.

—Aquí mucha gente decía algo similar.

—Pero ¿cómo hizo eso más poderosos a los sheriffs?

—Eran ellos quienes debían recaudar el dinero, lo cual significaba que tenían el poder de la fuerza. Ahora un sheriff posee su propia fuerza militar, pequeña pero bien pagada y bien armada.

—Y eso lo convierte en un contrapeso importante para el poder de Wilf.

—Exacto.

—¿Y no entra en conflicto el papel del sheriff con el del conde?

—Constantemente. El conde es responsable de impartir justicia, pero el sheriff debe enfrentarse a las ofensas contra el rey, entre las que se incluye el impago de los tributos. Evidentemente, hay casos limítrofes que causan fricciones.

—Qué interesante.

A Aldred se le ocurrió que Ragna era como un músico palpando con los dedos las cuerdas de una lira, probándola antes de tocarla. Iba a ser toda una personalidad en la región, y puede que hiciese mucho bien. Por otra parte, también cabía la posibilidad de que acabasen por destrozarla.

Si Aldred podía ayudarla, lo haría.

—Decidme si hay algo que pueda hacer por vos —dijo—. Venid a la abadía. —De pronto se le ocurrió que ver a una mujer como Ragna podía ser demasiado para unos monjes jóvenes—. O simplemente enviad un recado.

—Gracias.

Cuando se dirigía a la puerta, su mirada se detuvo de nuevo en la corpulenta figura y la nariz desfigurada de Offa. Como súbdito del conde, el alguacil tenía una casa en la ciudad, pero, que Aldred supiese, nada se le había perdido en la de Ragna. Esta siguió su mirada y dijo:

—¿Conocéis a Offa, el alguacil de Mudeford?

—Sí, por supuesto.

Aldred vio a Ragna mirar de reojo a Agnes, quien bajó la vista tímidamente, y el monje comprendió de inmediato que Offa estaba allí para cortejar a Agnes, obviamente con la aprobación de su señora. Tal vez Ragna viese con buenos ojos que algunas de sus sirvientas echasen raíces en Inglaterra.

Aldred se fue y salió del recinto. En el centro de la ciudad, al cruzar la plaza entre la catedral y la iglesia de la abadía, se encontró con Wigferth, que salía de la residencia del obispo.

—¿Entregaste la carta a Wynstan? —dijo.

—Sí, hace unos instantes.

—¿Y se ha enfadado?

—Ha cogido la carta y ha dicho que la leería más tarde.

—Mmm. —Aldred casi habría preferido que Wynstan hubiese montado en cólera: el suspense se estaba haciendo insoportable.

Los dos monjes regresaron a la abadía. El cocinero estaba sirviendo la comida de mediodía: anguila hervida con cebolla y habas. Mientras comían, el hermano Godleof leía el prólogo de la Regla de San Benito:

—*Obsculta, o fili, praecepta magistri, et incline aurem cordis tui.* —«Escucha, hijo, los preceptos del Maestro y aguza el oído de tu corazón.» A Aldred le encantaba la expresión *aurem cordis*, «el oído de tu corazón», pues sugería una forma de escuchar más intensa y atenta de la normal.

Una vez concluida la comida, los monjes desfilaron por el pasillo cubierto hacia la iglesia para el oficio de nona. Era más grande que la iglesia de Dreng's Ferry, pero más pequeña que la catedral de Shiring. Constaba de dos salas: una nave de unos doce metros de largo y un presbiterio más pequeño, separado por un estrecho arco. Los monjes accedían por una puerta lateral. Los superiores entraban en el presbiterio y ocupaban su lugar alrededor del altar, mientras el resto se situaban de pie en tres hileras ordenadas en la nave, donde también se colocarían los feligreses, aunque rara vez había muchos.

Mientras Aldred cantaba las oraciones junto a sus hermanos, empezó a sentirse en paz consigo mismo, con el mundo y con Dios. En sus viajes había echado de menos aquello.

Sin embargo, ese día la paz no duró demasiado.

Unos minutos después de comenzar el oficio oyó el crujido de la puerta occidental, la entrada principal, que apenas se usaba. Los monjes más jóvenes se volvieron para ver quién entraba. Aldred reconoció el pelo rubio del joven secretario del obispo Wynstan, el diácono Ithamar.

Los monjes mayores siguieron con aire resuelto con la plegaria. Aldred decidió que alguien tenía que averiguar qué era lo que quería Ithamar, de modo que salió de la hilera y habló en susurros con el secretario:

—¿Qué ocurre?

El diácono parecía nervioso, pero habló en voz alta y clara:

—El obispo Wynstan quiere hablar con Wigferth de Canterbury.

Aldred miró involuntariamente a Wigferth, quien le devolvió la mirada con expresión asustada en su cara rolliza. El propio Aldred tenía miedo, pero decidió que no iba a dejarlo ir solo a enfrentarse con un furioso Wynstan: todavía había hombres que respondían a la recepción de un mensaje que no era de su agrado devolviendo la cabeza del mensajero en una saca. No era muy probable que el obispo reaccionase de ese modo, pero tampoco imposible.

Aldred respondió con fingido aplomo:

—Ten la bondad de pedir disculpas al obispo y dile que el hermano Wigferth está rezando el oficio de nona.

Era evidente que Ithamar no quería regresar con aquella respuesta.

—El obispo no recibirá con agrado que le hagan esperar.

Aldred lo sabía. Trató de mantener un tono de voz razonable y sosegado:

—Estoy seguro de que Wynstan no querrá interrumpir a un hombre de Dios mientras atiende el oficio divino.

La expresión de Ithamar transmitía claramente que Wynstan no tenía escrúpulos, pero el joven diácono no parecía querer expresar ese pensamiento en voz alta.

No todos los monjes eran sacerdotes, pero Aldred era ambas cosas, y además su rango era superior al de Ithamar, que era un mero diácono, por lo que tarde o temprano no tendría más remedio que obedecerle. Tras una prolongada deliberación, Ithamar llegó a la misma conclusión y, a regañadientes, se fue de la iglesia.

«Primera batalla ganada a favor de los monjes», pensó Aldred, eufórico. Sin embargo, su sensación de triunfo se vio amortiguada por la certeza de que aquello no iba a acabar allí.

Regresó a la oración, pero su cabeza estaba en otra parte. ¿Qué pasaría después del oficio, cuando Wigferth ya no tuviera ninguna excusa? ¿Acudirían juntos Aldred y Wigferth al palacio del obispo? Aldred no estaba capacitado para hacer de escolta, pero tal vez eso fuese mejor que nada. ¿Podría persuadir al abad Osmund para que los acompañase?

Wynstan sin duda se lo pensaría dos veces antes de contrariar a un abad, aunque, por otra parte, Osmund no era un hombre valiente. Sería muy propio de él decir —como el pusilánime que era— que Elfric de Canterbury era quien había escrito y enviado el mensaje a Wigferth y que, por tanto, correspondía a Elfric proteger a su mensajero.

Sin embargo, el estallido llegó antes de lo esperado.

La puerta principal volvió a abrirse, esta vez con gran estruendo. Los cánticos cesaron de inmediato y todos los monjes se volvieron a mirar. El obispo Wynstan hizo su entrada, con la capa ondeando al viento. A pocos pasos lo seguía Cnebba, uno de sus hombres de armas. Wynstan era un hombre corpulento, pero Cnebba lo era más aún.

Aldred estaba aterrorizado, pero logró disimularlo.

—¿Quién de vosotros es Wigferth de Canterbury? —preguntó Wynstan con un rugido.

Aldred no habría sabido decir por qué, pero fue él quien dio un paso al frente para plantar cara a Wynstan.

—Mi señor obispo —dijo—, estáis interrumpiendo a los monjes durante el oficio de nona.

—¡Interrumpiré a quien a mí me dé la gana! —estalló Wynstan.

—¿Incluso a Dios? —replicó Aldred.

Wynstan se puso rojo de furia y parecía que los ojos fueran a salírsele de las órbitas. Aldred a punto estuvo de dar un paso atrás, pero se obligó a sí mismo a no moverse de su sitio. Vio a Cnebba acercar la mano a su espada.

Detrás de Aldred, el abad Osmund habló desde el altar con voz temblorosa pero resuelta:

—Será mejor que no desenfundes esa espada en la iglesia, Cnebba, a menos que quieras la condena eterna de Dios sobre tu alma mortal.

Cnebba palideció y levantó la mano de golpe como si la empuñadura de la espada lo hubiese quemado.

Puede que Osmund no careciese por completo de coraje, pensó Aldred.

Wynstan había perdido parte de su empuje inicial. Su cólera era formidable, pero los monjes no se habían arredrado ante su ataque de ira. Wynstan concentró su mirada enfurecida sobre el abad.

—Osmund —dijo—, ¿cómo os atrevéis a quejaros ante el arzobispo de una colegiata que se halla bajo mi autoridad? ¡Si ni siquiera habéis estado allí!

—Pero yo sí —intervino Aldred—, y he visto con mis propios ojos la depravación y los pecados de la iglesia en Dreng's Ferry. Era mi deber denunciar lo que vi.

—Cierra la boca, insolente —dijo Wynstan, a pesar de que solo era un par de años mayor que él—; estoy hablando con el maestro, no con el aprendiz. Es tu abad, y no tú, quien intenta arrebatarme mi colegiata e incorporarla a su imperio.

—La colegiata pertenece a Dios, no a los hombres —replicó Osmund.

Era otra respuesta valiente y un nuevo golpe para Wynstan. Aldred empezaba a creer que el obispo iba a tener que marcharse de allí con el rabo entre las piernas.

Sin embargo, sufrir una derrota en las discusiones solo lo volvía aún más amenazador.

—Dios me ha confiado la colegiata a mí —bramó. Dio un paso hacia Osmund y este se estremeció—. Ahora, escuchadme bien, abad: no toleraré que asumáis el control de la iglesia de Dreng's Ferry.

La respuesta de Osmund fue desafiante, pero habló con voz trémula:

—La decisión ya ha sido tomada.

—Pues la recurriré en el consejo comarcal.

Osmund se amilanó.

—Eso sería inaudito —dijo—, una disputa pública entre los dos principales representantes de Dios en Shiring.

—Deberíais haber pensado en eso antes de escribir esa carta traicionera al arzobispo de Canterbury.

—Debéis someteros a su autoridad.

—Pero no lo haré. Si es necesario, iré a Canterbury y denunciaré vuestros pecados allí.

—El arzobispo Elfric ya conoce mis pecados como tales.

—Estoy seguro de que se me ocurrirán unos cuantos de los que no ha oído hablar.

Aldred sabía que Osmund no había cometido pecados graves, pero Wynstan era muy capaz de inventarse algunos e incluso de hacer que algunas personas jurasen ser conocedoras de ellos, si eso servía a sus propósitos.

—Obraríais muy mal contraviniendo la voluntad de vuestro arzobispo —dijo Osmund.

—Y vos obrasteis muy mal al obligarme a llegar a semejante extremo.

Y eso era lo más desconcertante, pensó Aldred. Wynstan no se había visto obligado a nada; Dreng's Ferry no parecía demasiado importante, Aldred estaba seguro de que no merecía la pena ningún enfrentamiento al respecto, pero había sido un error: Wynstan estaba dispuesto a ir a la guerra.

¿Por qué? La colegiata pagaba a Wynstan parte de sus ingresos, aunque no podían ser muy elevados. Proporcionaba trabajo a Degbert, pero no uno demasiado prestigioso. Degbert ni siquiera era un pariente cercano, y además Wynstan podía encontrarle otro puesto muy fácilmente.

Entonces ¿por qué era tan importante Dreng's Ferry?

Wynstan seguía despotricando:

—Esta disputa se prolongará durante años, a menos que hoy toméis la decisión más sensata, Osmund, y os retractéis.

—¿A qué os referís?

—Escribid una respuesta a Elfric. —El tono de Wynstan casi era una parodia de un tono razonable—. Decidle que, en virtud de vuestro espíritu cristiano, no deseáis enfrentaros a vuestro hermano en Cristo, el obispo de Shiring, quien ha prometido solemnemente encauzar la situación en la iglesia de Dreng's Ferry.

Aldred advirtió que Wynstan no había hecho una promesa semejante.

El obispo siguió hablando:

—Explicadle que la decisión de Elfric amenaza con causar un gran escándalo en la comarca y que no creéis que esa insignificante colegiata merezca semejante revuelo.

Osmund se quedó pensativo.

—¡La obra de Dios siempre merece revuelo! —exclamó Aldred, indignado—. Nuestro Señor no vaciló en armar un escándalo cuando echó a los mercaderes del templo. El Evangelio...

Esta vez fue Osmund quien lo mandó callar.

—Deja este asunto a tus superiores —espetó.

—Sí, Aldred, cierra la boca —dijo Wynstan—, ya has hecho suficiente daño.

Aldred inclinó la cabeza, pero le hervía la sangre. Osmund no tenía ninguna necesidad de echarse atrás: ¡tenía al arzobispo de su parte!

—Consideraré vuestra reclamación con más detenimiento —le dijo Osmund a Wynstan.

Pero eso no bastaba para el obispo.

—Voy a escribir a Elfric hoy mismo —dijo—. Le diré que su sugerencia, insisto, su sugerencia, no es bienvenida; que vos y yo hemos discutido el asunto y que creo que estáis de acuerdo conmigo, tras una profunda reflexión, en que la colegiata no debería convertirse en un monasterio en estos momentos.

—Os he dicho —insistió Osmund, irritado— que lo pensaré con más detenimiento.

Wynstan hizo caso omiso de aquello, presintiendo que la postura del abad se había debilitado.

—El hermano Wigferth puede llevar mi carta consigo. —Miró a las hileras de monjes, sin saber cuál de ellos era el aludido—. Y, por cierto, si por casualidad mi carta no llega a manos del arzobispo, me encargaré personalmente de cortarle los testículos a Wigferth con un cuchillo herrumbroso.

Los monjes se escandalizaron al oír aquel lenguaje tan sumamente violento.

—Marchaos de nuestra iglesia, obispo —dijo Osmund—, antes de que sigáis profanando la Casa de Dios.

—Escribid vuestra carta, Osmund —dijo Wynstan—. Decidle al arzobispo Elfric que habéis cambiado de opinión. De lo contrario, oiréis cosas mucho peores.

Y dicho esto, Wynstan se volvió y salió de la iglesia.

«Cree que ha ganado —se dijo Aldred—. Y yo también lo creo.»

14

1 de noviembre de 997

Ragna se casó con Wilf el día de Todos los Santos, el 1 de noviembre, un día parcialmente soleado, aunque con chubascos intermitentes.

La hija del conde Hubert ya se había familiarizado con el recinto. El ambiente olía a cuadra, a hombres sin asear y a pescado cociéndose en la cocina. Era un lugar ruidoso: los ladridos de los perros, los chillidos de los niños, los gritos de los hombres y las risotadas de las mujeres. El herrero forjaba las herraduras con su martillo y los carpinteros partían los troncos con sus hachas. El viento del oeste empujaba las nubes que surcaban el cielo y las sombras de estas jugaban a perseguirse sobre las techumbres de paja.

La futura esposa de Wilf tomó el desayuno en su casa, con la única presencia de sus sirvientes. Necesitaba una mañana tranquila a fin de prepararse para la ceremonia. Se sentía nerviosa: quería tener buen aspecto y no sabía si sería capaz de desempeñar su papel de forma correcta. Su intención era que todo estuviera perfecto para Wilf.

Había esperado con impaciencia incontenible la llegada del día en cuestión, y en ese momento deseaba que hubiera pasado ya. La pompa y circunstancia era algo habitual en su vida; lo que realmente anhelaba era yacer junto a su esposo la noche de bodas. Había resistido a la tentación de anticiparse al enlace, aunque tal decisión la tuviera muy tensa. Sin embargo, se alegraba de no haber flaqueado, porque Wilf la deseaba más con cada día de espera. Ragna lo percibía en la mirada de su futuro esposo, en cómo dejaba la mano durante más tiempo posada sobre el brazo de ella y en lo apasionado de su beso de buenas noches.

Ambos habían pasado muchas horas sencillamente charlando. Wilf le hablaba sobre su infancia, la muerte de su madre, la desazón que le sobrecogió con las segundas nupcias de su padre con Gytha y la llegada de dos medio hermanos menores a su vida.

No obstante, no le gustaba responder preguntas. Ragna lo descubrió al preguntarle sobre su disputa con el rey Etelredo. El que lo interrogaran como a un prisionero de guerra fue una ofensa para su orgullo.

Ragna y Wilf habían cazado juntos en una ocasión, en el bosque que se encontraba entre Shiring y Dreng's Ferry. Pasaron la noche en el pabellón de caza de Wilf, alejado y aislado, con cuadras, perreras, almacenes y una enorme casa donde dormían todos sobre las esteras del suelo. Esa noche Wilf habló largo y tendido sobre su padre, quien también fuera conde de Shiring. El título no era hereditario, y mientras Wilf relataba la lucha de poder posterior a la muerte de su progenitor, Ragna aprendió mucho sobre política inglesa.

En ese momento, el día de su boda, ella se alegraba de conocer a Wilf mucho mejor que cuando acababa de llegar a Shiring.

Ragna quería pasar una mañana tranquila, pero no lo consiguió. Su primer visitante fue el obispo Wynstan, con la capa empapada por la lluvia. Tras él entró Cnebba, quien portaba una romana —una balanza de barra fija—, además de una pequeña caja donde seguramente iban las pesas.

Ragna actuó con corrección.

—Buenos días, mi señor obispo, que Dios os guarde.

Wynstan ignoró su cortesía y fue directo al grano:

—He venido a comprobar vuestra dote.

—Muy bien.

Ragna ya lo había previsto y se mantenía alerta ante cualquier ardid que pudiera estar maquinando Wynstan.

Colgadas de las vigas había varias cuerdas, utilizadas para diversos propósitos, entre ellos, conservar la comida fuera del alcance de los ratones. Cnebba colgó la romana de una de ellas.

La barra de acero de la balanza tenía dos lados desiguales: del más corto colgaba un platillo donde colocar el objeto para pesarlo; el más largo tenía un pilón que podía deslizarse a lo largo de un astil, o vara graduada. Si no había nada en el platillo y la pesa quedaba en la muesca más próxima al gancho, ambos lados se equilibraban y la vara oscilaba tenuemente en el aire.

Cnebba colocó la pequeña caja sobre la mesa y la abrió. Las pesas que había en su interior eran cilindros achatados de plomo, cada una con una moneda de plata incrustada en la parte superior como garantía de que habían sido verificadas de forma oficial.

—Lo he tomado prestado de la ceca de Shiring.

Cat fue a buscar un arca pequeña donde se encontraba la dote, pero Ragna levantó una mano para detenerla. No se fiaba de Wynstan. Con Cnebba presente para defenderlo, el obispo podría sentir la tentación de marcharse de allí con el contenido del arca bajo el brazo.

—Cnebba ya puede dejarnos —sugirió Ragna.

—Prefiero que se quede —dijo Wynstan.

—¿Por qué? —preguntó Ragna—. ¿Es que sabe pesar las monedas mejor que vos?

—Es mi escolta.

—¿De quién tenéis miedo? ¿De mí? ¿De mi doncella Cat?

Wynstan miró a Bern, pero decidió no responder la pregunta de Ragna.

—Muy bien, pues —accedió—. Espera fuera, Cnebba.

El escolta se marchó.

—Vamos a comprobar la balanza —propuso Ragna.

Colocó una pesa de cinco libras en el platillo, lo que causó que el brazo más corto de la romana cayera. Luego desplazó el pilón hacia el otro extremo, el más alejado del gancho, hasta que ambos lados quedaron equilibrados. El pilón se clavó en la marca de las cinco libras. La romana pesaba con precisión.

Ragna hizo un gesto de asentimiento a Bern, quien levantó el arca y la puso sobre la mesa. La futura esposa de Wilf la abrió con una llave que llevaba colgada al cuello con un cordón.

El arca contenía cuatro faltriqueras pequeñas de cuero. Ragna sustituyó por una de ellas la pesa de cinco libras de la romana. Los dos brazos de la barra se equilibraron casi a la perfección: la faltriquera pesaba un poco más.

—El cuero es el que provoca la insignificante diferencia de peso —aclaró Ragna.

Wynstan hizo un gesto de desprecio con la mano ante el comentario. Tenía cosas más importantes de las que preocuparse.

—Enseñadme las monedas —ordenó.

Ragna vació el contenido de la faltriquera sobre la mesa. Salieron cientos de pequeñas monedas de plata, todas ellas inglesas, con una cruz en una cara y el busto del rey Etelredo en la otra. El contrato de matrimonio especificaba que debían ser peniques ingleses, que contenían más plata que el denier francés.

Wynstan asintió con satisfacción.

Ragna volvió a meter las monedas de plata en la faltriquera y repitió la misma acción con las tres restantes. Cada una pesaba exactamente cinco libras. La dote ascendía a la cantidad prometida. La futura esposa de Wilf guardó una vez más las faltriqueras en el arca.

—Entonces me la llevaré ahora —anunció Wynstan.

Ragna entregó el arca a Bern.

—Cuando esté casada con Wilf.

—Pero ¡si estaréis casados hoy al mediodía!

—Entonces la dote será entregada a las doce en punto.

—Eso significa que la comprobación ha sido inútil. En las próximas dos horas podríais robar cincuenta monedas de cada faltriquera.

Ragna cerró el arca con llave y se la entregó a Wynstan.

—Tomad —dijo al darle la llave—. Ahora yo no puedo abrirla ni vos podréis robarla.

Wynstan fingió considerar dicha precaución una ridícula exageración.

—¡Los invitados ya están llegando! —exclamó—. Los bueyes y cerdos llevan asándose toda la noche. Ya se han abierto los barriles de cerveza. Los panaderos tienen cientos de hogazas en los hornos. ¿De verdad creéis que Wilf va a quedarse con vuestra dote ahora y cancelar la boda?

Ragna sonrió con candidez.

—A partir de ahora voy a ser vuestra cuñada, mi señor obispo —dijo—. Mejor será que aprendáis a confiar en mí.

Wynstan emitió un gruñido y se marchó.

Cnebba volvió a entrar y se llevó la romana y las pesas. Cuando salía, llegó Wigelm. Tenía la nariz enorme, la barbilla prominente de la familia y el mismo cabello y bigote rubios, pero su expresión era aciaga, como si se sintiera continuamente tratado de forma injusta. Llevaba la misma ropa del día anterior: una túnica negra y una capa marrón, para que todos supieran que para él no era una jornada festiva.

—Y bien, hermana mía —dijo—, hoy perderéis vuestra virginidad.

Ragna se ruborizó, porque la había perdido hacía ya cuatro meses.

Por suerte, Wigelm malinterpretó el motivo de su rubor.

—Ah, no seáis tímida —comentó con una risotada lasciva—. Lo disfrutaréis, os lo prometo.

«No tenéis ni idea de cuánto», pensó Ragna.

Detrás de Wigelm le seguía una mujer bajita, voluptuosa y aproximadamente de su misma edad, treinta años. Resultaba atractiva por sus curvas y caminaba con el donaire de una mujer que se sabía deseable. Ni ella se presentó ni Wigelm hizo esfuerzo alguno por explicar su presencia.

—No creo que nos hayamos conocido —le dijo Ragna.

Ella no respondió.

—Es mi esposa. Milly —aclaró Wigelm.

—Me alegro de conoceros, Milly —saludó Ragna. Movida por un impulso, se acercó a ella y la besó en la mejilla—. Ahora vamos a ser hermanas —apostilló.

La dama reaccionó con frialdad.

—Pues es bien extraño —replicó—, ninguna de las dos habla apenas la lengua de la otra.

—Oh, cualquiera puede aprender una nueva lengua —aseguró Ragna—. Lo único que hace falta es un poco de paciencia.

Milly echó un vistazo al interior de la casa.

—Me habían dicho que teníais a un carpintero que iba a reformar este lugar —comentó.

—Edgar de Dreng's Ferry estuvo trabajando en ello toda la semana pasada.

—Pues a mí me parece que no ha cambiado casi nada.

Mientras Milly estuvo a cargo de la casa, el lugar era un sitio más bien decrépito. Sin duda, ese hecho explicaba el malhumor de la mujer: debió de sentirse insultada cuando Ragna insistió tanto en reformar la vivienda.

—No han sido más que un par de reformas todavía sin terminar —aclaró Ragna encogiéndose de hombros, para quitar hierro al asunto.

Gytha entró.

—Buenos días, madre —saludó Wigelm.

Gytha llevaba un vestido nuevo, gris oscuro con un forro rojo irisado, y su larga melena de pelo cano recogida en un elaborado tocado.

Ragna adoptó una actitud recelosa de inmediato. Gytha tenía la costumbre de hacer reír a los sirvientes imitando el acento de su futura nuera. Cat se lo había contado a su señora. Ragna ya había percibido, en alguna ocasión, que las mujeres se reían al oírla hablar aunque no estuviera diciendo nada jocoso, y supuso que su acento se había convertido en un motivo de chanza popular en el recinto. Podía soportarlo, pero le decepcionó que lo hiciera la madrastra de Wilf, a quien quería tener como amiga.

No obstante, Gytha la sorprendió con un comentario amable:

—¿Necesitáis ayuda con el vestido o el peinado, Ragna? Yo ya estoy lista y sería un placer llamar a una o dos de mis doncellas si así lo deseáis.

—No necesito más ayuda, pero agradezco vuestra consideración —respondió Ragna.

Lo decía de corazón: Gytha era la cuarta pariente política que acudía a visitarla esa mañana, pero la primera en decirle algo amable. Ragna todavía no había conseguido ganarse el afecto de la familia de su esposo, una empresa que había imaginado más fácil de llevar a cabo.

Cuando Dreng entró renqueante, Ragna estuvo a punto de emitir un gemido.

El barquero llevaba un sombrero cónico tan alto que resultaba cómico.

—Solo he pasado para presentar mis respetos a lady Ragna en esta mañana de buen augurio —dijo, e hizo una profunda reverencia—. Ya nos conocíamos, ¿no es así, futura prima política? Honrasteis mi humilde posada con vuestra presencia en el viaje hacia este lugar. Buenos días, primo Wigelm, que Dios os guarde y a vos, prima Milly; y lady Gytha, nunca sé si llamaros prima o tía.

—Algo más lejano que cualquiera de los que acabáis de mentar —aclaró Gytha con desdén.

Ragna percibió que Dreng no era recibido con cariño por la familia, sin duda alguna porque él exageraba su cercanía con cada uno de sus miembros solo para medrar en la escala social.

Dreng fingió haber entendido mal el comentario de Gytha.

—En efecto, más lejano queda mi hogar, y de allí vengo; gracias por vuestra preocupación. Además tengo problemas de espalda: un vikingo me derribó del caballo en la batalla de Watchet, ¿sabéis? Pero no podía perderme de ninguna forma esta gran ocasión.

Wilf entró y Ragna sintió un alivio inmediato. Él la tomó entre sus brazos y la besó apasionadamente delante de todos los presentes. Su futuro esposo la adoraba y el desprecio de su familia le traía sin cuidado.

Ella rompió el abrazo resollando e intentó no parecer victoriosa.

—El viento se ha llevado las nubes y el cielo está azul —anunció Wilf—. Temía que tuviéramos que trasladar el banquete al interior, pero ahora creo que podremos comer fuera tal como estaba planeado.

Dreng estuvo a punto de saltar de emoción.

—¡Primo Wilf! —exclamó con voz chillona y aflautada—. Que Dios os guarde. ¡Qué alegría estar aquí! Recibid mis más sentidas felicitaciones: vuestra novia es un ángel. Pero ¿qué digo? ¡Es un arcángel!

Wilf asintió con paciente tolerancia, como reconociendo que, aunque Dreng fuera un idiota, era miembro de su familia.

—Te lo agradezco, Dreng, pero creo que esta casa empieza a estar demasiado abarrotada. Mi novia necesita un tiempo a solas a fin de poder prepararse para la boda. Fuera todos, ¡vamos!

Era exactamente lo que Ragna quería que dijese y sonrió, agradecida.

La familia salió a toda prisa. Antes de marcharse, Wilf volvió a besarla, durante más tiempo esta vez, hasta que ella creyó que corrían el peligro de iniciar la luna de miel en ese mismo momento y lugar. Al final él se apartó, jadeando.

—Iré a recibir a nuestros invitados —anunció—. Atranca la puerta y concédete una hora de tranquilidad.

Y salió.

Ragna lanzó un largo suspiro. «¡Qué familia! —pensó—. Un hombre que es un dios y unos parientes que son como una manada de perros ladradores.» No obstante, iba a casarse con Wilf, no con Wigelm, ni con Dreng, ni con Gytha, ni con Milly.

Se sentó sobre un banco tapizado para que Cat la peinara. Mientras la doncella la cepillaba, peinaba y prendía las horquillas en su cabello, Ragna fue tranquilizándose. Sabía cómo debía comportarse en las ceremonias: moverse con parsimonia, sonreír a todos los presentes, hacer todo cuanto le pidieran y, si nadie le indicaba qué hacer, permanecer quieta. Wilf le había descrito el programa de las nupcias y ella había memorizado hasta la última palabra de la explicación. Aun así, podía cometer algún error, pues desconocía por completo los rituales ingleses, aunque entonces se limitaría a sonreír y a volver a intentarlo.

Cat culminó el peinado con un pañuelo de seda del color otoñal de las castañas. Este cubría la cabeza y el cuello de Ragna y la doncella lo fijó con una diadema de brocado. En ese momento la novia ya estaba lista para ponerse el vestido. Se había bañado antes y estaba preparada para vestir la sencilla enagua de lino beis, que apenas sería visible. Sobre esta llevaba un vestido de lana de color aguamarina que resaltaba el brillo de sus ojos. Tenía mangas acampanadas y los puños bordados de hilo de oro con formas geométricas. Cat colocó un crucifijo de plata con un cordón de seda en el cuello de Ragna y lo dejó colgando por fuera del vestido. Por último le colocó un manto azul con un forro dorado.

Cuando estuvo vestida del todo, Cat se quedó mirándola y rompió a llorar.

—¿Qué ocurre? —le preguntó Ragna.

La doncella negó con la cabeza.

—Nada —respondió entre sollozos—. Estáis tan hermosa…

Alguien llamó a la puerta y se oyó una voz:

—El conde está listo.

Bern reaccionó, molesto.

—¡Es un poco antes de lo esperado!

—Ya conocéis a Wilf —repuso Ragna—. Es un impaciente. —Levantó la voz para dirigirse al hombre que estaba fuera—: La novia está lista cuando Wilf desee venir a buscarla y llevársela.

—Se lo diré.

Pasaron un par de minutos, alguien aporreó la puerta y se oyó la voz de Wilf.

—¡El conde viene a buscar a su novia! —anunció el futuro esposo.

Bern levantó el arca que contenía la dote. Cat abrió la puerta. Wilf estaba esperando en la entrada con un manto rojo. Ragna salió con la cabeza bien alta.

Wilf la tomó por el brazo y ambos caminaron lentamente para cruzar el recinto hasta la puerta del gran salón. Una sonora ovación se elevó entre la multitud que aguardaba. A pesar de los chubascos de la mañana, los invitados del pueblo vestían sus mejores galas. Solo los más ricos podían permitirse atuendos totalmente nuevos, pero la mayoría lucían un sombrero o una pañoleta de estreno, y el mar de marrones y negros cabrilleaba con los festivos destellos de amarillos y rojos.

Los actos ceremoniales eran importantes. Ragna había aprendido de su padre que alcanzar el poder era más fácil que conservarlo. La conquista podía ser una simple cuestión relacionada con dar muerte a una serie de hombres o tomar una fortaleza, pero retener el poder jamás resultaba tan sencillo; las apariciones en público eran fundamentales. El pueblo quería que su gobernador fuera imponente y fuerte, atractivo y rico, y que su esposa fuera joven y bella. Wilf lo sabía tan bien como Ragna, y juntos estaban dando a sus súbditos lo que estos deseaban y, por tanto, consolidando la autoridad del conde.

La familia de Wilf se encontraba de pie en primera fila, arropados por la multitud, formando un semicírculo. A un lado, Ithamar estaba sentado a una mesa con un pergamino, tinta y plumas. Aunque la boda no era un sacramento religioso, los detalles relativos a la transferencia de la propiedad debían quedar por escrito ante testigos, y las personas que sabían escribir eran, en su mayoría, clérigos.

Wilf y Ragna se situaron el uno frente al otro y se tomaron de las manos. Cuando la ovación se acalló, el conde habló en voz muy alta:

—Yo, Wilwulf, conde de Shiring, os tomo a vos, Ragna de Cherburgo, como esposa y juro amaros y cuidaros y seros leal durante el resto de mi vida.

La novia no podía igualar la potencia de su voz, pero habló con claridad y confianza:

—Yo, Ragna, hija del conde Hubert de Cherburgo, os tomo a vos, Wilwulf de Shiring, como esposo y juro amaros y cuidaros y seros leal durante el resto de mi vida.

Se besaron y los presentes estallaron en júbilo.

El obispo Wynstan bendijo la unión y pronunció una oración; luego, Wilf se desprendió del cinto una enorme llave ornamental.

—Os entrego la llave de mi casa, porque ahora es vuestra casa, para construir un hogar junto a vos.

Cat entregó a Ragna una espada nueva con una vaina de lujosos ornamentos, y la novia se la regaló a Wilf.

—Os entrego esta espada para que podáis proteger nuestra casa y proteger a nuestros hijos y a nuestras hijas —dijo al tiempo que hacía entrega del presente.

Una vez intercambiadas las ofrendas simbólicas, pasaron a las más importantes transacciones económicas.

—Tal como prometió mi padre a vuestro hermano, el obispo Wynstan —dijo Ragna—, os entrego veinte libras de plata.

Bern dio un paso al frente y colocó el arca a los pies de Wilf.

Wynstan se separó de la multitud.

—Soy testigo de que el arca contiene la cantidad acordada —afirmó Wynstan tras dar un paso al frente y entregó la llave a Wilf.

—Que el secretario tome nota de que el valle de Outhen, con sus cinco pueblos, su cantera y todos los ingresos derivados de los mismos, serán para vos y vuestros herederos hasta el día del Juicio.

Ragna todavía no había visto el valle de Outhen. Le habían contado que era una zona próspera. Ya poseía el distrito de Saint-Martin en Normandía, y sus ingresos se verían redoblados al sumarles los derivados del valle. Sin importar qué problemas le deparase el destino, jamás tendrían relación alguna con el dinero.

La garantía de poseer un territorio así era la moneda de cambio habitual en la política tanto en Normandía como en Inglaterra. El soberano entregaba tierras a los grandes nobles, que, a su vez, las cedían a gobernadores inferiores que ellos en la jerarquía —los llamados *thane* en Inglaterra y caballeros en Normandía—; de esta forma se creaba una red de lealtades por parte de una nobleza que había obtenido riquezas y esperaba acrecentarlas. Cada noble debía mantener un cuidadoso equilibrio entre otorgar lo suficiente para granjearse apoyos y conservar lo suficiente para preservar su superioridad.

En ese preciso instante, para sorpresa de todos, Wigelm se desmarcó de la multitud para hablar.

—Un momento —dijo.

«¿Quién iba a ser, si no? —pensó Ragna—. Piensa estropearme la boda como sea.»

—El valle de Outhen ha pertenecido a nuestra familia durante generaciones —alegó Wigelm—. Me pregunto por qué mi hermano Wilf tiene derecho a entregarlo.

—¡Está en el contrato de matrimonio! —exclamó el obispo Wynstan.

—Eso no lo convierte en algo lícito —replicó Wigelm—. El valle pertenece a la familia.

—Y seguirá en la familia —repuso Wynstan—. Ahora pertenece a la mujer de Wilf.

—Y ella se lo dejará a sus hijos cuando muera.

—Y serán los hijos de Wilf y vuestros sobrinos. ¿Por qué ponéis esa objeción precisamente hoy? Hace meses que conocíais las condiciones del contrato.

—Presento mi objeción ante testigos.

Wilf intervino.

—Ya está bien —zanjó—. Wigelm, no tenéis razón. Tendréis que retractaros.

—No pienso hacer tal cosa…

—Guardad silencio o no atiendo a razones.

Wigelm se calló.

La ceremonia prosiguió, pero Ragna se sentía confusa. Antes de objetar nada, Wigelm ya debía de imaginar que su protesta sería acallada. ¿Por qué había escogido presentar su objeción en un acto público? De ninguna manera podía esperar que Wilf cambiara de parecer sobre Outhen. ¿Por qué había iniciado una discusión sabiendo que llevaba todas las de perder? Ragna decidió despejar esa duda más adelante.

—Como piadosa ofrenda para conmemorar mi boda —anunció Wilf—, entrego el pueblo de Wigleigh a la Iglesia, concretamente a la colegiata de Dreng's Ferry, con la condición de que sus clérigos recen por mi alma, por la de mi esposa y por las de nuestros hijos.

Esa clase de ofrenda era algo frecuente. Cuando un hombre había conseguido riqueza y poder, y sentaba cabeza casándose para tener hijos, pasaba de acariciar deseos terrenales a suplicar bendiciones divinas, y lo hacía siempre que se le presentaba la ocasión a fin de asegurar el bienestar de su alma en el más allá.

Los formalismos estaban tocando a su fin y Ragna se alegraba de que la ceremonia hubiera transcurrido sin pormenores, salvo por la extraña intervención de Wigelm. Ithamar se encontraba escribiendo los nombres de los testigos de la unión, empezando por el mismísimo Wilf, seguido por el de todos los prohombres presentes: Wynstan, Osmund, Degbert y el sheriff Denewald. No era una lista larga, aunque Ragna había imaginado que otros clérigos estarían presentes, tal vez los obispos de las localidades vecinas —Winchester, Sherborne y Northwood—, así como otros altos cargos religiosos, como el abad de Glastonbury. Aunque, sin duda alguna, las costumbres inglesas eran distintas a las normandas.

La novia lamentaba que ningún miembro de su familia hubiera asistido a la ceremonia. Sin embargo, no tenía ningún pariente en Inglaterra y el viaje desde Cherburgo podía ser largo: ella había tardado dos semanas en llegar. Para un conde nunca era fácil viajar lejos de sus dominios, aunque Ragna había albergado la esperanza de que al menos su madre hiciera el esfuerzo, y que tal vez viajara acompañada de su hermano, Richard. No obstante, Geneviève se había manifestado contraria a ese enlace y tal vez no deseara darle su bendición.

La recién casada apartó esos pensamientos.

Wilf alzó la voz.

—Y ahora, amigos y vecinos, ¡disfrutemos del banquete! —exclamó.

Los asistentes lanzaron vítores y el personal de cocina empezó a sacar bandejas de carne, pescado, verduras y pan, además de cantarillas de cerveza para el pueblo llano e hidromiel para los invitados especiales.

Ragna no deseaba otra cosa que meterse en la cama junto a su esposo, aunque sabía que ambos debían participar en el banquete. Ella no comía demasiado, pero era importante que hablara con el mayor número posible de personas. Era su oportunidad para dar buena impresión al pueblo, y le sacó el máximo partido.

Aldred le presentó al abad Osmund y ella estuvo sentada junto al religioso durante varios minutos haciéndole preguntas sobre el monasterio. Aprovechó la ocasión para halagar a Aldred diciendo que compartía su visión de que Shiring debía convertirse en un centro internacional de educación, bajo el liderazgo de Osmund, por supuesto. El abad se sintió agasajado.

Habló con la mayoría de los personajes prominentes del pueblo: Elfwine, el maestro de ceca; la rica viuda Ymma, quien comerciaba con pieles; la dueña de The Abbey Alehouse, la taberna más frecuentada del pueblo; el fabricante de pergaminos; el orfebre; el tintorero. Todos estaban encantados de recibir las atenciones de Ragna, porque eso les otorgaba, a ojos de sus vecinos, la condición de personas importantes.

La misión de charlar amigablemente iba facilitándose a medida que corría el alcohol. Ragna se presentó al sheriff Denewald, a quien llamaban Den, un hombre canoso de mirada pensativa y algo más de cuarenta años. Al principio, el sheriff se mostró receloso con Ragna, y ella intuyó por qué: como rival de Wilf, él esperaba que su esposa se comportara de forma hostil. Sin embargo, la mujer de Den se encontraba junto a él y Ragna le preguntó por sus hijos. Ella le contó que había nacido su primer nieto, un niño; con tal comentario, el distante sheriff se transformó en un emotivo abuelo y se le anegaron los ojos en lágrimas.

Cuando Ragna se apartó del sheriff, Wynstan se acercó a ella.

—¿De qué estabais hablando con él? —preguntó en tono desafiante.

—Le he prometido contarle todos vuestros secretos —respondió ella, y fue recompensada con un destello fugaz de ansiedad en la mirada del obispo, antes de que este cayera en la cuenta de que estaba siendo víctima de una chanza. Ragna prosiguió—: La verdad es que estaba hablando con Den sobre su nieto recién nacido. Y ahora seré yo quien os pida que me contéis algo. Habladme del valle de Outhen, ahora que es mío.

—Oh, no debéis preocuparos por eso —dijo Wynstan—. He estado recaudando las rentas para Wilf y seguiré haciendo lo mismo en vuestro nombre. Lo único que debéis hacer es recibir el dinero cuando lo percibáis cuatro veces al año.

Ella pasó por alto el comentario.

—Creo que hay cinco pueblos y una cantera.

—Sí.

El obispo no ofreció ninguna información adicional.

—¿Algún molino? —insistió Ragna.

—Bueno, hay una molienda en cada pueblo.

—¿No hay molinos de agua?

—Dos, creo.

Ella esbozó una encantadora sonrisa, como si Wynstan estuviera sirviéndole de ayuda.

—¿Algún yacimiento minero? ¿Hierro, plata?

—Desde luego que ningún metal precioso. Quizá haya uno o dos grupos de fundidores de hierro trabajando en los bosques.

—Estáis siendo un poco vago en vuestras respuestas —comentó ella con amabilidad, intentando contener su enfado—. Si no sabéis lo que hay, ¿cómo estáis seguro de que sus pobladores están pagando lo que deben?

—Los atemorizo —respondió como si nada—. No se atreverían a engañarme.

—No creo en el método de amedrentar a las personas.

—No hay problema —dijo Wynstan—. Podéis dejarlo en mis manos.

Y se alejó.

«Esta conversación no se acaba aquí», pensó Ragna.

Cuando los invitados estuvieron saciados y los barriles vacíos, todos empezaron a marcharse. Ragna comenzó a relajarse por fin y se sentó con un plato de cerdo asado y col. Mientras comía, Edgar el constructor se acercó a ella, la saludó con cortesía y le hizo una reverencia.

—Creo que las obras que debía realizar en vuestra casa ya están finalizadas, mi señora —anunció—. Con vuestro permiso, mañana regresaré a Dreng's Ferry con mi patrón.

—Gracias por tu trabajo —dijo ella—. Has conseguido que el lugar resulte mucho más acogedor.

—Ha sido un honor.

Ragna hizo un gesto a Edgar para que se fijara en Dunnere el carpintero, quien se había desplomado, inconsciente, con la cabeza sobre la mesa.

—Ese es mi problema —comentó Ragna.

—Lamento verlo.

—¿Has disfrutado de la ceremonia celebrada hoy?

El joven adoptó una expresión pensativa.

—No, en realidad no —respondió.

El comentario sorprendió a Ragna.

—¿Por qué?

—Porque siento envidia.

Ella enarcó una ceja.

—¿De Wilf?

—No...

—¿De mí?

Edgar sonrió.

—Por mucho que admire al conde, no deseo casarme con él. De Aldred, quizá.

Ragna soltó una risita nerviosa.

Edgar volvió a ponerse serio.

—Siento envidia de cualquiera que se case con la persona a la que ama. Esa posibilidad me ha sido arrebatada. Y ahora todas las bodas me ponen triste.

Ragna se sintió ligeramente sorprendida por su sinceridad. Los hombres tenían por costumbre hacerle confesiones. Ella alentaba esa actitud: le fascinaban las pasiones y aversiones ajenas.

—¿Cómo se llamaba la mujer a la que amabas?

—Sungifu; la llamaban Sunni.

—Recuérdala a ella y todo cuanto hicisteis juntos.

336

—Lo que más me duele son las cosas que no hicimos. Jamás preparamos una comida juntos: no limpiamos las verduras, ni echamos especias al caldero, ni servimos las escudillas en nuestra mesa. Jamás la llevé a pescar en mi barca; la barca que construí era hermosa, por eso los vikingos la robaron. Hicimos el amor varias veces, pero jamás yacimos en los brazos del otro toda la noche, solo para conversar.

Ragna se quedó mirándolo a la cara, con su barba rala y sus ojos color avellana, y pensó que era demasiado joven para experimentar un sufrimiento tan profundo.

—Creo que lo entiendo —dijo.

—Recuerdo que mis padres nos llevaban al río en primavera a fin de cortar juncos para las esteras de la casa, cuando los tres hermanos éramos pequeños. Tiene que haber alguna historia romántica relacionada con esa ribera, con sus juncos; tal vez mis padres hicieran el amor allí antes de casarse. En esa época no se me habría ocurrido pensarlo, era demasiado pequeño, pero sabía que tenían un dulce secreto que les encantaba recordar. —Su sonrisa era triste—. Esa clase de vivencias… puestas una después de otra, componen una vida.

Ragna se sorprendió al darse cuenta de que tenía los ojos anegados en lágrimas.

Edgar pareció abochornado de pronto.

—No sé por qué os lo he contado.

—Encontrarás a otra mujer a la que amar.

—Podría hacerlo, por supuesto. Pero no quiero a otra. Quiero a Sunni. Y ella ha muerto.

—Lo siento muchísimo.

—Es una grosería por mi parte contar historias tristes el día de vuestra boda. No sé cómo se me ha pasado por la cabeza. Por favor, perdonadme.

Hizo una reverencia y se alejó.

Ragna se quedó pensando en lo que Edgar había dicho. Su pérdida la hizo sentirse muy afortunada de tener a Wilf.

Váció su cantarilla de cerveza, se levantó de la mesa de caballetes y regresó a su casa. Fue presa de un agotamiento repentino. No estaba segura de la razón: no había hecho nada físicamente extenuante. Tal vez fuera por la tensión acumulada tras haber estado expuesta al mundo durante horas.

Se quitó el manto y el sobretodo y se tumbó sobre el jergón. Cat echó el cerrojo de la puerta para que personas como Dreng no pudieran irrumpir de pronto. Ragna pensó en la noche que tenía por delante. En algún momento sería convocada a la casa de Wilf. Para su sorpresa, se dio cuenta de que estaba un poco nerviosa. Eso era una estupidez. Ya había tenido relaciones sexuales con él, ¿qué podía inquietarla?

Por otra parte, sentía curiosidad. Cuando se ocultaban en el pajar del castillo de Cherburgo en la oscuridad, lo hacían a hurtadillas, a toda prisa y sin apenas verse. Desde ese momento harían el amor a placer. Deseaba pasar largo rato contemplando el cuerpo de Wilf, explorándolo con las puntas de los dedos, estudiando y sintiendo su musculatura, el vello, la piel y los huesos del hombre que ya era su esposo. «Es mío —pensó—. Todo mío.»

Debió de quedarse dormida porque la despertó alguien aporreando la puerta y ella se sobresaltó.

Escuchó un diálogo amortiguado.

—Ya es la hora —anunció Cat.

La doncella parecía emocionada, como si se tratara de su propia noche de bodas.

Ragna se levantó. Bern se volvió mientras ella se quitaba las enaguas y se ponía su camisón nuevo, tejido especialmente para la ocasión. Se puso los escarpines, porque no quería entrar en la cama de Wilf con los pies embarrados. Al final se echó la capa encima.

—Vosotros dos, quedaos aquí —ordenó—. No quiero que nadie nos moleste.

En ese sentido se llevó una decepción.

Al salir vio que Wigelm y los hombres de armas estaban formando una fila para vitorearla. La mayoría de ellos estaban borrachos tras la fiesta y le silbaban y aporreaban cacerolas y sartenes de la cocina. Cnebba, el hombre de Wynstan, se metió una escoba entre las piernas exhibiéndola como si fuera una gigantesca verga de madera, lo que hizo que los hombres rompieran a reír.

Ragna se sentía humillada, aunque intentó que no se le notara: cualquier queja por su parte, lo considerarían un signo de debilidad. Siguió caminando con parsimonia y con dignidad entre las dos filas de hombres en actitud burlona. Al ver su altivez, los varones se tornaron más groseros, pero ella sabía que no debía rebajarse a su nivel.

Al final llegó hasta la puerta de Wilf, la abrió y se volvió hacia ellos. La algarabía se acalló mientras los hombres ebrios se preguntaban qué diría o haría ella.

Ragna les dedicó una amplia sonrisa, les lanzó un beso, entró a toda prisa y cerró la puerta tras de sí.

Los oyó estallar en exclamaciones de júbilo y supo que había hecho lo correcto.

Wilf se encontraba de pie junto a su cama, esperando.

Él también llevaba un camisón nuevo. Era de color azul huevo de estornino. Su esposa lo miró a la cara con detenimiento y comprobó que estaba notablemente sobrio para alguien que parecía haber estado bebiendo todo el día. Se preguntó si habría tomado la precaución de limitar la ingesta de alcohol.

Con impaciencia, dejó caer su capa, se desprendió de los escarpines a todo correr, se quitó el camisón por la cabeza y quedó desnuda ante él.

Wilf la contemplaba con avidez.

—¡Que Dios se apiade de mi alma inmortal! —exclamó—. Eres incluso más bella de lo que recordaba.

—Ahora tú —ordenó ella, señalando el camisón de Wilf—. Deseo verte.

Él se lo quitó.

Ragna volvió a fijarse en las cicatrices de los brazos, el vello rubio del vientre, los fuertes músculos de los muslos. Sin ningún rubor, se quedó mirando su miembro viril, cuyo tamaño aumentaba con cada segundo que pasaba.

Entonces se hartó de mirar.

—Vamos a tumbarnos —sugirió.

Ragna no quería preliminares, ni caricias, susurros o besos; lo ansiaba dentro de su cuerpo, enseguida. Él pareció entenderlo porque, en lugar de tumbarse a su lado, la montó sin más preámbulos.

Cuando la penetró, Ragna lanzó un profundo suspiro.

—¡Por fin! —exclamó.

15

31 de diciembre de 997

La mayor parte de los sirvientes y hombres de armas de Ragna debían regresar a Normandía. Tras la boda los retuvo a su lado todo el tiempo posible, dentro de unos límites razonables, pero llegó la hora en que no tuvo más remedio que despedirse de ellos, y se marcharon el último día de diciembre.

Sobre ellos caía la típica llovizna inglesa mientras llevaban sus alforjas a los establos y las disponían sobre los mulos de carga. Solo Cat y Bern iban a quedarse, pues así lo habían acordado desde el principio.

Ragna no podía evitar sentirse triste y nerviosa. Aunque era inmensamente feliz junto a Wilf, seguía temiendo el momento de la despedida de su séquito. Ahora era una inglesa, rodeada de personas a las que había conocido apenas unas pocas semanas antes. Como si le hubiesen amputado un brazo, echaba de menos a sus padres, a sus parientes, a los vecinos y a los sirvientes a los que conocía desde su más tierna infancia.

Se decía a sí misma que infinidad de novias de la alta nobleza debían de haber sentido lo mismo que ella, pues era muy común que las jóvenes de la aristocracia se casasen y fuesen a vivir lejos de sus hogares. Las más listas abrazaban sus nuevas vidas con energía y entusiasmo, y eso era lo que estaba haciendo Ragna.

Pero ese día aquello le servía de magro consuelo. Había pasado por momentos en los que el mundo parecía haberse vuelto en su contra, y la próxima vez que eso sucediera, ¿a quién iba a recurrir?

Sí, recurriría a Wilf, por supuesto. Él sería su amigo y consejero, además de su amante.

Hacían el amor al anochecer y a menudo por las mañanas, y también a veces en plena noche. Una semana después de la boda, él ya había retomado sus obligaciones habituales, saliendo a caballo todos los días a visitar alguna parte de sus dominios. Por fortuna, no había tenido que librar ninguna batalla: los saqueadores galeses se habían vuelto a su tierra por voluntad propia, y Wilf dijo que ya los castigaría a su debido tiempo.

Pese a todo, no todas las salidas podían completarse en el mismo día, de modo que el conde empezó a pasar algunas noches fuera. A Ragna le habría gustado acompañarlo, pero ahora era ella quien estaba al frente de la casa, y todavía no tenía asegurada su autoridad sobre sus súbditos, de modo que era preferible que se quedase. Aquel acuerdo tenía sus ventajas: Wilf regresaba de aquellos viajes más hambriento de ella que nunca.

Se sintió complacida cuando la mayor parte de los residentes del recinto acudieron a decir adiós a los normandos. Aunque al principio algunos ingleses habían tenido sus recelos con respecto a los extranjeros, estos se habían disipado rápidamente y no tardaron en florecer las relaciones de amistad.

Cuando se preparaban para emprender el largo viaje de regreso a casa, la costurera Agnes acudió a Ragna con los ojos llenos de lágrimas.

—Madame, estoy enamorada del inglés Offa —dijo entre sollozos—. No quiero marcharme.

A Ragna le sorprendió que Agnes hubiese tardado tanto tiempo en darse cuenta, pues las señales del romance habían sido más que evidentes. Miró a su alrededor y vio a Offa.

—Ven aquí —le ordenó.

El alguacil se plantó delante de ella. Él no habría sido la primera elección de Ragna, pues tenía el aspecto grueso y la tez sonrosada de quienes comen y beben algo más de la cuenta. Tal vez la nariz rota no fuese enteramente culpa suya, pero pese a todo a Ragna no le pareció alguien completamente de fiar. Sin embargo, era el elegido de su costurera, no el suyo.

Agnes era menuda y Offa era bastante grande, y puestos el uno al lado del otro formaban una pareja más bien cómica. Ragna tuvo que contener una sonrisa.

—¿Tienes algo que decirme, Offa? —le dijo.

—Milady, os ruego permiso para pedir a Agnes que sea mi esposa.

—Eres el alguacil de Mudeford.

—Pero tengo una casa en Shiring. Agnes puede seguir cuidándose de vuestra vestimenta.

—Si ese es vuestro deseo, mi señora —se apresuró a añadir Agnes.

—Lo es, lo es —le aseguró Ragna—. Y me alegro de dar mi consentimiento a vuestro matrimonio.

Se lo agradecieron profusamente. A veces, pensó Ragna, era muy fácil hacer feliz al prójimo.

El grupo partió al fin. Ragna permaneció de pie despidiéndose de ellos con la mano hasta que desaparecieron de su vista.

Probablemente no volvería a ver a ninguno de ellos nunca más.

No se permitió a sí misma recrearse en la sensación de pérdida. ¿Qué tenía que hacer a continuación? Decidió solucionar el asunto del carpintero Dunnere. No pensaba seguir tolerando su desidia, por muy sobrino de Gytha que fuese.

Regresó a su casa y envió a Bern a buscar a Dunnere y a sus hombres. Para recibirlos, se sentó en la clase de asiento que su padre empleaba para las ocasiones formales, una banqueta de cuatro patas con forma de rectángulo, con un cojín para mayor comodidad.

Había tres carpinteros: Dunnere, Edric y el hijo de Edric, Hunstan. No los invitó a sentarse.

—De ahora en adelante iréis al bosque una vez por semana a talar árboles —anunció.

—¿Para qué? —quiso saber Dunnere con aire huraño—. Obtenemos madera cuando la necesitamos.

—Así tendréis reservas de madera, lo cual reducirá los retrasos.

El carpintero parecía a punto de rebelarse, pero Edric se le adelantó y dijo:

—Esa es muy buena idea.

Ragna se quedó con la impresión de que era más sensato y concienzudo que su patrón.

—Es más —dijo ella—, lo haréis el mismo día todas las semanas: los viernes.

—¿Por qué? —preguntó Dunnere—. Lo mismo da un día que otro.

—Es para ayudar a que no se os olvide.

En realidad era para poder controlarlos mejor.

Dunnere seguía sin querer dar su brazo a torcer.

—Muy bien, pero entonces ¿qué pasa si alguien quiere que le hagamos una reparación un viernes? Milly, por ejemplo, o Gytha...

—Saldréis de aquí tan temprano que ni siquiera os enteraréis. Os llevaréis el desayuno con vosotros, pero si alguien os pide que hagáis otra cosa un viernes, ya sea Milly o Gytha o quien sea, decidles que vengan a verme, porque estáis a mi cargo, y no tenéis permiso para cambiar el horario sin mi permiso, ¿está claro?

Dunnere frunció el ceño, pero fue Edric quien habló:

—Muy claro, señora, gracias.

—Ahora podéis iros.

Salieron en tropel.

Ragna sabía que aquello iba a causar problemas, pero era necesario. Sin embargo, haría bien en defenderse frente a un contraataque. Tal vez Gytha obraría a espaldas de Ragna y se quejaría a Wilf. Ragna tenía que asegurarse bien de cuál iba a ser la respuesta de este ante esa posibilidad.

Salió de la casa y se dirigió a la de Wilf. Pasó por la casa en la que sus hombres de armas habían vivido las doce semanas anteriores, ahora vacía; tendría que pensar qué hacer con ella.

Le sorprendió ver salir de ella a una mujer a la que no reconoció. Todavía no conocía a todos los habitantes de Shiring, pero aquella persona en concreto era una mujer deslumbrante. De unos treinta años, llevaba ropa ceñida y unos zapatos rojos, y lucía una melena alborotada y salvaje que un enorme tocado de fieltro no lograba domeñar. Las mujeres respetables no enseñaban el pelo en público, y aunque nada ocurría si se les escapaba algún mechón suelto aquí o allá, la mujer de los zapatos rojos traspasaba los límites del decoro. Pese a todo, no parecía sentir vergüenza alguna y caminaba con paso seguro. Ragna sintió curiosidad por charlar con ella, pero en ese momento vio a Wilf. Pospuso el momento de hablar con la mujer y lo siguió al interior de su casa.

Como de costumbre, él la besó con entusiasmo.

—Hoy tengo que ir a Wigleigh —dijo—. Tengo que asegurarme de que han pagado el importe de las rentas correcto al deán Degbert.

—Les he dicho a nuestros carpinteros que vayan al bosque a talar árboles todos los viernes —le explicó ella—. Necesitan ir almacenando material para poder llevar a cabo las reparaciones sin retrasos.

—Buena idea —dijo Wilf con un dejo de impaciencia. No le gustaba que lo importunasen con asuntos domésticos.

—Si te hablo de los carpinteros —prosiguió Ragna— es únicamente porque Dunnere es un problema: es un gandul y un borracho.

—Pues más vale que lo trates con mano dura.

Pese a la impaciencia de Wilf, Ragna siguió insistiéndole para arrancarle lo que quería oír de su boca:

—¿Y no crees que merece un trato más indulgente por ser el sobrino de Gytha?

—¡No! No importa quién sea, aún me debe una jornada entera.

—Estoy de acuerdo, y me alegro de contar con tu apoyo. —Lo

besó con la boca abierta y Wilf olvidó su enojo y respondió con fogosidad.

—Ahora debes irte —le dijo ella.

Salieron juntos de la casa. Los hombres de armas estaban reunidos para emprender el viaje y vio a Wilf sumarse a ellos e intercambiar un comentario jocoso o unas palabras con tres o cuatro de ellos. Cuando estaban a punto de partir, un muchacho de unos dieciséis años se incorporó al grupo y a Ragna le sorprendió ver a Wilf besarlo afectuosamente. Antes de poder preguntarle, montaron sobre sus caballos y salieron al galope.

En cuanto Wilf se hubo marchado, Gytha se acercó a Ragna. «Ya está —se dijo—: ahora me va a decir lo disgustada que está por lo de los carpinteros. Seguro que Dunnere ha ido corriendo a quejarse a su tía.»

Pero Gytha la sorprendió hablando de otra cosa.

—La casa que antes estaba ocupada por vuestros hombres de armas está ahora vacía —dijo.

—¿Sí?

—¿Y puedo haceros una sugerencia?

Gytha estaba siendo exquisitamente cortés. Era la segunda sorpresa.

—Por supuesto —respondió Ragna.

—Tal vez podríamos dejar que Wigelm y Milly la usen de nuevo.

Ragna asintió.

—Buena idea. A menos que la necesite otra persona...

—No lo creo.

—Antes he visto a alguien merodeando alrededor, una mujer con unos zapatos rojos.

—Esa es la hermana de Milly, Inge. Podría cuidar de la casa mientras Wigelm y Milly están en Combe.

—Eso parece razonable.

—Gracias —dijo Gytha, pero el dejo de su voz no era de gratitud; a oídos de Ragna sonó más bien a tono victorioso.

Gytha se fue. Ragna frunció el ceño mientras regresaba a su

propia casa. ¿Por qué tenía un mal presentimiento después de su conversación con Gytha? No se fiaba de ella y sentía que con su aparente cortesía ocultaba una disimulada hostilidad.

La intuición de Ragna le decía que allí pasaba algo.

Su ansiedad fue en aumento a lo largo del día. ¿Quién era aquel muchacho al que había besado su marido? Puede que se tratase de un pariente cercano, un sobrino tal vez, pero si ese era el caso, ¿por qué el chico no había asistido a la boda? El beso no podía tener carácter sexual: Ragna estaba completamente segura de que a Wilf no le interesaban las relaciones sexuales con hombres. ¿Y qué estaría tramando Gytha mostrándose tan encantadora con ella?

Ragna decidió interrogar a Wilf al respecto en cuanto volviese a casa, pero a medida que iban pasando las horas, su resolución flaqueaba por momentos. Tal vez debiera ser más prudente. Allí estaba pasando algo que no comprendía, y su ignorancia la colocaba en situación de desventaja. Su padre no acudía nunca a una reunión importante hasta estar seguro de que sabía todo cuanto podía decirse en ella. Ragna estaba en una tierra extranjera cuyas costumbres aún no le resultaban del todo familiares. Tenía que andarse con pies de plomo.

Wigleigh no estaba lejos, de modo que Wilf regresó a media tarde, pero era diciembre y la luz ya empezaba a menguar. Un sirviente estaba prendiendo las antorchas en lo alto de los postes de madera en las puertas de los edificios principales. Ragna entró con Wilf en su casa y le sirvió un vaso de cerveza.

Este se la bebió de un solo trago y luego la besó con el regusto de la cerveza en la lengua. Olía a sudor, a caballo y a cuero. Ella sentía un hambre voraz por él y por su amor, quizá a causa del desasosiego que se había apoderado de ella durante todo el día. Le tomó la mano y se la llevó a la entrepierna. A él no le hicieron apenas falta sus dotes de persuasión, e hicieron el amor inmediatamente.

Después él cayó en un sueño ligero, con los musculosos brazos extendidos y las largas piernas completamente separadas, un hombre fuerte descansando tras un duro día de trabajo.

Ragna lo dejó en la cama y se dirigió a la cocina a supervisar los preparativos de la cena; se asomó al gran salón para asegurarse de que todo estuviera listo y, a continuación, se paseó por el recinto, observando quién trabajaba y quién estaba holgazaneando, quién estaba sobrio y quién ebrio, qué caballo había recibido agua y alimento y a cuál ni siquiera le habían quitado la silla todavía.

Al término de su periplo vio a Wilf hablando con la mujer de los zapatos rojos.

Había algo en ella que le llamaba poderosamente la atención, de modo que se detuvo a observarlos desde una distancia prudente. La luz titilante de las antorchas los alumbraba desde la puerta de la casa de Wilf.

No había ninguna razón por la que no debieran estar hablando; a fin de cuentas Inge era una especie de cuñada para Wilf y puede que, de forma completamente inocente, ambos sintieran una gran estima por el otro. A pesar de eso, Ragna recibió con desconcierto la intimidad que sugería la postura de sus cuerpos: estaban muy juntos, y ella lo tocó varias veces, agarrándolo del brazo con naturalidad para dar mayor énfasis a sus palabras en un momento dado, o dándole un manotazo en el pecho con gesto desdeñoso, como afeándole su conducta con fingida indignación, e incluso, en una ocasión, apoyando la yema del dedo en su mejilla con aire cariñoso.

Ragna no podía moverse, no podía apartar la mirada de ellos.

Entonces vio al muchacho al que había besado Wilf. Era joven y barbilampiño, y aunque era alto, daba la impresión de no estar del todo desarrollado, como si los brazos y las piernas alargados y los amplios hombros no se le hubieran cosido todavía al cuerpo de un hombre. Se reunió con Wilf e Inge, y los tres hablaron unos minutos con sosegada familiaridad.

«Es evidente que estas personas llevan muchos años formando parte de la vida de mi marido —pensó Ragna—. ¿Cómo puede ser que desconozca por completo quiénes son?»

Finalmente se despidieron, sin reparar en ella. Wilf se dirigió a los establos, sin duda para comprobar que los mozos de cuadra se habían encargado de su caballo. Inge y el muchacho entraron en la casa en la que Ragna había acordado alojar a Wigelm, a Milly y a Inge.

Ragna no podía soportar por más tiempo la duda y el suspense, pero seguía sin querer preguntarle a Wilf. ¿Con quién podía hablar entonces?

Solo quedaba una posibilidad: Gytha.

Detestaba la sola idea de tener que preguntarle a ella, pues eso significaba revelar su completa ignorancia, mostrarle su debilidad y otorgarle el papel de la mujer que estaba al tanto de todo cuanto allí ocurría, precisamente cuando Gytha parecía resignada a aceptar que ya no era ella quien mandaba en la casa de Wilf.

Pero ¿a quién recurrir si no era a ella? Wynstan era mucho peor que Gytha; Aldred estaría rezando el oficio en esos momentos; no conocía lo bastante bien al sheriff Den, y no podía rebajarse tanto como para llevar a cabo sus indagaciones con Gilda, la cocinera.

Acudió a casa de Gytha.

Se alegró de encontrarla a solas. La mujer le ofreció un vaso de vino y Ragna lo aceptó, pues le haría falta para reunir valor. Se sentaron en unas banquetas cerca de la lumbre, la una frente a la otra. Gytha parecía recelosa, pero Ragna presintió algo más: sabía por qué había ido a verla, sabía qué preguntas iba a formularle y había estado esperando ese momento.

Ragna tomó un sorbo de vino y trató de imprimir despreocupación a su tono de voz:

—Me he fijado en que hay un recién llegado en el recinto, un muchacho adolescente, de unos dieciséis años, alto.

Gytha asintió.

—Debe de ser Garulf.

—¿Quién es? ¿Y qué hace aquí?

Gytha sonrió y Ragna vio horrorizada que la sonrisa estaba impregnada de malicia.

—Garulf es el hijo de Wilf —respondió Gytha.

Ragna dio un respingo.

—¿Su hijo? —exclamó—. ¿Wilf tiene un hijo?

—Sí.

Eso explicaba el beso, al menos.

—Wilf tiene cuarenta años —añadió Gytha—. ¿Acaso creíais que os habías casado con un conde virgen?

Por supuesto que no, pensó Ragna, furiosa. Sabía que Wilf había estado casado, pero no que tuviese un hijo.

—¿Tiene más descendencia?

—No, que yo sepa.

Así que tenía un hijo. Era un golpe inesperado, pero podría soportarlo. Sin embargo, aún tenía una pregunta más:

—¿Qué relación tiene Garulf con la mujer de los zapatos rojos?

Gytha esbozó una sonrisa de oreja a oreja, y se hizo siniestramente obvio que aquel era su momento triunfal.

—Menuda pregunta —dijo ella—: Inge es la primera esposa de Wilf.

Ragna estaba tan conmocionada que se levantó de un salto y tiró el vaso de vino al suelo. Lo dejó allí tirado.

—¡Su primera esposa está muerta!

—¿Quién os ha dicho eso?

—Wynstan.

—¿Estáis segura de que eso fue lo que os dijo?

Ragna lo recordaba con toda claridad.

—Me dijo: «Por desgracia, su esposa ya no está entre nosotros». Estoy completamente segura.

—Ah, entonces eso lo explica —dijo Gytha—. Veréis, la expresión «ya no está entre nosotros» no es lo mismo que decir que está muerta, ni mucho menos.

Ragna no podía dar crédito a lo que estaba oyendo.

—¿Nos engañó a mí, a mi padre y a mi madre?

—No hubo engaño alguno. Cuando Wilf os conoció, Inge fue repudiada, quedó al margen.

—¿Repudiada? ¿Qué significa eso, si puede saberse?

—Que ya no es su esposa.

—Entonces ¿es un divorcio?

—Más o menos.

—Y en ese caso, ¿por qué está ella aquí?

—Que ya no sea su mujer no significa que él no pueda verla. A fin de cuentas tienen un hijo en común.

Ragna estaba horrorizada. El hombre con el que acababa de contraer matrimonio ya tenía una familia anterior: una esposa desde hacía muchos años, de la que «más o menos» se había divorciado, y un hijo que era casi un hombre. Saltaba a la vista que los quería a ambos, y ahora se habían trasladado a vivir al recinto.

Era como si el suelo se hubiese abierto bajo sus pies y estuviera tratando de mantener el equilibrio para no caer en el abismo. No dejaba de pensar que era imposible, que aquello no podía estar sucediendo en realidad. No podía ser que todo lo que creía saber sobre Wilf no fuese verdad.

Él no podía haberla engañado de esa manera.

En ese momento sintió que no podía soportar ni un minuto la expresión exultante de Gytha, que aguantaba a duras penas su mirada burlona. Se dirigió a la puerta y luego dio media vuelta. Se le acababa de ocurrir un pensamiento aún más horrible.

—Pero Wilf no puede seguir manteniendo relaciones conyugales con Inge, ¿verdad? —dijo.

—¿Ah, no? —Gytha se encogió de hombros—. Querida, eso tendréis que preguntárselo a él…

SEGUNDA PARTE

El juicio
998 d.C.

16

Enero de 998

Ya era bien pasada la media noche cuando Ragna por fin consiguió dejar de llorar.

Pasó la velada en su propia casa. Se sentía incapaz de hablar siquiera con Wilf. Ordenó a Cat que le dijera a su esposo que su señora no podía dormir con él porque sufría la maldición de Eva, como cada mes. Eso la ayudaría a ganar algo de tiempo.

Sus sirvientes velaban consternados por ella junto a la luz del hogar, pero su señora no se veía con fuerzas de explicar la angustia que sentía.

—Mañana... —repetía una y otra vez—. Os lo contaré mañana.

Pensó que no volvería a descansar jamás, pero cuando se le secaron las lágrimas, como un pozo agotado por el uso, se durmió, aunque inquieta. Incluso en sus sueños recordó la tragedia que había arruinado su vida; despertó del todo, presa de un pánico repentino, y rompió a llorar de nuevo.

En esa época del año el recinto empezaba su actividad mucho antes del tardío amanecer. Los ruidos matutinos pusieron a Ragna en alerta: las voces que se daban los hombres, los ladridos de los perros, los trinos de los pájaros y el traqueteo de los enormes utensilios de cocina empleados para alimentar a cientos de personas.

«Ha llegado un nuevo día —pensó Ragna— y no sé qué hacer. Estoy perdida.»

Si al menos hubiera conocido la verdad de antemano, podría haber regresado a su hogar en Cherburgo con sus hombres de armas, pensó. Sin embargo, enseguida comprendió que eso no era cierto. Wilf habría enviado un ejército a buscarla, y ella habría sido capturada y llevada de regreso a Shiring. Ningún hombre de la nobleza permitiría que su mujer lo abandonara; eso habría sido demasiado humillante.

¿Podría escapar sin que nadie se percatara y aventajar en unos días a sus perseguidores? Entendió que eso era imposible. Era la esposa del conde: su ausencia habría resultado notoria en cuestión de horas, si no de minutos. Y ella no conocía el país lo bastante bien para librarse de una persecución.

Había algo más importante todavía, aunque la desesperase: se dio cuenta de que en realidad no quería marcharse. Amaba a Wilf y lo deseaba. Él la había engañado y traicionado, pero Ragna no podía soportar la idea de vivir sin él. Maldijo su propia debilidad.

Necesitaba a alguien con quien hablar.

Se incorporó y retiró la manta. Cat, Agnes y Bern estaban mirándola, aguardando con recelo lo que ella tuviera que decir o hacer.

—El obispo Wynstan nos ha engañado a todos —dijo al fin—. La primera esposa de Wilf no está muerta. Se llama Inge y ha sido «repudiada», lo que parece una peculiar forma de divorcio, porque se ha trasladado a la casa que nuestros hombres de armas dejaron libre ayer.

—¡Nadie nos lo dijo! —exclamó Bern.

—Seguramente supusieron que ya lo sabíamos. A estos ingleses no parece afectarles mucho que un hombre tenga más de una esposa. Recordad a Dreng el barquero.

Agnes parecía pensativa.

—Podría decirse que Edgar me lo contó —admitió.

—¿Te lo contó?

—Cuando lo conocí, mientras cruzábamos el río en su barcaza, le conté que mi señora iba a casarse con un conde y él dijo: «Creía que ya estaba casado». Y yo le dije: «Lo estaba, pero su esposa murió». Y Edgar me comentó que no tenía noticias del fallecimiento.

—El otro hecho que nos han ocultado —añadió Ragna— es que Inge tiene un hijo de Wilf, un muchacho llamado Garulf, que se ha mudado a vivir con su madre.

—Aun así, me parece extraño que nadie nos haya hablado de la primera esposa —comentó Bern.

—Es algo más que extraño —afirmó Ragna—. Han hecho algo más que simplemente callárselo. Han mantenido a Inge y a Garulf ocultos hasta después de la boda y hasta que la mayoría de los invitados se hubieron ido a sus casas. Eso no fue por casualidad. Wynstan lo organizó todo. —Permaneció en silencio durante un rato, luego verbalizó una espantosa idea—: Y Wilf debía de ser partícipe del ardid.

Los demás no dijeron nada, y Ragna supo que significaba que le daban la razón.

Sintió la urgencia de hablar con alguien que no fueran sus sirvientes. Quería una opinión más objetiva que la ayudara a considerar aquella desgracia con mayor perspectiva. Pensó en Aldred. Él le había dicho: «Decidme si hay algo que pueda hacer por vos. Venid a la abadía».

—Voy a hablar con el hermano Aldred —anunció.

Luego recordó que el monje se lo había pensado mejor y había añadido: «O simplemente enviad un recado».

—Bern, ve a la abadía —ordenó—. Espera. Déjame pensar.

No quería que Aldred acudiera al recinto. Algo la hacía recelar de esa idea. Pensando en el porqué de su intuición, concluyó que no quería que personas como Gytha e Inge conocieran la identidad de sus posibles aliados.

Así pues, ¿dónde se reuniría con el monje?

En la catedral.

—Pídele a Aldred que acuda a la catedral —le indicó a Bern—. Dile que estaré esperándolo. —Las puertas del imponente templo no solían estar cerradas—. Espera. Puedes acompañarme caminando hasta el lugar.

Se enjugó las lágrimas y se aplicó un poco de aceite en la cara. Agnes recogió su capa. Ragna se la puso y se cubrió la cabeza con la capucha.

Bern y su señora salieron del recinto y descendieron por la colina. De camino, ella mantuvo la cabeza gacha y no habló con nadie: no soportaba la idea de tener que sostener una conversación normal. Cuando llegaron a la plaza, el sirviente se dirigió al monasterio y Ragna entró en la catedral.

Había estado varias veces allí antes para los oficios. Era el templo más grande que había visto jamás en Inglaterra, con una nave de veinte o treinta metros de largo y de unos ocho de ancho, y todos los habitantes del pueblo la abarrotaban en las fiestas de guardar, como el día de Navidad. En su interior siempre hacía frío. Las paredes de piedra eran de un grosor considerable y Ragna supuso que el lugar permanecía fresco incluso en verano. Ese día en concreto la temperatura era gélida. Se situó junto a la pila bautismal de piedra labrada y echó un vistazo a su alrededor. La luz que se filtraba por las angostas ventanas iluminaba pobremente el colorido interior: suelos de baldosas rojas y negras, tapices de escenas bíblicas en las paredes y una enorme escultura de madera policromada de la Sagrada Familia. Mirando al presbiterio, a través del arco, Ragna vio un altar de piedra cubierto con un lienzo de lino blanco. Por detrás del altar había una pintura mural de la crucifixión en estridentes tonos azules y amarillos.

La tormenta que había estallado en su corazón amainó ligeramente. La penumbra y el frescor del interior, entre los imponentes muros de piedra, le hicieron sentir la trascendencia de la eternidad. Los problemas terrenales eran temporales, incluso los peores: ese era el mensaje que transmitía el templo a sus visitantes. El corazón volvió a latirle con normalidad. Se dio cuenta de que respiraba sin resollar. Sabía que todavía tenía la cara enrojecida, a pesar del aceite, pero los ojos estaban secos y no le brotaron nuevas lágrimas.

Oyó la puerta abrirse y cerrarse, y, pasado un instante, Aldred ya estaba de pie junto a ella.

—Habéis estado llorando —le dijo.

—Toda la noche.

—¿Qué ha ocurrido, por todos los santos?

—Mi esposo tiene otra mujer.

Aldred lanzó un suspiro ahogado.

—¿No conocíais la existencia de Inge?

—No.

—Y yo nunca os la mencioné. Creí que preferiríais no hablar sobre ella. —A Aldred le asaltó un pensamiento—. «Quiere un hijo varón.»

—¿Qué?

—Eso me dijisteis refiriéndoos a Wilf: «Quiere un hijo varón». Algo me escamó durante aquella conversación, pero no entendí el porqué. Ahora lo veo claro. Wilf ya tenía un hijo, pero vos no lo sabíais. ¡Qué estúpido he sido!

—No estoy aquí para culparos.

En el ala norte había un banco labrado en la pared de piedra; durante la misa navideña, cuando todo el pueblo abarrotaba el templo, los ciudadanos de más edad no podían permanecer de pie una hora seguida y se apiñaban en ese frío y angosto asiento. En ese momento Ragna lo señaló con la cabeza.

—Sentémonos —sugirió.

—Inge era la razón por la que el rey Etelredo se negó a reconocer vuestro matrimonio —dijo Aldred una vez estuvieron acomodados.

El comentario sobresaltó a Ragna.

—Pero si Wynstan contaba de antemano con la aprobación real... ¡Él mismo nos lo dijo! —exclamó, indignada.

—O bien Wynstan mintió, o bien Etelredo cambió de parecer. Aunque creo que Inge no es más que una excusa. El rey estaba molesto con Wilf por el impago de la sanción.

—Es la razón por la que los obispos no asistieron a mi boda: porque el rey desaprobaba el matrimonio.

—Eso me temo. Entonces Etelredo impuso una sanción de sesenta libras a Wilf por casarse con vos, pero vuestro esposo no ha satisfecho el pago. Ahora ha hecho mucho más que perder el favor del rey.

Ragna estaba desesperada.

—¿Puede hacer algo Etelredo?

—Podría arrasar Shiring. Eso hizo con Rochester hace unos quince años, por una disputa con el obispo Elfstan, aunque fue una reacción un tanto exagerada, y Etelredo se arrepintió después.

—¿Así que un noble puede desafiar al rey y salir indemne?

—No para siempre —aclaró Aldred—. Me recuerda al famoso caso del *thane* Wulfbald. Ignoró en repetidas ocasiones el fallo del consejo real que lo condenó al pago de sanciones pecuniarias, y salió indemne. Al final el rey se apropió de sus tierras, pero esto no sucedió hasta que Wulfbald hubo muerto.

—Ignoraba por completo que mi marido estuviera tan enemistado con su rey… ¡Nadie me lo había contado!

—Yo supuse que ya lo sabíais, pero que no queríais hablar de ello. Wynstan le habrá dicho a la familia de Wilf que no os contara nada. Los sirvientes seguramente ni lo saben, aunque al final siempre acaban enterándose de esta clase de asuntos.

—¿Estoy casada siquiera con Wilf?

—Sí que lo estáis. Inge ha sido repudiada y Wilf se ha casado con vos. La Iglesia desaprueba el repudio de una esposa y las segundas nupcias del esposo en cuestión, pero la ley inglesa no condena ni lo uno ni lo otro.

—¿Qué puedo hacer?

—Devolver el golpe.

—Inge no es el único problema, también están Wynstan, Gytha, Wigelm, Milly e incluso Garulf.

—Ya lo sé. Forman una facción poderosa. Pero vos contáis con un arma mágica que podrá con todos ellos.

Ragna se preguntó si iba a ponerse espiritual con ella.

—¿Os referís a Dios?

—No, aunque siempre es sabio rogar que nos asista.

—Entonces ¿cuál es mi arma especial?

—El amor de Wilf.

Ragna le lanzó una mirada de escepticismo. ¿Qué sabría un monje sobre el amor?

Aldred le adivinó el pensamiento.

—Oh, soy muy consciente de que todo el mundo cree que los monjes somos unos ignorantes en el amor y el matrimonio, pero no es del todo cierto. Además, cualquiera que tenga ojos puede ver lo mucho que os ama Wilf. Provoca sonrojo contemplarlo: no deja de miraros y le arden las manos por el deseo de acariciaros.

Ragna asintió. Una vez casados, esa actitud de Wilf había dejado de ruborizarla.

—Os adora, siente veneración por vos —prosiguió Aldred—. Eso os hace más fuerte que todos los demás juntos.

—No entiendo en qué me beneficia eso. De todas formas Wilf ha traído a su primera esposa a vivir puerta con puerta conmigo.

—Eso no es el final, es el principio.

—Todavía no entiendo qué queréis que haga yo.

—Primero, no perdáis su amor. No puedo deciros cómo conservarlo, pero estoy seguro de que sabéis cómo hacerlo.

«Sí que lo sé», pensó Ragna.

—Imponed vuestra voluntad —prosiguió Aldred—. Provocad algunas discusiones con Gytha, Wynstan e Inge y conseguid pequeñas victorias; luego llegarán las más importantes. Que se enteren todos de que, en caso de conflicto, el primer impulso de Wilf siempre será apoyaros.

Como en la discusión en casa de Wigelm, pensó ella, o la relacionada con Dunnere el carpintero.

—Y conseguid refuerzos. Buscad aliados. Ya contáis conmigo, pero necesitáis más, todos los que podáis tener. Hombres poderosos.

—Como el sheriff Den.

—Muy bien. Y el obispo Elfheah de Winchester: él odia a Wynstan, por ello debe convertirse en vuestro amigo.

—Cualquiera diría que estáis hablando de una estrategia de guerra y no de la vida conyugal.

Aldred se encogió de hombros.

—He pasado veinte años conviviendo con monjes. Un monasterio, por desgracia, es como una gran familia poderosa: rivalidades, celos, discusiones, jerarquía… y amor. Y es difícil no verse atrapado en sus redes. Me alegra prever los problemas, porque así soy capaz de abordarlos. El verdadero peligro son las sorpresas.

Permanecieron sentados en silencio durante un minuto.

—Sois un buen amigo —dijo Ragna.

—Eso espero.

—Gracias.

Ella se levantó y Aldred hizo lo mismo.

—¿Ya habéis hablado con Wilf sobre Inge? —preguntó el monje.

—No. Todavía no sé muy bien qué decir.

—Digáis lo que digáis, no hagáis que se sienta culpable.

Ragna se ruborizó de indignación sin poder evitarlo.

—¿Por qué demonios no iba a hacerlo? Se merece sentirse culpable.

—No os conviene ser la persona que lo haga infeliz.

—Pero eso es indignante; debería ser infeliz por lo que me ha hecho.

—Por supuesto que debería serlo, pero hacer hincapié en ello no va a beneficiaros.

—No estoy muy segura.

Salieron de la catedral y cada uno tomó caminos opuestos. Ragna ascendió la colina hacia el recinto en actitud pensativa. Empezaba a entender el sentido de los últimos comentarios de Aldred. Precisamente esa mañana ella no debía mostrarse como una persona triste y abatida. Era la mujer escogida por Wilf, la elegida para la boda, la mujer a la que amaba. Debía exhibir el porte de una triunfadora y dirigirse a los demás como tal.

Regresó a su casa. Pronto sería la hora de la comida del mediodía. Hizo que Cat le cepillara y arreglara el pelo; luego escogió su vestido favorito, confeccionado en una seda del intenso color de las hojas otoñales. Se puso un collar de cuentas de ámbar. Se dirigió al gran salón y ocupó su lugar habitual, sentada a la derecha de Wilf.

Durante la comida habló como siempre hacía, preguntando a los comensales que la rodeaban sobre cómo les había ido la mañana, bromeando con los hombres y cuchicheando con las mujeres. Percibió muchas miradas sorprendidas dirigidas hacia ella: eran de las personas que sabían el impacto que había sufrido el día anterior. Esperaban verla sumida en la pena. En realidad estaba apenada, pero hacía lo posible por disimularlo.

Finalizada la comida, salió con Wilf y caminó junto a él en dirección a su casa. Como siempre, él no necesitó mucha provocación para hacerle el amor. Ella empezó por impostar su actitud habitual de entusiasmo, aunque pronto descubrió que no le hacía falta fingir y al final se sintió casi tan satisfecha como de costumbre.

De todas formas, no había olvidado nada.

Cuando él desmontó del cuerpo de su mujer, ella no lo dejó disfrutar del sueño de después al que estaba acostumbrado.

—No sabía que tenías un hijo —dijo Ragna como si nada.

Percibió que el cuerpo de Wilf se tensaba, aunque el tono de su voz era de despreocupación.

—Sí —respondió—. Garulf.

—Y no sabía que Inge seguía viva.

—Jamás dije que estuviera muerta —replicó.

Parecía una respuesta ensayada, lista para ser pronunciada en el momento necesario.

Ragna lo pasó por alto. No quería empezar una discusión inútil para aclarar si él le había mentido o simplemente le había contado una verdad a medias.

—Quiero saberlo todo sobre ti —afirmó.

Wilf se quedó mirándola con recelo. De su mirada se deducía a las claras que no sabía adónde quería llegar a parar Ragna. El hombre se debatía entre prepararse para ser reprendido o para poner excusas.

«Que siga con la duda», pensó ella. No iba a acusarlo, pero no le importaba que tuviera cargo de conciencia.

—Vuestras costumbres no son las mismas que las normandas —afirmó ella—. Debería hacerte más preguntas.

Él no podía poner objeción a tal afirmación.

—Está bien.

Parecía aliviado, como si hubiera estado esperando algo mucho peor.

—No quiero verme sorprendida otra vez —declaró ella, y percibió la severidad de su propio tono de voz.

Él no tenía muy claro cómo tomarse aquellas palabras. Ragna supuso que Wilf había previsto que ella sufriera un ataque de ira o que se deshiciera en lágrimas. Sin embargo, su reacción fue distinta, y él no tenía una respuesta preparada. Se mostró abrumado.

—Lo entiendo —se limitó a decir.

En las últimas horas las inquietudes que atormentaban a Ragna se resumían en dos preguntas que la reconcomían, y estaba decidida a formularlas en ese mismo instante. Presentía que Wilf estaría ansioso por darle lo que deseaba.

Ragna entrelazó las manos para que dejaran de temblarle.

—Hay dos cosas que debo preguntarte ahora mismo.

—Adelante.

—¿De dónde es Inge? ¿Cuál es su origen?

—Su padre era sacerdote. De hecho, era el secretario de mi padre.

Ragna imaginó fácilmente lo que habría sucedido: los descendientes de dos hombres que trabajaban juntos. El hijo de uno de ellos y la hija del otro pasaban mucho tiempo juntos; un amor adolescente, tal vez un embarazo indeseado; al final, un matrimonio prematuro.

—Así que la familia de Inge no pertenece a la nobleza.

—No.

—Cuando mi padre accedió a que me casara contigo, sin duda previó que mis hijos serían tus herederos.

Wilf no dudó un instante:

—Y lo serán.

Eso era importante. Significaba que ella era la esposa oficial del conde, no solo una más entre un número de mujeres de condición social dudosa. No iba a ser la segunda.

Como necesitaba asegurarse de ello, insistió:

—Y no Garulf.

—¡No! —exclamó él, molesto de que se lo preguntara por segunda vez.

—Gracias. Me alegro de tener tu solemne palabra al respecto.

Estaba encantada de haberle sonsacado tan importante promesa. Era probable que Wilf ya hubiera planeado hacerlo así, pero se habían acabado los días en que Ragna daba por sentados esa clase de asuntos.

Él se mostró ligeramente molesto por que ella lo hubiera acorralado de ese modo.

—¿Algo más? —preguntó Wilf en un tono de voz que sugería que estaba agotándosele la paciencia.

—Sí, una pregunta más. ¿Tienes intención de fornicar con Inge?

Él soltó una carcajada.

—Si me queda energía suficiente...

—No es una broma.

El gesto de Wilf se endureció.

—No te quepa duda —dijo—. Jamás me dirás con quién puedo o no puedo fornicar.

La afirmación fue como un bofetón para Ragna.

—Soy un hombre, soy inglés y soy conde de Shiring —afirmó él— y no recibo órdenes de ninguna mujer.

Ella apartó la mirada para ocultar su tristeza.

—Entiendo —dijo.

Él la tomó por la barbilla con una mano y la obligó a volver la cabeza para mirarla.

—Fornicaré con quien me plazca. ¿Está claro?

—Muy claro —respondió ella.

Ragna tenía el orgullo herido y se sentía dolida, pero podía vivir con ello. La herida abierta en su corazón era mucho peor.

Restituyó su dignidad paseándose con la cabeza bien alta y ocultando su sufrimiento. También recordó el consejo de Aldred y aprovechaba cualquier ocasión para reafirmar su autoridad. Sin embargo, nada aliviaba el dolor de su corazón. Solo podía atenderlo y conservar la esperanza de que, con el paso del tiempo, el sufrimiento remitiría.

Garulf había recibido el regalo de una pelota, un objeto esférico de cuero cosido con grueso bramante, para jugar a un juego rudimentario en que se enfrentaban dos equipos. Durante el partido, cada una de las formaciones intentaba llevar la pelota al «castillo» contrario, un cuadrado dibujado en el suelo. Garulf era el capitán de un equipo, por supuesto, y el otro estaba capitaneado por su amigo Stigand, a quien llamaban Stiggy. Jugaban entre el establo y el estanque, fastidiosamente cerca de la entrada principal.

El alboroto constituía una molestia para los adultos, pero Garulf era el hijo del conde y los residentes del recinto estaban obligados a mostrar cierto grado de tolerancia. Sin embargo, con el paso de los días, Ragna se fijó en que el juego se tornaba violento, mientras que, al mismo tiempo, a los muchachos les importaba cada vez menos importunar a los habitantes del lugar. La situación empeoraba cuando Wilf se ausentaba, y Ragna empezó a considerarlo un desafío a su autoridad.

Un día, en ausencia de su esposo, la pelota golpeó a la cocinera Gilda en la cabeza y la derribó.

Ragna lo vio por casualidad. Agarró el objeto esférico, detuvo el partido y se arrodilló junto a ella.

La mujer tenía los ojos abiertos y, pasado un rato, se levantó sujetándose la cabeza con las manos.

—Eso ha dolido —se lamentó.

Los chicos estaban de pie a su alrededor, jadeando por el esfuerzo del juego. Ragna vio que Garulf no expresaba remordimientos por el accidente ni preocupación alguna por Gilda. Eso sí, se mostró molesto por que hubieran interrumpido su momento de diversión, lo cual ofendió a la esposa de Wilf.

—Siéntate aquí y descansa un minuto —le sugirió a Gilda—. Recupera el aliento.

Pero la mujer expresó impaciencia.

—Me siento tonta aquí sentada en el barro —protestó.

Se puso de rodillas como pudo.

Ragna la ayudó a levantarse.

—Ven a mi casa —le ofreció—. Te serviré un poco de vino para que recuperes las fuerzas.

Se dirigieron hacia la puerta de su hogar.

Garulf las siguió.

—Necesito mi pelota —dijo.

Ragna se dio cuenta de que todavía la llevaba entre las manos.

En ese momento hizo pasar a Gilda y se quedó sujetando la puerta y mirando a Garulf.

—Lo que necesitas es una buena azotaina.

Lanzó la pelota a un rincón.

Convenció a Gilda para que se tumbara en su cama y Cat le sirvió un poco de vino en una cantarilla. La doncella no tardó en sentirse mejor. Su señora se aseguró de que no estuviera mareada y que pudiera caminar sin ayuda, solo entonces le permitió regresar a la cocina.

Pasado un minuto, Gytha entró con actitud altanera.

—Le regalé a mi nieto una pelota —afirmó.

Garulf era el nieto adoptivo de Gytha, pero Ragna no se dejó amedrentar.

—¿Así que se la habéis regalado vos? —preguntó.

—Él dice que se la habéis quitado.

—Así es.

Gytha miró a su alrededor, localizó el objeto esférico en un rincón y lo recogió a toda prisa; luego se mostró triunfal.

—¿Os ha contado por qué se la he quitado, tal vez? —preguntó Ragna.

—Por algo relacionado con un accidente sin importancia.

—Una cocinera ha caído derribada por el impacto de la pelota. Ese juego se ha vuelto peligroso.

—Son cosas de críos.

—Pues deben hacer sus cosas fuera del recinto. No permitiré que el juego continúe en el interior.

—Yo me haré cargo del comportamiento de mi nieto —zanjó Gytha, y se alejó sin soltar la pelota.

El juego no tardó en reanudarse.

Ragna mandó llamar a Bern y ambos salieron a mirar. El hijo de Wilf los vio e intentó mantenerse alejado, pero resultaba imposible contener la acción del juego dentro de unos límites —esa era la raíz del problema— y la pelota acabó interponiéndose nuevamente en el camino de Ragna.

Ella la recogió.

Garulf y Stiggy se le acercaron. Stiggy era un chico fornido que intentaba compensar su estupidez haciendo alarde de corpulencia.

—Esa pelota es mía —dijo Garulf.

—No podéis jugar a la pelota dentro del recinto.

Stiggy hizo un movimiento brusco. Dio un paso al frente y propinó un puñetazo a Ragna en el brazo para hacer que soltara la bola. A ella le dolió el golpe y la mano perdió fuerza, pero sujetó la pelota con la otra y retrocedió para alejarse de Stiggy.

Bern descargó su puño contra la sien al muchacho y este cayó al suelo.

El sirviente de Ragna miró a Garulf con severidad.

—¿Alguien más osa ponerle la mano encima a la esposa del conde? —preguntó.

El hijo de Wilf se quedó pensativo. Desplazó la mirada del corpulento Bern a la figura de la valiosa mujer de su padre y de nuevo hasta el sirviente. A continuación se alejó de ambos.

—Dame tu cuchillo —le dijo Ragna a Bern.

El arma que el hombre llevaba en el cinto era una daga alargada con la hoja afilada. Ragna puso la pelota en el suelo, metió la punta del cuchillo por debajo de las costuras y cortó el bramante.

Garulf lanzó un grito de protesta y se abalanzó sobre ella.

Ragna lo apuntó con la daga.

Bern dio un paso hacia Garulf.

La esposa de Wilf siguió cortando las costuras hasta que abrió la pelota lo suficiente para que se saliera todo el relleno.

Cuando terminó, se enderezó y lanzó el bulto de cuero rajado al centro del estanque.

Devolvió la daga a Bern sujetándola por el mango.

—Gracias —dijo.

Acto seguido regresó a casa acompañada de Bern. Le dolía el brazo izquierdo justo donde había recibido el golpe de Stiggy, pero tenía el corazón henchido por el triunfo.

Wilf regresó esa misma tarde y, al poco de llegar, hizo llamar a Ragna para que acudiera a su casa. A ella no le sorprendió encontrar allí a Gytha.

Su esposo parecía malhumorado.

—¿Qué es ese asunto de la pelota? —preguntó.

Ragna sonrió.

—Mi amado esposo, no deberías preocuparte por riñas sin importancia.

—Mi madrastra se ha quejado de que le has robado a mi hijo un regalo que ella le hizo.

Ragna estaba encantada, pero lo ocultó. Gytha había permitido que la indignación nublara su entendimiento. Llevaba todas las de perder. Era imposible que saliera airosa en esa disputa.

Ragna habló con un tono despreocupado, el apropiado para tratar una trivialidad:

—El juego de pelota se había vuelto demasiado violento. Hoy una de tus sirvientas ha sido lastimada por la pelota.

—Resbaló en el barro —espetó Gytha con desdén.

—Recibió un golpe en la cabeza. Las lesiones derivadas podrían haber sido peores. Les dije que jugaran en el exterior del recinto, pero me desobedecieron, así que detuve el juego y destruí la pelota. De verdad, Wilf, siento mucho que te hayan importunado con esto.

Su esposo puso expresión de escepticismo.

—¿De veras fue eso lo que ocurrió?

—Bueno, no. —Ragna se levantó la manga izquierda para enseñarle el moratón que acababa de salirle—. Ese muchacho, un tal Stiggy, me pegó en el brazo —añadió—. Y Bern lo derribó de un puñetazo.

Wilf lanzó una mirada enfurecida a Gytha.

—¿Un muchacho ha puesto las manos encima a la mujer del conde? Esa parte no me la constaste, madre.

—¡Solo intentaba recuperar la pelota! —respondió Gytha, a la defensiva, pero el moratón hablaba por sí solo.

—¿Y qué hizo Garulf? —preguntó Wilf.

—Se quedó mirando —aclaró Ragna.

—¿Y no defendió a la esposa de su padre?

—Me temo que no.

Wilf se puso hecho una furia, como ya había previsto Ragna.

—Stiggy debe ser azotado —sentenció—. Un castigo de niños para un hombre que se comporta como tal. Doce latigazos. Pero no sé qué hacer con Garulf. Mi hijo ya debería conocer la diferencia entre lo que está bien y lo que está mal.

—¿Puedo hacer una sugerencia? —intervino Ragna.

—Adelante.

—Que sea Garulf quien propine los latigazos.

Wilf asintió con la cabeza.

—Perfecto —convino.

Desnudaron a Stiggy y lo ataron a un poste. La humillación formaba parte del castigo.

Garulf se encontraba situado detrás de él, sujetando un látigo de cuero con la punta dividida en tres tiras trenzadas, cada una de ellas con afilados guijarros incrustados. El rostro del muchacho expresaba indignación y abatimiento.

Todos los habitantes del recinto estaban presentes: hombres, mujeres y niños. La pena tenía el objetivo de ser ejemplarizante para la comunidad, no solo para el culpable.

—Stiggy puso la mano encima a mi esposa —declaró Wilf de pie junto a él—. Este es su castigo.

La multitud permaneció en silencio. El único sonido audible eran los trinos de los pájaros al atardecer.

—Empieza —ordenó Wilf—. Uno.

Garulf levantó el látigo y fustigó a Stiggy en la espalda desnuda. El latigazo emitió un agudo restallido y el muchacho se encogió de dolor.

Ragna se estremeció y deseó no tener que contemplarlo. Sin embargo, si se marchaba en ese momento, su ausencia sería entendida como una muestra de debilidad.

—No ha sido lo bastante fuerte —protestó Wilf, negando con la cabeza—. Vuelve a empezar. Uno.

Garulf fustigó con más fuerza a Stiggy. En esta ocasión el muchacho lanzó un grito amortiguado de dolor. El látigo dejó marcas rojas sobre su blanca piel.

Una mujer entre el público lloraba con disimulo y Ragna se dio cuenta de que era la madre de Stiggy.

Wilf permanecía impertérrito.

—Todavía no es lo bastante fuerte. Vuelve a empezar. Uno.

Garulf levantó el látigo muy alto y lo restalló con todas sus fuerzas. Stiggy gritó de dolor y afloraron gotas de sangre en los puntos donde los guijarros le desgarraron la piel.

El grito silenció el trino de los pájaros.

—Dos —ordenó Wilf.

17

Febrero de 998

A Edgar le soliviantaba la idea de que alguien estuviera esquilmando a Ragna.

No le había importado tanto que el cantero Gab estuviese engañando a todo un *ealdorman* como Wilwulf. Wilf tenía mucho dinero y, además, ese asunto no era de su incumbencia. Sin embargo, que la víctima fuese Ragna era distinto, tal vez porque era extranjera y, por tanto, vulnerable... o tal vez, pensó de un modo inconfesable, porque era hermosa.

Había estado a punto de decírselo después de la boda, pero al final no lo había hecho. Quería estar absolutamente seguro; no quería que fuese una falsa alarma.

El caso es que tenía que ir otra vez a Outhenham. Las paredes del nuevo cobertizo para la elaboración de cerveza estaban terminadas y las vigas de madera, colocadas, pero quería concluir el tejado con piezas de piedra fina que no ardiesen con el fuego. Le dijo a Dreng que podía conseguir el material por la mitad de precio si lo transportaba él, lo cual era cierto, y Dreng, siempre partidario de ahorrar dinero en lugar de gastarlo, estuvo de acuerdo.

Edgar construyó una sencilla balsa de troncos, larga y ancha. La última vez que había ido a Outhenham lo había hecho a contracorriente, de modo que ahora sabía que no había que salvar grandes obstáculos, tan solo dos tramos en los que el agua no era muy profunda, y tal vez tuviera que ayudarse de cabos para remolcar la balsa unos pocos metros.

Sin embargo, avanzar río arriba con la pértiga iba a ser una tarea muy ardua, al igual que remolcar la balsa en las partes menos profundas, por lo que persuadió a Dreng para que pagara a Erman y a Eadbald un penique a cada uno para que dejaran la granja un par de días y lo ayudaran.

Dreng dio a Edgar una pequeña bolsa de cuero.

—Ahí van doce peniques —dijo—. Con eso deberías tener de sobra.

Ethel los avitualló con pan y jamón para el viaje y Leaf añadió una jarra de cerveza para saciar su sed.

Se fueron temprano. Manchas se subió a la balsa mientras embarcaban. Para la filosofía de un perro, siempre era mejor ir a alguna parte que quedarse atrás. Edgar se preguntó si no sería esa su filosofía también, sin estar muy seguro de cuál era la respuesta.

Erman y Eadbald eran delgados, y Edgar suponía que él también lo era. Un año antes, cuando vivían en Combe, nadie habría dicho de ellos que fuesen ni remotamente gordos, pero, aun así, habían perdido aún más peso durante el invierno. Seguían siendo fuertes, aunque delgados, con las mejillas un tanto hundidas, los músculos menudos y la cintura estrecha.

Pese a que era una fría mañana de febrero, sudaban a mares mientras manipulaban las pértigas para impulsar la balsa río arriba. Una sola persona podía manejar la embarcación sin problemas, pero era más sencillo con dos, uno a cada lado, mientras el tercero descansaba. No solían hablar demasiado, pero no había otra cosa que hacer en la travesía, de modo que Edgar preguntó:

—¿Cómo os va con Cwenburg?

—Erman yace con ella los lunes, miércoles y viernes —respondió Eadbald—, y yo los jueves y los sábados. —Sonrió—. El domingo es su día de descanso.

Los dos se lo tomaban con buen humor, y Edgar llegó a la conclusión de que aquel matrimonio tan poco ortodoxo estaba funcionando extraordinariamente bien.

—Ahora dormimos juntos pero poco más —dijo Erman—. Está demasiado embarazada para el fornicio.

Edgar calculó para cuándo nacería el niño. Habían llegado a Dreng's Ferry tres días antes del día de San Juan y Cwenburg se había quedado encinta casi de inmediato.

—El niño nacerá tres días antes de la Anunciación —dijo.

Erman le lanzó una mirada agria: la habilidad de Edgar con los números resultaba casi milagrosa para los demás, y molesta para sus hermanos.

—Bueno —dijo Erman—, el caso es que Cwen no va a poder ayudar a arar las tierras en primavera, y madre tendrá que guiar el arado mientras nosotros tiramos de él.

La tierra de Dreng's Ferry era ligera y margosa, pero Mildred ya no era una mujer joven.

—¿Y qué le parece eso a madre? —preguntó Edgar.

—El trabajo en el campo le resulta muy duro.

Edgar veía a su madre una vez por semana, pero sus hermanos estaban con ella todos los días.

—¿Duerme bien? —preguntó—. ¿Tiene apetito?

No eran muy observadores. Eadbald se encogió de hombros y Erman se revolvió con tono arisco:

—Escucha, Edgar, es vieja y un día se morirá, y solo Dios sabe cuándo será eso.

Después dejaron de hablar.

Pensando en el futuro inmediato, Edgar se planteó que no iba a ser fácil averiguar con toda certeza si Gab los estaba estafando. Tenía que hacerlo sin despertar hostilidad de ninguna clase. Si hacía demasiadas preguntas, el maestro cantero se pondría a la defensiva, y si revelaba sus sospechas, se enfadaría. Era algo curioso, pero a menudo quienes eran pillados en falta se indignaban extraordinariamente, como si el hecho de que los hubieran descubierto fuese la ofensa en lugar de la transgresión original. Lo que era aún más importante: si Gab sabía que sospechaban de él, tendría la oportunidad de encubrirlo todo.

La balsa avanzaba más deprisa que cuando Edgar había caminado por la orilla, y llegaron al pueblo de Outhenham a mediodía. Allí la tierra era arcillosa y una boyada de ocho bestias tiraba de un pesado arado en el campo más próximo; los enormes terrones trazaban movimientos ascendentes y descendentes como olas de barro rompiendo en la orilla de una playa. A lo lejos se veía a unos hombres en plena siembra, pisando los surcos y arrojando las semillas, seguidos de una cuadrilla de niños pequeños que asustaban a los pájaros con sus agudos chillidos.

Atracaron con la balsa en una playa y, para mayor seguridad, Edgar la amarró a un árbol. A continuación se encaminaron al pueblo.

Seric volvía a estar en su huerto, esta vez podando los árboles. Edgar se detuvo a hablar con él.

—¿Voy a volver a tener problemas con Dudda? —quiso saber.

Seric miró al cielo para ver qué hora era.

—No tan temprano —contestó—. Dudda todavía no ha cenado.

—Bien.

—Pero has de saber que no es un hombre simpático ni siquiera cuando está sobrio.

—Me lo imagino.

Siguieron andando y se encontraron con Dudda al cabo de un minuto, en la puerta de la taberna.

—Buenos días tengáis, compadres —dijo—. ¿Qué os trae por aquí?

Su agresividad sin duda se vio atemperada por la presencia de tres hombres jóvenes y fuertes, pero, pese a todo, Manchas empezó a ladrar al percibir la hostilidad que emanaba debajo de aquella fachada.

—Os presento a Dudda, el jefe de Outhenham —les dijo Edgar a sus hermanos, y después, dirigiéndose a Dudda, añadió—: He venido a comprar piedra a la cantera, como la última vez.

Dudda parecía desconcertado. Era evidente que no conservaba el menor recuerdo de la anterior visita de Edgar.

—Ve a la parte este del pueblo y sigue el sendero en dirección norte —le indicó.

Edgar ya conocía el camino, pero se limitó a darle las gracias y siguió andando.

Como la otra vez, Gab y su familia estaban trabajando en la cantera. Había una enorme pila de piedras cortadas en mitad del claro, lo que indicaba que no había mucho movimiento, algo seguramente positivo para Edgar, el comprador. Había una carretilla junto a las piedras apiladas.

«Lo único que tengo que hacer —pensó Edgar— es fijarme en las muescas que hace Gab en el palo de cómputo cuando compre las piedras que necesito. Si marca el número correcto, mis sospechas estarán infundadas, pero si no, habré demostrado que es culpable de estar sisando.»

La roca en la que estaba trabajando Gab cayó al suelo con gran estruendo, levantando una nube de polvo, y el cantero tosió, dejó sus herramientas y fue a hablar con los tres hermanos. Reconoció a Edgar.

—Eres de Dreng's Ferry, ¿verdad? —le dijo.

—Soy Edgar, y estos son mis hermanos, Erman y Eadbald.

Gab adoptó un tono de broma:

—¿Te los has traído para que te protejan de Dudda?

Evidentemente, la trifulca de Edgar con el jefe del pueblo en su última visita había llegado a sus oídos.

A Edgar no le hizo gracia su comentario.

—No necesito protección de un viejo gordo borracho —le espetó secamente—. He venido aquí a comprar piedras, y voy a transportarlas yo mismo esta vez, así que mis hermanos han venido a ayudarme. Así nos ahorraremos un penique por cada piedra.

—Ah, conque eso haréis, ¿eh? —dijo Gab con arrogancia. No le gustaba nada que Edgar supiese sus precios de antemano—. ¿Y se puede saber quién te ha dicho eso?

Había sido Cuthbert, pero Edgar decidió pasar por alto la pregunta.

—Necesito diez piedras —anunció. Abrió la bolsa que le había dado Dreng y descubrió, para su sorpresa, que había más de los doce peniques de los que había hablado su patrón; de hecho, vio que había veinticuatro. Erman y Eadbald lo vieron dudar y fruncir el ceño, y ambos vieron las monedas, pero Edgar no les dio oportunidad de que dijeran nada, pues no quería parecer vacilante a ojos de Gab. Pospuso para más adelante la aclaración del misterio y rápidamente contó diez peniques.

Gab volvió a contarlos y se los embolsó, pero, para decepción de Edgar, no insirió ninguna muesca en el palo de cómputo, sino que se limitó a señalar la pila de piedras.

—Servíos vosotros mismos —dijo.

Edgar no tenía ningún plan para aquel escenario. Decidió trasladar las piedras mientras seguía dándole vueltas.

—Tenemos que llevarlas al río —le dijo a Gab—. ¿Podemos usar tu carretilla?

—No —contestó el maestro cantero con una sonrisa aviesa—. Habéis decidido ahorraros dinero, así que ahora cargad vosotros mismos las piedras. —Y dicho esto, se fue.

Edgar se encogió de hombros. Se descolgó su hacha y se la dio a Erman.

—Vosotros id al bosque y talad dos palos gruesos y robustos para el transporte —dijo—. Yo echaré un vistazo a las piedras.

Mientras sus hermanos estaban en el bosque, Edgar examinó la pila. Ya había intentado cortar algún bloque en tejas finas y había descubierto que era una tarea delicada. El grosor tenía que ser exacto: las muy delgadas a veces se fracturaban, mientras que las gruesas serían demasiado pesadas para que las soportaran las vigas. Pese a todo, confiaba en que su técnica mejoraría con el tiempo.

Cuando regresaron sus hermanos, limpió los palos de ramas y hojas y luego los dispuso en paralelo sobre el suelo. Él y Erman cogieron una piedra y la depositaron atravesada encima de los palos. A continuación se agacharon, situándose uno delante de la piedra y otro detrás, agarraron los palos y se irguieron a la vez, levantando consigo todo el conjunto hasta la altura de la cadera.

Se encaminaron a la senda que conducía al río y Edgar se dirigió a su hermano Eadbald, que estaba detrás:

—Ven con nosotros, tendremos que montar guardia en la balsa.

Fueron turnándose para transportar cada una de las piedras, y el hermano que descansaba durante ese turno hacía de vigía junto al río, por si a algún intrépido viajero se le pasaba por la cabeza llevarse una piedra o dos a su casa. Para cuando empezó a oscurecer, les dolían los hombros y las piernas, y todavía les quedaba una última piedra que acarrear hasta la balsa.

Sin embargo, Edgar no había conseguido su otro propósito, pues no había logrado confirmar la falta de honradez de Gab.

La cantera estaba desierta. El maestro cantero y sus hijos habían desaparecido, probablemente para irse a su casa. Edgar llamó a la puerta y entró. La familia estaba cenando y Gab levantó la vista con expresión de enfado.

—¿Podemos pasar la noche aquí? —preguntó Edgar—. La última vez fuiste lo bastante amable para ofrecerme cobijo para dormir.

—No —dijo Gab—. Sois demasiados. Y además llevas más peniques ahí dentro en esa bolsa; puedes permitirte hospedarte en la posada.

Edgar no se sorprendió, pues su petición no había sido del todo razonable, sino que se trataba de un mero pretexto para poder entrar en la casa.

—En la posada a veces se arma mucha escandalera —dijo la mujer de Gab, Bee—, pero la comida es buena.

—Gracias.

Edgar se volvió despacio, dejándose margen de tiempo suficiente para examinar atentamente los palos de cómputo que colgaban de la pared. Descubrió que había uno con marcas recientes, más claro y nuevo.

Enseguida descubrió que tenía cinco muescas.

Ahí estaba la prueba.

Disimuló su alegría tratando de aparentar desilusión y un poco de enfado por que le hubiesen negado cobijo allí.

—Adiós, entonces —dijo y se fue.

Estaba exultante cuando él y Eadbald transportaron la última piedra al río. No sabía muy bien por qué, pero le alegraba poder hacer una buena obra por Ragna. Ardía en deseos de ir a contárselo todo.

—Creo que las piedras estarán seguras una hora si dejo aquí a Manchas, sobre todo ahora que está oscureciendo —dijo Edgar cuando hubieron añadido la última piedra a la pila—. Podemos cenar en la posada. Vosotros dos podéis dormir allí, pero yo pasaré la noche en la balsa. No hace demasiado frío.

Ató a Manchas con una cuerda larga y, a continuación, los tres hermanos se dirigieron a la posada. Cenaron carnero estofado y grandes cantidades de pan de centeno, además de una jarra de cerveza cada uno. Edgar reparó en la presencia de Gab en un rincón, junto a Dudda, absortos en una conversación.

—Antes vi que en esa bolsa había demasiado dinero —señaló Eadbald.

Edgar se preguntaba cuándo saldría el tema. No dijo nada.

—¿Qué vamos a hacer con el dinero que sobra? —quiso saber Erman.

Edgar advirtió que había hablado en plural, pero no hizo ningún comentario al respecto.

—Bueno, creo que tenemos derecho a pagar con él la cena de esta noche y la posada, pero el resto habrá que devolvérselo a Dreng, obviamente.

—¿Por qué? —dijo Erman.

A Edgar le disgustó la pregunta.

—¡Porque el dinero es suyo!

—Él te dijo que te daría doce peniques. ¿Cuántos había?

—Veinticuatro.

—¿Cuánto dinero de más es eso?

A Erman no se le daban bien los números.

—Doce.

—Se equivocó, así que podemos quedarnos con los doce que sobran. Cada uno de nosotros puede quedarse con… mucho dinero.

—Cuatro cada uno —dijo Eadbald, que era más listo que Erman.

—¡Me estáis pidiendo que robe doce peniques y os dé ocho! —protestó Edgar.

—Estamos juntos en esto —dijo Erman.

—¿Y si Dreng se da cuenta de su error?

—Juraremos que solo había doce peniques en la bolsa.

—Erman tiene razón —dijo Eadbald—. Es una oportunidad.

Edgar negó enérgicamente con la cabeza.

—Voy a devolver lo que ha sobrado.

Erman adoptó un tono de mofa:

—Pues Dreng no te va a dar ni las gracias.

—Dreng nunca me da las gracias.

—Él te robaría a ti si pudiera —dijo Eadbald.

—Lo sé, pero yo no soy como él, gracias al cielo.

Los hermanos desistieron.

Edgar no era ningún ladrón, pero Gab sí lo era. Solo había cinco muescas en su palo de cómputo, cuando Edgar había comprado diez piedras. Si Gab se limitaba a registrar la mitad de lo que vendía, solo pagaría a Ragna la mitad de lo que le debía, pero para eso precisaría de la colaboración del jefe del pueblo, que era el responsable de asegurarse de que los vasallos pagasen los tributos que les correspondían. Dudda revelaría la estafa de Gab… a menos que alguien le pagase por no irse de la lengua, y en ese preciso instante, ante los ojos de Edgar, Gab y Dudda estaban bebiendo juntos y hablando muy serios, como si discutiesen algún importante interés en común.

Edgar decidió confiarse a Seric. Estaba en la posada, hablando con un hombre con la cabeza rasurada y con hábito negro que debía de ser el sacerdote del pueblo. Edgar esperó hasta que salió de la posada y luego le siguió, no sin antes despedirse de sus hermanos:

—Os veré al alba.

Siguió a Seric hasta una casa junto al huerto. Seric se volvió al llegar a la puerta.

—¿Adónde vas?

—Voy a pasar la noche en la ribera del río. Quiero vigilar mis piedras.

Seric se encogió de hombros.

—No creo que sea necesario, pero no te voy a convencer de que no lo hagas. Además, hace una noche agradable.

—¿Puedo preguntarte algo en confianza?

—Entra, anda.

Una mujer de pelo canoso estaba sentada junto al fuego dando de comer con una cuchara a un niño pequeño. Edgar arqueó las cejas: Seric y su esposa parecían demasiado mayores para ser los padres de aquel niño.

—Mi esposa, Eadgyth, y nuestro nieto, Ealdwine —explicó Seric—. Nuestra hija murió en el alumbramiento y su marido se fue a Shiring para ser un hombre de armas para el conde.

Eso explicaba la escena.

—Quería preguntarte… —Edgar miró a Eadgyth.

—Puedes hablar abiertamente —dijo Seric.

—¿Es Gab un hombre honrado?

La pregunta no pareció sorprender a Seric.

—No sabría decirlo. ¿Ha intentado engañarte?

—A mí no, pero he comprado diez piedras y he visto que en su palo de cómputo solo había cinco muescas.

—Digamos que si alguien me pidiera que pusiera la mano en el fuego por la honradez de Gab, yo no lo haría —dijo el hombre.

Edgar asintió. Con aquello bastaba. Seric no podía demostrar nada, pero albergaba pocas dudas.

—Gracias —dijo Edgar, y se marchó.

Habían subido la balsa hasta la playa. Los hermanos no la habían cargado, pues eso habría facilitado el robo del cargamento de piedras. Edgar se tumbó en la balsa y se arrebujó con la capa. No creía poder conciliar el sueño, pero tampoco sería una mala cosa si se trataba de custodiar un material valioso.

Manchas protestó y Edgar acogió a la perra bajo su capa. El animal le proporcionaría calor y lo pondría sobre aviso si se acercaba alguien.

Ahora Edgar debía decirle a Ragna que Gab y Dudda la estaban estafando. Suponía que podría ir a Shiring al día siguiente.

Erman y Eadbald podían manejar la balsa en la corriente río aba-jo y él podría volver a casa por la vía principal, a través de la ciu-dad. Necesitaba cal para la argamasa y podía comprarla en Shiring y llevarla a casa cargándola a cuestas.

Edgar durmió con un sueño intermitente y se despertó con la primera luz del alba. Poco después aparecieron Erman y Eadbald, con la jarra de Leaf llena hasta los topes de cerveza de Outhen-ham y una enorme hogaza de pan de centeno para comer por el camino. Edgar les dijo que iba a ir a Shiring a comprar cal.

—Entonces ¡tendremos que manejar la balsa sin tu ayuda! —protestó Erman, indignado.

—Nos os costará mucho esfuerzo —explicó Edgar paciente-mente—. Ten en cuenta que ahora navegáis río abajo. Lo único que tenéis que hacer es mantener la balsa lejos de la orilla.

Los tres hermanos empujaron la balsa para meterla en el agua, sin soltar todavía el amarre, y luego la cargaron con las piedras. Edgar insistió en formar una pila entrecruzando las piedras, de forma que la carga no se moviera durante el transporte, pero ese día el agua de la corriente estaba tan quieta que en realidad no era necesario.

—Cuando os acerquéis, será mejor que descarguéis las piedras antes de alcanzar los bancos de arena —dijo Edgar—. De lo con-trario, os quedaréis varados.

—Pero entonces tendremos que volver a cargarlas… y eso es mucho trabajo —gruñó Erman.

—¡Y tendremos que volver a cargarlas en el otro lado! —ex-clamó Eadbald.

—Más os vale… es para lo que os pagan.

—Está bien, está bien.

Edgar soltó el amarre de la balsa y los tres subieron a bordo.

—Empujad con la pértiga hacia la otra orilla y dejadme allí —dijo Edgar.

Atravesaron el río y Edgar se bajó en los bancos de arena de la orilla. Sus hermanos maniobraron para volver al centro del río y poco a poco la corriente impulsó la balsa y esta se deslizó río abajo.

Edgar se quedó mirándola hasta que desapareció de su vista y luego se puso en marcha hacia Shiring.

La ciudad era un hervidero de actividad. Los herradores estaban herrando los caballos, los guarnicioneros se habían quedado sin tachuelas, dos hombres equipados con sendas piedras de afilar estaban afilando todos los cuchillos y los flecheros vendían flechas a la misma velocidad a la que las fabricaban. Edgar no tardó en descubrir el motivo: el conde Wilwulf estaba a punto de atacar a los galeses.

Los salvajes del oeste habían saqueado el territorio de Wilf en otoño, pero en aquel momento el *ealdorman* estaba muy ocupado con su boda y no había tomado represalias. Sin embargo, no había olvidado la afrenta y ahora estaba reuniendo un pequeño ejército para castigarlos.

Un ataque inglés resultaría devastador para los galeses. Provocaría graves trastornos en el calendario agrícola: hombres y mujeres morirían, por lo que habría menos manos para arar y sembrar el suelo. Cientos de muchachos y muchachas adolescentes serían capturados y vendidos como esclavos, engordando de ese modo las arcas del conde y sus hombres de armas y dejando menos parejas fértiles, de tal modo que, a largo plazo, en teoría habría menos galeses para hostigar a los ingleses.

Las acciones militares tenían el objetivo disuasorio de acabar con futuros saqueos, pero como los galeses generalmente solo saqueaban cuando se morían de hambre, para Edgar el castigo carecía de poder de disuasión, y creía que, en realidad, el verdadero motivo era la venganza.

Se dirigió a la abadía, donde planeaba pasar la noche. Era un monumento a la paz, construido en piedra clara, en mitad de una ciudad que se preparaba para la guerra. Aldred pareció alegrarse de ver a Edgar. Los monjes estaban a punto de ir en procesión a la iglesia para celebrar el oficio de nona, pero Aldred tenía permiso para saltárselo.

Edgar había caminado un largo trecho en el frío del mes de febrero.

—Necesitas entrar en calor —dijo Aldred—. Hay un fuego encendido en el dormitorio de Osmund, vayamos allí.

El muchacho accedió de buen grado.

Todos los otros monjes se habían marchado y en el monasterio reinaba un profundo silencio. Edgar sintió un momento de inquietud: el afecto que Aldred demostraba por él era un poco demasiado intenso. Esperaba que aquel no fuera el preludio de una escena embarazosa. No quería ofender al monje, pero tampoco quería que este lo estrechase entre sus brazos.

No había de qué preocuparse, pues Aldred tenía otros desvelos en la cabeza.

—Resulta que Ragna no sabía nada de la primera esposa de Wilf, Inge —dijo.

Edgar rememoró una conversación con Agnes, la costurera.

—Creían que estaba muerta —recordó.

—Hasta después de la boda, cuando la mayor parte del séquito de Ragna hubo regresado a Cherburgo; entonces Wilf invitó a Inge a volver a vivir de nuevo al recinto, junto con el hijo de ambos, Garulf.

Una punzada de ansiedad se instaló en la boca del estómago de Edgar.

—¿Y cómo está ella? —preguntó.

—Desconsolada.

Lo sentía muchísimo por ella, una extraña lejos de su familia y su hogar, engañada cruelmente por los ingleses.

—Pobrecilla —dijo, pero era una expresión poco afortunada.

—Pero no era por eso por lo que quería hablar contigo —le dijo Aldred—. Es sobre Dreng's Ferry.

Edgar postergó sus pensamientos sobre Ragna.

—Tras ver el estado de la colegiata —prosiguió Aldred— propuse que fueran los monjes quienes se hicieran cargo de su funcionamiento, y el arzobispo mostró su conformidad conmigo. Pero Wynstan armó un gran escándalo y el abad Osmund se echó atrás.

Edgar frunció el ceño.

—¿Y por qué le importa tanto a Wynstan la colegiata?

—Esa es la cuestión: no es una iglesia próspera y Degbert no es más que un pariente lejano para él.

—¿Por qué iba Wynstan a enfrentarse con el arzobispo por un asunto tan menor?

—Eso era lo que quería preguntarte. Tú vives en la posada y manejas la barcaza, tú ves a todo el que entra y sale de esa aldea. Debes de saber lo que ocurre allí.

Edgar quería ayudar a Aldred, pero no sabía la respuesta a sus preguntas. Negó con la cabeza.

—No tengo ni idea de qué es lo que le pasa a Wynstan por la cabeza. —Entonces se le ocurrió algo—. Pero ha venido de visita.

—¿De veras? —dijo Aldred, intrigado—. ¿Con qué frecuencia?

—Dos veces desde que estoy yo allí. La primera fue una semana después de San Miguel, y la otra hace unas seis semanas.

—Se te da bien recordar las fechas. De modo que ambas visitas tuvieron lugar poco después del día del pago de rentas. ¿Y qué propósito tenían esas visitas?

—Ninguno que fuera evidente para mí.

—Bueno, pero ¿qué hace cuando está allí?

—En Navidad regaló a todas las familias un lechón.

—Qué raro… Normalmente no es muy generoso, sino más bien lo contrario.

—Y luego él y Degbert fueron a Combe. Las dos veces.

Aldred se rascó la cabeza rasurada.

—Aquí pasa algo y no acierto a comprender qué es.

Edgar tenía sus sospechas, pero no se atrevía a formularlas en voz alta.

—Wynstan y Degbert podrían… quiero decir, podrían estar manteniendo…

—¿Una aventura amorosa? Es posible, pero no lo creo. Algo sé sobre ese tema y no me parece que ninguno de los dos encaje en ese perfil.

Edgar estaba de acuerdo con él.

—Puede que celebren orgías con jóvenes esclavas en la colegiata, eso sería más creíble —añadió Aldred.

Entonces le tocó el turno a Edgar de mostrarse escéptico:

—No sé cómo iban a poder mantener en secreto una cosa así. ¿Dónde esconderían a las esclavas?

—Tienes razón. Aunque puede que celebren ritos paganos; no necesitarían esclavas para eso.

—¿Ritos paganos? ¿Y qué gana Wynstan con eso?

—¿Qué gana nadie con eso? Pero lo cierto es que sigue habiendo paganos.

Edgar no estaba del todo convencido.

—¿En Inglaterra?

—Tal vez no.

A Edgar se le ocurrió una idea:

—Recuerdo vagamente a Wynstan visitando Combe cuando vivíamos allí. Los hombres jóvenes no sentíamos ningún interés por la vida clerical y nunca me fijé demasiado, pero solía hospedarse en casa de su hermano Wigelm. Recuerdo oír a mi madre comentar que lo lógico sería que un obispo se alojase en el monasterio.

—¿Y para qué iba a Combe?

—Es un buen lugar para entregarse a toda clase de apetitos, o al menos lo era antes de que los vikingos lo redujeran a cenizas, y seguramente se ha recuperado muy rápido. Hay una mujer llamada Mags que regenta un lupanar, varias casas donde los hombres se juegan sumas importantes de dinero y más tabernas que iglesias.

—Los antros de lujuria y perversión de Babilonia.

Edgar sonrió.

—También el hogar de mucha gente corriente como yo, tratando de ganarse la vida con un oficio, pero sí, el pueblo recibe muchos visitantes, la mayoría marineros, y eso le imprime cierto carácter.

Hubo un momento de silencio y ambos oyeron un leve ruido

al otro lado de la puerta. Aldred se levantó de un salto y la abrió de par en par.

Edgar vio la figura de un monje apartándose.

—¡Hildred! —exclamó Aldred—. Creía que estabas en el oficio de nona. ¿Es que nos espiabas?

—He tenido que volver a por una cosa.

—¿El qué?

Hildred titubeó.

—Da igual —dijo Aldred, y cerró dando un portazo.

En el recinto del conde había aún más ajetreo que en la ciudad. El ejército debía partir al alba y todos los hombres estaban preparándose, afilando sus flechas, puliendo los yelmos y cargando las alforjas con pescado ahumado y queso seco.

Edgar advirtió que algunas de las mujeres iban muy acicaladas y se preguntó por qué; entonces se le ocurrió que tal vez temiesen que aquella noche fuese a ser la última en compañía de sus maridos y querían que fuese memorable.

Ragna estaba distinta. La última vez que Edgar la había visto había sido en su boda, cuando había brillado con luz propia, llena de alegría y esperanza. Seguía siendo hermosa, pero de un modo distinto. Ahora la luz que irradiaba era más semejante a la de la luna llena, un resplandor brillante pero frío. Exhibía el mismo porte sereno y distinguido de siempre, e iba elegantemente ataviada con aquel color marrón oscuro que tan bien le sentaba; pero no quedaba ni rastro de aquel entusiasmo femenino y juvenil, sustituido por un aire de furiosa determinación.

Edgar examinó detenidamente su figura —nunca una tarea desagradable— y decidió que todavía no estaba encinta. Llevaba casada poco más de tres meses, de modo que aún era pronto.

Ella lo recibió en su casa y le dio de comer un poco de pan con queso suave y un vaso de cerveza. Edgar quería oír de sus labios la historia de Wilf con Inge, pero no se atrevía a hacerle preguntas tan personales, por lo que en vez de eso dijo:

—Acabo de volver de Outhenham.

—¿Y qué hacías allí?

—Comprar piedra para el nuevo cobertizo para fabricar cerveza que estoy construyendo en Dreng's Ferry.

—Yo soy la nueva señora del valle de Outhen.

—Lo sé, y por eso he querido venir a veros. Me parece que os están sisando.

—Continúa, por favor.

Le relató la historia de Gab y sus palos de cómputo.

—No puedo demostrar que os estén timando, pero estoy seguro de ello —dijo—. Tal vez queráis comprobarlo.

—Desde luego que quiero. Si Dudda, el jefe del pueblo, está engañándome de ese modo, seguramente lo está haciendo de otras doce maneras distintas.

Eso no se le había ocurrido a Edgar. Se dio cuenta de que Ragna tenía instinto para gobernar, al igual que él tenía instinto para la construcción de formas en madera y piedra. Su admiración por ella creció aún más.

—¿Cómo son los otros aldeanos? —preguntó ella—. Nunca he estado allí.

—Hay un anciano llamado Seric que parece más sensato que el resto.

—Es útil saberlo, gracias. ¿Y tú cómo estás? —Su tono de voz se volvió más alegre y chispeante—. Ya tienes edad de estar casado. ¿Hay alguna joven en tu vida?

Edgar se quedó perplejo. Tras su conversación después de la boda, cuando él le había hablado de Sungifu, ¿cómo podía hacerle una pregunta tan frívola sobre su vida amorosa?

—No tengo previsto casarme —contestó con sequedad.

Ella percibió claramente su reacción.

—Lo siento. Había olvidado por un momento lo serio que eres, para alguien de tu edad.

—Me parece que tenemos eso en común.

Ragna reflexionó sobre sus palabras. Edgar temía haberse mostrado insolente, pero ella se limitó a contestar con un simple «sí».

Era un momento cargado de intimidad, por lo que Edgar se sintió lo bastante envalentonado para hablarle en confianza:

—Aldred me ha contado lo de Inge.

Una expresión dolida se apoderó de su bello rostro.

—Fue un golpe muy duro para mí —dijo Ragna.

Edgar supuso que no debía de mostrarse tan franca con todo el mundo y se sintió un hombre privilegiado.

—Lo siento mucho —le dijo—. Me horroriza que los ingleses os hayan mentido de esa manera. —En algún rincón de su cerebro estaba pensando que, en el fondo, aquello no le entristecía tanto como debiera. En cierto modo, la idea de que Wilf hubiese resultado ser un mal marido no le desagradaba tanto como cabría esperar. Apartó tan poco generoso pensamiento a un lado por un momento y dijo—: Por eso estoy tan enojado con Gab, el maestro cantero. Pero ya sabéis que no todos los ingleses somos iguales, ¿verdad?

—Por supuesto, pero solo me he casado con uno de ellos.

Edgar se arriesgó a formularle una pregunta atrevida:

—¿Aún lo amáis?

—Sí —respondió ella sin dudarlo.

Edgar se quedó sorprendido.

Su sorpresa debió de reflejarse en su rostro, porque Ragna se vio en la necesidad de justificarse:

—Ya lo sé. Me ha engañado y me es infiel, pero lo amo.

—Entiendo —aseguró él, aunque no lo entendía.

—No deberías escandalizarte —dijo—. Tú amas a una muerta.

Eran palabras duras, pero estaban manteniendo una conversación muy franca.

—Supongo que tenéis razón —admitió.

De pronto fue como si Ragna pensara que habían llevado aquello demasiado lejos.

—Tengo mucho que hacer —dijo, levantándose.

—Me alegro de haberos visto. Gracias por el queso.

Edgar se volvió para marcharse.

Ella lo detuvo sujetándolo del brazo.

—Gracias por contarme las intrigas del maestro cantero en Outhenham. Te lo agradezco sinceramente.

El joven sintió una punzada de satisfacción.

Para su sorpresa, ella lo besó en la mejilla.

—Adiós —dijo—. Espero volver a verte de nuevo muy pronto.

Por la mañana, Aldred y Edgar fueron a ver partir al ejército.

Aldred aún seguía dándole vueltas al misterio de Dreng's Ferry. Allí estaban ocultando algo. Se preguntó por qué los aldeanos corrientes y molientes se mostraban hostiles con los forasteros. Tenía que ser porque guardaban un secreto, todos excepto Edgar y su familia, quienes no participaban de él.

Aldred estaba decidido a llegar al fondo del asunto.

Edgar llevaba consigo la saca de cal que iba a transportar a lo largo de los dos días siguientes.

—Menos mal que eres un joven fuerte —dijo Aldred—. Yo no creo que pudiera cargar con esa saca ni dos horas.

—Me las arreglaré —dijo Edgar—. Ha merecido la pena por la oportunidad de hablar con Ragna.

—Te gusta.

Los ojos de color avellana de Edgar destellaron de un modo que hizo que a Aldred se le acelerara el corazón.

—No de la manera que parecéis querer dar a entender —se apresuró a replicar Edgar—. Además, nada de eso importa, puesto que las hijas de los condes no se casan con los hijos de los constructores de barcos.

Aldred estaba familiarizado con los amores imposibles. Estuvo a punto de decírselo a Edgar, pero se mordió la lengua, pues no quería que la ternura que sentía por él se convirtiese en algo embarazoso para ambos. Eso podría poner fin a su amistad, y la amistad era lo único que tenía.

Miró a Edgar y comprobó aliviado que su expresión era de tranquilidad.

Oyeron un ruido procedente de lo alto de la colina, cascos de caballos y vítores. El ruido se hizo más intenso y en ese momento apareció el ejército, encabezado por un caballo semental de color gris acerado con un brillo enfurecido en los ojos. Su jinete, envuelto en una capa roja, debía de ser sin duda Wilf, pero su identidad permanecía oculta por un yelmo que le cubría el rostro por completo y que iba adornado con una pluma. Examinándolo con más detenimiento, Aldred descubrió que el yelmo estaba hecho con una aleación de varios metales, y decorado con intrincados dibujos que no podían distinguirse a tanta distancia. Era un elemento decorativo, supuso Aldred, diseñado con la intención de impresionar; lo más probable era que Wilf luciera un yelmo menos valioso para entablar batalla.

A continuación aparecieron el hermano y el hijo de Wilf, Wigelm y Garulf, montando su caballería el uno al lado del otro; los seguían los hombres de armas, vestidos de manera menos elegante pero, aun así, luciendo vivos colores. Tras ellos iban una multitud de jóvenes a pie, campesinos y muchachos pobres, ataviados con las habituales túnicas raídas de color marrón, la mayoría armados con lanzas caseras de madera, mientras que otros no tenían nada más que un cuchillo de cocina o un hacha, todos con la esperanza de que la batalla les hiciera cambiar su fortuna y pudieran, tras los saqueos, regresar a casa con un botín de valiosas joyas o con un par de muchachas adolescentes a las que poder vender como esclavas.

Todos atravesaron la plaza, saludando con la mano a los habitantes de Shiring, quienes los aplaudían y los aclamaban a su paso; a continuación desaparecieron por el extremo norte de la ciudad.

Edgar se dirigía hacia el este. Se echó la saca a la espalda y emprendió el camino.

Aldred regresó a la abadía. Era casi la hora del oficio de tercia, pero el abad Osmund lo había mandado llamar.

Como de costumbre, Hildred se hallaba con el abad.

«¿Qué ocurre ahora?», se preguntó Aldred.

—Iré directo al grano, hermano Aldred —dijo Osmund—. No quiero que te conviertas en enemigo del obispo Wynstan.

Aldred le había entendido perfectamente, pero fingió lo contrario:

—El obispo es nuestro hermano en Cristo, por supuesto.

Osmund era demasiado listo para que aquella argucia lo desviara de su objetivo.

—Te oyeron hablar con ese muchacho de Dreng's Ferry.

—Sí. Sorprendí al hermano Hildred espiándonos.

—¡Y menos mal que así fue! —exclamó Hildred—. ¡Estabais conspirando contra nuestro obispo!

—Estaba haciendo preguntas.

—Escúchame bien —dijo Osmund—. Tuvimos nuestras diferencias de opinión con Wynstan con respecto a Dreng's Ferry, pero el asunto ya se ha resuelto, y ahora está cerrado.

—No es cierto. La colegiata sigue siendo una abominación a los ojos del Señor.

—Eso puede ser, pero he decidido no mantener una disputa con el obispo. No te acuso de conspirar contra mí, pese a las agrias palabras de Hildred, pero lo digo en serio, Aldred, no debes desautorizarme.

Aldred sintió una mezcla de vergüenza e indignación. No era su voluntad ofender a su bienintencionado pero negligente superior. Por otra parte, no estaba bien que un hombre de Dios hiciese la vista gorda ante la perversidad. Osmund era capaz de cualquier cosa con tal de llevar una vida sosegada, pero un monje estaba obligado a algo más que a buscar una vida tranquila.

Pese a todo, aquel no era el lugar ni el momento de presentar batalla.

—Lo siento, mi señor abad —dijo—. Pondré más ahínco en recordar mi voto de obediencia.

—Ya sabía yo que entrarías en razón —señaló Osmund.

Hildred parecía escéptico, pues no creía que Aldred fuese sincero.

Y llevaba razón.

Edgar llegó a Dreng's Ferry la tarde del día siguiente. Estaba muerto de cansancio. Había sido un error acarrear una saca de cal a lo largo de tanta distancia. Era fuerte, pero aquello había supuesto un esfuerzo sobrehumano y ahora tenía un dolor de espalda insoportable.

Lo primero que vio al llegar fue una pila de piedras en la orilla del río. Sus hermanos habían descargado la balsa, pero no habían llevado las piedras al lugar donde había de construirse el nuevo edificio para elaborar la cerveza. En ese momento le dieron ganas de matarlos a los dos.

Estaba demasiado cansado incluso para entrar en la taberna. Arrojó la saca junto a las piedras y se tumbó en el suelo, allí mismo.

Dreng salió de la taberna y lo vio.

—Así que ya has vuelto —dijo innecesariamente.

—Aquí estoy.

—Las piedras ya han llegado.

—Ya lo veo.

—¿Qué has traído?

—Una saca de cal. Te he ahorrado el coste del transporte, pero jamás volveré a hacerlo.

—¿Algo más?

—No.

Dreng sonrió con un extraño brillo de maliciosa satisfacción en los ojos.

Entonces Edgar añadió:

—Bueno, sí, una cosa. —Extrajo la bolsa—. Me diste demasiado dinero.

Dreng parecía perplejo.

—Las piedras valían un penique cada una —le explicó Edgar—. Pagamos un penique en la posada de Outhenham por el hospedaje y la cena. La cal fueron cuatro peniques. Han sobrado nueve peniques.

Dreng cogió la bolsa y contó las monedas.

—Aquí están —dijo—. Muy bien.

Edgar estaba desconcertado: un hombre tan tacaño como

Dreng debería haberse horrorizado al descubrir que había dado más dinero del necesario, pero solo estaba medianamente sorprendido.

—Muy bien, muy bien —repitió Dreng, y volvió al interior de la taberna.

Tumbado de costado en el suelo, esperando a que dejara de dolerle la espalda, Edgar siguió dándole vueltas al asunto. Era casi como si Dreng supiera de antemano que le había dado dinero de más y se hubiese sorprendido al recuperar una parte.

Claro, pensó Edgar; eso era.

Lo había puesto a prueba: Dreng le había tendido aquella trampa de forma deliberada, para ver qué haría.

Sus hermanos habrían mordido el anzuelo: se habrían quedado con el dinero y Dreng los habría dejado en evidencia. Pero Edgar lo había devuelto sin más.

Pese a todo, Erman y Eadbald llevaban razón en una cosa: le habían dicho que Dreng no le daría ni las gracias y, efectivamente, ni siquiera se lo había agradecido.

18

Marzo de 998

Ir de visita al valle de Outhen tendría que haber sido una cuestión sin importancia para Ragna.

Se lo había comentado a Wilf el día antes de que este partiera hacia Gales, y su esposo había dado su aprobación al viaje sin dudarlo. Sin embargo, cuando el ejército se hubo marchado, Wynstan se presentó en casa de Ragna.

—Este no es un momento propicio para vuestra visita a Outhen —dijo con esa voz tersa y el tono falaz que utilizaba cuando fingía ser razonable—. Es la época en que se aran los campos, en primavera. No nos conviene distraer a los labriegos de su labor.

Ragna se mostró recelosa. Wynstan jamás había expresado interés en las cuestiones relacionadas con la agricultura.

—Naturalmente, no deseo hacer nada que pueda interferir con su labor —dijo ella para ganar tiempo.

—Bien. Posponed vuestra visita. Mientras tanto, yo recaudaré las rentas y os entregaré personalmente la recaudación, como hice en Navidad.

Era cierto que Wynstan le había entregado una cuantiosa suma de dinero unos días después de Navidad, pero no le facilitó ningún registro contable, así que Ragna no tenía forma de saber si había recibido la cantidad adecuada. En ese momento ella estaba demasiado disgustada por la presencia de Inge para preocuparse, pero no tenía intención de seguir permitiendo tal laxitud con las cuentas. Cuando el obispo se volvió para marcharse, ella le posó una mano en el brazo.

—¿Cuándo sugerís que haga la visita?

—Dadme un tiempo para pensarlo.

Ragna sospechaba que ella sabía más sobre los ciclos de cultivo que el obispo.

—Veréis, siempre hay alguna urgencia que atender en los campos.

—Sí, pero...

—Después del arado viene la siembra.

—Sí...

—Luego hay que arrancar las malas hierbas, cosechar, trillar, moler.

—Ya lo sé.

—Y, por último, llega la época de pasar el arado para el invierno.

Wynstan puso cara de exasperación.

—Ya os haré saber cuándo considero que ha llegado el momento apropiado.

Ragna negó con firmeza.

—Tengo una idea mejor. Visitaré Outhen el día de la Anunciación. Es un día festivo, así que, de todas formas, los campesinos no estarán trabajando.

Él se mostró dubitativo, pero al parecer no se le ocurrió una réplica adecuada.

—Muy bien —accedió secamente y, mientras lo veía marcharse, Ragna supo que no había dicho la última palabra al respecto.

Sin embargo, la joven no se dejó intimidar. El día de la Anunciación Ragna recaudaría sus rentas en Outhenham. Y prepararía una encerrona para destapar el engaño de Gab, el maestro cantero.

Quería que Edgar la acompañara para el momento de esa confrontación. Envió un mensajero para que el joven acudiera desde Dreng's Ferry, con la excusa de que necesitaba que realizara más trabajos de carpintería.

Otro motivo por el que Ragna quería ausentarse era la atmósfera agobiante del recinto en ausencia de los maridos. Los únicos varones que quedaban, o bien eran demasiado jóvenes para participar en la batalla, o bien demasiado ancianos. Ragna consideraba que las mujeres se comportaban de forma inadecuada cuando sus esposos no las veían. Reñían, chillaban y se menospreciaban de un modo que sus maridos habrían reprendido. Sin duda alguna, los hombres también actuaban de forma punible cuando el sexo opuesto no estaba presente para despreciarlos por ello. Pensó que tendría que preguntárselo a Wilf.

Decidió que se quedaría en el valle de Outhen durante una semana, más o menos, a partir del día de la Anunciación. Estaba decidida a realizar una visita en persona a sus propiedades para averiguar con exactitud cuáles eran. Se presentaría frente a sus aparceros y sus vasallos a fin de que pudieran conocerla. Daría audiencia en cada pueblo y empezaría a ganarse la reputación de jueza justa.

Cuando habló con el caballerizo, Wignoth, él negó con la cabeza e inspiró aire apretando sus dientes manchados.

—No tenemos caballos suficientes —informó—. Todas las monturas de reserva se han empleado para el ataque a los galeses.

Era impensable que Ragna llegara a su destino a pie. La gente juzgaba a los demás por su apariencia, y una noble que no tuviera caballo sería considerada como alguien con falta de autoridad.

—Pero si Astrid sigue aquí —protestó Ragna.

Había llevado su yegua consigo desde Cherburgo.

—Sin duda os acompañará un numeroso séquito de personas en la visita —aclaró Wignoth.

—Sí.

—Aparte de Astrid, los únicos animales que tenemos son una vieja yegua, un caballo tuerto y un burro de carga al que jamás han montado.

Había otras monturas en el pueblo: tanto el obispo como el abad contaban con varios caballos, y el sheriff poseía unas grandes caballerizas, pero necesitaban los animales para sus propios propósitos.

—Los caballos que tenemos aquí deberían bastar —afirmó Ragna con firmeza—. No es la situación ideal, pero ya me las apañaré.

Cuando se alejaba del establo vio a dos jóvenes aldeanos pasando el rato junto a la cocina, hablando con Gilda y las demás doncellas. Ragna se detuvo y frunció el ceño. No tenía nada que objetar moralmente al coqueteo; de hecho, a ella misma se le daba muy bien cuando le convenía. Sin embargo, con los esposos ausentes por la batalla, los devaneos amorosos podían constituir un peligro. Las relaciones ilícitas no solían permanecer en secreto durante mucho tiempo, y los soldados recién retornados de la lucha eran muy propensos a reaccionar impulsivamente, recurriendo a la violencia.

Ragna cambió de dirección y se acercó a los dos jóvenes.

Una cocinera llamada Eadhild estaba limpiando pescado con un cuchillo afilado y las manos manchadas de sangre. Ninguna de las doncellas se percató de que su señora se aproximaba. Eadhild les estaba diciendo a los aldeanos que se marcharan, pero con un tono juguetón que dejaba muy claro que su intención era la contraria.

—No queremos a los de vuestra calaña por aquí —dijo, aunque se le escapó una risita nerviosa.

Ragna se fijó en la expresión de desaprobación de Gilda.

—Las mujeres nunca quieren a los de nuestra calaña, ¡hasta que nos prueban!

—Venga ya, fanfarrón —dijo Eadhild.

—¿Quiénes sois vosotros? —preguntó Ragna con brusquedad.

Ambos se sobresaltaron y permanecieron en silencio durante un instante.

—Decidme vuestros nombres o haré que os azoten a ambos —advirtió Ragna.

Gilda los señaló con una brocheta.

—Ese es Wiga y el otro es Tata. Trabajan en The Abbey Alehouse.

—¿Y qué creéis que ocurrirá, Wiga y Tata, cuando los esposos de estas buenas mujeres regresen al hogar, con sus espadas tan ensangrentadas como ese cuchillo para limpiar el pescado que sostiene Eadhild, y averigüen lo que habéis estado diciéndoles a sus esposas?

Wiga y Tata parecían enormemente abochornados, no sabían qué contestar.

—Que os darán muerte —concluyó Ragna—. Eso es lo que ocurrirá. Ahora regresad a vuestra taberna y que no vuelva a veros en este recinto hasta que el conde Wilf retorne a casa.

Los muchachos se marcharon a toda prisa.

—Gracias, mi señora —dijo Gilda—. Me alegro de que los hayáis echado.

Ragna fue a su casa y se puso a pensar de nuevo en el valle de Outhen. Decidió viajar hasta allí a caballo en la víspera del día de la Anunciación. Sería un viaje de mañana. Pasaría la tarde hablando con los habitantes del pueblo y daría audiencia al día siguiente.

Una jornada antes de la prevista para la partida, Wignoth acudió a verla y su casa se impregnó del olor a cuadras. El caballerizo tenía cara de fingida aflicción.

—El camino a Outhenham ha quedado inundado por una riada —informó.

Ella se quedó mirándolo con intensidad. Era un hombre corpulento, pero torpe.

—¿Ha quedado del todo intransitable? —preguntó.

—Sí, del todo —respondió. No se le daba bien mentir y su actitud resultaba sospechosa.

—¿Quién te lo ha contado?

—Mmm… Lady Gytha.

A Ragna no le sorprendió.

—Debo ir a Outhenham —afirmó—. Si hay una riada encontraré una forma de esquivarla.

Ragna entendió que Wynstan estaba decidido a evitar que visitara el valle. Había recurrido tanto a Gytha como a Wignoth para que la disuadieran de la idea. Eso no hizo más que acrecentar su determinación de alcanzar su objetivo.

Ese mismo día esperaba la llegada de Edgar de Dreng's Ferry, pero el joven no apareció. Ragna se sintió decepcionada: sabía que lo necesitaba para dar credibilidad a su acusación. ¿Podría acusar a Gab sin el testimonio de Edgar? No lo tenía muy claro.

Al día siguiente se levantó temprano.

Se vistió con elegantes prendas de colores apagados, marrón oscuro y negro azabache, para resaltar su seriedad. Se sentía tensa. Se convenció a sí misma de que sencillamente iba a conocer a sus vasallos, algo que había hecho en docenas de ocasiones con anterioridad; aunque jamás en Inglaterra. Nada sería como imaginaba; las cosas nunca lo eran en ese lugar, lo sabía por experiencia. Y era muy importante causar una primera impresión favorable. Los campesinos tenían muy buena memoria, hasta el punto de resultar exasperante. Podía costarle años recuperarse de un primer paso en falso.

Se sintió encantada al ver aparecer a Edgar. El joven se disculpó por no presentarse el día anterior, pero le contó que había llegado tarde a Shiring y que se había dirigido a la abadía para pernoctar. Ragna se sintió aliviada de no tener que enfrentarse a Gab a solas.

Fueron a los establos. Bern y Cat ya estaban allí cargando el burro y ensillando la vieja yegua y el caballo tuerto. Ragna sacó a Astrid de su cuadra y enseguida se dio cuenta de que algo andaba mal.

Cuando el animal avanzó, empezó a cabecear de forma anómala. Tras observarla un momento, Ragna se percató de que la yegua levantaba la cabeza y el cuello en cuanto apoyaba la pata delantera izquierda en el suelo. Ella sabía que los caballos hacían eso cuando querían aligerar el peso sobre las patas a causa de una lesión.

Se arrodilló junto a Astrid y le palpó la caña con ambas manos. Se la tentó con suavidad al principio y luego empezó a ejercer más presión sobre ese punto. Al apretar con fuerza, Astrid se retorció e intentó zafarse de su amazona.

En ese estado, la yegua no podía ser montada.

Ragna estaba furiosa. Se enderezó y miró con indignación a Wignoth. Se esforzó por controlar la rabia.

—Alguien ha lesionado a mi yegua —dijo.

—Alguno de los otros caballos la habrá coceado —sugirió el caballerizo con cara de susto.

Ragna miró a las demás monturas. Formaban un grupo lamentable.

—¿De cuál de estas enérgicas bestias sospechas? —preguntó con sarcasmo.

—Todos los caballos sueltan coces alguna vez —respondió él con tono suplicante.

La joven miró a su alrededor. Fijó la mirada en una caja de herramientas. Las pezuñas de los caballos siempre iban protegidas con herraduras. Uno de los utensilios era un pesado mazo de madera. Tuvo la corazonada de que Wignoth había golpeado la caña de Astrid con esa herramienta, pero no podía demostrarlo.

—Pobrecita mía —le dijo a Astrid en voz baja. Luego se volvió hacia Wignoth—. Si no eres capaz de mantener a los caballos protegidos, no puedes estar al mando del establo —espetó con extrema frialdad.

El hombre se mostró terco como una mula, como si estuvieran acusándolo falsamente.

Ragna necesitaba tiempo para pensar.

—Quedaos aquí —les ordenó a Bern y a Cat—. No descarguéis las monturas.

Salió del establo y se dirigió hacia su casa.

Edgar la siguió.

—Ese cerdo de Wignoth ha lesionado a propósito a Astrid —le dijo Ragna al joven cuando pasaban junto al estanque—. Debe de haberla golpeado con el mazo para herrar. El hueso no está fracturado, pero tiene una contusión grave.

—¿Por qué iba a hacer Wignoth tal cosa?

—Es un cobarde. Alguien le habrá dicho que lo haga y él no ha tenido las agallas de negarse.

—¿Quién le habrá dado una orden así?

—Wynstan no quiere que vaya a Outhen. Ha estado poniéndome un impedimento tras otro. Siempre ha recaudado las rentas en nombre de Wilf y pretende seguir haciéndolo en mi nombre.

—Y supongo que, de paso, quiere sacar tajada.

—Sí. Sospecho que es algo que ya ha hecho.

Entraron en casa de Ragna, pero ella no tomó asiento.

—No sé qué hacer —confesó—. Odio rendirme.

—¿Quién podría ayudar?

Ragna recordó su conversación con Aldred sobre sus posibles aliados. Contaba con unos cuantos.

—Aldred me ayudaría si pudiera —dijo—. Y también el sheriff Den.

—La abadía posee caballos y también Den.

Ragna se quedó pensativa.

—Si voy a Outhen ahora se producirá una confrontación. Wynstan es muy obstinado. Temo que se niegue a permitir que yo reciba las rentas que me corresponden y tendré que dar con una fórmula para hacer que se cumpla la ley.

—En tal caso, deberíais apelar al consejo comarcal.

Ella negó con la cabeza. Los lazos de sangre tenían más peso que la palabra de ley en Normandía, y no había visto señal alguna de que el sistema legal inglés fuera mucho mejor.

—Wilf preside el consejo comarcal.

—Vuestro esposo.

Ragna pensó en Inge y se encogió de hombros. ¿Wilf tomaría partido por su esposa o por su hermano? No estaba segura. La simple posibilidad de no recibir el respaldo de su amado la entristeció un instante, pero se obligó a no pensar en ello.

—Detesto interpretar el papel de la víctima —dijo en cambio.

—Entonces habéis de aseguraros de recaudar vos las rentas, y no Wynstan —sugirió, con toda lógica, Edgar—. Y que sea él quien apele al consejo comarcal.

No podría haberla aconsejado mejor.

—Necesitaría algún respaldo contundente.

—Sería ideal que os acompañara Aldred. Un monje posee autoridad moral.

—No estoy segura de que el abad lo autorice. Osmund es timorato. No le gusta meterse en líos.

—Dejad que primero hable con Aldred. Me tiene en buena estima.

—Vale la pena intentarlo. Pero quizá la autoridad moral no sea suficiente, necesito hombres de armas. Y solo cuento con Bern.

—¿Qué hay del sheriff Den? Él tiene hombres de armas a su servicio. Con el apoyo del sheriff, este estaría limitándose a hacer cumplir las leyes del rey, que es su deber.

Esa era una posibilidad, pensó Ragna. Tal como había descubierto de forma tardía, Wilf y Wynstan habían desafiado al rey en lo relativo a lo acordado en Cherburgo y el matrimonio con ella. El sheriff bien podría beneficiarse de ello.

—Seguramente Den estará encantado de tener una oportunidad de pararle los pies al obispo Wynstan.

—No me cabe ninguna duda.

Ragna empezaba a ver una salida.

—Tú habla con Aldred. Yo iré a visitar a Den.

—Debemos partir por separado, para que no parezca una conspiración.

—Bien pensado. Yo saldré primero.

Ragna salió con paso decidido de la casa y cruzó el recinto. No habló con nadie: que se imaginaran, temerosos, cuál podría ser el resultado de su enfurecimiento.

Descendió por la colina y dobló hacia la salida del pueblo, donde vivía Den.

Se sentía profundamente decepcionada por el hecho de que Wynstan hubiera conseguido que Wignoth se volviera contra ella. Ragna se había esforzado mucho por ganarse el favor de los sirvientes del recinto y creía haberlo conseguido. Gilda fue la primera en apoyarla, y las doncellas de la cocina habían seguido sus pasos. A los hombres de armas les gustaba Garulf —sonreían y decían que era un muchacho formidable— y ella no podía hacer nada para cambiarlo. No obstante, se había desvivido por caer en gracia a los mozos de cuadra y en ese momento daba la impresión de haber fracasado. Entre el pueblo ella gozaba de mayor popularidad que Wynstan, pensó, pero a él lo temían más.

En ese momento necesitaba todo el apoyo que pudiera conseguir. ¿Acudiría Den en su ayuda? Creía que existía alguna posibilidad. Den no tenía motivos para temer a Wynstan. ¿Y Aldred? Si podía, la ayudaría. Pero si ellos le fallaban, estaría sola.

La residencia del sheriff tenía un aspecto tan magnífico como la del conde, apariencia que, sin duda, era intencionada. Poseía un recinto fortificado con acuartelamientos, establos, un gran salón de reuniones y otra gran variedad de edificaciones de dimensiones más reducidas.

Den se había negado a incorporarse al ejército de Wilf, alegando que su responsabilidad consistía en mantener la paz para el rey en la comarca de Shiring, y que su presencia era mucho más necesaria en ausencia del conde; una visión que demostró ser muy acertada atendiendo al comportamiento de Wynstan.

Ragna encontró a Den en el gran salón. Él se mostró encantado de verla, como solían hacer todos los hombres. Su esposa y su hija se encontraban con él y también su nieto, del que se sentía tan orgulloso. Ragna dedicó unos minutos a hacer carantoñas al pequeño, que le sonreía y gorjeaba mirándola. A continuación fue directa al grano.

—Wynstan intenta robarme las rentas que me corresponden del valle de Outhen —declaró.

La respuesta de Den la hizo sentirse eufórica.

—¿Conque eso está haciendo ahora? —preguntó Den con una sonrisa de satisfacción—. Entonces debemos hacer algo al respecto.

Ragna y sus aliados tuvieron la precaución de no contar sus planes de antemano, por eso su partida al alba fue inesperada, y nadie tuvo oportunidad de adelantarlos a caballo para avisar a Wynstan. Al obispo le esperaba una buena sorpresa.

El día de la Anunciación se celebraba el 25 de marzo: la conmemoración del momento en que el arcángel Gabriel anunció a la Virgen María que iba a concebir a un niño de forma milagrosa. El aire era frío, pero lucía el sol. Ragna consideraba que era la ocasión perfecta para anunciar a los habitantes del valle que ella iba a ser su nueva señora.

Salió de Shiring a lomos de una yegua gris que pertenecía a Den. El sheriff cabalgaba junto a ella y se hizo acompañar por una docena de hombres de armas dirigidos por su capitán, Wigbert. Ragna se sentía sobrecogida por el apoyo de Den. Gracias a ello quedaba demostrado que la esposa de Wilf no era una mujer simple y débil, manipulada por su familia política. El conflicto no había terminado todavía, pero ya había dejado claro que no acabarían con ella tan fácilmente.

Bern, Cat y Edgar iban caminando junto a los caballos. A la salida de la ciudad se reunieron con Aldred, quien había salido de hurtadillas de la abadía sin anunciarlo a Osmund.

Ragna se sentía victoriosa. Había superado todos los problemas, esquivado todos los obstáculos puestos en su camino. Se había negado a dejarse arrastrar por el desánimo.

Recordó la grosera intervención de Wigelm durante su boda. Se había opuesto a que ella recibiera el valle de Outhen como parte de sus posesiones, y Wilf lo había hecho callar de inmediato ridiculizándolo. Desde entonces, Ragna se había preguntado por qué Wigelm se habría tomado la molestia de protestar de forma tan injustificada. En ese momento por fin creyó entenderlo: el hermano de Wynstan quería dejar bien claras sus intenciones en público. El obispo y él tenían un plan a largo plazo para arrebatar el valle de Outhen a Ragna, y por ello les interesaba poder afirmar que ellos jamás habían aceptado la legitimidad de ese regalo de bodas.

Debió de ser un plan urdido por Wynstan, pues Wigelm no era lo bastante inteligente. Ragna sintió una repulsión repentina hacia el obispo. Se aprovechaba de sus vestiduras y utilizaba su posición para satisfacer su codicia. La simple idea le provocó náuseas de forma instantánea.

Hasta la fecha, la esposa de Wilf había podido con los hermanos, pero se obligó a no cantar victoria todavía. Había frustrado el intento de Wynstan para retenerla en su casa, pero no era más que el principio.

Ragna decidió que era mejor pensar en los objetivos de su visita al valle. Granjearse el aprecio del pueblo ya no constituía su principal meta. Lo primero era asegurarse de que sus vasallos entendieran que ella era su señora, y no Wynstan. Resultaba probable que no tuviera otra oportunidad tan propicia para conseguirlo. El sheriff no iba a acompañarla en todas sus visitas.

Preguntó a Edgar sobre los habitantes de Outhenham y memorizó los nombres de las personas más relevantes. Luego indicó al joven que él entrara a pie, situado en la retaguardia del grupo, cuando llegaran al pueblo, y que pasara desapercibido hasta que ella le ordenara dar un paso al frente.

Al llegar a Outhen, Ragna percibió, encantada, que el lugar gozaba de gran abundancia. Casi todas las casas contaban con una porqueriza, un gallinero y una vaquería, y algunas poseían las tres cosas. A ella le constaba que la prosperidad siempre iba de la mano del comercio y supuso que la ubicación de Outhenham, en la desembocadura del río que cruzaba el valle, lo convertía en el emplazamiento natural para el mercado de la comarca.

Sería responsabilidad de ella mantener y aumentar esa prosperidad, por su propio beneficio así como para el de su pueblo. Su padre siempre decía que los nobles tenían tanto deberes como privilegios.

Las afueras del pueblo estaban prácticamente desiertas, pero, pasado un minuto, Ragna vio que la mayoría de sus habitantes se habían congregado en la zona cubierta de pasto que se encontraba en el centro, entre la iglesia y la posada.

Wynstan estaba situado justo en medio, sentado en una banqueta de cuatro patas, sobre un cojín, el tipo de asiento que ocupaba en las ocasiones formales. Lo flanqueaban dos hombres, uno a cada lado. El que llevaba tonsura debía de ser el sacerdote del pueblo, cuyo nombre —tal como recordó Ragna en ese momento, gracias a la conversación con Edgar— era Draca. El otro, un personaje orondo y de rostro rubicundo, debía de ser Dudda, el jefe del pueblo.

Estaban rodeados de mercancías. En el campo circulaban algunas monedas, pero muchos campesinos pagaban sus rentas en especies. En ese momento estaban cargando dos enormes carros con barriles y sacos, pollos enjaulados y carne ahumada y en salmuera. Los cochinillos y corderos lechales aguardaban en cercados improvisados, asegurados contra el muro de la iglesia.

Sobre una mesa sostenida por caballetes había varios palos de cómputo con muescas y numerosas pilas de peniques de plata. Ithamar, el asistente de Wynstan, estaba sentado a la mesa, sujetando un pergamino alargado, viejo, manchado y desgastado por las esquinas, escrito con una caligrafía muy prieta, de líneas muy rectas, seguramente en latín. Sin duda debía de ser la lista de pagos pendientes de cada hombre. Al instante Ragna decidió hacerse con dicho documento.

Aquella era una escena que le resultaba familiar, no era distinto en Normandía, y le bastó un vistazo rápido para asimilarla. A continuación se centró en Wynstan.

El obispo se levantó de su asiento y se quedó mirando, boquiabierto, mientras observaba la envergadura y autoridad del contingente recién llegado al pueblo. Su expresión reflejaba desconcierto y desesperación. Sin duda alguna estaba convencido de que, tras encargar al caballerizo que lesionara a Astrid, habría conseguido que Ragna no saliera de Shiring. Empezaba a darse cuenta de cuánto había subestimado la determinación de su cuñada.

—¿Cómo habéis...? —Pero cambió de parecer y no terminó la pregunta.

Ragna siguió cabalgando hacia el obispo y la multitud fue apartándose para dejarla pasar. Ella sujetaba las riendas con la mano izquierda y una fusta con la derecha.

Wynstan, siempre tan avispado, cambió de tono.

—Lady Ragna, bienvenida seáis al valle de Outhen —dijo—. Nos sorprende veros por aquí, aunque nos honra vuestra presencia.

Hizo el amago de sujetar la montura de Ragna por las riendas, pero ella no pensaba permitirlo: levantó la fusta, solo un poco, haciendo el amago de apartarle la mano de un latigazo. El obispo percibió su intención y reprimió el gesto.

Ragna pasó por delante de él montada en su yegua.

La hija del conde Hubert se había dirigido a menudo a grupos numerosos de personas a cielo abierto; sabía cómo modular la voz para hacerse oír.

—Gentes del valle de Outhen —dijo—. Soy lady Ragna y soy vuestra señora.

Se produjo un momento de silencio. Ragna permaneció a la espera. Un hombre de entre la multitud hincó una rodilla en el suelo. Algunos lo imitaron y, poco después, todo el mundo estaba arrodillado.

Ella se volvió hacia sus hombres.

—Confiscad esos carros —ordenó.

El sheriff hizo un gesto de asentimiento a sus hombres de armas.

Su capitán, Wigbert, era un hombre menudo y fibroso, con expresión maligna y un carácter que transmitía la tensión de la cuerda de un arco. Su lugarteniente era Godwine, alto y corpulento. La gente se sentía intimidada ante las dimensiones de este hombre, pero él era el más amigable de ambos. Wigbert era el personaje al que debían temer.

—Esos carros me pertenecen —afirmó Wynstan.

—Y los recuperaréis... pero no hoy —anunció Ragna.

Los acompañantes del obispo eran en su mayoría sirvientes, no hombres de armas, y se apartaron de los carros en cuanto Wigbert y Godwine se acercaron a ellos.

Los aldeanos seguían postrados de rodillas.

—¡Esperad! —gritó Wynstan—. ¿Vais a dejaros gobernar por una simple mujer?

Los pobladores de Outhen no respondieron. Seguían arrodillados, pero arrodillarse les salía gratis. El auténtico problema no era ante quién se postraban, sino a quién debían pagar sus rentas.

Ragna ya tenía su réplica lista para Wynstan.

—¿No habéis oído hablar de la gran princesa Etelfleda, la hija del rey Alfredo y señora de toda Mercia? —le preguntó. Aldred le había contado que la mayoría de las personas conocerían la historia de esa notable mujer, fallecida hacía solo ocho años—. ¡Fue una de las más importantes gobernantes que haya tenido Inglaterra!

—Ella era inglesa, vos no lo sois —espetó Wynstan.

—Pero, obispo Wynstan, vos negociasteis el contrato de mi matrimonio. Vos conseguisteis que se me entregara el valle de Outhen. Cuando estabais en Cherburgo, negociándolo todo con el conde Hubert, ¿no os disteis cuenta de que os encontrabais en Normandía, negociando con un noble normando, para conseguir la mano de su hija normanda?

La multitud rio y Wynstan se puso rojo de rabia.

—Los aldeanos están acostumbrados a efectuarme a mí el pago de sus rentas —dijo—. El padre Draca lo confirmará.

Miró con severidad al sacerdote del pueblo.

El hombre parecía aterrorizado.

—Lo que dice el obispo es cierto —consiguió articular el religioso con expresión aterrorizada.

—Padre Draca, ¿quién es el señor del valle de Outhen? —preguntó Ragna.

—Mi señora, excusadme, yo no soy más que un pobre sacerdote de pueblo...

—Pero sabréis quién es el señor de vuestro pueblo...

—Sí, mi señora.

—Entonces responded la pregunta.

—Mi señora, hemos sido informados de que vos sois la señora de Outhen.

—Así pues, ¿a quién deben pagar sus rentas los aldeanos?

—A vos —murmuró Draca.

—Más alto, por favor, para que los habitantes de Outhen puedan oíros.

Draca entendió que no tenía alternativa.

—Deben pagaros sus rentas a vos, mi señora.

—Gracias. —Ragna miró hacia la multitud, hizo una breve pausa, y añadió—: Todos en pie.

Los presentes se incorporaron.

Ragna se sentía satisfecha. Se había hecho con el control. Pero todavía no había terminado.

Desmontó de su caballo y se dirigió hacia la mesa. Todos los allí reunidos la miraban en silencio, preguntándose qué haría a continuación.

—Tú eres Ithamar, ¿verdad? —le preguntó al secretario de Wynstan.

Él la miró con ansiedad. Ella le arrebató el pergamino de las manos. Como lo había pillado por sorpresa, el secretario no opuso resistencia. El documento especificaba, en latín, qué pagos debía realizar cada hombre del pueblo, con muchas modificaciones garabateadas sobre la escritura original. Era un documento antiguo, y los campesinos presentes en ese momento debían de ser los hijos y nietos de los hombres inscritos en la lista inicial.

Ragna decidió impresionar a los habitantes de Outhen con sus conocimientos.

—¿Hasta dónde has llegado esta mañana? —le preguntó a Ithamar.

—Hasta Wilmund el panadero.

Ella fue descendiendo por los nombres de la lista, recorriéndola con un dedo.

—«Wilmundus Pistor» —leyó en voz alta y firme—. Aquí dice que debe treinta y seis peniques por trimestre. —Se oyó un murmullo de sorpresa entre la multitud; Ragna no solo sabía leer, sino que también podía traducir del latín—. Da un paso al frente, Wilmund.

El panadero era un joven rechoncho con manchas blancas de

harina en la barba de pelo negro. Dio un paso al frente junto a su esposa y su hijo adolescente; cada uno de ellos sujetaba una pequeña faltriquera. Wilmund contó, poco a poco, veinte peniques en monedas de una sola pieza, luego su mujer contó otros diez en monedas cortadas por la mitad.

—¿Cómo te llamas, esposa del panadero? —preguntó Ragna.

—Regenhild, mi señora —respondió ella con nerviosismo.

—¿Y este es tu hijo?

—Sí, mi señora, este es Penda.

—Parece un buen muchacho.

Regenhild se relajó un poco.

—Gracias, mi señora.

—¿Cuántos años tienes, Penda?

—Quince, mi señora.

—Eres alto para tener quince años.

Penda se ruborizó.

—Sí.

El muchacho contó los seis peniques en cuartos y la renta de la familia quedó saldada. Regresaron con el resto de los presentes, sonrientes por la atención recibida por parte de una dama de la nobleza. Ella se había limitado a tratar como personas a sus súbditos, no como meros siervos, y demostrar interés por sus vidas, pero ellos lo recordarían durante años.

Ragna se volvió hacia Dudda, el jefe del pueblo.

—¿Qué son estos palos con muescas? —le preguntó fingiendo ignorancia.

—Son de Gab, el maestro cantero —aclaró Dudda—. Tiene un palo diferente para cada hombre que le compra piedra. Una piedra de cada cinco pertenece al señor.

—Que soy yo.

—Eso nos han dicho —apostilló Dudda, a todas luces malhumorado.

—¿Cuál de vosotros es Gab?

Un hombre delgado con las manos llenas de cicatrices dio un paso al frente y tosió.

Había siete palos y solo uno de ellos tenía cinco muescas. Ragna lo levantó como escogiéndolo por casualidad.

—Entonces, Gab, ¿a qué comprador corresponde este palo?

—Ese debe de ser de Dreng el barquero. —Gab hablaba con la voz ronca, sin duda por respirar el polvillo de las piedras.

—Entonces ¿Dreng te compró cinco piedras? —preguntó Ragna como si intentara entender el sistema de cómputo.

—Sí, mi señora. —Gab parecía incómodo, quizá preguntándose adónde iba a parar todo aquello. Añadió—: Y yo os debo el precio de una piedra.

Ella se volvió hacia Dudda.

—¿Eso es así?

El hombre parecía inquieto, seguramente temía alguna reacción sorprendente, aunque no podía imaginar cuál sería.

—Sí, mi señora.

—El constructor de Dreng está aquí conmigo —anunció de pronto Ragna.

Oyó dos o tres exclamaciones de sorpresa, rápidamente reprimidas, y supuso que algunos de los aldeanos debían de estar al tanto del fraude perpetrado por Gab. El mismo cantero adoptó de pronto una expresión descompuesta, y el rostro rubicundo de Dudda palideció enseguida.

—Da un paso al frente, Edgar —ordenó Ragna.

El joven emergió del centro del grupo formado por hombres de armas y sirvientes y se situó junto a Ragna. Dudda le dedicó una mirada de desprecio.

—¿Cuántas piedras le compraste a mi cantero, Edgar?

—Fueron cinco, ¿verdad que sí, joven? —intervino Gab sin pensarlo.

—No —negó Edgar—. Con cinco piedras no basta para techar un edificio. Compré diez.

Gab entró en pánico.

—No ha sido más que un error inocente, mi señora, lo juro.

—No existen los errores inocentes —sentenció Ragna con frialdad.

—Pero, mi señora…

—Guarda silencio. —A Ragna le hubiera gustado deshacerse de Gab, pero necesitaba un cantero y no había nadie que pudiera reemplazarlo de inmediato. Decidió hacer de la necesidad virtud—. No voy a castigarte —aseguró—. Voy a decirte lo que Nuestro Señor le dijo a la adúltera: «Ve y no peques más».

La multitud quedó sorprendida con aquella reacción, pero, por lo visto, le daban su aprobación. Ragna esperaba haberse mostrado como una gobernadora que no se dejaba engatusar, pero que podía ser piadosa.

Se volvió hacia Dudda.

—Sin embargo, tú no mereces mi perdón. Tu deber era garantizar que no se engañara a tu señora y has fracasado. Ya no eres el jefe del pueblo.

Una vez más Ragna se quedó escuchando a los pobladores. Parecían impresionados, pero no percibió ninguna expresión de protesta y concluyó que no lamentaban mucho la destitución de Dudda.

—Que Seric dé un paso al frente.

Un hombre de unos cincuenta años y mirada despierta se separó de la multitud y le hizo una reverencia.

—Me han contado que Seric es un hombre honrado —afirmó Ragna mirando a los habitantes de Outhen.

Ella no les había preguntado, no quería darles la impresión de que tenían derecho a decidir, pero sí prestó atención a su reacción. Varias personas emitieron sonidos de aprobación y otras se limitaron a asentir con la cabeza. Por lo visto, Edgar no se había equivocado al juzgarlo instintivamente.

—Seric, a partir de ahora tú serás el jefe.

—Gracias, mi señora —dijo Seric—. Seré honrado y sincero.

—Bien. —Ragna miró al secretario de Wynstan—. Ithamar, ya no se requieren tus servicios. Padre Draca, podéis ocupar su lugar.

Draca parecía nervioso, pero se sentó a la mesa y Seric permaneció de pie junto a él.

Wynstan se alejó dando grandes zancadas y sus hombres lo siguieron a toda prisa.

Ragna miró a su alrededor. Los pobladores del valle permanecían en silencio, mirándola, esperando a ver qué hacía a continuación. Su señora había conseguido que le prestaran toda la atención, y ellos estaban dispuestos a obedecerla. Se había hecho con la autoridad. Se sentía satisfecha.

—Muy bien —dijo—. Prosigamos.

19

Junio de 998

Aldred se marchó de Shiring a lomos del poni Dimas, en dirección a Combe. Era más seguro viajar acompañado, y emprendió su camino con el alguacil Offa, que se dirigía a Mudeford. Aldred llevaba una carta del abad Osmund al prior Ulfric. En ella hablaba de un asunto comercial rutinario relacionado con unas tierras que, curiosamente, pertenecían a los dos monasterios a la vez. En las alforjas de Aldred, cuidadosamente envuelto en un paño de lino, transportaba un ejemplar del *Libro de los diálogos* del papa Gregorio Magno, copiado e iluminado en el *scriptorium* de Aldred, un regalo para el priorato de Combe. El *armarius* esperaba, de forma recíproca, recibir él también un presente, otro libro que engrosaría los anaqueles de la biblioteca de Shiring. En ocasiones los libros se compraban y se vendían, pero era más frecuente el intercambio de regalos. Sin embargo, la verdadera razón de Aldred para desplazarse hasta Combe no era la entrega de la carta ni del libro, sino la investigación sobre las correrías del obispo Wynstan.

Quería estar en Combe justo después del día de San Juan, a la vez que Wynstan y Degbert, si seguían su rutina habitual de visitas al pueblo. Estaba decidido a averiguar qué era lo que hacían allí aquellos dos primos corruptos y si tenía alguna relación con las intrigas de Dreng's Ferry. Había recibido órdenes estrictas de olvidar el asunto, pero ya había tomado la firme decisión de desobedecer.

La colegiata de Dreng's Ferry lo perturbaba enormemente. Le hacía sentirse sucio. Resultaba difícil enorgullecerse de ser un hombre de Dios cuando otros monjes vestidos con los mismos hábitos se comportaban como libertinos. Degbert y sus secuaces parecían proyectar una sombra sobre todo cuanto hacía Aldred, y estaba dispuesto a romper su voto de obediencia con tal de poner fin a las actividades de la colegiata.

Ahora que estaba ya de camino, empezaron a asaltarle las dudas. ¿Cómo diantres iba a descubrir lo que Wynstan y Degbert se llevaban entre manos? Podía seguirlos a ambos, pero ¿y si ellos se percataban? Lo que era aún peor: había casas en Combe en las que un hombre de Dios no debía entrar. Puede que Wynstan y Degbert acudiesen a dichos lugares de forma discreta, o tal vez no les importase ser vistos, pero a Aldred le resultaría imposible interpretar el papel de un cliente habitual y sin duda detectarían su presencia, y entonces sí estaría en un verdadero apuro.

En su camino debía pasar por Dreng's Ferry y decidió acudir a Edgar para solicitar su ayuda.

Al llegar a la aldea, lo primero que hizo fue ir a la colegiata. Entró con la cabeza bien alta. Allí nunca lo habían recibido con los brazos abiertos, pero ahora lo odiaban profundamente. No era de extrañar; al fin y al cabo había intentado echar a los clérigos y privarlos de su vida de confort y privilegios, y nunca lo olvidarían. El perdón y la clemencia se hallaban entre las numerosas virtudes cristianas de las que carecían. Pese a todo, Aldred insistía en que le dispensasen la hospitalidad que debían a todo el clero. No estaba dispuesto a esconderse en la posada, pues no era él quien debía sentirse avergonzado. Degbert y sus curas se habían mostrado tan ofensivos con su comportamiento que el arzobispo había accedido a expulsarlos de la colegiata: eran ellos quienes no tenían motivo para sentirse orgullosos, y si aún seguían allí, eso se debía a que servían de alguna utilidad clandestina al obispo Wynstan... y ese era el secreto que Aldred estaba decidido a desentrañar.

No quería revelar que se dirigía a Combe y que se hallaría en la localidad al mismo tiempo que Wynstan y Degbert, así que contó una mentira piadosa y dijo que se disponía a visitar Sherborne, que se hallaba a varias jornadas de camino de Combe.

Tras una cena que transcurrió en medio de gestos hoscos y huraños y una lectura rutinaria de las *Colaciones*, antes del oficio de completas, Aldred fue en busca de Edgar. Lo encontró en la puerta de la posada, montando a un niño pequeño a caballito sobre sus rodillas en el cálido aire vespertino. No se habían visto desde su hazaña en Outhenham, y Edgar pareció alegrarse de ver a Aldred. Sin embargo, al monje le extrañó ver a aquel niño de pecho, que resultó ser una niña.

—¿Es hija tuya? —le preguntó.

Edgar sonrió y negó con la cabeza.

—De mis hermanos. Se llama Wynswith, pero la llamamos Winnie. Tiene casi tres meses. ¿A que es preciosa?

A Aldred le parecía igual que cualquier otra criatura de su edad: la cara regordeta, calva como la tonsura de un monje, llena de babas, desangelada.

—Sí, es hermosa —dijo. Era su segunda mentira piadosa del día. Tendría que rezar para pedir perdón.

—¿Qué os trae por aquí? —preguntó Edgar—. No puede ser un placer visitar a Degbert.

—¿Hay algún sitio donde podamos hablar sin temor a que nos escuchen?

—Os enseñaré el edificio que acabo de construir —dijo Edgar con entusiasmo—. Un minuto.

Entró en la posada y salió ya sin la niña.

El nuevo edificio para elaborar la cerveza estaba cerca del río para no tener que transportar el agua desde muy lejos, y estaba situado a contracorriente. Como en todas las poblaciones ribereñas, los habitantes del pueblo llenaban los cubos aguas arriba y vaciaban los desechos aguas abajo.

El tejado de la nueva construcción era de madera de roble.

—Creía que pensabas techarlo con piedra —señaló Aldred.

—Me equivoqué —contestó Edgar—. Descubrí que era imposible cortar la piedra para formar tejas: o bien eran demasiado gruesas, o demasiado delgadas. Tuve que cambiar de idea. —Parecía un poco avergonzado—. En el futuro tengo que recordar que no todas las ideas brillantes que se me ocurren pueden llevarse a la práctica.

En el interior un fuerte olor acre a fermentación emanaba de un enorme caldero de bronce suspendido sobre un hogar de forma cuadrangular y rodeado con piedras. Había varios barriles y sacos apilados en un almacén aparte. El suelo de piedra estaba limpio.

—¡Pero si es un palacio! —exclamó Aldred.

Edgar sonrió.

—Está diseñado a prueba de incendios. ¿Por qué queríais hablarme en privado? Estoy ansioso por descubrirlo.

—Voy de camino a Combe.

Edgar lo comprendió de inmediato.

—Wynstan y Degbert irán allí dentro de unos días.

—Y quiero ver qué es lo que se traen entre manos. Pero tengo un problema: no puedo seguirlos sin que se den cuenta, sobre todo si entran en establecimientos de dudosa reputación.

—¿Y cuál es la solución?

—Quiero que me ayudes a tenerlos bajo vigilancia. Tú tienes menos probabilidades de atraer la atención.

Edgar sonrió, divertido.

—No me puedo creer que un monje me esté pidiendo que vaya a visitar la casa de Mags...

Aldred esbozó una mueca de disgusto.

—Yo tampoco me lo puedo creer.

Edgar volvió a ponerse serio.

—Puedo ir a Combe a comprar suministros. Dreng confía en mí.

Aldred estaba sorprendido.

—¿De veras?

—Me tendió una trampa: me dio dinero de más para comprar piedra, convencido de que me quedaría con el sobrante, y se quedó asombrado cuando se lo devolví. Ahora está encantado con que me encargue yo del trabajo y así librarse él por su famoso dolor de espalda.

—¿Necesitas algo de Combe?

—Tenemos que comprar cuerdas y cabos nuevos, y son más baratos en Combe. Seguramente podría salir mañana.

—No deberíamos viajar juntos. No quiero que nadie se dé cuenta de que estamos conchabados.

—Entonces me iré el día después de San Juan y me llevaré la balsa.

—Perfecto —convino Aldred, sintiéndose agradecido.

Salieron del edificio cuando empezaba a ponerse el sol.

—Cuando llegues, me encontrarás en el priorato —dijo Aldred.

—Id con Dios —se despidió Edgar.

Cinco días después de San Juan, Edgar estaba comiendo queso en una taberna llamada The Sailors cuando oyó que Wynstan y Degbert habían llegado a Combe esa mañana e iban a alojarse en casa de Wigelm.

Wigelm había reconstruido el recinto arrasado por los vikingos hacía ya un año. A Edgar le resultaba fácil vigilar la única entrada, sobre todo porque había una taberna a un tiro de piedra de allí.

Era una tarea sumamente aburrida y pasaba el rato especulando sobre el secreto de Wynstan. Se le ocurrían toda clase de actividades infames en las que podía incurrir el obispo, pero no acertaba a imaginar qué papel desempeñaba en ellas Dreng's Ferry, y sus elucubraciones no le llevaron a ninguna parte.

Esa primera noche Wynstan, su hermano y su primo se quedaron en casa. Edgar estuvo vigilando la puerta del recinto hasta que las luces de este empezaron a apagarse y luego volvió a la abadía para pasar la noche y le dijo a Aldred que no había nada de interés que referir.

Le preocupaba que pudiera despertar sospechas. Muchos de los habitantes de Combe lo conocían y no tardarían en preguntarse qué estaba tramando. Ya había comprado rollos de cuerda y otros suministros, había bebido cerveza con un puñado de viejos amigos, había echado un buen vistazo al pueblo reconstruido y ahora necesitaba un pretexto para seguir allí.

Era el mes de junio y recordó un lugar del bosque en el que crecían fresas salvajes. Eran un manjar muy especial en aquella época del año, pues eran difíciles de encontrar pero absolutamente deliciosas. Salió del pueblo cuando los monjes se levantaron para oficiar los primeros rezos y se adentró en el bosque. Tuvo suerte: las fresas estaban en el punto justo de maduración. Cogió una saca entera, volvió al pueblo y se puso a venderlas en la puerta de Wigelm. Había mucho trajín de gente entrando y saliendo del recinto, por lo que era lógico para un vendedor ambulante plantarse allí. Cobraba un cuarto de penique por dos docenas de fresas.

A primera hora de la tarde ya las había vendido todas y tenía el bolso lleno de monedas. Volvió a sentarse en la puerta de la taberna y pidió un vaso de cerveza.

El comportamiento de Manchas en Combe era peculiar. La perra parecía presa del desconcierto ante el hecho de estar en un lugar que conocía tan bien y encontrarlo tan distinto: correteaba por las calles, reencontrándose con los perros del lugar y olisqueando con perplejidad las casas reconstruidas. Había lanzado un aullido de inmensa satisfacción al llegar a la vaquería de piedra, que había sobrevivido a los estragos del fuego, y luego se había pasado la mitad del día sentada en la puerta, como esperando que Sungifu fuese a aparecer de un momento a otro.

—Sé cómo te sientes —le dijo Edgar al animal.

Por la tarde Wynstan, Wigelm y Degbert salieron del recinto del *thane*. Edgar tuvo gran cuidado de no cruzar su mirada con la de Wynstan, pues el obispo bien podía reconocerlo.

Sin embargo, esa noche Wynstan tenía la cabeza en otros asuntos más placenteros. Los otros dos iban vestidos con ropas lujosas y el propio obispo había cambiado su vestidura talar de color negro por una túnica corta bajo una capa sujeta con un alfiler de oro. Se había cubierto la tonsura con un gorro desenfadado. Los tres hombres echaron a andar por los callejones polvorientos bajo la luz del atardecer.

Se dirigieron a The Sailors, la taberna más grande y mejor abastecida del lugar. El establecimiento siempre estaba lleno, y Edgar se vio capaz de entrar y pedir un vaso de cerveza mientras Wynstan pedía una jarra del fuerte licor de miel fermentada llamado hidromiel y pagaba con unos peniques que extrajo de una abultada bolsa de cuero.

Edgar se bebió la cerveza despacio. Wynstan no hizo nada digno de mención, sino que se limitó a beber y a reír, pidió un plato de gambas y metió la mano bajo las faldas de una de las mesoneras. No estaba haciendo ningún esfuerzo por mantener en secreto sus ganas de juerga, aunque sí extremaba el cuidado en no hacer ostentación de ello.

La luz del día iba menguando y era evidente que Wynstan estaba cada vez más ebrio. Cuando los tres se marcharon de la taberna, Edgar los siguió con la sensación de que cada vez había menos posibilidades de que lo descubrieran. Pese a todo, se mantuvo a una distancia prudente de ellos.

Se le ocurrió que, si lo veían, tal vez fingiesen no haberlo hecho y le tendiesen una emboscada. Si eso ocurría, le darían una paliza de muerte; no tendría la menor oportunidad de defenderse contra los tres. Hizo un esfuerzo por no dejarse dominar por el miedo.

Fueron a casa de Mags y Edgar los siguió al interior.

Mags había reconstruido el lupanar y lo había amueblado con el mismo estilo lujoso de cualquier palacio. Había tapices en las paredes, jergones en el suelo y cojines en los asientos. Dos parejas fornicaban bajo unas mantas, y unas estructuras de celosía ocultaban a aquellos cuyas prácticas sexuales eran demasiado embarazosas o perversas para ser presenciadas. Parecía haber ocho o diez muchachas y un par de chicos, algunos de los cuales hablaban con acento extranjero, y Edgar supuso que la mayoría debían de ser esclavos, comprados por Mags en el mercado de Bristol.

Wynstan de inmediato se convirtió en el centro de atención, como el cliente de más alta alcurnia de todo el lugar. La propia Mags le llevó un vaso de vino, lo besó en los labios y luego se situó de pie a su lado, señalando el atractivo de distintas jóvenes: esa de ahí tenía grandes pechos, esa otra era experta en felaciones y una tercera se había rasurado todo el vello corporal.

Durante unos minutos nadie reparó en la presencia de Edgar, pero al final una hermosa muchacha irlandesa le enseñó sus pechos rosados y le preguntó qué clase de placer deseaba saciar esa noche, a lo que él respondió mascullando que se había equivocado de casa y se marchó corriendo.

Wynstan estaba haciendo cosas que un obispo no debía hacer e intentando solo a medias conducirse con discreción, pero Edgar seguía sin adivinar cuál podía ser el gran misterio.

Era noche cerrada para cuando los tres juerguistas salieron tambaleándose de la casa de Mags, pero la velada no había terminado todavía para ellos. Edgar los siguió sin temor ya a ser descubierto. Entraron en una casa cerca de la playa que Edgar reconoció: pertenecía al comerciante de lana Cynred, probablemente el hombre más rico de Combe después de Wigelm. La puerta estaba abierta para dejar pasar el relente de la noche, y los tres pasaron adentro.

Edgar no podía seguirlos a una casa particular. Asomándose a la puerta entreabierta, los vio sentados alrededor de una mesa, charlando tranquila y amigablemente. Wynstan sacó entonces su bolsa.

Edgar se escondió en un callejón oscuro, frente a la casa.

Al poco un hombre de mediana edad y bien vestido, al que no reconoció, se acercó a la casa. Dando indicios de no saber si se hallaba en el lugar correcto, el hombre asomó la cabeza por la puerta. Bajo la luz procedente del interior, Edgar vio que su vestimenta era cara y posiblemente extranjera. Formuló una pregunta que Edgar no pudo oír.

—¡Pasad, pasad! —gritó alguien, y el hombre entró.

Entonces cerraron la puerta.

Pese a todo, Edgar podía seguir escuchando parte de lo que ocurría dentro y el volumen de la conversación no tardó en aumentar. Percibió el golpeteo inconfundible de unos dados en un cubilete y distinguió varias voces:

—¡Diez peniques!

—¡Seis doble!

—¡He ganado! ¡He ganado!

—¡El diablo está en esos dados!

Estaba claro que Wynstan se había cansado de beber y fornicar y ahora se había entregado al juego.

Tras una larga espera en el callejón, Edgar oyó las campanadas del monasterio llamando al oficio de medianoche de nocturno, el primer oficio del nuevo día. Poco después, al parecer los jugadores dieron por finalizada la partida y salieron a la calle, sujetando unos tizones encendidos para alumbrarse por el camino. Edgar se encogió en su escondite, pero oyó claramente a Wynstan decir:

—¡La suerte os ha acompañado esta noche, monsieur Robert!

—Y vos encajáis vuestras pérdidas con buen humor —dijo una voz con acento extranjero, y Edgar dedujo que el forastero debía de ser un mercader francés o normando.

—¡Debéis darme la oportunidad de cobrarme mi revancha algún día!

—Será un placer.

Edgar pensó con amargura que había estado siguiendo a Wynstan toda la noche únicamente para descubrir que no era un mal perdedor.

Wynstan, Wigelm y Degbert se encaminaron a la casa del *thane* y Robert tomó la dirección opuesta. Obedeciendo un impulso, Edgar siguió a Robert.

El forastero fue a la playa y, una vez allí, se levantó los faldones de su túnica y se adentró en el agua. Edgar lo observó, siguiendo la llama, hasta verlo embarcar en una nave. A la luz de la antorcha Edgar vio que se trataba de un barco de amplia manga y de gran calado, casi con toda certeza un carguero normando.

Entonces la llama se extinguió y Edgar perdió de vista al hombre.

A la mañana siguiente, muy temprano, Edgar se reunió con Aldred y se confesó absolutamente perplejo.

—Wynstan se gasta el dinero de la Iglesia en vino, mujeres y partidas de dados, pero eso no tiene nada de misterioso —dijo Edgar.

Sin embargo, a Aldred le intrigaba un detalle que el muchacho había juzgado trivial.

—¿Y dices que a Wynstan no parecía importarle haber perdido dinero?

Edgar se encogió de hombros.

—Si le importaba, lo disimuló muy bien.

Aldred negó con la cabeza con aire escéptico.

—A los jugadores siempre les molesta perder —señaló—. De lo contrario, no tendría emoción.

—Se limitó a estrechar la mano del hombre y le dijo que estaba impaciente por tener la oportunidad de cobrarse la revancha.

—Aquí pasa algo raro.

—Pues no tengo la menor idea de qué es.

—Y después monsieur Robert embarcó en un carguero, que probablemente era suyo. —Aldred tamborileó con los dedos en la mesa—. Debo hablar con él.

—Yo os llevaré.

—Bien. Y dime, ¿hay algún cambista en Combe? Tiene que haberlo, es un puerto.

—Wyn, el orfebre, compra moneda extranjera y la funde.

—¿Orfebre? Debe de tener una balanza y pesas adecuadas para pequeñas cantidades de metales preciosos.

—Estoy seguro.

—Puede que necesitemos su ayuda más tarde.

Edgar sintió intriga, pues no seguía el razonamiento de Aldred.

—Pero ¿por qué? —preguntó.

—Ten paciencia. Yo tampoco lo tengo del todo claro todavía. Vayamos a hablar con Robert.

Salieron del monasterio. Hasta entonces nadie los había visto juntos en Combe, pero Aldred parecía demasiado entusiasmado para preocuparse por eso esa mañana. Edgar guio el camino hasta la playa.

Edgar también estaba entusiasmado. Pese a su desconcierto, supuso que estaban cada vez más cerca de resolver el misterio.

El barco normando estaba en plena maniobra de carga: en la playa había un pequeño montículo de mineral de hierro y los hombres estaban rellenando con palas los toneles y cargando estos a bordo para, finalmente, vaciarlos en la bodega. Monsieur Robert estaba en la playa, supervisando todo el proceso. Edgar advirtió que una abultada bolsa de cuero repleta de monedas le colgaba del cinto.

—Es él —advirtió Edgar.

Aldred se acercó al hombre y se presentó.

—Tengo algo muy importante y delicado que deciros, monsieur Robert —dijo—. Creo que anoche fuisteis engañado.

—¿Engañado? —exclamó Robert—. Pero si gané…

Edgar compartía la estupefacción del extranjero. ¿Cómo podían haberlo engañado cuando salió con la bolsa llena de monedas?

—Si tenéis la bondad de acompañarme a la casa del orfebre, os lo explicaré —dijo Aldred—. Os prometo que no pensaréis que el viaje ha sido en balde.

Robert se quedó mirando al monje con expresión adusta durante largo rato hasta que, finalmente, decidió confiar en él.

—Está bien.

Edgar los llevó a la casa de Wyn, una edificación de piedra que había sobrevivido al incendio durante el ataque vikingo. Sorprendieron al orfebre desayunando con su familia. Wyn era un hombre menudo de unos cincuenta años con una calvicie incipiente.

Tenía una esposa joven —su segunda esposa, recordó Edgar— y dos niños pequeños.

—Buenos días, señor —dijo Edgar—. Espero no importunaros.

Wyn se mostró amable y cordial:

—Hola, Edgar. ¿Cómo está tu madre?

—Batallando con los achaques propios de la edad, para seros sincero.

—¿No nos pasa eso a todos? ¿Has vuelto a Combe?

—Solo estoy de paso. Os presento al hermano Aldred, el *armarius* de la abadía de Shiring, que está pasando unos días en el priorato de Combe.

—Me alegro de conoceros, hermano Aldred —dijo Wyn educadamente. Estaba desconcertado pero se mostró paciente, esperando a averiguar qué sucedía.

—Y este es monsieur Robert, el dueño del barco del puerto.

—Es un placer conoceros, monsieur.

Aldred tomó el relevo en ese momento:

—Wyn, ¿seríais tan amable de pesar unos peniques ingleses que ha adquirido monsieur Robert?

Edgar empezaba a ver en qué dirección iban las pesquisas de Aldred y contempló la escena fascinado.

Wyn solo dudó un instante. Hacer un favor a un monje importante resultaba una inversión que tal vez podría recuperar algún día.

—Por supuesto —dijo—. Venid, acompañadme al taller.

Guio el camino y los otros lo siguieron, y aunque Robert seguía aún presa del desconcierto, parecía dispuesto a oír lo que tuviesen que decirle.

Edgar comprobó que el taller de Wyn era similar al de Cuthbert en la colegiata, con un hogar de leña, un yunque, un puñado de herramientas diversas y un cofre de hierro de aspecto robusto que debía de contener metales preciosos. Sobre el banco de trabajo había una balanza de aspecto delicado, un artilugio con forma de te y con dos platillos que colgaban en sendos extremos de la barra horizontal.

—Monsieur Robert, ¿podemos pesar los peniques que obtuvisteis anoche en casa de Cynred? —preguntó Aldred.

—Ah —exclamó Edgar. Empezaba a entender cómo habían engañado a Robert.

El comerciante se desprendió la bolsa del cinto y la abrió. Contenía una mezcla de moneda inglesa y extranjera. Los otros aguardaron pacientemente mientras él seleccionaba las monedas inglesas, todas con una cruz en un lado y la efigie del rey Etelredo en el otro. Cerró la bolsa con cuidado y volvió a prendérsela del cinto; acto seguido contó los peniques: había sesenta y tres.

—¿Ganasteis todas esas monedas anoche? —preguntó Aldred.

—La mayor parte —contestó Robert.

—Tened la bondad de depositar sesenta peniques en uno de los platillos, no importa en cuál de los dos —le indicó Wyn. Mientras Robert hacía lo que le decía, el orfebre escogió varias pesas de una caja. Tenían forma circular y a Edgar le parecía como si estuvieran hechas de plomo—. Sesenta peniques deberían pesar exactamente tres onzas —explicó Wyn. Colocó las tres pesas en el platillo opuesto y este se inclinó inmediatamente hacia abajo. Edgar dio un respingo, horrorizado—. Vuestros peniques son demasiado ligeros —le dijo Wyn a Robert.

—¿Qué significa eso? —preguntó este.

Edgar conocía la respuesta, pero prefirió permanecer callado mientras el orfebre se lo relataba.

—La mayoría de las monedas de plata contienen una parte de cobre para que el disco sea más resistente —expuso Wyn—. Los peniques ingleses tienen diecinueve partes de plata por cada parte de cobre. Un momento. —Retiró una pesa de una onza del platillo y la sustituyó con otras pesas más pequeñas—. El cobre es más ligero que la plata. —Cuando los dos lados de la balanza estuvieron al mismo nivel, añadió—: Vuestros peniques contienen unas diez partes de cobre por cada diez de plata. La diferencia es tan pequeña que es imperceptible para el uso cotidiano, pero estas son monedas falsas.

Edgar asintió. Aquella era la solución al misterio: Wynstan era un falsificador. Además, reflexionó, el juego era una forma de cambiar las monedas falsas por otras auténticas. Si Wynstan ganaba a los dados, ganaba peniques de plata genuinos, pero si perdía, solo sacrificaba las falsificaciones. En definitiva, siempre se aseguraba de salir ganando.

Robert estaba lívido de ira.

—No os creo —dijo.

—Os lo demostraré. ¿Tiene alguien un penique auténtico?

Edgar tenía el dinero de Dreng, así que dio a Robert un penique. Este desenfundó su daga del cinto y rascó con ella la moneda por la cara donde se veía la cabeza de Etelredo. El rasguño apenas se veía.

—Esa moneda es igual en todas sus partes —dijo Wyn—. No importa hasta qué profundidad se rasque con el cuchillo, el color que aparezca siempre será de plata. Ahora probad a rascar una de las vuestras.

Robert devolvió a Edgar su penique, tomó una de sus propias monedas del platillo y repitió el mismo ejercicio. Esta vez la marca era de color marrón.

—La mezcla de mitad plata y mitad cobre es de color marrón —explicó Wyn—. Los falsos monederos hacen que sus monedas parezcan de plata bañándolas en vitriolo, sustancia que elimina el cobre de la superficie, pero por debajo el metal sigue siendo marrón.

—¡Esos malnacidos ingleses estaban jugando con dinero falso! —exclamó Robert, fuera de sí.

—Bueno, uno de ellos seguro —dijo Aldred.

—¡Ahora mismo iré y acusaré a Cynred!

—Puede que Cynred no sea el culpable. ¿Cuántos hombres participaron en la partida?

—Cinco.

—¿Y a quién vais a acusar?

Robert se dio cuenta del dilema.

—Entonces ¿el tramposo va a salirse con la suya?

428

—No, si puedo evitarlo —dijo Aldred con resolución—. Pero si acusáis ahora a alguien sin pruebas, todos lo negarán. Lo que es aún peor: el criminal estará sobre aviso y resultará difícil llevarlo ante la justicia.

—¿Qué voy a hacer con todo este dinero falso?

Aldred no se mostró muy comprensivo:

—Lo obtuvisteis jugando, Robert. Encargad que os fundan las monedas falsas y haceos con ellas un anillo que llevar como recordatorio de que no debéis seguir jugando. Recordad a los soldados romanos en la Cruz que se jugaron a los dados las vestiduras de Nuestro Señor.

—Lo pensaré —dijo Robert con rabia.

Edgar dudaba que Robert fuese a fundir las monedas; lo más probable era que se las gastase en cosas insignificantes para que nadie reparase en su peso. Sin embargo, Edgar se dio cuenta de que aquello serviría a los propósitos de Aldred: Robert no le hablaría a nadie del dinero falso si planeaba gastárselo, de modo que Wynstan no sabría que su secreto había quedado al descubierto.

Aldred se dirigió a Wyn.

—¿Puedo pediros que no compartáis esto con nadie, por la misma razón? —dijo.

—Muy bien.

—Puedo aseguraros que pienso llevar al culpable ante la justicia.

—Me alegra oír eso —dijo Wyn—. Buena suerte.

—Amén —dijo Robert.

Aldred estaba exultante de alegría, pero no tardó en darse cuenta de que la batalla no estaba ganada aún.

—Es obvio que todos los clérigos de la colegiata están al tanto de la estafa —dijo con aire pensativo mientras Edgar empujaba la balsa a contracorriente—. Es imposible que no lo supieran y, sin embargo, han guardado el secreto, y su silencio se ve recompensado con una vida ociosa y llena de lujos.

Edgar asintió.

—Igual que los aldeanos. Seguramente sospechan que allí ocurren cosas ilícitas, pero son sobornados con los obsequios que Wynstan les lleva cada trimestre.

—Y eso explica por qué le enfureció tanto mi propuesta de transformar su corrupta colegiata en un monasterio temeroso de Dios. Tendría que volver a recrear todo su tinglado en alguna otra aldea apartada, algo que no le resultaría nada fácil.

—Cuthbert debe de ser el falso monedero: es la única persona con capacidad para manipular los cuños para fabricar las monedas. —Edgar parecía incómodo—. No es un mal hombre, solo débil. Nunca sería capaz de plantar cara a un ser tan malvado como Wynstan. Casi siento lástima por él.

Se separaron al llegar al cruce de Mudeford Crossing, pues seguían sin querer llamar la atención sobre su colaboración conjunta. Edgar prosiguió su camino río arriba y Aldred continuó a lomos de Dimas en dirección a Shiring por un camino secundario. Tuvo la fortuna de encontrarse con dos mineros que conducían una carreta de algo que parecía carbón pero que resultó ser casiterita, el mineral del que se extraía el valioso estaño. Si el proscrito Testa de Hierro andaba cerca, Aldred estaba seguro de que al ver a los musculosos mineros, equipados con sus martillos de hierro, se le quitarían las ganas de asaltarlos.

A los viajeros les encantaba hablar, pero los mineros eran hombres de pocas palabras, de modo que Aldred dispuso de tiempo de sobra para meditar sobre cuál podía ser la mejor manera de llevar a Wynstan ante la justicia y hacer que lo condenaran y lo castigaran por sus delitos. A pesar de todo cuanto ya sabía Aldred gracias a sus indagaciones, no sería tarea fácil, pues el obispo contaría con un ejército de cojuradores que repetirían una y otra vez que él era un hombre honesto que siempre decía la verdad.

Cuando había discrepancias en las declaraciones de dos testigos, existía un procedimiento para solventar la cuestión: uno de ellos debía someterse a una ordalía consistente en, o bien sujetar un hierro candente y llevarlo durante diez pasos, o bien sumergir las manos en agua hirviendo y sacar de ella una piedra. En teoría Dios protegería al hombre que estuviese diciendo la verdad, pero en la práctica Aldred no había conocido nunca a nadie que quisiera someterse voluntariamente a una prueba ordálica.

Muchas veces estaba claro cuál de las partes estaba diciendo la verdad, y el tribunal daba crédito al testigo más creíble. Sin embargo, el caso de Wynstan se juzgaría en el consejo comarcal, que estaría presidido por su hermano, *ealdorman* del territorio. Wilwulf no tendría empacho en favorecer a Wynstan, por lo que la única posibilidad para Aldred sería presentar pruebas tan irrefutables, respaldadas por los juramentos de hombres de la más alta posición social, que ni siquiera el hermano de Wynstan pudiese fingir creer en la inocencia de este.

Se preguntó qué impulsaría a un hombre como Wynstan a convertirse en un falsificador. El obispo llevaba una vida desahogada de lujo y placeres, ¿qué más quería? ¿Por qué arriesgarse a perderlo todo? Aldred supuso que la codicia de Wynstan era insaciable, que daba lo mismo cuánto dinero y poder hubiese acumulado, siempre querría más. La vida de pecado era así.

Llegó a la abadía de Shiring a última hora de la tarde del día siguiente. En el monasterio reinaba la tranquilidad y oyó, procedente del interior de la iglesia, los cánticos de completas, el oficio que señalaba el final de la jornada. Dejó su montura en el establo y se fue derecho al dormitorio.

Llevaba en las alforjas un obsequio de la abadía de Combe, una copia del Evangelio de San Juan, con sus profundas palabras iniciales: *In principio erat Verbum, et Verbum erat apud Deum, et Deus erat Verbum.* «En el principio era el Verbo, y el Verbo era con Dios, y el Verbo era Dios.» Aldred sintió que podía pasarse la vida entera tratando de comprender ese misterio.

Decidió que regalaría el nuevo códice al abad Osmund en cuanto tuviera ocasión. Estaba sacando el contenido de las bolsas cuando el hermano Godleof salió de la habitación de Osmund, que estaba en el extremo del dormitorio.

Godleof tenía la edad de Aldred, y era un monje de piel morena y cuerpo enjuto. Su madre había sido una lechera, víctima de una violación a manos de un noble que estaba de paso por su aldea. Godleof nunca había llegado a conocer el nombre del hombre, y daba a entender que su madre tampoco. Como la mayor parte de los monjes más jóvenes, Godleof compartía la opinión de Aldred y le sacaban de quicio la prudencia y la parsimonia de Osmund y Hildred.

A Aldred le llamó la atención la expresión de inquietud en el rostro del monje.

—¿Qué ha pasado? —dijo. Advirtió que Godleof no se atrevía a expresar en voz alta el motivo de su preocupación—. Suéltalo ya.

—He estado cuidando de Osmund.

Godleof había sido pastor de vacas antes de llegar al monasterio, y era un hombre de pocas palabras.

—¿Por qué?

—Lleva varios días convaleciente en cama.

—Lamento oír eso —dijo Aldred—, pero lo cierto es que no es ninguna sorpresa. Lleva enfermo un tiempo y últimamente le estaba costando mucho esfuerzo bajar las escaleras, conque no digamos subirlas. —Hizo una pausa y escudriñó el rostro de Godleof—. Pero hay algo más, ¿verdad?

—Será mejor que se lo preguntes a Osmund.

—Está bien, eso haré.

Aldred cogió el libro que había traído de Combe y fue a la habitación de Osmund.

Encontró al abad incorporado en la cama con una pila de cojines en la espalda. No estaba bien, pero parecía sentirse cómodo, y Aldred supuso que no le importaría quedarse allí el resto de su vida, tanto si su muerte estaba próxima como si no.

—Lamento veros indispuesto, mi señor abad —dijo Aldred.

Osmund lanzó un suspiro.

—Dios, en su infinita sabiduría, no me ha otorgado la fuerza para seguir adelante.

Aldred no estaba seguro de que aquello hubiese sido enteramente decisión de Dios, pero no dijo nada de eso.

—El Señor es sabiduría inmensa.

—Debo confiar en los hombres más jóvenes —dijo Osmund.

El abad parecía un tanto avergonzado. Al igual que Godleof, era como si supiera algo que preferiría no tener que decir. Aldred tuvo el presentimiento de que se trataba de malas noticias.

—¿Acaso estáis pensando en nombrar a un abad en funciones para que dirija el monasterio durante vuestra convalecencia? —le preguntó. Aquel no era un asunto baladí, pues el monje que desempeñase sus funciones era quien tenía mayores posibilidades de convertirse en abad tras la muerte de Osmund.

El abad no respondió su pregunta, lo cual no auguraba nada bueno.

—El problema con los jóvenes es que siempre están causando problemas —dijo. Aquello era un dardo evidente destinado a Aldred—. Son idealistas —prosiguió—. A menudo ofenden a la gente.

Había llegado el momento de dejar de andarse con rodeos.

—¿Ya habéis nombrado a alguien? —preguntó Aldred a bocajarro.

—A Hildred —respondió Osmund, y apartó la mirada.

—Gracias, mi señor abad —dijo Aldred. Arrojó el libro a la cama de Osmund y se fue de la habitación.

20

Julio de 998

Wilf se ausentó tres meses más de lo esperado, lo cual constituía un tercio del tiempo que Ragna llevaba casada con él. Hacía seis semanas había llegado un mensaje donde se limitaba a informar de que estaba adentrándose en Gales más allá de lo planeado en un principio, y que se encontraba bien de salud.

Su esposa lo añoraba. Se había acostumbrado a tener un hombre con el que hablar y discutir los problemas, y con el que compartir su lecho por las noches. El impacto sufrido al conocer la existencia de Inge proyectaba su sombra sobre esa placentera sensación, pero, de todas formas, Ragna esperaba con nostalgia el regreso de Wilf.

Veía a Inge casi a diario por el recinto. La hija del conde Hubert era la esposa oficial, y se paseaba con la cabeza bien alta y evitaba hablar con su rival. Sin embargo, al mismo tiempo, se sentía atormentada por una humillación constante.

Se preguntaba, nerviosa, qué sentiría Wilf por ella cuando regresara. Seguramente habría yacido con otras mujeres durante su viaje. Le había dejado claro con brutalidad —no antes de la boda, sino después— que su amor por ella no excluía tener relaciones sexuales con otras. ¿Habría conocido a mujeres más jóvenes y bellas en Gales? ¿O volvería deseoso de poseer el cuerpo de Ragna? ¿O ambas cosas?

Le anunciaron su retorno un día antes de que se produjera.

Wilf envió un mensajero que precedió su llegada, montado en un rápido caballo, para avisarla de que estaría en casa al día siguiente. Ragna puso el recinto en movimiento. La cocina preparó un banquete: sacrificaron un buey joven, prepararon una hoguera para el asado, abrieron los barriles de cerveza y hornearon el pan. Los sirvientes no requeridos en la cocina fueron desplegados para limpiar los establos, poner nuevas esteras y paja fresca en los suelos, ahuecar los jergones y airear las mantas.

Ragna entró en la casa de Wilf, donde quemó centeno para ahuyentar a los insectos, abrió los postigos para dejar entrar el aire fresco e hizo que el lecho resultara más acogedor cubriéndolo de lavanda y pétalos de rosa. Colocó fruta en una cesta, dispuso sobre la mesa una jarra de vino y un pequeño tonel de cerveza, pan, queso y pescado ahumado.

Toda esa actividad la distrajo de su angustia.

A la mañana siguiente hizo que Cat calentara un caldero de agua y se aseó de pies a cabeza, poniendo especial atención en las partes cubiertas de vello. A continuación se untó la piel con aceite perfumado por el cuello, los senos, los muslos y los pies. Se puso un vestido recién lavado y unos escarpines nuevos de seda, y se ató el pañuelo de la cabeza con una cinta bordada con hilo de oro.

Wilf llegó al mediodía. Ragna lo supo de antemano gracias a las exclamaciones de júbilo del pueblo cuando él entró cabalgando a la cabeza de su ejército, y ella se apresuró a ocupar un lugar prominente a las puertas del gran salón.

Él cruzó la entrada del recinto a medio galope, con su capa roja ondeando al viento, con sus lugartenientes a la zaga. Vio de inmediato a Ragna, se acercó a ella peligrosamente rápido, y su esposa tuvo que reprimir con fuerza el instinto de apartarse de su camino de un salto; sabía que debía demostrar a Wilf —y a la multitud— que tenía plena confianza en su dominio como jinete. En ese último segundo se fijó en que el bigote y el cabello de su esposo estaban desaliñados; su mentón, por lo general limpio y afeitado, lucía una barba frondosa y tenía una nueva cicatriz en la frente. A continuación él refrenó a su montura demasiado tarde y el caballo tuvo que retroceder unos centímetros de Ragna. Ella sintió que se le desbocaba el corazón, aunque mantuvo la sonrisa de bienvenida congelada en el rostro.

Wilf desmontó de un salto y la estrechó entre sus brazos, exactamente como su esposa había deseado que sucediera. Los habitantes del recinto lo vitorearon y rieron: les encantaba ser testigos de la pasión que sentía por Ragna. Ella sabía que él estaba presumiendo frente a sus admiradores, pero aceptaba esa parte del papel desempeñado por Wilf como gobernante. Sin embargo, no le cabía duda sobre la sinceridad de su abrazo. La besó con lascivia, introduciéndole la lengua en la boca, y ella le correspondió con avidez.

Pasado un minuto, el conde rompió el fuerte abrazo, se agachó y la levantó en volandas, metiéndole un brazo por debajo de los hombros y sujetándola por los muslos con el otro. Ella rio de júbilo. La sacó del salón principal para llevarla a sus aposentos, mientras los presentes ovacionaban el gesto con aprobación. Ragna se alegró aún más de haber limpiado su casa y haberla preparado para la bienvenida.

Wilf buscó el cerrojo de la puerta a tientas, la abrió de golpe y metió a Ragna en el interior. La dejó en el suelo y cerró de un portazo.

Ella se quitó el pañuelo de la cabeza y se dejó el pelo suelto, luego se despojó del vestido con un rápido movimiento y se tumbó desnuda sobre el lecho de su esposo.

Él contempló el cuerpo de Ragna con placer y deseo. Parecía un hombre sediento a punto de beber de un arroyo de montaña. Se tumbó sobre ella sin quitarse el jubón de cuero ni las polainas de paño.

Su esposa lo rodeó con brazos y piernas y lo empujó para ser penetrada hasta lo más hondo.

Wilf terminó deprisa. Se dejó caer junto a Ragna y se quedó dormido en cuestión de segundos.

Ella permaneció tumbada mirándolo. Le gustaba la barba,

aunque sabía que él se la afeitaría al día siguiente porque su uso no se estilaba entre los nobles ingleses. Le tocó la nueva cicatriz de la frente. Empezaba en la sien derecha, seguía la línea del cabello y describía una trayectoria irregular hasta la ceja izquierda. Ragna le pasó el dedo por encima y él se agitó aún dormido. Medio centímetro más y... Se la habría hecho algún valiente galés, pensó ella, y seguramente había muerto por ello.

Ragna se sirvió una cantarilla de vino y comió un pedazo de queso. Se conformaba con contemplar a Wilf y alegrarse de que hubiera regresado junto a ella con vida. Los galeses no eran guerreros muy formidables, pero tampoco eran seres indefensos, y estaba segura de que algunas esposas del recinto estaban llorando en esos instantes al saber que sus maridos jamás regresarían al hogar.

En cuanto Wilf se despertó, volvieron a hacer el amor. Esta vez fue más pausado. Él se quitó la ropa y ella tuvo tiempo para disfrutar de cada sensación, de masajearle los hombros y el torso con las manos, de hundir los dedos en su cabellera y morderle los labios.

—Por todos los dioses —exclamó él cuando terminaron—, podría comerme un buey.

—Y yo te he asado uno para la cena. Pero, por ahora, permíteme que te traiga un tentempié.

Le sirvió el vino, pan recién hecho y anguila ahumada, y comieron con deleite.

—Me encontré con Wynstan por el camino —comentó él.

—Ah —dijo ella.

—Me contó lo que ocurrió en Outhenham.

Ragna se puso tensa. Aunque ya lo esperaba. Wynstan jamás aceptaría su derrota sin más. Intentaría vengarse a toda costa provocando un conflicto entre Wilf y su esposa. Sin embargo, la hija del conde Hubert no había previsto que el obispo fuera tan rápido de reflejos. En cuanto apareció el mensajero el día anterior en el recinto, Wynstan debió de apresurarse a propiciar el encuentro con Wilf, ansioso por contarle su versión de la historia antes que Ragna, con la esperanza de que eso la pusiera a la defensiva.

No obstante, ella ya tenía su estrategia planificada. Todo había sido culpa de Wynstan, no suya, y no pensaba disculparse. Actuó de inmediato para cambiar las tornas.

—No te enfades con Wynstan —dijo—. No deberían producirse riñas entre hermanos.

El comentario descolocó a Wilf.

—Pero si Wynstan está enfadado contigo —replicó.

—Por supuesto. Intentó robarme mientras tú estabas fuera, porque pensaba aprovecharse de mí en tu ausencia. Pero no te preocupes, evité que lo hiciera.

—¿Eso fue lo que ocurrió? —Estaba claro que Wilf no había considerado el incidente, hasta entonces, como el ataque de un hombre poderoso contra una mujer indefensa.

—No lo consiguió y por eso se ha enfadado. Pero yo soy muy capaz de tratar con Wynstan, y no quiero que te preocupes por mí. No lo reprendas, por favor.

Wilf todavía estaba intentando considerar lo ocurrido desde esa nueva perspectiva.

—Pero Wynstan dice que tú lo humillaste en público.

—Un ladrón sorprendido con las manos en la masa siempre se sentirá humillado.

—Supongo que sí.

—La solución es que deje de robar, ¿no es así?

—Así es. —Wilf sonrió y Ragna entendió que había salido airosa de una conversación complicada. Él añadió—: Wynstan tal vez haya encontrado por fin la horma de su zapato.

—Oh, no, yo no soy su enemiga —rebatió ella, aunque sabía que no era verdad. Pero la conversación ya estaba alargándose demasiado y había terminado bien, así que cambió de tema—: Cuéntame tus aventuras. ¿Les has dado a los galeses una buena lección?

—En efecto, y he traído conmigo cientos de cautivos para vender como esclavos. Conseguiremos una pequeña fortuna.

—Bien hecho —lo felicitó Ragna, aunque no lo decía de corazón.

La esclavitud era una práctica inglesa que le costaba asimilar. Acababa de ser abolida en Normandía, pero en Inglaterra era algo normal. Había poco más de un centenar de esclavos en Shiring, y muchos vivían y trabajaban en el recinto. Varios de ellos realizaban tareas desagradables, como retirar los excrementos y limpiar los establos, o labores pesadas como cavar acequias y trasladar los leños. Sin duda alguna, las esclavas más jóvenes trabajaban en los lupanares del pueblo, aunque Ragna no lo sabía porque lo hubiera visto, ya que jamás había estado en el interior de una de esas casas. Los esclavos no estaban encadenados. Podían escapar, y algunos lo hacían, pero era fácil identificarlos, vestidos como iban con harapos, sin zapatos y hablando con acento extraño. La mayoría de los fugitivos eran capturados y llevados de regreso al recinto, donde la recompensa era satisfecha por el amo.

—No pareces tan encantada como deberías —comentó Wilf.

Ragna no tenía ninguna intención de discutir con él sobre la esclavitud en ese momento.

—Estoy emocionada por tu victoria —se excusó—. Y me preguntaba si serías lo bastante hombre para fornicar conmigo tres veces en una tarde.

—¿Que si soy lo bastante hombre? —preguntó con fingida indignación—. Ponte a cuatro patas y te lo demostraré.

Los cautivos fueron expuestos al público al día siguiente en la plaza de la ciudad, dispuestos en hileras sobre la polvorienta extensión de tierra situada entre la catedral y la abadía, y Ragna acudió al lugar, acompañada por Cat, para echarles un vistazo.

Estaban mugrientos y agotados por el viaje, y algunos tenían heridas leves, seguramente a consecuencia de haberse resistido en el momento de su captura. Ragna imaginó que los heridos de gravedad habrían muerto abandonados. En la plaza había hombres y mujeres, niños y niñas, esclavos desde los once hasta los treinta años de edad aproximadamente. Era verano y lucía un sol abrasador, pero los cautivos no estaban a la sombra. Permanecían retenidos de diversas formas: muchos tenían los pies trabados para impedirles salir corriendo; algunos estaban encadenados entre sí; otros aguardaban atados a sus captores, quienes permanecían junto a ellos, esperando a regatear su precio. Los soldados de a pie tenían uno o dos para vender, pero Wigelm, Garulf y los demás capitanes contaban con varios cautivos.

Ragna se paseó frente a las hileras de esclavos y la visión se le antojó descorazonadora. Los presentes comentaban que algo habrían hecho para merecer ese destino, y quizá fuera cierto en algunos casos, pero no siempre. ¿Qué delitos podrían haber cometido esos chicos y chicas adolescentes para merecer ser convertidos en esclavos sexuales?

Los esclavos obedecían todas las órdenes, pero, por lo general, realizaban sus labores lo peor posible, tanto como podían sin ser castigados; y como tenían que recibir alimento y alojamiento y contar con un mínimo de prendas de vestir, al final no salían mucho más baratos que la mano de obra con salarios más bajos. No obstante, a Ragna no la inquietaba tanto el aspecto económico como el espiritual. Tener en propiedad a una persona debía de ser perjudicial para el alma. La crueldad era habitual: había leyes sobre el maltrato a los esclavos, pero no se velaba con mano dura por su cumplimiento y los castigos para los perpetradores eran leves. La posibilidad de pegar, violar o incluso asesinar a un semejante hacía aflorar lo peor de la naturaleza humana.

Mientras Ragna iba observando con detenimiento los rostros de la plaza reconoció al amigo de Garulf, Stigand, con quien ella había discutido por el partido de pelota. Él le hizo una reverencia, demasiado exagerada para ser sincera, pero no lo bastante grosera para resultar reprochable. Ella lo ignoró y miró a sus tres cautivas.

Se sobresaltó al darse cuenta de que conocía a una de ellas.

La muchacha tenía unos quince años. Tenía el pelo negro y los típicos ojos azules de los galeses: los bretones del otro lado del Canal poseían rasgos similares. Podría haber sido guapa con la cara lavada de la mugre que la cubría. Volvió a mirarla y la expresión de vulnerabilidad de la joven, disimulada apenas por el gesto desafiante, refrescó de pronto la memoria de Ragna.

—Tú eres la chica de Dreng's Ferry.

La cautiva no dijo nada.

Ragna recordó su nombre.

—Blod.

La chica permaneció en silencio, pero su expresión se suavizó.

La señora bajó la voz para que Stiggy no pudiera oírla:

—Decían que habías escapado. Te habrán capturado por segunda vez. —Eso sí que era mala suerte, pensó Ragna, y sintió una compasión repentina hacia alguien que había sufrido un destino tan aciago dos veces.

Recordó más cosas.

—Me contaron que Dreng… —Cayó en la cuenta de lo que estaba a punto de decir y lo silenció tapándose la boca con una mano.

Blod sabía qué era lo que Ragna había evitado comentar.

—Dreng mató a mi niño.

—Lo siento muchísimo. ¿Nadie te ayudó?

—Edgar se lanzó al río para rescatar a mi pequeño, pero no lo encontró porque era de noche.

—Conozco a Edgar. Es un buen hombre.

—El único inglés honrado que he conocido en toda mi vida —comentó Blod con amargura.

Ragna percibió una mirada especial en sus ojos.

—¿Estabas enamorada de él?

—Él ama a otra.

—A Sungifu.

Blod miró a Ragna con cara extrañada, pero guardó silencio.

—La mujer a la que mataron los vikingos —aclaró la esposa de Wilf.

—Sí, ella. —Blod miró con impaciencia a la plaza.

—Supongo que te preocupa quién puede comprarte esta vez.

—Le tengo miedo a Dreng.

—Estoy bastante segura de que él no está en la ciudad. Debe-

ría haber venido a verme. Le gusta fingir que somos familiares.
—Ragna divisó al obispo Wynstan en el otro extremo de la plaza, acompañado por su escolta, Cnebba—. Pero hay otros hombres crueles.

—Ya lo sé.

—Tal vez debiera comprarte yo.

El rostro de Blod se iluminó, esperanzado.

—¿Lo haríais?

Ragna habló con Stiggy:

—¿Cuánto esperas conseguir por esta esclava?

—Una libra. Tiene quince años; es joven.

—Es demasiado. Pero te daré la mitad.

—No, la chica vale más que eso.

—¿Y si hacemos la media?

Stiggy frunció el ceño.

—¿Cuánto sería eso? —Conocía la expresión «hacer la media», pero no sabía calcularla.

—Ciento ochenta peniques.

De pronto apareció Wynstan.

—¿Comprando una esclava, mi señora Ragna? —preguntó—. Pensaba que los normandos, con vuestra gran catadura intelectual, lo desaprobabais.

—Me sucede lo mismo que a algunos obispos de gran catadura moral, que aun desaprobando la fornicación, a veces acaban practicándola.

—Tenéis una respuesta ocurrente para todo. —Wynstan había estado observando con curiosidad a Blod, y en ese momento dijo—: Yo te conozco, ¿verdad?

—Vos fornicasteis conmigo, si os referís a eso —respondió Blod en voz alta.

Wynstan pareció abochornado, y eso no era habitual.

—No seas ridícula.

—Lo hicisteis dos veces. Fue antes de quedarme preñada, por eso le pagasteis a Dreng tres peniques por cada revolcón.

Wynstan hacía gala de su virtud sacerdotal solo de palabra;

aun así, se sintió ultrajado por aquella acusación pública sobre su incumplimiento del voto de castidad.

—Mentira. Estás inventándotelo. Tú huiste de casa de Dreng, ahora lo recuerdo.

—Él asesinó a mi hijo recién nacido.

—Bueno, ¿y a quién le importa? El hijo de una esclava...

—A lo mejor era vuestro hijo.

Wynstan se puso blanco. Estaba claro que no había pensado en esa posibilidad. Se esforzó por recuperar su dignidad.

—Deberían azotarte por escapar.

Ragna lo interrumpió:

—Estaba en el proceso de regatear por esta esclava, mi señor obispo. Si me disculpáis, no podemos seguir hablando.

Wynstan sonrió con malicia.

—No podéis comprarla.

—¿Disculpad?

—No pueden venderla.

—¡Por supuesto que sí! —exclamó Stiggy.

—No, no puedes. Es una fugitiva. Debe ser devuelta a su amo original.

—No, por favor —suplicó Blod entre susurros.

—No es decisión mía —repuso Wynstan alegremente—. Aunque esta esclava no me hubiera hablado con insolencia, el resultado sería el mismo.

Ragna sintió ganas de rebatírselo, pero sabía que el obispo tenía razón. No había pensado en ello, pero una fugitiva seguía perteneciendo legalmente a su amo original, aunque hubieran pasado meses desde su libertad.

—Debes llevar a esta chica de regreso a Dreng's Ferry —le dijo el obispo a Stiggy.

Blod empezó a llorar.

Stiggy no lo había entendido.

—Pero si es mi cautiva...

—Dreng te premiará con la recompensa habitual por devolver a una fugitiva, así que no te irás con los bolsillos vacíos.

Stiggy seguía con cara de confusión.

Ragna creía en el cumplimiento de la ley. Podía resultar cruel, pero siempre era preferible al caos de no contar con una regulación legal. Sin embargo, en esa ocasión habría desafiado la norma de haber podido. Era una terrible ironía que el hombre que representaba la ley fuera Wynstan.

—Yo me haré cargo de la chica —dijo Ragna a la desesperada— y recompensaré a Dreng.

—No, de ningún modo —negó Wynstan—, no podéis hacer tal cosa, ni mucho menos a mi primo. Si Dreng quiere venderos la esclava, puede hacerlo, pero antes ella debe regresar con su amo.

—Yo la llevaré a casa y le enviaré un mensaje a Dreng.

—Llévate a esa cautiva y enciérrala en la cripta de la catedral —le ordenó el obispo a Cnebba. Se volvió hacia Stiggy—: La liberarán para entregártela cuando estés dispuesto a llevarla a Dreng's Ferry. —Por último miró a Ragna—: Si no os gusta, quejaos a vuestro esposo.

Cnebba empezó a desatar a Blod.

Ragna se dio cuenta de que había sido un error acudir a la plaza sin Bern. De haber estado él presente, habría sido el contrapunto ideal a la presencia de Cnebba, y ella al menos podría haber pospuesto la decisión final sobre el destino de Blod. Sin embargo, ya no era posible.

Cnebba agarró a Blod con fuerza por el brazo y se la llevó caminando.

—Recibirá unos buenos azotes —anunció Wynstan— en cuanto Dreng le ponga las manos encima.

Sonrió, hizo una reverencia y se marchó a la zaga de su escolta.

Ragna sintió ganas de gritar de desesperación y rabia. Reprimió sus sentimientos y, con la cabeza bien alta, se alejó caminando de la plaza y ascendió por la colina en dirección al recinto.

Julio era el mes del hambre, reflexionó Edgar mientras contemplaba la granja de sus hermanos. Gran parte del alimento del invierno ya se había consumido, y todos estaban esperando a la recogida del grano de agosto y septiembre. En esa estación las vacas daban leche y las gallinas ponían sus huevos, así que las personas que tenían reses o aves no morían de inanición. Otros comían los diversos frutos y hortalizas silvestres recién brotados en el bosque, hojas, bayas y cebollas; una magra dieta. Los campesinos con granjas de grandes dimensiones podían permitirse plantar unas cuantas legumbres en primavera para recogerlas en junio y julio, pero no había muchos labriegos que dispusiesen de un terreno sobrante para destinarlo a esa clase de cultivo.

Los hermanos de Edgar pasaban hambre, aunque no sería durante mucho más tiempo. Por segundo año consecutivo habían obtenido una buena cosecha de heno en los terrenos bajos próximos al río. Las tres semanas previas a San Juan habían sido lluviosas, y el caudal había crecido en consecuencia, aunque el tiempo mejoró de forma milagrosa y consiguieron segar las altas briznas de hierba. Ese día Edgar había caminado casi cincuenta metros por la orilla del río, para lavar una cazuela bien lejos del lugar donde recogía el agua limpia. Situado a esa distancia, divisaba varias hectáreas de hierba seca y amarilleada bajo el sol abrasador lista para la siega. Sus hermanos pronto venderían el heno y obtendrían dinero para comprar comida.

El joven vio un caballo a lo lejos, descendiendo por la colina hacia la aldea, y se preguntó si sería Aldred a lomos de Dimas. Poco antes de que se marcharan de Mudeford Crossing, Edgar había preguntado al monje qué haría con la falsificación perpetrada por Wynstan, y él le había dicho que todavía lo estaba pensando. En ese momento el joven se preguntaba si ya habría ideado algún plan.

Sin embargo, el jinete no era Aldred. Cuando el caballo se acercó más a Edgar, este vio a una persona montándolo y a otra a pie justo detrás. Regresó a la taberna por si lo necesitaban para cruzar con la barcaza. Unos minutos después, el joven vio que la persona que iba a la zaga del animal estaba atada por una soga unida a la silla de montar del jinete. Se trataba de una mujer, descalza y harapienta. Cuando Edgar por fin distinguió que se trataba de Blod, lanzó un suspiro ahogado de consternación.

Hasta ese momento estaba convencido de que la chica había logrado escapar. ¿Cómo la habrían capturado de nuevo después de tanto tiempo? Recordó que el conde Wilwulf había participado en el ataque a los galeses; debió de traerla de regreso entre sus cautivos. Qué desgracia tan grande, ¡conseguir la libertad y volver a convertirse en esclava!

Blod levantó el rostro y lo vio, aunque, al parecer, no encontró las fuerzas para saludarlo siquiera con un gesto. Caminaba con los hombros caídos y le sangraban los pies descalzos.

El jinete tenía más o menos la edad de Edgar, pero era más corpulento y llevaba una espada.

—¿Eres el barquero? —preguntó cuando vio a Edgar.

Al joven le dio la impresión de que el jinete no era muy listo.

—Trabajo para Dreng el barquero.

—Le he traído de vuelta a su esclava.

—Ya veo.

Dreng salió de la taberna. Reconoció al jinete.

—Hola, Stiggy, ¿qué quieres? ¡Por los clavos de Cristo! ¿Esa es la zorra de Blod?

—Si llego a saber que era tuya, la habría dejado en Gales y habría capturado a otra chica —se lamentó Stiggy.

—Pero es mía.

—Tienes que pagarme por devolvértela.

A Dreng no le gustó la idea.

—¿Eso debo hacer?

—Es lo que ha dicho el obispo Wynstan.

—Ah... ¿Y ha dicho cuánto?

—La mitad de lo que vale.

—No vale mucho, es una pobre ramera.

—Yo pedía una libra y lady Ragna me ofrecía la mitad.

—Así que me dices que te debo la mitad de media libra, que son sesenta peniques.

—Ragna iba a pagarme ciento ochenta.

446

—Pero no lo ha hecho. Venga, desata a esa zorra y entra.

—Antes quiero el dinero.

Dreng habló con más calma, fingiendo amabilidad:

—¿No te apetece una escudilla de estofado y una jarra de cerveza?

—No, todavía es mediodía. Voy a volver enseguida. —Stiggy no era idiota del todo y seguramente ya conocía las tretas de los taberneros.

Si se emborrachaba y pasaba la noche allí, a la mañana siguiente le quedaría muy poco de los sesenta peniques.

—Muy bien —dijo Dreng.

Entró en la taberna.

Stiggy desmontó del caballo y desató a Blod. Ella se sentó en el suelo a esperar.

Tras una larga ausencia, Dreng salió con el dinero envuelto en un paño y se lo entregó a Stiggy, quien se lo metió en la faltriquera del cinto.

—¿No vas a contarlo? —preguntó Dreng.

—Me fío de ti —respondió Stiggy.

Edgar reprimió la risa. Hacía falta ser tonto para confiar en el barquero. Aunque lo más seguro era que Stiggy no supiera contar hasta sesenta.

El joven montó en su caballo.

—¿Estás seguro de que no puedo tentarte con una jarra de la famosa cerveza de mi mujer? —preguntó Dreng; no perdía la esperanza de recuperar parte de sus peniques.

—No.

Stiggy encaró el caballo hacia la dirección del camino y regresó por donde había llegado.

—Entra adentro —le ordenó Dreng a Blod.

Cuando la chica pasó por delante de él, el hombre le dio una patada en el trasero. Ella lanzó un grito de dolor, tropezó, pero recuperó el equilibrio.

—Eso ha sido solo para empezar.

Edgar los siguió, pero Dreng se volvió hacia él desde la puerta.

—Tú quédate aquí fuera —le ordenó, entró y dio un portazo.

Edgar se volvió y miró hacia el río. Pasado un instante, oyó a Blod chillar de dolor. Se dijo a sí mismo que era inevitable: una esclava estaba destinada a ser castigada por huir. Una esclava tenía muy poco o nada y no podía pagar su libertad; en consecuencia, el único castigo posible era una paliza. Se trataba de una práctica habitual y era legal.

Blod gritó de nuevo y empezó a sollozar. Edgar oyó gruñir a Dreng por el esfuerzo de los golpes propinados e insultar a su víctima al mismo tiempo.

El hombre estaba ejerciendo sus derechos, pensó el joven. Y, además, era su patrón. Edgar no podía intervenir de ningún modo.

Blod empezó a suplicar piedad. El joven también oyó las voces de Leaf y de Ethel protestando en vano.

Entonces la chica chilló.

Edgar abrió la puerta y entró como una exhalación. Blod se encontraba en el suelo, retorciéndose de dolor y con el rostro cubierto de sangre. Dreng estaba pateándola. Cuando la chica se cubría la cabeza, el hombre le daba puntapiés en el vientre, y cuando ella se protegía el cuerpo, Dreng le golpeaba la cabeza. Leaf y Ethel lo sujetaban por los brazos y tiraban de él, intentando detenerlo, pero él era demasiado fuerte para las mujeres.

Si aquello continuaba, Blod acabaría muerta.

Edgar agarró a Dreng por detrás y tiró de él para apartarlo de la muchacha.

El hombre se removió para zafarse del joven, se volvió de pronto y le propinó un puñetazo. Era un hombre fuerte y lo golpeó con fuerza. Edgar reaccionó de forma instintiva: le clavó el puño en la barbilla. Dreng echó la cabeza hacia atrás, como la tapa de un arca abierta, y cayó al suelo.

Tendido allí, señaló a Edgar con un dedo.

—¡Sal de esta casa! —gritó—. ¡Y no vuelvas nunca más!

No obstante, el joven no había terminado. Se dejó caer de rodillas sobre el torso de Dreng, luego lo agarró por el cogote con ambas manos y empezó a apretar. Su patrón comenzó a asfixiarse. Intentó golpear al joven en los brazos, pero no le sirvió de nada.

Leaf chilló.

Edgar se agachó hasta dejar la cara a tan solo unos centímetros de la de su patrón.

—Si vuelves a pegarle, regresaré —le advirtió—. Y te juro por Dios que te mataré.

Lo soltó. Dreng tomó aire y volvió a respirar, jadeante. Edgar se quedó mirando a las dos esposas, que se habían apartado, asustadas.

—Lo digo muy en serio —afirmó.

Luego se levantó y salió de la taberna.

Caminó por la orilla del río en dirección a la granja. Se frotó el pómulo izquierdo: iba a salirle un moratón en el ojo. Se preguntó si habría obrado bien. Dreng podía volver a golpear a Blod en cuanto recuperase el aliento. A Edgar solo le cabía esperar que su amenaza contuviera al violento hombre durante un tiempo.

El joven había perdido su empleo. Dreng seguramente obligaría a Blod a encargarse de la pértiga para llevar la barcaza. La chica podría hacerlo en cuanto se recuperase de la paliza. Tal vez eso haría que el patrón cejara en su empeño de dejarla lisiada para siempre. Al menos cabía esa esperanza.

Edgar no vio a Erman ni a Eadbald en los campos y, como era mediodía, supuso que estarían comiendo en la casa. Divisó a sus hermanos cuando se acercaba al lugar. Se encontraban en el exterior, al sol, sentados a la mesa sobre caballetes que Edgar había fabricado; resultaba evidente que acababan de terminar de comer. Su madre tenía en brazos a la pequeña Winnie, quien ya había cumplido los cuatro meses, y entonaba una cancioncilla que al joven le sonaba; se preguntó si la recordaría de su infancia. Mildred se había arremangado el vestido y a Edgar le chocó ver lo delgados que tenía los brazos. Jamás se quejaba, pero resultaba evidente que estaba enferma.

—¿Qué te ha pasado en la cara? —preguntó Eadbald al verlo.

—He discutido con Dreng.

—¿Sobre qué?

—Han vuelto a capturar a Blod, la esclava. Dreng iba a matarla, pero yo se lo he impedido.

—¿Para qué? Ella le pertenece y puede matarla si quiere.

Eso era prácticamente cierto. Una persona que mataba a un esclavo sin justificación podía arrepentirse y hacer penitencia ayunando. Aunque era fácil inventar una excusa y el ayuno no constituía un castigo tan terrible.

Sin embargo, Edgar tenía algo más que objetar:

—No le dejaré matarla delante de mí.

Los hermanos habían levantado la voz para hablar, lo cual molestó a Winnie, quien empezó a lloriquear.

—Entonces es que eres idiota —sentenció Erman—. Si no te andas con cuidado, Dreng te echará.

—Ya lo ha hecho. —Edgar se sentó a la mesa. El caldero de estofado estaba vacío, pero había una torta de centeno y tomó un pedazo—. No pienso volver a la taberna.

Empezó a comer.

—Espero que no creas que vamos a alimentarte —le advirtió Erman—. Si has sido tan idiota de perder tu puesto, tendrás que apañártelas tú solito.

Cwenburg tomó a la pequeña de los brazos de Mildred.

—Casi no me queda leche para Winnie —se lamentó—, y ahora esto.

Se descubrió el pecho, se puso a la niña en el pezón y echó una lasciva aunque disimulada mirada a Edgar mientras lo hacía.

El joven se levantó.

—Si no soy bienvenido, me marcharé.

—No seas tonto y siéntate —lo reprendió su madre y miró a los demás—. Somos una familia. Cualquiera de mis hijos o nietos tendrá una escudilla de comida en mi mesa mientras quede una miga de pan en esta casa. Que ninguno de vosotros lo olvide jamás.

Esa misma noche estalló una tormenta. El viento sacudía los tablones de la casa y la lluvia racheada impactaba contra la techumbre. Todos se despertaron, incluida la pequeña Winnie, quien rompió a llorar y fue amamantada.

Edgar entreabrió un poco la puerta y echó un vistazo al exterior, pero era noche cerrada. No se veía más que una cortina de lluvia, como un espejo agrietado sobre el que se reflejaba el fulgor rojo del hogar que el joven tenía encendido a su espalda. Cerró la puerta con firmeza.

Winnie volvió a conciliar el sueño y los demás parecían adormilados, pero Edgar permaneció bien despierto. Le preocupaba el heno. Si absorbía demasiada humedad, acabaría pudriéndose. ¿Habría posibilidad de secarlo si el tiempo volvía a cambiar y amanecía un día soleado? No tenía experiencia suficiente como granjero para saberlo.

Con la primera luz del alba, el viento remitió y la lluvia amainó, aunque no dejó de caer. Edgar abrió de nuevo la puerta.

—Voy a echar un vistazo al heno —anunció al tiempo que se ponía el manto.

Sus hermanos y su madre lo acompañaron, y dejaron a Cwenburg al cuidado de Winnie.

En cuanto llegaron al terreno bajo junto al río, vieron que estaba todo hecho un desastre.

Los cuatro se quedaron mirándolo a la luz del alba, atónitos y horrorizados.

—Está todo destrozado, ya no se puede hacer nada —dijo Mildred.

Se volvió y se alejó caminando hacia la casa.

—Si madre dice que no hay esperanza, no hay esperanza —sentenció Eadbald.

—Yo voy a intentar averiguar cómo ha sucedido esto —dijo Edgar.

—¿Y eso de qué servirá? —preguntó Erman.

—Supongo que ha llovido demasiado para que la tierra absorbiera toda el agua, el torrente ha descendido por la colina y ha anegado los terrenos bajos.

—Mi hermano el genio…

Edgar ignoró el comentario.

—Si hubiéramos drenado el agua, podríamos haber salvado el heno.

—¿Y qué? No se ha drenado.

—Me pregunto cuánto tiempo tardaríamos en cavar una acequia desde lo alto de la colina, que atravesara el campo hasta la orilla y vertiera el agua sobrante en el río.

—¡Ahora ya es demasiado tarde para eso!

El terreno era alargado y angosto, y Edgar calculó que debía de tener una anchura de unos ciento ochenta metros. Un hombre fuerte podría hacerlo en una semana más o menos, tal vez dos, si el trabajo de cavar resultaba más arduo de lo esperado.

—Hay una ligera hendidura en el centro del terreno —dijo mirando con los ojos entornados a través de la cortina de lluvia—. El mejor lugar para cavar la acequia sería justo ahí.

—Ahora no nos vamos a poner a cavar acequias —protestó Erman—. Tenemos que majar la avena y poner los granos a madurar al sol. Y madre ya no trabaja.

—Yo cavaré la acequia.

—¿Y qué comeremos mientras tanto ahora que somos seis en la casa?

—No lo sé —respondió Edgar.

Todos avanzaron con pesadez bajo la lluvia de regreso a la casa. Edgar vio que su madre ya no estaba.

—¿Adónde ha ido madre? —le preguntó a Cwenburg.

La chica se encogió de hombros.

—Creía que estaba con vosotros.

—Se ha marchado. Yo creía que había regresado a la casa.

—Bueno, pues aquí no está.

—¿Adónde iba a ir si no con este tiempo?

—¿Cómo voy a saberlo? Es tu madre.

—Iré a mirar al granero.

El joven volvió a salir a la lluvia. Su madre no estaba en el granero. Tuvo un mal presentimiento.

Miró hacia el campo. Con la tormenta no se divisaba la aldea;

aunque su madre no podía haber ido en esa dirección y, aunque así hubiera sido, tendría que haber pasado por delante de sus tres hijos.

Entonces ¿dónde se había metido?

Edgar tuvo que tragar saliva en un intento de no caer presa del pánico. Llegó hasta la linde del bosque. Aunque... ¿para qué iba a adentrarse su madre en el bosque con ese tiempo? Descendió por la colina hasta el río. Era imposible que Mildred lo hubiera cruzado: no sabía nadar. El joven miró con detenimiento por los alrededores de la orilla.

Creyó ver algo a unos cien metros aguas abajo y se le paró el corazón. Parecía un montón de harapos mojados. Sin embargo, al mirarlo más de cerca, distinguió, sobresaliendo del bulto de tela, algo terriblemente parecido a una mano.

Corrió por la orilla, desesperado, apartando de su camino los arbustos y ramas bajas. A medida que se acercaba al bulto, se le encogía más el corazón. El montón de harapos era un ser humano. Un cuerpo sumergido a medias en el río. Las viejas ropas marrones eran de mujer. El rostro femenino estaba pegado al suelo, pero a Edgar le resultaba terriblemente conocida esa silueta.

Se arrodilló junto al cuerpo. Le volvió la cabeza con cautela. Sus temores se vieron confirmados: era el rostro de su madre.

La mujer no respiraba. Edgar le palpó el pecho. El corazón no latía.

El joven dejó caer la cabeza bajo la lluvia, con las manos todavía sobre el cuerpo sin vida de su madre, y rompió a llorar.

Pasado un rato empezó a pensar. Su madre se había ahogado, pero ¿cómo? No tenía ningún motivo para ir al río. A menos que...

A menos que su muerte hubiera sido intencionada. ¿Se había quitado la vida para que sus hijos tuvieran alimento suficiente? Edgar se quería morir.

Sintió el plúmbeo y frío peso de la culpa oprimiéndole el pecho. Su madre había muerto. Imaginó el razonamiento hecho por ella: estaba enferma, ya no podía trabajar, le quedaba poco tiempo de vida en este mundo y lo único que hacía era consumir la comida necesaria para su familia. Se había sacrificado por el bien de su descendencia, en especial, supuso Edgar, por el bien de su nieta. De habérselo comentado a él, su hijo se lo habría rebatido con furia. No obstante, su madre había decidido no compartirlo y luego había dado el terrible y lógico paso.

Edgar tomó la decisión de mentir sobre lo ocurrido. Si alguien sospechaba del suicidio de Mildred, se le negaría cristiana sepultura. Para evitarlo, su hijo diría que la había encontrado en el bosque. La lluvia explicaría la ropa mojada de la fallecida. Estaba enferma, quizá estuviera perdiendo la cabeza; se extravió, y la lluvia tuvo un efecto fatal en su cuerpo ya de por sí debilitado. Edgar contaría esa versión de la historia incluso a sus hermanos. De esa forma su madre podría descansar en el camposanto situado junto a la iglesia.

A Mildred le salió agua de la boca cuando su hijo la levantó en volandas. Era muy ligera: había adelgazado desde que llegaron a Dreng's Ferry. Su cuerpo todavía estaba tibio al tacto.

Edgar la besó en la frente.

Luego la llevó a casa.

Los tres hermanos cavaron la fosa en el húmedo suelo del cementerio y enterraron a su madre al día siguiente. Asistieron todos los habitantes de la aldea excepto Dreng. Mildred se había ganado el respeto del pueblo con su sabiduría y determinación.

En poco más de un año los hermanos habían perdido a sus dos progenitores.

—Como hijo mayor —anunció Erman—, ahora soy el cabeza de familia.

Nadie lo compartía. Edgar era el inteligente, el que tenía más recursos, el hermano al que se le ocurrían las soluciones a los problemas. Quizá nunca alardeara de ello, pero, en la práctica, él era el cabeza de familia. Y ese núcleo incluía a la cansina Cwenburg y a su hija.

La lluvia cesó el día después del funeral, y Edgar empezó a cavar la acequia. No sabía si su plan funcionaría. ¿Sería una idea que fallaría en la práctica, como las tejas de piedra para el nuevo cobertizo de la cerveza? Se limitaría a intentarlo y ver qué pasaba.

Usó una pala de madera con la punta de oxidado acero. No quería que la acequia tuviera los laterales altos —eso habría perjudicado su función—, así que tuvo que llevar la tierra hasta el río. La aprovechó para aumentar la elevación de la ribera.

La vida en la granja resultaba prácticamente insoportable sin su madre. Erman se dedicaba a mirar fijamente a Edgar mientras comía: seguía con la vista cada cucharada que su hermano se llevaba a la boca desde la escudilla. Cwenburg continuaba empeñada en hacer que Edgar lamentara no haberse casado con ella. Eadbald se quejaba de dolor de espalda por quitar la maleza. Solo la pequeña Winnie estaba encantada de la vida.

El joven constructor tardó dos semanas en cavar la acequia. Entró agua en el interior desde el principio, un chorrito que descendía lentamente colina abajo; una señal de esperanza, pensó Edgar. Abrió un canal de desagüe en la orilla del río para que saliera el agua. Se formó un estanque artificial junto a la ribera y el líquido allí contenido se niveló con el de la cuenca. Edgar observó que existía una ley de la naturaleza por la que el agua, tanto de su estanque como del río, alcanzaba siempre el mismo nivel.

Estaba descalzo en el estanque, reforzando la orilla con piedras, cuando notó algo moviéndose por debajo de los dedos de sus pies. Se dio cuenta de que allí había peces. Estaba pisando anguilas. ¿Cómo era posible?

Vio lo que había creado mientras intentaba deducir el comportamiento de las criaturas submarinas. Parecían nadar de forma más o menos aleatoria y, claramente, algunas pasaban desde el río hasta el estanque a través de la abertura que él había hecho en la orilla. Pero ¿cómo volverían a encontrar la salida? Quedarían atrapadas, al menos durante un rato.

Empezó a vislumbrar una solución para el problema de la comida.

Pescar con anzuelo e hilo era una forma lenta y poco fiable de conseguir alimento. Los pescadores de Combe tejían enormes redes y navegaban con grandes barcos hasta ubicaciones donde los peces nadaban en bancos de mil o más ejemplares. Pero había otra forma de atraparlos.

Edgar había visto una nasa de pesca y pensó que podría fabricarse una. Fue al bosque y recogió ramas verdes, alargadas y flexibles de los arbustos y los árboles jóvenes. Luego se sentó en el suelo, a las puertas de la granja, y empezó a retorcer las ramas para darles la forma que recordaba.

—Cuando hayas terminado de jugar, nos podrías ayudar en los campos —le dijo Erman al verlo.

Edgar fabricó un enorme cesto con el cuello angosto. Pescaría con el mismo método por el que los peces quedaban atrapados en el estanque artificial: sería un espacio donde entrarían con facilidad y del que les costaría salir. Si la nasa estaba bien hecha, claro.

Terminó el cesto de pesca esa misma tarde.

A la mañana siguiente fue al estercolero de la posada en busca de algo que pudiera servirle de cebo. Encontró una cabeza de pollo y dos patas de conejo en descomposición. Los colocó en el fondo de la nasa.

Añadió una piedra en su interior para estabilizar el cesto una vez que estuviera en el agua y lo sumergió en el estanque que había creado.

Se dijo a sí mismo que debía dejar la nasa donde estaba, sin revisar su contenido, durante veinticuatro horas.

A la mañana siguiente, cuando salía de la granja, Eadbald se dirigió a él.

—¿Adónde vas? —preguntó.

—A mirar mi nasa.

—¿Era eso lo que estabas haciendo?

—No sé si habrá funcionado.

—Te acompaño a verlo.

Todos lo siguieron, Eadbald, Erman y Cwenburg con su pequeña.

Edgar se metió chapoteando en el estanque, cuyo nivel de agua le llegaba hasta los muslos. No estaba seguro de dónde había sumergido la nasa. Tuvo que agacharse y tocar a tientas el fango. El cesto de pesca podía haberse desplazado de lugar durante la noche.

—¡La has perdido! —se burló Erman.

No podía haberla perdido; el estanque artificial no era tan grande. Sin embargo, la próxima vez señalizaría su ubicación con algún objeto. Seguramente ataría un madero a la nasa con una cuerda lo bastante larga para que la improvisada boya quedara flotando sobre la superficie.

Si es que había una próxima vez.

Al final Edgar tocó la nasa con las manos.

Rezó una oración mentalmente.

Palpó el cuello del cesto de pesca y lo puso de pie para que la entrada quedara hacia arriba, luego tiró de él.

La nasa parecía pesada, y al joven le preocupó que se hubiera quedado enganchada al fondo.

Tiró de ella, la levantó por encima de la superficie y salió el agua a chorros entre los agujeritos de su entramado de ramas.

Cuando la nasa estuvo vacía de líquido, Edgar vio con claridad su interior. El cesto de pesca estaba lleno de anguilas.

—¿Te lo puedes creer? —preguntó Eadbald, encantado.

—¡Somos ricos! —exclamó Cwenburg dando palmas.

—Ha funcionado —afirmó Edgar con profunda satisfacción.

Con ese volumen de pesca podrían comer durante una semana o más tiempo incluso.

—Veo un par de truchas ahí dentro y otros peces de río más pequeños que no logro identificar —comentó Eadbald.

—Los pececillos servirán de cebo para la próxima vez —informó Edgar.

—¿La próxima vez? ¿Crees que puedes hacer esto todas las semanas?

Edgar se encogió de hombros.

—No estoy seguro, pero no veo por qué no. Todos los días, incluso. Hay millones de peces en el río.

—¡Tendremos más peces de los que podamos comer!

—Entonces los venderemos y compraremos carne.

Regresaron a la casa, Edgar llevaba la nasa sobre un hombro.

—Me pregunto por qué nadie habrá hecho esto antes —comentó Eadbald.

—Supongo que al anterior ocupante de la granja no se le ocurrió —dijo Edgar. Pensó un poco más y añadió—: Y no hay nadie más en este lugar lo bastante hambriento para poner a prueba nuevas ideas.

Metieron los peces en un gran barreño con agua. Cwenburg descamó y destripó uno grande, y lo asó a la parrilla para el desayuno. Manchas se comió la piel del pescado.

Decidieron que se comerían la trucha y que prepararían el resto para ahumar. Colgarían las anguilas de las vigas y las reservarían para el invierno.

Edgar volvió a meter los pececillos en la nasa como cebo y la colocó de nuevo en el estanque artificial. Se preguntaba cuánto llegaría a pescar esa vez. Aunque fuera la mitad de lo que habían conseguido ese día, tendría suficiente pescado para vender.

Se sentó a mirar la acequia, la ribera y su estanque. Había resuelto el problema del campo anegado e incluso podría asegurar el alimento suficiente para la familia en un futuro cercano. Así las cosas, se preguntó por qué no se sentía feliz.

No tardó mucho en encontrar la respuesta.

No quería ser pescador. Ni tampoco granjero. Al pensar en su porvenir, jamás había imaginado que su gran logro sería fabricar una nasa. Se sentía como una de esas anguilas: nadando en círculos dentro de un cesto, sin encontrar nunca la angosta salida.

Sabía que poseía un don. Algunos hombres sabían luchar, otros eran capaces de recitar un largo poema durante horas, incluso los había preparados para navegar siguiendo el rumbo de las estrellas. Edgar tenía un don para las formas, cierta habilidad relacionada con los números y, de manera intuitiva, un curioso entendimiento de los pesos y las fuerzas, de la presión y la tensión, y de la resistencia de algunos materiales a la deformación, para lo cual no existía una palabra.

Hubo una época en la que no era consciente de ser excepcional en ese sentido, y había provocado que la gente se sintiera ofendida, sobre todo los ancianos, cuando decía cosas del tipo: «¿No resulta algo evidente?».

Sencillamente, veía ciertas cosas que pasaban desapercibidas para los demás. Se había imaginado que la lluvia sobrante que no filtraba la tierra del campo viajaría por su acequia hasta la zanja del río, y su visión se había hecho realidad.

Y podía hacer más cosas. Había construido un barco vikingo, una edificación de piedra para la elaboración de cerveza y una acequia de drenaje, pero no era más que el principio. Debía aprovechar su don para cosas más importantes. Lo sabía con la misma certeza que lo llevó a calcular que los peces acabarían atrapados en la nasa.

Era su destino.

21

Septiembre de 998

Aldred se había enzarzado en un juego peligroso: pretendía hundir a un obispo. Todos los prelados eran poderosos, pero Wynstan destacaba además por su crueldad e implacabilidad. El abad Osmund hacía bien en temerlo, ofenderlo equivalía a introducir la cabeza en las fauces de un león.

En cualquier caso, era su deber como cristiano.

Cuanto más lo pensaba, más convencido estaba de que el sheriff Den era el hombre que debía procesar a Wynstan. En primer lugar, se trataba del representante del rey y acuñar dinero falso era un delito de lesa majestad, un ataque contra el monarca, cuyo deber consistía en velar por la fortaleza de la moneda. En segundo lugar, el sheriff y sus hombres ostentaban un poder que rivalizaba con el de Wilwulf y sus hermanos; se contenían entre ellos, lo cual causaba animosidad en ambos bandos. Aldred estaba seguro de que Den odiaba a Wilf. Y, por último, lograr el enjuiciamiento de un falsificador perteneciente a las altas esferas supondría un triunfo personal para el sheriff y complacería al rey, quien sin duda recompensaría a Den generosamente.

Aldred habló con él tras la misa del domingo, procurando que pareciera un encuentro casual, un mero intercambio de saludos cordiales entre dos prohombres de la ciudad. Era de suma importancia evitar cualquier insinuación de conspiración.

—Necesito hablar con vos en privado —le comunicó en voz

baja, ofreciéndole una sonrisa afable—. ¿Podría visitaros mañana en vuestro recinto?

Den abrió los ojos, sorprendido. Poseía una viva inteligencia y sin duda adivinó que no se trataba de un simple compromiso social.

—Por supuesto —contestó en el mismo tono educado y distendido—. Será un placer.

—Por la tarde, si os parece bien.

Era el momento del día en que se aligeraban los deberes religiosos de los monjes.

—Desde luego.

—Y cuantas menos personas estén al tanto, mejor.

—Entiendo.

Al día siguiente Aldred se escabulló de la abadía después de comer, mientras los habitantes de Shiring hacían la digestión sumidos en el sopor posterior a la ingesta de cordero y cerveza, por lo que apenas habría un alma en la calle que reparara en él. Tras haber decidido contárselo todo al sheriff, empezó a preocuparle su reacción. ¿Tendría Den los arrestos necesarios para hacer frente al poderoso Wynstan?

Lo encontró a solas en el gran salón, repasando la hoja de su espada preferida con una piedra de afilar. Aldred empezó a relatarle la historia remontándose a la primera visita que había realizado a Dreng's Ferry: le habló de la hostilidad de los lugareños, de la atmósfera decadente de la colegiata y de su olfato, que le advirtió de que allí se ocultaba un secreto vergonzoso. A Den le intrigaron las visitas trimestrales de Wynstan y los presentes que llevaba, y le divirtió la idea de que Aldred lo hubiera hecho seguir por los lupanares de Combe. Sin embargo, cuando el monje empezó a hablar del pesado de las monedas, Den dejó la espada y la piedra y lo escuchó con suma atención.

—Es evidente que Wynstan y Degbert van a Combe a gastar una parte de las monedas falsas y cambian otra por dinero auténtico en una población grande y con mucho comercio, donde es fácil que las falsificaciones pasen inadvertidas.

—No es descabellado —reconoció Den, asintiendo con la cabeza—. En una ciudad los peniques pasan de mano en mano rápidamente.

—Pero las monedas deben de acuñarse en Dreng's Ferry por fuerza. Se requiere de la habilidad de un orfebre para obtener copias perfectas de los cuños que se usan en la ceca real... y la colegiata de Dreng's Ferry cuenta con uno. Se llama Cuthbert.

Den estaba consternado, presa de la excitación. Parecía sinceramente escandalizado por la magnitud del delito.

—¡Un obispo! —exclamó en un susurro que no disimulaba su indignación—. ¡Falsificando la moneda del rey! —Aunque también estaba complacido con la idea—. Si pongo la intriga al descubierto, ¡el rey Etelredo jamás olvidará mi nombre!

Cuando el sheriff se hubo calmado, Aldred le propuso que se centrasen en cómo iban a proceder.

—Hay que sorprenderlos con las manos en la masa —sostuvo Den—. Tengo que ver los materiales, las herramientas, el proceso. Debo descubrirlos elaborando la moneda falsa.

—Creo que eso tiene arreglo —afirmó Aldred con mayor seguridad de la que sentía—. Lo hacen en momentos muy concretos, siempre unos días después del pago de las rentas. Wynstan las recauda, lleva dinero auténtico a Dreng's Ferry y allí lo duplica en forma de monedas falsas.

—Qué infame. En cualquier caso, si queremos atraparlos, nadie debe prevenirlos. —Den adoptó un gesto meditativo—. Tendría que abandonar Shiring antes que Wynstan, así no sospecharía que lo seguimos. Necesitaría una excusa, podría decir que vamos en busca de Testa de Hierro, a los montes de Bathford por poner un ejemplo.

—Buena idea, he oído que hace unas semanas robaron unas cabras por esa zona.

—Luego nos esconderíamos en el bosque que hay cerca de Dreng's Ferry, bastante apartados del camino. Así y todo, alguien tendría que avisarnos de la llegada de Wynstan a la colegiata.

—Dejad eso en mis manos. Cuento con un aliado en la aldea.

—¿De confianza?

—Está al tanto de todo. Es Edgar, el constructor de barcos y, ahora, albañil.

—Buena elección. Ayudó a lady Ragna en Outhenham. Joven, pero listo. Tendría que alertarnos en cuanto empezaran a fabricar las monedas. ¿Creéis que estaría dispuesto a hacerlo?

—Sí.

—Diría que contamos con los rudimentos de un plan, pero debo pensarlo bien. Seguiremos hablando.

—Cuando gustéis, sheriff.

El 29 de septiembre, día de San Miguel, el obispo Wynstan estaba reunido en su residencia de la ciudad de Shiring, recibiendo las rentas.

Sus arcas engordaron todo el día, procurándole un placer de todo punto tan bueno como el fornicio. Los jefes de los pueblos de las inmediaciones aparecieron por la mañana al frente de rebaños, conduciendo carros cargados y acarreando bolsas y cofres repletos de peniques de plata. Los tributos procedentes de los lugares más lejanos del condado de Shiring llegaron por la tarde. En su calidad de obispo, Wynstan también era el señor de varias aldeas que pertenecían a otras comarcas, cuyos pagos cobraría a lo largo del día siguiente o el posterior. Lo anotaba todo con el mismo cuidado que un campesino hambriento contaba las gallinas del gallinero. Sobre todo apreciaba los peniques de plata, puesto que podía llevarlos a Dreng's Ferry, donde se duplicarían como por milagro.

Al jefe de Meddock le faltaban doce peniques. El moroso era Godric, el hijo del sacerdote, quien había acudido para ofrecer una explicación.

—Mi señor obispo, solicito vuestra clemencia —dijo Godric.

—Déjate de paparruchas, ¿dónde está mi dinero? —le espetó Wynstan.

—La lluvia ha hecho estragos, antes y después de San Juan.

Tengo mujer y dos hijos y no sé cómo voy a alimentarlos este invierno.

Ese año no había sido como el anterior, cuando una serie de calamidades habían asolado Combe, empobreciendo a todo el pueblo.

—No hay nadie en Meddock que no haya pagado sus deudas —repuso Wynstan.

—Mis tierras se encuentran en la cara occidental de una pendiente y la lluvia se ha llevado la cosecha. Os pagaré el doble el año que viene.

—No, no lo harás; el año que viene me contarás otro cuento.

—Os lo juro.

—Si aceptara juramentos en lugar de rentas, yo sería pobre y tú serías rico.

—¿Y qué queréis que haga?

—Pedir prestado.

—Hablé con mi padre, el sacerdote, pero no tiene el dinero.

—Si hasta tu padre te ha rechazado, ¿por qué debería ayudarte yo?

—¿Y qué hago?

—Encuentra el dinero como sea. Si nadie te fía, vende a tu familia y a ti como esclavos.

—¿Nos aceptaríais como tales, mi señor?

—¿Has traído a tu familia?

Godric señaló a una mujer y dos niños que esperaban al fondo con gesto preocupado.

—Tu esposa es demasiado mayor para valer algo —comentó Wynstan— y tus hijos son muy pequeños. No quiero ninguno. Prueba con otro. La viuda Ymma, la peletera, es rica.

—Mi señor…

—Fuera de mi vista. Jefe, si Godric no ha pagado cuando acabe el día, busca a otro campesino para esas tierras en pendiente que dan al oeste. Y procura que el nuevo sepa para qué sirven los surcos de drenaje. Estamos en el oeste de Inglaterra, por el amor de Dios, aquí llueve.

Ese día hubo otros como Godric y todos recibieron el mismo trato por parte de Wynstan. Si permitía que los campesinos se saltaran un pago, todos aparecerían el día de la recaudación con las manos vacías, contando historias lacrimógenas.

Wynstan también cobraba las rentas en nombre de Wilwulf con ayuda de Ithamar, quien llevaba ambas cuentas por separado con sumo cuidado, y se embolsaba una modesta comisión a cargo del dinero de su medio hermano. El obispo era muy consciente de que el parentesco que lo unía al conde afianzaba su poder y riqueza y no estaba dispuesto a poner en peligro dicha relación.

Al final de la tarde, Wynstan hizo llamar a los criados para que trasladaran los pagos en especie de Wilf al recinto, pero llevó la plata él mismo; le gustaba entregarla en persona para que pareciera un regalo de su parte. Encontró a Wilf en el gran salón.

—El cofre no está tan lleno como en otros tiempos, antes de que le entregaras el valle de Outhen a lady Ragna —observó Wynstan.

—Está allí ahora —lo informó Wilf.

Wynstan asintió. Era la tercera recaudación de rentas que Ragna cobraba personalmente. Tras el enfrentamiento que habían vivido el día de la Anunciación, resultaba evidente que Ragna no tenía ninguna intención de delegar sus funciones en un subordinado.

—Una mujer extraordinaria —comentó como si la apreciara—. Bellísima y muy inteligente. Entiendo que le consultes tan a menudo… aunque se trate de una mujer.

El cumplido era un dardo envenenado. Un hombre dominado por su esposa era objeto de todo tipo de burlas, la mayoría obscenas, y a Wilf no se le escapó la intención del comentario.

—También te consulto a ti y no eres más que un sacerdote.

—Cierto. —Wynstan aceptó la réplica con una sonrisa. Tomó asiento y un criado le sirvió una copa de vino—. Dejó a tu hijo en ridículo con lo del juego de la pelota.

Wilf torció el gesto.

—Por mucho que me duela decirlo, Garulf es un patán. Lo dejó claro en Gales. No es un cobarde, estará dispuesto a luchar contra lo que sea, pero tampoco sirve para liderar un ejército. Su concepto de estrategia es lanzarse a la batalla a la carga dando gritos. Aun así, los hombres lo siguen.

Procedieron a hablar de los vikingos. Ese año las incursiones se habían producido más al este, en Hampshire y Sussex, y Shiring se había librado en gran parte, a diferencia del año anterior en que Combe y otras poblaciones que pertenecían a los dominios de Wilf habían sido arrasadas. Aun así, en esta ocasión Shiring había salido malparada de unas lluvias poco habituales para la estación.

—Quizá Dios esté descontento con el pueblo de Shiring —comentó Wilf.

—Por no dar suficiente dinero a la Iglesia, probablemente —apuntó Wynstan, haciendo reír a su medio hermano.

Antes de regresar a su residencia, Wynstan fue a ver a su madre, Gytha. La besó y se sentó frente al fuego.

—El hermano Aldred ha ido a ver al sheriff Den —lo informó la mujer.

—¿Ah, sí? ¿Cómo es eso? —preguntó Wynstan, intrigado.

—Acudió solo y fue bastante discreto. Seguramente cree que nadie se enteró, pero me han llegado rumores.

—Es un hombre astuto. Fue a ver al arzobispo de Canterbury a mis espaldas e intentó hacerse con la colegiata de Dreng's Ferry.

—¿Tiene algún punto débil?

—Hubo un incidente en su juventud, un lío con otro monje.

—¿Algo más desde entonces?

—No.

—Podría resultar útil, pero si no ha vuelto a repetirse, no basta para hacerlo caer. Viviendo sin mujeres, no me extrañaría que la mitad de esos monjes se la sacudieran unos a otros en sus propias celdas.

—Aldred no me preocupa. Ya lo hice callar una vez y puedo volver a hacerlo.

Gytha no parecía convencida.

—No lo entiendo —insistió, inquieta—. ¿Qué puede querer un monje del sheriff?

—Me preocupa más la zorra normanda.

Gytha asintió, dándole la razón.

—Ragna es lista. Y tiene agallas.

—Me superó en astucia en Outhenham y no hay mucha gente que pueda hacerlo.

—Y consiguió que Wilf echara a Wignoth, el caballerizo, que lisió su caballo a instancias mías.

Wynstan suspiró.

—Qué error cometimos dejando que Wilf se casara con ella.

—Cuando lo negociaste, esperabas reforzar tu acuerdo con el conde Hubert.

—Fue más porque Wilf la deseaba ardientemente.

—Podrías haber evitado el matrimonio.

—Lo sé —se lamentó Wynstan, arrepentido—. Podría haber vuelto de Cherburgo diciendo que era demasiado tarde, que ya estaba prometida con Guillaume de Reims. —Se preguntó si debía entrar en detalles. Por lo general podía sincerarse con su madre; hiciera lo que hiciese, ella siempre estaba de su parte—. Wilf acababa de nombrarme obispo y, lamentablemente, no tuve valor para negarme. Temía que acabara descubriéndolo si lo hacía. Pensé que su ira sería temible. En realidad estoy casi seguro de que me las hubiera apañado, pero por entonces no lo creía.

—No te preocupes por Ragna —dijo Gytha—, ya nos ocuparemos de ella. No tiene ni idea de a quién se enfrenta.

—Yo no estoy tan seguro.

—De todas maneras, ahora mismo seríamos unos necios si intentáramos algo contra ella. Es dueña del corazón de Wilf. —Gytha esbozó una sonrisa torcida—. Pero el amor de un hombre es pasajero. Dale tiempo, ya se cansará de ella.

—¿Cuánto?

—No lo sé. Ten paciencia. Todo llegará.

—Te quiero, madre.

—Yo también te quiero, hijo.

Había mañanas en que la trampa para peces estaba llena, otras medio llena y en alguna ocasión solo contenía pececillos, pero todas las semanas tenían más pescado del que necesitaba la familia. Lo colgaban de las vigas del techo para ahumarlo hasta que parecía que llovieran anguilas. Un viernes, cuando la trampa apareció llena, Edgar decidió vender unas cuantas.

Encontró una vara de un metro de largo, a la que ató doce anguilas gordas usando ramitas verdes a modo de cuerda y partió hacia la taberna. Encontró a Ethel, la esposa joven de Dreng, sentada fuera, al sol de finales de verano, desplumando palomas para la cazuela, con las manos huesudas teñidas de rojo y grasientas por el trabajo que estaba desempeñando.

—¿Quieres anguilas? —le preguntó—. Dos por un cuarto de penique.

—¿De dónde las has sacado?

—Del henar, que se nos inundó.

—Bien hecho. Son hermosas y gordas. Sí, me quedo dos.

La joven entró para pedirle el dinero a Dreng, que salió con ella.

—¿De dónde las has sacado? —le preguntó a Edgar.

—Encontré un nido de anguilas en un árbol —contestó este.

—Tan impertinente como siempre —masculló Dreng, pero le tendió un cuarto de penique y Edgar continuó su camino.

Le vendió dos a Ebba, la lavandera, y cuatro a Bebbe la Gorda. Elfburg, quien se encargaba de limpiar la colegiata, dijo que no tenía dinero, pero Hadwine, su marido, iba a pasar todo el día en el bosque recogiendo frutos secos y ella conocía otra manera de pagarle. Edgar declinó la oferta, pero le dio dos anguilas de todas formas.

Con cuatro cuartos de penique en la bolsa, Edgar les llevó el resto del pescado a los sacerdotes.

La esposa de Degbert, Edith, estaba amamantando a un niño junto a la puerta.

—Tienen buena pinta —comentó la mujer.

—Os dejo las cuatro por medio penique —dijo Edgar.

—Será mejor que hables con él —contestó Edith, indicando la puerta abierta con un gesto de la cabeza.

Degbert oyó voces y salió.

—¿De dónde las has sacado? —le preguntó.

Edgar reprimió una respuesta sarcástica.

—La inundación ha formado un estanque en nuestro henar.

—¿Y quién ha dicho que puedes pescar anguilas en él?

—Los peces no pidieron permiso para nadar hasta nuestra granja.

Degbert miró la vara de Edgar.

—Parece que ya llevas vendidas unas cuantas.

—Ocho —contestó Edgar a regañadientes.

—Olvidas que soy tu señor. Las rentas que pagas son por la granja, no por el río. Si quieres hacer un estanque de peces, necesitas mi permiso.

—¿De verdad? Creía que erais señor de las tierras, no señor del río.

—No eres más un campesino ignorante que no sabe nada. La cédula de la colegiata me concede derechos de pesca.

—Desde que llevo aquí no habéis pescado ni un solo pez.

—Eso da lo mismo. Lo que está escrito, está escrito.

—¿Dónde está esa cédula?

Degbert esbozó una sonrisa.

—Espera un momento. —El hombre entró y regresó con una hoja de pergamino doblada—. Aquí está —dijo, señalando un párrafo—. «Quien pescara peces en el río, deberá uno de cada tres al deán.»

Degbert sonrió satisfecho.

Edgar ni siquiera miró el pergamino. No sabía leer y Degbert era consciente de ello. La cédula podía decir cualquier cosa. Edgar se sintió humillado. Cierto, únicamente era un campesino ignorante.

—Has pescado doce anguilas, así que me debes cuatro —concluyó Degbert en tono triunfal.

Edgar le entregó la vara de los peces.

En ese momento oyó cascos de caballo.

Alzó la vista hacia la colina, igual que Degbert y Edith. Media docena de jinetes descendían al galope en dirección a la colegiata, frente a la que se detuvieron. Edgar vio que el obispo Wynstan iba al frente del grupo.

Mientras Degbert daba la bienvenida a su distinguido primo, Edgar aprovechó para alejarse de allí con paso apresurado. Dejó la taberna atrás y cruzó el campo. Sus hermanos habían segado la avena y estaban haciendo gavillas, pero no les dijo nada. Bordeó la granja y se adentró en el bosque, tratando de no llamar la atención.

Conocía el camino. Durante casi dos kilómetros, siguió una senda apenas distinguible, abierta por los ciervos, que cruzaba robledos y carpedales hasta que llegó al claro donde se apostaba el sheriff Den junto con el hermano Aldred y veinte hombres con sus respectivos caballos. Formaban un grupo formidable, todos iban fuertemente armados con espadas, escudos y yelmos, y los caballos tenían un aspecto fuerte y vigoroso. Dos hombres desenfundaron sus hojas ante la aparición de Edgar, quien los reconoció al instante: el de corta estatura y aspecto hosco y malencarado era Wigbert y el gigantón era Godwine. Edgar levantó las manos para mostrar que iba desarmado.

—No pasa nada, es el espía de la aldea —los informó Aldred, y los hombres volvieron a envainar las espadas.

Edgar torció el gesto. No le gustaba considerarse un espía.

La idea había estado atormentándolo. Iban a descubrir a los falsificadores y el castigo sería implacable. Degbert merecía cuanto le ocurriera, pero ¿y Cuthbert? Solo era un hombre débil que hacía lo que le decían y al que habían empujado a cometer un delito por medio de la intimidación.

Sin embargo, a Edgar le espantaba el desorden y el desgobierno. A su madre no la asustaba discutir con quienes ostentaran la autoridad, pero nunca se le ocurriría engañarlos. Los vikingos que habían matado a Sunni representaban el desorden, igual que

Testa de Hierro, el proscrito, y personas como Wynstan y Degbert, que robaban a los pobres haciéndoles creer que velaban por sus almas. Las personas merecedoras de respeto eran quienes luchaban por mantener el orden, clérigos como Aldred y nobles como Ragna.

—Sí, soy el espía —admitió con un suspiro—. El obispo Wynstan acaba de llegar.

—Bien —dijo Den.

El hombre alzó la vista hacia el cielo, que apenas se atisbaba entre las copas de los árboles. La luz intensa del mediodía se había atenuado con el resplandor de media tarde.

—Hoy no harán mucho en la forja —apuntó Edgar en respuesta a la pregunta tácita de Den—. Lleva tiempo calentar el fuego y fundir los peniques.

—Entonces empezarán mañana.

—Diría que estarán en plena producción hacia el mediodía.

—No podemos correr riesgos —comentó Den, inquieto—. ¿Puedes vigilar sus progresos e informarnos del mejor momento para intervenir?

—Sí.

—¿Te dejarán entrar en el taller?

—No, pero por eso mismo lo sabré. A veces charlo con el orfebre mientras trabaja. Hablamos de herramientas, metales y…

—¿Cómo lo sabrás? —lo interrumpió Den con impaciencia.

—Cuthbert solo cierra la puerta cuando viene Wynstan. Iré y preguntaré por Cuthbert. Si me prohíben la entrada, significará que se han puesto manos a la obra.

Den asintió con la cabeza, en la que asomaban las primeras canas.

—Está bien. Ven y avísame —decidió—. Estaremos preparados.

Esa noche Wynstan se paseó por la aldea y repartió una porción de tocino en cada casa.

Antes del desayuno del día siguiente, Cuthbert se dirigió al taller y encendió el fuego usando carbón vegetal, que alcanzaba mayor temperatura que la madera o el carbón mineral.

Wynstan se aseguró de que la puerta exterior del taller quedara cerrada y barrada y, a continuación, apostó a Cnebba junto a ella para que montara guardia. Finalmente le entregó a Cuthbert un cofre revestido en hierro y lleno de peniques de plata.

El orfebre tomó un crisol grande de arcilla y lo enterró en el carbón vegetal hasta el borde. A medida que se calentaba, adquiría el color rojo del sol al amanecer.

Juntó poco más de dos kilos de cobre, en forma de rodajas finas cortadas de un lingote cilíndrico, con el mismo peso en peniques de plata, lo mezcló todo concienzudamente y luego vertió el metal en el crisol. Avivó las llamas con un fuelle y empezó a remover la mezcla con una pala de pudelado a medida que se fundía. La madera se chamuscaba al contacto con el metal caliente, pero no afectaba a la aleación. El crisol de arcilla continuó cambiando de color y alcanzó el amarillo intenso del sol al mediodía. El metal fundido tenía el mismo tono, más oscuro.

Cuthbert dispuso diez moldes de arcilla sobre el banco de trabajo, uno detrás de otro. Cada uno contendría cerca de medio kilo de la mezcla fundida cuando estuvieran llenos hasta el borde, algo que Wynstan y Cuthbert habían determinado, hacía un tiempo, mediante ensayo y error.

Finalmente Cuthbert sacó el crisol del fuego ayudándose de unas tenazas de mango largo y vertió el contenido en los moldes de arcilla.

La primera vez que Wynstan había presenciado el proceso lo había hecho con congoja. La falsificación era un delito muy grave. Cualquier actuación que alterara la integridad de la moneda se consideraba una traición al rey. En teoría el castigo consistía en la amputación de una mano, pero podían imponerse penas peores.

Wynstan, arcediano por aquel entonces, había paseado nervioso por la colegiata mientras entraba y salía de la forja sin cesar para comprobar si se acercaba alguien. Tiempo después, comprendió que se había comportado como un hombre culpable, pero nadie se había atrevido a cuestionarlo.

Pronto comprendió que la mayoría de la gente prefería cerrar los ojos ante los delitos que cometían sus superiores dado que dicho conocimiento podía acarrearles problemas, suposición que Wynstan había decidido reforzar con regalos. A pesar del tiempo que había transcurrido, aún dudaba de que los aldeanos supieran lo que ocurría en la forja de Cuthbert cuatro veces al año.

Con todo, Wynstan esperaba no haberse vuelto descuidado, sino más seguro de sí mismo.

Cuando el metal se hubo enfriado y endurecido, Cuthbert volcó los moldes, que expulsaron unos discos gruesos de una aleación de cobre y plata. A continuación los martilleó para afinarlos y ensancharlos hasta que tuvieron el mismo tamaño que el amplio círculo que había dibujado con mucho cuidado en el banco, ayudado de un compás. Wynstan sabía que cada uno de esos discos proporcionaría doscientas cuarenta monedas negras.

Cuthbert había fabricado un molde del diámetro exacto de un penique que utilizó para recortar unos círculos lisos de la lámina de aleación, los cospeles. Acto seguido barrió los fragmentos que sobraban con sumo cuidado para volverlos a fundir.

En el banco había dispuestos tres pesados objetos de hierro de forma cilíndrica. Dos eran cuños, que Cuthbert había grabado con sumo esmero, con moldes para las dos caras de un penique del rey Etelredo. En el inferior, llamado pila, aparecía el busto del rey, visto de perfil, con la leyenda «Rey de Inglaterra» en latín. Cuthbert fijó la pila con firmeza en el alojamiento del yunque. El cuño superior, llamado troquel, tenía una cruz, además de la falsa atribución de «Acuñado por Elfwine en Shiring», también en latín. El diseño se había modificado el año anterior y ahora los brazos de la cruz eran más largos, un cambio que dificultaba la labor de los monederos falsos, lo cual había motivado la iniciativa del rey. En el otro extremo, el troquel tenía forma de seta de tantos martillazos. El tercer objeto era una virola, una abrazadera que mantenía los cuños superior e inferior perfectamente alineados.

Cuthbert colocó un cospel en la pila, deslizó la virola y encajó el troquel en esta hasta que descansó sobre el cospel. Una vez que estuvo todo listo, le asestó un golpe preciso con el martillo de hierro.

A continuación el orfebre levantó el troquel y retiró la virola. La cruz había quedado grabada en el reverso del cospel de metal. Entonces Cuthbert usó un cuchillo romo para extraer la moneda de la pila y le dio la vuelta para echar un vistazo al busto del rey del anverso.

La pieza aún no tenía el color apropiado ya que la aleación era marrón en lugar de plateada, pero existía una solución sencilla para ese problema. Con ayuda de las tenazas, Cuthbert calentó la moneda en el fuego y luego la sumergió en un cuenco que contenía vitriolo diluido. El ácido se comió todo el cobre de la superficie de la moneda ante la atenta mirada de Wynstan y dejó una especie de pátina de plata pura.

El obispo sonrió. «Dinero a cambio de nada», pensó. Pocas visiones lo complacían tanto.

Dos cosas lo hacían verdaderamente feliz: el dinero y el poder, aunque en realidad se trataban de lo mismo. Disfrutaba teniendo poder sobre los demás, algo que le concedía el dinero. Le resultaba imposible imaginar límites a su ambición. Era obispo, pero quería ser arzobispo, y cuando lo lograra, haría cuanto estuviera en su mano para llegar a secretario del rey, quizá incluso rey. Y, aun con eso, querría más dinero y poder. Al fin y al cabo, pensó, la vida era así, podías comer hasta hartarte por las noches y continuar hambriento a la hora del desayuno.

Cuthbert volvió a enterrar el crisol de arcilla en el fuego y lo rellenó con otra tanda de monedas reales y piezas de cobre mezcladas.

Mientras se fundía, golpeó de nuevo el troquel y extrajo otro penique.

—Nuevecito como la teta de una virgen —comentó Wynstan, satisfecho.

Cuthbert dejó caer el penique en el vitriolo.

Oyeron un ruido en el exterior.

Cuthbert y Wynstan se detuvieron y aguzaron el oído, guardando silencio.

—Largo de aquí —oyeron decir a Cnebba.

—He venido a ver a Cuthbert —contestó una voz joven y masculina.

—Es Edgar, el albañil —susurró el orfebre.

Wynstan se relajó.

—¿Para qué quieres a Cuthbert? —preguntó Cnebba.

—Para darle una anguila.

—Puedes dármela a mí.

—Puedo dársela al diablo también, pero es para Cuthbert.

—Cuthbert está ocupado. Venga, andando.

—Que tengáis un buen día también vos, amable señor.

—Perro insolente...

Esperaron en silencio, pero parecía que la conversación había terminado y Cuthbert retomó su tarea al cabo de un minuto. Aceleró el ritmo: colocaba los cospeles, golpeaba el troquel y extraía los peniques casi como un ayudante de cocina pelando guisantes. El maestro de ceca del rey, Elfwine de Shiring, con una cuadrilla de tres personas, podía producir cerca de setecientas monedas en una hora. Cuthbert lanzaba los peniques oscuros al ácido y soltaba el martillo cada pocos minutos para sacar las monedas recién plateadas.

Wynstan contemplaba el proceso fascinado, ajeno al paso del tiempo. Lo más difícil de todo, reflexionó con ironía, era gastar el dinero. Dado que el cobre no era tan pesado como la plata, las monedas falsas no podían usarse en transacciones tan grandes que se requiriera pesarlas. De ahí que Wynstan utilizara los peniques de Cuthbert en tabernas, burdeles y tugurios, donde los gastaba alegremente y sin mesura.

Miraba cómo Cuthbert extraía el crisol de metal fundido del carbón vegetal por segunda vez cuando un nuevo ruido en el exterior lo sacó de su ensoñación.

—¿Y ahora qué? —masculló, irritado.

En esta ocasión Cnebba empleó un tono distinto. Cuando había hablado con Edgar, se había mostrado desdeñoso; en esos momentos parecía asustado e intimidado, lo que hizo que Wynstan frunciera el ceño, intranquilo.

—¿Quiénes sois? —preguntó Cnebba con voz potente pero preocupada—. ¿De dónde habéis salido? ¿A qué viene sorprender a un hombre de esta manera?

—Por todos los santos, ¿quién es? —dijo Cuthbert, dejando el crisol en el banco de trabajo.

Alguien sacudió la puerta, pero estaba firmemente atrancada.

Wynstan oyó una voz que creyó reconocer:

—Hay otra entrada, a través de la casa principal.

¿De quién se trataba? El nombre le vino al instante: el hermano Aldred de la abadía de Shiring.

Recordó haberle dicho a su madre que no suponía ninguna amenaza.

—Haré que lo crucifiquen —masculló.

Cuthbert se había quedado inmóvil, paralizado por el miedo.

Wynstan miró rápidamente a su alrededor. Estaban rodeados de pruebas incriminatorias: metal adulterado, cuños ilegales y monedas falsificadas. Era imposible esconderlo todo, no podía ocultar un crisol al rojo vivo lleno de metal fundido en un cofre. La única esperanza era que las visitas no entraran en el taller.

Cruzó la puerta interior que conducía a la colegiata. Los clérigos y sus familias se repartían por la estancia; los hombres charlaban, las mujeres preparaban las verduras y los niños jugaban. Todos alzaron la vista, sobresaltados, cuando el obispo dio un portazo.

Un segundo después, el sheriff Den apareció en la entrada principal.

Se sostuvieron la mirada un momento. Wynstan estaba consternado, no daba crédito a lo que veía. Era evidente que Aldred lo había conducido hasta allí y solo podía haber un motivo para ello.

«Mi madre me advirtió y no la escuché», pensó.

—¡Sheriff Den! —lo saludó, tratando de recuperar la compostura—. Una visita sorpresa. Pasad y sentaos. ¿Os apetece cerveza?

Aldred entró detrás de Den y señaló la puerta que Wynstan tenía a su espalda.

—Esa es la del taller —dijo.

A continuación asomaron dos hombres armados que Wynstan conocía como Wigbert y Godwine.

Él contaba con cuatro hombres de armas. Cnebba custodiaba la puerta exterior del taller. Los otros tres habían pasado la noche en los establos. ¿Dónde estarían?

Sin embargo, Wigbert y Godwine no fueron los únicos hombres del sheriff que entraron en la colegiata, y entonces comprendió que no importaba dónde estuvieran los suyos, los otros los superaban ampliamente en número. Era probable que los malditos cobardes ya hubieran rendido las armas.

Aldred cruzó la sala con actitud decidida, pero Wynstan se plantó delante de la puerta del taller, impidiéndole el paso.

—Es ahí —informó Aldred a Den sin dejar de mirar a Wynstan.

—Haceos a un lado, mi señor obispo —le advirtió el sheriff.

Wynstan sabía que, en esos momentos, su posición era la única defensa que le quedaba.

—Abandonad este lugar —ordenó—, es la casa de los clérigos.

Den miró a los sacerdotes y a las familias que los rodeaban, atentos a la confrontación, en absoluto silencio.

—No parece una casa de clérigos —observó Den.

—Responderéis por esto ante el consejo comarcal —le advirtió Wynstan.

—Por eso no os preocupéis, sin duda acudiremos al consejo comarcal —replicó Den—. Ahora, apartaos.

Aldred colocó una mano en la puerta tras hacer a un lado a Wynstan, quien, furioso, le propinó un puñetazo en la cara con todas sus fuerzas. Aldred cayó de espaldas. A Wynstan le dolieron los nudillos, no estaba acostumbrado a pelear con los puños. Se frotó la mano derecha con la izquierda.

Den hizo una seña a los hombres de armas.

Wigbert se dirigió hacia Wynstan. El obispo lo superaba en tamaño, pero el capitán infundía mayor temor.

—¡Ni se os ocurra tocar a un obispo! —gritó Wynstan, fuera de sí—. La ira de Dios caerá sobre vosotros.

Los hombres vacilaron.

—Alguien tan depravado como él no puede hacer recaer la ira de Dios sobre nadie, ni aun siendo obispo.

El tono desdeñoso del sheriff sacó a Wynstan de sus casillas.

—Prendedlo —ordenó Den.

Wynstan hizo ademán de moverse, pero Wigbert fue más rápido. Antes de que consiguiera esquivarlo, Wigbert le echó mano, lo levantó del suelo y lo apartó de la puerta. Wynstan forcejeó en vano, los músculos de Wigbert eran como cabos de barco.

El obispo estaba tan rojo de ira como el metal incandescente del crisol de Cuthbert.

Aldred se apresuró a entrar en el taller con Den y Godwine a la zaga.

El capitán continuaba reteniéndolo y, por un momento, Wynstan sintió que lo abandonaban las fuerzas. La experiencia de sufrir aquel trato a manos de un oficial del sheriff lo había afectado. Wigbert relajó la presión ligeramente.

—Mirad esto: cobre para adulterar la plata, cuños para falsificar la moneda del rey y monedas recién acuñadas por todo el banco. Cuthbert, amigo mío, ¿cómo has acabado así? —oyó que decía Aldred.

—Me obligaron —respondió el orfebre—. Yo solo quería hacer ornamentos para la iglesia.

«Perro mentiroso, te morías de ganas por ponerte manos a la obra y te has llevado un buen pellizco», pensó Wynstan.

—¿Cuánto tiempo lleva ese vil obispo obligándote a adulterar las monedas del rey? —oyó que preguntaba Den.

—Cinco años.

—Bueno, pues se ha acabado.

Wynstan vio un río de monedas de plata cambiando de curso

y discurriendo lejos de él, y su ira se desbordó. Se zafó de Wigbert de un empujón repentino.

Aldred contemplaba atónito el sofisticado sistema de producción de moneda falsa en el que Cuthbert había convertido su banco de trabajo —el martillo y la cizalla, el crisol en el fuego, los cuños y los moldes, la pila de peniques falsos y relucientes— mientras se frotaba la cara en el lugar donde había impactado el puño de Wynstan, en la parte superior de la mejilla izquierda. Entonces oyó el rugido de rabia del obispo seguido de una maldición proferida por un sorprendido Wigbert. A continuación Wynstan irrumpió en el taller.

Estaba rojo de ira y tenía saliva en los labios, como los espumarajos de un caballo enfermo. El hombre gritaba obscenidades como un demente.

Aldred lo había visto enfadado, pero nunca de esa manera; parecía que había perdido todo control. Con un rugido de odio desmedido, se abalanzó sobre el sheriff Den, quien se estampó contra la pared, pillado por sorpresa. Con todo, Den, a quien Aldred suponía avezado en ese tipo de situaciones, levantó una pierna y lo rechazó con una fuerte patada lanzada al pecho del obispo, que retrocedió trastabillando.

Wynstan se volvió hacia Cuthbert, quien se alejó con gesto acobardado. A continuación cogió el yunque y lo volcó, esparciendo herramientas y monedas falsas.

El obispo se hizo con el martillo de hierro y lo alzó en alto. Aldred vio la sed de sangre en su mirada y por primera vez en la vida sintió que se encontraba en presencia del mismo diablo.

Godwine se dirigió hacia él con arrojo. Wynstan cambió de postura, llevó el brazo hacia atrás y lanzó el martillo contra el crisol de metal fundido que había en el banco de trabajo. La arcilla se hizo añicos y la aleación se desparramó.

Aldred vio que una salpicadura incandescente alcanzaba de pleno el rostro de Godwine. El alarido agónico y aterrado del hombretón enmudeció casi al instante. Seguidamente, algo golpeó la pierna de Aldred por debajo de la rodilla. Jamás en su vida había sentido un dolor semejante, y se desmayó.

Aldred recuperó el conocimiento entre alaridos, que prosiguieron durante unos minutos. Finalmente los gritos se convirtieron en gemidos. Alguien le dio a beber un vino fuerte, pero eso solo consiguió que se sintiera confuso y aterrado al mismo tiempo.

Cuando el pánico remitió por fin y fue capaz de concentrarse, se miró la pierna. Tenía un agujero en la pantorrilla del tamaño de un huevo de petirrojo y la carne estaba negra y quemada. Dolía como un demonio. Supuso que el metal fundido causante de la herida se había enfriado y había caído al suelo.

Una de las mujeres de los sacerdotes le llevó un ungüento para la quemadura, pero Aldred lo rechazó; a saber qué ingredientes de magia pagana contendría: sesos de murciélago, muérdago machacado o excrementos de mirlo. Vio a Edgar, este sí digno de su confianza, y le pidió que calentara un poco de vino, se lo echara en el agujero para limpiarlo y que luego buscara un trapo limpio.

Justo antes de desmayarse, Aldred había visto que una enorme salpicadura de metal fundido alcanzaba el rostro de Godwine. El sheriff Den le informó de que su hombre había fallecido, cosa que a Aldred no le extrañó. Una simple gotita le había perforado la pierna al instante; la cantidad que había alcanzado el rostro de Godwine debía de haberse abierto paso hasta el cerebro en segundos.

—He detenido a Degbert y a Cuthbert —comentó Den—. Permanecerán bajo mi custodia hasta el juicio.

—¿Y Wynstan?

—Tengo mis reservas en cuanto a su detención. No quiero que la Iglesia se me eche encima. En cualquier caso, tampoco creo que sea necesario hacerlo. Dudo que Wynstan huya, y en el caso de que lo haga, lo atraparé.

—Espero que tengáis razón. Lo conozco desde hace muchos

años y nunca lo había visto fuera de sí como hoy. Ha sobrepasado los límites de su perversión habitual. Parecía poseído.

—Lo que decís es cierto —convino Den—, nunca había visto tanta malevolencia. Aun así, no tenéis de qué preocuparos, lo hemos parado a tiempo.

22

Octubre de 998

Edgar sabía que habría consecuencias. Wynstan no aceptaría lo que había sucedido, sino que contraatacaría y se mostraría implacable con los responsables que osaron airear su delito. El miedo se instaló en su estómago en la forma imaginaria de un bulto pequeño y duro. ¿Hasta qué punto estaba en peligro?

Había desempeñado un papel importante, pero siempre de manera clandestina. No se había dejado ver durante la incursión en la colegiata, y no se presentó en esta hasta que el revuelo hubo amainado, junto con un grupo de lugareños curiosos. Estaba convencido de que Wynstan no había reparado en él.

Se equivocaba.

Ithamar, el secretario del obispo, de cara redonda y pelo rubio casi blanco, llegó a Dreng's Ferry una semana después del incidente y realizó un anuncio administrativo después de la misa: en ausencia de Debgert, el sacerdote de mayor edad que quedaba en la colegiata, el padre Derwin, había sido nombrado su deán interino. Un anuncio que difícilmente justificaba el viaje desde Shiring, cuando habría bastado con una carta.

A medida que los feligreses abandonaban la pequeña iglesia, Ithamar se acercó a Edgar, que se encontraba con su familia: Erman, Eadbald, Cwenburg y Winnie, la pequeña de seis meses. El secretario no perdió el tiempo en charlas triviales.

—Eres amigo del hermano Aldred, de la abadía de Shiring —le espetó sin más.

¿Era esa la verdadera razón del viaje de Ithamar? Edgar sintió un escalofrío de miedo.

—No sé por qué lo decís.

—Porque lo eres, idiota —intervino Erman torpemente.

Edgar le habría estampado un puñetazo en la cara.

—No están hablando contigo, Erman, así que cierra esa bocaza. —Se volvió hacia el secretario—: Conozco al monje, así es.

—Le limpiaste la herida después de que se quemara.

—Como lo hubiera hecho cualquiera. ¿Por qué lo preguntáis?

—Te han visto con Aldred en Dreng's Ferry, en Shiring y en Combe. Y yo también te he visto acompañarlo en Outhenham.

Lo único que Ithamar decía era que Edgar conocía a Aldred, pero no parecía saber que, en realidad, había sido su espía. Por lo tanto, ¿a qué venía aquello? Decidió preguntárselo abiertamente:

—¿Adónde queréis ir a parar, Ithamar?

—¿Serás uno de sus cojuradores?

Así que se trataba de eso: la misión del secretario consistía en averiguar quiénes iban a ser los cojuradores de Aldred. Edgar se sintió aliviado; podría haber sido mucho peor.

—No me lo han solicitado.

Lo cual era cierto, si bien no del todo sincero. Edgar creía que acabarían pidiéndoselo. Que el cojurador poseyera conocimiento personal de los hechos que se determinaban añadía peso a su juramento, y Edgar se encontraba en el taller y había visto los metales, los cuños y las monedas recién acuñadas, de manera que su testimonio ayudaría a Aldred... y perjudicaría a Wynstan.

E Ithamar lo sabía.

—Ten por seguro que te lo solicitarán —repuso el secretario, cuyo rostro adoptó un gesto malevolente—. Y cuando eso ocurra, te recomiendo que rehúses.

—Edgar, tiene razón —intervino Erman de nuevo—. La gente como nosotros tendríamos que mantenernos al margen de las disputas de los sacerdotes.

—Un hombre sensato, tu hermano —observó Ithamar.

—Muchas gracias a ambos por vuestros consejos —dijo Edgar—, pero el caso es que no se me ha solicitado que acuda al juicio del obispo Wynstan.

La respuesta no pareció satisfacer a Ithamar.

—Recuerda que el deán Degbert es tu señor —le advirtió, apuntándolo con un dedo.

Edgar lo miró perplejo. No esperaba que lo amenazaran.

—¿Qué queréis decir con eso… —se acercó a Ithamar—, exactamente?

El joven secretario pareció intimidado y retrocedió, pero adoptó una actitud beligerante:

—Los aparceros deben fortalecer la Iglesia, no debilitarla.

—Yo jamás debilitaría la Iglesia. Por ejemplo, yo nunca acuñaría monedas falsas en una colegiata.

—No te hagas el listo conmigo. Te lo advierto: si ofendes a tu señor, te echará de la granja.

—¡Que Dios nos ampare! —exclamó Erman—. No podemos perder la granja justo ahora que las cosas empezaban a enderezarse; escucha a este buen hombre, no seas necio.

Edgar miró a Ithamar con incredulidad.

—Nos encontramos en una iglesia y acabáis de celebrar una misa —dijo—. Estamos rodeados de ángeles y santos, invisibles, pero reales, y todos saben lo que estáis haciendo. Intentáis evitar que se sepa la verdad y protegéis a un hombre malvado para que no se enfrente a las consecuencias de sus delitos. ¿Qué creéis que susurran los ángeles entre ellos ahora mismo mientras contemplan cómo cometéis esos pecados, con el vino del sacramento todavía en vuestros labios?

—¡Edgar, el sacerdote es él, no tú! —protestó Eadbald.

Ithamar palideció y lo meditó un momento, tratando de encontrar una respuesta.

—Protejo a la Iglesia y los ángeles lo saben —contestó, aunque daba la impresión de que no creía en sus palabras—. Y harías bien en hacer lo mismo, salvo que desees conocer la ira del clero divino.

—Haz lo que dice, Edgar —le suplicó Erman con un dejo de desesperación en la voz—, o nos encontraremos de nuevo como hace quince meses, sin un techo y en la indigencia.

—Lo sé muy bien —le espetó Edgar con sequedad.

Empezaba a sentirse apabullado, acosado por las inseguridades, y no deseaba exteriorizarlo.

—Dinos que no testificarás, Edgar, por favor —insistió Eadbald.

—Piensa en mi hija —le suplicó Cwenburg.

—Escucha a tu familia, Edgar —le recomendó Ithamar antes de dar media vuelta y alejarse con el aire de alguien convencido de haber hecho cuanto estaba en su mano.

Edgar se preguntó qué diría su madre. Necesitaba que lo aconsejara. Los demás no eran de ayuda.

—¿Por qué no volvéis a la granja? Ya os alcanzaré.

—¿Qué vas a hacer? —preguntó Erman con recelo.

—Voy a hablar con madre —contestó Edgar, y se alejó.

Salió de la iglesia y atravesó el cementerio hasta el lugar donde descansaba su madre. La hierba que cubría la tumba era reciente y de un verde intenso. Edgar se detuvo al pie de la sepultura y unió las manos en actitud de oración.

—No sé qué hacer, madre.

Cerró los ojos e imaginó que estaba viva, junto a él, escuchándolo con atención.

—Si presto juramento, nos echarán de la granja.

Sabía que no podía responderle. Sin embargo, la llevaba en su memoria y su espíritu debía de hallarse cerca, de manera que podía hablar con él en su imaginación, solo tenía que abrir la mente.

—Justo ahora que empezábamos a poder permitirnos algo más —prosiguió—. A tener dinero para mantas, calzado y carne. Erman y Eadbald han trabajado duro, merecen una recompensa.

Sabía que su madre estaría de acuerdo.

—Pero si cedo ante Ithamar, estaré ayudando a un obispo indigno a eludir la justicia. Wynstan seguirá adelante como hasta ahora. Sé que no querrías que participara en algo así.

Pensó que lo había expuesto de manera sencilla y sin rodeos.

En su cabeza, su madre contestó con claridad: «La familia es lo primero. Cuida de tus hermanos».

—Entonces me negaré a ayudar a Aldred.

«Sí.»

Edgar abrió los ojos.

—Sabía que dirías eso.

Dio media vuelta para marcharse, pero su madre volvió a hablar en ese momento:

«O podrías demostrar lo listo que eres.»

—¿Cómo?

No hubo respuesta.

—¿Cómo quieres que lo demuestre? —insistió.

Pero su madre no contestó.

El conde Wilwulf realizó una visita a la abadía de Shiring.

Un novicio jadeante se presentó en el *scriptorium* en busca de Aldred.

—¡El conde está aquí!

El miedo asaltó a Aldred por un momento.

—¡Y ha preguntado por el abad Osmund y por ti! —añadió el novicio.

Aldred llevaba en la abadía desde que el padre de Wilwulf era conde, y no recordaba que ninguno de los dos hubiera pisado jamás el monasterio. Debía de tratarse de algo serio. Esperó un momento hasta que recuperó el pulso y la respiración normales.

Sospechaba qué había suscitado esa visita inusitada. En la comarca, y quizá en todo el oeste de Inglaterra, solo se hablaba de la incursión del sheriff en la colegiata de Dreng's Ferry. Y atacar a Wynstan significaba una afrenta personal para Wilwulf, su hermano.

Desde el punto de vista de Wilwulf, era probable que Aldred fuera el causante de todos los problemas.

Como todos los hombres poderosos, Wilwulf era capaz de

cualquier cosa con tal de conservar el poder, pero ¿se atrevería a amenazar a un monje?

Un *ealdorman* debía ser considerado un juez justo si deseaba conservar su autoridad moral y, por lo tanto, conseguir que todo el mundo acatara sus decisiones, uno de los mayores problemas a los que se enfrentaban los nobles de su misma condición. Podían utilizar su escolta personal, compuesta por hombres de armas, para castigar alguna desobediencia menor, de la misma manera que podían reunir un ejército —si bien a costa de grandes trastornos y dispendios— a fin de luchar contra los vikingos u hostigar a los galeses, pero no era tan sencillo enfrentarse a la desobediencia soterrada de quienes dejaban de confiar en sus señores. Debían ser respetados. A pesar de todo, ¿Wilwulf estaba dispuesto a atacar a Aldred?

El monje sintió náuseas y tragó saliva. Cuando empezó a investigar a Wynstan, sabía que trataría con gente despiadada y se había convencido de que era su deber. Sin embargo, era sencillo asumir riesgos en un plano teórico. Había llegado el momento de afrontar la realidad.

Subió la escalera con paso renqueante. La pierna aún le dolía, sobre todo cuando caminaba. El metal fundido era peor que un cuchillo clavándose en la carne.

Wilwulf no era de la clase de personas a las que podía hacerse esperar en la puerta y ya se encontraba en la habitación de Osmund. Envuelto en su manto amarillo, su presencia mundana y estridente destacaba en un monasterio donde dominaba el gris y el blanco. Estaba al pie de la cama y había adoptado la clásica postura agresiva, con las piernas separadas y los brazos en jarras.

El abad aún seguía en la cama. El hombre, con aspecto atemorizado, estaba incorporándose, tocado con su gorro de dormir.

Aldred se condujo con mayor seguridad de la que sentía.

—Buen día tengáis, conde —lo saludó con gesto resuelto.

—Adelante, monje —lo invitó Wilwulf como si estuviera en su casa y el abad y Aldred fueran los recién llegados—. Veo que mi hermano os ha puesto un ojo a la funerala.

—No os preocupéis —contestó Aldred con una nota deliberada de condescendencia—. Si el obispo Wynstan confiesa e implora perdón, Dios se apiadará de él por su violenta actuación, tan poco cristiana.

—¡Lo provocaron!

—Esas excusas no le valen a Dios, mi señor. Jesús nos dijo que pusiéramos la otra mejilla.

Wilwulf gruñó exasperado y cambió de postura.

—Estoy muy disgustado por lo que ocurrió en Dreng's Ferry.

—Yo también, ¡un delito tan deleznable contra la Corona! —exclamó Aldred, pasando a la ofensiva—. Por no mencionar el asesinato de Godwine, el lugarteniente del sheriff.

—Guarda silencio, Aldred —le pidió Osmund con voz temerosa—, deja que hable el conde.

La puerta se abrió y entró Hildred.

—No te he hecho llamar —dijo Wilwulf, irritado por ambas interrupciones—. ¿Quién eres?

—Es Hildred, el tesorero. Me sustituye mientras me repongo de mi enfermedad —aclaró Osmund—. Debería oír lo que tengáis que decir.

—Muy bien. —Wilwulf retomó la conversación donde la habían dejado—: Se ha cometido un delito, un acto vergonzoso —admitió—, pero ahora la cuestión es qué debe hacerse a continuación.

—Justicia —intervino Aldred—. Obviamente.

—Vos callad —le espetó Wilwulf.

—Aldred, solo estás empeorando las cosas para ti —le imploró Osmund.

—¿Qué estoy empeorando? —replicó Aldred, indignado—. No soy yo quien tiene problemas, yo no he acuñado moneda real. Eso lo hizo el hermano de Wilwulf.

Este comprendió que se adentraba en terreno pantanoso.

—No he venido a hablar del pasado —dijo de manera evasiva—. La cuestión, como he dicho hace un momento, es qué debe hacerse a continuación. —Se volvió hacia Aldred—. Y no volváis a decir «justicia» u os agarraré por el cuello esmirriado y os arrancaré esa cabeza monda.

Aldred guardó silencio. Estaba de más decir que, como poco, resultaba impropio de un noble que amenazara con ejercer la violencia con sus propias manos sobre un monje.

Wilwulf reparó en su comportamiento poco digno y cambió de tono.

—Nuestro deber, abad Osmund —dijo, poniéndolos a ambos a la misma altura para adular al hombre—, es asegurarnos de que este incidente no dañe ni a la Iglesia ni la autoridad de la nobleza.

—Así es —convino Osmund.

Aldred pensó que aquello no presagiaba nada bueno. Wilwulf haciendo uso de la intimidación era lo normal; Wilwulf tratando de resultar conciliador resultaba siniestro.

—Ya no existe la posibilidad de acuñar monedas falsas. El sheriff ha confiscado los cuños. ¿Qué necesidad hay de celebrar un juicio?

Aldred reprimió un grito. La desfachatez lo dejó pasmado. ¿Que no se celebrara un juicio? Era indignante.

—Lo único que se conseguirá con un juicio es exponer a la deshonra a todo un señor obispo, que también es mi medio hermano. Pensad si no sería mucho mejor que no se volviera a oír ni una palabra del asunto.

«Mejor para el mal bicho de vuestro hermano», pensó Aldred.

—Ya veo lo que queréis decir, conde —contestó el abad sin comprometerse a nada.

—Malgastáis vuestra saliva, Wilwulf —intervino Aldred—. Tanto da lo que digamos, el sheriff jamás aceptará vuestra propuesta.

—No digo que no, pero quizá podría disuadírsele si le retiráis vuestro apoyo —contestó Wilwulf.

—¿A qué os referís exactamente?

—Supongo que querrá que seáis uno de sus cojuradores. Os pido que rehuséis… por el bien de la Iglesia y de la nobleza.

—Es mi deber decir la verdad.

—Hay ocasiones en que es mejor callarla. Eso lo saben hasta los monjes.

—Aldred, el conde lleva mucha razón en lo que dice —afirmó Osmund con voz suplicante.

Aldred respiró hondo.

—Imaginad que Wynstan y Degbert fueran sacerdotes entregados y abnegados que hubieran dedicado su vida al servicio de Dios y se abstuvieran de los deseos de la carne, pero hubieran cometido una tonta equivocación que amenazara con poner fin a sus carreras. Sí, en ese caso cabría debatir si el castigo podría resultar más perjudicial que beneficioso. Pero no son esa clase de sacerdotes, ¿verdad? —Aldred hizo una pausa, como si esperara a que Wilwulf respondiera, pero el conde se mostró prudente y no dijo nada. Aldred prosiguió—: Wynstan y Degbert gastaban el dinero de la Iglesia en tabernas, tugurios y burdeles, y lo sabe muchísima gente. Si mañana los expulsaran del sacerdocio, los mayores beneficiados serían la Iglesia y la autoridad de la nobleza.

—No os conviene tenerme de enemigo, hermano Aldred —le advirtió Wilwulf con gesto enfadado.

—No es ese mi deseo —contestó Aldred, con más sinceridad de la que podía parecer.

—Entonces haced lo que he dicho y retirad vuestro apoyo.

—No.

—Tómate un tiempo para pensarlo, Aldred —le recomendó Osmund.

—No.

—¿No te someterás a la autoridad, como es el deber de todo monje, y mostrarás obediencia a tu abad? —preguntó Hildred, interviniendo por primera vez.

—No —repitió Aldred.

Ragna estaba embarazada.

Todavía no se lo había contado a nadie, pero estaba segura. Era probable que Cat lo sospechara, pero no lo sabía nadie más.

Se guardaría para ella el secreto de la nueva vida que crecía en su interior. Eso era en lo que iba pensando mientras daba vueltas por el recinto ordenando a sus habitantes que limpiaran, recogieran y llevaran a cabo las reparaciones necesarias, ocupándose del hogar, asegurándose de que Wilf no tuviera que preocuparse de nada.

Sabía que contarlo demasiado pronto traía mala suerte. Muchos embarazos acababan en abortos espontáneos. En los seis años que transcurrieron entre su nacimiento y el de su hermano, su madre había sufrido varios. Ragna no lo anunciaría hasta que el bulto fuera demasiado evidente para ocultarlo entre los pliegues del vestido.

Estaba emocionada. A diferencia de muchas chicas, ella nunca había fantaseado con tener hijos, pero ahora que iba a ocurrir, descubrió que anhelaba amar y estrechar entre sus brazos una pequeña vida.

También la satisfacía cumplir con su papel en la sociedad inglesa. Era una noble casada con un noble y tenía el deber de engendrar herederos, cosa que desalentaría a sus enemigos y fortalecería su vínculo con Wilf.

Y estaba asustada. Parir era peligroso y doloroso, todo el mundo lo sabía. Cuando una mujer moría siendo joven solía deberse a un parto difícil. Ragna tendría a Cat a su lado, pero Cat nunca había dado a luz. Cómo le habría gustado que su madre estuviera allí. No obstante, en Shiring tenían una buena comadrona. Ragna la había visto una vez, una mujer de cabello gris, reposada y conocedora de su oficio, llamada Hildithryth, aunque todo el mundo se dirigía a ella como Hildi.

Entretanto, disfrutaba viendo que los pecados de Wynstan por fin salían a relucir. Sin duda, acuñar monedas falsas solo era un delito más de los muchos que había cometido, pero al menos lo habían puesto al descubierto y esperaba que se le aplicara un castigo severo. Puede que la experiencia minara la arrogancia del obispo. Felicitaba a Aldred para sus adentros por haberlo desenmascarado.

Sería el primer juicio de importancia al que asistiría en Inglaterra y estaba impaciente por aprender más sobre el sistema jurídico del país. Sabía que sería distinto del de Normandía. En su nuevo hogar no se aplicaba la máxima bíblica del ojo por ojo y diente por diente. Por lo general el castigo por asesinato consistía en una multa o caloña, que el autor debía pagar a la familia de la víctima, y variaba según el patrimonio y el estatus del fallecido: sesenta libras de plata si se trataba de un barón; diez en el caso de un campesino normal y corriente.

La visita de Edgar le ofreció la oportunidad de continuar aprendiendo. Ragna estaba separando manzanas en una mesa, apartando las magulladas, que no aguantarían todo el invierno, para enseñarle a Gilda, la cocinera, a hacer la mejor sidra, cuando vio que Edgar entraba por la puerta principal y atravesaba el recinto, una figura fornida de paso decidido.

—Qué cambiada estás —comentó con una sonrisa en cuanto la vio—. ¿Qué ha pasado?

Por descontado, Edgar era muy observador, sobre todo en lo referente a las formas.

—Demasiada miel inglesa —contestó Ragna. Era cierto, tenía hambre a todas horas.

—Te sienta bien. —Recordando sus modales, volvió al tratamiento respetuoso y añadió—: Si me permitís decirlo, mi señora.

Se colocó frente a ella, en el otro lado de la mesa, y la ayudó a seleccionar las manzanas, tendiéndole las buenas con delicadeza y arrojando las malas a un barril. Ragna creyó intuir que le preocupaba algo.

—¿Dreng te ha enviado a comprar suministros?

—Ya no soy sirviente de Dreng. Me echaron.

Ragna pensó que tal vez quería trabajar para ella. La idea le gustó.

—¿Por qué?

—Cuando le devolvieron a Blod, le pegó tal paliza que creí que iba a matarla, e intervine.

Edgar siempre trataba de hacer lo correcto, se dijo Ragna. Aunque ¿no se habría metido en un lío por ello?

—¿Puedes volver a la granja? —Tal vez esa era la razón por la que había acudido a ella—. Según recuerdo, no producía mucho.

—No, no mucho, pero construí un estanque de peces y ahora tenemos suficiente para comer y algún sobrante para vender.

—¿Y Blod está bien?

—No lo sé. Le dije a Dreng que lo mataría si volvía a hacerle daño. Quizá ahora se lo piense dos veces antes de pegarle.

—¿Sabes que quise comprarla a fin de librarla de él? Pero Wynstan lo desautorizó.

Edgar asintió.

—Hablando de Wynstan...

Ragna vio que se había puesto tenso y adivinó que estaba a punto de revelarle el verdadero motivo de la visita.

—¿Sí?

—Ha enviado a Ithamar a amenazarme.

—¿Cómo?

—Si testifico en el juicio, echarán a mi familia de la granja.

—¿Con qué motivo?

—La Iglesia necesita aparceros que trabajen las tierras y mantengan al clero.

—Eso es indignante. ¿Qué vas a hacer?

—Quiero hacerle frente a Wynstan y testificar a favor de Aldred, pero mi familia necesita una granja. Ahora tengo una cuñada y una sobrina, además de mis hermanos.

Ragna vio que tenía el corazón dividido y se compadeció de él.

—Lo entiendo.

—Por eso acudo a vos. Supongo que en el valle de Outhen no es raro que queden granjas disponibles.

—Varias veces al año. Por lo general se hace cargo un hijo o un yerno, pero no siempre.

—Si supiera que puedo contar con que le concederíais una granja a mi familia, sería uno de los cojuradores de Aldred y me enfrentaría a Wynstan.

—Te daré una granja si os echan de la vuestra —contestó Ragna sin vacilar—. Por descontado.

Vio que los hombros de Edgar se vencían de alivio.

—Gracias. No sabéis cuánto…

Para sorpresa de Ragna, los ojos color avellana de Edgar se anegaron de lágrimas.

Alargó la mano por encima de la mesa para tomarle la suya.

—Puedes contar conmigo —le aseguró.

Le sostuvo la mano un poco más y luego la soltó.

Hildred tendió una emboscada a Aldred en la reunión capitular.

El capítulo era la hora del día en que los monjes recordaban sus orígenes democráticos. Todos eran hermanos, iguales ante los ojos del Señor e iguales en la dirección y funcionamiento de la abadía, algo que entraba en conflicto directo con su voto de obediencia, por lo que ningún principio se observaba por completo. En el día a día los monjes hacían lo que decía el abad, pero en el capítulo se sentaban en círculo y decidían importantes cuestiones de principios como iguales, entre ellas la elección del nuevo abad cuando el anterior fallecía. Si no se alcanzaba un consenso, se celebraba una votación.

Hildred empezó diciendo que debía presentar ante los monjes una cuestión que lo afligía tanto a él como al pobre abad Osmund, que continuaba postrado en su lecho de convaleciente. A continuación relató la visita de Wilwulf. Mientras Hildred explicaba lo ocurrido, Aldred paseaba la mirada entre los rostros de los monjes. Los mayores no parecían sorprendidos, por lo que dedujo que Hildred se había asegurado su apoyo de antemano. Los jóvenes, en cambio, parecían sorprendidos y escandalizados. Hildred no los había advertido por miedo a que ofrecieran a Aldred la oportunidad de preparar su defensa.

El vicario finalizó diciendo que lo había sacado a colación durante el capítulo porque la participación de Aldred en la investigación sobre Wynstan y el juicio consiguiente eran cuestiones de principios.

—¿Para qué está la abadía? —apuntó—. ¿Cuál es nuestra misión? ¿Estamos aquí para intervenir en las luchas de poder entre la nobleza y el alto clero? ¿O es nuestro deber apartarnos del mundo y rendir culto al Señor en paz, ajenos a las tormentas de la vida terrenal que nos rodean? El abad ha pedido a Aldred que no tome parte en el juicio y Aldred se ha negado. Creo que los hermanos aquí reunidos tenemos derecho a considerar cuál es la voluntad de Dios para con nuestro monasterio.

Aldred vio que había cierto grado de consenso entre los presentes. Incluso quienes no habían sido asaltados previamente por Hildred pensaban que los monjes no debían involucrarse en política. Casi todos preferían a Aldred antes que a Hildred, pero también les gustaba vivir tranquilos.

Esperaban que hablara. Aldred se dijo que aquello parecía un combate entre gladiadores. Hildred y él eran los dos monjes prominentes por debajo del abad y tarde o temprano uno de los dos ocuparía el lugar de Osmund. Ese debate podía influir en la batalla final.

Expondría su punto de vista, pero temía que muchos monjes ya hubieran tomado una decisión. Puede que no bastara con la racionalidad.

Finalmente optó por elevar la apuesta.

—Coincido con gran parte de lo que ha dicho el hermano Hildred —empezó. En un debate, siempre era aconsejable mostrar respeto por el oponente, a la gente no le gustaba la antipatía—. Desde luego se trata de una cuestión de principios, de la función que los monjes desempeñan en el mundo. Y me consta que Hildred muestra una preocupación sincera por nuestra abadía. —Estaba siendo sumamente generoso y decidió que era suficiente—. Sin embargo, permitidme exponer un punto de vista un tanto distinto.

La sala guardó silencio, todos esperaban expectantes sus siguientes palabras.

—Los monjes deben preocuparse tanto por este mundo como por el próximo. Se nos dice que acumulemos tesoros en el cielo, pero lo hacemos mediante las buenas obras que realizamos en la

tierra. Vivimos en un mundo dominado por la crueldad, la ignorancia y el dolor, pero lo mejoramos. Cuando el mal actúa ante
nuestros ojos, no podemos guardar silencio. O al menos… yo no
puedo.

Realizó una pausa melodramática.

—Se me ha solicitado que no comparezca en el juicio. Me he
negado. Para mí no se trata de la voluntad de Dios. Hermanos,
os pido que respetéis mi decisión, pero si decidís expulsarme de
esta abadía, entonces habré de partir. —Miró a su alrededor—.
Para mí sería un triste día.

Estaban conmocionados. No esperaban que convirtiera su
discurso en una dimisión. Nadie quería llegar a ese extremo…
salvo Hildred, quizá.

Esta vez el silencio se prolongó. Lo que Aldred necesitaba era
que uno de sus amigos propusiera una solución intermedia, pero
no había tenido tiempo de acordarla de antemano, de manera que
debía confiar en que se les ocurriera algo por sí mismos.

Al final fue el hermano Godleof, el antiguo pastor de vacas,
taciturno y parco en palabras, quien pareció encontrar la salida.

—No es necesario expulsar a nadie —expuso con su característica brevedad—. Nadie debería verse obligado a hacer lo que
cree que está mal.

—¿Y qué me dices de tu voto de obediencia? —protestó Hildred, indignado.

Puede que Godleof fuese lacónico, pero no carecía de inteligencia y Hildred no le hacía sombra en una discusión.

—Hay límites —contestó.

Aldred vio que muchos monjes coincidían con Godleof. Su
obediencia no era absoluta. Notó que el viento comenzaba a soplar a su favor.

Para sorpresa de Aldred, su compañero de *scriptorium*, el viejo amanuense Tatwine, alzó la mano. Aldred no recordaba que
hubiera hablado nunca durante el capítulo.

—No he abandonado los límites de esta abadía en veintitrés
años —dijo Tatwine—, pero Aldred ha estado en Jumièges. ¡Ni

siquiera está en Inglaterra! Y trajo con él volúmenes maravillosos, libros que nunca antes había visto. Maravillosos. Hay muchas maneras de ser monje. —Sonrió y asintió, como si se diera la razón a sí mismo—. Muchas maneras.

A los más ancianos los conmovió su intervención, sobre todo por lo inusual. Y Tatwine trabajaba con Aldred a diario, eso hacía que su opinión tuviera más peso.

Hildred sabía que lo habían vencido y no sometió la cuestión a votación.

—Si el capítulo está dispuesto a disculpar la desobediencia de Aldred, en ese caso estoy convencido de que el abad Osmund no insistirá en la cuestión —concluyó, tratando de ocultar su contrariedad bajo una máscara de tolerancia.

La mayoría de los monjes asintieron a modo de aprobación.

—Bien, continuemos adelante —prosiguió Hildred—. Tengo entendido que se ha presentado una queja acerca de que el pan está mohoso...

El día anterior al juicio Aldred y Den compartieron una cerveza mientras repasaban las posibilidades que tenían.

—Wynstan ha hecho todo cuanto ha podido para desalentar a nuestros cojuradores, pero no creo que haya tenido éxito.

Aldred asintió.

—Ha enviado a Ithamar a amenazar a Edgar con expulsarlo de las tierras, pero Edgar ha convencido a Ragna para que le prometiera una granja en caso de ser necesario, así que no hay que preocuparse por él.

—Y entiendo que os impusisteis en el capítulo.

—Wilwulf intentó intimidar al abad Osmund, pero al final el capítulo me respaldó. Por poco.

—Wynstan no cuenta con demasiados afectos entre la comunidad religiosa, los desprestigia a todos.

—El caso ha despertado mucho interés, y no solo en Shiring. Estarán presentes varios obispos y abades, y creo que nos apoyarán.

Den le ofreció más cerveza. Aldred rehusó, pero Den volvió a servirse.

—¿Cuál será el castigo de Wynstan? —preguntó Aldred.

—Según una ley, al falsificador debe amputársele una mano, que se clavará sobre la puerta de la ceca. Pero otra prescribe la pena de muerte para aquellos monederos falsos que trabajen en los bosques, lo que incluiría Dreng's Ferry. Además, los jueces no siempre consultan los libros de leyes. A menudo hacen lo que les place, sobre todo hombres como Wilwulf. Pero primero hay que conseguir que declaren culpable a Wynstan.

Aldred frunció el ceño.

—No veo por qué razón el tribunal no habría de condenarlo. El año pasado, el rey Etelredo hizo prestar juramento a todos los condes, además de a sus doce potentados más destacados. Tuvieron que prometer que no ocultarían a un culpable.

Den se encogió de hombros.

—Wilwulf romperá el juramento. Y Wigelm también.

—Los obispos y los abades mantendrán el suyo.

—Y no hay razón para que otros barones, sin relación con Wilwulf, pongan sus almas inmortales en peligro a fin de salvar a Wynstan.

—Será lo que Dios quiera —concluyó Aldred.

23

1 de noviembre de 998

Durante el oficio de maitines, antes del alba, Aldred estuvo distraído. Intentó concentrarse en las oraciones y su significado, pero solo podía pensar en Wynstan. Aldred se había enfrentado a una bestia del tamaño de un león, y si no acababa con ella, entonces la bestia acabaría con él. Un juicio fallido ese día implicaría una catástrofe. La venganza de Wynstan sería atroz.

Los monjes regresaron a la cama tras los maitines, pero pronto volvieron a levantarse para los laudes. Cruzaron el patio en pleno frío del mes de noviembre y entraron en la iglesia tiritando.

A Aldred le pareció que cada uno de los himnos, de los salmos y de las lecturas sagradas contenía algo que le recordaba al juicio. Uno de los salmos del día fue el número siete, y Aldred entonó las palabras con vehemencia: «Sálvame de todos los que me persiguen, y líbrame, no sea que desgarren mi alma cual león».

Comió poco durante el desayuno, pero apuró el vaso de cerveza y le habría gustado tomar más. Antes del oficio de tercia, que trataba sobre la crucifixión, el sheriff Den llamó a la puerta de la abadía, y Aldred se puso la capa y salió a abrir. Den iba acompañado de un criado que llevaba una cesta.

—Está todo aquí —dijo—, los cuños, el metal adulterado y las monedas falsas.

—Bien.

Tener pruebas materiales podría resultar importante, sobre

todo si había alguien dispuesto a asegurar su autenticidad bajo juramento.

Se dirigieron al recinto del conde, donde Wilwulf solía dar audiencia delante del gran salón. Sin embargo, cuando pasaron frente a la catedral, Ithamar los detuvo.

—El juicio se celebrará aquí —dijo con aire de suficiencia—, en la puerta oeste de la iglesia.

—¿Quién lo ha decidido? —preguntó Den, indignado.

—El conde Wilwulf, por supuesto.

Den se volvió hacia Aldred.

—Esto es cosa de Wynstan.

Aldred asintió.

—Lo hace para recordarle a todo el mundo su elevada posición social como obispo. Les resultará difícil declararlo culpable delante de la catedral.

Den miró a Ithamar.

—Aun así es culpable, y podemos demostrarlo.

—Es el representante de Dios en la tierra —repuso Ithamar, y se alejó.

—Puede que esta maniobra no sea del todo mala —dijo Aldred—. Es probable que acudan más vecinos a presenciar el juicio, y se postularán en contra de Wynstan. Todo aquel que interfiere en el curso monetario se gana enemigos, porque al final son los mercaderes los que acaban con el dinero falso en el bolsillo.

Den pareció vacilar:

—No creo que la opinión de la gente cuente demasiado.

Aldred temió que tuviera razón.

Los habitantes de la ciudad empezaron a congregarse. Los primeros en llegar se aseguraban los lugares con mejor vista. La gente mostraba curiosidad por el contenido de la cesta de Den, y Aldred le propuso que les dejara mirar.

—Tal vez Wynstan os impida enseñar las pruebas durante el proceso —dijo—. Es mejor que la gente lo vea de antemano.

Un grupo se apiñó a su alrededor, y Den respondió a sus preguntas. Todos habían oído hablar de la falsificación de moneda, pero el hecho de ver los cuños de alta precisión, las monedas de imitación perfecta y el gran bloque de frío metal hizo que todo cobrara mayor realismo, y los allí reunidos volvieron a experimentar una profunda conmoción.

En ese momento Wigbert, el capitán de los hombres del sheriff, apareció con los dos prisioneros, Cuthbert y Degbert, ambos maniatados y con los tobillos sujetos el uno al otro por una cuerda de modo que no pudieran echar a correr y escapar.

Llegó un criado que llevaba el sitial del conde con su lujoso tapizado rojo y lo colocó justo enfrente de la gran puerta de roble. A continuación un clérigo situó una mesita junto al asiento y encima depositó un relicario, un recipiente de plata grabada que contenía las reliquias de un santo, sobre el cual podía prestarse juramento.

La multitud iba en aumento y el ambiente se fue cargando del olor hediondo de los cuerpos sin lavar. Pronto se oyó el tañido de la campana desde la torre anunciando el juicio, y los próceres de la región —los *thanes* y los clérigos de mayor jerarquía— llegaron y se apostaron alrededor del asiento del conde, aún desocupado, lo que obligó a las personas corrientes a apartarse. Aldred le dedicó una reverencia a Ragna cuando esta hizo acto de presencia y, con una inclinación de cabeza, saludó a Edgar, que la acompañaba.

A medida que los estridentes toques de la campana se fueron apagando, un coro empezó a cantar un himno en el interior de la iglesia. Den estaba furioso.

—¡Esto es un juicio, no una misa! —exclamó—. ¿Qué es lo que pretende Wynstan?

Aldred sabía perfectamente lo que Wynstan pretendía. Al instante siguiente, el obispo apareció por la gran puerta oeste del templo. Llevaba una sotana bordada con escenas bíblicas y una mitra alta de forma cónica adornada con un ribete de pieles. Hacía todo lo posible para que al pueblo le resultara difícil verlo como a un criminal.

Wynstan se acercó hasta el sitial del conde y permaneció de

pie junto a él, con los ojos cerrados y las manos entrelazadas en señal de oración.

—Esto es vergonzoso —soltó Den, irritado.

—No le saldrá bien —comentó Aldred—. La gente lo conoce demasiado.

Por fin llegó Wilwulf acompañado de un gran grupo de hombres de armas. Aldred se preguntó por un instante a qué venía una escolta tan numerosa. La multitud guardó silencio. En algún lugar se oía un martillo golpeando el hierro; al parecer, un herrero ocupado seguía trabajando sin dejarse arrastrar por el atractivo de un juicio de semejante importancia. Wilwulf se abrió paso a zancadas entre la muchedumbre, saludó con la cabeza a los prohombres allí reunidos y se acomodó sobre su asiento. Era la única persona que no estaba de pie.

El proceso empezó con los juramentos. Todo aquel que fuera acusado, acusador o cojurador tenía que colocar la mano sobre la caja de plata y prometer ante Dios que diría la verdad, condenaría al culpable y liberaría al inocente. Wilwulf tenía cara de aburrido, pero Wynstan lo observaba todo con atención, como si pensara que iba a descubrir a alguien prestando un juramento falso. Por lo que Aldred sabía, no solía preocuparse por los detalles de las ceremonias, pero ese día daba una imagen de meticulosidad.

Cuando hubieron terminado, Aldred vio que el sheriff Den se ponía tenso, dispuesto para iniciar el discurso de acusación. Sin embargo, Wilwulf se volvió hacia Wynstan y asintió, y, para gran sorpresa de Aldred, el obispo se dirigió al tribunal.

—Se ha cometido un terrible delito —dijo con una voz estentórea de profundo pesar—. Un delito, y un pecado espantoso.

Den avanzó hacia el tribunal.

—¡Esperad! —gritó—. ¡Esto es un error!

—No hay ningún error, Den —dijo Wilwulf.

—Yo soy el sheriff y estoy aquí porque me corresponde llevar la acusación en esta causa. La falsificación de moneda es un delito de lesa majestad.

—Tendréis vuestra oportunidad de hablar.

Aldred torció el gesto. No lograba adivinar qué era lo que los dos hermanos se traían entre manos, pero estaba seguro de que no se trataba de nada bueno.

—¡Insisto! —protestó Den—. ¡Hablo en nombre del rey, y al rey debe escuchársele!

—Yo también hablo en nombre del rey, fue él quien me nombró conde —repuso Wilwulf—. Y ahora cerrad la boca, Den, u os la cerraré yo.

Den llevó la mano a la empuñadura de su espada.

Los hombres de armas de Wilwulf se pusieron en alerta.

Aldred echó un vistazo rápido y contó doce hombres de armas incluyendo a Wilwulf, y en ese momento comprendió por qué eran tantos. Den, que no había previsto ningún enfrentamiento violento, solo tenía a Wigbert.

El propio Den hizo los cálculos y apartó la mano de la espada.

—Proseguid, obispo Wynstan —dijo Wilwulf.

Ese era el motivo por el que el rey Etelredo quería que hubiese un tribunal que juzgara los procesos criminales, pensó Aldred, para que los nobles no pudieran tomar decisiones arbitrarias tal como acababa de hacer Wilwulf. Los detractores de la reforma de Etelredo argumentaban que las normas no cambiaban nada, y que para hacer justicia bastaba con que un noble con sabiduría utilizara su sentido común. Los que afirmaban tal cosa solían ser nobles, por supuesto.

Wynstan señaló a Degbert y a Cuthbert.

—Desatad a esos sacerdotes —dijo.

—¡Son mis prisioneros! —protestó Den.

—Son los prisioneros del tribunal —terció Wilwulf—. Desatadlos.

Den no tuvo más remedio que darse por vencido. Hizo un gesto de asentimiento a Wigbert, y este desató a los presos.

Los sacerdotes parecían así menos culpables.

Wynstan alzó la voz de nuevo para que todo el mundo lo oyera:

—El delito, y el pecado, es la falsificación del dinero del rey.

—Señaló de inmediato a Wigbert, y este se sobresaltó—. Acercaos —dijo Wynstan—. Mostradle al tribunal lo que hay en esa cesta.

Wigbert miró a Den, quien se encogió de hombros.

Aldred estaba desconcertado. Esperaba que Wynstan tratara de ocultar las pruebas materiales; sin embargo, pedía que fueran mostradas. ¿Qué artimaña estaría preparando? Había hecho un minucioso alarde de inocencia, pero ahora parecía estar autoinculpándose.

Fue sacando uno a uno los objetos de la cesta.

—¡El metal adulterado! —exclamó con dramatismo—. La pila. El troquel. La virola. Y, por fin, las monedas, mitad de plata, mitad de cobre.

Los potentados allí reunidos parecían tan perplejos como Aldred. ¿Por qué Wynstan hacía hincapié en su propia perversidad?

—Y lo peor de todo —gritó el obispo—: ¡esto pertenecía a un sacerdote!

«Claro —pensó Aldred—, era tuyo.»

En ese momento Wynstan levantó el dedo con efectismo.

—¡A Cuthbert! —exclamó, señalándolo.

Todo el mundo miró a Cuthbert.

—¡Imaginad mi sorpresa! —empezó a decir Wynstan—. ¡Imaginad mi horror cuando supe que este delito inmundo se había cometido delante mismo de mis narices!

El impacto dejó a Aldred boquiabierto.

La multitud, atónita, guardó silencio. Todo el mundo estaba estupefacto. Hasta ese momento todos creían que el inculpado era el obispo.

—Debería haberme dado cuenta —prosiguió Wynstan—. Me acuso a mí mismo de negligencia. Un obispo debe estar alerta, y yo no lo he estado.

Aldred consiguió recuperar el habla.

—¡Pero vos lo incitasteis! —le gritó a Wynstan.

—Ah, ya sabía que los hombres de mala fe tratarían de hacer ver que estoy implicado —dijo Wynstan en tono de lamentación—. Es por mi culpa. Yo les he dado pie a que lo hagan.

—Vos me ordenasteis que acuñara monedas —protestó Cuthbert—. Yo solo quería fabricar ornamentos para la iglesia. ¡Vos me obligasteis a hacerlo!

Estaba llorando.

Wynstan conservó su expresión de congoja. .

—Hijo, creéis que conseguiréis que vuestro delito parezca menor fingiendo que os convenció vuestro superior…

—¡Fue así!

Wynstan sacudió la cabeza con tristeza.

—No os servirá de nada. Hicisteis lo que hicisteis. No añadáis el perjurio a la lista de vuestras ofensas.

Cuthbert se volvió hacia Wilwulf.

—Lo confieso —dijo con abatimiento—. Acuñé peniques falsos, y sé que se me castigará por ello, pero fue el obispo quien tramó todo el plan. No lo dispenséis de la culpa.

—Recordad que una acusación falsa es algo muy serio, Cuthbert —le advirtió Wilwulf, y se volvió hacia Wynstan—. Proseguid, obispo.

Wynstan concentró su atención en los próceres allí reunidos, que lo observaban absortos.

—El delito fue ocultado con astucia —afirmó—. Ni siquiera el propio deán Degbert sabía a qué se dedicaba Cuthbert en su pequeño taller contiguo a la colegiata.

—¡Degbert lo sabía todo! —exclamó Cuthbert en tono lastimero.

—Dad un paso adelante, Degbert —dijo Wynstan.

Degbert hizo lo que se le pedía y Aldred reparó en que había quedado alineado con los prohombres, como si fuese uno de ellos en lugar de un criminal al que hubiera que juzgar.

—El deán reconoce su ofensa —declaró Wynstan—. Como yo, también él actuó con negligencia, pero en su caso la culpa es mayor, porque estaba en la colegiata todos los días mientras que yo solo acudo de forma ocasional.

—¡Degbert os ha ayudado a gastaros el dinero! —exclamó Aldred.

Wynstan no le hizo caso.

—Como obispo que soy, me he tomado la responsabilidad de castigar yo mismo a Degbert. Se le ha expulsado de la colegiata y se le ha despojado de su título de deán. Ahora es un simple y humilde sacerdote, y me encargo personalmente de tenerlo bajo supervisión.

«O sea que se trasladará de la colegiata a la catedral —pensó Aldred—. No puede decirse que salga perdiendo.»

¿Era posible que estuviera sucediendo aquello?

—¡Eso no es ningún castigo para un falsificador! —gritó Den.

—Estoy de acuerdo —dijo Wynstan—. Y Degbert no es ningún falsificador. —Miró alrededor—. Nadie aquí presente negará que fue Cuthbert quien acuñó las monedas.

Era la verdad, pensó Aldred con pesar. No era toda la verdad, ni mucho menos, pero tampoco era, en esencia, ninguna mentira.

Vio que los potentados empezaban a aceptar la versión de los hechos que presentaba Wynstan. Era posible que no le creyeran, después de todo sabían cómo era, pero no podía demostrarse su culpabilidad. Y además era obispo.

La jugada maestra de Wynstan había consistido en dirigir él mismo la acusación, arrebatándole así al sheriff la oportunidad de relatar la historia al completo de forma convincente. Las visitas de Wynstan a Dreng's Ferry después de cada uno de los días del pago de rentas, sus regalos a los vecinos, sus viajes a Combe con Degbert, las noches en las tabernas y los lupanares de la población sin reparar en gastos… Nada de todo eso había salido a la luz, y si se exponía ahora resultaría circunstancial y poco convincente.

Wynstan había jugado con dinero falso, pero nadie podía demostrarlo. Su víctima, monsieur Robert, era el patrón de un buque de ultramar y podría hallarse en cualquier puerto de Europa.

El único punto débil de la historia contada por Wynstan era que no había descubierto, por así decir, el delito de Cuthbert hasta que el sheriff registró la colegiata. No cabía duda de que era demasiada casualidad para que los próceres se lo tragaran.

Aldred estaba a punto de hacer esa misma observación cuando Wynstan se le adelantó.

—Veo en esto la mano de Dios —anunció el obispo con un tono que iba aumentando en sonoridad, como una campana de iglesia—. Tuvo que ser por orden divina que, en el mismo momento en que descubrí el delito cometido por Cuthbert, el sheriff Den llegara a Dreng's Ferry, ¡justo a tiempo de arrestar al malvado sacerdote! Alabado sea el cielo.

Aldred no daba crédito a la cara dura de Wynstan. ¡La mano de Dios! ¿Acaso a aquel hombre no le preocupaban lo más mínimo las cuentas que tendría que rendir el día del Juicio? Wynstan cambiaba constantemente. En Combe había dado la impresión de ser poco más que un esclavo de los placeres terrenales, un sacerdote que había perdido toda capacidad de autodisciplina. Después, cuando lo descubrieron en Dreng's Ferry, había resultado ser un poseso que gritaba y arrojaba espuma por la boca. Sin embargo, en ese momento volvía a mostrarse cuerdo y más astuto que nunca, sumido en una maldad aún más profunda. Así debía de ser como el diablo hacía suyo a un hombre, pensó Aldred, por etapas en las que cada una desembocaba en otra peor.

La lógica de Wynstan y la seguridad con que había explicado su historia llena de mentiras resultaban tan abrumadoras que Aldred se descubrió casi preguntándose si podría ser cierta, y a juzgar por las caras de los prohombres allí reunidos, vio que secundarían aquella versión, por mucho que interiormente tuvieran sus reservas.

Wilwulf captó el estado de ánimo general y siguió adelante para sacarle provecho:

—Ya se han ocupado de Degbert, de modo que solo nos queda condenar a Cuthbert.

—¡No es cierto! —gritó el sheriff Den—. ¡Tenéis que ocuparos de la acusación contra Wynstan!

—Nadie ha acusado a Wynstan.

—Cuthbert sí lo ha hecho.

Wilwulf fingió estupefacción.

—¿Estáis sugiriendo que el juramento de un modesto sacerdote tiene más valor que el de un obispo?

—Entonces acusaré yo a Wynstan. Cuando entré en la colegiata, lo encontré en el taller con Cuthbert. ¡Estaba allí mientras se falsificaba el dinero!

—El obispo Wynstan ha explicado que descubrió el delito en ese mismo momento; por obra de la Divina Providencia, sin duda.

Den miró alrededor buscando los ojos de los potentados.

—¿En serio creéis que eso es cierto? —preguntó—. Wynstan se hallaba en el taller al lado de Cuthbert mientras este elaboraba las monedas falsas a partir de metal de baja ley, ¿y resulta que acababa de descubrir lo que estaba ocurriendo? —Se volvió hacia Wynstan—. Y no nos digáis que fue la mano de Dios. Esto es algo mucho más terrenal, una simple y pura mentira.

Wilwulf se dirigió a los potentados:

—Creo que estamos de acuerdo en que la acusación contra el obispo Wynstan es falsa y malintencionada.

Aldred hizo un último intento:

—El rey se enterará de esto, naturalmente. ¿De verdad pensáis que dará crédito a la historia de Wynstan? ¿Y cómo se sentirá en relación con los próceres que han dispensado a Wynstan y a Degbert y tan solo han condenado a un simple sacerdote?

Se les veía incómodos, pero nadie se pronunció en favor de Aldred. Wilwulf prosiguió:

—De modo que el tribunal acuerda que Cuthbert es culpable. Por causa de su vil intento de inculpar a dos clérigos de rango superior, su castigo será más severo de lo habitual. Condeno a Cuthbert a ser cegado y castrado.

—¡No! —exclamó Aldred, pero era inútil seguir protestando.

A Cuthbert le fallaron las piernas y cayó al suelo.

—Encargaos de que así sea, sheriff —ordenó Wilwulf.

Den vaciló. Luego, de mala gana, le hizo una señal con la cabeza a Wigbert, y este levantó a Cuthbert y se lo llevó.

Wynstan volvió a hablar. Aldred pensaba que el obispo ya

había conseguido todo cuanto deseaba, pero la farsa no terminaba ahí.

—¡Me autoinculpo! —exclamó.

Wilwulf no mostró sorpresa alguna, por lo que Aldred dedujo que esa actuación, igual que todo lo ocurrido hasta el momento, estaba planeada de antemano.

—Cuando descubrí el delito, me enfurecí tanto que destruí gran parte del material del falsificador. Con el martillo destrocé un crisol que estaba al rojo vivo, y parte del metal fundido saltó por los aires y mató a un hombre inocente llamado Godwine. Fue un accidente, pero asumo la culpa.

Aldred reparó en que de nuevo Wynstan sacaba provecho de acusarse a sí mismo: consiguió que el homicidio que había cometido se viera de la forma más inocente posible.

Wilwulf habló en tono grave:

—Lo que hicisteis sigue siendo un crimen, a pesar de todo. Sois culpable de homicidio imprudente.

Wynstan bajó la cabeza en señal de humildad y Aldred se preguntó a cuánta gente conseguiría engañar.

—Debéis pagar la caloña por homicidio a la viuda de la víctima.

Una mujer atractiva que llevaba a un recién nacido en brazos salió de entre la multitud con aspecto de sentirse intimidada.

—La caloña por el homicidio de un hombre de armas son cinco libras de plata.

Ithamar se acercó a Wynstan y le tendió un pequeño cofre de madera. Wynstan saludó a la viuda con una reverencia y le entregó el cofre.

—No dejo de rezar para que Dios y tú me perdonéis por lo que he hecho —dijo.

A su alrededor, muchos de los grandes hombres asentían en señal de aprobación, lo cual hizo que a Aldred le entraran ganas de ponerse a chillar. ¡Todos conocían a Wynstan! ¿Cómo podían creer que estaba humildemente arrepentido? Sin embargo, aquella demostración cristiana de contrición les hacía olvidar su verdadera naturaleza. Y la cuantiosa suma impuesta como caloña suponía un severo castigo, lo cual distraía la atención de la forma en que se las había ingeniado para librarse de una acusación más seria.

La viuda tomó el cofre y se marchó sin pronunciar palabra.

«Y así —pensó Aldred— los grandes hombres pecan con impunidad mientras los de rango inferior reciben brutales escarmientos.» ¿Cuál podía ser el propósito de Dios con semejante distorsión de la justicia? Claro que tal vez aún podía obtenerse un pequeño beneficio. A Aldred se le ocurrió que debía entrar en acción en ese preciso momento, mientras Wynstan intentaba fingirse virtuoso, de modo que habló casi sin pensarlo:

—Conde Wilwulf, después de lo que hemos sabido hoy, resulta evidente que la colegiata de Dreng's Ferry debe clausurarse.

Era el momento de limpiar aquel nido de ratas, pensó, pero eso no hacía falta decirlo en voz alta, la insinuación era obvia.

Vio que el rostro de Wynstan se cubría de una furia repentina, pero esta pronto se desvaneció y dio paso a su anterior aspecto de piadosa mansedumbre.

—El arzobispo ha dado ya su aprobación al plan de transformar la colegiata en una filial de la abadía de Shiring y dotarla de monjes. Cuando se mencionó por primera vez, se desestimó la idea, pero ahora parece un buen momento para volver a plantearla.

Wilwulf miró a su medio hermano para que lo orientara.

Aldred imaginaba lo que Wynstan estaba pensando. La colegiata nunca había gozado de riquezas, y de poco le servía ahora que se había desmontado el tinglado de la falsificación de moneda. Aquel lugar había supuesto una útil prebenda para su primo Degbert, pero ahora este tenía que trasladarse, de modo que perderlo no le suponía prácticamente nada.

Sin duda, se dijo Aldred, Wynstan se sentía mal concediéndole esa pequeña victoria, pero también tenía que pensar en la impresión que daría si intentaba proteger la colegiata. Había fingido sentirse conmocionado y consternado por la cuestión de la fabricación de moneda falsa, y la gente esperaría que de buen grado volviera la espalda al lugar donde se habían producido los hechos. Si Wynstan se oponía otra vez al plan de Aldred, los más escépticos podrían incluso sospechar que deseaba poner en marcha de nuevo el taller.

—Estoy de acuerdo con el hermano Aldred —dijo Wynstan—. Que asignen otros deberes a los sacerdotes y que la colegiata se transforme en un monasterio.

Aldred dio gracias a Dios por la buena noticia.

Wilwulf se volvió hacia Hildred, el tesorero.

—Hermano Hildred, ¿siguen siendo tales los deseos del abad Osmund?

Aldred no tenía claro cuál sería la respuesta de Hildred. El tesorero solía oponerse a cualquier cosa que él pidiera, pero esta vez estuvo de acuerdo.

—Sí, mi señor conde —respondió—. El abad tiene muchas ganas de que el plan se ponga en práctica.

—Pues entonces, que así sea —concluyó Wilwulf.

Sin embargo, Hildred no había terminado:

—Y además...

—¿Sí, hermano Hildred?

—Originalmente fue idea de Aldred que la colegiata se transformara en un monasterio, y acaba de ratificar la propuesta. Por ello, desde el primer momento, el abad Osmund pensó que el mejor candidato para ser nombrado prior de la nueva institución es... el propio hermano Aldred.

Al monje aquello lo pilló por sorpresa. No lo había previsto, y tampoco lo deseaba. No tenía ningunas ganas de dirigir un ridículo monasterio en mitad de la nada. Quería convertirse en abad de Shiring y crear un centro de saber y erudición de talla mundial.

Aquello era una maniobra de Hildred para librarse de él. Si Aldred no estaba, Hildred tendría todas las garantías de suceder a Osmund en el puesto de abad.

—No, gracias, tesorero Hildred —dijo Aldred—. No merezco semejante posición.

Wynstan se sumó a la conversación con una alegría que apenas podía disimular.

—Por supuesto que la merecéis, Aldred —opinó.

«Tú también quieres quitarme de en medio», pensó Aldred.

Wynstan prosiguió:

—Y, en calidad de obispo, me complace dar mi aprobación inmediata a vuestro ascenso.

—No puede llamársele un ascenso exactamente… Ya soy el *armarius* de la abadía.

—Vaya, no seáis aplebeyado —terció Wilwulf con una sonrisa—. Así podréis sacar el máximo partido a vuestras dotes de mando.

—Es al abad Osmund a quien corresponde nombrar al prior. ¿Acaso este tribunal intenta usurparle sus derechos?

—Claro que no —protestó Wynstan en tono empalagoso—. Pero podemos mostrar nuestro acuerdo con la propuesta del tesorero Hildred.

Aldred reparó en que le habían ganado la partida. Una vez que el nombramiento fuera respaldado por los hombres más poderosos de Shiring, Osmund no tendría agallas para oponerse a la decisión. No le quedaba salida.

«¿Cómo se me habrá ocurrido llegar a considerarme un hombre inteligente?», pensó.

—Hay una cosa que debo poner de manifiesto… —anunció Wynstan—, si me lo permite mi hermano Wilf.

«¿Y ahora qué pasa?», pensó Aldred.

—Adelante —accedió Wilwulf.

—A lo largo de los años, muchos hombres piadosos han donado tierras para contribuir al mantenimiento de la colegiata de Dreng's Ferry.

Aldred tuvo un mal presentimiento.

—Esas tierras fueron donadas a la diócesis de Shiring —prosiguió Wynstan— y seguirán siendo propiedad de la catedral.

Aldred se sintió indignado. Cuando Wynstan decía «la diócesis» y «la catedral» se refería a sí mismo.

—¡Eso no tiene ningún sentido! —protestó Aldred.

—Dispongo que la población de Dreng's Ferry sea adscrita al nuevo monasterio como símbolo de mi buena voluntad, pero la población de Wigleigh, que vos, hermano, donasteis el día de vuestra boda, y las otras tierras que han sustentado la colegiata seguirán siendo propiedad de la diócesis.

—¡Eso no está bien! —exclamó Aldred—. ¡Cuando el arzobispo Elfric transformó Canterbury en un monasterio, los sacerdotes que se marcharon no se llevaron consigo los bienes de la catedral!

—Las circunstancias son completamente distintas —contestó Wynstan.

—No estoy de acuerdo.

—Pues entonces tendrá que decidirlo el conde.

—No, no lo decidirá el conde —se opuso Aldred—. Ese asunto le atañe al arzobispo.

—Mi intención fue que el regalo de boda supusiera un beneficio para la colegiata, no para un monasterio, y me parece que los autores del resto de las donaciones pensaban lo mismo.

—No tenéis ni idea de lo que pensaban los autores de las otras donaciones.

Wilwulf parecía furioso.

—Me postulo a favor del obispo Wynstan y dispongo que tiene razón.

Aldred insistió:

—Quien debe disponer eso es el arzobispo, no vos.

A Wilwulf le ofendió oír que el asunto no era de su competencia.

—Eso ya lo veremos —dijo enfadado.

Aldred sabía lo que acabaría ocurriendo. El arzobispo ordenaría que Wynstan devolviera las tierras al nuevo monasterio, pero este no le haría caso. Wilwulf ya había desacatado en dos ocasiones las órdenes del rey, la primera vez en relación con el tratado con el conde Hubert y la segunda por la boda con Ragna, y ahora Wynstan obraría con el mismo desdén con respecto a la resolución del arzobispo. Poco podían hacer un rey o un arzobispo contra un prócer que, simplemente, se negaba a obedecer sus órdenes.

Reparó en que Wigbert estaba hablando con Den en voz baja. Wilwulf, que también lo había observado, intervino:

—¿Está todo a punto para el castigo?

—Sí, conde —respondió Den de mala gana.

Wilwulf se puso en pie. Rodeado por sus hombres de armas, avanzó entre la multitud hasta el centro de la plaza. Los potentados lo siguieron.

En el centro había plantado un poste muy alto para ese tipo de ocasiones. Mientras todos estaban pendientes de Wilwulf y los argumentos que aducía desde su sitial, al pobre Cuthbert lo habían desnudado y atado al poste, tan fuerte que no podía mover ni una sola parte del cuerpo, ni siquiera la cabeza. Todo el mundo se apiñó alrededor para contemplar la escena, y los habitantes del pueblo se empujaban unos a otros para ver mejor.

Wigbert sacó una gran cizalla cuyas hojas relucían al haber sido afiladas recientemente. Entre la multitud surgió un murmullo. Al mirar los rostros de los habitantes, Aldred observó con repugnancia que muchos estaban sedientos de sangre.

—Adelante, cumple con la sentencia del conde —ordenó el sheriff Den.

El objetivo de un castigo semejante no era acabar con la vida del ofensor, sino condenarlo a seguir viviendo como una piltrafa de hombre. Wigbert dirigió la cizalla de modo que las hojas gemelas pudieran cerrarse en torno a los testículos de Cuthbert sin cortarle el pene.

Cuthbert protestaba, rezaba y lloraba al mismo tiempo.

Aldred se estaba poniendo enfermo.

Wigbert amputó los testículos de Cuthbert con un movimiento resuelto. Este chilló mientras la sangre empezaba a bajarle por las piernas.

Un perro recién aparecido cogió los testículos entre los dientes y huyó mientras la multitud estallaba en carcajadas.

Wigbert dejó a un lado la cizalla ensangrentada. Se colocó de pie frente a Cuthbert, apoyó las manos en las sienes del sacerdote, posó los dedos pulgares sobre sus párpados y, a continuación, con otro movimiento experto, los hundió en las cuencas. Cuthbert volvió a gritar y el líquido que saltó de los globos oculares reventados le resbaló por las mejillas.

Wigbert desató las cuerdas que sujetaban a Cuthbert al poste, y el monje cayó al suelo.

Aldred vislumbró el rostro de Wynstan. El obispo se hallaba de pie junto a Wilwulf y ambos contemplaban al hombre que yacía en el suelo cubierto de sangre.

Wynstan sonreía.

24

Diciembre de 998

Solo en una ocasión anterior Aldred se había sentido tan completamente derrotado, humillado y desesperanzado respecto de su futuro. Por entonces era novicio en Glastonbury y lo habían sorprendido besándose con Leofric en el jardín de hierbas. Hasta ese momento, había sido una figura destacada entre los más jóvenes: el mejor en lectura, escritura, canto y memorización de la Biblia. De pronto, su debilidad se convirtió en tema de conversación, e incluso llegó a comentarse en el capítulo. En lugar de hablar con tono admirado sobre su brillante futuro, todos se preguntaban qué iban a hacer con un chico tan depravado. Se sintió como un caballo que ya no valía para montar o como un perro que había mordido a su amo. Solo quería arrastrarse hasta un agujero y dormir el resto de sus días.

Y ahora esa sensación había regresado con fuerza. Todo lo que prometía como *armarius* de Shiring, todo lo que se había hablado de que algún día llegaría a ser abad había quedado en nada. Las ambiciones que albergó —la escuela, la biblioteca, el *scriptorium* de fama mundial— se habían reducido a meras fantasías. Lo habían exiliado a la aldea remota de Dreng's Ferry y lo habían puesto a cargo de un priorato pobre; ese sería el final de la historia de su vida.

El abad Osmund le había dicho que era demasiado apasionado. «Un monje debería mostrar mayor disposición a la resignación —le había recordado al despedirse de él—. No podemos enmendar todo el mal del mundo.» Noche tras noche, Aldred yacía desvelado mientras les daba vueltas a las palabras del abad, invadido por la rabia y la amargura. Dos pasiones habían sido su perdición: primero, el amor que le profesaba a Leofric y, luego, la ira contra Wynstan. Aun así, en su fuero interno discrepaba de Osmund: los monjes nunca deberían aceptar el mal, sino que debían luchar contra él.

Estaba hundido en la más honda desesperación, pero aun así era capaz de seguir a flote. Había dicho que la antigua colegiata era una vergüenza, de manera que ahora se le presentaba la oportunidad de invertir todas sus energías en convertir el nuevo priorato en un magnífico ejemplo de la verdadera labor de los ministros de Dios. Tras darle un buen barrido al suelo y encalar las paredes, la pequeña iglesia ya no parecía la misma. El viejo amanuense Tatwine, uno de los monjes que había decidido trasladarse a Dreng's Ferry con Aldred, había empezado a pintar un mural de la Natividad, una escena del nacimiento para una iglesia que volvía a nacer.

Edgar había reparado la entrada. Había retirado las piedras del arco una a una, les había dado forma y había vuelto a colocarlas de manera que encajaran a la perfección en los radios de una rueda imaginaria. Según él, no hacía falta nada más para reforzarla. El único consuelo de Aldred en Dreng's Ferry era que veía con mayor asiduidad al joven encantador e inteligente que le había robado el corazón.

La casa también parecía distinta. Cuando Degbert y los suyos se fueron, naturalmente se llevaron todos los lujos, tapices, ornamentos y mantas que eran de su propiedad. El lugar había quedado vacío y por fin era funcional, como correspondía al alojamiento de los monjes. Además, Edgar le había hecho un facistol de roble como regalo de bienvenida para que los monjes pudieran escuchar la lectura de la Regla de San Benito o la vida de un santo mientras comían. Estaba tallado con amor, y si bien no se trataba de la clase de amor con la que Aldred soñaba a veces, ese amor de besos, caricias y abrazos en medio de la noche, el obsequio hacía que se le llenaran los ojos de lágrimas.

Aldred sabía que el trabajo era el mejor consuelo. Les dijo a los hermanos que la historia de un monasterio empezaba arremangándose el hábito y limpiando el terreno, y ya habían empezado a talar los árboles de la boscosa ladera que se alzaba por encima de la iglesia de Dreng's Ferry. Un monasterio necesitaba tierras para plantar un huerto, cultivar árboles frutales y poder tener un estanque de patos, además de pastos para un puñado de cabras y una o dos vacas. Edgar había confeccionado hachas aplanando las hojas a martillazos en el yunque del antiguo taller de Cuthbert, y había enseñado a Aldred y a los demás monjes a talar árboles de manera eficiente y segura.

Las rentas que Aldred recaudaba como señor de la aldea no alcanzaban ni de lejos para mantener a los monjes, por lo que el abad Osmund había acordado pagar al priorato una cantidad mensual. Hildred, por descontado, había tratado de reducir esa cantidad a su mínima expresión. «Si ves que no es suficiente, puedes volver y lo revisaremos de nuevo», había propuesto, pero Aldred sabía muy bien que, una vez que se fijara la cantidad, el tesorero nunca se avendría a un aumento. Finalmente habían acordado una asignación para que los monjes no murieran de hambre y poder mantener la iglesia, pero nada más. Si Aldred quería comprar libros, plantar un huerto y construir un establo, tendría que encontrar los fondos para todo ello por su cuenta.

«Tal vez Dios desea enseñarte la virtud de la humildad», le había comentado el viejo amanuense Tatwine, sin mala intención, a su llegada a Dreng's Ferry mientras los demás monjes miraban a su alrededor. Aldred pensó que tal vez Tatwine tenía razón. La humildad nunca había sido una de sus virtudes.

El domingo Aldred celebró la misa en la pequeña iglesia. Se colocó tras el altar del diminuto presbiterio mientras los seis monjes que lo habían acompañado hasta allí, todos de manera voluntaria, formaban dos hileras perfectas en la base de la torre, que hacía las veces de nave. Los aldeanos ocuparon el resto de la iglesia, detrás de los monjes, más callados de lo habitual y sobre-cogidos por la atmósfera de disciplina y reverencia con la que no estaban familiarizados.

Durante el servicio oyeron un caballo fuera y poco después entró Wigferth en la iglesia. El viejo amigo de Aldred, de Canter-bury, visitaba el oeste de Inglaterra con frecuencia a fin de recau-dar rentas. Entre los monjes corría el rumor de que la amante que tenía en Trench había dado a luz recientemente. Wigferth era un buen monje en otros aspectos y Aldred siempre se mostraba cor-dial con él, reservando algún que otro ceño de reprobación cuan-do Wigferth tenía el poco tacto de mencionar a su familia ilegí-tima.

Aldred charló con él en cuanto acabó la misa.

—Me alegro de verte. Espero que dispongas de tiempo sufi-ciente para quedarte a comer.

—Por supuesto.

—No somos ricos, así que nuestra mesa no te tentará con el pecado de la gula.

Wigferth sonrió y se dio unas palmaditas en la barriga.

—Una tentación de la que me convendría salvarme.

—¿Qué se dice en Canterbury?

—Dos cosas. El arzobispo Elfric ha ordenado a Wynstan que devuelva el pueblo de Wigleigh al propietario de la iglesia de Dreng's Ferry, es decir, a ti.

—¡Bien!

—Espera, no lo celebres tan pronto. Ya le he entregado el mensaje a Wynstan, quien ha dicho que el arzobispo no tiene jurisdicción en la cuestión.

—Es decir, que ignorará la resolución.

—Eso por un lado; por el otro, Wynstan ha nombrado a Deg-bert arcediano de la catedral de Shiring.

—En la práctica eso significa vicario de Wynstan y su proba-ble sucesor.

—Exacto.

—Menudo castigo.

El ascenso, que se había producido casi a continuación del juicio y del relegamiento de Degbert, advertía a todo el mundo de que el entorno de Wynstan siempre saldría vencedor, y que quienes se opusieran a ellos, como Aldred, sufrirían.

—El arzobispo se negó a ratificar el nombramiento… y Wynstan hizo caso omiso.

Aldred se rascó la cabeza rasurada.

—Wynstan desafía al arzobispo y Wilwulf, al rey. ¿Hasta cuándo va a durar esto?

—No lo sé. Puede que hasta el día del Juicio Final.

Aldred miró a su alrededor. Dos feligreses lo miraban expectantes.

—Ya seguiremos hablando durante la comida —le dijo a Wigferth—, ahora tengo que atender a los aldeanos. Nunca están contentos.

Wigferth partió y Aldred se volvió hacia la pareja que aguardaba.

—Los sacerdotes me pagaban por hacerles la colada. ¿Por qué vos no? —preguntó con enfado una mujer de manos agrietadas llamada Ebba.

—¿La colada? La hacemos nosotros —contestó Aldred.

Tampoco era que se les amontonara. Los monjes solían lavar el hábito un par de veces al año. Había gente que utilizaba bandas de tela que rodeaban la cintura, se pasaban entre las piernas y se ataban por delante. Las mujeres las utilizaban durante el menstruo y las lavaban después; los hombres las llevaban para montar a caballo y era probable que no las lavaran nunca. A veces envolvían a los niños en algo similar. En cualquier caso, los monjes no utilizaban esas cosas.

—Yo recogía leña para los sacerdotes y juncos para las esteras del suelo, y les llevaba agua fresca del río cada día —añadió Cerdic, el marido.

—No dispongo de dinero con que pagaros —se excusó Aldred—. El obispo Wynstan ha dejado esta iglesia en la más absoluta indigencia.

—El obispo era un hombre muy generoso —repuso Cerdic sin arredrarse.

«Con lo que sacaba de falsificar moneda», pensó Aldred, pero lanzar esas acusaciones ante los aldeanos era perder el tiempo. O bien creían la historia que exoneraba a Wynstan, o bien fingirían creerla; cualquier otra alternativa los convertía en cómplices. Aldred había perdido esa batalla ante el tribunal y no tenía intención de continuar librándola el resto de su vida.

—Un día el monasterio será próspero y atraerá empleo y comercio a Dreng's Ferry, pero eso requerirá tiempo, paciencia y trabajo duro, porque es lo único que puedo ofrecer —se limitó a contestar.

Dejó a la contrariada pareja y continuó su camino. Le deprimía lo que acababa de decirles. Pasar apuros para sacar adelante un nuevo monasterio no era la vida con la que había soñado. Él quería libros, tinta y plumas, no un huerto y un estanque de patos.

Se acercó a Edgar, quien aún era capaz de alegrarle el día. El joven había organizado un mercado semanal de pescado en la aldea. No había poblaciones importantes cerca de Dreng's Ferry, pero sí pequeños asentamientos y granjas solitarias como el redil de Theodberht Clubfoot. Todos los viernes un puñado de personas, la mayoría mujeres, acudían a comprarle pescado. Sin embargo, Degbert había declarado que tenía derecho a uno de cada tres peces que Edgar capturara.

—¿Te acuerdas que me preguntaste sobre la cédula de Degbert? —le comentó Aldred—. Está incluida en la del nuevo monasterio, dado que algunos de los derechos son los mismos.

—¿Y Degbert decía la verdad? —preguntó Edgar.

Aldred negó con la cabeza.

—La cédula no menciona nada sobre los peces. No tenía ningún derecho a imponerte ningún pago.

—Me lo imaginaba. Ladrón mentiroso… —masculló Edgar indignado.

—Lo siento, pero así es.

—Todo el mundo quiere algo a cambio de nada —se lamentó Edgar—. Mi hermano Erman dice que debería compartir el dinero con él. Yo construí el estanque, yo hago las nasas, yo las vacío cada mañana y les llevo pescado hasta hartarse. Pero también quieren el dinero.

—Los hombres son codiciosos.

—Y las mujeres. Seguramente fue Cwenburg, mi cuñada, quien le dijo a Erman lo que tenía que decir. No importa. ¿Puedo enseñaros algo?

—Claro.

—Acompañadme al cementerio.

Salieron de la iglesia y la rodearon hasta que llegaron al costado norte.

—Mi padre me enseñó que, en una barca bien hecha, las junturas nunca deben estar demasiado apretadas —comentó en tono coloquial—. Algo de movimiento entre las tablas amortigua parte del embate incesante del viento y las olas; sin embargo, en un edificio de piedra no hay holgura. —Señaló un hueco cerca del lugar en que la pequeña extensión del presbiterio se unía con la torre—. ¿Veis esa grieta?

A Aldred no le costó localizarla. Allí donde la torre se encontraba con el presbiterio había una hendidura en la que habría cabido un dedo.

—Dios bendito…

—Los edificios se mueven, pero no hay holgura entre las piedras unidas con argamasa, de ahí que aparezcan grietas. En cierto modo, son útiles, porque nos dicen qué le ocurre a la estructura y nos advierten de problemas.

—¿No puedes rellenar el hueco con argamasa?

—Por supuesto, pero habría que hacer algo más. Lo malo es que la torre se inclina poco a poco ladera abajo y se separa del presbiterio. Puedo rellenar la grieta, pero ese es el menor de vuestros problemas.

—¿Y cuál es el mayor?

—Que la torre acabará cayendo.

—¿Cuándo?

—No sé deciros.

Aldred sintió ganas de echarse a llorar. Como si no tuviera ya suficientes preocupaciones, encima la iglesia se caía.

Edgar vio su expresión y le tocó el brazo con delicadeza.

—No desesperéis.

El gesto animó a Aldred.

—Los cristianos nunca desesperan.

—Bien, porque puedo impedir que la torre se caiga.

—¿Cómo?

—Colocando estribos para que sostengan el costado que se inclina.

—No dispongo de dinero para la piedra —se lamentó Aldred, negando con la cabeza.

—Bueno, quizá podría conseguírosla de balde.

—¿De verdad? —preguntó Aldred, esperanzado.

—No os lo aseguro, pero puedo probar —contestó Edgar.

Edgar recurrió a Ragna en busca de ayuda. Siempre se había mostrado bondadosa con él. Había quien se sentía intimidado por ella, la consideraban una especie de ogro, una mujer que sabía exactamente lo que quería y estaba decidida a conseguirlo, pero parecía sentir debilidad por Edgar. Aun así, eso no significaba que fuera a concederle todo lo que le pidiera.

Estaba ansioso por verla y se preguntó el motivo. Por descontado que deseaba ayudar a Aldred a salir del abatimiento en el que había caído, pero sospechaba que albergaba un deseo que despreciaba en los demás: el anhelo de confraternizar con aristócratas. Pensó en la manera en que Dreng se comportaba cuando estaba con ellos, adulando a Wilwulf y a Wynstan y mencionando constantemente que eran parientes. Esperaba que su afán por hablar con Ragna no respondiera a un deseo similar, cosa que lo avergonzaría en extremo.

Viajó hasta Outhenham por el río y pasó la noche en casa de

Seric, el nuevo jefe, con su mujer y su nieto. Tal vez era cosa de su imaginación, pero el pueblo parecía un lugar más tranquilo y alegre desde que Seric estaba a cargo de su administración.

Por la mañana dejó la balsa al cuidado de Seric y fue caminando hasta Shiring. Si el plan funcionaba, volvería a Dreng's Ferry cargando la piedra por el río.

El frío lo acompañó durante todo el trayecto. La lluvia gélida se convirtió en aguanieve. Los pantalones de cuero de Edgar acabaron empapados y le dolían los pies. «Si algún día tengo dinero, me compraré un poni», se dijo.

Empezó a pensar en Aldred. Se compadecía del monje, un hombre que solo deseaba hacer el bien. Había sido muy valiente al enfrentarse al obispo; demasiado, tal vez. Quizá solo cabía esperar justicia en el otro mundo, no en este.

Las calles de Shiring estaban prácticamente desiertas. Con el tiempo que hacía, sus habitantes permanecían dentro de sus casas, apiñados alrededor del fuego. Sin embargo, una pequeña multitud se congregaba frente al edificio de piedra de Elfwine, donde se acuñaban los peniques de plata con permiso del rey. Elfwine, el maestro de ceca, esperaba fuera, junto a su mujer, con lágrimas en los ojos. También se encontraban allí el sheriff Den y sus hombres, quienes, por lo que Edgar pudo ver, estaban sacando los utensilios de Elfwine a la calle y destrozándolos.

—¿Qué está pasando? —le preguntó a Den.

—El rey Etelredo me ha ordenado que cierre la ceca —lo informó el sheriff—. Está muy molesto con el caso de falsificación de Dreng's Ferry y cree que el juicio fue una farsa. Esta es su manera de hacerlo saber.

Edgar nunca habría imaginado ese desenlace y resultaba evidente que Wilwulf y Wynstan tampoco. Todas las ciudades importantes de Inglaterra contaban con una ceca. El cierre sería un golpe para Wilwulf. Suponía una pérdida de prestigio y, lo que era aún peor, la ceca atraía comercio a la ciudad, comercio que ahora se iría a otra parte. Un rey disponía de pocos medios con que hacer valer su voluntad, pero la acuñación de la moneda quedaba bajo su jurisdicción, y el cierre de la ceca se encontraba entre los castigos que podía dictar. A pesar de todo, Edgar estaba convencido de que aquello no bastaría para que Wilwulf reflexionara sobre su comportamiento.

Encontró a Ragna en un prado aledaño al recinto del conde. Había decidido que no hacía tiempo para que los caballos estuvieran fuera y estaba supervisando el trabajo de los mozos de cuadra, que trataban de devolver a las bestias a sus corrales. Vestía una capa de piel de zorro de un color cobrizo como su pelo; parecía una habitante del bosque, bella pero peligrosa. Edgar se descubrió preguntándose si el pelo del resto del cuerpo sería del mismo color, aunque se apresuró a apartar aquella idea de su cabeza. Qué desatino para un simple menestral albergar aquellos pensamientos sobre una noble...

—¿Has venido andando hasta aquí con el tiempo que hace? —le preguntó Ragna con una sonrisa—. ¡Tienes la nariz que parece que se te vaya a caer en cualquier momento! Ven y tómate una cerveza caliente.

Entraron en el recinto. En el hogar del conde la gente también procuraba salir de casa lo imprescindible, aunque un puñado de personas correteaban de un edificio a otro, ocupadas en sus quehaceres, con los mantos echados sobre la cabeza. Ragna acompañó a Edgar a su casa. Al desprenderse de la capa, el joven se percató de que había ganado algo de peso.

Tomaron asiento cerca del fuego. Cat, la doncella, calentó un atizador y lo sumergió en una jarra de cerveza que ofreció a Ragna a continuación.

—Dásela a Edgar, tiene más frío que yo —dijo esta.

Cat le tendió la jarra a Edgar con una sonrisa amable. «Quizá debería casarme con una chica así —pensó este—. Ahora que tenemos el estanque, podría dar de comer a una mujer, y lo cierto es que no estaría mal tener a alguien con quien dormir.» Sin embargo, tan pronto como la idea se formó en su mente supo que no funcionaría. Cat era una mujer agradable y atractiva, pero no sentía por ella lo que había sentido por Sungifu. Se azoró por un momento y ocultó el rostro tras la jarra. La cerveza lo reconfortó por dentro.

—Había escogido una granjita en el valle de Outhen para ti, pero al final no la has necesitado. Aldred es ahora tu señor, así que deberías estar a salvo.

Ragna parecía un poco distraída, y Edgar se preguntó si no le rondaría algo por la cabeza.

—Os lo agradezco de todos modos —dijo Edgar con vehemencia—. Gracias a vos tuve valor para presentarme como cojurador de Aldred.

Ella asintió aceptando el reconocimiento, pero resultaba evidente que no le interesaba repasar lo sucedido en el juicio. Edgar decidió ir derecho al grano, no deseaba impacientarla:

—He venido a pediros otro favor.

—Adelante.

—La iglesia de Dreng's Ferry está a punto de derrumbarse, pero Aldred no puede sufragar la reparación.

—¿Y de qué manera podría ayudaros?

—Cediéndonos la piedra de balde. La extraería yo mismo, de manera que a vos no os costaría nada. Y sería un presente muy piadoso.

—Sí que lo sería.

—¿Lo haréis?

Ragna lo miró a los ojos con expresión divertida y algo más que Edgar no supo interpretar.

—Por supuesto que sí —contestó.

La conformidad resuelta de Ragna amenazó con llenarle los ojos de lágrimas y sintió una oleada de gratitud que se acercaba al amor. ¿Por qué no había más gente en el mundo así?

—Gracias.

Ragna se recostó en el asiento, rompiendo el hechizo.

—¿Cuánta piedra necesitaréis? —preguntó con tono pragmático.

—Unas cinco balsas de piedras y grava, creo —contestó Edgar, reprimiendo sus emociones y recuperando su sentido práctico—. Voy a tener que construir contrafuertes con cimientos profundos.

—Te daré una carta para Seric donde diga que puedas llevarte cuanta quieras.

—Sois muy generosa.

Ragna se encogió de hombros.

—No creas, en Outhenham hay piedra suficiente para que dure siglos.

—En cualquier caso, os lo agradezco.

—Hay algo que podrías hacer por mí.

—Lo que sea.

No había nada que le complaciera más que ponerse a su disposición.

—Gab sigue siendo el maestro cantero.

—¿Por qué mantenéis a alguien que os ha robado?

—Porque no he logrado encontrar a nadie más, pero a lo mejor tú podrías ocupar su puesto y supervisarlo.

Le hacía ilusión trabajar para Ragna, pero ¿cómo iba a apañárselas?

—¿Y reparar la iglesia al mismo tiempo? —dijo.

—Se me ocurre que podrías pasar la mitad del tiempo en Outhenham y la otra mitad en Dreng's Ferry.

Edgar asintió despacio. Podría funcionar.

—En ese caso tendré que viajar a Outhenham a menudo en busca de piedra.

Aunque también tendría que dejar el estanque en manos de sus hermanos y perdería los ingresos que le reportaba la venta del pescado en el mercado.

Ragna se encargó de solucionar este problema justo a continuación:

—Te pagaré seis peniques a la semana, además de un cuarto de penique por piedra vendida.

Eso ascendía a mucho más de lo que Edgar ganaba con el pescado.

—Sois muy generosa.

—Quiero que te asegures de que Gab no vuelve a hacer de las suyas.

—Eso es fácil, puedo calcular cuánta piedra ha extraído con solo echar un vistazo a la cantera.

—Y es un holgazán. Outhenham podría producir mucha más piedra si alguien estuviera dispuesto a hacer un esfuerzo por venderla.

—¿Y ese alguien soy yo?

—Tú puedes hacer lo que te propongas, eres esa clase de persona.

Edgar se sorprendió. Aunque no fuera cierto, le complació que ella lo creyera.

—¡Pero si te has sonrojado! —exclamó Ragna.

Edgar se echó a reír.

—Gracias por creer en mí. Espero estar a la altura de vuestras expectativas.

—Bueno, ahora que ese tema ya está zanjado, tengo algo que contarte —anunció Ragna.

«Ah, esa será la razón por la que antes parecía distraída», se dijo Edgar.

—Voy a tener un hijo —le confesó.

—¡Oh! —El anuncio le cortó la respiración, cosa extraña, dado que no era sorprendente que una esposa joven y sana se quedara embarazada. Además, incluso había reparado en el aumento de peso—. Un hijo —repitió como un tonto—. Madre mía.

—Lo espero para mayo.

Edgar no sabía qué decir. ¿Qué solía preguntársele a una mujer embarazada?

—¿Qué os gustaría que fuera? ¿Niño o niña?

—Un niño, para complacer a Wilf. Quiere un heredero.

—Claro.

Un noble siempre quiere herederos.

Ragna sonrió.

—¿Te alegras por mí?

—Por supuesto —afirmó Edgar—. Mucho.

Aunque se preguntó por qué tenía la sensación de estar mintiendo.

Ese año la Nochebuena caía en sábado. Esa mañana, temprano, Aldred recibió un mensaje de la madre Agatha pidiéndole que fuera a verla. El prior se enfundó la capa y se dirigió a la barcaza.

Edgar se encontraba allí, descargando piedras de la balsa.

—Ragna ha acordado cedernos las piedras de balde —lo informó Edgar, sonriendo ante su triunfo.

—¡Es una magnífica noticia! Felicidades.

—Aún no puedo empezar a construir porque la argamasa se congelaría durante la noche en lugar de asentarse, pero lo dejaré todo listo.

—Recuerda que sigo sin poder pagarte.

—No me moriré de hambre.

—¿Hay algo que pueda hacer por ti a modo de compensación? ¿Algo que no se pague con dinero?

—Si se me ocurre algo, ya os lo haré saber —contestó Edgar, encogiéndose de hombros.

—Muy bien. —Aldred se volvió hacia la taberna—. Tengo que ir al convento. ¿Has visto a Blod por aquí?

—Ya os llevo yo.

Desató la barcaza en cuanto Aldred estuvo a bordo, cogió una pértiga e impulsó la embarcación a través del estrecho canal hasta la isla.

Edgar esperó en la orilla mientras Aldred llamaba a la puerta del convento y Agatha asomaba envuelta en una capa. No se permitía la entrada de hombres en el edificio, pero hacía tanto frío que llevó a Aldred a la iglesia, que estaba vacía.

En el extremo oriental, cerca del altar, se alzaba un banco tallado en un bloque de piedra, con el respaldo redondeado y el asiento liso.

—Un banco para acogerse a sagrado —observó Aldred.

Según dictaba la tradición, quienes ocupaban ese tipo de asientos en el interior de una iglesia gozaban de inmunidad, independientemente del delito que hubieran cometido, y quienes desobedecían la norma y capturaban o mataban a quien hubiera buscado refugio, se enfrentaban a la pena de muerte.

Agatha asintió.

—No es que quede muy a mano, claro, tratándose de una isla, pero nada detendrá al fugitivo inocente.

—¿Se ha usado con frecuencia?

—Tres veces en veinte años, y siempre por una mujer que había decidido tomar los hábitos en contra de los deseos de su familia. —Tomaron asiento en un frío banco de piedra del muro norte—. Os admiro. Se requieren agallas para enfrentarse a un hombre como Wynstan.

—Aunque se requiere algo más que agallas para derrotarlo —repuso Aldred con pesar.

—Hay que intentarlo. Es nuestra misión.

—Estoy de acuerdo.

—Deseo haceros una propuesta —dijo Agatha, adoptando un tono pragmático—. Algo con que levantar el ánimo en mitad del invierno.

—¿En qué habíais pensado?

—Me gustaría que las monjas asistieran a la misa de Navidad que se celebrará mañana en la iglesia.

Aldred la miró intrigado.

—¿Y por qué se os ha ocurrido algo así?

Agatha sonrió.

—Porque fue una mujer quien trajo al mundo a Nuestro Señor.

—Eso es cierto. Las voces femeninas deberían incorporarse a nuestros cánticos navideños.

—Es lo que había pensado.

—Además, con las mujeres mejorarían los salmos.

—Podría ser, sobre todo si no llevo a la hermana Frith —comentó Agatha.

Aldred se echó a reír.

—No seáis mala, llevad a todo el mundo.

—Me alegra que os guste la idea.

—Me encanta.

Agatha se levantó y Aldred hizo otro tanto. Había sido una conversación breve, pero la madre superiora no era una mujer a la que le gustara perder el tiempo en cháchara. Salieron de la iglesia.

Aldred vio que Edgar estaba hablando con un hombre vestido con harapos y descalzo, a pesar del frío. Debía de tratarse de uno de los pobres infelices a los que las monjas amparaban.

—Ay, Señor, el pobre Cuthbert ha vuelto a perderse —se lamentó Agatha.

Aldred se quedó horrorizado. Al acercarse, reparó en el andrajo sucio que le cubría los ojos como si se tratara de una venda. Supuso que un alma caritativa de Shiring lo habría llevado allí para que se uniera a la comunidad de leprosos y otros pobres y desamparados de los que se hacían cargo las monjas, y al momento se sintió culpable por no haber sido él esa alma caritativa. Había estado demasiado ensimismado en sus propios problemas para dedicarse a ayudar a los demás, como correspondería a un buen cristiano.

—Mira cómo me he de ver por tu culpa —le recriminaba Cuthbert a Edgar con voz grave y áspera—. ¡Por tu culpa!

—Lo sé —contestó Edgar.

—Cuthbert, ya has vuelto a entrar en el espacio reservado a las monjas —lo reprendió Agatha, alzando la voz—. Ven, que te acompaño de vuelta.

—Esperad —dijo Edgar.

—¿Qué ocurre? —preguntó Agatha.

—Aldred, hace unos minutos me preguntasteis si había algo que pudierais hacer por mí a modo de compensación por reforzar la iglesia con estribos.

—Así es.

—Se me ha ocurrido algo: me gustaría que aceptaseis a Cuthbert en el priorato.

A Cuthbert se le cortó la respiración.

La petición conmovió a Aldred de tal manera que por un momento fue incapaz de hablar.

—¿Te gustaría ser monje, Cuthbert? —preguntó el prior al antiguo orfebre en cuanto se recuperó, con la voz entrecortada por la emoción.

—Sí, gracias, hermano Aldred —contestó Cuthbert—. Siempre he sido un hombre de Dios… No conozco otra vida.

—Tendrás que adaptarte a nuestra manera de hacer las cosas. Un monasterio no es como una colegiata.

—¿Aceptará Dios a alguien como yo?

—Es precisamente a la gente como tú a quienes les tiende la mano.

—Pero soy un criminal.

—Jesús dijo: «Porque yo no he venido para llamar a justos, sino a pecadores».

—No se trata de una burla, ¿verdad? De un engaño para torturarme. Hay gente muy cruel con los ciegos.

—No es ningún engaño, amigo mío. Acompáñame, vamos a la barcaza.

—¿Ahora mismo?

—Ahora mismo.

Cuthbert se estremeció entre sollozos. Aldred le pasó un brazo por los hombros sin prestar atención al olor nauseabundo que desprendía.

—Vamos, subamos a la barca.

—Gracias, Aldred, gracias.

—Gracias, Edgar. Me avergüenza que no se me haya ocurrido a mí.

—Que Dios os bendiga —musitó Agatha mientras le decían adiós con la mano.

Cuando cruzaron el río, Aldred decidió que, aunque no consiguiera alcanzar sus grandes ambiciones en ese priorato abandonado de la mano de Dios, aún tenía la oportunidad de hacer el bien.

Desembarcaron y Edgar aseguró la barca.

—Esto no cuenta, Edgar —le comentó Aldred—. Todavía te debo una compensación.

—Bueno, hay algo más que podríais hacer por mí —confesó Edgar con gesto azorado.

—Adelante —lo animó Aldred.

—Habíais dicho que deseabais abrir una escuela.

—Ese es mi sueño.

Tras un momento de vacilación, por fin se decidió a decir:

—¿Querríais enseñarme a leer?

TERCERA PARTE

El crimen
1001-1003 d.C.

25

Enero de 1001

Ragna estaba dando a luz a su segundo hijo y las cosas no iban bien. El obispo Wynstan oía sus gritos desde el lugar donde se hallaba sentado en casa de su madre, Gytha. La lluvia constante en el exterior servía de poco para sofocar el ruido, y los chillidos de Ragna infundieron esperanzas a Wynstan.

—Si la madre y el hijo mueren, todos nuestros problemas se habrán terminado —dijo.

Gytha cogió una cantarilla.

—Contigo también fue así —explicó—. Tardaste un día y una noche en nacer. Nadie creía que ninguno de los dos fuera a sobrevivir.

A Wynstan aquello le sonó a acusación.

—No es culpa mía —repuso.

Gytha le sirvió más vino.

—Y por fin naciste, bramando y agitando los puños.

Wynstan no se sentía cómodo en casa de su madre. La mujer siempre tenía vino dulce y cerveza fuerte, cuencos con ciruelas y peras cuando era la temporada, una fuente con jamón y queso y mantas gruesas para las noches frías, pero a pesar de todo nunca se sentía relajado.

—Era un niño bueno —protestó—. Muy estudioso.

—Sí, cuando te obligaban. Pero si te quitaba la vista de encima, te escabullías de las lecciones y te ponías a jugar.

Un recuerdo de la infancia asaltó a Wynstan.

—No me dejaste ver el oso.

—¿Qué oso?

—Alguien tenía un oso atado con una cadena. Todo el mundo quería verlo, pero el padre Aculf me pidió que antes terminara de copiar los Diez Mandamientos, y tú le diste la razón. —Wynstan se había sentado con una pizarra y una punta metálica mientras oía a los otros niños reír y chillar fuera—. Todo el rato me equivocaba escribiendo en latín y, cuando conseguí hacerlo bien, el oso ya se había ido.

Gytha sacudió la cabeza.

—No me acuerdo de eso.

Wynstan guardaba un recuerdo muy vívido.

—Te odié por ello.

—Y, sin embargo, yo lo hice porque te quería.

—Sí —respondió él—. Me imagino que sí.

Ella captó su duda.

—Tú tenías que llegar a ser sacerdote. Los palurdos podían jugar tranquilos.

—¿Por qué estabas tan convencida de que tenía que ser sacerdote?

—Porque eras el segundo hijo de tu padre, y yo era su segunda esposa. Wilwulf heredaría su fortuna y era probable que se convirtiera en conde; tú, en cambio, habrías sido un cualquiera que solo importaba si Wilf moría. Lo tenía decidido: no pensaba permitir que nos ocurriera tal cosa. La Iglesia era tu camino hacia el poder, la riqueza y la buena posición.

—El mío y el tuyo.

—Yo no pinto nada —dijo ella.

La modestia de su madre era totalmente falsa, y Wynstan la ignoró.

—Después de que yo naciera tardaste cinco años en concebir otro hijo. ¿Lo hiciste a propósito? ¿Fue por culpa de las dificultades para tenerme a mí?

—No —respondió Gytha, indignada—. Una mujer noble no elude jamás su responsabilidad de tener hijos.

538

—Por supuesto.

—Pero padecí dos abortos entre tú y Wigelm, sin tener en cuenta el niño que nació muerto después.

—Me acuerdo de cuando nació Wigelm —musitó Wynstan—. A mis cinco años tenía ganas de matarlo.

—Los hermanos mayores suelen sentir ese tipo de impulsos, es señal de que se tiene carácter. Sin embargo, rara vez hacen algo malo, aunque yo, por si acaso, te mantenía lejos de la cuna de Wigelm.

—¿Cómo fue su nacimiento?

—No especialmente complicado, aunque son contadas las ocasiones en que dar a luz resulta fácil. Con el segundo hijo no se suele sufrir tanto como con el primero. —Gytha miró en la dirección de donde procedían los gritos—. Aunque está claro que no es el caso de Ragna. Puede que algo esté yendo mal.

—La muerte en el alumbramiento es algo que ocurre con frecuencia —observó Wynstan en tono jovial, pero entonces captó la hosca mirada de Gytha y se dio cuenta de que había ido demasiado lejos. Siempre la tenía de su parte hiciera lo que hiciese, pero no dejaba de tratarse de una mujer—. ¿Quién asiste a Ragna? —le preguntó.

—Una comadrona de Shiring llamada Hildi.

—Una plebeya con remedios paganos, imagino.

—Sí, pero aunque Ragna y el recién nacido muriesen, seguiría quedando Osbert.

El primer hijo de Ragna estaba a punto de cumplir dos años. Era un niñito normando de pelo rojizo a quien habían llamado igual que el padre de Wilwulf. Osbert era el heredero legítimo de Wilf, y lo seguiría siendo aunque el hijo que Ragna diera a luz muriera ese mismo día. Sin embargo, Wynstan agitó una mano en señal de desdén.

—Un niño sin madre no representa una gran amenaza —observó.

Estaba pensando que sería fácil deshacerse de un pequeño de dos años, pero no lo dijo en voz alta al recordar la adusta mirada de Gytha.

Ella se limitó a asentir.

Wynstan examinó aquel rostro que treinta años atrás le había inspirado terror. Gytha estaba en la mitad de su cincuentena y hacía mucho tiempo que el pelo se le había tornado gris. Sin embargo, últimamente en sus cejas oscuras aparecían zonas plateadas, en su labio superior se dibujaban nuevas líneas verticales y su figura no era tan voluptuosa, sino más bien rechoncha. Con todo, en su fuero interno sentía que aún tenía el poder de infundirle miedo.

Gytha se mostraba paciente y callada. Era algo que las mujeres sabían hacer, pero Wynstan no. Él daba golpecitos en el suelo con el pie y se removía en el asiento.

—Santo Dios, ¿cuánto tardará aún? —dijo.

—Si se queda atascado, lo normal es que mueran tanto el niño como la madre.

—Reza para que así sea. Tenemos que conseguir que Garulf se convierta en el heredero de Wilf. Es la única forma de que podamos quedarnos con todo lo que hemos ganado.

—Tienes razón, por supuesto —admitió Gytha con expresión agria—. Aunque Garulf no es precisamente una lumbrera. Por suerte, podemos controlarlo.

—Goza de popularidad. A los hombres de armas les cae bien.

—No sé muy bien por qué.

—Siempre está dispuesto a comprarles un barril de cerveza y permitir que violen a una prisionera por turnos.

Su madre volvió a obsequiarlo con aquella mirada. No obstante, Gytha era capaz de dejar a un lado sus escrúpulos. A fin de cuentas haría lo que fuera necesario por el bien de la familia.

Los gritos cesaron. Wynstan y Gytha guardaron silencio y esperaron, nerviosos. El obispo empezaba a pensar que sus deseos se habían hecho realidad.

Entonces oyeron el llanto inconfundible de un recién nacido.

—Está vivo —dijo—. Diantres.

Al cabo de un minuto se abrió la puerta y una sirvienta de quince años llamada Wilnod, hija de Gilda, asomó la cabeza. Tenía el pelo mojado por la lluvia.

—Es un varón —dijo sonriendo con felicidad—. Fuerte como un toro y con la barbilla igual de prominente que su padre.

La muchacha desapareció.

—Al diablo con la maldita barbilla —masculló Wynstan.

—O sea que la suerte no nos favorece.

—Eso lo cambia todo.

—Sí. —Gytha parecía pensativa—. Eso nos obliga a adoptar un punto de vista completamente distinto.

Wynstan estaba desconcertado.

—¿Ah, sí?

—Hemos estado observando la situación desde una perspectiva equivocada.

A Wynstan no se lo parecía, pero su madre solía tener razón.

—Sigue —la animó.

—Nuestro verdadero problema no es Ragna.

Wynstan arqueó las cejas.

—¿No?

—Nuestro problema es Wilf.

Wynstan sacudió la cabeza. No veía adónde quería ir a parar su madre. Sin embargo, la mujer no tenía un pelo de tonta, de modo que aguardó con paciencia para saber qué se proponía.

—Wilf está locamente enamorado de Ragna —prosiguió Gytha al cabo de un momento—. Nunca se había prendado así de una mujer. Le gusta, la ama, y ella parece saber cómo complacerlo dentro y fuera de la cama.

—Eso no le impide fornicar con Inge de vez en cuando.

Gytha se encogió de hombros.

—El amor de un hombre nunca es del todo exclusivo, pero Inge no supone una gran amenaza para Ragna. Si Wilf tuviera que escoger entre las dos, no tardaría ni un segundo en decantarse por Ragna.

—Imagino que no hay posibilidades de que alguien pueda seducir a Ragna para que lo traicione.

Gytha sacudió la cabeza.

—Siente algo por aquel joven tan despierto de Dreng's Ferry, pero la cosa no pasará de ahí. Él ocupa una posición muy inferior.

Wynstan se acordó del constructor de barcos de Combe que se había trasladado a la granja de Dreng's Ferry. Era un don nadie sin ninguna clase de distinción.

—No —concluyó él en tono desdeñoso—. Si Ragna cae en la tentación será con algún joven atractivo de la villa que sepa colarse por debajo de su falda mientras Wilf está lejos luchando contra los vikingos.

—Lo dudo. Es demasiado lista para poner en riesgo su posición por un devaneo.

—Opino lo mismo, por desgracia.

Wilnod los sorprendió volviendo a asomarse por la puerta, más mojada que antes, pero también más sonriente.

—¡Otro varón! —anunció.

—¡Mellizos! —exclamó Gytha.

—El segundo es más pequeñito y tiene el pelo moreno, pero está sano.

Wilnod se marchó.

—Malditos sean los dos —dijo Wynstan.

—Ahora hay tres varones que se interponen en el camino de Garulf, y no solo uno —observó Gytha.

Se quedaron un rato en silencio. Aquello suponía un gran cambio en la jerarquía política del condado. Wynstan meditó sobre las consecuencias y no le cabía duda de que su madre estaba haciendo lo mismo.

Por fin habló con tono frustrado:

—Tiene que haber algo que podamos hacer para apartar a Wilf de Ragna. Existen otras mujeres atractivas en el mundo.

—A lo mejor aparece una muchacha y lo embelesa. Será más joven que Ragna, por supuesto, y probablemente más fierecilla todavía.

—¿Podemos conseguir que eso ocurra?

—Es posible.

—¿Crees que funcionará?

—Tal vez. Además, no se me ocurre nada mejor.

—¿De dónde vamos a sacar a una mujer así?

—No lo sé —dijo Gytha—. A lo mejor podemos comprarla.

En enero, tras una Navidad pacífica, Testa de Hierro volvió a la carga.

Una mañana fría y soleada, Edgar se encontraba descargando piedras de su balsa junto al río, cerca de la granja. Estaba preparándose para construir un ahumadero en casa de su familia. A menudo tenían más pescado del que conseguían vender, y el techo empezaba a parecerse a un bosque del revés en pleno invierno, con las anguilas a modo de tallos desnudos de árboles que brotaban boca abajo en el tejado de paja. Un ahumadero construido con piedras ofrecería mucho espacio y correría menos riesgo de incendiarse.

Cada vez se sentía más seguro de su trabajo como cantero. Hacía mucho tiempo que había terminado de reforzar la iglesia con contrafuertes, y por fin el edificio gozaba de estabilidad. Llevaba dos años ocupándose de la cantera de Ragna en Outhenham y había vendido más piedras que nunca, lo cual les había reportado dinero a ambos. Sin embargo, en invierno la demanda bajaba, y Edgar había aprovechado la ocasión para almacenar piedras con vistas a su proyecto personal.

Su hermano Eadbald apareció haciendo rodar un barril vacío por el rústico sendero que bordeaba el río.

—Necesitamos más cerveza —anunció.

Podían permitírsela gracias al estanque de peces.

—Te echaré una mano —se ofreció Edgar.

Un hombre solo podía apañárselas con un barril vacío, pero, una vez lleno, hacían falta dos para moverlo por un terreno repleto de baches.

Los dos hermanos llevaron el barril vacío hasta la posada, con Manchas trotando tras ellos. Mientras le pagaban a Leaf, llegaron dos pasajeros que querían montarse en la barcaza. Edgar reconoció que se trataba de Odo y Adelaide, un matrimonio de mensajeros procedente de Cherburgo. Habían cruzado Dreng's Ferry dos semanas antes, acompañados por dos hombres de armas, con la intención de dirigirse a Shiring y llevarle cartas y dinero a Ragna. Edgar los saludó:

—¿Volvéis a casa?

Odo le respondió con acento francés:

—Sí. Esperamos encontrar un barco en Combe.

Odo era un hombre corpulento de unos treinta años, con el pelo rubio cortado al estilo normando, rapado por la parte de detrás. Tenía una espada de aspecto sólido.

No iban con escolta esta vez, pero tampoco llevaban encima ninguna gran suma de dinero.

—Tenemos prisa por regresar a casa porque debemos informar de la buena nueva. Lady Ragna ha dado a luz, ¡a mellizos!

La mujer, menuda y rubia, llevaba un colgante de ámbar engarzado en plata que, según pensó Edgar, era propio de Ragna.

Se alegró de la noticia de los mellizos. Con toda probabilidad, el heredero de Wilwulf sería uno de los hijos de Ragna y no el de Inge, Garulf, que era idiota y cruel.

—Bien por Ragna —contestó.

—¡Estoy seguro de que todo el mundo querrá brindar por los nuevos principitos! —dijo Dreng, que se había enterado de la noticia.

Lo dijo como si la cerveza corriera a cuenta de la casa, pero Edgar sabía que se trataba de una de sus martingalas. Los normandos no cayeron en la trampa.

—Queremos llegar a Mudeford Crossing antes de que anochezca —dijo Odo, y se marcharon.

Edgar y Eadbald llevaron el nuevo barril lleno de cerveza hasta la granja. Luego Edgar continuó descargando la balsa; formaba hileras de piedras atadas con cuerdas y las arrastraba desde el río colina arriba hasta el lugar donde debía construirse el ahumadero.

El sol de invierno brillaba en lo alto del cielo, y Edgar estaba a punto de descargar la última piedra cuando oyó un grito procedente del otro lado del río.

—¡Ayuda, por favor!

Miró hacia la otra orilla y vio a un hombre con una mujer en brazos. Ambos estaban desnudos y, al parecer, la mujer había perdido el conocimiento. Entornó los ojos y pudo distinguir que se trataba de Odo y Adelaide.

Saltó a la balsa y remó para cruzar el río. Les habían robado todas sus pertenencias, incluida la ropa, imaginó.

Al llegar a la orilla opuesta, Odo subió a la balsa, con Adelaide todavía en brazos, y se dejó caer sobre la única piedra tosca que faltaba por descargar. El hombre tenía el rostro ensangrentado y un ojo medio cerrado, además de una herida en la pierna. Adelaide tenía los ojos cerrados por completo y sangre reseca en el pelo rubio, pero aún respiraba.

Edgar sintió una oleada de compasión por la joven de figura menuda, y una punzada de odio hacia el hombre que le había hecho aquello.

—Hay un convento en la isla —dijo—. A la madre Agatha se le da bien curar heridos. ¿Queréis que os lleve directamente allí?

—Sí, por favor, deprisa.

Edgar remó con brío corriente arriba.

—¿Qué ha ocurrido? —preguntó.

—Ha sido un hombre con un yelmo.

—Testa de Hierro —dijo Edgar y, a continuación, masculló—: Ese hijo de Satanás...

—Tiene por lo menos un cómplice. Me han golpeado y me han dejado inconsciente. Imagino que nos han dado por muertos. Cuando he recobrado el sentido, estábamos desnudos.

—Necesitan armas. Supongo que les ha llamado la atención vuestra espada. Y el colgante de Adelaide.

—Y si sabéis que esos hombres andan por el bosque, ¿por qué no los capturáis? —Odo empleó un tono desafiante, prácticamente dando a entender que, en su opinión, el joven barquero respaldaba a los ladrones.

Edgar hizo como si no hubiese captado la acusación velada.

—Lo hemos intentado, creedme. Hemos registrado cada centímetro de la orilla sur, pero desaparecen entre la maleza como si fueran ratones.

—Tienen un barco. Lo he visto justo antes de que nos asaltaran.

Edgar se quedó pasmado.

—¿Qué clase de barco?

—Una pequeña barca de remos.

—No lo sabía.

Todo el mundo daba por sentado que Testa de Hierro se ocultaba en la orilla sur, ya que siempre cometía allí los robos, pero si se servía de una embarcación, bien podía tener la guarida en la orilla norte.

—¿Lo has visto alguna vez? —preguntó Odo.

—Una noche que trató de robarnos una lechona le clavé un hacha en el brazo, pero se escapó. Ya hemos llegado.

Edgar varó la balsa en la isla de los Leprosos y se puso de pie sosteniendo la cuerda mientras Odo bajaba a tierra con Adelaide aún en brazos.

La llevó hasta la puerta del convento, donde le abrió la madre Agatha. Esta hizo caso omiso de su desnudez y miró a la mujer herida.

—Mi esposa… —empezó a decir Odo.

—¡Pobrecita! —exclamó Agatha—. Trataré de ayudarla —afirmó, y extendió los brazos para tomar en ellos a la mujer inconsciente.

—Yo la entraré.

Agatha se limitó a negar con la cabeza, en silencio, y Odo dejó que cogiera a Adelaide. La abadesa sostuvo el peso de aquel cuerpo sin el menor esfuerzo y regresó al interior del convento. Una mano invisible cerró la puerta.

Odo se quedó un rato mirando la puerta cerrada. Luego dio media vuelta y se subió a la balsa con Edgar.

—Será mejor que me aloje en la posada —resolvió Odo.

—Allí no seréis bien recibido, no tenéis dinero —observó Edgar—. Pero en el monasterio sí que os acogerán. El prior Aldred os proveerá de una túnica de monje y calzado. Además, os limpiará las heridas y os alimentará durante todo el tiempo que necesitéis.

—Gracias a Dios que existen los monjes.

Edgar remó hasta la orilla y amarró la balsa.

—Venid conmigo —dijo.

Al bajar de la balsa, Odo se tambaleó y cayó de rodillas.

—Lo siento —se disculpó—, me flaquean las piernas. He llevado a Adelaide en brazos un buen trecho.

Edgar lo ayudó a levantarse.

—No falta mucho.

Acompañó a Odo a pie hasta el edificio que había sido la casa de los clérigos y donde ahora se hallaba el monasterio. Levantó el pasador de la puerta y casi tuvo que empujar al normando para que entrara. Los monjes se encontraban sentados a la mesa, cenando, a excepción de Aldred, que estaba de pie frente al facistol que Edgar había construido, leyendo en voz alta.

Este se detuvo al verlos entrar.

—¿Qué ha ocurrido? —preguntó.

—Odo y su esposa regresaban a su hogar en Cherburgo cuando les han golpeado, les han robado, los han despojado de sus ropas y los han abandonado dándolos por muertos —explicó Edgar.

Aldred cerró el libro y tomó a Odo del brazo con delicadeza.

—Venid por aquí y tumbaos cerca del fuego —le ofreció—. Hermano Godleof, tráeme un poco de vino para limpiarle las heridas.

Aldred ayudó a Odo a tumbarse.

Godleof acudió con un cuenco lleno de vino y un paño limpio, y Aldred se dispuso a retirar la sangre del rostro de aquel hombre.

—Os dejo —le dijo Edgar a Odo—. Estáis en buenas manos.

—Gracias, amigo.

Edgar sonrió.

Ragna puso el nombre de Hubert al mayor de los mellizos y llamó Colinan al más joven. No eran gemelos idénticos y resultaba fácil distinguir quién era quién puesto que uno era grande y rubio y el otro, menudo y moreno. Ragna tenía leche suficiente para amamantarlos a los dos. Sentía los pechos hinchados y pesados.

No le faltaba ayuda para cuidar de los niños. Cat había estado presente durante el alumbramiento y se quedó prendada de ellos desde el principio. Se había casado con Bern el Gigante y tenía una hija de la misma edad que Osbert, el primogénito de Ragna. Parecía feliz con Bern, aunque les había contado a las otras mujeres que su barrigón era tan grande que siempre le tocaba a ella montarse encima. Estas se habían echado a reír, y Ragna se preguntó cómo se sentirían los hombres si supieran de qué forma hablaban de ellos.

Agnes, la costurera, también adoraba a los recién nacidos. Se había casado con Offa, el alguacil de Mudeford, pero no tenían hijos, y volcaba su instinto maternal frustrado en los pequeños de Ragna.

Esta se separó por primera vez de los mellizos cuando supo lo que les había ocurrido a Odo y a Adelaide.

Estaba preocupadísima. Los mensajeros habían acudido a Inglaterra para cumplir una misión en beneficio de Ragna y se sentía responsable de lo sucedido. Además, el hecho de que fueran normandos, como ella, acentuaba su compasión. Tenía que verlos y averiguar hasta qué punto estaban malheridos y si podía hacer algo por ayudarlos.

Dejó a los niños a cargo de Cat, junto con dos amas de cría para asegurarse de que no pasaban hambre. Se llevó a Agnes como doncella y a Bern como escolta. Preparó ropa para Odo y Adelaide, puesto que sabía que los habían dejado desnudos. Cuando salió del recinto sentía un peso en el corazón: ¿cómo podía dejar allí a sus pequeños? Sin embargo, tenía que cumplir con su deber.

Los echó de menos cada minuto durante los dos días que tardó en llegar a Dreng's Ferry.

Llegó a última hora de la tarde y, de inmediato, tomó la barcaza hasta la isla de los Leprosos mientras Bern aguardaba en la taberna. La madre Agatha le dio la bienvenida con un beso y la estrechó contra su cuerpo huesudo.

—¿Cómo está Adelaide? —preguntó Ragna sin preámbulos.

—Se recupera deprisa —contestó Agatha—. Se pondrá bien.

Ragna relajó los hombros, aliviada.

—Gracias a Dios.

—Amén.

—¿Dónde la han herido?

—Le han dado un mal golpe en la cabeza, pero es joven y fuerte y no parece que vayan a quedarle secuelas a largo plazo.

—Me gustaría hablar con ella.

—Por supuesto.

Adelaide se hallaba en el dormitorio. Llevaba un paño limpio alrededor de la rubia cabeza e iba vestida con un sobrio hábito de monja, pero estaba incorporada en la cama y sonrió feliz al ver a Ragna.

—¡Mi señora! No deberíais haberos tomado la molestia de venir hasta aquí.

—Tenía que asegurarme de que te estabas recuperando.

—Pero ¡y los niños!

—Volveré corriendo a su lado ahora que he visto que tú estás bien. Si no, ¿quién te habría traído ropa limpia?

—Sois muy amable.

—No digas tonterías. ¿Cómo está Odo? Me han dicho que sus heridas no son tan graves como las tuyas.

—Al parecer está bien, pero no lo he visto. Aquí no dejan entrar a los hombres.

—Haré que Bern el Gigante os escolte hasta Combe en cuanto los dos os encontréis lo bastante bien para marcharos.

—Mañana mismo podré irme. No me duele nada.

—De todos modos, os prestaré un caballo.

—Gracias.

—Podéis llevaros el caballo de Bern, y él lo traerá de vuelta a Shiring en cuanto os suba a un barco rumbo a Cherburgo.

Ragna le dio a Adelaide dinero y unos cuantos objetos de uso femenino: un peine, un pequeño tarro con aceite para limpiarse las manos y un paño de lino con que cubrirse la entrepierna. A continuación se marchó —tras recibir otro beso de Agatha— y regresó a tierra firme.

Odo estaba en el priorato con Aldred. Tenía la cara llena de morados y, cuando se levantó para saludarla con una reverencia, lo hizo apoyándose sobre la pierna izquierda. Por lo demás, su aspecto era jovial. Ragna le entregó las prendas masculinas que le había traído de Shiring.

—Adelaide quiere marcharse mañana —le dijo—. ¿Tú cómo te encuentras?

—Creo que estoy completamente recuperado.

—Déjate guiar por la madre Agatha, que ha cuidado de muchos enfermos.

—Sí, mi señora.

Ragna abandonó el monasterio y regresó a la orilla del río. Tenía la intención de coger la barcaza de vuelta a la isla y pasar la noche en el convento.

Edgar se hallaba en la puerta de la taberna.

—Siento mucho lo que les ha pasado a vuestros mensajeros —dijo, aunque, obviamente, no era culpa suya.

—¿Crees que los asaltaron los mismos ladrones que robaron el regalo de boda que tenía preparado para Wilf hace tres años?

—Estoy seguro. Odo describió a un hombre con un yelmo de hierro.

—Por lo que deduzco que todos los esfuerzos por atraparlo han fracasado. —Ragna frunció el entrecejo—. Cuando roba ganado, él y su cuadrilla se lo comen, y se quedan con las armas y con el dinero, pero las ropas y las joyas deben de venderlas. ¿Cómo lo consiguen?

—Puede que Testa de Hierro lleve los bienes a Combe —respondió Edgar con aire pensativo—. Allí hay muchos mercaderes que compran ropa de segunda mano, y también dos o tres orfebres. Las piezas de orfebrería pueden fundirse o, como mínimo, retocarse de modo que no resulten fáciles de identificar, y cualquier prenda demasiado característica puede reconvertirse en otra.

—Pero a los bandidos se los reconoce por su mal aspecto.

—Debe de haber gente dispuesta a comprar objetos sin hacer demasiadas preguntas.

—Sigo pensando que reconocerían a un proscrito —dijo Ragna, arrugando la frente de nuevo—. Las pocas veces que me he cruzado con ese tipo de hombres he visto que tienen aspecto enfermizo, están sucios y van vestidos con andrajos. Tú has vivido en Combe. ¿Recuerdas a algún hombre que se acercara a vender objetos en el pueblo y que diera la impresión de vivir en el bosque, a la intemperie?

—No, y tampoco recuerdo que nadie hablara de alguien así. ¿Creéis que Testa de Hierro se sirve de algún intermediario?

—Sí. Una persona respetable con motivos para visitar Combe.

—Pero eso incluye a cientos de hombres. Es una población grande y acude mucha gente para comprar y vender cosas.

—¿Hay alguien de quien sospeches, Edgar?

—Dreng, el dueño de la taberna. Es lo bastante malvado, pero no le gusta viajar.

Ragna asintió.

—Es necesario darle unas cuantas vueltas al asunto —dijo—. Me gustaría poner fin a estas acciones que van contra la ley, y el sheriff Den piensa lo mismo.

—Como todo el mundo —repuso Edgar.

Ragna y Cat estaban depositando a los mellizos en la cuna para que descansaran cuando oyeron agitación en el exterior. Una muchacha bramaba furiosa mientras varias mujeres le gritaban y un gran número de hombres estallaban en risas y burlas. Los mellizos cerraron los ojos, ajenos al bullicio, y se quedaron dormidos en cuestión de segundos, de modo que Ragna salió a ver a qué venía todo aquel alboroto.

Hacía frío. El viento del norte azotaba el recinto con sus ráfagas de hielo. Una multitud se había congregado en torno a un tonel de agua. Al acercarse, Ragna vio que en el centro del grupo había una joven desnuda y hecha una furia. Gytha, junto con dos o tres mujeres más, intentaba bañarla con ayuda de cepillos, trapos, agua y aceite mientras otras batallaban para mantenerla quieta. Cuando le arrojaron el agua fría por encima, la muchacha se echó a temblar de forma incontrolada, a la vez que profería una retahíla de palabras que a Ragna le sonaron a insultos en galés.

—¿Quién es? —preguntó Ragna.

El nuevo caballerizo, Wuffa, situado frente a Ragna, respondió sin volverse a mirarla.

—Es la nueva esclava de Gytha —dijo—. ¡Frotadle las tetas! —gritó a continuación, y los hombres apiñados en torno a él prorrumpieron en carcajadas.

Ragna podría haber puesto fin a aquel maltrato si su objeto hubiera sido una joven cualquiera, pero no podía hacer eso con una esclava. La gente tenía derecho a ser cruel con los esclavos. Existía alguna que otra ley sin mucha consistencia que prohibía matar a un esclavo si no se disponía de un buen motivo, pero incluso en esos casos costaba obligar a que se cumplieran, y las penas eran muy leves.

Por lo que Ragna pudo ver, la muchacha tenía unos trece años. Su piel, una vez retirada la capa de mugre, era pálida. Tenía el pelo moreno, igual que el vello de la entrepierna, casi negro. Las piernas y los brazos eran delgados, y tenía unos pechos pequeños y perfectos. A pesar de la rabia que le crispaba el rostro, era guapa.

—¿Para qué quiere Gytha una esclava? —preguntó Ragna.

Wuffa se volvió para contestarle con una sonrisita, pero entonces reparó en la persona con la que estaba hablando y cambió de idea, por lo que su sonrisa se desvaneció.

—No lo sé —masculló.

Estaba claro que sí lo sabía, pero le daba vergüenza confesarlo.

Wilf salió del gran salón y se acercó a la multitud con evidentes muestras de sentir tanta curiosidad como Ragna. Ella lo observó mientras se preguntaba cómo reaccionaría ante aquello. Gytha ordenó de inmediato a las otras mujeres que dejaran de lavar a la muchacha y la sujetaran para que Wilf la viera.

La muchedumbre se separó respetuosamente para dejar paso al conde. La muchacha estaba más o menos limpia. El pelo negro y mojado le colgaba a ambos lados del rostro, y su piel relucía a causa de la fuerza con que la habían frotado. Su gesto de enojo solo servía para darle un aire aún más atractivo. Wilf esbozó una amplia sonrisa.

—¿Quién es esta? —preguntó.

—Se llama Carwen —respondió Gytha—. Es un regalo que te hago, para agradecerte que seas el mejor hijastro que cualquier madre podría desear.

Ragna contuvo un grito de protesta. ¡No era justo! Había hecho todo lo posible para complacer a Wilf y conservar su lealtad, y en los tres años que llevaban casados él le había sido muchísimo más fiel de lo que solían serlo los nobles ingleses. Se acostaba con Inge de vez en cuando, en homenaje a los viejos tiempos, y seguramente también con jóvenes campesinas cuando partía de viaje, pero mientras estaba en casa apenas miraba a otras mujeres. Y ahora todo ese esfuerzo estaba a punto de echarse a perder por culpa de una esclava… ¡que le regalaba Gytha! Ragna supo de inmediato que esta tenía un plan para apartarla de su esposo.

Wilf avanzó con los brazos extendidos, como si quisiera abrazar a Carwen.

Ella le escupió a la cara.

Wilf se quedó paralizado y la multitud guardó silencio.

Una acción así era motivo suficiente para matar a un esclavo. Él mismo bien podría desenvainar su cuchillo y rebanarle el pescuezo a Carwen en el acto.

El conde se limpió la cara con la manga y acercó la mano a la empuñadura de la daga sujeta a su cinto. Se quedó mirando a Carwen unos instantes. Ragna no lograba adivinar qué pensaba hacer.

Entonces apartó la mano del cuchillo.

Podría, simplemente, haber rechazado a Carwen. ¿Quién deseaba que le regalaran a una esclava que te escupía a la cara? Ragna pensó que aquello podía ser su salvación.

Sin embargo, Wilf se relajó, sonrió y miró alrededor. La multitud, inquieta, soltaba risitas ahogadas. Y, a continuación, Wilf prorrumpió en carcajadas.

La multitud rio con él, y Ragna supo que estaba perdida.

La expresión de su esposo se tornó seria de nuevo y el público guardó silencio.

Propinó una única bofetada a la esclava, con ganas. Wilf tenía unas manos grandes y fuertes. Carwen gritó y se echó a llorar. Su mejilla adquirió un tono rojo vivo y un hilo de sangre le brotó del labio y empezó a resbalarle por la barbilla.

Wilf se volvió hacia Gytha.

—Atadla y llevadla a mi casa —ordenó—. Dejadla en el suelo.

Observó cómo las mujeres la maniataban a la espalda con cierta dificultad, puesto que forcejeaba y ofrecía resistencia. Cuando lo hubieron logrado, le ataron los tobillos.

Los hombres presentes entre la multitud contemplaban a la muchacha desnuda, pero las mujeres dirigían miradas furtivas a Ragna. Esta se dio cuenta de que sentían curiosidad por ver cuál sería su reacción, de modo que hizo todo lo posible por conservar una expresión hierática y digna.

Las damas que acompañaban a Gytha cargaron con Carwen, atada de pies y manos, y la llevaron a casa de Wilf.

Ragna dio media vuelta y se alejó despacio. Se sentía consternada; el padre de sus tres hijos iba a pasar la noche con una esclava. ¿Qué debía hacer ella?

Decidió que no permitiría que aquello arruinara su matrimonio. Gytha podía hacerle daño, pero no destruirla. De algún modo conseguiría conservar el poder que tenía sobre Wilf.

Entró en su casa. Los criados no le dijeron nada. Habían averiguado lo que estaba ocurriendo y, además, notaron la expresión de su rostro.

Se sentó, pensativa. Sería un error intentar impedir que Wilf se acostara con Carwen, de eso se dio cuenta enseguida. Él jamás prestaría atención a sus necesidades como esposa —un hombre así no aceptaba órdenes de ninguna mujer, ni siquiera de aquella a la que amaba—, y semejante petición solo serviría para agriar los sentimientos hacia ella. ¿Debería fingir que no le importaba? No, eso sería llevar las cosas demasiado lejos. Lo acertado tal vez fuera aceptar los deseos del hombre aunque le pesaran. Podía interpretar ese papel, si era necesario.

Se acercaba la hora de la cena. Por encima de todo, debía evitar mostrarse derrotada y triste. Debía tener un aspecto tan bello que Wilf sintiera incluso una punzada de arrepentimiento por pasar la noche con otra mujer.

Eligió un vestido amarillo oscuro que sabía que agradaba a su esposo. Le quedaba un poco ajustado al pecho, pero estaba bien así. Le pidió a Cat que le recogiera el pelo con un pañuelo de seda de color castaño. Se cubrió con un manto de lana granate para protegerse la espalda de las frías corrientes que atravesaban las paredes de madera del gran salón, y remató su atuendo con un broche con incrustaciones de esmalte dorado.

A la hora de cenar se sentó a la derecha de Wilf, como de costumbre. Él se mostró sociable y bromeó con los otros hombres, pero de vez en cuando Ragna lo descubrió mirándola con una expresión que la intrigaba. No era exactamente miedo, pero sí algo más que simple preocupación, y se dio cuenta de que en realidad estaba nervioso.

¿Cómo debía tomárselo ella? Si le demostraba que estaba dolida, él se sentiría manipulado y se pondría furioso, y querría aleccionarla por ello, seguramente prestando mucha más atención a Carwen. No, tenía que haber un modo más sutil.

Durante toda la cena Ragna se aseguró de mostrarse más radiante que nunca, a pesar de que se sentía abatida. Reía de los chistes de Wilf, y cada vez que él hacía alusión al amor o al sexo, ella le dirigía una mirada de párpados caídos que indefectiblemente despertaba su pasión.

Cuando ya no quedaba comida y los hombres empezaban a

estar borrachos, Ragna abandonó la mesa junto con la mayoría de las mujeres. Regresó a su casa sirviéndose de una vela de junco para alumbrar el camino. Sin embargo, no se quitó el manto, sino que permaneció en la puerta mirando al exterior, observando los movimientos apenas visibles que se producían en el recinto, pensando, ensayando mentalmente las palabras.

—¿Qué hacéis? —preguntó Cat.

—Espero un momento en que todo esté tranquilo.

—¿Cómo?

—No quiero que Gytha me vea ir a casa de Wilf.

—Allí es donde está la esclava —dijo Cat con voz temerosa—. ¿Qué pensáis hacerle?

—No estoy segura, aún me lo estoy planteando.

—No hagáis que Wilf se enfade con vos.

—Ya veremos.

Al cabo de unos instantes, Ragna vio una figura que iba de casa de Gytha a casa de Wilf con una vela en la mano, e imaginó que Gytha quería echar un vistazo a su regalo y comprobar que Carwen seguía estando presentable.

Aguardó con paciencia y, poco después, Gytha salió de casa de Wilf y regresó a la suya. Ragna esperó un minuto para darle tiempo de ponerse cómoda. Vio a una mujer y a su marido borracho que salían del gran salón y atravesaban el recinto tambaleándose. Por fin el panorama estaba despejado, cosa que ella aprovechó para recorrer a toda prisa la corta distancia que la separaba de casa de Wilf y entrar.

Carwen seguía atada, pero podía sentarse. Como estaba desnuda, tenía frío y se había arrastrado hasta situarse más cerca del fuego. Lucía una gran moradura en la mejilla izquierda, donde Wilf le había propinado la bofetada.

Ragna se sentó en un banco y se preguntó si la esclava sabría hablar inglés.

—Siento lo que te ha ocurrido —dijo.

Carwen no dio muestras de querer responder.

—Soy su esposa.

—¡Ja! —exclamó Carwen.

De modo que la entendía.

—Él no es cruel —prosiguió Ragna—, por lo menos no más de lo que suelen serlo los hombres.

La expresión de Carwen se relajó un poquito, tal vez debido al alivio que sentía.

—A mí nunca me ha pegado como te ha pegado a ti —explicó Ragna—. Aunque debo advertirte que he tenido cuidado de no contrariarlo. —Ragna levantó la mano como para evitar entrar en discusiones—. No te juzgo, solo quiero explicarte cómo funcionan las cosas.

Carwen asintió.

Iban progresando.

Ragna cogió una manta de la cama de Wilf y envolvió con ella los menudos y pálidos hombros de Carwen.

—¿Te apetece un poco de vino?

—Sí.

Ragna se aproximó a la mesa y sirvió vino de una cantarilla en un vaso de madera. A continuación se arrodilló junto a Carwen y le acercó el vaso a los labios. La muchacha bebió. Ragna pensó que tal vez le escupiría el vino a la cara, pero en vez de eso Carwen se lo tomó, agradecida.

En ese momento entró Wilf.

—¿Qué demonios estás haciendo aquí? —quiso saber de inmediato.

Ragna se puso de pie.

—Quería hablarte de esta esclava.

Wilf se cruzó de brazos.

—¿Te apetece un vaso de vino? —preguntó ella, y sin esperar respuesta sirvió dos, le tendió uno a Wilf y se sentó.

Él empezó a sorber el vino y se sentó frente a Ragna. Por su expresión se deducía que, si quería guerra, iba a tenerla de sobra.

Una idea incipiente acabó de tomar forma en la mente de Ragna.

—No creo que Carwen deba vivir en la casa de los esclavos —dijo.

Wilf pareció sorprenderse y no supo qué responder. Eso era lo último que esperaba oír.

—¿Por qué? —preguntó—. ¿Porque está muy sucia?

Ragna se encogió de hombros.

—Si está tan sucia es porque por la noche los encerramos y no pueden salir a hacer sus necesidades. Pero no es eso lo que me preocupa.

—Pues ¿qué es?

—Si pasa la noche allí, la montará más de un hombre, y seguramente tienen enfermedades repugnantes que te contagiarán a ti.

—No se me había ocurrido pensarlo. ¿Y dónde vivirá?

—Ahora mismo no hay ninguna casa libre en el recinto, y, de todos modos, una esclava no puede tener casa propia. Gytha la compró, así que tal vez Carwen debería vivir con ella… cuando no esté contigo.

—Buena idea —convino Wilf. Se notaba que estaba más relajado. Había previsto un conflicto, pero solo se trataba de resolver un problema práctico que tenía fácil solución.

Gytha se pondría furiosa, pero Wilf no cambiaría de opinión tras haber dado su conformidad. Para Ragna aquello suponía una venganza, pequeña pero satisfactoria.

Se puso de pie.

—Pásalo bien —le deseó, aunque en realidad esperaba que no fuera así.

—Gracias.

Ragna se dirigió a la puerta.

—Y cuando te canses de la muchacha y necesites de nuevo a una mujer, puedes venir a buscarme. —Abrió la puerta—. Buenas noches —dijo, y salió.

26

Marzo de 1001

Las cosas no salieron como Ragna esperaba. Wilf durmió con Carwen todas las noches durante ocho semanas y luego partió hacia Exeter.

Al principio, la situación la desconcertó. ¿Cómo era posible que pasara tanto tiempo con una niña de trece años? ¿Qué podía decir una adolescente que interesara a un hombre de la edad y la experiencia de Wilf? Cuando compartían cama, por las mañanas charlaban sobre los problemas que comportaba el gobierno de un condado: la recaudación de impuestos, la detención de delincuentes y, sobre todo, la defensa del territorio de los ataques de los vikingos. Estaba convencida de que no comentaba esos temas con Carwen.

Wilwulf seguía hablando con ella, pero no en la cama.

Gytha estaba encantada con el cambio y le sacaba el mejor partido posible; jamás desperdiciaba la oportunidad de mencionar a Carwen en presencia de Ragna, quien ocultaba su humillación tras una sonrisa.

Inge, que odiaba a Ragna por haberle arrebatado a Wilwulf, disfrutaba viendo que la habían suplantado e, igual que Gytha, quiso restregárselo, aunque carecía de la sangre fría de esta.

—¡Vaya, Ragna! Hace semanas que no pasáis una noche con Wilf, ¿no es así?

—Vos tampoco —replicó Ragna, y eso la calló.

Ragna trataba de poner al mal tiempo buena cara mientras se adaptaba a su nueva vida, aunque llena de resentimiento. Invitaba a poetas y a músicos a Shiring. Dobló el tamaño de su hogar y lo convirtió en un segundo gran salón para acomodar a las visitas, y todo ello con el permiso de Wilwulf, quien se lo concedía de buena gana, ansioso por contentarla mientras fornicaba con su esclava.

A Ragna le preocupaba que el enfriamiento de la antigua pasión que Wilf había sentido por ella debilitara su posición política, de manera que, a modo de compensación, fortalecía sus relaciones con otros hombres poderosos como el obispo de Norwood, el abad de Glastonbury o el sheriff Den. El abad Osmund de Shiring aún vivía, pero pasaba la mayor parte del tiempo postrado en el lecho, por lo que Ragna entabló amistad con el tesorero Hildred. Los invitaba a su casa a escuchar música y oír recitar poemas. A Wilf le complacía la idea de que su recinto estuviera convirtiéndose en un centro cultural, puesto que ello aumentaba su prestigio personal. Sin embargo, su gran salón seguía concurrido por bufones y acróbatas, y la conversación durante la sobremesa versaba acerca de espadas, caballos y barcos de guerra.

Hasta que llegaron los vikingos.

El verano anterior había transcurrido en paz, mientras permanecían asentados en Normandía. Nadie en Inglaterra conocía la razón, pero todos lo agradecían, y el rey Etelredo había confiado lo suficiente en que la situación no variaría para tener que dirigirse al norte y hostigar a los britanos de Strathclyde. Sin embargo, esa primavera los vikingos regresaron con energías renovadas, y un centenar de barcos de proas curvadas como las hojas de las espadas orientales remontaron el río Exe a toda vela. Encontraron la ciudad de Exeter fuertemente defendida, pero asolaron los alrededores sin piedad.

Las nuevas de lo ocurrido llegaron a Shiring de la mano de los mensajeros que acudieron en busca de ayuda. Wilf no vaciló. Si los vikingos tomaban el control de las tierras cercanas a Exeter, podrían establecer una base con fácil acceso al mar desde la que tendrían capacidad para atacar cualquier territorio del sudoeste de

Inglaterra a su conveniencia. Estarían a un solo paso de conquistar la región y hacerse con el condado de Wilf, algo que ya habían conseguido en otros condados de gran parte del nordeste de Inglaterra. No debían permitir que ocurriera algo semejante, por lo que reunió un ejército.

Consultó la estrategia con Ragna, quien le recomendó que no se precipitara, que no corriera a enfrentarse a los vikingos con un grupo armado tan reducido como el de Shiring. La celeridad y la sorpresa siempre jugaban a favor del atacante, pero con unas huestes enemigas de aquella envergadura existía el riesgo de una derrota y una humillación tempranas. Wilf estuvo de acuerdo y dijo que primero recorrería la región para reclutar hombres con que nutrir sus filas y así disponer de un ejército digno de tenerse en cuenta cuando se encontrara con los vikingos.

Ragna sabía que se hallaba en un momento delicado. Necesitaba que quedara establecido de forma pública y oficial que era ella la representante de Wilf antes de que este partiera. Aprovechando que él no estaría allí para protegerla, los rivales de Ragna tratarían de desacreditarla durante su ausencia. Wynstan no acompañaría a Wilf a luchar contra los vikingos puesto que los hombres de Dios tenían prohibido derramar sangre, una regla que el obispo solía observar, a pesar de incumplir muchas otras. Wynstan permanecería en Shiring y Ragna sabía que trataría de hacerse cargo del condado con la connivencia de Gytha. No podría bajar la guardia un solo momento.

Rezó para que Wilf pasara una noche con ella antes de partir, cosa que no ocurrió, lo cual no hizo más que ahondar su resentimiento.

El día de la partida Ragna esperaba a su lado en la puerta del gran salón a que Wuffa le llevara su caballo preferido, Nube, un semental de color gris acero. No se veía a Carwen por ninguna parte. Wilf se habría despedido de ella en privado, un gesto que Ragna le agradecía.

Wilf la besó en la boca delante de todos… por primera vez desde hacía dos meses.

—Os prometo, esposo, que gobernaré convenientemente vuestro condado en vuestra ausencia —proclamó en voz alta para que todos pudieran oírla, poniendo un énfasis especial en la palabra «gobernaré»—. Impartiré justicia como lo haríais vos, velaré por vuestro pueblo y vuestras riquezas y no permitiré que nadie me impida cumplir con mi deber.

Se trataba de un desafío evidente dirigido a Wynstan, y Wilf, cuyo sentimiento de culpa aún lo empujaba a conceder a Ragna cuanto solicitara, así lo entendió.

—Gracias, esposa. Sé que gobernaréis como lo haría yo si estuviera aquí —contestó él en su mismo tono y haciendo hincapié, asimismo, en el «gobernaréis»—. Quien desobedece a lady Ragna, me desobedece a mí.

—Gracias —dijo Ragna, bajando la voz—. Y regresa sano y salvo a mi lado.

Ragna se refugió en el silencio, sumida en sus pensamientos, y apenas hablaba con quienes la rodeaban. Poco a poco empezó a asumir que debía enfrentarse a la dura realidad: Wilf nunca la querría como ella deseaba.

Su marido la apreciaba, la respetaba y tarde o temprano volvería a su lecho, pero Ragna jamás dejaría de ser una de las yeguas de su establo. No era la vida con la que había soñado cuando se enamoró de él. ¿Sería capaz de acostumbrarse?

Solo de pensarlo le entraban ganas de llorar. De día contenía sus emociones, cuando había gente alrededor, pero por las noches se entregaba al llanto, cuando solo podían oírla quienes compartían su morada. Tenía la sensación de haber perdido a un ser querido, a su marido, aunque no a manos de la muerte, sino de otra mujer.

Decidió que realizaría la visita habitual a Outhenham en el día de la Anunciación con la esperanza de tener algo en lo que pensar que no fuera el naufragio de las esperanzas que había depositado en su vida. Dejó los niños a cargo de Cat y se llevó a Agnes con ella como doncella personal.

Entró en Outhenham con una sonrisa en el rostro y una losa en el corazón. Aun así, la villa consiguió levantarle el ánimo. Había prosperado durante los tres años de su mandato. La llamaban Ragna la Justa. Nadie salía ganando cuando todos engañaban y robaban, pero desde que Seric estaba al cargo, los lugareños pagaban sus tributos de mejor talante al saber que no les robaban, y trabajaban más duro cuando confiaban en recibir una justa recompensa por sus esfuerzos.

Durmió en casa de Seric y dio audiencia por la mañana. Almorzó de manera frugal anticipándose al festín que se celebraría más tarde. Había decidido que visitaría la cantera después de comer y estaba a punto de partir hacia allí cuando descubrió que Edgar la esperaba, ataviado con una capa azul junto a su propio caballo, una yegua negra y robusta llamada Estribo.

—¿Puedo enseñaros algo por el camino? —preguntó Edgar mientras ella subía a su montura.

—Claro.

Lo encontró nervioso, cosa rara en él, y supuso que debía de tratarse de algo importante. Todo el mundo deseaba comentar cosas importantes con la esposa del conde, pero Edgar era distinto a los demás y estaba intrigada.

Llegaron a la orilla y allí tomaron el camino de carros que llevaba a la cantera. A un lado se divisaba la parte trasera de las casas de la villa, con las pequeñas parcelas que contenían un huerto, algunos árboles frutales, un par de corrales para los animales y un estercolero. Al otro se extendía el Llano del Este, a medio arar, atravesado de surcos destellantes de tierra arcillosa y húmeda y abandonado temporalmente, hasta que finalizara la festividad.

—¿Veis la cantidad de espacio que hay entre el Llano del Este y los huertos?

—Mucho más del necesario, podrían hacerse dos caminos.

—Exacto. Ahora mismo, si se utiliza este camino, dos hombres tardan casi un día entero en transportar un cargamento desde la cantera hasta el río, y eso encarece nuestra piedra. Con un carro es más sencillo, pero se tarda prácticamente lo mismo.

Ragna sabía que Edgar trataba de decirle algo importante, pero seguía sin ver de qué se trataba.

—¿Era esto lo que deseabas enseñarme?

—Cuando quise venderle piedra al monasterio de Combe, me dijeron que habían empezado a comprarla en Caen, en Normandía, porque es más barata.

El asunto despertó el interés de Ragna.

—¿Cómo es posible?

—Porque hace todo el viaje en un solo barco: baja por el río Orne hasta el mar y cruza el Canal hasta el puerto de Combe.

—Y nuestro problema es que la cantera no está en un río.

—Más o menos.

—¿Qué quieres decir?

—Apenas hay un kilómetro hasta el río.

—Pero no podemos hacer desaparecer ese kilómetro.

—Yo diría que sí.

Ragna sonrió. Estaba claro que Edgar disfrutaba revelándole su plan poco a poco.

—¿Cómo?

—Construyendo nuestro propio canal.

—¿Qué? —preguntó Ragna, sorprendida.

—Lo han hecho en Glastonbury —desveló Edgar con el aire de alguien que muestra una carta ganadora—. Me lo dijo Aldred.

—¿Crear nuestro propio río?

—Lo tengo todo calculado: diez hombres armados de picos y palas tardarían unos veinte días en abrir un canal de poco menos de un metro de profundidad y un poco más ancho que mi balsa, que fuera desde el río hasta la cantera.

—¿Nada más?

—Excavarlo es la parte fácil. Puede que haya que reforzar los márgenes, eso dependerá de la consistencia del terreno a medida que profundicemos, pero es algo que puedo hacer yo. Lo difícil es conseguir que la profundidad sea la adecuada. Está claro que debe ser lo suficientemente hondo para que discurra el agua del río, pero creo que puedo apañármelas.

Ragna se dijo que era más inteligente que Wilf. Incluso que Aldred, quizá.

—¿Cuánto costaría? —se limitó a preguntar.

—Si no se utilizan esclavos…

—Cosa que preferiría.

—En ese caso, medio penique al día por hombre y un penique al día para el capataz, lo que haría un total de ciento veinte peniques, es decir, media libra de plata. Además, habría que darles de comer, ya que la mayoría estarán lejos de sus hogares.

—Y ahorrará dinero a largo plazo.

—Mucho dinero.

Edgar y su proyecto animaron a Ragna. Sería algo magnífico. Era caro, pero podía permitírselo.

Llegaron a la cantera. En esos momentos había dos casas. Edgar se había construido una para no tener que compartir el hogar de Gab y su familia. Se trataba de una construcción excelente, con paredes de tablones verticales ensamblados mediante machihembrado y dos ventanas con postigos. La puerta estaba hecha de una sola pieza de roble y contaba con una cerradura en la que Edgar insertó una llave para abrirla.

El interior era territorio masculino, en el que herramientas, rollos de cuerda, ovillos de cordeles y correas ocupaban un espacio destacado. Había un barril de cerveza, pero no vino; un queso duro, pero nada de fruta, ni flores.

Ragna se fijó en una hoja de pergamino que había colgada de un clavo en la pared. Al acercarse vio que se trataba de una lista de clientes en la que se detallaba la piedra que habían recibido y el dinero que habían pagado. La mayoría de los artesanos llevaban la cuenta de ese tipo de cosas haciendo muescas en un palo.

—¿Sabes escribir? —preguntó Ragna.

—Me enseñó Aldred —contestó Edgar, orgulloso.

No se lo había dicho a nadie.

—Así que también sabes leer.

—Se me daría mejor si tuviera algún libro con el que practicar.

Ragna decidió que le regalaría un libro cuando el canal estuviera terminado.

Se sentó en el banco y Edgar le sirvió una jarra de cerveza del barril.

—Me alegro de que no queráis utilizar esclavos —comentó Edgar.

—¿Por qué lo dices?

—Saberse dueño de otra persona saca lo peor de la gente, se comportan con ellos como animales. Les pegan, los matan y los violan como si no pasara nada.

Ragna suspiró.

—Ojalá todos los hombres fueran como tú.

A Edgar le hizo gracia.

—¿Por qué ríes? —preguntó Ragna.

—Recuerdo que pensé exactamente lo mismo acerca de vos. Os pedí que me buscaseis una granja y aceptasteis, sin vacilar, y me dije: ¿por qué no es todo el mundo como ella?

Ragna sonrió.

—Me has alegrado el día —dijo—. Gracias.

Se levantó llevada por un impulso y lo besó.

Pretendía hacerlo en la mejilla, pero por alguna razón acabó besándolo en la boca. Sus labios apenas llegaron a tocarse, algo a lo que Ragna no habría dado mayor importancia si Edgar no se hubiera sobresaltado y apartado de un respingo, rojo como un tomate.

Ragna comprendió al instante que había cometido un error.

—Perdona —se disculpó—, no tendría que haberlo hecho. Solo quería agradecerte que me hubieras hecho sentir mejor.

—No sabía que te sintieses mal —dijo Edgar, despojándose de todo formalismo y tratando de recobrar la compostura, aunque Ragna vio que se tocaba los labios con la punta de los dedos.

—Echo de menos a mi marido —se explicó. No tenía ninguna intención de contarle lo de Carwen—. Está reuniendo un ejército para luchar contra los vikingos, que están remontando el Exe. Wilf está muy preocupado. —Vio que el rostro de Edgar se ensombrecía ante la mención de los vikingos y recordó que estos habían matado a la persona que amaba—. Perdona —repitió.

Edgar sacudió la cabeza.

—No pasa nada. Por cierto, hay algo más que quería comentarte.

Ragna agradeció que cambiara de tema.

—Adelante.

—Tu doncella, Agnes, lleva un anillo nuevo.

—Sí, se lo regaló su marido.

—Está hecho de hilos de plata retorcidos y tiene una piedra de ámbar.

—Es muy bonito.

—Me recordó al colgante que le robaron a Adelaide, tu mensajera. También estaba hecho de hilos de plata con una piedra de ámbar.

—¡Ni me había fijado! —exclamó Ragna, sobresaltada.

—Recuerdo que pensé que el ámbar era tu piedra.

—Pero ¿cómo es posible que Agnes tenga un anillo hecho con el colgante de Adelaide?

—Transformaron el colgante después de robarlo para que no llamara la atención. La cuestión es cómo llegó a manos de su marido.

—Está casada con Offa, el alguacil de Mudeford. —Ragna empezó a atar cabos—. Puede que se lo comprara a un orfebre de Combe. El orfebre conoce al intermediario y este sabe dónde encontrar a Testa de Hierro.

—Exacto.

—El sheriff tiene que hablar con Offa.

—Así es.

—Quizá Offa lo haya comprado sin saber nada del asunto.

—Podría ser.

—No deseo crearle problemas al marido de Agnes.

—No te queda otro remedio —dijo Edgar.

Edgar la acompañó de vuelta al centro de la villa y la dejó rodeada por una multitud antes de escabullirse y regresar a la cantera, donde soltó a Estribo para que pastara junto al bosque. Luego, por fin, pudo tumbarse en su casa y pensar en el beso.

Lo había sorprendido y desconcertado. Sabía que se había sonrojado, y luego se había apartado dando un respingo. Ella se había dado cuenta y se había disculpado por incomodarlo. Sin embargo, Ragna solo había visto la superficie. Había ocurrido algo más, en lo más hondo de su ser, que Edgar había conseguido mantener oculto. Cuando los labios de Ragna tocaron los suyos, se sintió absoluta y completamente colmado de amor por ella.

Fue como el estampido de un trueno, el resplandor de un relámpago, un hombre fulminado en un instante...

No, eso era solo en apariencia, pero allí tumbado, en la estera, junto al fuego, solo, con los ojos cerrados, se sinceró consigo mismo y descubrió que hacía mucho tiempo que estaba enamorado de ella. Llevaba años diciéndose que su corazón pertenecía a Sungifu y que nadie podría ocupar su lugar, pero en algún momento, aunque no supiera determinar cuándo, había empezado a amar a Ragna. Y aunque entonces lo ignorara, ahora le parecía obvio.

Revivió mentalmente los últimos cuatro años y comprendió que Ragna se había convertido en la persona más importante de su vida. Se ayudaban el uno al otro. Nada le gustaba más que hablar con ella, ¿cuánto tiempo hacía que esas charlas eran su ocupación preferida? Admiraba su inteligencia y su determinación y, sobre todo, la manera en que combinaba su don de gentes con una autoridad incuestionable que le hacía ganarse el afecto del pueblo.

Le gustaba cómo era, la admiraba y la consideraba hermosa. No era lo mismo que el fuego de la pasión, pero sí una pila de leña reseca que solo necesitaba una chispa para estallar en llamas, y el beso de ese día había sido la chispa. Deseaba volver a besarla, todo el día, toda la noche...

Cosa que no ocurriría nunca: Ragna era hija de un conde y

jamás se casaría con un mero menestral, aunque estuviera soltera. Pero es que, además, no lo estaba. Era la esposa de un hombre que jamás, bajo ningún concepto, debía saber nada de ese beso, porque si se enteraba, no dudaría en ordenar que lo matasen. Y lo que era aún peor, todo parecía indicar que ella quería a su marido. Y, por si eso no fuera suficiente, tenía tres hijos con él.

«Pero ¿qué me ocurre? —se preguntó Edgar—. Antes amaba a una muerta y ahora amo a una mujer que, teniendo en cuenta mis posibilidades de estar con ella, es como si lo estuviera.»

Pensó en sus hermanos, a quienes les complacía compartir a una mujer ordinaria, egoísta y no muy inteligente. «¿Por qué no puedo ser como ellos y conformarme con la primera mujer que vea? ¿Cómo he podido ser tan tonto de ir a enamorarme de una noble casada? Y se supone que el listo soy yo.»

Abrió los ojos. Esa noche se celebraría una fiesta en la villa y podría aprovechar para estar cerca de ella. Mañana empezaría a trabajar en el canal, por lo que tendría motivos más que suficientes para hablar con ella durante semanas. Ragna no volvería a besarlo jamás, pero formaría parte de su vida.

Tendría que conformarse con eso.

Ragna habló con el sheriff Den tan pronto como regresó a Shiring. Estaba ansiosa por capturar a Testa de Hierro, que suponía una verdadera lacra para la comarca. Además, a Wilf le complacería volver a casa y descubrir que su mujer había solucionado el problema, algo que nunca estaría al alcance de Carwen.

El sheriff compartía las mismas expectativas y convino en que tal vez Offa podría proporcionarles alguna pista acerca del paradero del proscrito. Decidieron que lo interrogarían a la mañana siguiente.

Ragna esperaba no acabar enterándose de que Agnes y Offa eran culpables de algo por hallarse en posesión de un bien robado.

Al amanecer del día siguiente Ragna se encontró con Den frente a la casa de Offa y Agnes. Había estado lloviendo toda la noche y el suelo estaba encharcado. Den se hizo acompañar del capitán Wigbert, una pareja de hombres de armas más y dos criados con palas. Ragna se preguntó para qué las querrían.

Agnes abrió la puerta y se asustó al ver al sheriff y a sus hombres.

—¿Está Offa? —preguntó Ragna.

—¿Por qué motivo buscáis a Offa, mi señora?

Ragna lo sentía por ella, pero debía mantenerse firme. Era la responsable del gobierno del condado y no podía mostrar indulgencia durante el interrogatorio de un delito.

—Guarda silencio, Agnes, y habla solo cuando se te indique —le aconsejó Ragna—. Lo sabrás muy pronto. Ahora, déjanos pasar.

Wigbert les dijo a los dos hombres de armas que esperaran fuera, pero les hizo una seña a los criados para que lo siguieran.

Ragna comprobó que en aquella casa se vivía cómodamente, con tapices para combatir las corrientes de aire, un lecho con un jergón y una hilera de tazas y cuencos con ribete metálico dispuestos sobre una mesa.

Offa, que seguía en la cama, se incorporó, apartó una gruesa manta de lana y se levantó.

—¿Qué ocurre?

—Agnes, muéstrale al sheriff el anillo que llevabas en Outhenham —le pidió Ragna.

—Aún lo llevo puesto.

La mujer tendió la mano izquierda a Den.

—Offa, ¿dónde lo has conseguido? —preguntó Ragna.

El hombre lo pensó un momento mientras se rascaba la nariz torcida, como si quisiera recordar... o elaborar una historia plausible.

—Lo compré en Combe.

—¿Quién te lo vendió?

Ragna esperaba obtener el nombre de un orfebre, pero se llevó una decepción.

—Un marinero francés —contestó Offa.

Si pretendía engañarla, al menos debía reconocerle su habilidad, pensó Ragna. Si hubiera mencionado a un orfebre de Combe, podrían haberlo interrogado, pero era imposible encontrar a un marinero extranjero.

—¿Cómo se llamaba? —le preguntó.

—Richard de París.

Un nombre fácil de inventar sin pararse a pensar. Seguramente había centenares de hombres llamados Richard de París. Offa empezó a despertar sus sospechas, aunque por el bien de Agnes esperaba que fueran infundadas.

—¿Qué hacía un marinero francés vendiendo alhajas de mujer?

—Bueno, me dijo que lo había comprado para su esposa, pero que luego se arrepintió, después de perder todo el dinero a los dados.

Ragna solía tener buen ojo para los mentirosos, pero no sabía qué pensar de Offa.

—¿Dónde había comprado el anillo Richard de París?

—Imagino que a algún orfebre de Combe, pero no me lo dijo. ¿A qué viene todo esto? ¿Por qué estáis interrogándome? Pagué sesenta peniques por ese anillo. ¿Ocurre algo de lo que me tenga que preocupar?

Ragna supuso que Offa debía de saber o al menos sospechar que el anillo era robado, pero quería proteger a quien se lo había vendido. Estaba meditando qué preguntarle a continuación cuando Den se hizo cargo de la situación.

—Registrad la casa —ordenó con brusquedad, volviéndose hacia los dos criados.

Ragna dudaba que aquello fuera a resultar de ayuda. El objetivo consistía en que Offa confesara, no en registrar su casa.

Había dos arcones cerrados con llave y varias cajas para guardar alimentos. Ragna observó pacientemente mientras los criados lo ponían todo patas arriba. Palparon las ropas colgadas de los percheros, sumergieron la mano hasta el fondo en un barril de cerveza y levantaron todas las esteras del suelo. Ragna no estaba segura de qué buscaban, pero en cualquier caso no encontraron nada de interés.

Respiró aliviada. Quería que Offa fuera inocente, por Agnes.

—El hogar —dijo entonces Den.

En ese momento Ragna comprendió para qué eran las palas. Los criados las usaron para apartar las brasas del fuego y arrojarlas afuera, por la puerta. Los tizones calientes silbaron cuando impactaron contra la tierra mojada.

El suelo de debajo del hogar no tardó en quedar al descubierto y los criados empezaron a cavar.

Ya habían profundizado varios centímetros cuando las palas tocaron madera.

Offa salió corriendo por la puerta. Ocurrió tan rápido que ninguno de los presentes pudo pararlo; sin embargo, fuera esperaban dos hombres de armas. Ragna oyó un rugido cargado de frustración y un cuerpo pesado golpeando contra el barro. Al cabo de un minuto los hombres entraron a Offa sujetándolo con firmeza cada uno por un brazo.

Agnes empezó a sollozar.

—Seguid cavando —les ordenó Den a los criados.

Unos minutos después extrajeron del agujero un cofre de madera de treinta centímetros de largo. Viendo lo que les costó sacarlo, Ragna comprendió que era pesado.

No estaba cerrado con llave. Den levantó la tapa: contenía miles de peniques de plata además de varias alhajas.

—Las rentas de muchos años dedicados al robo… y unos cuantos recuerdos —comentó Den.

Encima de todo había un cinturón de cuero suave con hebilla y contera de plata. Ragna ahogó un grito.

—¿Reconocéis alguna de estas cosas? —preguntó Den.

—El cinturón. Iba a ser un regalo para Wilf… antes de que lo robara Testa de Hierro.

—¿Cuál es el verdadero nombre de Testa de Hierro y dónde se esconde? —quiso saber Den, volviéndose hacia el alguacil.

—Lo ignoro. Yo compré ese cinturón —aseguró Offa—. Sé que no debí hacerlo, lo siento.

Den le hizo una seña con la cabeza a Wigbert, quien se colocó delante de Offa. Los dos hombres de armas lo sujetaron con mayor firmeza.

Wigbert sacó del cinturón un pesado garrote de roble pulido y lo descargó sobre el rostro del alguacil con un rápido movimiento. Ragna lanzó un grito, pero Wigbert la ignoró y continuó castigando la cabeza, los hombros y las rodillas de Offa con una rápida serie de golpes bien dirigidos. El crujido de la madera dura golpeando los huesos asqueó a Ragna.

Cuando Wigbert se detuvo, el rostro de Offa estaba cubierto de sangre. Era incapaz de mantenerse derecho, pero los hombres de armas del sheriff lo sostenían en pie. Agnes gemía como si a ella también le doliera.

—¿Cuál es el verdadero nombre de Testa de Hierro y dónde se esconde? —repitió Den.

—Os juro que no lo sé —contestó Offa a través de los dientes rotos y los labios ensangrentados.

Wigbert volvió a alzar el garrote.

—¡No, por favor, parad! ¡Testa de Hierro es Ulf! ¡No volváis a pegar a Offa, por favor! —chilló Agnes.

—¿El cazador de caballos? —preguntó Den, volviéndose hacia Agnes.

—Sí, lo juro.

—Será mejor que estés diciéndome la verdad —le advirtió el sheriff.

Edgar no creía que Ulf, el cazador de caballos, fuera Testa de Hierro. Había hablado con él varias veces y tenía el recuerdo de un hombre diminuto, aunque fuerte y enérgico, como correspondía a alguien que se dedicaba a domar los pequeños caballos salvajes de los bosques. Edgar conservaba recuerdos muy vívidos de las dos ocasiones en que había visto a Testa de Hierro y estaba seguro de que se trataba de alguien de estatura y constitución medianas.

—Puede que Agnes esté equivocada —le comentó a Den, cuando el sheriff paró en Dreng's Ferry de camino a detener a Ulf.

—O el equivocado podrías ser tú —contestó Den.

Edgar se encogió de hombros. También cabía la posibilidad de que Agnes hubiera mentido. O que hubiera gritado el primer nombre que se le había pasado por la cabeza para que dejaran de torturar a Offa y que no tuviera la menor idea de quién se ocultaba bajo el herrumbroso yelmo de hierro.

Edgar y los demás hombres del pueblo se sumaron a Den y su grupo. El sheriff no necesitaba refuerzos, pero la gente del lugar no quería perderse aquella ocasión y se escudaban en la excusa de que eran responsables de hacer respetar la ley en su demarcación.

Recogieron a los hermanos de Edgar por el camino, Erman y Eadbald.

Un perro ladró cuando se acercaron al redil de Theodberht Clubfoot. Theodberht y su mujer preguntaron qué ocurría.

—Estamos buscando a Ulf, el cazador de caballos —contestó Den.

—En esta época del año lo encontraréis en casa —lo informó Theodberht—. Los caballos salvajes están hambrientos. Les pone heno y acuden a él.

—Gracias.

Cerca de un kilómetro y medio después llegaron al corral cercado de Ulf. El mastín atado a la puerta no ladró, pero los caballos relincharon y Ulf y Wyn, su esposa, salieron de la casa. Como Edgar recordaba, Ulf era un hombre de complexión menuda, nervudo y un poco más bajo que su mujer. Ambos llevaban la cara y las manos sucias. Edgar sabía que Wyn tenía un hermano llamado Begstan que había muerto por la época en que Edgar y su familia habían ido a vivir a Dreng's Ferry. Dreng siempre lo había considerado una muerte sospechosa porque no enterraron el cuerpo en la colegiata.

Los hombres del sheriff los rodearon.

—Me han dicho que eres Testa de Hierro —dijo Den dirigiéndose a Ulf.

—Pues os han informado mal —contestó este.

Edgar tuvo la sensación de que decía la verdad, pero que ocultaba algo más.

—Será mejor que ates corto a ese mastín al cercado —le advirtió Wigbert— porque si ataca a uno de mis hombres, le atravesaré el pecho con la lanza en un abrir y cerrar de ojos.

Den acortó la cuerda para que el mastín no pudiera moverse más que unos pocos centímetros.

Registraron la casa destartalada, de la que Wigbert salió con un cofre.

—Tiene más dinero del que uno imaginaría —anunció—; diría que aquí hay cuatro o cinco libras de plata.

—Son los ahorros de toda una vida —protestó Ulf—. Ahí hay veinte años de trabajo duro, ni más ni menos.

Edgar se dijo que podría ser cierto y, de todas formas, aquella cantidad de dinero no bastaba para demostrar que se trataba de un delincuente.

Dos hombres armados con palas recorrieron el cercado del corral con la mirada clavada en el suelo, buscando cualquier indicio de que Ulf pudiera haber enterrado algo. Saltaron la cerca e hicieron lo mismo en el interior mientras los caballos salvajes retrocedían nerviosos. No encontraron nada.

Den empezó a mostrar señales de contrariedad.

—No creo que sea inocente —dijo dirigiéndose a Wigbert y a Edgar en voz baja.

—Yo tampoco, pero no es Testa de Hierro —aseguró Edgar—. Estoy convencido, ahora que lo he visto.

—Entonces ¿por qué crees que no es inocente?

—Es solo un pálpito. Tal vez sepa quién es Testa de Hierro.

—Voy a detenerlo de todos modos, pero habría preferido encontrar algo que lo incriminara.

Edgar miró a su alrededor. La casa tenía un aspecto ruinoso, con el tejado combado y las paredes de zarzo y argamasa llenas de agujeros, pero Wyn parecía bien alimentada y vestía una capa forrada de piel. No eran pobres, solo iban desaliñados.

Se volvió hacia el refugio del mastín.

—Sí que trata bien a su perro —comentó.

No mucha gente se tomaba la molestia de construirle un refugio al perro guardián para que se protegiera de la lluvia. Se acercó con el ceño fruncido. El mastín gruñó de manera amenazadora, pero estaba bien atado. Edgar sacó el hacha vikinga del cinturón.

—¿Qué estás haciendo? —quiso saber Ulf.

Edgar no contestó. Solo necesitó unos cuantos golpes de hacha para echar abajo las cuatro maderas y, a continuación, utilizó la hoja para cavar en el suelo. Pocos minutos después topó con algo metálico.

Se arrodilló junto al hoyo que había abierto y empezó a retirar el barro con las manos. Poco a poco empezó a asomar la forma redonda de un objeto de hierro oxidado.

—Ah —murmuró al comprender de qué se trataba.

—¿Qué es? —preguntó Den.

Edgar extrajo el objeto del hoyo y lo sostuvo en alto en actitud triunfante.

—El yelmo de Testa de Hierro —anunció.

—Asunto zanjado —dijo Den—. Ulf es Testa de Hierro.

—¡No soy yo, lo juro! —protestó Ulf.

—Es cierto, no es él —lo secundó Edgar.

—Entonces ¿de quién es el yelmo? —preguntó Den.

Ulf vaciló.

—Si no dices nada, es tuyo.

El hombre señaló a su esposa.

—¡Es suyo! ¡Lo juro! ¡Wyn es Testa de Hierro!

—¿Una mujer? —se sorprendió Den.

De pronto Wyn echó a correr, zafándose de los hombres del sheriff que tenía a su lado, quienes se dieron la vuelta para ir tras ella y chocaron entre sí. Otros salieron en su persecución, pero con suficientes segundos de retraso para pensar que lograría huir.

Hasta que Wigbert arrojó la lanza. La alcanzó en la cadera y Wyn cayó al suelo.

Permaneció tumbada de bruces, gimiendo de dolor. Wigbert fue hasta ella y recuperó la lanza de un tirón.

En la caída se le había subido la manga izquierda, que dejaba a la luz la cicatriz que recorría la piel suave y blanca de la parte posterior del brazo.

Edgar recordó una noche de luna llena, pocos días después de que su familia y él hubieran llegado a Dreng's Ferry y se hubieran instalado en la granja. Todo estaba en silencio hasta que Manchas ladró. Edgar había visto a alguien con un yelmo de hierro que huía con la lechona bajo el brazo y había derribado al ladrón con su hacha vikinga.

Su madre le había cortado el cuello a uno de los otros dos ladrones, que debía de tratarse de Begstan, el hermano de Wyn.

Edgar se arrodilló junto a la mujer y comparó la cicatriz con la hoja del hacha: tenían exactamente la misma longitud.

—Esto sí que zanja la cuestión —dijo dirigiéndose a Den—. Esa cicatriz se la hice yo. Ella es Testa de Hierro.

Ragna estaba deshecha. Ella había traído a Agnes desde Cherburgo y había accedido de buena gana a su matrimonio con Offa, quien se enfrentaba a la pena de muerte si no salía airoso del juicio que debía presidir ella misma. Deseaba concederle el perdón, pero tenía que hacer respetar la ley.

Esta vez el consejo comarcal no sería tan multitudinario. La mayoría de los barones y demás notables que solían asistir estaban fuera con Wilwulf, luchando contra los vikingos. Ragna se sentaba bajo un dosel improvisado. El mundo continuaba a la espera de la llegada de la primavera. Hacía frío, las nubes encapotaban el cielo y llovía de manera intermitente; era un día que anunciaba la ausencia del cálido y ansiado sol.

El gran acontecimiento era el juicio de Wyn, conocida ya por todos como la auténtica Testa de Hierro. Offa también estaba acusado, igual que Ulf, como claro colaborador de su esposa. Los tres se enfrentaban a la pena de muerte.

Ragna ignoraba si Agnes era plenamente consciente de la gravedad de los delitos que había cometido su marido. Llevada por la desesperación, había confesado que Ulf era Testa de Hierro y, por consiguiente, debía de sospechar algo, pero había acusado a la persona equivocada, lo que indicaba que en realidad no sabía la verdad. Según un principio legal ampliamente aceptado, una esposa no era culpable de los delitos cometidos por su marido salvo que hubiera colaborado en su comisión y, tras debatirlo en conjunto, el sheriff Den y Ragna habían decidido no inculpar a Agnes.

Aun así, Ragna se sentía dividida. ¿Cómo iba a condenar a muerte a Offa y dejar viuda a Agnes?

Sabía que no le quedaría otro remedio. Siempre había defendido la prevalencia de la ley y se la conocía por su escrupulosa imparcialidad. En Normandía la llamaban Débora, como a la jueza bíblica, y en Outhenham, Ragna la Justa. Creía que la justicia debía ser objetiva y era inaceptable que los hombres poderosos influyeran en un consejo para que este decidiera en favor de los suyos, un extremo que había defendido con fiereza. El fallo de Wilwulf por el que condenaba a Cuthbert por falsificación y exoneraba a Wynstan le había causado una gran indignación. ¿Cómo iba ella a hacer lo mismo?

Los tres acusados estaban dispuestos en fila, atados de pies y manos para impedir cualquier intento de fuga. Ulf y Wyn iban sucios y vestían harapos, mientras que Offa aguardaba con la espalda erguida y vestido con sus ropas elegantes. El yelmo de hierro oxidado de Wyn descansaba en una mesa baja delante del asiento de Ragna, junto a las demás reliquias sagradas sobre las que los testigos tenían que jurar.

El sheriff Den era el acusador y entre sus cojuradores se encontraban el capitán Wigbert, Edgar el albañil y Dreng el barquero.

Tanto Wyn como Ulf admitieron que eran culpables y confesaron que Offa les había comprado parte del botín y lo había vendido en Combe.

Offa lo negó todo, pero su único cojurador era Agnes. Aun así, Ragna todavía conservaba la esperanza, por vana que fuera, de que Offa presentara una defensa que le permitiera declararlo inocente, o al menos dictar una sentencia menor.

El sheriff Den relató la historia de la detención y, seguidamente, recitó la lista de personas que habían sido víctimas de robos, y en ocasiones de asesinato, a manos del portador del yelmo. Los notables que habían acudido al consejo, en su mayoría altos representantes del clero y aquellos barones demasiado viejos o enfermos para luchar, mascullaron rabiosos contra quienes habían sembrado el terror en el camino de Combe, que casi todos ellos utilizaban.

Offa se defendió con fiereza. Alegó que Wyn y Ulf mentían. Juró que los objetos robados encontrados en su casa los había comprado de buena fe en casas de orfebres. Aseguró que solo había intentado huir del sheriff Den porque se había dejado llevar por el pánico. Defendió que su mujer se había limitado a escoger un nombre al azar cuando inculpó a Ulf.

Nadie creyó ni una palabra.

Ragna anunció que había alcanzado un veredicto: los tres acusados eran culpables, y todo el mundo estuvo de acuerdo.

En ese momento Agnes se arrojó al suelo mojado frente a Ragna, sollozando.

—Pero, mi señora, ¡es un buen hombre y lo amo!

Ragna sintió que se le clavaba un cuchillo en el corazón, pero consiguió controlar la voz:

—Todo hombre que alguna vez robó, violó o asesinó tenía madre, y muchos tenían también esposas que los amaban e hijos que los necesitaban. Sin embargo, mataron a los maridos de otras mujeres, vendieron a los hijos de otros hombres como esclavos y les arrebataron los ahorros a otras personas para gastarlos en tabernas y burdeles. Y por todo ello merecen un castigo.

—¡Pero llevo diez años siendo vuestra doncella! ¡Tenéis que ayudarme! ¡Tenéis que perdonar a Offa o lo colgarán!

—Mi deber es para con la justicia —repuso Ragna—. ¡Piensa en todas esas personas a las que Testa de Hierro ha malherido y robado! ¿Cómo se sentirían si lo dejara libre porque está casado con mi costurera?

—¡Pero sois mi amiga! —chilló Agnes.

Le habría gustado complacerla diciendo: «Muy bien, quizá Offa no pretendía hacer daño a nadie, no lo condenaré a muerte», pero no podía.

—Soy tu señora y la esposa del conde. No retorceré el sentido de la ley por ti.

—¡Por favor, señora, os lo suplico!

—La respuesta es no, Agnes, y no hay nada más que hablar. Que alguien se la lleve.

—¿Cómo podéis hacerme esto? —Una mueca de odio contrajo el rostro de la doncella cuando los hombres del sheriff la tomaron por los brazos—. ¡Vas a matar a mi marido, asesina! —vociferó, lanzando espumarajos—. ¡Bruja, demonio! —Escupió, y el salivazo aterrizó en la falda del vestido verde de Ragna—. ¡Espero que tu marido también muera! —gritó mientras se la llevaban a rastras.

Wynstan siguió el altercado entre Ragna y Agnes con gran interés. Agnes estaba dominada por una rabia llena de rencor y Ragna se sentía culpable. El obispo sabía que podría serle útil, si bien aún ignoraba cómo.

Los culpables fueron colgados al amanecer del día siguiente. Más tarde Wynstan celebró un modesto banquete en honor de los próceres que habían asistido al consejo. Marzo no era un buen mes para los festines dado que aún no habían nacido los corderos y los terneros de esa temporada, de manera que en la mesa de la residencia del obispo solo había pescado ahumado y carne curada en salazón, además de varios platos de habas acompañadas de frutas y frutos secos. Wynstan compensó la sobriedad de las viandas sirviendo vino en abundancia.

Durante el banquete se dedicó a escuchar más que a hablar. Le gustaba enterarse de quién prosperaba o se arruinaba, de qué nobles guardaban rencor a qué otros y de los rumores más infames que circulaban, fueran ciertos o no. También meditó sobre la cuestión de Agnes. Solo hizo una contribución significativa a la conversación y estuvo relacionada con el prior Aldred.

El débil barón Cenbryht de Trench, demasiado mayor para la batalla, mencionó que Aldred lo había visitado y le había solicitado una donación para el priorato de Dreng's Ferry, ya fuera en forma de dinero o, preferiblemente, en tierras.

Wynstan sabía que el prior Aldred buscaba fondos. Por desgracia, había cosechado algunos éxitos, si bien era cierto que pequeños, y en esos momentos cinco aldeas además de Dreng's Ferry pagaban sus rentas al priorato. Así y todo, Wynstan hacía cuanto estaba en su mano para desalentar a los donantes.

—Espero que no os excedierais en vuestra generosidad —comentó.

—Soy demasiado pobre para ser generoso —se lamentó el barón—. Pero ¿por qué lo decís?

—Bueno… —Wynstan jamás desaprovechaba la ocasión de desacreditar a Aldred—. He oído historias no muy agradables —contestó, fingiendo que lo hacía a su pesar—. Quizá no debería comentarlo, ya que a lo mejor no son más que rumores, pero se habla de orgías con esclavos de ambos sexos.

Ni siquiera se trataba de un cotilleo, Wynstan estaba inventándoselo.

—¡Madre mía! —se escandalizó el barón—. Solo le di un caballo, pero ahora me arrepiento.

—Bueno, tal vez no haya nada de cierto —se apresuró a añadir Wynstan, como si pretendiera retractarse—, si bien no sería la primera vez que Aldred se comporta de manera poco cristiana, como cuando era novicio en Glastonbury… Con razón o sin ella, yo habría tomado medidas de inmediato, aunque solo fuera para disipar los rumores, pero ya no ejerzo ninguna autoridad en Dreng's Ferry.

—Una verdadera pena —se lamentó el arcediano Degbert desde el otro extremo de la mesa.

El barón Deglaf de Wigleigh se puso a hablar de lo que ocurría en Exeter y no volvió a mencionarse a Aldred, pero Wynstan se dio por satisfecho. Había sembrado una duda, y no era la pri-

mera vez. La circulación constante y encubierta de historias difa-
matorias afectaba gravemente a la capacidad recaudatoria de Aldred. El monasterio de Dreng's Ferry no debía prosperar jamás,
así el prior se vería condenado a pasar el resto de sus días en un
lugar dejado de la mano de Dios.

Cuando se fueron los invitados, Wynstan se retiró a su apo-
sento privado con Degbert y comentaron cómo había ido el consejo. Ragna había administrado justicia con rapidez y equidad,
eso era innegable. Tenía buen olfato para distinguir a los culpables
de los inocentes. Se mostraba clemente con los desventurados e
implacable con los malvados. Por ingenuo que pareciera, no pretendía utilizar la ley en su propio interés para ganar amigos y
castigar a sus adversarios.

De hecho, se había granjeado la enemistad de Agnes, un craso
error, desde el punto de vista de Wynstan, aunque quizá él podría
sacarle partido.

—¿Dónde crees que podría encontrar a Agnes a estas horas?
—le preguntó a Degbert.

El arcediano se frotó la calva con la palma de la mano.

—Está de luto, así que no saldrá de casa si no es estrictamente
necesario.

—Tal vez vaya a hacerle una visita.

Wynstan se levantó.

—¿Quieres que te acompañe?

—Creo que no. Será una pequeña charla íntima, solo la viuda
desconsolada y su obispo, que acude a ofrecerle consuelo espiritual.

Degbert le dijo dónde vivía Agnes y Wynstan se puso la capa
y salió.

La encontró sentada a la mesa, encorvada sobre una escudilla
de estofado que parecía haberse enfriado, intacto. La joven se
sobresaltó al verlo y se puso de pie con un respingo.

—¡Mi señor obispo!

—Siéntate, siéntate, Agnes —le pidió Wynstan en voz baja. La
estudió con interés, consciente de que nunca le había prestado

mucha atención. Tenía los ojos de color azul vivo, la nariz afilada y un rostro de expresión inteligente que Wynstan encontró atractivo—. He venido a ofrecerte el consuelo de la oración en estos momentos de dolor.

—¿Consuelo? —repitió Agnes—. No quiero consuelo. Quiero a mi marido.

Estaba enfadada y Wynstan empezó a vislumbrar cómo aprovecharlo.

—No puedo devolverte a tu Offa, pero quizá podría concederte otra cosa —insinuó.

—¿El qué?

—Venganza.

—¿Ese es el consuelo que me ofrece el Señor? —preguntó Agnes con escepticismo.

Wynstan vio que era aguda, lo cual la convertía en mucho más útil.

—Los caminos del Señor son inescrutables.

Wynstan tomó asiento y le dio unas palmaditas al banco, a su lado.

Agnes se sentó.

—¿Habláis de vengarme del sheriff Den, quien acusó a Offa? ¿O de Ragna, quien lo condenó a muerte? ¿O de Wigbert, quien lo colgó?

—¿A cuál odias más?

—A Ragna. Me gustaría arrancarle los ojos con mis propias uñas.

—Convendría que te calmaras.

—Voy a matarla.

—No, no lo harás. —Wynstan había ido elaborando un plan en su cabeza del que por fin tenía una visión completa. Pero ¿funcionaría?—. Harás algo mucho más ingenioso —dijo—. Te vengarás de ella de maneras de las que nunca sospechará.

—Explicaos, por favor —le rogó Agnes—. Si la hacen sufrir, contad conmigo.

—Volverás a su casa y recuperarás tu antiguo puesto de costurera.

—¡No! —protestó Agnes—. ¡Nunca!

—Ya lo creo que sí. Serás mi espía en casa de Ragna. Me contarás todo lo que allí suceda, incluido lo que debe mantenerse en secreto, sobre todo esto último.

—Nunca me aceptará de nuevo en su hogar. Sospechará de mis intenciones.

Era lo que Wynstan temía. Ragna no era tonta. Sin embargo, su carácter la empujaba a creer en la bondad de los demás, no en su maldad. Además, lamentaba profundamente lo que le había sucedido a Agnes, lo había visto durante el juicio.

—Creo que Ragna se siente muy culpable por haber condenado a tu marido a muerte. Está desesperada por resarcirte de alguna manera.

—¿De verdad?

—Tal vez dude, pero lo hará. —Ni siquiera él estaba seguro de lo que decía—. Y entonces la traicionarás, igual que ella te ha traicionado a ti. Le arruinarás la vida. Y nunca lo sabrá.

El rostro de Agnes se iluminó. Parecía una mujer en pleno éxtasis sexual.

—¡Sí! —exclamó—. ¡Sí, contad conmigo!

—Así me gusta —se congratuló Wynstan.

Ragna miró a Agnes arrepentida y atormentada por los remordimientos de conciencia.

Sin embargo, fue Agnes quien se disculpó.

—He cometido una terrible injusticia con vos, mi señora —aseguró.

Ragna estaba sentada junto al fuego en una banqueta de cuatro patas. Creía que la injusticia la había cometido ella. Había ordenado que mataran al marido de aquella mujer. Había tomado la decisión correcta, pero le parecía sumamente cruel.

No sabía si compartir lo que sentía con Agnes, a quien no invitó a sentarse. «¿Qué hago?», pensó.

—Podríais haberme hecho azotar por las cosas que os dije,

pero no lo hicisteis, mostrándome mayor generosidad de la que merecía.

Ragna agitó una mano, restando importancia a sus palabras. Los insultos pronunciados en un momento de rabia eran la menor de sus preocupaciones.

Cat, que también estaba presente, opinaba distinto.

—Te mostró muchísima más generosidad de la que merecías, Agnes —apuntó con severidad.

—Basta, Cat —la reprendió Ragna—. No necesito que nadie me defienda.

—Os ruego que me disculpéis, mi señora.

—He venido a pediros perdón, mi señora —dijo Agnes—, aunque sé que no soy digna de él.

Ragna pensaba que ambas lo necesitaban.

—He pasado noches enteras en vela recapacitando y ahora comprendo que hicisteis lo correcto, no teníais alternativa. Lo siento de veras —insistió Agnes.

A Ragna no le gustaban las disculpas. Cuando algo se rompía entre dos personas, las palabras no bastaban para reparar la herida, pero deseaba tender un puente entre ellas.

—En ese momento no pensaba con claridad —prosiguió Agnes—, me lo impedía la desesperación.

«Yo también maldeciría a quien permitiera que ejecutaran a mi esposo, aunque este mereciera el castigo», pensó Ragna.

Continuaba sin saber qué decir. ¿Podía reconciliarse con Agnes? Wilf se habría burlado de la idea, pero él era un hombre.

Desde un punto de vista práctico, le gustaría recuperarla. Cat estaba desbordada con los tres hijos de Ragna, además de las dos suyas, todos menores de dos años. Desde que Agnes se había ido, había estado buscando a alguien que la sustituyera, pero no había encontrado a la mujer adecuada. Si regresaba, el problema estaría resuelto. Y a los niños les gustaba.

¿Podía confiar en ella después de lo sucedido?

—Mi señora, no sabéis qué es descubrir que te has casado con la persona equivocada.

«Ya lo creo que sí», pensó Ragna, percatándose de que era la primera vez que lo admitía.

Se sintió llena de compasión. Los pecados que tuviera Agnes en su haber los había cometido bajo la fuerte influencia de Offa. Que se hubiera casado con un hombre poco honrado no la convertía en una mujer deshonesta.

—Significaría mucho para mí que me concedierais una palabra amable antes de irme —le suplicó Agnes con gesto que movía a la piedad—. Por favor, mi señora, solo decid: «Que Dios te bendiga».

Ragna no pudo negarse.

—Que Dios te bendiga, Agnes.

—¿Puedo besar a los mellizos? Los echo mucho de menos.

Ragna pensó en que Agnes no tenía hijos.

—De acuerdo.

La joven alzó a los dos niños al mismo tiempo con manos expertas y sostuvo a uno en cada brazo.

—Os quiero muchísimo —dijo.

Colinan, el más pequeño solo por unos minutos, era el más espabilado. Miró a Agnes a los ojos, gorjeó y sonrió.

Ragna suspiró.

—Agnes, ¿quieres volver?

27

Abril de 1001

El prior Aldred había depositado grandes esperanzas en el barón Deorman de Norwood, un hombre rico. Norwood era una ciudad con mercado, y un mercado siempre proporcionaba ganancias importantes. La que fuera esposa de Deorman durante muchos años había muerto hacía un mes, y eso habría despertado en el barón la toma de conciencia del más allá. Con frecuencia, la muerte de un ser cercano impulsaba a los nobles a hacer un donativo piadoso.

Aldred necesitaba donativos. El priorato no era tan pobre como tres años atrás —ahora contaba con tres caballos, un rebaño de ovejas y una pequeña manada de vacas lecheras—, pero él tenía ambiciones. Había llegado a aceptar que jamás se haría cargo de la abadía de Shiring, pero tenía el convencimiento de que debía convertir el priorato en un centro de saber. Para ello precisaba algo más que unas cuantas aldeas. Tenía que conseguir algo más grande, un pueblo próspero o una ciudad pequeña, o algún modo de ganar dinero, como, por ejemplo, un puerto o el derecho de pesca de un río.

El gran salón del barón Deorman lucía una decoración lujosa, con tapices en las paredes, paramentos y cojines. Los criados estaban poniendo la mesa para celebrar una copiosa comida y se percibía un fuerte aroma de carne asada. Deorman era un hombre de mediana edad, corto de vista e incapacitado para unirse a Wilwulf en la lucha contra los vikingos. No obstante, lo acompañaban dos mujeres ataviadas con sendos vestidos de vivo color que se mostraban demasiado cariñosas con el barón para tratarse de simples sirvientas, y Aldred se preguntó, con juicio reprobatorio, cuál sería exactamente su posición en aquella casa. A su alrededor correteaban por lo menos seis niños pequeños que entraban y salían constantemente, jugando a un juego que consistía en proferir no pocos chillidos estridentes.

Deorman no hacía caso de los niños y tampoco respondía a las caricias y las sonrisas de las mujeres. Por el contrario, volcaba su afecto en un gran perro negro sentado junto a él.

Aldred no se anduvo con rodeos.

—Lo sentí mucho cuando supe del fallecimiento de vuestra esposa, Godgifu. Que su alma descanse en paz.

—Gracias —dijo Deorman—. Tengo dos esposas más, pero Godgifu estuvo a mi lado durante treinta años, y la echo de menos.

Aldred optó por no hacer comentarios acerca de la poligamia de Deorman. Tal vez sacaría el tema en otro momento. Ese día debía centrarse en su objetivo, por lo que adoptó un tono más grave y emotivo:

—Los monjes de Dreng's Ferry rezarán gustosos todos los días unas solemnes plegarias por el alma inmortal de vuestra querida esposa, si deseáis encomendarnos tal labor.

—Tengo una catedral llena de sacerdotes que rezan por ella aquí mismo, en Norwood.

—Pues es una verdadera bendición de la que gozáis, o mejor dicho, de la que goza vuestra esposa. Sin embargo, estoy seguro de que sabéis que, en ese otro mundo que nos aguarda a todos, las plegarias de los monjes célibes tienen más peso que las de los sacerdotes casados.

—Eso dicen —admitió Deorman.

Aldred cambió el tono por otro más enérgico:

—Además de ser barón de Norwood, sois señor de la pequeña aldea de Southwood, que dispone de una mina de hierro.

—Hizo una pausa. Había llegado el momento de concretar su petición, de modo que, tras una breve súplica esperanzada para sus adentros, dijo—: ¿Tendríais a bien pensar en la posibilidad de donar piadosamente Southwood y su mina al priorato, en memoria de lady Godgifu?

Contuvo el aliento. ¿Respondería Deorman con desdén a su petición? ¿Estallaría en risas ante el descaro de Aldred? ¿Se ofendería?

La respuesta del barón fue benévola. Dio la impresión de que la pregunta de Aldred lo había sorprendido, pero también le había hecho gracia.

—Es una petición atrevida —respondió en tono evasivo.

—«Pedid, y se os dará», nos dijo Jesús; «buscad y hallaréis; llamad, y se os abrirá». —Aldred solía recurrir a ese versículo del Evangelio de San Mateo siempre que pedía alguna donación.

—Verdaderamente, en esta vida el que nada pide, nada recibe —admitió Deorman—. Pero obtengo mucho dinero de esa mina.

—Para los bienes del priorato significaría un gran cambio.

—No lo dudo.

Deorman no había dicho que no, pero en sus palabras se apreciaba un trasfondo negativo, y Aldred esperó para averiguar cuál era el problema.

—¿Cuántos monjes hay en el priorato? —preguntó el barón al cabo de un instante.

Aldred pensó que estaba ganando tiempo.

—Ocho, incluyéndome a mí.

—¿Y sois todos hombres buenos?

—Sin lugar a dudas.

—Porque… me han llegado ciertos rumores, ¿sabéis?

«Ya estamos», pensó Aldred. Notó un acceso de ira en las entrañas y se dijo que debía conservar la calma.

—Así que «ciertos rumores» —repitió.

—Para seros franco, me han dicho que los monjes de vuestra abadía celebran orgías con esclavos.

—Ya me imagino quién os lo ha dicho —lo atajó Aldred. No

consiguió ocultar del todo su indignación, pero logró hablar en tono sosegado—: Hace algunos años tuve la desgracia de descubrir a un hombre poderoso que había cometido un delito terrible, y todavía me está castigando por ello.

—¿Que os está castigando? ¿A vos?

—Sí, con calumnias de ese tipo.

—¿Me estáis diciendo que la historia de las orgías es una mentira deliberada?

—Lo que estoy diciendo es que los monjes de Dreng's Ferry siguen estrictamente la Regla de San Benito. No tenemos esclavas, ni concubinas, ni efebos. Somos célibes.

—Mmm…

—Pero, por favor, no os conforméis con mi palabra. Hacednos una visita, a poder ser sin previo aviso. Venid por sorpresa y veréis cómo es nuestro día a día. Trabajamos, oramos y dormimos. Os invitaremos a compartir nuestra cena a base de pescado y verdura. Veréis que no tenemos sirvientes, ni animales domésticos, ni lujos de ninguna clase. Nuestras plegarias no pueden ser más puras.

—Bueno, ya veremos. —Deorman se estaba retractando, pero ¿lo habría convencido?—. De momento, vamos a comer.

Aldred se sentó a la mesa con la familia de Deorman y los criados de mayor rango. Una bella joven ocupó un lugar a su lado y lo enfrascó en una conversación provocativa. Aldred fue amable con ella, pero no cedió un ápice a su coqueteo. Dedujo que lo estaban poniendo a prueba. Sin embargo, habían cometido un error: tal vez su voluntad hubiese flaqueado si la joven belleza hubiera sido un hombre.

La comida —cochinillo con col verde— estaba rica y el vino era fuerte. Aldred comió con moderación y bebió muy poco, como siempre.

Hacia el final, cuando las escudillas y las fuentes ya habían sido retiradas, Deorman anunció su decisión.

—No voy a concederos Southwood —dijo—, pero os daré dos libras de plata para que recéis por el alma de Godgifu.

Aldred sabía que no debía mostrar su decepción.

—Aprecio muchísimo vuestra amabilidad, y podéis estar seguro de que Dios escuchará nuestras plegarias —contestó—. Sin embargo… ¿no podrían ser cinco libras?

Deorman se echó a reír.

—Lo dejaré en tres para recompensar vuestra tenacidad, a condición de que no me pidáis nada más.

—Os estoy enormemente agradecido —dijo Aldred.

No obstante, en su fuero interno estaba enfadado y resentido. Debería haber conseguido mucho más, pero Wynstan lo había saboteado con sus calumnias. A pesar de que Deorman no acababa de creerse aquellas mentiras, le servían de excusa para mostrarse menos generoso.

El tesorero de Deorman sacó el dinero de un arcón y Aldred se lo guardó en la alforja.

—No viajaré solo con tanto dinero —dijo—. Iré a la posada The Oak y buscaré compañía para seguir mi camino mañana.

Aldred se marchó. El centro de la población se hallaba a cuatro pasos del recinto del barón Deorman, de modo que no montó a Dimas sino que lo guio a pie hasta la cuadra de la posada mientras pensaba en el modo en que sus planes habían fracasado. Había albergado la esperanza de que la maligna influencia de Wynstan no llegara tan lejos, pues Norwood contaba con catedral y obispo propios. Sin embargo, se había llevado una desilusión.

Cuando llegó a The Oak no se detuvo en la puerta, donde oyó el bullicio procedente del interior de un grupo de clientes que disfrutaban de la bebida, sino que fue directo hasta la cuadra. Allí le sorprendió descubrir la figura enjuta y familiar del hermano Godleof, quien estaba desensillando un caballo pinto. Se le veía inquieto y daba la impresión de haberse dirigido al lugar a toda prisa.

—¿Qué ocurre? —le preguntó Aldred.

—He pensado que querrías enterarte de la noticia lo antes posible.

—¿Qué noticia?

—El abad Osmund ha muerto.

Aldred se santiguó.

—Que su alma descanse en paz.

—Han nombrado abad a Hildred.

—Qué rápido.

—El obispo Wynstan ha insistido en que se eligiera a un sucesor de inmediato, bajo su supervisión.

Wynstan se había asegurado de que ganara su candidato preferido, y después había ratificado la elección de los monjes. En teoría, tanto el arzobispo como el rey tenían un voto de calidad en el nombramiento, pero les resultaría muy difícil invalidar la decisión de Wynstan una vez consumada.

—¿Cómo sabes todo eso? —preguntó Aldred.

—El arcediano Degbert vino al priorato para comunicarnos la noticia. Creo que esperaba poder decírtelo en persona, sobre todo en lo que concierne al dinero.

Aldred tuvo un mal presentimiento.

—Prosigue.

—Hildred ha suprimido la subvención que la abadía había asignado al priorato. En adelante tendremos que arreglárnoslas con el dinero que consigamos recaudar con nuestros propios medios… o cerrar.

Eso suponía un duro golpe. Aldred sintió una repentina gratitud por las tres libras de Deorman, ya que significaban que el priorato no corría el riesgo de tener que cerrar sus puertas de inmediato.

—Pide algo de comer —le dijo a Godleof—. Debemos marcharnos cuanto antes.

Se sentaron en el suelo, junto al roble al cual el establecimiento debía su nombre. Mientras Godleof comía pan con queso y se tomaba una jarra de cerveza, Aldred le daba vueltas al asunto. La nueva situación tenía sus ventajas, se dijo, ya que el priorato sería independiente en sus prácticas. La abadía no podría seguir controlándolo bajo la amenaza de reducirle los fondos, ya que solamente podían jugar esa carta una vez. Aldred le pediría al arzobispo de Canterbury una cédula que acreditara la independencia del priorato.

Con todo, el donativo de Deorman no duraría siempre, de modo que era urgente que Aldred buscara algún medio de procurarse seguridad económica. ¿Qué podía hacer?

La mayor parte de los monasterios dependían de la acumulación de bienes procedentes de varias donaciones. Algunos disponían de numerosos rebaños de ovejas; otros obtenían rentas de pueblos y ciudades; unos pocos poseían cotos de pesca y canteras. Durante tres años Aldred había trabajado sin descanso para obtener algún donativo de ese tipo, pero sus logros no habían pasado de ser modestos.

Le vinieron a la cabeza Winchester y san Suituno, que había sido el obispo de la diócesis en el siglo IX. San Suituno había obrado un milagro en el puente sobre el río Itchen. Se había apiadado de una pobre mujer a quien se le habían roto los huevos que llevaba en una cesta y había vuelto a reconstruirlos. Su tumba, alojada en la catedral, era un destino popular entre los peregrinos. Los enfermos experimentaban allí curas milagrosas. Los peregrinos donaban dinero a la catedral y también compraban objetos de recuerdo en las tabernas que regentaban los monjes, lo cual solía aportar prosperidad a la población. Los monjes invertían las ganancias en ampliar la iglesia para que pudiera acoger a más peregrinos, con lo cual obtenían más dinero.

Muchas iglesias poseían reliquias sagradas: los huesos blanqueados de un santo, un fragmento de la Vera Cruz o un retal desgastado de un antiguo lienzo donde milagrosamente aparecía la impronta del rostro de Cristo. Si los monjes sabían gestionar sus asuntos con perspicacia —asegurándose de que los peregrinos fueran bien acogidos, colocando los objetos sagrados en una vistosa hornacina y haciendo correr la voz sobre los milagros—, las reliquias atraían a devotos que, a su vez, llevaban prosperidad a la población y al monasterio.

Por desgracia, en Dreng's Ferry no había reliquias.

Cabía la posibilidad de comprarlas, pero Aldred no disponía

de suficiente dinero. ¿Y quién iba a regalarle algo tan valioso? Se le ocurrió pensar en Glastonbury.

Había sido novicio en aquella abadía y sabía que disponía de una colección tan grande de reliquias que el sacristán, el hermano Theodric, no sabía qué hacer con ellas.

Empezó a entusiasmarse ante la idea.

La abadía contaba con la tumba de san Patricio, el patrón de Irlanda, y veintidós esqueletos completos de otros santos. El abad jamás le regalaría a Aldred un esqueleto entero, pieza de un valor inestimable, pero también tenían muchos huesos sueltos y trozos de telas sagradas, una flecha manchada de sangre de las que habían dado muerte a san Sebastián y una cantarilla de vino de las bodas de Caná. ¿Se apiadaría de Aldred alguno de sus antiguos amigos? Cuando abandonó Glastonbury había caído en la deshonra, desde luego, pero de eso hacía mucho tiempo. Los monjes solían confabularse con los otros monjes en contra de los obispos, y Wynstan no le caía bien a nadie. Tenía posibilidades, decidió Aldred con optimismo creciente.

Y, de todos modos, no se le ocurría nada mejor.

Godleof terminó de comer y devolvió la jarra de madera a la taberna.

—Así, ¿regresamos a Dreng's Ferry? —preguntó al salir.

—Cambio de planes —anunció Aldred—. Te acompañaré una parte del trayecto. Después iré a Glastonbury.

No estaba preparado para la intensa oleada de nostalgia que se apoderó de él nada más divisar el lugar en el que había vivido durante su adolescencia.

Subió a la cima de una pequeña colina y, desde lo alto, contempló la llanura cenagosa donde el verdor del follaje primaveral se entreveraba con charcos y arroyuelos que brillaban bajo el sol. Hacia el norte, un canal con una anchura de unos cinco metros discurría recto como una flecha a lo largo de la suave inclinación de la ladera y terminaba en el embarcadero de la plaza del mercado, donde lucían piezas de tela roja, grandes quesos amarillos y montones de coles verdes.

Antes de comenzar a construir el canal de Outhenham, Edgar le había hecho muchas preguntas a Aldred sobre aquel canal, lo cual había supuesto una dura prueba para su memoria.

Dos edificios altos de piedra clara y gris se elevaban más allá de la villa: una iglesia y un monasterio. En torno a estos se apiñaban una decena o más de construcciones de madera: establos, almacenes, cocinas y casas para los criados. Aldred veía incluso el jardín de hierbas donde lo habían descubierto besando a Leofric, lo cual lo había sumido en una vergüenza de la que jamás se había librado.

Al acercarse se acordó de él. No había visto a Leofric desde hacía veinte años, e imaginó al muchacho alto y delgado de cara sonrosada con algo de vello rubio en el labio superior, lleno de la vitalidad de la adolescencia. Claro que Leo debía de haber cambiado. El propio Aldred estaba distinto: sus movimientos eran más lentos y elegantes; su porte, más solemne, y una sombra oscura lucía en su barba incluso recién afeitado.

La tristeza se apoderó de él. Lamentaba la pérdida del muchacho incansable que había sido en otros tiempos, aquel que leía, aprendía y se impregnaba de conocimientos con igual facilidad que el pergamino absorbe la tinta. Y después, cuando terminaban las lecciones, empleaba otro tanto de energía en quebrantar todas las reglas. Aquella llegada a Glastonbury era como visitar la tumba de su juventud.

Trató de sacudirse de encima la sensación mientras recorría la población, que bullía con las compras y las ventas, con el trabajo de los artesanos que trabajaban la madera y el hierro, con hombres que gritaban y mujeres que reían. Se abrió paso hasta la cuadra del monasterio, que olía a heno limpio y a caballos recién cepillados. Desensilló a Dimas y dejó que la pobre bestia agotada bebiera del abrevadero hasta saciarse.

¿La historia que había vivido en Glastonbury facilitaría o entorpecería su misión? ¿Lo recordarían con afecto y harían todo lo posible por ayudarle? ¿O, por el contrario, lo tratarían como a un renegado a quien habían expulsado por su mala conducta y cuyo regreso allí no era bien visto?

No conocía a ninguno de los hombres que se ocupaban de la cuadra, que además no eran monjes sino empleados, pero eligió a uno de los de mayor edad para preguntarle si Elfweard seguía siendo el abad.

—Sí, y, gracias a Dios, goza de buena salud —dijo el mozo de cuadra.

—¿Y Theodric es el sacristán?

—Sí, aunque ya está mayor.

—¿Y qué tal el hermano Leofric? —preguntó Aldred, como quien no quiere la cosa.

—¿El cillerero? Está bien.

El cillerero ocupaba un puesto importante en el monasterio, ya que era quien se ocupaba de comprar todas las provisiones.

—Se cuida bien, sí —comentó uno de los mozos, y los otros se echaron a reír.

El de mayor edad prosiguió con evidente curiosidad:

—¿Puedo acompañaros a algún lugar de la abadía o a ver a algún monje en particular?

—Antes debo presentar mis respetos al abad Elfweard. Imagino que lo encontraré en su casa, ¿no?

—Es lo más probable. Los monjes ya han terminado de comer y aún falta una hora o dos para que la campana toque la nona.

La hora nona era el oficio de media tarde.

—Gracias.

Aldred se marchó sin satisfacer la curiosidad del mozo de cuadra. Sin embargo, en lugar de ir a casa del abad, se dirigió a la cocina.

En un monasterio del tamaño de aquel, el cillerero no se ocupaba de trasladar sacos de harina o ijadas de ternera hasta los fogones, sino que se sentaba ante una mesa con la pluma en la mano. Con todo, un cillerero sensato no se alejaría demasiado de la cocina para poder controlar lo que entraba y salía de ella, a fin de dificultar que alguien pudiera robar.

Aldred oyó el ruido de los cacharros de cocina que fregaban los criados. Recordó que en los tiempos en que él formaba parte del monasterio, el cillerero trabajaba en un cobertizo adosado a la cocina, pero vio que en el mismo lugar había ahora un edificio más sólido con un anexo de mampostería que era, sin duda, un lugar seguro para almacenar las provisiones.

Se acercó hasta allí con cierto recelo, muy preocupado por la reacción con que lo recibiría Leo.

Se plantó en la puerta. Leo estaba sentado en un banco ante la mesa, en posición perpendicular a la entrada de modo que la luz iluminara su trabajo. En la mano tenía un estilete y tomaba notas en una tablilla de cera situada frente a él. No levantó la cabeza y Aldred dispuso de unos instantes para examinarlo. En realidad no estaba gordo, aunque verdaderamente no era el muchacho huesudo que Aldred recordaba. El círculo que formaba el pelo alrededor de su coronilla seguía siendo claro, y el rostro tenía un tono aún más sonrosado, si cabe. El corazón de Aldred omitió un latido al recordar la pasión con que había amado a aquel hombre. ¿Y ahora, veinte años más tarde?

Antes de que Aldred pudiera explorar sus sentimientos, Leo lo miró.

No lo reconoció enseguida y le dirigió la sonrisa mecánica con que un hombre ocupado responde de forma cortés a una inoportuna interrupción.

—¿En qué puedo ayudaros?

—Me ayudarás si te acuerdas de mí, idiota —repuso Aldred, y entró en la cocina.

Leo se puso en pie, boquiabierto por la sorpresa y con la frente arrugada por la duda.

—¿Eres Aldred?

—El mismo —dijo el prior mientras se dirigía hacia él con los brazos abiertos.

Leo levantó las manos en un gesto protector, y Aldred comprendió de inmediato que no quería que lo abrazara. Probablemente era lo más sensato; quienes conocían su historia podrían sospechar que habían retomado su antigua relación. Aldred se detuvo de inmediato y dio un paso atrás, pero sin dejar de sonreír.

—Me alegro de verte —dijo.

Leo se relajó un poco.

—Yo también —contestó.

—Podemos darnos la mano.

—Sí.

Se saludaron con un apretón de manos, separados por la mesa. Aldred retuvo la mano de Leo entre las suyas, tan solo unos instantes; luego la soltó. Le tenía un gran cariño a aquel hombre, pero ahora se daba cuenta de que había perdido todo el deseo de intimidad física con él. Le inspiraba la misma ternura súbita que a veces sentía por Tatwine, el viejo amanuense, o por el pobre Cuthbert, privado de visión, o por la madre Agatha, pero para nada el antiguo anhelo irresistible del contacto cuerpo con cuerpo, piel con piel.

—Coge una banqueta —lo invitó Leo—. ¿Puedo servirte un vaso de vino?

—Preferiría una jarra de cerveza —contestó Aldred—. Cuanto más floja, mejor.

Leo se dirigió a la despensa y regresó con una taza de madera que contenía un líquido de color oscuro.

Aldred bebió con sed.

—Ha sido un camino largo y se levanta mucho polvo.

—También es peligroso. Podrías haberte cruzado con los vikingos.

—He elegido una ruta por el norte. Los enfrentamientos son en el sur, me parece.

—¿Qué te trae por aquí después de tantos años?

Aldred le explicó la historia. Leo se había enterado del escándalo de la falsificación de moneda —todo el mundo lo sabía—, pero no estaba al corriente del alcance de la campaña que Wynstan había puesto en marcha para vengarse de Aldred. Mientras este hablaba, Leo se fue relajando, sin duda aliviado de que no pretendiera retomar su relación.

—Sin duda, tenemos más huesos de los que nos hacen falta —dijo Leo cuando Aldred hubo terminado—. Otra cosa será que Theodric esté dispuesto a desprenderse de alguno.

Leo se comportaba casi con la cercanía habitual, pero no del todo. Aún mostraba ciertas reservas, tal vez porque ocultaba algún secreto. «Bueno —pensó Aldred—, no necesito saberlo todo acerca de su vida actual; lo que importa es tenerlo de mi lado.»

—Recuerdo que Theodric era un viejo gruñón cuadriculado. Sobre todo parecía que le molestaran los jóvenes.

—Ahora es aún peor. Será mejor que vayamos a verlo antes de la nona. Después de comer suele estar relativamente de buen humor.

Aldred estaba contento. Leo se había convertido en un aliado.

Leo se puso en pie, pero en ese momento apareció otro monje, que hablaba mientras se dirigía hacia él. Tenía unos diez años menos que Aldred y Leo, y era guapo, con las cejas oscuras y los labios carnosos.

—Quieren cobrarnos cuatro quesos, pero solo nos han enviado tres —dijo el recién llegado—. ¡Ah! —exclamó al ver a Aldred, y arqueó las cejas—. ¿Quién es este? —Rodeó la mesa y se situó junto a Leo.

—Es mi ayudante, Pendred —explicó Leo, dirigiéndose a Aldred.

—Yo soy Aldred, el prior de Dreng's Ferry.

—Aldred y yo estuvimos juntos en el monasterio cuando éramos novicios —añadió Leo.

Por la forma en que Pendred se mantenía cerca de Leo y por el ligero nerviosismo que denotaba la voz de este último, Aldred adivinó de inmediato que eran amigos íntimos. Cuáles eran los extremos que alcanzaba esa intimidad era algo que no sabía ni deseaba saber.

Sin duda ese era el secreto que Leo esperaba poder ocultarle.

Aldred tuvo la sensación de que Pendred podía representar un peligro. Tal vez estuviera celoso y tratara de disuadir a Leo a la hora de ayudarlo. Necesitaba demostrarle con urgencia que no suponía ninguna amenaza para él.

—Me alegro de conocerte, Pendred —dijo obsequiándolo con una mirada franca, e imprimió un tono de seriedad a sus palabras para que el monje supiera que no se trataba de un mero gesto de cortesía.

—Aldred y yo éramos muy amigos —explicó Leo.

—Pero de eso hace muchos años —apostilló Aldred de inmediato.

Pendred asintió con la cabeza tres veces, despacio.

—Me alegro de conocerte, hermano Aldred —dijo a continuación.

Había captado el mensaje, y Aldred se sintió aliviado.

—Voy a acompañar a Aldred a ver a Theodric —dijo Leo—. Entrega en la vaquería el dinero de tres quesos y diles que les pagaremos el cuarto cuando lo recibamos.

A continuación guio a Aldred al exterior.

Aldred pensó que tenía un aliado confirmado y había neutralizado a un adversario potencial. No estaba mal para empezar.

Cuando cruzaban los terrenos del monasterio, Aldred divisó el canal.

—¿Todo el recorrido del canal es por terreno arcilloso? —preguntó.

—Casi todo —dijo Leo—. En este extremo el cauce es un poco arenoso. Tiene que cubrirse con arcilla batida, y en las orillas se ponen tablones para sujetarlas, o revestirlas, que es la palabra técnica. Lo sé porque la última vez que tuvieron que renovarse fui yo quien se ocupó de encargar la madera. ¿Por qué quieres saberlo?

—Un constructor llamado Edgar me ha hecho preguntas sobre el canal de Glastonbury porque está construyendo uno en Outhenham. Es un joven brillante, pero hasta ahora jamás se había puesto a hacer un canal.

Entraron en la iglesia de la abadía. Algunos de los monjes

jóvenes estaban cantando, tal vez para aprender un nuevo himno o para practicar alguno ya conocido. Leo guio a Aldred hasta el lado este del transepto sur, donde había una robusta puerta recubierta de hierro que contaba con dos cerrojos. La puerta estaba abierta. Aquel espacio era el tesoro, según recordó Aldred. Entraron en una habitación sin ventanas, oscura, fría y con el olor del polvo y de los años. Cuando los ojos de Aldred se adaptaron a la exigua luz que emitía una vela de junco, vio que las paredes estaban cubiertas de estanterías que contenían una variedad de recipientes de oro, plata y madera.

Al fondo de la sala —en el extremo este y, por tanto, en la zona más sagrada—, un monje estaba arrodillado frente a un altar pequeño y sencillo. Sobre el altar había un intrincado cofre de plata y marfil tallado, que era sin lugar a dudas un relicario, es decir, el receptáculo para las reliquias.

Leo habló en voz baja:

—La semana que viene se celebra la festividad de san Savano. Sus huesos se llevarán hasta la iglesia en procesión. Imagino que Theodric le está pidiendo perdón al santo por molestarlo.

Aldred asintió. Los santos, de algún modo, seguían vivos en sus reliquias, y estaban muy presentes en la institución sagrada que custodiaba sus huesos. Se alegraban de ser recordados y venerados, pero era necesario tratarlos con mucho respeto y precaución. Cualquier movimiento al que tuvieran que someterse iba acompañado de complejos rituales.

—No queréis contrariarlo —musitó Aldred.

A pesar de sus esfuerzos por hablar en voz baja, Theodric los oyó. Se levantó con cierta dificultad, dio media vuelta, los miró y se acercó con paso inseguro. Debía de rondar los setenta años, según los cálculos de Aldred, y tenía la piel del rostro flácida y arrugada. Era calvo, por lo que no necesitaba rasurarse la coronilla.

—Sentimos interrumpir tus plegarias, hermano Theodric.

—No os preocupéis por mí, pero rezad por que el santo no se haya molestado —repuso Theodric con brusquedad—. Venid, salgamos antes de que digáis nada más.

Aldred no se movió de donde estaba y señaló un pequeño arcón elaborado con madera de tejo de color cobrizo que solía usarse para guardar arcos. Tenía la impresión de haberlo visto antes.

—¿Qué hay ahí dentro?

—Algunos huesos de san Adolfo de Winchester, tan solo el cráneo, un brazo y una mano.

—Me parece que lo recuerdo. ¿Lo mató un rey sajón?

—Por estar en posesión de un libro cristiano, sí. Ahora, por favor, salid.

Salieron de nuevo al transepto y Theodric cerró la puerta tras de sí.

—Hermano Theodric —dijo Leo—, no sé si te acuerdas del hermano Aldred.

—Yo nunca me olvido de nada.

Aldred fingió que lo creía.

—Me alegro de volver a verte —dijo.

—¡Ah, eres tú! —exclamó Theodric al reconocer la voz—. Sí, Aldred. Eras un buen alborotador.

—Ahora soy el prior de Dreng's Ferry, donde trato con severidad a los alborotadores.

—¿Y por qué no estás allí?

Aldred sonrió. Leo tenía razón, la edad no había limado las asperezas de Theodric.

—Necesito tu ayuda —dijo Aldred.

—¿Qué quieres?

Aldred volvió a contar la historia de Wynstan y Dreng's Ferry, y explicó que necesitaba un modo de atraer a los peregrinos.

Theodric fingió sentirse indignado:

—¿Quieres que te entregue nuestras valiosas reliquias?

—Mi priorato no tiene ningún santo que vele por él, y en Glastonbury tenéis más de veinte. Te pido que te apiades de tus hermanos más pobres.

—He estado en Dreng's Ferry —dijo Theodric—. Hace cinco años la iglesia se estaba cayendo.

—He reforzado la parte oeste con contrafuertes, ahora tiene estabilidad.

—¿Cómo has podido permitírtelo? Has dicho que no tenías dinero.

Theodric miró a Aldred con una expresión triunfante al creer que lo había pillado mintiendo.

—Lady Ragna me dio las piedras sin coste alguno y un joven constructor llamado Edgar hizo el trabajo a cambio de que le enseñara a leer y a escribir, así que pude reforzar la iglesia sin gastar.

Theodric cambió de táctica:

—Esa iglesia es un escenario muy pobre para los restos de un santo.

Era cierto, así que Aldred optó por improvisar:

—Si me das lo que te pido, hermano Theodric, construiré una ampliación de la iglesia gracias a la ayuda que volverán a prestarme Ragna y Edgar.

—Eso no cambia nada —dijo Theodric con firmeza—. El abad nunca me permitirá que te entregue una reliquia aunque yo esté dispuesto.

—A lo mejor tienes razón, Theodric —terció Leo—, pero deja que sea el propio abad quien responda a eso, ¿de acuerdo?

Theodric se encogió de hombros.

—Si insistes…

Salieron de la iglesia y se dirigieron a casa del abad. Un aliado y un enemigo, pensó Aldred. La cosa estaba en manos del abad Elfweard.

—¿Cómo es Edgar, Aldred? —quiso saber Leo mientras caminaban.

—Un amigo estupendo para el priorato. ¿Por qué lo preguntas?

—Porque has mencionado su nombre tres veces.

Aldred le dirigió una aguda mirada a Leo.

—Siento inclinación por él, como muy bien has imaginado. Pero él tiene el alma puesta en lady Ragna.

Aldred estaba dejándole claro a Leo, sin hacerlo explícito, que Edgar no era su amante. Leo captó el mensaje.

—De acuerdo, queda entendido.

La residencia del abad Elfweard consistía en un gran salón con dos puertas en un lateral, lo cual creaba la idea de dos espacios separados, y Aldred imaginó que el abad tenía su dormitorio en uno y celebraba las reuniones en el otro. Dormir solo era un lujo, pero el abad de Glastonbury era un hombre ilustre y poderoso.

Leo los guio hasta el que era, a todas luces, el espacio de las reuniones. Como no había ninguna lumbre encendida en el hogar, el aire resultaba agradablemente fresco. En una pared había colgado un gran tapiz de la Anunciación, donde la Virgen María lucía un vestido azul ribeteado con un hilo de oro de gran valor.

—Le diré que estáis aquí —se ofreció un joven que parecía el ayudante del abad.

Al cabo de un minuto Elfweard entró en la sala.

Llevaba un cuarto de siglo ejerciendo de abad, y se había convertido en un anciano que caminaba gracias a la ayuda de un bastón que sostenía con mano temblorosa. Tenía una expresión adusta, pero en sus ojos brillaba la inteligencia.

Leo le presentó a Aldred.

—Te recuerdo —dijo Elfweard con severidad—. Cometiste el pecado de sodomía y tuve que expulsarte para separarte de tu compañero de iniquidad.

La cosa empezaba mal.

—Me explicasteis que la vida es dura y que convertirse en un buen monje es aún más duro.

—Me alegro de que te acuerdes.

—Esas palabras me han acompañado durante veinte años, mi señor abad.

—Has obrado bien desde que te marchaste de aquí —dijo Elfweard en tono más suave—. Te reconozco ese mérito.

—Gracias.

—No es que no te hayas metido en líos.

—Pero ha sido por una buena causa.

—Es posible. —Elfweard no sonrió—. ¿Qué te trae hoy por aquí?

Aldred explicó la historia por tercera vez.

Cuando hubo terminado, Elfweard se volvió hacia Theodric:

—¿Qué dice nuestro sacristán?

—No creo que ningún santo nos agradezca que enviemos sus restos a un ridículo priorato en mitad de la nada —soltó Theodric.

Leofric se puso de parte de Aldred:

—Sin embargo, es posible que un santo que aquí apenas recibe atención se alegre de poder obrar milagros en otro sitio.

Aldred miró a Elfweard, pero el abad mantuvo el semblante hierático.

—Recuerdo que cuando vivía aquí muchos tesoros no llegaron a guardarse en la iglesia propiamente dicha, y los monjes no los vieron jamás, así que todavía debían de ser más desconocidos para la congregación —dijo Aldred.

Theodric se mostró desdeñoso:

—No eran más que cuatro huesos sueltos, algún paño manchado de sangre y unos cuantos mechones de pelo. Tenían su valor, pero no llamaban nada la atención comparados con un esqueleto entero.

Theodric se había equivocado al mostrar su menosprecio.

—¡Exacto! —exclamó Aldred, aprovechando la oportunidad—. Aquí en Glastonbury no llaman nada la atención, como dice el hermano Theodric. ¡Pero en Dreng's Ferry esos restos podrían obrar milagros!

Elfweard miró a Theodric con gesto inquisitivo.

—Yo no he dicho que no llamaran nada la atención… Seguro que no lo he dicho.

—Sí, sí que lo has dicho —terció el abad.

Theodric empezó a verse acorralado y dio marcha atrás:

—Pues no debería haberlo dicho, y lo retiro.

Aldred tuvo la impresión de que el éxito estaba cerca, e hizo presión para salirse con la suya a riesgo de parecer avaricioso:

—En la abadía hay unos cuantos huesos de san Adolfo, el cráneo y un brazo.

—¿San Adolfo? —preguntó Elfweard—. Fue martirizado por tener en su poder el Evangelio de San Mateo, si recuerdo bien.

—Sí —dijo Aldred, entusiasmado—. Lo mataron a causa de un libro. Por eso me acuerdo tan bien de él.

—Debería ser el santo patrón de los bibliotecarios.

Aldred sintió que estaba a escasa distancia de hacerse con el triunfo.

—Mi deseo más ferviente es crear una gran biblioteca en Dreng's Ferry.

—Una ambición para la que se necesita solvencia —opinó Elfweard—. Bueno, Theodric, sin lugar a dudas los restos de san Adolfo no son el mayor tesoro de Glastonbury.

Aldred guardó silencio, temeroso de romper la magia de aquel momento.

—No creo que nadie se percate siquiera de su ausencia —dijo Theodric, enfurruñado.

Aldred se esforzó por ocultar su alegría.

El ayudante de Elfweard regresó con una capa pluvial: una especie de manto litúrgico que colgaba sobre los hombros, hecho de lana blanca con escenas bíblicas bordadas en rojo.

—Es la hora nona —anunció.

El abad se levantó y su ayudante le colocó la capa sobre los hombros y se la ciñó por la parte delantera. Una vez vestido para el oficio, se volvió hacia Aldred.

—Ya ves, estoy seguro de que el origen de la reliquia no importa tanto como el uso que se hace de ella. Debes crear las circunstancias en las cuales los milagros son posibles.

—Os prometo que les sacaré el máximo partido a los huesos de san Adolfo.

—Y tendrás que trasladarlos hasta Dreng's Ferry con la debida ceremonia. No querrás que el santo os coja manía de buen principio.

—No hay nada que temer —dijo Aldred—. Tengo grandes planes.

El obispo Wynstan se hallaba de pie frente a una ventana de la planta superior de su palacio de Shiring con la mirada puesta en el silencioso monasterio que se elevaba en la parte opuesta de la bulliciosa plaza del mercado. Las ventanas no tenían cristales —el cristal era un material lujoso reservado a los reyes— y el postigo estaba abierto para dejar pasar la fresca brisa de la primavera.

Un carro de cuatro ruedas tirado por un buey se aproximaba por el camino de Dreng's Ferry. Lo escoltaba un pequeño grupo de monjes guiados por el prior Aldred.

Resultaba asombroso que el prior arruinado de un remoto monasterio le produjera tal exasperación. Aquel hombre no sabía perder. Wynstan se volvió hacia el arcediano Degbert, que estaba allí presente junto con su esposa, Edith. Tanto él como ella captaban la mayoría de los rumores que corrían por la población.

—¿Qué diantres se trae entre manos ese monje del demonio? —se quejó.

—Voy a salir a ver —se ofreció Edith, y abandonó la estancia.

—Me lo imagino —dijo Degbert—. Hace dos semanas estuvo en Glastonbury, y el abad le dio una parte del esqueleto de san Adolfo.

—¿San Adolfo?

—Sufrió martirio por parte de un rey sajón.

—Sí, ya me acuerdo.

—Aldred se dispone a volver a Glastonbury, esta vez para realizar los rituales necesarios para extraer las reliquias. Pero no es más que un cofre con cuatro huesos, no sé para qué quiere el carro.

Wynstan observó que el carro se detenía en la entrada de la abadía de Shiring. Un pequeño grupo de vecinos se acercó a curiosear, y el obispo vio que Edith se sumaba a ellos.

—¿Cómo es posible que Aldred pueda permitirse siquiera pagar un carro de cuatro ruedas y un buey?

Degbert conocía la respuesta.

—El barón Deorman de Norwood le ha dado tres libras.

—Ese idiota de Deorman.

Los curiosos se apiñaron más y Aldred retiró la tela que cubría el carro. Sin embargo, Wynstan no logró ver lo que había dentro. A continuación Aldred volvió a colocar la tela en su sitio y el carro entró en la abadía, tras lo cual la multitud se dispersó.

Edith regresó al cabo de unos instantes.

—¡Es una imagen de san Adolfo de tamaño natural! —exclamó entusiasmada—. Tiene una cara preciosa, bendita y triste al mismo tiempo.

—Un ídolo para que los ignorantes lo veneren —soltó Wynstan con menosprecio—. Supongo que debe de estar pintada, ¿no?

—Tiene la cara blanca, y también las manos y los pies. La túnica es gris. ¡Pero los ojos son tan azules que uno tiene la impresión de que lo están mirando!

La pintura azul era la más cara, puesto que se conseguía a partir de piedras de lapislázuli trituradas.

—Ya sé lo que pretende esa serpiente taimada.

—Me gustaría que me lo explicaras —dijo Degbert.

—Piensa pasearse por ahí con las reliquias para mostrárselas a la gente. Se parará en todas las iglesias que hay entre Glastonbury y Dreng's Ferry. Necesita dinero porque Hildred le ha retirado la subvención, y quiere utilizar el santo para recaudar fondos.

—Seguramente su idea funcionará —opinó Degbert.

—No si yo puedo hacer algo para impedirlo —dijo Wynstan.

28

Mayo de 1001

Los monjes empezaron a entonar los cánticos en las afueras de Trench.

La comitiva estaba compuesta por los ocho del priorato de Dreng's Ferry, incluido el ciego Cuthbert, y Edgar, encargado de manejar el mecanismo. Formaban una procesión solemne, distribuidos a ambos costados del carro tirado por el buey que Godleof conducía del narigón, la argolla del hocico.

La efigie del santo y el cofre de tejo que contenía los huesos iban en el carro, pero cubiertos con unos paños, que además impedían que se movieran.

Los vecinos del pueblo estaban trabajando en los campos. Se los veía ocupados, pero era época de desherbar, una tarea que podían abandonar sin que ello supusiera un descalabro. En cuanto oyeron los cánticos, dejaron los brotes verdes de cebada y centeno y se enderezaron; vieron la procesión mientras se frotaban la espalda y cruzaron los campos hasta el camino a fin de averiguar qué ocurría.

Aldred había ordenado a los monjes que no hablaran con nadie hasta después, de manera que estos continuaron cantando, con gesto solemne, sin apartar la mirada del frente. Los lugareños se incorporaron a la comitiva y siguieron el carro mientras intercambiaban susurros llenos de expectación.

Aldred lo había planeado todo con sumo cuidado, pero era la

primera vez que lo ponía en práctica. Rezó para que todo saliera bien.

El paso del carro hizo salir a quienes no estaban trabajando las tierras y se habían quedado en casa: ancianos, niños —pequeños aún para diferenciar entre un brote de cereal y una mala hierba—, un pastor con un cordero enfermo en brazos, un carpintero empuñando martillo y cincel, o una lechera con una mantequera que continuó agitando cuando se unió a la hilera que seguía al carro. Los perros también acudieron, olisqueando excitados las ropas de los extraños.

Por fin llegaron al centro del pueblo. Había un estanque, un pasto comunal sin cercar donde pastaban varias cabras, una taberna y una pequeña iglesia de madera. Aldred supuso que la casa de mayor tamaño pertenecía al viejo barón Cenbryht, quien no apareció, por lo que presumió que debía de encontrarse en otro lugar.

Godleof le dio la vuelta al carro de manera que la parte trasera quedara frente a la puerta de la iglesia y luego soltó el buey y lo llevó a pastar al prado.

Los monjes así podrían bajar las reliquias y la efigie con suavidad y trasladarlas al interior de la iglesia, maniobra que habían practicado para estar seguros de que lo hacían con la solemnidad que requería la ocasión.

Al menos ese era el plan de Aldred hasta que vio al cura del pueblo delante de la puerta de la iglesia, con los brazos cruzados sobre el pecho. Era joven y parecía asustado, pero decidido.

Ocurría algo.

—No dejéis de cantar —murmuró Aldred a los demás antes de acercarse al sacerdote—. Buenos días, padre.

—Buenos días tengáis.

—Soy el prior Aldred de Dreng's Ferry y traigo las reliquias sagradas de san Adolfo.

—Lo sé —contestó el sacerdote.

Aldred frunció el ceño. ¿Cómo lo sabía? No le había contado a nadie sus planes, pero prefirió dejar esa cuestión para más adelante.

—El santo desea pasar la noche en la iglesia.

—Eso no va a ser posible —repuso el hombre, a pesar de su expresión atribulada.

Aldred se lo quedó mirando, sin salir de su asombro.

—¿Estás dispuesto a provocar la ira del santo con sus huesos sagrados ante ti?

El sacerdote tragó saliva.

—Acato órdenes.

—Acatas la voluntad de Dios, claro.

—La voluntad de Dios, tal como me han explicado mis superiores.

—¿Qué superior te ha pedido que niegues a san Adolfo un lugar de descanso temporal en tu iglesia?

—Mi obispo.

—Wynstan.

—Sí.

Se lo había ordenado Wynstan y, lo que era aún peor, seguramente había enviado el mismo mensaje a todas las iglesias que hubiera entre Glastonbury y Dreng's Ferry. Dada la rapidez con que había corrido la voz, estaba claro que no había perdido el tiempo. ¿Con qué propósito? ¿Solo para dificultar que recaudara dinero? ¿Acaso la maldad del obispo no conocía límites?

Aldred dio la espalda al sacerdote. Se hacía cargo de que Wynstan infundía mayor temor al pobre hombre que san Adolfo, pero no estaba dispuesto a rendirse. Los lugareños esperaban un espectáculo y Aldred iba a proporcionárselo. Si no podía ser en la iglesia, tendría que ser fuera.

—El mecanismo funcionará con la efigie en el carro, ¿verdad? —le preguntó a Edgar en voz baja.

—Sí, funcionará en cualquier parte —le aseguró este.

—Entonces, prepárate.

Aldred se colocó delante del carro, de cara a los espectadores, y miró a su alrededor, esperando a que guardaran silencio para empezar a rezar. Comenzó en latín. No entendían las palabras, pero estaban acostumbrados a la letanía. De hecho, el latín convencería a los escépticos, en el caso de que los hubiera, de que se trataba de una verdadera misa.

Luego cambió al inglés:

—Oh, Señor Todopoderoso, tú que vives y reinas por los siglos de los siglos, que nos muestras tu piedad y misericordia por medio de las obras de san Adolfo, que tu santo interceda por nosotros.

A continuación los lugareños se sumaron a la oración del padrenuestro.

Después de los rezos, Aldred les relató la historia de la vida y la muerte del santo. Solo se conocían los datos esenciales, pero los adornó con ciertas licencias y con todo lujo de detalles. Describió al rey sajón como un ególatra iracundo, y a Adolfo como un hombre extraordinario, bondadoso y puro de corazón, cosa que no podía alejarse mucho de la verdad, estaba seguro. Atribuyó al santo numerosos milagros inventados, convencido de que podrían haber ocurrido o de que había obrado maravillas similares. La multitud lo escuchaba embelesada.

Finalmente se dirigió al santo para recordar que Adolfo estaba allí presente de verdad, en Trench, caminando entre ellos, atento, observándolos.

—Oh, san Adolfo, si hay alguien aquí hoy, en el pueblo cristiano de Trench, que cargue con una pena profunda, te ruego que le procures consuelo.

Esa era la señal para la intervención de Edgar. Aldred sintió deseos de volver la vista, pero resistió la tentación, confiando en que el joven procediera como habían acordado.

—Si hay alguien aquí que ha perdido algo precioso, te ruego, oh, santo varón, que se lo devuelvas —prosiguió Aldred, procurando que su voz resonara por encima de la multitud.

El leve crujido que oyó detrás de él le confirmó que Edgar, situado en la parte trasera del carro, estaba tirando con suavidad de una robusta cuerda.

—Si hay alguien aquí al que hayan robado o engañado, haz justicia.

De pronto hubo una reacción. Varias personas empezaron a señalar el carro. Otras retrocedieron, murmurando sorprendidas. Aldred conocía la razón: la efigie, que había estado tumbada de espalda en el lecho de la carreta, comenzaba a enderezarse, asomando entre los paños.

—Si hay alguien enfermo, sánalo.

Aldred comprobó que las primeras filas dirigían la mirada por detrás de él, mudos de asombro. Aldred sabía qué estaban viendo, pues lo había ensayado muchas veces con Edgar: los pies de la efigie permanecían en el carro, pero el cuerpo se alzaba. Todos eran conscientes de que Edgar estaba tirando de una cuerda, pero el mecanismo que manejaba quedaba oculto, de ahí que para unos campesinos que nunca habían visto poleas y palancas, la estatua se levantaba por voluntad propia.

De repente todos contuvieron la respiración, sobrecogidos, y Aldred se figuró que había aparecido la cara.

—Si los demonios atormentan a alguien, ¡expúlsalos!

Aldred había convenido con Edgar que el ascenso de la efigie empezaría siendo lento y luego se aceleraría. Finalmente la estatua se puso recta con una sacudida y los ojos aparecieron ante la vista con claridad. Una mujer chilló y dos niños huyeron despavoridos. Varios perros ladraron asustados. La mitad de los lugareños se santiguaron.

—¡Si hay alguien aquí que ha cometido un pecado, vuelve tus ojos hacia él, oh, santo varón, y concédele el coraje para confesar!

Una joven de las primeras filas cayó de rodillas entre sollozos, alzando la mirada hacia la estatua de ojos azules.

—Lo robé yo —admitió. Las lágrimas corrían por sus mejillas—. Yo le robé el cuchillo a Abbe. Lo siento, perdóname, lo siento.

—¡Frigyth! —se oyó la voz indignada de otra mujer al fondo—. ¡Tú!

Aldred no se esperaba aquello. Como mucho, confiaba en una cura milagrosa, pero san Adolfo le había concedido algo distinto, así que improvisaría.

—El santo ha tocado tu corazón, hermana —proclamó—. ¿Dónde está el cuchillo robado?

—En mi casa.

—Ve a buscarlo y tráemelo.

Frigyth se puso de pie.

—¡Rápido, corre!

La joven se apresuró a abrirse paso entre la multitud y entró en una casa cercana.

—Creía que lo había perdido —comentó Abbe.

—¡Oh, santo varón, te agradecemos que hayas tocado el corazón de la pecadora y la hayas animado a confesar! —dijo Aldred, reanudando la plegaria.

Frigyth reapareció con un cuchillo reluciente que tenía una empuñadura de hueso tallada con profusión y se lo tendió a Aldred, quien llamó a Abbe. La mujer se acercó con gesto ligeramente escéptico. Era mayor que Frigyth y tal vez no estaba dispuesta a creer en milagros con tanta facilidad.

—¿Perdonas a tu vecina? —le preguntó Aldred.

—Sí —contestó la mujer sin entusiasmo.

—Entonces bésala en señal de clemencia.

Abbe besó a Frigyth en la mejilla.

—¡Arrodillaos todos! —les pidió Aldred, tras devolver el cuchillo a su dueña.

El prior inició una oración en latín. Era la señal para que los monjes se pasearan entre los reunidos con escudillas para las limosnas.

«Una limosna para el santo, por favor», decían en voz baja a los lugareños, quienes, al estar de rodillas, no podían escapar con facilidad. «No llevo dinero, lo siento», decían algunos mientras negaban con la cabeza. La mayoría rebuscaron en las faltriqueras y sacaron medios peniques o cuartos de penique. Dos hombres fueron a sus casas y regresaron con plata. El tabernero contribuyó con un penique.

Los monjes agradecían las donaciones con un «que san Adolfo te bendiga».

Aldred estaba animado. Todos los presentes parecían sobrecogidos e impresionados, una mujer había confesado un robo y casi todos habían aportado dinero. A pesar de los esfuerzos de Wynstan por dar al traste con sus intenciones, Aldred había conseguido lo que pretendía. Además, si había funcionado en Trench, funcionaría en cualquier parte. Quizá el priorato aún tenía esperanzas de sobrevivir.

En un principio la idea de Aldred era que los monjes pasaran la noche en la iglesia, velando las reliquias, pero estaba claro que tenía que desecharla, así que tomó una rápida decisión.

—Saldremos del pueblo en procesión y buscaremos otro sitio donde pasar la noche —informó a Godleof.

Aldred tenía algo más que comunicar a los lugareños.

—Podéis volver a ver al santo —anunció—. Venid a la iglesia de Dreng's Ferry el domingo de Pentecostés. Traed a los enfermos, a los afligidos y a los dolientes. —Iba a añadir que hicieran correr la voz, pero comprendió que sería innecesario: la gente comentaría durante meses lo que había ocurrido ese día—. Espero daros la bienvenida a todos.

Los monjes regresaron con las escudillas de las limosnas mientras Edgar hacía descender la efigie poco a poco y luego la cubría con los paños. Godleof volvió a enganchar el buey.

El animal se puso en marcha con paso pesado al tiempo que los monjes reanudaban los cánticos y abandonaban la aldea lentamente.

El domingo de Pentecostés, Aldred condujo a los monjes a la iglesia para celebrar el oficio de maitines antes del amanecer, como siempre. Era una mañana despejada de mayo, en plena estación de la esperanza, cuando el mundo se llenaba de prometedores brotes verdes, lechones cebados, cervatillos recién nacidos y terneros que crecían a ojos vistas. Aldred albergaba la ilusión de que el recorrido que había hecho con san Adolfo lograra su objetivo, el de atraer peregrinos a Dreng's Ferry.

También había contado con ampliar la iglesia con la construcción de una extensión de piedra, pero no les había dado tiempo, de manera que Edgar había improvisado una añadidura temporal en madera. Un amplio arco de medio punto daba paso a una capilla lateral donde la efigie de san Adolfo descansaba tumbada en un pedestal. Los feligreses que ocupaban la nave seguirían atentos la misa que se oficiaría en el presbiterio y luego se volverían, en el momento álgido del rito, para ver que el santo se alzaba como por milagro y los miraba fijamente con sus ojos azules.

Luego, así lo esperaba Aldred, darían limosnas.

Los monjes habían recorrido una aldea tras otra con el carro y la efigie, Aldred había repetido su sermón enardecedor a diario durante dos semanas y el santo había infundido un respeto reverencial en los corazones de la gente. Incluso se había producido un milagro, por pequeño que fuera: una adolescente que sufría un intenso dolor de barriga se había recuperado de pronto cuando vio alzarse al santo.

Los fieles habían dado dinero, casi siempre cuartos de penique y medios peniques, pero todo sumaba, y Aldred había vuelto a casa con casi una libra de plata, una cantidad que les vendría muy bien. Aun así, los monjes no podían pasarse la vida yendo de pueblo en pueblo, eran los feligreses quienes debían acudir a ellos.

Aldred había animado a los fieles a que los visitaran el domingo de Pentecostés y ahora todo estaba en manos de Dios. Él había hecho todo cuanto un simple humano podía hacer.

Tras los maitines, Aldred se detuvo un momento junto a la iglesia para contemplar la aldea a la primera luz del día. Dreng's Ferry había crecido ligeramente desde que se trasladó al priorato. El primer vecino recién llegado había sido Bucca Fish, el tercer hijo de un pescadero de Combe y viejo amigo de Edgar, quien lo había convencido para que pusiera un puesto de pescado fresco y ahumado. Aldred había apoyado la idea con la esperanza de que el abastecimiento permanente de pescado animara a la gente del lugar a observar las reglas de la Iglesia sobre el ayuno con mayor rigurosidad: prescindir de comer carne tanto los viernes como durante las doce festividades de los apóstoles y ciertos días especiales. Tenía mucha demanda y Bucca vendía todo lo que Edgar capturaba en sus nasas.

Aldred y Edgar habían hablado sobre el lugar en el que Bucca debía construirse una casa y la cuestión los había llevado a dibujar un plano de la aldea. Aldred había sugerido una cuadrícula para grupos familiares, como solía hacerse, pero Edgar había propuesto algo nuevo: una calle principal que subía la colina y otra de la misma importancia que la cruzaba en perpendicular y que formaba un ángulo recto con la cima. Al este de la calle principal dispusieron una zona para una iglesia y un monasterio nuevos y de mayor tamaño. Puede que solo se tratara de un sueño, pensó Aldred, pero ¿a quién no le gustaba soñar despierto?

Aun así, Edgar había dedicado todo un día a delimitar el terreno que ocuparían las casas de la calle principal y Aldred había decretado que quien quisiera construir en una de esas parcelas podía sacar la madera de los bosques y no pagaría rentas durante un año. El propio Edgar estaba construyéndose una casa. Aunque pasaba mucho tiempo en Outhenham, cuando estaba en Dreng's Ferry prefería no dormir en la de sus hermanos, donde a menudo tenía que oír a Cwenburg fornicando con uno u otro, de manera escandalosa.

Siguiendo el ejemplo de Bucca, otras tres personas habían establecido su hogar en la aldea: un cordelero, que utilizaba el patio trasero para trenzar las cuerdas; un tejedor, que construyó una casa alargada e instaló el telar en un extremo y a sus hijos y a su mujer en el otro, y un zapatero, que levantó la suya a continuación de la de Bucca.

Aldred había edificado una escuela con una sola aula. Al principio, el único pupilo fue Edgar, pero en esos momentos ya había tres niños, hijos de hombres prósperos de los alrededores, que acudían al priorato los sábados con medio penique de plata oculto en el puño mugriento para aprender las letras y los números.

Y aunque todo aquello estaba bien, no era suficiente. A ese paso, Dreng's Ferry tardaría cien años en convertirse en un gran monasterio. De todas maneras Aldred había seguido adelante como había podido… hasta la muerte de Osmund, momento que Wynstan había aprovechado para eliminar la asignación que recibían.

Volvió la vista hacia el río y lo animó ver un pequeño grupo de peregrinos en la otra orilla, sentados en el suelo, cerca del agua, esperando la embarcación. Teniendo en cuenta que aún era temprano, se trataba de una buena señal. Sin embargo, parecía que Dreng seguía durmiendo, porque no había nadie ocupándose de la barcaza. Aldred bajó la colina para despertar al barquero.

La taberna estaba cerrada y tenía los postigos echados. El prior aporreó la puerta, pero no obtuvo respuesta, de manera que, aprovechando que carecía de cerradura, levantó el cerrojo y entró.

La casa estaba desierta.

Aldred se quedó en el umbral, mirando perplejo a su alrededor. Había unas mantas apiladas con esmero y la paja del suelo estaba rastrillada. Los barriles y las jarras estaban guardados, probablemente en el cobertizo de la cerveza, que sí contaba con una cerradura, y olía a cenizas frías, ya que el fuego estaba apagado.

Se habían ido todos.

No había nadie que se ocupara de la barcaza, lo cual suponía un duro golpe.

«Bueno, pues lo haremos nosotros —pensó Aldred—. Esos peregrinos tienen que cruzar el río como sea. Los monjes se turnarán. Nosotros podemos.»

Desconcertado, pero decidido, salió de nuevo a la calle; en ese momento reparó en que la barcaza no estaba en el amarradero. La buscó por toda la orilla y luego examinó el lado opuesto con el alma en los pies. No la vio por ninguna parte.

Trató de encontrarle una explicación lógica. Dreng había partido con sus dos mujeres y la esclava y se había llevado la barcaza.

¿Adónde había ido? A Dreng no le gustaba viajar. Como mucho, salía de la aldea una vez al año, y cuando lo hacía, solía dirigirse a Shiring, pero no se podía llegar a la ciudad por el río.

¿Habría ido río arriba, a Bathford u Outhenham? ¿O río abajo, a Mudeford o Combe? Ninguno de esos destinos parecía tener sentido, y menos acompañado de la familia.

Quizá, si supiera el porqué, sería capaz de deducir adónde había ido. ¿Qué motivo tendría Dreng para ausentarse?

Desanimado, en ese momento comprendió que no podía tratarse de una coincidencia. Dreng estaba al tanto de los viajes de san Adolfo y de la invitación de Pentecostés: el mezquino dueño de la barcaza se había ido el mismo día en que Aldred esperaba que centenares de personas acudieran a su iglesia. Dreng sabía que la ausencia de la barcaza arruinaría el plan del prior.

Tenía que tratarse de algo deliberado.

Una vez que estableció que respondía a algo premeditado, la deducción lógica llegó por sí sola.

Todo aquello era idea de Wynstan.

Aldred sintió deseos de estrangularlos a ambos con sus propias manos.

Reprimió aquella pasión tan poco cristiana. La rabia no le serviría de ayuda. ¿Qué podía hacer?

La respuesta acudió a su mente de inmediato: no había barcaza, pero Edgar disponía de una balsa. No estaba amarrada junto a la taberna, pero no era raro, porque a veces la dejaba cerca de la granja.

Aldred se animó. Dejó el río a su espalda y se apresuró a subir la colina sin perder tiempo.

Edgar había decidido construir su casa frente al lugar destinado a la nueva iglesia, aunque aún no había ninguna y puede que nunca la hubiera. Ya había levantado las paredes de su hogar, pero todavía faltaba cubrir el techo de paja. El prior lo encontró sentado en una bala de paja, escribiendo con una piedra en una lancha de pizarra de gran tamaño encajada en un marco de madera. Estaba realizando cálculos, con el ceño fruncido y la lengua asomando entre los dientes, tal vez tratando de determinar el material que necesitaba para reconstruir en piedra la capilla del santo.

—¿Dónde tienes la balsa? —le preguntó Aldred.

—En la orilla del río, junto a la taberna. ¿Ha ocurrido algo?

—Pues no está allí.

—Maldita sea. —Edgar salió para verlo y Aldred lo siguió. Desde la colina, ambos recorrieron la orilla del río con la vista, sin embargo no vieron señales de ninguna embarcación—. Qué raro —musitó Edgar—. No pueden haberse desamarrado las dos por accidente.

—No, no se trata de un accidente.

—¿Quién...?

—Dreng ha desaparecido. La taberna está vacía.

—Ha debido de llevarse la barcaza... y, de paso, también mi balsa para que no pudiéramos utilizarla.

—Exacto. La soltará a la deriva a varios kilómetros de aquí y luego dirá que no tiene ni idea de lo que le ha pasado. —Aldred se sentía derrotado—. Sin barcaza ni balsa, los peregrinos que vengan no podrán cruzar el río.

Edgar chascó los dedos.

—La madre Agatha tiene una barca —recordó—. Es muy pequeña, con una persona a los remos y dos pasajeros ya va llena, pero flota.

Aldred renovó sus esperanzas.

—Una barquita es mejor que nada.

—Cruzaré a nado y le pediré que nos la preste. Agatha estará encantada de echar una mano, sobre todo cuando sepa qué pretenden Dreng y Wynstan.

—Si empiezas tú a llevar viajeros, de aquí a una hora enviaré a un monje para que te releve.

—También querrán comprar algo de comer y de beber en la taberna.

—No hay nada, pero podemos venderles lo que sea que haya en las despensas del priorato. Tenemos cerveza, pan y pescado. Nos las apañaremos.

Edgar echó a correr colina abajo en dirección a la orilla y Aldred se dirigió a la casa de los monjes con paso apresurado. Todavía era temprano, disponían de tiempo suficiente para transportar a los pasajeros al otro lado del río y convertir el monasterio en una taberna.

Por fortuna, hacía un buen día. Aldred les dijo a los monjes que dispusieran mesas de caballete en el exterior y que reunieran todas las jarras y escudillas que hubiera en la aldea. Hizo sacar barriles de cerveza de las despensas y hogazas de pan, tanto recién hecho como duro. Envió a Godleof a comprar todo el género que Bucca Fish tuviera. Hizo encender un fuego, ensartó parte del pescado fresco en espetones y empezó a cocinarlo. Estaba agobiado de trabajo, pero contento.

Los peregrinos no tardaron en aparecer por la cuesta que conducía al río mientras no dejaban de llegar otros tantos desde la dirección opuesta. Los monjes empezaron a vender. Hubo murmullos de descontento entre quienes esperaban encontrar carne y cerveza fuerte, pero la mayoría aceptaron de buen talante los arreglos de emergencia.

Cuando sustituyeron a Edgar, este informó de que la cola para la barca era cada vez más larga y que había peregrinos que daban media vuelta para regresar a casa en lugar de esperar. Aldred notó que su enojo contra Dreng afloraba de nuevo, pero se obligó a calmarse.

—No podemos hacer nada al respecto —se resignó mientras seguía sirviendo cerveza en vasos de madera.

Una hora antes del mediodía, los monjes condujeron a los peregrinos a la iglesia. Aldred había soñado con una nave llena hasta arriba y se había preparado para repetir la misa ante una segunda hornada de feligreses, pero no fue necesario.

No sin esfuerzo, hizo un cambio mental y pasó de organizar una taberna improvisada a celebrar el oficio. Las familiares frases en latín no tardaron en aliviar su espíritu y tuvieron el mismo efecto entre los fieles, que se mantuvieron sorprendentemente callados.

Al final del oficio, Aldred contó la ya conocida historia de la vida de san Adolfo y los feligreses contemplaron cómo se alzaba la efigie. Por entonces, la mayoría sabían qué iba a ocurrir y pocos se asustaron de verdad, pero continuaba siendo un acontecimiento impresionante y maravilloso.

Después todo el mundo se dispuso a comer.

Varias personas preguntaron si podían pasar allí la noche. Aldred les dijo que podían dormir en la morada de los monjes o, si lo preferían, también podían alojarse en la posada, si bien el dueño no estaba y no habría ni comida ni bebida.

No les gustó ninguna de las opciones. Un peregrinaje era una ocasión festiva y la gente esperaba pasar las noches con otros peregrinos envueltos en un espíritu de camaradería mientras bebían y cantaban y, en ocasiones, se enamoraban.

Al final la mayoría regresaron a sus hogares.

Al terminar el día Aldred se sentó en el suelo, entre la iglesia y la casa de los monjes, a contemplar el río y el sol rojo que descendía al encuentro de su reflejo con el agua. Edgar se le unió al cabo de unos minutos y continuaron un rato sentados en silencio.

—No ha salido como esperabais, ¿verdad? —se decidió a preguntar Edgar.

—No del todo. La idea es buena, pero nos han puesto palos en las ruedas.

—¿Volveréis a intentarlo?

—No lo sé. Dreng se ocupa de la barcaza y eso lo complica todo. ¿Qué crees?

—Se me ha ocurrido algo.

Aldred sonrió. Edgar siempre tenía alguna idea y, por lo general, era buena.

—Cuéntame.

—Si tuviéramos un puente, no necesitaríamos la barcaza.

Aldred se lo quedó mirando.

—Nunca se me había ocurrido.

—Queréis que la iglesia se convierta en un lugar de peregrinación y el río supone un obstáculo importante, sobre todo con Dreng a cargo de la barcaza. Un puente facilitará el camino hasta aquí.

Había sido un día de altibajos emocionales, pero en ese momento la disposición anímica de Aldred pasó de un pesimismo profundo a un entusiasmo desaforado y desbordante.

—¿Crees que es posible? —preguntó, emocionado.

Edgar se encogió de hombros.

—Tenemos madera de sobra.

—Más de la que necesitamos, pero ¿sabes construir puentes?

—He estado dándole vueltas. Lo más difícil de todo es afianzar los pilares en el lecho del río.

—¡Tiene que poder hacerse porque hay puentes!

—Sí. Hay que fijar el pie del pilar en un gran cajón de piedras en el lecho del río. El cajón debe tener unas aristas pronunciadas, encaradas hacia ambos sentidos de la corriente, y estar firmemente encajado en el lecho a fin de que la fuerza del agua no lo desplace.

—¿Cómo sabes todo eso?

—Fijándome en los que ya existen.

—Entonces ya lo tienes todo pensado.

—Me sobra tiempo para pensar. No tengo una mujer que me distraiga.

—¡Hay que hacerlo! —exclamó Aldred, entusiasmado, aunque enseguida topó con un inconveniente—. Pero no puedo pagarte.

—Nunca me habéis pagado por nada, pero seguís enseñándome.

—¿Cuánto tardaría en estar listo?

—Proporcionadme un par de monjes fuertes y jóvenes dispuestos a trabajar y diría que podría hacerlo en seis meses, un año a lo sumo.

—¿Antes del próximo domingo de Pentecostés?

—Sí —afirmó Edgar.

El consejo de la demarcación se reunió al sábado siguiente y estuvo a punto de provocar un disturbio.

Los peregrinos no eran los únicos afectados por la desaparición de Dreng. Sam el pastor pretendía cruzar el río con sus borregos para venderlos en Shiring, pero se había visto obligado a dar media vuelta y regresar a casa con el rebaño. Varios aldeanos de la otra orilla no habían podido cruzar con sus productos para venderlos. Y había quienes querían pasar la festividad en Dreng's Ferry y habían tenido que volver a casa con un palmo de narices. Todo el mundo se sentía traicionado por alguien en quien confiaban. Los jefes de los pueblos cargaron contra Dreng.

—¿Acaso estoy prisionero aquí? —protestó Dreng—. ¿Es que se me prohíbe salir de este lugar?

Aldred, que presidía el consejo, ocupaba el banco grande de madera situado junto a la iglesia.

—¿Y podría saberse adónde fuiste? —le preguntó.

—¿Acaso es asunto vuestro? —La réplica de Dreng suscitó tantas protestas que finalmente dio su brazo a torcer—. De acuerdo, de acuerdo, fui a Mudeford Crossing a vender tres barriles de cerveza.

—¿Justo el día que sabías que tendrías centenares de pasajeros?

—Nadie me dijo nada.

—¡Mentiroso! —gritaron varios hombres.

Tenían razón, era imposible que el tabernero no estuviera al tanto de la misa especial del domingo de Pentecostés.

—Cuando vas a Shiring, por lo general dejas a tu familia a cargo de la barcaza y la posada —repuso Aldred.

—Necesitaba la barcaza para transportar la cerveza y a las mujeres para que me ayudaran a mover los barriles. Tengo mal la espalda.

Se oyeron varios gruñidos burlones, todos habían oído hablar del dolor de espalda de Dreng.

—Tienes una hija y dos yernos fuertes. Ellos podrían haberse encargado de la taberna —apuntó Edgar.

—¿Para qué iba a abrir la taberna si no hay barcaza?

—Me podrían haber pedido prestada la balsa. Aunque desapareció al mismo tiempo que tú. ¿No te parece extraño?

—A mí qué me cuentas.

—¿No estaba mi balsa amarrada junto a tu barcaza cuando te fuiste?

Dreng parecía acorralado. No sabía si contestar sí o no.

—No lo recuerdo.

—¿No pasaste junto a la balsa cuando te dirigías río abajo?

—Puede ser.

—¿La desamarraste y la dejaste a la deriva?

—No.

«¡Mentiroso!», volvió a oírse entre la multitud.

—¡Vamos a ver! ¿Dónde dice que estoy obligado a sacar la barcaza todos los días? —se defendió Dreng—. El deán Degbert me encomendó ese trabajo. Era el señor de este lugar y él nunca dijo nada de que tuviera que estar disponible siete días a la semana.

—Ahora el señor del lugar soy yo —intervino Aldred— y digo que es fundamental que la gente pueda cruzar el río cada día. Hay una iglesia y una pescadería, y el pueblo se encuentra en el camino entre Shiring y Combe. No se puede confiar en que prestes el servicio adecuado y eso es inaceptable.

—¿Estáis diciendo que se lo encomendaréis a otra persona?

—¡Sí! —gritaron algunos.

—Ya veremos qué tienen que decir mis poderosos parientes de Shiring al respecto —los amenazó Dreng.

—No, no voy a darle la barcaza a otra persona —dijo Aldred.

Se oyeron varios gruñidos y alguien preguntó por qué no.

—Porque tengo una idea mejor. —Aldred hizo una pausa—. Voy a construir un puente.

La multitud enmudeció mientras asimilaba lo que acababa de oír.

Dreng fue el primero en reaccionar.

—No podéis hacer eso —protestó—. Arruinaréis mi negocio.

—No lo mereces —repuso Aldred—. Pero, mira por dónde, resulta que incluso te irá mejor. El puente atraerá más gente a la aldea y más clientes a la taberna. Seguramente te harás rico.

—Pues no quiero un puente —insistió Dreng con terquedad—. Soy barquero.

Aldred se volvió hacia la concurrencia.

—¿Qué opináis los demás? ¿Queréis un puente?

Hubo un coro de ovaciones. ¿Cómo no iban a quererlo? Les ahorraría tiempo. Y Dreng no le caía bien a nadie.

—Todo el mundo quiere un puente —concluyó Aldred, volviéndose hacia Dreng—. Así que construiremos uno.

Dreng dio media vuelta y se alejó disgustado.

29

Agosto y septiembre de 1001

Ragna estaba contemplando a sus tres hijos cuando oyó el alboroto.

Los mellizos, de siete meses, dormían juntos en una cuna de madera. Hubert era regordete y feliz; Colinan, pequeño y ágil. Osbert, que tenía dos años y ya andaba, estaba sentado en el suelo, removiendo una escudilla vacía con un cucharón de madera como si imitara a Cat cuando preparaba las gachas.

El ruido que llegó de fuera hizo que Ragna mirara por la puerta abierta. Era una tarde de verano; las cocineras sudaban en sus cocinas, los perros dormían en la sombra y los niños jugaban a salpicarse en la orilla del estanque de los patos. Apenas visibles a lo lejos, justo en las afueras de la villa, los campos de trigo amarillento maduraban al sol.

La imagen era apacible, pero se oía un barullo creciente que venía de la ciudad, gritos, relinchos y jaleo, y Ragna supo al instante que el ejército había regresado a casa. Se le aceleró el corazón.

Ese día llevaba un vestido azul cerceta de una tela ligera y veraniega. Siempre prestaba atención a su vestimenta, una costumbre que en esos instantes agradeció mucho, ya que no tendría tiempo para cambiarse. Salió y se detuvo frente al gran salón para dar la bienvenida a su marido. Enseguida se le unieron más personas.

El regreso del ejército era un momento de tensión y angustia para las mujeres. Deseaban recuperar a sus maridos, pero sabían que no todos los combatientes volverían del campo de batalla, de modo que se miraban las unas a las otras preguntándose quiénes de ellas estarían a punto de derramar lágrimas amargas por el dolor de la pérdida.

Lo que sentía Ragna era aún más confuso. En los cinco meses que Wilf llevaba fuera, sus sentimientos por él se habían recrudecido. La decepción y la tristeza se habían convertido en ira y repulsión. Había intentado no odiarlo, se había esforzado por recordar lo mucho que se amaron una vez. Pero entonces ocurrió algo que decantó la balanza: durante su ausencia, Wilf no le había enviado a ella ni un solo mensaje; en cambio, un soldado herido regresó a Shiring con un brazalete vikingo procedente de un saqueo como regalo del conde a su esclava, Carwen. Ragna lloró, maldijo y montó en cólera hasta que al final ya solo sintió un extraño entumecimiento.

Sin embargo, temía la muerte de su marido. Era el padre de sus tres hijos, y ellos lo necesitaban.

La madrastra de Wilf, Gytha, muy elegante con su rojo habitual, salió también y se detuvo a un par de pasos de Ragna. A poca distancia la seguían Inge, la primera esposa de Wilf, y Carwen, su esclava. Inge había cometido el error de descuidar su vestuario mientras los hombres no estaban, y ofrecía una imagen desaliñada. La joven Carwen, que se sentía constreñida dentro de esos vestidos largos hasta el suelo de las mujeres inglesas, llevaba una prenda suelta de un color indefinido y tan corta como una túnica de hombre. Sus pies descalzos estaban sucios. Daba la sensación de que la pobre chiquilla se habría sentido más a gusto jugando con los niños en el estanque.

Si Wilf regresaba con vida, Ragna estaba segura de que la saludaría a ella primero. Cualquier otra cosa sería un burdo insulto a su esposa oficial. Pero ¿con quién pasaría la noche? Todas ellas se preguntaban lo mismo, sin duda, y esa idea ensombreció más aún el ánimo de Ragna.

En un primer momento, el ruido que llegaba de la ciudad había parecido el de una celebración. Vítores masculinos para recibir a los soldados y gritos de júbilo por parte de las mujeres. Pero Ragna pronto se dio cuenta de que no se oían fanfarrias de cuernos triunfales ni redobles de tambores jactanciosos, e incluso se notaba cierto desánimo en el sonido de los cascos de los caballos. Las salutaciones exultantes fueron convirtiéndose en exclamaciones de consternación.

Arrugó la frente, preocupada. Algo iba mal.

Cuando el ejército apareció por fin en la entrada del recinto, Ragna vio un carro tirado por un buey con dos hombres a caballo a cada lado. Al frente iba sentado el carretero. Tras él, en el lecho del carro, yacía alguien inmóvil. Ragna vio que era un hombre y, al reconocer el pelo rubio de la barba de Wilf, soltó un grito. ¿Habría muerto?

El séquito avanzaba tan lentamente que Ragna se impacientó. Cruzó el recinto corriendo y oyó que las demás mujeres la seguían. Todo el resentimiento hacia Wilf por su infidelidad quedó de repente en un segundo plano. Ragna solo era capaz de sentir una angustia insoportable.

Cuando llegó al carro, la procesión se detuvo y ella contempló a su marido, que tenía los ojos cerrados.

Ragna se recogió las faldas y subió de un salto. Arrodillada junto a Wilf, se inclinó sobre él, le acarició la cara y miró sus párpados cerrados. Su rostro tenía una palidez mortal. No habría sabido decir si respiraba o no.

—Wilf —lo llamó—. Wilf…

No hubo respuesta.

Wilf estaba tumbado sobre unas angarillas que descansaban encima de un montón de mantas y cojines. Ragna examinó todo su cuerpo. Los hombros de la túnica estaban manchados de sangre reseca y oscura. Al mirarle la cabeza con más atención, vio que estaba deformada. Tenía una hinchazón, o quizá más de una. Había sufrido una herida en el cráneo, lo cual no auguraba nada bueno.

Se volvió entonces hacia los hombres que lo escoltaban, pero ninguno de ellos dijo nada y Ragna no logró interpretar su expresión. Tal vez no sabían si estaba vivo o muerto.

—Wilf —repitió—. Soy yo, Ragna.

Un atisbo de sonrisa afloró en las comisuras de los labios de su marido. Abrió un poco la boca.

—Ragna... —murmuró.

—Sí, soy yo. ¡Estás vivo, gracias a Dios!

Wilf volvió a abrir la boca para decir algo más, así que ella se acercó para oírlo.

—¿Estoy en casa? —preguntó.

—Sí —respondió ella llorando—, estás en casa.

—Bien.

Ragna levantó la vista. Todos parecían estar esperando algo, y entonces comprendió que era ella quien debía decidir qué hacer a continuación.

Un instante después se percató de algo más: mientras Wilwulf estuviera incapacitado, quien tuviera su cuerpo ostentaría también su poder.

—Llevad el carro a mi casa —ordenó.

El carretero hizo restallar el látigo, el buey echó a andar y el carro avanzó por el recinto hacia la casa de Ragna. Junto a la puerta aguardaban Agnes, Bern y Cat, con Osbert medio escondido entre sus faldas. Los escoltas de Wilf desmontaron y levantaron las angarillas con cuidado.

—¡Alto! —exclamó Gytha.

Los cuatro hombres se detuvieron y la miraron.

—Debe ir a mi casa. Yo cuidaré de él —dijo la mujer, que había llegado a la misma conclusión que Ragna, solo que no tan deprisa como esta. Gytha le dirigió a su nuera una sonrisa falsa—. Vos tenéis muchas otras cosas que atender —añadió.

—No digáis tonterías —repuso Ragna, que percibió malicia en su propia voz—. Yo soy su esposa. —Se volvió de nuevo hacia los hombres—. Entradlo.

Ellos obedecieron y Gytha no insistió más.

Ragna los siguió al interior de la casa, donde dejaron las anga-rillas sobre las esteras del suelo. Se arrodilló junto a su marido y le tocó la frente. Estaba ardiendo de fiebre.

—Traedme un cuenco con agua y un trapo limpio —pidió sin levantar la mirada.

—¿Quién es ese hombre? —oyó que preguntaba el pequeño Osbert.

—Es tu padre —contestó ella. Wilf había estado fuera casi medio año y Osbert se había olvidado de él—. Te daría un beso, pero está herido.

Cat dejó un cuenco en el suelo, junto a Wilf, y le acercó un paño a Ragna. Esta lo empapó con agua y le humedeció la cara a su marido. Un minuto después creyó ver que le calmaba, aunque tal vez solo lo estuviera imaginando.

—Agnes, ve a la ciudad a buscar a Hildi, la comadrona que me atendió cuando di a luz a los mellizos —ordenó.

Hildi era la persona con conocimientos médicos más sensatos de todo Shiring.

La criada salió corriendo.

—Bern, habla con los soldados y encuentra a alguien que sepa qué le ha ocurrido al conde.

—Ahora mismo, mi señora.

Wynstan entró en la casa, pero, en lugar de decir nada, se li-mitó a mirar la figura tendida de Wilf.

Ragna seguía concentrada en su marido.

—Wilf, ¿me entiendes cuando te hablo?

Él abrió los ojos y tardó un buen rato en fijar la vista en ella, pero entonces Ragna notó que la reconocía.

—Sí —dijo Wilf.

—¿Cómo te hirieron?

—No lo recuerdo —contestó frunciendo el ceño.

—¿Te duele?

—La cabeza. —Hablaba muy despacio, pero sus palabras eran claras.

—¿Mucho?

—No mucho.

—¿Algo más?

—Mucho cansancio —dijo con un suspiro.

—Es grave —opinó Wynstan, y salió.

Bern regresó con un soldado que se llamaba Bada.

—Ni siquiera fue una batalla, sino más bien una escaramuza —dijo el hombre en un tono de disculpa, como si no debieran haber herido a su comandante en algo tan deshonroso como una refriega.

—Limítate a contarme cómo ocurrió —pidió Ragna.

—El conde Wilwulf montaba a Nube, como siempre, y yo iba justo detrás de él. —Se expresaba con sobriedad, como un soldado informando a su superior, y Ragna le agradeció su precisión—. De repente nos cruzamos con un grupo de vikingos a orillas del Exe, varios kilómetros río arriba desde Exeter. Acababan de saquear una aldea y estaban cargando el botín en su barco para regresar al campamento. Gallinas, cerveza, dinero y ganado. Wilf saltó del caballo y le clavó la espada a uno de ellos. Lo mató, pero también resbaló en el fango de la orilla y cayó al suelo. Nube le pisó la cabeza y él quedó tendido como si estuviera muerto. En ese momento no pude comprobarlo porque también a mí me atacaban, pero conseguimos acabar con la mayoría de los vikingos y el resto escaparon en su barco. Entonces regresé junto a Wilf. Respiraba, y por fin recobró el conocimiento.

—Gracias, Bada.

Ragna vio a Hildi al fondo, escuchando, y le indicó que se acercara.

Era una mujer de unos cincuenta años, de corta estatura y con el pelo gris. Se arrodilló junto a Wilf y se tomó su tiempo para examinarlo. Le tocó el bulto de la cabeza con cautela, usando solo la punta de los dedos. Cuando apretó, Wilf se estremeció sin abrir los ojos.

—Disculpad —dijo la comadrona, que observó la herida más de cerca apartando el pelo para descubrir el cuero cabelludo—. Mirad aquí —le indicó a Ragna.

Esta vio que la mujer había levantado un trozo de piel suelta y que debajo aparecía una grieta en el cráneo. Daba la impresión de que se le había desprendido una esquirla de hueso.

—Eso explica toda la sangre de la ropa —opinó Hildi—, aunque la hemorragia se detuvo hace tiempo.

Wilf abrió los ojos.

—¿Recordáis cómo os heristeis? —preguntó la mujer.

—No.

Ella alzó la mano derecha con tres dedos levantados.

—¿Cuántos dedos veis?

—Tres.

Luego alzó la izquierda enseñando cuatro dedos.

—¿Cuántos en total?

—Seis.

Ragna quedó consternada.

—Wilf, ¿no ves con claridad?

Él no respondió.

—Tiene la vista bien. Es su cabeza de lo que no estoy tan segura.

—Dios nos asista.

—Conde Wilwulf —dijo Hildi—, ¿cómo se llama vuestra esposa?

—Ragna. —Y sonrió.

Eso fue un alivio.

—¿Cómo se llama el rey?

Se produjo una larga pausa.

—Rey —contestó Wilf entonces.

—¿Y su mujer?

—No me acuerdo.

—¿Podéis decirme el nombre de alguno de los hermanos de Jesús?

—San Pedro…

Todo el mundo sabía que los hermanos de Jesús eran Santiago, José, Judas y Simón.

—¿Qué número va después del diecinueve?

—No lo sé.

—Descansad, conde Wilwulf.

Wilf cerró los ojos.

—¿Sanará? —preguntó Ragna.

—La piel crecerá y cerrará la herida, pero no sé si el hueso se regenerará. Tiene que estar todo lo inmóvil que sea posible durante varias semanas.

—Me aseguraré de ello.

—También iría bien atarle una venda alrededor de la cabeza para reducir al mínimo cualquier movimiento. Dadle vino aguado o cerveza ligera para beber, y sopas para comer.

—Así lo haré.

—La señal más preocupante es que haya perdido tanta memoria. Es difícil determinar si es muy grave. Recuerda vuestro nombre, pero no el del rey. Sabe contar hasta tres, pero no hasta siete, y hasta veinte menos aún. Aparte de rezar, no puede hacerse gran cosa. Después de recibir una herida en la cabeza, algunas personas recuperan las capacidades mentales y otras no. No puedo deciros más. —Levantó la vista al percatarse de que había entrado alguien, y entonces añadió—: Nadie puede decir mucho más en estos casos.

Ragna siguió su mirada. Había llegado Gytha con el padre Godmaer, un sacerdote de la catedral que tenía estudios de medicina. Era un hombre grandullón y pesado, con la cabeza rapada. Lo seguía otro sacerdote más joven.

—¿Qué hace aquí la partera? —preguntó Godmaer—. Apártate, mujer. Déjame ver al paciente.

Ragna pensó en decirle que se marchara, ya que tenía más fe en Hildi. Sin embargo, quizá no les viniera mal una segunda opinión. Se hizo a un lado y los demás siguieron su ejemplo y dejaron que Godmaer se arrodillara junto a Wilf.

El hombre no fue tan cuidadoso como la comadrona, y cuando tocó la hinchazón, el conde gimió de dolor. Ya era tarde para que Ragna protestara.

Wilf abrió los ojos.

—¿Quién sois? —preguntó.

—Me conocéis —dijo Godmaer—. ¿No lo recordáis?

Wilf cerró los ojos.

Godmaer volvió la cabeza del herido hacia un lado, le examinó el oído y luego la volvió de nuevo para mirar el otro. Hildi frunció el ceño con preocupación.

—Tened cuidado, por favor, padre —pidió Ragna al darse cuenta.

—Sé lo que me hago —contestó Godmaer con altanería, aunque suavizó sus modales.

Le abrió la boca a Wilf y observó su interior, después le levantó los párpados y, por último, le olió el aliento.

Se puso en pie.

—El problema es un exceso de bilis negra, sobre todo en la cabeza —dictaminó—. Eso le causa fatiga, embotamiento y pérdida de memoria. El tratamiento debe consistir en una trepanación para extraer la bilis. Pasadme el taladro de arco.

Su joven asistente le entregó la herramienta, la misma que utilizaban los carpinteros para perforar pequeños agujeros. Tenía una afilada punta de hierro sujeta con una vuelta de la cuerda del arco, de tal modo que, cuando se apoyaba firmemente contra una tabla y se movía el arco de un lado a otro, la punta giraba a gran velocidad y horadaba la madera.

—Abriré un agujero en el cráneo del paciente para que la cólera acumulada pueda salir —anunció Godmaer.

A Hildi se le escapó un gemido de inquietud.

—¡Un momento! —intervino Ragna—. Ya tiene el cráneo abierto. Si hubiera exceso de algún líquido, sin duda habría salido por ahí.

Godmaer parecía desconcertado, y ella se dio cuenta de que no había levantado la piel suelta y, por lo tanto, no sabía nada de la grieta en el cráneo. Pero el sacerdote reaccionó con rapidez, se cuadró y puso cara de indignación.

—Espero que no estéis cuestionando el juicio de un hombre con formación médica.

Ragna también sabía jugar a ese juego.

—Como esposa del conde, cuestiono el juicio de todo el que no sea mi marido. Os agradezco que hayáis acudido, padre, aunque no os haya invitado. De todos modos, tendré en cuenta vuestro consejo.

—Lo he traído yo porque es el médico más destacado de Shiring —dijo Gytha—. No tenéis derecho a negarle al conde el tratamiento que os recomienda.

—Dejad que os diga una cosa, madrastra de mi marido —contestó Ragna con ira—. Le abriré un agujero en la garganta a cualquiera que intente abrirle otro al conde en la cabeza. Y ahora, sacad de mi casa a este sacerdote que tenéis por perro faldero.

Godmaer contuvo un exabrupto. Ragna se dio cuenta de que se había extralimitado, porque referirse a un hombre de Dios como «perro faldero» era casi un sacrilegio, pero le importó bien poco. El clérigo era arrogante, y eso lo hacía peligroso. Por experiencia sabía que los sacerdotes con formación médica casi nunca sanaban a nadie; al contrario, a menudo agravaban el estado de los enfermos.

Gytha le mascúlló algo a Godmaer, que asintió, levantó la cabeza y salió ofendido con el taladro de arco en la mano. Su asistente lo siguió.

Todavía quedaban demasiadas personas estorbando por allí en medio.

—Que salga todo el mundo de aquí menos mis criados —ordenó Ragna—. El conde necesita tranquilidad y reposo para recuperarse.

Los presentes obedecieron y Ragna se inclinó de nuevo sobre Wilf.

—Yo cuidaré de ti —dijo—. Seguiré haciendo lo mismo que durante este último medio año y gobernaré estas tierras en tu nombre tal como lo harías tú.

Wilf no contestó nada.

—¿Crees que podrías responderme una pregunta más? —añadió ella.

Él abrió los ojos mientras sus labios se estremecían en una débil sonrisa.

—¿Qué es lo primero de lo que quieres que me encargue?

Ragna creyó ver un brillo de inteligencia en la mirada de su marido.

—Nombrar un nuevo jefe del ejército —dijo Wilf antes de cerrar los ojos otra vez.

Ragna se sentó en un banco tapizado y lo miró, pensativa. Le había dado una instrucción clara en un momento de lucidez. De ello dedujo que la tarea del ejército aún no estaba concluida y que no habían logrado expulsar a los vikingos. Los hombres de Shiring debían reagruparse y atacar de nuevo, y para eso necesitaban a un nuevo cabecilla.

Wynstan querría poner al mando a su hermano Wigelm, pero Ragna temía esa solución; cuanto más poder adquiriera Wigelm, más probable sería que desafiara su autoridad. Decidió escoger al sheriff Den, un hombre con experiencia como jefe militar y como soldado.

En el consejo comarcal, donde la mayoría de las decisiones se tomaban por consenso, Ragna a menudo conseguía salirse con la suya gracias a su fuerte personalidad, pero con esa decisión preveía problemas. Los hombres tendrían opiniones vehementes y se apresurarían a rechazar la de una mujer, que no podía saber mucho sobre la guerra. Tendría que ser astuta.

Ya había oscurecido. Las horas pasaban deprisa.

—Ve a por el sheriff Den y dile que venga a verme ahora mismo —le ordenó a Agnes—. Pero no lo acompañes. No quiero que la gente sepa que lo he mandado llamar. Debe parecer que se ha enterado de la noticia y ha venido a ver al conde, como todos los demás.

—Muy bien —dijo Agnes, y salió.

—Veamos si Wilf quiere tomar algo de sopa —le dijo entonces a Cat—. Tibia, no caliente.

Había una olla con huesos de añojo hirviendo al fuego, y Cat sirvió un poco en una escudilla de madera. Ragna percibió el aroma a romero, arrancó unos pellizcos de miga de pan y se los echó a la sopa. Después se arrodilló junto a Wilf con una cuchara, tomó un trozo de pan empapado, sopló para enfriarlo y se lo acercó a los labios. Él tragó con aspecto de disfrutarlo y abrió la boca pidiendo más.

Agnes regresó justo cuando Ragna había terminado de darle de comer. También Den llegó pocos minutos después. Miró a Wilf y sacudió la cabeza con pesimismo. Ragna le transmitió lo que había dicho Hildi y luego le habló de la instrucción de su esposo acerca de designar a un nuevo comandante para el ejército.

—Sois o Wigelm o vos, y yo os quiero a vos —declaró.

—Sería mejor yo que Wigelm —opinó Den— y, de todas formas, él no podrá ostentar el cargo.

Eso sorprendió a Ragna.

—¿Por qué no?

—Está indispuesto. Lleva dos semanas sin participar en ningún combate. Por eso no está aquí. Se ha quedado cerca de Exeter.

—¿Qué le ocurre?

—Almorranas… Exacerbadas por los meses de campaña militar. Le duelen tanto que no puede montar a caballo.

—¿Cómo lo sabéis?

—He estado hablando con los barones.

—Bueno, eso facilita las cosas —señaló Ragna—. Fingiré favorecer a Wigelm, y luego, cuando se haga patente su incapacidad, vos accederéis a ocupar su sitio a regañadientes.

Den asintió.

—Wynstan y sus aliados se opondrán a mi nombramiento, pero la mayoría de los barones me apoyarán. No soy su preferido, desde luego, porque los obligo a pagar los impuestos, pero saben que soy competente.

—Convocaré al consejo mañana, después del desayuno —dijo Ragna—. Quiero dejar muy claro desde el principio que sigo al mando.

—Estupendo —opinó Den.

El día siguiente hizo calor desde muy temprano, pero la temperatura en el interior de la catedral era fresca como siempre cuando Wynstan celebró la primera misa. Dirigió la ceremonia con la máxima solemnidad. Le gustaba actuar como se esperaba de un obispo, era importante guardar las apariencias. Ese día rezó por las almas de los hombres que habían caído luchando contra los vikingos y rogó por la recuperación de los heridos, y del conde Wilwulf en especial.

Aun así, no tenía la cabeza en la liturgia. La incapacidad de Wilwulf había desestabilizado el equilibrio de poder en Shiring, y Wynstan estaba impaciente por conocer las intenciones de Ragna. Podía ser una oportunidad para debilitarla, o incluso deshacerse de ella de una vez por todas. Debía estar alerta ante todas las posibilidades y descubrir qué tramaba ella.

El número de feligreses era mayor del que solía haber un día de entre semana, ya que las afligidas familias de los hombres que no habían regresado de la lucha engrosaban las filas de los asistentes. Al mirar a lo largo de la nave, Wynstan vio entre ellos a Agnes, una mujer pequeña y delgada que vestía deslucidas prendas de criada. No llamaba la atención, pero su mirada se cruzó con la del obispo y le transmitió un claro mensaje: había ido a verlo a él. Sus esperanzas aumentaron.

Había pasado ya medio año desde que Ragna condenara a muerte al marido de Agnes, medio año desde que la mujer accediera a ser la espía de Wynstan en el hogar de Ragna. En todo ese tiempo no le había conseguido ninguna información útil, pero, de todos modos, él siguió hablando con ella por lo menos una vez al mes, convencido de que algún día sus esfuerzos se verían recompensados. Temiendo que las ansias de venganza de Agnes pudieran desvanecerse, Wynstan apelaba siempre a sus sentimientos y la trataba como a una amiga íntima en lugar de una sirvienta, le hablaba en tonos conspirativos y le daba las gracias por su lealtad. Había ido ocupando sutilmente el lugar de su difunto esposo, se mostraba afectuoso pero dominante, y esperaba que ella lo obedeciera sin cuestionarlo. Su instinto le decía que era la mejor forma de tenerla controlada.

Tal vez estuviera a punto de recibir la recompensa por su paciencia.

Cuando el servicio terminó, Agnes se quedó rezagada mientras los demás fieles salían de la catedral. Wynstan le indicó que fuera al presbiterio, donde le pasó un brazo por los hombros huesudos y se la llevó a un rincón.

—Gracias por venir a verme, querida —dijo en voz baja pero con vehemencia—. Estaba deseando que lo hicieras.

—Pensé que querríais saber lo que está tramando Ragna.

—Ya lo creo que sí. —Wynstan intentó parecer interesado pero no desesperado—. Eres mi ratoncillo preferido, el que por la noche corretea con patitas silenciosas hasta mi habitación, se sube a mi almohada y me susurra secretos al oído.

Agnes se sonrojó con deleite y Wynstan se preguntó cómo reaccionaría si le metiera la mano por debajo de la falda allí mismo, en la iglesia. No haría tal cosa, por supuesto; la mujer actuaba llevada por el deseo de lo inalcanzable, la más fuerte de todas las motivaciones humanas.

Ella seguía mirándolo embobada, así que Wynstan sintió la necesidad de romper el hechizo.

—Cuéntame —le pidió.

Agnes se recompuso.

—Convocará al consejo hoy mismo, después del desayuno.

—Se mueve con rapidez —comentó Wynstan—. Muy típico. Pero ¿qué pretende?

—Quiere designar a un nuevo comandante del ejército.

—Ah…

No había pensado en eso.

—Dirá que escoge a Wigelm.

—No puede cabalgar en estos momentos, por eso no está aquí.

—Ella lo sabe ya, pero fingirá sorpresa.

—Muy hábil.

—Y entonces alguien dirá que la única alternativa es el sheriff Den.

—Su aliado más fuerte. Dios mío, con ella dirigiendo el consejo y Den comandando el ejército, los familiares de Wilf quedaremos prácticamente impotentes.

—Es lo que he pensado yo.

—Pero ahora ya estoy advertido.

—¿Qué haréis?

—Todavía no lo sé. —Y de todas formas no se lo confiaría a ella—. Pero ya se me ocurrirá algo, gracias a ti.

—Me alegro.

—Corren tiempos peligrosos. Debes contarme todo lo que haga Ragna a partir de ahora. Es muy importante.

—Podéis confiar en mí.

—Vuelve al recinto y ten los ojos abiertos.

—Lo haré.

—Gracias, ratoncillo mío.

Le dio un beso en los labios y la hizo salir.

El consejo reunió a un pequeño grupo. No era uno de sus encuentros regulares y no se había podido convocar más que con una hora de antelación. Aun así, los barones más importantes ya estaban en Shiring porque habían llegado con el ejército. Ragna presidió la audiencia delante del gran salón, sentada en el banco tapizado que solía ocupar Wilwulf, una elección de asiento muy premeditada.

Para hablar, sin embargo, se levantó. Su estatura era una ventaja. Aunque consideraba que los gobernantes tenían que ser inteligentes, no altos, se había dado cuenta de que los hombres estaban más dispuestos a respetar a una persona de gran estatura, y ella, como mujer, usaba todas las armas que tenía a su disposición.

Se había puesto un vestido marrón y negro; oscuro, para denotar autoridad, y más bien holgado, para que no le acentuara la figura. También llevaba joyas contundentes, pensadas para la ocasión: colgante, brazaletes, broche, anillos. No lucía nada femenino, nada refinado. Iba vestida para gobernar.

La mañana era su momento preferido del día para celebrar reuniones. Los hombres se mostraban más sensatos y menos bulliciosos, puesto que solo habían bebido un vaso de cerveza floja con el desayuno. Solían ser mucho más difíciles de controlar después del almuerzo.

—El conde está gravemente herido, pero tenemos muchas esperanzas puestas en su recuperación —anunció—. Estaba luchando con un vikingo cuando resbaló en el barro de la orilla y su caballo le aplastó la cabeza. —La mayoría de los hombres ya lo sabían, pero ella lo dijo para demostrarles que no ignoraba la naturaleza azarosa de la batalla—. Todos sabéis con qué facilidad puede suceder algo así. —Se vio gratificada con asentimientos de cabeza—. El vikingo murió —añadió— y ahora su alma sufre las agonías del infierno. —De nuevo vio que sus palabras eran recibidas con aprobación—. Para recuperarse, Wilf necesita paz y tranquilidad. Y lo más importante, debe guardar reposo completo para que su cráneo pueda sanar. Por eso mi puerta estará atrancada por dentro. Cuando él desee ver a alguien, me lo dirá y yo haré llamar a esa persona. Nadie será recibido sin invitación.

Sabía que esa noticia no gustaría y esperaba cierta oposición.

En efecto, Wynstan protestó:

—No podéis impedir que los hermanos del conde lo visitemos.

—Yo no puedo impedir que nadie lo visite, lo único que puedo hacer es seguir las órdenes de Wilf. Verá a quien él desee, desde luego.

—Pero eso no está bien —opinó Garulf, el hijo de veinte años que Wilf tenía con Inge—. Podríais decirnos que hiciéramos cualquier cosa y fingir que la orden procede de él.

Eso era exactamente lo que se proponía Ragna.

Había esperado que alguien llegara a esa conclusión, y agradeció que fuera un muchacho y no un anciano respetado quien la expresara. Así le sería más fácil echar por tierra sus reparos.

—Podría estar muerto —siguió argumentando Garulf—. ¿Cómo lo sabríamos?

—¡Por el olor! —replicó Ragna con agudeza—. No digáis tonterías.

Gytha tomó entonces la palabra:

—¿Por qué os habéis negado a que el padre Godmaer realizara la operación de trepanación?

—Porque el cráneo de Wilf ya está abierto. Nadie necesita dos agujeros en el trasero, y Wilf no necesita dos en la cabeza.

Los hombres rieron y Gytha se mordió la lengua.

—Wilf me ha informado de la situación militar —explicó Ragna. En realidad había sido Bada, pero dicho así sonaba mejor—. Las batallas no han sido concluyentes por el momento. El conde desea que el ejército se reagrupe, se rearme y regrese allí para acabar su labor. Pero no puede dirigiros. Así pues, la principal tarea de este consejo en la mañana de hoy será la de nombrar a un nuevo comandante. Wilf no ha expresado ningún deseo, pero doy por sentado que su hermano Wigelm es el candidato preferido.

—Imposible —alegó Bada—. No puede cabalgar.

Ragna fingió no saber nada.

—¿Y eso por qué?

—¡Tiene las posaderas doloridas! —espetó Garulf.

Los hombres se echaron a reír.

—Padece almorranas, y son graves —explicó Bada.

—¿O sea que no puede montar a caballo?

—No.

—Bueno —dijo Ragna, como si estuviera improvisando una solución en ese mismo instante—, el siguiente candidato tendría que ser el sheriff Den.

Como habían acordado, Den fingió reticencia.

—Tal vez sería mejor algún noble, mi señora.

—Si los barones se pusieran de acuerdo en alguno de ellos… —dijo Ragna con ciertas dudas.

Wynstan se levantó entonces del banco donde estaba sentado y dio un paso al frente para conseguir la atención de todos.

—La decisión es evidente, ¿verdad? —dijo, y extendió los brazos en un gran gesto mientras miraba a la concurrencia.

A Ragna le dio un vuelco el corazón. «Tiene un plan y no he sabido verlo», pensó.

—El nuevo comandante debería ser el hijo de Wilf —anunció Wynstan.

—¡Osbert tiene dos años! —exclamó Ragna.

—Me refiero a su hijo mayor, por supuesto. —El obispo hizo una pausa y sonrió—. Garulf.

—Pero si Garulf solo...

Ragna calló al darse cuenta de que, aunque pensaba en Garulf como en un muchacho, en realidad tenía veinte años, el cuerpo musculado de un hombre y una barba cerrada. Era lo bastante mayor para dirigir un ejército.

Si era lo bastante sensato o no, eso ya era otra cuestión.

—¡Todos los presentes sabemos que Garulf es un hombre valiente! —insistió Wynstan.

Se produjo un asentimiento generalizado. Garulf siempre había gozado de popularidad entre los hombres de armas, pero ¿de verdad estaban dispuestos a dejar que decidiera la estrategia?

—¿Y creemos también que tiene cabeza suficiente para dirigir el ejército? —objetó Ragna, aunque seguramente no debería haberlo hecho.

Esa pregunta habría sido mejor recibida viniendo de uno de los barones, un hombre bregado en la batalla. En cambio, como solían burlarse de cualquier cosa que pudiera decir una mujer sobre el tema, su intervención solo cosechó más apoyos para Garulf.

—Garulf es joven, pero tiene espíritu combativo —opinó Bada.

Ragna vio que los hombres asentían. Lo intentó una última vez:

—El sheriff tiene más experiencia.

—¡Recaudando impuestos! —exclamó Wynstan.

Todos se echaron a reír y Ragna supo que había perdido.

Edgar no estaba acostumbrado a fracasar. Cuando le ocurría, se hundía en el desánimo.

Había intentado construir un puente que cruzara el río por Dreng's Ferry, pero la labor había resultado imposible.

Estaba sentado con Aldred en el banco que había delante de la taberna, escuchando el rumor del agua y contemplando las ruinas de su proyecto. Había conseguido instalar con gran dificultad la base para uno de los pilares del puente en el lecho del río, un sencillo cajón lleno de piedras que aguantaría la columna en su lugar con firmeza. También había fabricado una imponente viga de roble macizo lo bastante resistente para hacer de pilar y soportar el peso de las personas y los carros que cruzarían, pero no logró encajarla en su sitio.

Se habían pasado todo el día intentándolo a pleno sol, y ya caía la noche. Al final habían colaborado casi todos los hombres de la aldea, que intentaron colocar el pilar en su base ayudándose de unas sogas largas y costosas que había fabricado Regenbald Roper, el nuevo cordelero. En ambas orillas había personas tirando de las cuerdas para mantener estable el madero mientras Edgar y varios hombres más, subidos a su balsa, intentaban dirigir la enorme viga desde el centro del río.

Pero todo se movía: el agua, la balsa, las cuerdas y el pilar. La madera misma insistía en flotar hacia la superficie.

Al principio casi les pareció un juego. Compartieron risas y bromas mientras sudaban por conseguirlo. Muchos caían al río, lo cual provocaba una gran hilaridad general.

Mantener el pilar bajo el agua y maniobrar al mismo tiempo para encajarlo en la base debería haber sido posible, pero no lo habían logrado. Todos acabaron muy frustrados y de mal humor, hasta que Edgar se dio por vencido.

Ahora el sol se ponía ya, los monjes habían regresado al monasterio y los aldeanos a sus casas, y Edgar se sentía derrotado.

Aldred, sin embargo, no estaba dispuesto a abandonar el proyecto todavía.

—Tiene que haber una forma de hacerlo —opinó—. Necesitamos más hombres, más cuerdas, más barcas.

Edgar no creía que fuese a funcionar, pero no dijo nada.

—El problema es que la balsa no dejaba de moverse —insistió el prior—. Cada vez que metíais el pilar en el agua, la balsa se apartaba de la base.

—Lo sé.

—En realidad lo que haría falta es una hilera entera de barcas amarradas que se extendiera desde la orilla, para que no se movieran tanto.

—No sé de dónde sacaríamos tantas barcas —comentó Edgar con derrotismo, aunque empezó a imaginar lo que describía Aldred.

Podrían unir las barcas atándolas, o incluso claveteándolas entre sí. La hilera se movería de todos modos, pero más despacio, de una forma más predecible y menos caprichosa.

Aldred seguía fantaseando:

—Dos hileras, tal vez. Una desde cada orilla del río.

Edgar estaba tan agotado y abatido que no le apetecía plantearse nuevas opciones, pero a pesar de su desánimo sentía curiosidad por la propuesta del prior. Les proporcionaría una estructura mucho más estable desde la que realizar el complicado trabajo. Aunque tal vez no bastara con eso. Sin embargo, mientras imaginaba esas dos hileras de barcas extendiéndose desde las orillas y llegando al centro del río, otra idea empezó a formarse en su cabeza. Serían estables, ofrecerían una plataforma sólida sobre la que trabajar...

—Tal vez podríamos construir el puente sobre esas barcas —dijo de pronto.

—¿Cómo? —Aldred arrugó la frente.

—El tablero del puente podría descansar sobre las barcas, en lugar de apuntalarse en el lecho del río. —Se encogió de hombros—. En teoría.

Aldred chasqueó los dedos.

—¡Yo he visto eso! —exclamó—. Cuando viajé a Flandes y la Baja Lorena. Un puente construido sobre una hilera de barcas. Allí lo llamaban «puente de pontones».

Edgar estaba perplejo.

—¡O sea que puede hacerse!

—Sí.

—Jamás he visto tal cosa. —Pero su cabeza ya lo estaba diseñando—. Tendrían que estar firmemente sujetas a la orilla.

A Aldred se le ocurrió un inconveniente:

—Solo que no podemos bloquear el río. No hay mucho tráfico, pero pasan embarcaciones. El conde se opondría, y también el rey.

—Podríamos dejar un hueco en la línea de barcas. El tablero del puente cruzaría por encima, y por debajo quedaría un espacio lo bastante amplio para que pasara una embarcación normal.

—¿Crees que podrías construir algo así?

Edgar titubeó. La experiencia de ese día había menoscabado su confianza, pero de todos modos creía que esos pontones eran una posibilidad.

—No estoy seguro —dijo con una cautela recién adquirida—, pero creo que sí.

El verano había acabado, la cosecha se había recogido y el primer soplo del otoño se notaba ya en la brisa cuando Wynstan partió a caballo junto a Garulf para aunar fuerzas con los hombres de Devon.

En principio, los sacerdotes no debían derramar sangre, y aunque esa regla se rompía a menudo, a Wynstan solía parecerle una excusa conveniente para evitar las incomodidades y el peligro de la guerra. Sin embargo, no era ningún cobarde. Su talla y su fuerza superaban a las de la mayoría, e iba bien armado. Además de la lanza que llevaba todo el mundo, él poseía también una espada con hoja de acero, un yelmo y una especie de cota de malla sin mangas.

En esa ocasión, en contra de su costumbre, cabalgaba con el ejército para estar cerca de Garulf. Había movido los hilos para que su sobrino fuera nombrado comandante en jefe porque era la única forma de mantener el control del ejército en manos de la familia. Pero que Garulf muriera en la batalla sería un desastre. Con Wilf tan enfermo, el joven había pasado a ser fundamental. Mientras los hijos de Ragna fuesen pequeños, este tendría una oportunidad de heredar la fortuna y el título de Wilf. Podía ser el medio por el cual la familia conservara su influencia, no solo en el ejército, sino en todo Shiring.

Faltaba aún un día para la reunión con los compañeros de armas. El camino que seguían era una pista que cruzaba colinas boscosas, y al dejar atrás los árboles se encontraron mirando hacia el nacimiento de un valle alargado. En el extremo más estrecho, el río era casi un arroyo que bajaba raudo hacia ellos. Después se ensanchaba y se precipitaba por una cascada rocosa, a cuyo pie se convertía por fin en una vía de agua más lenta y profunda.

Justo a los pies de esa cascada vieron entonces seis barcos vikingos, amarrados a la orilla más cercana formando una ordenada hilera. Estaban a unos tres kilómetros río arriba del punto donde Wynstan y el ejército de Shiring habían salido del bosque.

Era la primera vez que se cruzaban con el enemigo desde que Garulf se había convertido en comandante. Wynstan sintió que la expectación le encogía el estómago; el hombre que no sufría un espasmo de miedo antes de una batalla era un necio.

Los vikingos habían levantado un pequeño campamento en la playa embarrada, tenían tiendas improvisadas esparcidas sin orden ni concierto, y numerosos fuegos para cocinar de los que se elevaban volutas de humo. Calculó que serían un centenar de hombres.

El ejército de Garulf contaba con unos trescientos: cincuenta nobles a caballo y doscientos cincuenta soldados de a pie.

—¡Los superamos en número! —exclamó Garulf con entusiasmo, anticipando ya una victoria fácil.

Tal vez tuviera razón, pero Wynstan no estaba tan seguro.

—Superamos a los que podemos ver —señaló con cautela.

—¿De quién más tenemos que preocuparnos?

—Cada uno de esos barcos puede transportar a cincuenta

hombres. O más, si los llenan hasta los topes. Por lo menos trescientos llegaron a Inglaterra en ellos. ¿Dónde están los que faltan?

—¿Y qué importa? Si no están aquí, ¡no pueden luchar!

—Haríamos mejor en esperar a reunirnos con los hombres de Devon… Seremos mucho más fuertes, y solo están a un día de distancia, o puede que menos.

—¿Cómo? —espetó Garulf con desdén—. Superamos a los vikingos por tres a uno, ¿y queréis esperar a ser seis a uno?

Los hombres se echaron a reír.

Envalentonado, Garulf siguió hablando:

—Eso parece de cobardes. Debemos aprovechar la oportunidad.

«Quizá tenga razón», pensó Wynstan. Los hombres, de todos modos, estaban ansiosos por entrar en acción. El enemigo parecía débil y ellos ya olían la sangre. Su lógica racional no les impresionaba, y tal vez la lógica no ganara batallas.

—Bueno —señaló Wynstan con cautela, aun así—, vayamos a verlos más de cerca antes de tomar una decisión definitiva.

—De acuerdo. —Garulf miró alrededor—. Regresaremos al bosque y dejaremos los caballos atados. Después subiremos hasta detrás de esa cresta para que no nos vean mientras nos acercamos. —Señaló a lo lejos y añadió—: Cuando lleguemos a ese risco, espiaremos al enemigo desde allí.

Eso sonaba mejor, pensó Wynstan mientras amarraba su caballo a un árbol. Garulf sabía actuar con táctica. De momento, perfecto.

Los hombres avanzaron por el bosque y llegaron a la suave pendiente de la cresta al amparo de los árboles. Antes de estar en lo alto, torcieron y siguieron río arriba en paralelo al valle. Bromeaban sobre quién era valiente y quién cobarde, se tomaban el pelo, mantenían los ánimos en alto. Uno comentó que era una lástima no tener a nadie a quien violar después de la batalla; otro sugirió que podían violar a los hombres vikingos; un tercero opinó que eso era cuestión de gusto personal, y todos estallaron en carcajadas. ¿Sabían por experiencia que estaban demasiado lejos para que el enemigo los oyera?, se preguntó Wynstan. ¿O solo eran imprudentes?

El obispo pronto perdió la noción de cuánto terreno habían cubierto, pero Garulf se mostraba confiado.

—Ya estamos bastante cerca —dijo en cierto momento, bajando un poco la voz.

Se volvió colina arriba, avanzó unos metros y luego se agachó para arrastrarse hasta lo alto de la cresta.

Wynstan vio que, en efecto, estaban cerca del risco que su sobrino había señalado antes. También los barones se arrastraron hasta el mirador con la cabeza gacha para evitar que el enemigo los viera desde la playa. Los vikingos estaban ocupados en labores cotidianas, alimentaban el fuego e iban al río a por agua sin saber que los estaban observando.

El obispo se puso nervioso. Podía ver sus caras y oír sus conversaciones banales. Incluso logró entender algunas palabras, porque la lengua que hablaban se parecía un poco al inglés. Le entraron náuseas al pensar que había ido allí para clavar su afilada hoja en esos hombres, para derramar su sangre, cercenar sus miembros y ensartar su corazón palpitante, para hacerlos caer al suelo gritando de agonía. La gente lo consideraba un hombre cruel, y lo era, pero lo que estaba a punto de ocurrir era una clase de brutalidad muy diferente.

Miró río arriba y río abajo. En la orilla contraria el terreno ascendía hasta formar una suave colina. Si había más vikingos en la zona, seguramente estarían más cerca del nacimiento del río, habrían superado la cascada a pie para ir en busca de una aldea o un monasterio que saquear.

Garulf retrocedió arrastrándose sobre la barriga y los demás siguieron su ejemplo. Cuando quedaron del todo a cubierto tras la cresta, se pusieron de pie. Sin decir nada, el joven comandante les indicó por señas que lo siguieran. Todos guardaron silencio.

Wynstan creyó que se retirarían para volver a discutir cómo actuar, pero no fue eso lo que sucedió. Garulf, siempre al amparo de la cresta, avanzó unos metros más y luego torció para bajar por un barranco que acababa en la playa. Los barones lo siguieron, con los demás hombres a poca distancia.

Los vikingos ya podían verlos sin impedimentos. Todo había ocurrido de una forma tan repentina que pilló a Wynstan desprevenido. Para ganar unos segundos más de efecto sorpresa, los hombres de Shiring intentaron no hacer ruido mientras bajaban por el terreno plagado de maleza, pero uno de los vikingos no tardó en levantar la vista y, al verlos, dio la señal de alarma. Con ello, los ingleses rompieron su silencio y echaron a correr cuesta abajo gritando y vociferando mientras blandían sus armas.

Wynstan asió la espada con una mano y la lanza con la otra y se unió a la ofensiva.

Los vikingos comprendieron de inmediato que no podrían vencerlos. Abandonaron los fuegos y las tiendas y huyeron hacia los barcos. Se metieron en el agua de la orilla, cortaron los cabos con cuchillos y empezaron a subir a bordo como buenamente podían. Sin embargo, los ingleses enseguida llegaron a la playa, la cruzaron en apenas unos instantes y los alcanzaron.

Ambos bandos se encontraron en la orilla. El fervor sanguinario se llevó por delante cualquier otro pensamiento, y Wynstan se metió en el agua poseído por unas sobrecogedoras ansias de matar. Hundió la lanza en el pecho de un hombre que se volvió para mirarlo, luego blandió la espada con la mano izquierda contra el cuello de otro que intentaba huir. Ambos cayeron al agua, y él no se paró a comprobar si estaban vivos o muertos.

Los ingleses tenían la ventaja de estar siempre en aguas algo menos profundas, así que contaban con mayor libertad de movimientos. Los barones que iban a la cabeza atacaban con lanzas y espadas, y pronto acabaron con decenas de vikingos. Wynstan se fijó en que los enemigos eran sobre todo hombres mayores y mal equipados. Algunos parecían no tener arma alguna, aunque tal vez las habían dejado en la playa al huir. Supuso que los mejores guerreros del grupo habrían salido a saquear.

Tras la explosión de odio inicial, logró recuperar la claridad mental suficiente para mantenerse cerca de Garulf.

Algunos vikingos habían conseguido llegar a los barcos, pero, una vez allí, no pudieron ir a ninguna parte. Sacar seis embarcaciones de su amarradero y llevarlas al centro del río era una maniobra compleja cuando contaban con los equipos de remeros al completo; con tan solo unos hombres a bordo de cada uno y demasiado pánico para coordinarse, los barcos no hicieron más que flotar chocando entre sí. De pie en sus naves, además, resultaban un blanco fácil para el puñado de arqueros ingleses que se habían quedado en la retaguardia de la refriega y que en ese momento disparaban por encima de las cabezas de sus compatriotas.

La batalla empezó a convertirse en una carnicería. Con todos los hombres de Shiring luchando, había tres ingleses para matar a cada uno de los vikingos. El agua del río quedó oscurecida por la sangre y llena de muertos y moribundos. Wynstan se detuvo sosteniendo en alto sus armas ensangrentadas. Le costaba respirar. Garulf había hecho bien en aprovechar la oportunidad, pensó.

Entonces miró al otro lado del río y le invadió un pánico sobrecogedor.

Por allí llegaban cientos de vikingos más. El destacamento de saqueo debía de estar al otro lado de la colina y por eso no lo habían visto, pero de pronto bajaron corriendo hasta el río y cruzaron la cascada saltando de piedra en piedra o metiéndose en el agua poco profunda. Al cabo de nada estaban en la playa agitando sus armas, ansiosos por luchar. Los consternados ingleses se volvieron para enfrentarse a ellos.

Con una punzada de terror, Wynstan vio que esta vez eran los ingleses los que se veían superados en número. Peor aún, los vikingos recién llegados eran hombres bien armados, con hachas y largas lanzas, y parecían más jóvenes y fuertes que los que se habían quedado custodiando el campamento. Bajaron corriendo hasta la orilla y se desplegaron por toda la playa. Wynstan supuso que querían rodear a los ingleses y empujarlos hacia el agua.

Miró a Garulf y vio su expresión de perplejidad.

—¡Diles a los hombres que retrocedan! —le gritó a su sobrino—. ¡A lo largo de la orilla, río abajo! ¡Si no, estaremos atrapados!

Pero Garulf parecía incapaz de pensar y luchar a la vez.

«Qué equivocado estaba —se dijo Wynstan en pleno torbellino de desesperación y miedo—. Garulf no es capaz de ponerse al mando, no tiene suficiente inteligencia. Ese error podría costarme hoy la vida.»

El joven se defendía con vigor contra un gran vikingo de barba pelirroja. Mientras Wynstan lo miraba, Garulf dio un mandoble torpe con el brazo derecho, se le resbaló la espada, cayó sobre una rodilla y recibió un golpe en la cabeza de un martillo que un inglés enloquecido agitaba sin control hasta que logró estampárselo al pelirrojo.

Wynstan dejó a un lado sus lamentos, intentó contener el pánico y pensó deprisa. La batalla estaba perdida. Existía el peligro de que Garulf muriera, o de que lo hicieran prisionero y lo convirtieran en esclavo. La única esperanza era la retirada. Y quienes antes se retiraran serían quienes más probabilidades tendrían de sobrevivir.

El vikingo de la barba pelirroja estaba ocupado con el inglés enajenado, así que Wynstan consiguió unos segundos de respiro. Envainó la espada y clavó la lanza en el barro. Entonces se agachó, levantó a Garulf, que estaba inconsciente, y se echó el cuerpo inerte sobre el hombro izquierdo. Alcanzó la lanza con la mano derecha, dio media vuelta y se alejó de la contienda.

Garulf era un muchacho grande y musculoso, pero Wynstan era fuerte y todavía no había cumplido los cuarenta años. Cargó con él sin demasiado esfuerzo, aunque con ese peso encima no podía avanzar deprisa y acabó tropezando al intentar caminar o correr a medias. De esa guisa empezó a subir por el barranco.

Echó la vista atrás y vio que uno de los vikingos que acababan de llegar se alejaba de la batalla en la playa y corría tras él.

Sacó fuerzas de donde pudo para acelerar, pero a medida que la cuesta se hacía más empinada, con más pesadez respiraba él. Ya oía los pasos contundentes de su perseguidor, cada vez que miraba atrás lo veía más cerca.

Hizo sus cálculos y, en el último momento, dio media vuelta, se apoyó en una rodilla, dejó caer a Garulf del hombro y se abalanzó hacia delante con la lanza inclinada hacia arriba. El vikingo levantó el hacha por encima de la cabeza para asestar el golpe final, pero Wynstan lo pilló por sorpresa. Clavó la afilada punta de hierro de su lanza en la garganta del atacante y empujó con todas sus fuerzas. La hoja penetró en la carne blanda, cortó músculos y tendones, atravesó el cerebro y salió por la parte de atrás del cráneo. El hombre murió sin emitir sonido alguno.

Wynstan volvió a cargar con su sobrino y siguió subiendo por el barranco. Al llegar a lo alto, se volvió para mirar al río. Los ingleses estaban rodeados y la playa había quedado alfombrada con sus muertos. Unos cuantos habían logrado escapar y huían por la orilla, corriente abajo. Tal vez fueran los únicos supervivientes.

Nadie más se había fijado en él.

Cruzó la cresta, bajó por la pendiente y, cuando estuvo seguro de que nadie lo veía, torció y se internó en el bosque donde aguardaban los caballos.

En uno de los momentos de lucidez de Wilf, Ragna le relató la batalla.

—Wynstan ha traído a Garulf a casa sin heridas graves —dijo al terminar—, pero casi todo el ejército de Shiring ha sido aniquilado.

—Garulf es un muchacho valiente, pero no tiene madera de jefe —repuso Wilf—. Jamás deberían haberlo puesto al mando.

—Fue idea de Wynstan. Prácticamente ha admitido que se equivocó.

—Tendrías que habérselo impedido.

—Lo intenté, pero los hombres querían a Garulf.

—Les cae bien.

«Casi es como en los viejos tiempos», pensó Ragna. Wilf y ella hablando como iguales, cada uno interesado en la opinión del otro. Pasaban más tiempo juntos que nunca. Ella lo acompañaba día y noche, cuidaba de todas sus necesidades y gobernaba el condado en su lugar, y él parecía agradecerle todo ello. Su herida había vuelto a unirlos.

De todos modos, no era eso lo que deseaba el corazón de Ragna. Sucediera lo que sucediese, jamás sentiría por él lo mismo que antes. Pero ¿y si él deseaba recuperar la antigua pasión de su relación? ¿Cómo reaccionaría ella?

No tenía que decidir nada aún. Todavía no podían yacer juntos —Hildi había insistido en que cualquier movimiento brusco podía ser perjudicial—, pero, cuando Wilf se recuperara, tal vez quisiera retomar la apasionada relación física de los primeros años. Era posible que ese encontronazo con la muerte le hubiera hecho entrar en razón. Que olvidara a Carwen y a Inge, y se quedara con la mujer que lo había ayudado a sanar.

Ella tendría que acatar lo que él quisiera, y lo sabía. Era su esposa, no tenía otra opción. Pero no era lo que deseaba.

Siguió con la conversación:

—Y ahora los vikingos se han marchado tan repentinamente como llegaron. Supongo que se han aburrido.

—Es su costumbre: ataques por sorpresa, saqueos aleatorios, éxito o fracaso instantáneos y, luego, a casa.

—De hecho, parece que se han ido a la isla de Wight. Por lo visto, quieren pasar el invierno allí.

—¿Otra vez? Empieza a convertirse en una base permanente.

—Me temo que volverán.

—Desde luego —opinó Wilf—. Tratándose de los vikingos, puedes darlo por seguro. Volverán.

30

Febrero de 1002

—Tu puente es una maravilla —lo felicitó Aldred.

Edgar sonrió. Estaba sumamente satisfecho, sobre todo después del fracaso inicial.

—La idea fue vuestra —contestó con modestia.

—Y tú la hiciste realidad.

Se encontraban frente a la puerta de la iglesia, mirando el río que discurría al pie de la colina. Ambos vestían capas pesadas para protegerse del frío invernal. Edgar además lucía un gorro de piel, pero Aldred se las arreglaba con la capucha monacal.

El joven constructor contempló el puente con orgullo. Siguiendo la idea del prior, una hilera de barcas partía de cada orilla y se adentraba en la corriente como si se trataran de penínsulas gemelas. Los extremos estaban fuertemente amarrados a las orillas con cuerdas resistentes que proporcionaban al puente cierto grado de movimiento. Edgar había construido barcas de fondo plano, cuyos laterales iban ganando altura a medida que se alejaban de los bordes y se acercaban al centro del río. Las barcas estaban unidas por travesaños de roble que soportaban un armazón sobre el que descansaba el tablero de madera. Las centrales quedaban un poco separadas a fin de permitir el paso de embarcaciones, donde el arco alcanzaba su máxima altura.

Quería que Ragna lo viera. Ansiaba su admiración. La imaginó mirándolo con esos ojos de color verde mar y diciendo: «Es una maravilla, hay que ser muy hábil para saber cómo hacer algo así, es perfecto», y el calor se apoderó de su cuerpo, como si hubiera bebido aguamiel.

Recorrió Dreng's Ferry con la vista, recordando el día lluvioso en que Ragna llegó allí, con la gracia de una paloma posándose en una rama. ¿Fue entonces cuando se enamoró de ella? Quizá un poco, ya por entonces.

Se preguntó cuándo volvería a visitar la aldea.

—¿En quién piensas? —le preguntó Aldred.

La perspicacia del prior lo sorprendió desprevenido y no supo qué contestar.

—En alguien amado, eso es obvio —comentó Aldred—. Se te ve en la cara.

Edgar se azoró.

—El puente necesitará mantenimiento —dijo—, pero si se cuida, durará cien años.

Claro que también cabía la posibilidad de que Ragna no volviera a visitar Dreng's Ferry. No se trataba de un lugar importante.

—Mira la cantidad de gente que lo cruza —apuntó Aldred—. Es una victoria.

El puente se utilizaba con asiduidad. Los vecinos de los alrededores acudían a comprar pescado y a oír misa. Más de un centenar de personas se habían apiñado en la iglesia en Navidad y habían presenciado el ascenso de san Adolfo.

Todo aquel que lo atravesaba tenía que pagar un pontazgo de un cuarto de penique a la ida y otro a la vuelta, lo que suponía un ingreso para los monjes, que aumentaba día a día.

—Es obra tuya —aseguró Aldred—. Gracias.

Edgar negó con la cabeza.

—Si existe, se debe a vuestra perseverancia. Habéis superado un contratiempo tras otro, casi todos debidos a las malas artes de hombres depravados, y aun así jamás os habéis rendido. Cada vez que han intentado derribaros, os habéis levantado y habéis vuelto a empezar. Os admiro.

—¡Por Dios bendito! —exclamó Aldred, sumamente complacido—. Cuántos halagos.

Estaba enamorado de Edgar y este lo sabía, un amor sin esperanzas porque el joven jamás lo correspondería: nunca se enamoraría de Aldred.

Era lo mismo que le ocurría a Edgar con Ragna. La amaba, pero sus deseos nunca se harían realidad. Ella nunca se enamoraría de él. Era imposible.

Sin embargo, había una diferencia: Aldred parecía haber asumido y aceptado la situación; estaba seguro y, por lo tanto, tranquilo, de que nunca pecaría con Edgar porque este nunca querría.

Por el contrario, Edgar anhelaba con todo su corazón consumar la pasión por Ragna que lo devoraba por dentro. Quería hacerle el amor, quería casarse con ella, quería despertar todas las mañanas y ver su rostro junto a su almohada. Quería lo imposible.

Pero no ganaba nada dándole tantas vueltas al asunto.

—En la taberna no dan abasto —comentó Edgar en tono distendido.

Aldred asintió.

—Eso es porque Dreng no está y la gente se ahorra sus groserías. La taberna siempre va mejor cuando él no ronda cerca.

—¿Adónde ha ido?

—A Shiring, no sé con qué propósito. Supongo que para nada bueno.

—Seguramente ha ido a protestar por el puente.

—¿A protestar? ¿Ante quién?

—Tenéis razón —reconoció Edgar—. Parece ser que Wilwulf sigue enfermo, y Dreng no es santo de la devoción de Ragna.

A Edgar le gustaba que el pueblo estuviera tan animado. Compartía el cariño de Aldred por el lugar y ambos deseaban que prosperara. Hacía unos años no era más que un andurrial, un puñado de casuchas desperdigadas que alimentaban a dos hermanos holgazanes y corruptos, Degbert y Dreng. En esos momentos contaba con un priorato, una pescadería, un santo y un puente.

Lo cual condujo a Edgar a otra cuestión.

—Tarde o temprano habrá que construir una muralla —comentó.

—Nunca me he sentido en peligro en este lugar —contestó Aldred, no muy convencido.

—Cada año los vikingos se adentran más al oeste de Inglaterra, y si nuestro pueblo continúa prosperando, dentro de poco considerarán que vale la pena hacer una incursión en Dreng's Ferry.

—Siempre atacan por el río, pero el tramo de Mudeford es muy poco profundo y eso los detendrá.

Edgar recordó los restos del naufragio de la embarcación vikinga en la playa de Combe.

—Sus barcos son ligeros. Pueden arrastrarlos por los bajíos.

—Pero si eso ocurriera, nos atacarían desde el río, no desde tierra.

—Entonces primero habría que fortificar las orillas hasta donde la corriente se desvía. —Edgar señaló río arriba, donde el curso dibujaba un ángulo recto—. Estoy hablando de un terraplén defensivo, y podríamos revestirlo de madera o de piedra en algunos lugares.

—¿Dónde levantarías el resto de la muralla?

—Empezaría en la orilla, justo después del cobertizo de la cerveza de Leaf.

—En ese caso, la granja de tus hermanos quedaría fuera.

Edgar se preocupaba por sus hermanos más de lo que estos lo hacían por él, pero no se encontraban en grave peligro.

—Los vikingos no saquean granjas aisladas, hay poca cosa que robar.

—Cierto.

—La muralla subirá por la colina, por la parte trasera de las casas: la de Bebbe, luego la de Cerdic y Ebba, después la de Hadwine y Elfburg, Regenbald Roper, Bucca Fish y, a continuación, la mía. Después girará a la derecha y seguirá hasta el río para rodear el emplazamiento de la nueva iglesia, por si llegamos a construirla alguna vez.

—Por supuesto que la construiremos —aseguró Aldred.

—Eso espero.

—Ten fe —lo animó Aldred.

Ragna observaba mientras Hildi, la comadrona, examinaba a Wilf con atención. Lo hizo sentarse en un banco con la espalda recta y acercó una vela para ver mejor la herida de la cabeza.

—Aparta eso —protestó Wilwulf—. Me hace daño en los ojos.

Hildi la colocó detrás de él para alejar el resplandor de su cara. Tocó la herida con la punta de los dedos y asintió satisfecha.

—¿Coméis bien? —le preguntó—. ¿Qué habéis desayunado?

—Gachas saladas —contestó Wilwulf con gesto abatido—. Y una jarra de cerveza suave. Ya me dirás si es un plato digno de un noble.

Hildi miró a Ragna.

—Ha comido jamón ahumado y vino —contestó esta en voz baja.

—No me contradigas —protestó Wilf, irritado—. Sabré yo lo que he desayunado.

—¿Cómo os sentís? —le preguntó Hildi.

—A veces me duele la cabeza. Por lo demás, estoy bien, mejor que nunca —contestó.

—Bien. Creo que estáis listo para volver a hacer vida normal —decidió Hildi—. Felicidades. —Se levantó—. Acompañadme afuera un momento, Ragna —le pidió.

La campana que anunciaba la comida sonó mientras salían.

—Físicamente está recuperado, la herida ha sanado y ya no hace falta que guarde cama —le informó—. Dejad que hoy coma en el gran salón. Y ya puede montar cuando quiera.

Ragna asintió.

—Y retomar las relaciones —añadió Hildi.

Ragna no dijo nada. Había perdido todo tipo de atracción sexual por Wilf, pero si él quería, ella no se negaría, por descontado. Había dispuesto de mucho tiempo para pensarlo y se había resignado a mantener una intimidad futura con un hombre al que ya no amaba.

—Sin embargo, supongo que habréis advertido que su cabeza ya no es la que era —continuó Hildi.

Ragna asintió de nuevo. Por supuesto que se había percatado.

—No soporta la luz intensa, está de mal humor y desanimado y le falla la memoria. Desde que se han reanudado las incursiones vikingas, he visto a varios hombres con heridas en la cabeza similares y el estado de vuestro esposo es algo bastante común.

Ragna lo sabía muy bien.

—Han pasado cinco meses y no hay señales de mejoría —prosiguió Hildi como si lo lamentara, como si ella tuviera la culpa del diagnóstico.

—¿La habrá algún día? —preguntó Ragna con un suspiro.

—Nadie lo sabe. Eso está en manos de Dios.

Ragna lo tomó por un no y le entregó dos peniques de plata.

—Gracias por portarte tan bien con él.

—Estoy a vuestro servicio, mi señora.

Ragna dejó a Hildi y volvió al interior de la casa.

—Dice que puedes comer en el gran salón —informó a Wilf—. ¿Te apetece?

—¡Pues claro! —contestó él—. ¿Dónde iba a comer, si no?

Hacía casi un año que no aparecía por el gran salón, pero Ragna no lo corrigió. Lo asistió para vestirse y luego lo tomó por el brazo y lo ayudó a cruzar el recinto, por corta que fuera la distancia que los separaba de la estancia principal.

Ya habían servido la comida. Ragna observó que el obispo Wynstan y Dreng estaban sentados a la mesa. El rumor de las conversaciones y las risas fueron acallándose hasta enmudecer cuando Wilf y Ragna entraron, objeto de la mirada sorprendida de todos: nadie había sido avisado de la reaparición de Wilf. Los comensales estallaron de pronto en vítores y ovaciones. Wynstan se levantó, aplaudiendo, y finalmente todos lo imitaron.

Wilf sonrió, contento.

Ragna lo acompañó hasta su asiento habitual y se instaló a su lado. Alguien sirvió una copa de vino a Wilf, quien la apuró y pidió otra más.

Comió con ganas y celebró con carcajadas los chistes que solían contar los hombres, como si volviera a ser el de siempre. Ragna sabía que se trataba de una ilusión que no superaría cualquier amago de mantener una conversación seria e intentó protegerlo. Cuando su marido decía algo absurdo, ella se echaba a reír, como si hubiera pretendido ser gracioso. Si se trataba de algo indiscutiblemente absurdo, Ragna daba a entender que había bebido demasiado. Era increíble la de tonterías que podían pasar por bromas de borracho.

Hacia el final de la comida se puso cariñoso. Metió la mano por debajo de la mesa y le acarició el muslo por encima del vestido de lana mientras la movía poco a poco hacia la entrepierna.

«Ya estamos», pensó Ragna.

A pesar de que casi hacía un año que no estrechaba a un hombre entre sus brazos, la idea la angustiaba. Pero lo haría. Así sería su vida a partir de entonces y tendría que acostumbrarse.

En ese momento apareció Carwen.

Debía de haberse apartado de la mesa de los comensales con disimulo para ir a cambiarse de ropa, pensó Ragna, porque en esos momentos lucía un vestido negro que la hacía parecer mayor y unos zapatos rojos más propios de una ramera. También se había lavado la cara y rebosaba salud, vitalidad y juventud.

Carwen llamó la atención de Wilf de inmediato.

El hombre sonrió de oreja a oreja, pero luego pareció confuso, como si intentara recordar de quién se trataba.

Ella le devolvió la sonrisa desde el umbral de la puerta y dio media vuelta con un ligero movimiento de la cabeza que lo invitaba a seguirla.

Wilf estaba indeciso. «Como debería —pensó Ragna—. Está sentado junto a la esposa que lo ha velado noche y día durante los últimos cinco meses. No puede dejarla para ir detrás de una esclava.»

Wilf se levantó.

Ragna se lo quedó mirando, boquiabierta y horrorizada, incapaz de disimular su dolor; aquello era demasiado. «Esto es insoportable», se dijo.

—Siéntate, por el amor de Dios —masculló entre dientes—. No hagas el tonto.

Wilf la miró como si se sorprendiera. Luego apartó la mirada y se dirigió a los comensales allí reunidos.

—Inesperadamente —empezó a decir. Todos se echaron a reír—. Inesperadamente, parece ser que me llaman en otra parte.

«No, esto no puede estar pasando», pensó Ragna.

Pero así era. Hizo cuanto pudo para contener las lágrimas.

—Volveré más tarde —dijo Wilf dirigiéndose hacia la salida.

Se detuvo al llegar a la puerta y se volvió con esa habilidad innata que siempre había tenido para saber cuándo encajar una frase.

—Mucho más tarde —añadió.

Los hombres prorrumpieron en carcajadas y salió.

Wynstan, Degbert y Dreng partieron de Shiring con discreción, en medio de la oscuridad, tirando de las riendas de los caballos hasta que estuvieron fuera de la ciudad. Apenas unos pocos criados de confianza estaban al tanto de su partida y Wynstan había tomado todas las precauciones para que nadie más lo descubriera. Habían cargado un barrilete y un saco en uno de los caballos, además de comida y bebida, pero no los acompañaban hombres de armas. La misión entrañaba peligro y debía mantenerse en secreto.

Procuraron que nadie los reconociera por el camino. Aun sin séquito, no resultaba fácil pasar desapercibido. La calva de Degbert llamaba la atención, Dreng tenía una voz chillona muy característica y Wynstan era uno de los hombres más conocidos de la región. De manera que se envolvieron en capas pesadas, enterraron las barbillas en los pliegues y ocultaron el rostro echándose las capuchas por encima, algo bastante usual durante el frío y húmedo febrero. Adelantaban a los demás viajeros con paso apresurado, negándose al intercambio de información habitual. En lugar de hospedarse en una posada o un monasterio, donde habrían tenido que mostrar sus rostros, pasaron la primera noche en el hogar de una familia de carboneros, en el bosque, gente arisca y asocial que pagaba a Wynstan a cambio de la licencia para continuar con su ocupación.

Cuanto más se acercaban a Dreng's Ferry, mayor era el peligro de que los reconocieran. El segundo día aún les quedaba por recorrer cerca de tres kilómetros cuando vivieron unos momentos de tensión. Se cruzaron con un grupo que venía en sentido contrario. Era una familia a pie: la mujer llevaba a un niño pequeño en brazos; el hombre acarreaba un balde de anguilas que debía de haberle comprado a Bucca Fish, y un par de niños los seguían detrás.

—Conozco a esa familia —murmuró Dreng.

—Yo también —dijo Degbert.

El obispo espoleó su montura para ponerla al trote y sus compañeros lo imitaron. La familia se apartó sobresaltada a ambos lados del camino. Wynstan y los demás pasaron junto a ellos sin decir palabra. De esa manera, los aldeanos estarían más pendientes de alejarse de los veloces cascos que de fijarse en los jinetes. Wynstan estaba convencido de que se habían salido con la suya.

Poco después se desviaron del camino y tomaron una vereda casi invisible que discurría por entre los árboles.

Degbert se puso al frente. El bosque empezó a espesarse y tuvieron que desmontar y avanzar a pie, tirando de los caballos. El arcediano encontró el camino hasta una vieja casa en ruinas que seguramente había sido el hogar de un morador del bosque, aunque hacía tiempo que estaba abandonada. Las paredes semiderruidas y el tejado medio desplomado les proporcionarían algo de cobijo durante la segunda noche.

Dreng reunió una brazada de hojas secas y encendió un fuego con la chispa de un pedernal mientras Degbert descargaba la bestia de carga. Los tres hombres se pusieron lo más cómodos que pudieron mientras oscurecía.

Wynstan bebió un trago largo de un pequeño odre y se lo pasó a los demás antes de darles instrucciones.

—Tendréis que cargar con el barril de brea hasta el pueblo —dijo—. El caballo se queda aquí, podría hacer ruido.

—Yo no puedo llevarlo. Tengo mal la espalda. Un vikingo...

—... Lo sé. Que lo lleve Degbert. Tú te encargarás del saco de los trapos.

—Tiene pinta de pesar bastante.

Wynstan hizo oídos sordos a sus quejas.

—Lo que tenéis que hacer es sencillo. Empapáis los trapos en la brea y luego los atáis al puente, si puede ser, a las cuerdas y a los maderos más pequeños. Tomaos el tiempo que necesitéis, atadlos con fuerza, nada de hacer las cosas deprisa y corriendo. Cuando esté todo listo, enced un palo bien seco y usadlo para prender los trapos, uno por uno.

—Esa es la parte que me preocupa —confesó Degbert.

—Será totalmente de noche. Unos cuantos trapos ardiendo no despertarán a nadie. Tendréis todo el tiempo del mundo. Cuando los hayáis encendido, subid la colina sin llamar la atención. No hagáis ruido, no corráis hasta que os hayáis alejado lo suficiente para que no alcancen a oíros. Yo os estaré esperando aquí con los caballos.

—Sabrán que he sido yo —protestó Dreng.

—Puede que sospechen de ti. Fuiste lo bastante tonto para oponerte a la construcción del puente, una protesta que estaba condenada al fracaso, como tendrías que haber sabido. —La estupidez de hombres como Dreng solía enfurecerlo—. Pero luego recordarán que estabas en Shiring cuando se incendió el puente. Te vieron en el gran salón hace dos días y volverán a verte allí pasado mañana. Si algún listo ata cabos y cae en la cuenta de que no se te vio durante un período de tiempo lo bastante largo para ir a Dreng's Ferry y volver, yo juraré que los tres estuvimos en mi residencia en todo momento.

—Culparán a los proscritos —apuntó Degbert.

Wynstan asintió.

—Los proscritos son chivos expiatorios muy útiles.

—Podrían colgarme por esto —insistió Dreng.

—¡Y a mí! ¡Deja de quejarte, esto lo hacemos por ti! —protestó Degbert.

—No es verdad. Lo hacéis porque odiáis a Aldred, los dos.

Era cierto.

Degbert detestaba a Aldred por impedirle continuar con su cómoda vida en la colegiata. El rencor de Wynstan era más complejo. Aldred lo había desafiado una y otra vez y, a pesar de los castigos de Wynstan, no escarmentaba, cosa que sacaba de quicio al obispo. La gente debía temerlo. Quien lo desafiaba jamás debía prosperar. Tenían que considerarlo un azote del que nadie escapaba. Si Aldred le hacía frente y se salía con la suya, otros podrían querer imitarlo. El prior era una grieta en la pared capaz de derrumbar todo el edificio.

Wynstan trató de tranquilizarse.

—¿Qué más da por qué lo hagamos? —repuso furibundo a pesar de sus esfuerzos por controlarse. Sus primos lo miraron alarmados—. Nadie va a acabar colgado —añadió en un tono más conciliador—. Si fuera necesario, juraré que somos inocentes. Nadie pone en entredicho el juramento de un obispo.

Volvió a pasar el pequeño odre de vino.

Un rato después, echó más leña al fuego y les dijo a los otros dos que se tumbaran a descansar.

—Yo haré guardia —les informó.

Se echaron, envueltos en sus capas, mientras Wynstan permanecía sentado derecho. Tendría que calcular la llegada de la medianoche. Quizá la hora exacta no importara, pero debía asegurarse de que los aldeanos estaban profundamente dormidos y de que aún quedaran varias horas para que los monjes se levantaran a oficiar los maitines antes del amanecer.

Estaba incómodo, agobiado por los achaques y los dolores propios de un cuerpo que casi había llegado a la cuarentena, y se preguntó si de verdad era tan necesario que durmiera a la intemperie, en el bosque, con Degbert y Dreng; sin embargo, conocía la respuesta. Tenía que asegurarse de que hacían bien el trabajo, y con discreción. Como ocurría siempre con los cometidos verdaderamente importantes, su supervisión personal era la única garantía de éxito.

Se alegraba de haber entrado en batalla con Garulf. Si no hubiera estado allí, probablemente el chico hubiera acabado muerto. Un obispo no debería hacer esas cosas, pero Wynstan no era un obispo cualquiera.

Mientras esperaba a que pasaran las horas, meditó sobre la enfermedad de su medio hermano Wilf y las consecuencias para Shiring. Aunque no le ocurría a todo el mundo, a Wynstan le resultaba evidente que Wilf solo se había recuperado de manera parcial. Ragna seguía siendo el conducto principal que canalizaba sus instrucciones: ella decidía lo que debía hacerse y luego pretendía hacer creer a los demás que sus propios designios correspondían a los deseos de Wilf. Bern el Gigante seguía a cargo de la guardia personal del conde y el sheriff Den estaba al mando del ejército de Shiring, o de lo que quedaba de él. Básicamente, la recuperación de Wilf solo servía para confirmar las sospechas que siempre había tenido de que era ella quien ejercía la autoridad.

Wynstan y Wigelm habían sido marginados con astucia. Aún estaban al mando de sus compromisos respectivos, Wynstan en la diócesis y Wigelm en Combe, pero, en términos generales, su poder era escaso. Garulf se había recuperado de las heridas, pero la desastrosa batalla contra los vikingos había acabado con su reputación y carecía de credibilidad. Además, hacía tiempo que la influencia de Gytha en el recinto era nula. Ragna seguía sin tener rival.

Y no había nada que Wynstan pudiera hacer al respecto.

No le costó permanecer alerta a medida que avanzaba la noche. Los problemas aparentemente irresolubles siempre lo mantenían despierto. De vez en cuando bebía un trago de vino, nunca en grandes cantidades. Echó más leña al fuego, lo justo para que no se apagara.

Cuando consideró que pasaba de medianoche, despertó a Degbert y a Dreng.

Manchas gruñó en la oscuridad, pero no llegó a despertar del todo a Edgar, quien en su entresueño lo interpretó como la muda advertencia que solía lanzar la perra cuando oía que alguien pasaba de noche junto a la casa y reconocía el paso, de modo que supuso que se trataba de una persona conocida. Edgar decidió que no hacía falta hacer nada y volvió a dormirse.

Al cabo de un rato la perra ladró. Aquello era distinto. Se trataba de un ladrido urgente y asustado que decía «despierta, rápido, tengo miedo».

Edgar olió a quemado.

El aire que se respiraba en su casa tenía un tinte ahumado, igual que en todos los hogares ingleses, pero esta vez el matiz era distinto, más penetrante y ligeramente acre y fuerte. Aún medio dormido, pensó en la brea, un segundo antes de comprender que se trataba de una emergencia y de levantarse de un salto, temiéndose lo peor.

Abrió la puerta de par en par y salió al exterior, donde descubrió con horror de dónde provenía el olor: el puente ardía. Las llamas parpadeaban impúdicas en varios lugares mientras sus reflejos danzaban sobre la superficie del agua con perverso regocijo.

La obra maestra de Edgar se quemaba.

Corrió colina abajo, descalzo, haciendo caso omiso del frío. El fuego se había intensificado en los escasos segundos que había tardado en alcanzar la orilla, pero el puente aún podía salvarse, pensó, si conseguían mojarlo lo suficiente. Entró en el río, sumergió las manos ahuecadas en el agua y salpicó la madera en llamas.

Enseguida comprendió que así no iba a conseguir nada. Había permitido que el pánico se apoderara de él. Se detuvo, respiró hondo y miró a su alrededor. Las casas estaban teñidas de reflejos rojizos anaranjados. Nadie más se había despertado.

—¡Socorro! —gritó a voz en cuello—. ¡Que venga todo el mundo, rápido! ¡Fuego! ¡Fuego!

Corrió a la taberna y aporreó la puerta sin dejar de chillar. Blod abrió al cabo de un segundo con cara asustada, los ojos como platos y el pelo oscuro alborotado.

—¡Trae cubos y cazuelas! —ordenó Edgar—. ¡Rápido!

Blod, demostrando una presencia de ánimo impresionante, alargó la mano por detrás de la puerta y le tendió un balde de madera.

Edgar corrió de vuelta al río y empezó a arrojar cubos de agua a las llamas. Segundos después se le sumaron Blod y Ethel, que llevaba una jarra de barro de gran tamaño, y Leaf, que se tambaleaba con una vasija de hierro.

No daban abasto. Las llamas se extendían más rápido de lo que podían apagarlas.

Aparecieron más aldeanos: Bebbe, Bucca Fish, Cerdic y Ebba, Hadwine y Elfburg, Regenbald Roper. Edgar los vio correr en dirección al río con las manos vacías.

—¡Traed cacharros! —aulló, llevado por la desesperación—. ¡Idiotas, traed cacharros!

La gente comprendió que poco harían sin algo con que arrojar agua y volvieron a sus casas en busca de un recipiente.

Mientras tanto, el fuego continuó propagándose a gran velocidad. El olor de la brea ya no era tan intenso, pero las barcas de fondo plano ardían vivamente y los maderos de roble empezaban a prender.

En ese momento Aldred salió del monasterio acompañado de los otros monjes, todos ellos provistos de ollas, jarras y barriletes.

—¡Id río abajo! —gritó Edgar, acompañando sus palabras con un gesto del brazo.

Aldred condujo a los monjes al otro lado de la corriente y empezaron a arrojar agua a las llamas.

Pronto todo el pueblo se había puesto manos a la obra. Varias personas que sabían nadar cruzaron el gélido río y trataron de sofocar el incendio desde el extremo opuesto del puente. Sin embargo, Edgar comprendió desesperado que estaban perdiendo la batalla contra el fuego en ambas orillas.

La madre Agatha llegó en la barquita con otras dos monjas.

Leaf, la esposa de mayor edad de Dreng, quien seguramente estaba borracha además de adormilada, salió del río tambaleándose, exhausta. Edgar reparó en ella y temió que acabara cayendo en las llamas entre tumbo y tumbo. La mujer cayó de rodillas en el barro de la orilla y se inclinó hacia un lado. Consiguió enderezarse, pero ya se le había prendido fuego en el pelo.

Se puso en pie gritando de dolor y echó a correr sin mirar adónde se dirigía, alejándose del agua que podía salvarla. Ethel fue tras ella, pero Edgar fue más rápido. Tiró el cubo y salió corriendo. La atrapó sin problemas, pero vio que ya había sufrido quemaduras graves, tenía la piel del rostro ennegrecida y agrietada. La arrojó al suelo. No había tiempo para llevarla de vuelta al río, moriría antes de alcanzarlo. Se quitó la túnica y le envolvió la cabeza con ella, ahogando las llamas de inmediato.

La madre Agatha apareció a su lado. Se agachó y retiró con cuidado la prenda de Edgar de la cabeza de Leaf. Estaba chamuscada y tenía parte del pelo y de la piel de la cara prendidas a las fibras de algodón. La madre Agatha le tocó el pecho a fin de comprobar si aún le latía el corazón y sacudió la cabeza con tristeza.

Ethel rompió a llorar.

Edgar oyó un crujido estrepitoso, como el gemido de un gigante, seguido de una enorme zambullida. Al volverse, vio que el extremo más alejado del puente se había desplomado al río.

Reparó en algo que despuntaba río abajo, junto a aquel puente para el que ya no había esperanza, y que despertó su curiosidad. Completamente ajeno a que iba desnudo, se acercó a la orilla y lo cogió. Se trataba de un trapo medio chamuscado. Lo olisqueó. Como sospechaba, lo habían empapado en brea.

A la luz de las llamas vio a sus hermanos, Erman y Eadbald, acercarse por la orilla, procedentes de la granja. Cwenburg los seguía de cerca, con Beorn, de dieciocho meses, en brazos y arrastrando a Winnie, de casi cuatro años, de la mano. Ahora ya estaban todos.

Edgar le mostró el trapo a Aldred.

—Mirad esto.

Al principio, el prior no sabía qué quería decirle.

—¿Qué es?

—Un trapo empapado en brea al que han prendido fuego. Cayó al agua, por eso se apagó.

—¿Te refieres a que estaba atado al puente?

—¿Cómo creéis que se ha quemado? —Los aldeanos empezaron a congregarse alrededor de Edgar, atentos a lo que decía—. No ha habido tormenta, ni rayos. Una casa puede arder porque se hace fuego en su interior, pero ¿cómo va a quemarse un puente en pleno invierno?

El frío empezó a penetrar en su cuerpo desnudo y se echó a temblar.

—Esto es obra de alguien —concluyó Aldred.

—Cuando descubrí lo que ocurría, el puente ardía en lugares distintos. Un fuego accidental se inicia en un solo sitio. Esto es algo intencionado.

—Pero ¿quién lo ha hecho?

—Ha tenido que ser Dreng —intervino Bucca Fish, que escuchaba con atención—. Odia el puente.

A Bucca, por el contrario, le encantaba. Su negocio se había multiplicado.

—Si ha sido Dreng, entonces ha matado a su mujer —comentó Bebbe la Gorda al oír lo que había dicho el pescadero.

Los monjes se persignaron.

—Que el Señor la tenga en su gloria —musitó el viejo Tatwine.

—Dreng está en Shiring, él no puede haber sido —apuntó Aldred.

—Entonces ¿quién? —preguntó Edgar.

Nadie contestó.

Edgar contempló las llamas agonizantes, calculando los daños. El extremo más alejado del puente había desaparecido. En el más cercano, los rescoldos aún estaban al rojo y toda la estructura se precipitaba corriente abajo sin remedio.

No tenía reparación posible.

Blod se acercó con una capa, pero Edgar tardó un momento en comprender que se trataba de la suya. Debía de haber ido a su casa a buscarla. También le traía los zapatos.

Se la puso. Tiritaba tanto que fue incapaz de calzarse, así que Blod se arrodilló delante de él y le ayudó con el calzado.

—Gracias —dijo Edgar.

Y se echó a llorar.

31

Junio de 1002

Ragna, montada a horcajadas en su yegua, miró pendiente abajo hacia la aldea de Dreng's Ferry. Los restos del puente malogrado parecían una horca en una plaza de mercado. Los maderos ennegrecidos estaban retorcidos y rotos. En el extremo contrario no quedaba más que un contrafuerte bien asentado en el lecho del río; las barcas y la superestructura se habían soltado, y los travesaños carbonizados estaban esparcidos por ambas orillas corriente abajo. En el lado más cercano, las barcas de fondo plano seguían en su lugar, pero el armazón y el tablero se habían derrumbado sobre ellas y habían formado un trágico montículo de carpintería destruida.

Lo sentía por Edgar. Cada vez que se veían en Outhenham y Shiring, él le hablaba de ese puente con muchísima pasión: el desafío de construir en el río, la necesidad de que fuera lo bastante fuerte para soportar el peso de carros cargados, la belleza de la carpintería de roble bien ensamblada… Había puesto su alma en esa obra, así que debía de sentirse destrozado.

Nadie sabía quién había provocado el incendio, pero Ragna no tenía duda de quién se escondía detrás de ello: solo el obispo Wynstan tenía la maldad necesaria para hacer algo así y era lo bastante listo para salir impune.

Esperaba ver a Edgar ese día para hablar de la cantera, pero no estaba segura de si lo encontraría allí o se habría marchado ya a

Outhenham. Le entristecería haber perdido la ocasión de charlar con él, aunque no era ese el motivo principal de su visita.

Clavó los talones en los flancos de Astrid y empezó a bajar la cuesta seguida por su séquito. La acompañaba Wilwulf, y también Agnes, a quien se había llevado como doncella mientras Cat se quedaba en el recinto para ocuparse de los niños. Como protección tenía a Bern y a otros seis hombres de armas.

Últimamente, Wilf recibía los cuidados de Ragna durante el día y pasaba las noches con Carwen. Hacía lo que le venía en gana, como siempre. En ese sentido no había cambiado. Para él, Ragna era como una mesa servida de la que podía elegir lo que le apetecía y dejar todo lo demás. Había amado su cuerpo hasta que apareció otro que le atrajo más, se valía más que nunca de su inteligencia para que lo ayudara a gobernar, y actuaba como si ella no tuviera más alma que su caballo preferido.

Desde que había recuperado la salud, Ragna había empezado a sentir que su marido corría peligro. Ese presentimiento no dejaba de ganar fuerza, así que había decidido ir a Dreng's Ferry para hacer algo al respecto. Tenía un plan, y esperaba encontrar apoyos en la localidad.

Como tantas otras veces, todo Dreng's Ferry olía igual que el edificio donde fabricaban la cerveza. Pasaron a caballo por delante de una casa con pescados plateados expuestos en una losa de piedra junto a la puerta; el pueblo ya tenía su primera tienda. También vio una nueva ampliación en el lado norte de la pequeña iglesia.

Cuando Wilf y ella llegaron al monasterio, Aldred y los monjes ya estaban formando a la entrada para darles la bienvenida. Wilf y los hombres dormirían allí esa noche; Ragna y Agnes cruzarían a la isla de los Leprosos y se hospedarían en el convento de monjas, donde la madre Agatha estaría más que encantada de recibir a Ragna.

Por alguna razón, recordó su primer encuentro con Aldred, allá en Cherburgo. Todavía era un hombre apuesto, pero en su rostro habían aparecido arrugas de preocupación que no tenía cinco años atrás. Calculó que no habría cumplido los cuarenta todavía, pero parecía mayor.

—¿Han llegado los demás? —preguntó después de saludarlo.

—Esperan en la iglesia, tal como decían vuestras instrucciones —respondió el prior.

Ragna se volvió hacia Wilf.

—¿Por qué no vais al establo con los hombres y os aseguráis de que los caballos estén bien atendidos?

—Buena idea —dijo este.

Ella fue a la iglesia con Aldred.

—Veo que habéis construido una ampliación —comentó cuando se acercaron a la entrada.

—Gracias a la piedra que me obsequiáis, y a un constructor que acepta clases de lectura en lugar de una paga.

—Edgar.

—Por supuesto. En el nuevo transepto habrá una capilla lateral para las reliquias de san Adolfo.

Entraron. En la nave habían colocado una mesa de caballetes sobre la que había pergaminos, un tintero, varias plumas y una cuchilla con la que afilar las puntas. Sentados a ella en unos bancos se encontraban el obispo Modulf de Norwood y el sheriff Den.

Ragna estaba convencida de que Aldred aprobaría su plan. El sheriff Den, de rostro severo, ya le había dado su consentimiento con antelación. De quien no estaba tan segura era de Modulf, un hombre delgado y con un intelecto despierto. La ayudaría si a él le convenía, pero solo en ese caso.

Ragna se sentó con ellos.

—Gracias, obispo, y a vos, sheriff, por acceder a reuniros aquí conmigo.

—Siempre es un placer, mi señora —dijo Den.

—Estoy impaciente por conocer el motivo de esta misteriosa invitación —comentó Modulf, más cauteloso.

Ragna no se anduvo con rodeos:

—El conde Wilwulf ya está físicamente recuperado, pero

mientras cenéis con él esta noche, os preguntaréis por su juicio. Os avanzo que mentalmente no es el hombre que era, y todo parece indicar que nunca volverá a la normalidad.

—Me lo temía… —dijo Den, asintiendo con la cabeza.

—¿A qué os referís en concreto cuando decís «mentalmente»? —preguntó Modulf.

—Tiene una memoria errática y cierta dificultad con los números. Eso le lleva a cometer errores bochornosos. Se dirigió al barón Deorman de Norwood como «Emma» y le ofreció mil libras por su caballo. Si yo estoy presente, que es casi siempre, río e intento quitarle hierro al asunto.

—Eso son malas noticias —opinó el obispo.

—Estoy segura de que ahora mismo es incapaz de dirigir un ejército contra los vikingos.

—Hace unos minutos —intervino Aldred— me he fijado en que le habéis dicho que fuera al establo con los hombres, y os ha obedecido como un niño.

Ragna asintió.

—El antiguo Wilf se habría enfurecido al recibir órdenes de su mujer, pero ahora ha perdido esa agresividad.

—Eso es más grave aún —señaló Den.

—Por lo general —continuó Ragna—, la gente acepta mis explicaciones, pero eso no durará. Los hombres más astutos, como Aldred y Den, ya se han percatado de que ha habido un cambio, y dentro de nada la gente hablará sin tapujos.

—Un conde débil es una buena oportunidad para un barón ambicioso y con pocos escrúpulos —dijo Den.

—¿Qué creéis que podría ocurrir, sheriff? —preguntó Aldred.

Den no contestó enseguida.

—Yo creo que alguien lo matará —se adelantó Ragna.

Den asintió de forma casi imperceptible. Era lo mismo que pensaba él, pero no se había atrevido a expresarlo en voz alta.

Se produjo un largo silencio.

—Pero ¿qué podemos hacer Aldred, Den y yo al respecto? —dijo Modulf al fin.

Ragna contuvo un suspiro de satisfacción. Era el momento de venderle su idea.

—Creo que hay una forma de protegerlo —anunció—. Wilf va a hacer testamento. Será en inglés, para que él mismo pueda leerlo.

—Y también yo —añadió Den.

Los nobles y los empleados reales a menudo sabían leer en inglés, pero no en latín.

—¿Y qué dirá ese testamento? —quiso saber Modulf.

—Convertirá a nuestro hijo Osbert en heredero de su fortuna y del condado, conmigo para decidir sobre cualquier asunto en su nombre hasta que él sea mayor de edad. Wilf accederá hoy a ello, aquí, en esta iglesia, y os pido a los tres, como dignatarios, que seáis testigos y rubriquéis el documento con vuestros nombres.

—No soy un hombre de mucho mundo —dijo Modulf—. Me temo que no veo cómo va a proteger eso a Wilwulf de que lo asesinen.

—El único motivo por el que cualquiera querría matar a Wilf sería la esperanza de ocupar su lugar como conde. El testamento lo evitará nombrando sucesor a Osbert.

—Un documento así no tendrá validez a menos que lo refrende Etelredo —apuntó Den, que era el hombre del rey en Shiring.

—En efecto —dijo Ragna—. Por eso, cuando tenga vuestros nombres en el pergamino, lo llevaré ante el rey y le rogaré su aprobación.

—¿Y el rey accederá? —preguntó Modulf.

—La herencia no es ni mucho menos automática —intervino Den—. El rey tiene la prerrogativa de elegir a un nuevo conde.

—No sé qué dirá Etelredo —confesó Ragna—. Solo sé que debo pedírselo.

—¿Dónde se encuentra ahora? —preguntó Aldred—. ¿Alguien lo sabe?

Den estaba al corriente.

—Resulta que va de camino al sur —dijo—. Llegará a Sherborne dentro de tres semanas.

—Iré a verlo allí —decidió Ragna.

Edgar sabía que Ragna estaba en Dreng's Ferry, pero no sabía si podría verla. Había ido con Wilwulf al monasterio para asistir a una reunión en la que participarían otros dos prohombres cuya identidad se mantenía en secreto, así que se sorprendió y se alegró inmensamente al verla entrar en su casa.

Fue como si de repente el sol saliera por entre las nubes. Sintió que le faltaba el aire, como si hubiera subido una pendiente corriendo. Ella sonrió y Edgar fue el hombre más feliz de la tierra.

Ragna paseó la mirada por la casa, y de pronto él la vio a través de sus ojos: el ordenado estante de herramientas de la pared, el pequeño barril de vino y la fresquera del queso, al fuego una olla de la que salía un agradable aroma a hierbas, y Manchas saludando con la cola.

Ragna señaló la caja que había en la mesa.

—Qué bonita —dijo. La había hecho Edgar y tenía un grabado con unas serpientes entrelazadas que simbolizaban la sabiduría—. ¿Qué guardas en un receptáculo tan bello? —preguntó.

—Algo muy valioso. Un regalo tuyo. —Y levantó la tapa.

Dentro había un pequeño libro titulado *Enigmata*, una colección de acertijos en forma de poemas. Era uno de los preferidos de Ragna, que se lo había regalado cuando aprendió a leer.

—No sabía que hubieras hecho una caja especial para guardarlo —dijo—. Qué detalle.

—Debo de ser el único constructor de Inglaterra que posee un libro.

Ella volvió a sonreírle.

—Dios rompió el molde contigo, Edgar.

Él sintió una oleada de calidez.

—Siento mucho que tu puente ardiera. Estoy convencida de que Wynstan tuvo algo que ver.

—También yo.

—¿Podrás reconstruirlo?

—Sí, pero ¿para qué? Podría volver a prenderle fuego. Ya lo ha conseguido una vez, nada le impediría hacerlo otra.

—Supongo que sí.

Edgar estaba harto de hablar del puente.

—¿Tú cómo estás? —preguntó por cambiar de tema.

Ragna parecía a punto de darle una respuesta convencional, pero en el último momento cambió de opinión:

—Si te digo la verdad, me siento muy desgraciada.

Edgar se quedó sobrecogido con esa confesión tan íntima.

—Lo lamento mucho. ¿Qué ha ocurrido?

—Wilwulf no me ama, y no estoy segura de que alguna vez lo hiciera. No tal como yo entiendo el amor.

—Pero… parecíais muy unidos.

—Bueno, durante un tiempo nunca se cansaba de mí, pero eso pasó. Ahora me trata como si fuera uno de sus amigos. Hace un año que no viene a mi cama.

Edgar no pudo evitar alegrarse. Era un pensamiento indigno, así que esperó que no se le notara en la cara.

Ragna no pareció darse cuenta.

—Por las noches prefiere a su esclava —dijo con la voz cargada de desprecio—, que solo tiene catorce años.

Edgar quería expresar la compasión que sentía, pero le costaba encontrar las palabras.

—Es una vergüenza.

Entonces ella sacó a relucir su ira:

—¡Y no es lo que nos prometimos cuando pronunciamos los votos! Yo jamás accedí a un matrimonio de este tipo.

Edgar quería que siguiera hablando porque anhelaba saber más.

—¿Qué sientes por Wilf ahora?

—Durante mucho tiempo intenté seguir amándolo, esperaba recuperarlo, soñaba con que se cansaría de las demás. Pero ahora ha ocurrido algo diferente. La herida que sufrió el año pasado en la cabeza le ha dañado el cerebro. El hombre con el que me casé ya no existe. La mitad del tiempo ni siquiera estoy segura de que recuerde que es mi marido. Me trata más como a una madre. —Se le humedecieron los ojos.

Edgar, titubeante, alargó los brazos hacia ella. Ragna no se apartó, así que él estrechó sus manos y se sintió exultante al notar que ella apretaba también. La miró a los ojos y se sintió más cerca de la satisfacción que nunca. Vio que las lágrimas de Ragna se desbordaban y resbalaban por sus mejillas como gotas de lluvia sobre pétalos de rosa. Aunque su expresión era una mueca de dolor, jamás la había visto tan bella. Permanecieron inmóviles un buen rato.

—Pero sigo casada —dijo ella al cabo, y retiró las manos.

Edgar no añadió nada más.

Ragna se secó la cara con la manga.

—¿Puedo beber un poco de vino?

—Lo que quieras.

Le sirvió vino del barril en un tazón de madera. Ella se lo bebió y le devolvió el tazón.

—Gracias. —Empezaba a recuperar un aspecto más normal—. Tengo que cruzar el río para ir al convento.

Edgar sonrió.

—No dejes que la madre Agatha te bese demasiado.

A todo el mundo le caía bien Agatha, pero sabían que tenía una debilidad.

—A veces es reconfortante sentirse amada —dijo Ragna, y le dirigió una mirada muy directa.

Edgar comprendió que hablaba de él, y no solo de Agatha. Se sintió perplejo. Necesitaba tiempo para asimilarlo.

—¿Qué tal estoy? —preguntó Ragna un momento después—. ¿Sabrán lo que hemos estado haciendo?

«¿Y qué hemos estado haciendo?», se preguntó él.

—Estás bien —dijo, aunque pensó que era una respuesta absurda—. Pareces un ángel triste.

—Ojalá tuviera los poderes de un ángel —repuso ella—. Imagina todo lo que podría hacer.

—¿Qué sería lo primero?

Ragna sonrió, movió la cabeza, dio media vuelta y se marchó.

Una vez más, Wynstan se reunió con Agnes en un rincón del presbiterio, cerca del altar pero sin que pudieran verlos desde la nave. En el altar había una Biblia y, cerca de los pies del obispo, un arcón que contenía agua bendita y el pan del sacramento. Wynstan no tenía ningún reparo a la hora de hacer negocios en la parte más sagrada de la iglesia. Veneraba a Yahvé, el Dios del Antiguo Testamento que había ordenado el genocidio de los cananeos. Creía que había que hacer lo que fuese necesario, costara lo que costase, y que los remilgados no le servían de nada a Dios.

Agnes estaba entusiasmada pero también nerviosa.

—No conozco toda la historia, pero de todas formas tengo que contároslo —dijo.

—Eres una mujer sabia —repuso él. No lo era, pero necesitaba calmarla—. Cuéntame lo que ha ocurrido y deja que yo valore su relevancia.

—Ragna fue a Dreng's Ferry.

El obispo ya se había enterado, pero no sabía qué conclusión sacar de ello. A Ragna no se le había perdido nada en esa pequeña aldea. Sentía debilidad por el joven constructor, pero Wynstan estaba seguro de que no fornicaban.

—¿Y qué hizo allí?

—Wilf y ella se reunieron con Aldred y otros dos hombres. Se suponía que la identidad de esos dos era secreta, pero la villa es pequeña y los vi. Eran el obispo Modulf de Norwood y el sheriff Den.

Wynstan frunció el ceño. Era interesante, pero suscitaba más preguntas de las que respondía.

—¿Has conseguido alguna pista sobre el motivo de esa reunión?

—No, pero creo que dieron fe de la firma de un pergamino.

—Un acuerdo escrito —supuso Wynstan—. Imagino que no conseguirías verlo.

La mujer sonrió.

—Y aun así, ¿qué habría podido entender yo? —No sabía leer, por supuesto.

—Me pregunto qué se traerá entre manos esa zorra francesa —dijo el obispo, casi para sí.

La mayoría de los documentos trataban de la venta, el arriendo o la cesión de propiedades. ¿Habría convencido Ragna a Wilf para que entregara tierras al prior Aldred o al obispo Modulf como donativo piadoso? Sin embargo, para eso no habría hecho falta una reunión secreta. También las capitulaciones matrimoniales podían ponerse por escrito, y en ellas solía haber propiedades que cambiaban de manos, pero no parecía que en Dreng's Ferry se hubiera celebrado ninguna boda. Los nacimientos no se registraban, ni siquiera los de la realeza, pero sí las defunciones... Los testamentos, ¡eso sí que se dejaba escrito! ¿Alguien había hecho testamento? Ragna podría haber persuadido a Wilf de ello. No se había recuperado completamente de su herida en la cabeza y todavía podía morir a causa de una complicación.

Cuanto más lo pensaba, más convencido estaba Wynstan de que el propósito de la reunión clandestina de Ragna había sido el de conseguir redactar las últimas voluntades del conde en secreto, pero delante de testigos.

El problema era que un testamento significaba muy poco de por sí. Era el rey quien tenía el control sobre las propiedades de todo noble que fallecía, e incluso de las de su viuda. Ningún testamento era válido a menos que hubiera sido ratificado antes por el monarca.

—¿Dijeron algo sobre ir a ver al rey Etelredo? —le preguntó a Agnes.

—¿Cómo lo sabéis? ¡Qué listo sois! Sí, oí al obispo Modulf decir que se reuniría con Ragna en Sherborne cuando el rey estuviera allí.

—Eso es —dijo Wynstan, convencido ya—. Wilf ha hecho testamento con un obispo, un sheriff y un prior como testigos, y ahora Ragna irá a pedir la aprobación real.

—¿Por qué querría hacer tal cosa?

—Cree que Wilf va a morir, y quiere que su hijo lo herede todo. —Wynstan siguió pensando—. Habrá conseguido que le otorgue funciones de regente para gobernar en nombre de Osbert hasta que él sea mayor de edad. Estoy seguro.

—Pero Garulf también es hijo de Wilf, y tiene veinte años. Seguro que el rey lo preferirá a él antes que a un niño.

—Por desgracia, Garulf es un necio y el rey lo sabe. El año pasado perdió a casi todo el ejército de Shiring en una batalla poco juiciosa, y Etelredo enfureció al enterarse de ese desperdicio de soldados. Ragna es una mujer, pero es astuta como una zorra, y el rey seguramente la preferirá a ella, y no a Garulf, para estar al frente de Shiring.

—Siempre lo entendéis todo… —dijo Agnes con admiración.

Lo contemplaba con tal veneración que él se preguntó si no debería satisfacer el evidente deseo de la mujer, pero decidió que sería mejor seguir alimentando sus esperanzas. Le tocó la mejilla como si estuviera a punto de susurrarle una palabra cariñosa.

Sin embargo, no fue tal lo que dijo:

—¿Dónde guardaría Ragna un documento así?

—En su casa, en el cofre cerrado con llave donde tiene el dinero —respondió Agnes en un murmullo ardoroso.

Wynstan le dio un beso en los labios.

—Gracias —dijo—. Será mejor que te marches ya.

La siguió con la mirada. La mujer tenía una figura esbelta y agradable, tal vez algún día le diera lo que tanto anhelaba su corazón.

No obstante, las noticias que le había llevado no eran un asunto baladí, podían significar la desaparición definitiva de su poderosa familia. Tenía que contárselo a su hermano pequeño. Wigelm había llegado ya a Shiring y se hospedaba en la residencia episcopal, pero Wynstan quería tener un plan de acción preparado antes de iniciar esa conversación. Se quedó en la catedral, solo, agradecido de tener esa oportunidad para pensar sin interrupciones.

Mientras le daba vueltas al asunto, comprendió que sus problemas jamás terminarían a menos que destruyera a Ragna. No se trataba solo del testamento. Como esposa de un conde incapacitado, Ragna tenía poder y era lo bastante inteligente y resuelta para aprovecharlo al máximo.

Fuera cual fuese su decisión, debía darse prisa en actuar. Si Etelredo ratificaba el testamento, sus disposiciones quedarían grabadas en piedra y nada de lo que Wynstan pudiera hacer después cambiaría la situación. No debía permitir que Ragna le enseñara siquiera ese documento al rey.

Etelredo tardaría aún dieciocho días en llegar a Sherborne.

Wynstan salió de la catedral y cruzó la plaza del mercado hacia su residencia. Encontró a Wigelm en la planta superior, sentado en un banco, afilando una daga con una piedra de amolar.

Su hermano levantó la mirada.

—¿Qué te tiene tan sombrío? —preguntó.

Wynstan ahuyentó a un par de criados y cerró la puerta.

—Dentro de un minuto tú también lo vas a estar —repuso, y le explicó lo que le había contado Agnes.

—¡El rey Etelredo no debe llegar a ver ese testamento! —exclamó Wigelm.

—Evidentemente —dijo Wynstan—. Es un cuchillo en mi pescuezo. Y en el tuyo.

Wigelm lo pensó unos instantes.

—Tenemos que robarlo y destruirlo —concluyó.

Wynstan suspiró. A veces le daba la sensación de ser el único que entendía las cosas.

—La gente suele hacer copias de los documentos para protegerse de esa clase de actos. Imagino que los tres testigos se llevarían duplicados al salir de la reunión de Dreng's Ferry. Y en el caso poco probable de que no existan copias, Ragna podría redactar otro testamento y volver a pedir que dieran fe de él.

El rostro de Wigelm adoptó su acostumbrada expresión de malhumor.

—Bueno, ¿y qué vamos a hacer entonces?

—No podemos dejar que esto siga su curso.

—Estoy de acuerdo.

—Debemos destruir el poder de Ragna.

684

—Cuenta conmigo.

Wynstan fue guiando a Wigelm paso a paso.

—Y su poder depende de Wilf.

—Pero a él no queremos arrebatárselo.

—No. —Wynstan suspiró—. Detesto decirlo, pero todos nuestros problemas se resolverían si Wilf muriera pronto.

Su hermano se encogió de hombros.

—Eso está en manos de Dios, como soléis decir los sacerdotes.

—Tal vez…

—¿Tal vez qué?

—Que su fallecimiento podría acelerarse.

Wigelm estaba desconcertado.

—¿Qué estás diciendo?

—Solo hay una solución.

—Bueno, adelante, escúpelo, Wynstan.

—Tenemos que matar a Wilf.

—¡Ja, ja!

—Hablo en serio.

Wigelm se quedó perplejo.

—¡Pero si es nuestro hermano!

—Medio hermano, y está perdiendo la cabeza. Prácticamente lo controla esa cerda normanda, algo que le avergonzaría si no estuviera demasiado trastornado para saber lo que ocurre. Acabar con su vida sería un acto de bondad.

—De todos modos… —Wigelm bajó la voz, aunque en la sala no había nadie más que ellos dos—. ¡Matar a un hermano!

—Hay que hacer lo que sea necesario, cueste lo que cueste.

—No podemos —insistió Wigelm—. Eso ni hablar. Piensa en otro plan, que a ti se te da muy bien pensar.

—Pues lo que pienso es que no te hará ninguna gracia que te sustituyan como alguacil de Combe para poner a alguien que le entregue al conde los impuestos sin escatimarle una quinta parte.

—¿Ragna me sustituiría?

—Sin pensárselo dos veces. Ya lo habría hecho, solo que nadie creería que Wilf está de acuerdo. En cuanto él desaparezca…

Wigelm se quedó pensativo.

—El rey Etelredo no lo permitirá.

—¿Por qué no? —preguntó Wynstan—. Él mismo obró de manera semejante.

—Algo de eso he oído decir.

—Hace veinte años, el medio hermano mayor de Etelredo, Eduardo, era rey. Etelredo vivía con su madre, Elfryth, que era la madrastra del monarca. Eduardo fue a visitarlos y acabó asesinado por sus hombres de armas. Etelredo fue coronado al año siguiente.

—Por entonces debía de tener unos doce años.

Wynstan se encogió de hombros.

—¿Joven? Sí. ¿Inocente? Dios sabrá.

Wigelm puso cara de escepticismo.

—No podremos matar a Wilf. Lo protege una cuadrilla de escoltas encabezados por Bern el Gigante, que es normando y sirve a Ragna desde hace mucho tiempo.

«Un día —reflexionó Wynstan— no estaré aquí para ser la cabeza pensante de la familia. Me pregunto si entonces se quedarán parados sin hacer nada, como una yunta de bueyes cuando el labrador se aleja.»

—Matarlo es fácil —aseguró—. De lo que hay que preocuparse es de cómo actuar justo después. Tendremos que pasar a la acción en cuanto esté muerto, mientras Ragna siga conmocionada. No queremos eliminar a Wilf para que luego ella conserve el poder de todas formas. Debemos convertirnos en dueños y señores de Shiring antes de que recobre la serenidad.

—¿Y cómo lo haremos?

—Necesitamos un plan.

Ragna no estaba muy convencida de celebrar el banquete.

Gytha se le había acercado con una petición razonable.

—Deberíamos festejar la recuperación de Wilf —dijo la mujer—. Para que todo el mundo sepa que vuelve a estar sano y en buena forma.

No lo estaba, desde luego, pero era importante fingir lo contrario. Sin embargo, a Ragna no le gustaba que su esposo se excediera bebiendo, porque el alcohol le afectaba más que a los demás borrachos.

—¿Qué clase de festejo sería? —preguntó, evitando dar una respuesta.

—Un banquete —propuso Gytha—. Como los que le gustan a él —añadió con toda la intención—. De los que tienen bailarinas, no poetas.

Ragna, sintiéndose culpable, pensó que su marido tenía derecho a algo así.

—Y también un malabarista —apuntó—, y un bufón, tal vez.

—Sabía que estaríais de acuerdo —dijo Gytha enseguida, concretándolo ya.

—Debo ir a Sherborne el primero de julio —explicó Ragna—. Hagámoslo la noche antes.

Esa mañana lo había planificado todo y había preparado los bártulos. Estaba lista para partir al día siguiente, pero antes tendría que aguantar el banquete de la noche.

Gytha contribuyó a la fiesta con un barril de hidromiel. Hecho de miel fermentada, el hidromiel era dulce y fuerte a la vez, y con él los hombres podían emborracharse muy deprisa. Ragna se lo habría prohibido si le hubiera pedido permiso, pero a esas alturas no quería parecer una aguafiestas, así que no puso ninguna objeción. Lo único que podía hacer era esperar que Wilf no bebiera demasiado. Habló con Bern y le ordenó que se mantuviera sobrio para poder cuidar del conde en caso de necesidad.

Wilf y sus hermanos estaban muy alegres, pero, para alivio de Ragna, parecían beber con moderación. Algunos de los hombres de armas no fueron tan juiciosos, sin embargo, tal vez porque el hidromiel era un lujo poco habitual para ellos. La velada acabó siendo bulliciosa.

El bufón era muy divertido y estuvo peligrosamente cerca de hacer una sátira de Wynstan cuando fingió ser un sacerdote y bendecir a una de las bailarinas agarrándola de los pechos. Por suerte, Wynstan no estaba demasiado susceptible y rio con tantas ganas como el que más.

Cayó la noche, encendieron los candiles, retiraron las escudillas sucias de la mesa y los hombres siguieron bebiendo. A algunos les entró sueño, otros se pusieron cariñosos, o ambas cosas a la vez. Los adolescentes coqueteaban y las mujeres casadas soltaban risillas cuando los maridos de sus amigas se tomaban alguna pequeña libertad con ellas. Si de ahí pasaban a libertades mayores, sucedía fuera, al amparo de la oscuridad.

Wilf empezaba a parecer cansado, así que Ragna estaba a punto de proponer a Bern que lo ayudara a acostarse, pero sus hermanos le salieron al paso. Wynstan y Wigelm lo sostuvieron cada uno de un brazo y lo acompañaron afuera.

Carwen fue tras ellos.

Ragna llamó a Bern.

—Los escoltas están algo borrachos —dijo—. Quiero que montes guardia con ellos toda la noche.

—Sí, mi señora.

—Mañana por la mañana podrás dormir.

—Gracias —repuso el hombre.

—Buenas noches, Bern.

—Buenas noches, mi señora.

Wynstan y Wigelm fueron a casa de su madre y se sentaron a esperar la madrugada charlando sin ganas, solo para asegurarse de que no se dormían.

Wynstan le había explicado el plan a Gytha y ella se había quedado perpleja y horrorizada ante la idea de que sus hijos estuvieran dispuestos a asesinar a su medio hermano. Puso en duda la deducción de Wynstan acerca del documento redactado en Dreng's Ferry. ¿Cómo podía estar tan seguro de que eran las últimas voluntades y testamento de Wilf? Resultó que Wynstan estaba en situación de tranquilizarla, puesto que su especulación había sido confirmada. El obispo Modulf le había hecho una discreta confesión a su vecino, el barón Deorman de Norwood, y Deorman se lo había contado a él.

Gytha acabó accediendo al plan de su hijo, tal como este sabía que haría.

—Hay que hacer lo que sea necesario, cueste lo que cueste —dijo la mujer, aunque de todas formas se la veía atribulada.

Wynstan estaba tenso. Si aquello se torcía mucho y su confabulación quedaba al descubierto, tanto él como Wigelm serían ejecutados por traición.

Intentó imaginar todos los obstáculos posibles que podían encontrarse y discurrió cómo superar cada uno de ellos, pero siempre surgían pegas imprevistas, y eso lo tenía inquieto.

Cuando juzgó que había llegado el momento oportuno, se levantó. Se hizo con un candil, una correa de cuero y una pequeña bolsa de tela, todo lo cual había preparado de antemano.

Wigelm también se puso de pie y tocó con nerviosismo la daga de hoja larga que colgaba envainada en su cinto.

—No hagáis sufrir a Wilf, por favor —les pidió Gytha.

—Haré todo lo posible —repuso Wigelm.

—No es hijo mío, pero amé a su padre. Recordadlo.

—Lo recordaremos, madre.

Los dos hermanos salieron de la casa.

«Allá vamos», pensó Wynstan.

Siempre había tres escoltas ante la casa de Wilf: uno en la puerta y otros dos en las esquinas delanteras del edificio. Wigelm se había pasado dos noches observándolos, unas veces a través de resquicios en los muros de Gytha y otras fingiendo que salía a orinar a menudo. Así había descubierto que los tres guardias pasaban casi toda la noche sentados en el suelo con la espalda contra la pared de la casa, y que se echaban muchas cabezadas. Esa noche estarían completamente borrachos, así que ni siquiera se enterarían de que dos asesinos entraban en la casa que debían proteger. De todos modos, Wynstan había preparado una coartada por si los encontraban despiertos.

No fue el caso, pero se sorprendieron al ver a Bern de pie ante la puerta de Wilf.

—El Señor sea con vos, mi señor obispo, y con vos también, barón Wigelm —dijo Bern con su acento francés.

—El Señor sea contigo. —Wynstan se recompuso enseguida y pasó al plan que había tramado por si los escoltas no dormían—. Debemos despertar a Wilf —dijo en voz baja, pero hablando con aplomo—. Se trata de una emergencia. —Volvió la mirada hacia los otros dos guardias, que seguían durmiendo. Improvisando, le dijo a Bern—: Entra con nosotros, tú también tienes que oírlo.

—Sí, mi señor.

Bern parecía desconcertado, y bien podía estarlo. ¿Cómo se habían enterado los hermanos de esa emergencia en mitad de la noche, cuando nadie parecía haber entrado en el recinto trayendo noticias? Sin embargo, aunque arrugó la frente, acabó abriendo la puerta. Su cometido era proteger a Wilf, pero no se le ocurrió que el peligro pudiera venir de los propios hermanos del conde.

Wynstan sabía perfectamente lo que tenía que ocurrir a continuación para deshacerse del obstáculo inesperado de Bern. Para él era evidente, pero ¿llegaría Wigelm a la misma conclusión? Solo podía esperarlo.

El obispo entró andando sin hacer ruido sobre las esteras. Wilf y Carwen estaban dormidos en la cama, envueltos en mantas. Wynstan dejó el candil y la bolsa de tela en la mesa, pero no soltó la correa de cuero. Entonces se volvió para mirar atrás.

Bern estaba cerrando la puerta cuando Wigelm llevó una mano a la daga. Wynstan oyó un sonido desde la cama.

Miró a la pareja y vio que Carwen estaba abriendo los ojos.

Agarró ambos extremos de la correa y estiró dejando unos dos palmos de cuero entre sus manos mientras hincaba una rodilla junto a la esclava, que entonces despertó del todo. Carwen se sentó, puso cara de espanto y abrió la boca para gritar, pero Wynstan le pasó la correa por encima de la cabeza, se la metió en la boca abierta como si fuera el bocado de un caballo y tiró con fuerza. Amordazada así, la muchacha solo podía proferir balbuceos desesperados. Él apretó más el cinto y entonces volvió la mirada atrás.

Vio a su hermano rajándole la garganta a Bern con un potente tajo de su larga daga. «Bien hecho», pensó. La sangre empezó a salir a borbotones y Wigelm se apartó de un salto. Bern se derrumbó. El único ruido que hizo fue el de su cuerpo al desplomarse en el suelo.

«Ya está —se dijo Wynstan—. Ahora no hay vuelta atrás.»

Volvió a girar hacia la cama y vio que Wilf despertaba. Los gruñidos de Carwen se volvieron más urgentes. Wilf ya tenía los ojos completamente abiertos y, aun con su capacidad mental reducida, comprendió lo que estaba ocurriendo ante sus narices. Se incorporó al instante y quiso alcanzar el cuchillo que tenía junto a la cama.

Pero Wigelm fue más rápido. Llegó al lecho en dos zancadas y cayó sobre su medio hermano justo cuando este alcanzaba el arma. Le apartó de un golpe la mano con el cuchillo haciéndola oscilar en un gran arco, solo que Wilf levantó el brazo izquierdo y lo detuvo. Entonces atacó, pero Wigelm esquivó la embestida.

Wigelm alzó el brazo para intentarlo de nuevo, pero Carwen se movió de repente y sorprendió a Wynstan, que no la tenía sujeta con tanta fuerza como creía. Todavía amordazada, saltó encima de Wigelm y empezó a darle puñetazos e intentar arañarle la cara, y Wynstan tardó un momento en tirar del cinto y hacerla retroceder de golpe. Se echó encima de ella y aterrizó sobre ambas rodillas. Sin soltar la correa con la mano derecha, sacó su propia daga con la izquierda.

Wilf y Wigelm seguían forcejeando y parecía que ninguno conseguía asestar el golpe decisivo. Wynstan vio que Wilf abría la boca para gritar pidiendo ayuda. Eso sería desastroso, porque el plan requería que el asesinato pasara desapercibido. Wynstan se inclinó hacia delante a la vez que un alarido nacía en la garganta de Wilf. Con toda la fuerza que fue capaz de conferirle a su brazo izquierdo, metió la daga por la boca de este y empujó todo lo que pudo haciéndola bajar por su gaznate.

El grito fue interrumpido casi antes de empezar.

Wynstan se quedó un momento paralizado por el horror. Vio el pánico del dolor extremo en los ojos de Wilf y tiró del cuchillo para extraerlo, como si así pudiera mitigar en parte la atrocidad que acababa de cometer.

Wilf profirió un estrangulado gruñido de agonía, y de su boca empezó a manar la sangre. Se retorcía de dolor, pero no moría. Wynstan había estado en el campo de batalla y sabía que los hombres con heridas mortales podían sufrir largo rato antes de fallecer. Tenía que acabar con el padecimiento de Wilf, pero no conseguía hacerlo.

Fue Wigelm quien le dio el golpe de gracia, hundiéndole la daga en el costado izquierdo del pecho, apuntando al corazón. La hoja se clavó por completo y acalló a Wilf al instante.

—Que Dios nos perdone a ambos —dijo Wigelm.

Carwen se echó a llorar.

Wynstan aguzó el oído, pero fuera de la casa solo había silencio. El crimen no había levantado revuelo y los guardias no habían despertado de su sueño alcoholizado.

Respiró hondo y recuperó la compostura.

—Esto es solo el principio —anunció. Se apartó de encima de Carwen, todavía tirando de la mordaza, y la obligó a ponerse en pie—. Ahora escúchame con atención.

Ella lo miró con terror. Acababa de ver cómo apuñalaban a dos hombres y pensaba que ella sería la siguiente en morir.

—Asiente si entiendes lo que te digo —le pidió Wynstan.

Ella asintió con una insistencia desaforada.

—Wigelm y yo juraremos que tú has matado a Wilf.

La muchacha sacudió enérgicamente la cabeza.

—Podrías negarlo y contarle a todo el mundo la verdad de lo que ha ocurrido aquí esta noche. Podrías acusarnos a Wigelm y a mí de un asesinato a sangre fría.

Por su expresión vio que estaba perpleja.

—Pero ¿quién te creerá? —añadió—. La palabra de una esclava no vale nada… Y menos aún frente al juramento de un obispo.

En sus ojos vio que empezaba a comprender y caía en la desesperación.

—Ya ves en qué situación te encuentras —dijo, satisfecho—. Pero voy a ofrecerte una salida. Voy a dejarte escapar.

Ella lo miró con incredulidad.

—Dentro de dos minutos saldrás del recinto y te marcharás de Shiring a pie por el camino de Glastonbury. Viaja de noche y escóndete en los bosques durante el día.

Carwen miró hacia la puerta como para asegurarse de que seguía ahí.

Wynstan no quería que volvieran a capturarla, así que había preparado unas cuantas cosas que la ayudarían.

—Llevarás contigo esa bolsa que hay encima de la mesa, junto al candil —ordenó—. Contiene pan y jamón para que no tengas que buscar comida durante un par de días. También hay doce peniques de plata, pero no te los gastes hasta que estés muy lejos de aquí.

La expresión de sus ojos le dijo que lo había entendido.

—A todo aquel con quien te cruces cuéntale que vas a Bristol a reunirte con tu marido, que es marinero. En Bristol podrás tomar un barco para cruzar el estuario hacia Gales, y allí estarás a salvo.

Carwen volvió a asentir, más despacio esta vez, asimilando sus palabras y pensando qué hacer.

Wynstan le puso el cuchillo en la garganta.

—Ahora voy a quitarte la mordaza de la boca y, si gritas, será el último sonido que profieras.

La muchacha asintió una vez más.

Él soltó la correa.

Carwen tragó saliva y se frotó las mejillas, donde el cuero le había dejado marcas rojizas.

Wynstan se percató de que Wigelm tenía salpicaduras de sangre en las manos y la cara, y supuso que su propio cuerpo también mostraba señales reveladoras. Había una jofaina con agua en una mesa, así que se lavó y enseguida le indicó a Wigelm que hiciera lo mismo. Seguramente tendrían manchas de sangre en la ropa, pero Wigelm iba vestido de marrón y Wynstan de negro, así que pasarían por lamparones inidentificables y no desvelarían ninguna historia en concreto.

El agua de la jofaina quedó rosada y Wynstan la vació en el suelo.

—Cálzate y échate la capa —ordenó a Carwen.

Cuando ella obedeció, le entregó la bolsa.

—Vamos a abrir la puerta. Si los otros dos guardias están despiertos, Wigelm y yo los mataremos. Si están dormidos, pasaremos a hurtadillas junto a ellos. Después caminarás deprisa pero sin hacer ruido hasta la puerta del recinto y saldrás sin causar alboroto.

La joven asintió.

—Vamos.

Wynstan abrió la puerta con cuidado y miró fuera.

Ambos escoltas estaban desplomados contra la pared. Uno roncaba.

El obispo salió, esperó a Carwen y a Wigelm, y luego cerró la puerta.

Le hizo un gesto a la esclava y ella se alejó, deprisa y en silencio.

Él se permitió un momento de satisfacción. Todo el mundo vería esa huida como prueba de su culpabilidad.

Los dos hermanos regresaron a la casa de Gytha. Al llegar a la entrada, Wynstan volvió la mirada atrás. Los guardias no se habían movido.

Wigelm y él entraron en casa de su madre y cerraron la puerta.

Ragna llevaba meses durmiendo mal. Tenía demasiadas preocupaciones: Wilf, Wynstan, Carwen, Osbert y los mellizos. Cuando por fin conciliaba el sueño, a menudo tenía pesadillas. Esa noche soñó que Edgar había matado a Wilf, y ella intentaba proteger de la justicia al constructor, pero cada vez que decía algo, su voz quedaba ahogada por un griterío que venía de fuera. Entonces comprendió que estaba soñando pero que los gritos eran reales, despertó enseguida y se incorporó con el corazón desbocado.

Los gritos parecían urgentes. Dos o tres hombres exclamaban algo, y una mujer chillaba en un tono agudo. Ragna se levantó de un salto y buscó a Bern, que normalmente dormía al lado de su puerta, pero entonces recordó que lo había mandado a proteger a Wilf.

—¿Qué es eso? —oyó que preguntaba Agnes, asustada.

—Ha ocurrido algo —dijo Cat entonces.

Sus voces temerosas despertaron a los niños, y los mellizos empezaron a llorar.

Ragna se calzó los zapatos, cogió la capa y salió.

Todavía estaba oscuro, pero enseguida vio que en la casa de Wilf había luz y que su puerta estaba abierta de par en par. Se quedó sin respiración. ¿Le habría sucedido algo?

Cruzó corriendo la escasa distancia que la separaba de su puerta y entró.

Al principio no consiguió entender la escena que tenía delante. Hombres y mujeres se apiñaban allí dentro hablando a voz en grito. Percibió un olor metálico y vio sangre en el suelo y en la cama; muchísima sangre. Entonces reconoció a Bern, tirado en un charco medio cuajado con un espantoso tajo en la garganta, y contuvo un chillido de horror y consternación. Por fin dirigió la mirada hacia la cama. Entre las mantas manchadas de rojo se encontraba su marido.

Soltó un grito y lo interrumpió metiéndose el puño en la boca. Sus heridas eran terribles, tenía la boca llena de sangre negra. Los ojos abiertos miraban fijamente el techo. En el jergón, junto a su puño abierto, había un cuchillo; Wilf había intentado defenderse.

No se veía a Carwen por ningún lado.

Mientras contemplaba lo que había quedado de su marido, Ragna recordó al hombre alto y rubio con una capa azul que bajó de un barco en el puerto de Cherburgo y, en mal francés, anunció: «He venido para hablar con el conde Hubert». Ragna se echó a llorar, pero incluso mientras lo hacía supo que debía preguntar algo:

—¿Cómo ha ocurrido?

Le respondió Wuffa, el caballerizo:

—Los guardias estaban dormidos. Deben morir por su negligencia.

—Así será —aseguró ella, que se secó las lágrimas de los ojos con los dedos—. Pero ¿qué dicen que ha pasado?

—Al despertar se han dado cuenta de que Bern no estaba. Han salido a buscarlo y al final han mirado dentro de la casa y se han encontrado... —extendió los brazos—, esto.

Ragna tragó saliva e intentó hablar con voz más calmada:

—¿No hay nadie más aquí?

—No. Es evidente que ha sido la esclava, y luego ha huido.

Ella arrugó la frente y pensó que Carwen tendría que ser más fuerte de lo que aparentaba para matar a esos dos hombretones con un cuchillo, pero dejó de lado esa sospecha por el momento.

—Ve a buscar al sheriff —le ordenó a Wuffa—. Debe emitir un clamor de haro en cuanto amanezca.

Tanto si Carwen era la asesina como si no, había que volver a capturarla porque su testimonio sería fundamental.

—Sí, mi señora.

Wuffa salió corriendo y justo entonces llegó Agnes con los mellizos en brazos. Los niños tenían poco más de un año de edad, así que no entendían lo que estaban viendo, pero la mujer gritó y ellos empezaron a llorar.

Cat entró llevando de la mano al pequeño Osbert, de tres años, y se quedó mirando el cadáver de Bern, su marido, sin poder creer aquel horror.

—No, no, no... —gimió.

Soltó la mano del niño y se arrodilló junto al cuerpo sin dejar de sacudir la cabeza y sollozar.

Ragna se esforzó por reflexionar con claridad. ¿Cómo debía reaccionar? Aunque ya había pensado en la muerte de Wilf y temía que lo asesinaran, que hubiera sucedido realmente la había afectado tanto que apenas era capaz de asimilarlo. Sabía que debía actuar deprisa y con contundencia, pero estaba demasiado conmocionada y aturdida.

Oyó llorar a sus hijos y comprendió que no deberían estar ahí. Iba a decirle a Agnes que se los llevara cuando, de pronto, le extrañó ver a Wigelm dirigirse a la puerta con un pesado cofre de roble en los brazos. Reconoció el tesoro de Wilf, la caja donde guardaba el dinero.

Se plantó ante su cuñado y exclamó:

—¡Alto!

—Quitad de en medio u os aparto de un empujón —advirtió Wigelm.

Todo el mundo calló de pronto.

—Eso es el tesoro del conde —dijo Ragna.

—Lo era.

Ragna dejó que su voz transmitiera todo el odio y el desprecio que sentía.

—La sangre de Wilf no se ha secado aún y ya estáis robando su dinero —dijo.

—Me hago cargo de él, como hermano suyo que soy.

Ragna se dio cuenta de que Garulf y Stiggy se habían colocado a lado y lado de ella, dejándola atrapada.

—Yo decidiré quién ha de hacerse cargo del tesoro —anunció, desafiante.

—No, no lo haréis.

—Soy la esposa del conde.

—Ya no. Sois su viuda.

—Dejad ese cofre.

—Apartad de en medio.

Ragna le dio a Wigelm un sonoro bofetón.

Esperaba que soltara la caja, pero él se contuvo y le hizo una señal a Garulf.

Los dos jóvenes apresaron a Ragna, uno de cada brazo. Ella sabía que no podría zafarse, así que conservó la dignidad y no forcejeó. Miró a Wigelm entornando los ojos.

—No sois de los que piensan con rapidez —dijo—, así que debíais de tenerlo planeado. Esto es una conspiración. ¿Habéis asesinado vos a Wilf para poder ocupar su lugar?

—No seáis repugnante.

Ragna miró a los hombres y a las mujeres que los rodeaban. Contemplaban la escena con avidez, pues sabían que se estaba decidiendo quién los gobernaría después de Wilf. Ella había sembrado en ellos la sospecha de que Wigelm había matado a su medio hermano. Por el momento no podía hacer más.

—Al conde lo ha matado la esclava —aseguró Wigelm.

Rodeó a su cuñada y salió por la puerta.

Garulf y Stiggy soltaron entonces a Ragna, que volvió a mirar a Agnes y a Cat. Al verlas allí con los niños, comprendió que en su casa no quedaba nadie. Su tesoro, que contenía el testamento de Wilf, estaba desprotegido. Salió corriendo y dejó que Cat y Agnes la siguieran.

Cruzó el recinto a toda prisa, entró en su casa y fue al rincón donde guardaba el tesoro. La manta que normalmente lo cubría estaba apartada y el cofre había desaparecido.

Lo había perdido todo.

32

Julio de 1002

Ragna llegó al recinto del sheriff Den una hora antes del amanecer. Los hombres y unas cuantas mujeres empezaban a reunirse para el clamor de haro, yendo de un lado a otro en medio de la oscuridad mientras conversaban con voces excitadas. Los caballos percibían el ambiente y piafaban y bufaban con impaciencia. Den terminó de ensillar su semental negro e invitó a Ragna a su casa a fin de que pudieran hablar en privado.

Ragna se había sobrepuesto al pánico y había aplazado el duelo. Ahora sabía lo que tenía que hacer. Había comprendido que se enfrentaba a personas despiadadas e implacables, pero no la habían derrotado y pensaba contraatacar.

Y Den sería su aliado principal… si lo manejaba adecuadamente.

—Carwen, la esclava, sabe lo que ocurrió anoche en casa de Wilf —afirmó Ragna.

—Y vos dudáis de que sea obvio —interpretó Den, sin mostrar sorpresa.

«Bien, no ha sacado conclusiones de antemano», pensó Ragna.

—Al contrario, creo que la explicación obvia es la equivocada.

—Contadme por qué.

—En primer lugar, Carwen no era desdichada: no pasaba hambre, no recibía palizas y se acostaba con el hombre más atractivo de la ciudad. ¿Qué motivos tendría para huir?

—Puede que añorara su hogar.

—Cierto, pero nunca mostró señales de ello. Además, en segundo lugar, si pretendía escapar, podría haberlo hecho en cualquier momento, nunca se la vigiló de cerca. Podría haberse ido sin necesidad de matar a Wilf ni a nadie. Mi difunto marido tenía un sueño profundo, sobre todo después de beber. Podría haber desaparecido sin que nadie se hubiera enterado.

—¿Y si los guardias estaban despiertos?

—Habría dicho que iba a casa de Gytha, que es donde dormía cuando Wilf no quería yacer con ella. Nadie habría reparado en su ausencia hasta uno o dos días después.

—Entiendo.

—Y en tercer lugar, y lo más importante de todo: dudo que esa chiquilla hubiera podido matar a Wilf o a Bern, y mucho menos a los dos. Visteis las heridas. Son obra de un brazo poderoso, de alguien con la seguridad y la fuerza suficientes para imponerse a dos hombres corpulentos y acostumbrados a desenvolverse en situaciones violentas. Carwen tiene catorce años.

—No dejaría de ser sorprendente, coincido con vos. Pero si no ha sido ella, entonces ¿quién?

Ragna albergaba una profunda sospecha, pero decidió reservársela por el momento.

—Tiene que tratarse de alguien que Bern conocía.

—¿Cómo estáis tan segura?

—Porque Bern dejó entrar al asesino en la casa. Si se hubiera tratado de un extraño, él se habría puesto en guardia: habría detenido al visitante, lo habría interrogado, le habría denegado la entrada y se habría enfrentado a él. Todo ello fuera de la casa, donde el ruido habría despertado a los guardias. Y el cadáver de Bern también lo habrían encontrado fuera.

—El asesino podría haberlo arrastrado al interior.

—El jaleo habría despertado a Wilf, quien se habría levantado y enfrentado al intruso, cosa que no ocurrió, porque Wilf murió en la cama.

—Entonces alguien que Bern conocía apareció por allí y le

franqueó el paso a la casa. Tan pronto como estuvo dentro, atacó por sorpresa al confiado Bern y lo despachó al momento sin hacer ruido. Luego el visitante mató a Wilf y convenció a la esclava para que huyera, de manera que la culparan a ella.

—Eso es lo que creo que ocurrió.

—¿Y el motivo del asesinato?

—La clave está en dos cosas que ocurrieron durante la confusión posterior al descubrimiento de los cuerpos: Wigelm se llevó el tesoro de Wilf con toda la calma mientras los demás continuaban atónitos y conmocionados.

—¿De verdad?

—Y luego alguien robó el mío.

—Eso lo cambia todo.

—Está claro que Wigelm pretende hacerse con el poder.

—Sí…, pero eso no demuestra que sea el asesino. Su intento de hacerse con el poder podría responder a un gesto oportunista. Tal vez se aprovechó de algo que no instigó.

—Podría ser, pero lo dudo. Wigelm no tiene esa rapidez de reflejos. Creo que todo esto ha sido cuidadosamente planeado.

—Tal vez tengáis razón. Huele a Wynstan.

—Exacto. —Ragna estaba complacida y aliviada. Den la había interrogado con rigor, pero había acabado compartiendo su punto de vista—. Si quiero contener esta confabulación —prosiguió sin perder tiempo—, necesito que Carwen cuente en el consejo comarcal lo que ocurrió.

—Puede que no la crean. La palabra de una esclava…

—Alguien la creerá, sobre todo cuando yo exponga los motivos de Wynstan.

Den no hizo ningún comentario al respecto.

—Entretanto, estáis en la ruina —apuntó, en cambio—. Os han robado vuestro tesoro. No podéis ganar la batalla por el poder sin dinero.

—Lo repondré. Edgar debe de haber recaudado una buena cantidad de la venta de piedra de la cantera y dentro de unas semanas cobraré las rentas de Saint-Martin.

—Imagino que el testamento de Wilf estaría en ese cofre.

—Sí…, pero conservo una copia.

—En cualquier caso, el testamento no tiene validez sin la aprobación real.

—Aun así, lo leeré en el tribunal. La intención de Wilf probará los motivos de Wynstan. Tendrá peso entre los barones, todos quieren que se respeten sus últimas voluntades.

—Cierto.

Ragna volvió a la cuestión acuciante de ese día:

—Pero todo quedará en nada si no dais con Carwen.

—Haré cuanto esté en mis manos.

—No lideréis vos el clamor de haro, enviad a Wigbert.

Den la miró sorprendido.

—Es un hombre de confianza…

—Y malo como un gato hambriento, pero os necesito aquí. Son capaces de todo, pero no se atreverán a asesinarme si permanecéis en la ciudad. Saben que iríais tras ellos y que sois el hombre del rey.

—Puede que tengáis razón. Wigbert es sobradamente capaz de liderar un clamor de haro. Lo ha hecho muchas veces.

—¿Adónde podría haber ido Carwen?

—Al oeste, supongo. Imagino que querrá volver a Gales. Suponiendo que partiera sobre la medianoche y tomara el camino de Glastonbury, puede haber recorrido ya más de quince kilómetros.

—¿Y buscado cobijo cerca de Trench, tal vez?

—Exacto. —Den echó un vistazo fuera a través de la puerta abierta—. Amanece. Es hora de que se pongan en marcha.

—Espero que la encuentren.

Wynstan estaba satisfecho con el desarrollo del plan. No había salido a la perfección, pero sí de manera aceptable. Se habían llevado una desagradable sorpresa al encontrar a Bern frente a la puerta de Wilf, alerta y sobrio, pero Wynstan había reaccionado con rapidez y Wigelm había sabido cómo actuar. A partir de ahí, todo había salido según lo previsto.

La historia de que Carwen había matado tanto a Bern como a Wilf era bastante menos creíble que la idea original de Wynstan, es decir, que la esclava había degollado a Wilf mientras dormía, pero la gente era tonta y se lo había tragado. Todos temían a sus esclavos, pensaba Wynstan, quienes tenían motivos de sobra para odiar a sus amos, así que, de presentarse la oportunidad, ¿por qué no iban a matar a quienes les habían arrebatado sus vidas? El dueño de un esclavo nunca dormía tranquilo. Y todo ese miedo acumulado reventaba como un forúnculo cuando se acusaba a un esclavo de haber asesinado a un noble.

Wynstan esperaba que el clamor de haro no encontrara a Carwen. No quería que la esclava contara su versión de los hechos en el consejo. Él negaría todo lo que la joven dijera y pronunciaría un juramento, pero siempre cabía la posibilidad de que alguien la creyera a ella en lugar de a él. Era mucho mejor que desapareciera. Los esclavos fugados solían ser apresados, traicionados por los harapos, el acento extranjero y la pobreza extrema. Sin embargo, Carwen iba bien vestida y tenía dinero, por lo que contaba con mayores posibilidades de lo habitual.

Si eso no resultaba, tenía un plan de emergencia.

Se encontraba en casa de su madre, Gytha, acompañado de su hermano Wigelm y su sobrino Garulf, a la espera del regreso de la partida de búsqueda, cuando el sheriff Den apareció a media tarde.

—Es un honor recibir vuestra visita, sheriff, sobre todo cuando resulta tan caro veros por aquí —lo saludó Wynstan con fingida cortesía.

A Den no le gustaba perder el tiempo en tonterías. Con sus canas y sus cerca de cincuenta años, probablemente había vivido lo suficiente para que unas simples burlas pudieran perturbarlo.

—Supongo que sabéis que no engañáis a todo el mundo —le espetó.

—Ignoro a qué podríais referiros —aseguró Wynstan con una sonrisa.

—Os creéis listo, y lo sois, pero todo tiene un límite, incluso salir siempre impune, y he venido a comunicaros que os acercáis peligrosamente a él.

—Qué amable por vuestra parte.

A pesar de que Wynstan continuaba burlándose de Den, prestaba suma atención a sus palabras. Que un sheriff visitara a un obispo con ese tipo de amenazas era algo muy poco habitual. Den hablaba en serio y tenía poder; disfrutaba de autoridad, disponía de hombres de armas y gozaba de la confianza del rey. La indiferencia del obispo solo era fingida.

¿Qué habría motivado ese toque de advertencia tan inquietante? Wynstan sospechaba que no se trataba solo del asesinato de Wilf.

La respuesta no se hizo esperar.

—Mantened vuestras manos alejadas de lady Ragna —le advirtió Den.

Así que de eso se trataba.

—Quiero que sepáis que si ella muere —prosiguió el sheriff—, iré tras vos, obispo Wynstan.

—¡Qué espanto!

—No tras vuestro hermano, ni vuestro sobrino, ni ninguno de vuestros hombres. Tras vos. Y no cejaré en mi empeño. Os perseguiré hasta acabar con vos. Viviréis como un leproso y así moriréis, en medio de sufrimientos y de la inmundicia.

Muy a su pesar, a Wynstan se le heló la sangre. Estaba tratando de encontrar una respuesta sarcástica cuando Den dio media vuelta y abandonó la casa.

—Tendría que haberle abierto las tripas a ese necio arrogante —masculló Wigelm.

—Por desgracia, no se trata de ningún necio —repuso Wynstan—. Si así fuera, no habría de qué preocuparse.

—Esa arpía extranjera le ha clavado las garras —comentó Gytha.

Wynstan no albergaba ninguna duda de que, en parte, se trataba de eso: ciertamente Ragna sabía cautivar a la mayoría de los hombres, pero había algo más. Hacía mucho tiempo que Den deseaba contener el poder de la familia de Wynstan, y el asesinato de Ragna le proporcionaría un pretexto sólido, sobre todo si se producía justo después de que el obispo acaparara todos sus privilegios.

Sus cavilaciones se vieron interrumpidas por Stiggy, el amigo simplón de Garulf, que irrumpió en la estancia casi sin aliento y con gesto ansioso. Había partido con el clamor de haro, siguiendo las instrucciones de Wynstan, quien le había dicho que se adelantara a los demás y corriera de vuelta a casa si capturaban a Carwen, una tarea sencilla que hasta Stiggy era capaz de comprender.

—La han capturado —anunció.

—¿Viva?

—Sí.

—Lástima. —Había llegado el momento de poner en marcha el plan de emergencia. Wynstan se levantó y Wigelm y Garulf lo imitaron—. ¿Dónde estaba?

—En el bosque de este lado de Trench. La olieron los perros de la partida.

—¿Ha dicho algo?

—Un montón de maldiciones galesas.

—¿A qué distancia se hallan ahora?

—A una hora más o menos.

—Iremos a su encuentro. —Se volvió hacia Garulf—. Ya conoces el plan.

—Sí.

Se dirigieron a los establos y ensillaron cuatro caballos: una montura fresca para Stiggy y otra para cada uno de los demás. Luego partieron.

Media hora más tarde se toparon con el clamor de haro, que avanzaba con aspecto relajado y triunfante. Wigbert, el irascible capitán del sheriff, iba al frente del grupo tirando de Carwen, que caminaba dando tumbos detrás del caballo con las manos atadas a la espalda y sujeta a la silla por una larga cuerda.

—De acuerdo, ya sabéis lo que tenéis que hacer —murmuró Wynstan.

Los cuatro jinetes ocuparon el ancho del camino formando una hilera y frenaron sus monturas, lo que obligó al grupo a detenerse.

—Enhorabuena a todos —los felicitó Wynstan con efusividad—. Bien hecho, Wigbert.

—¿Qué se os ofrece? —preguntó el capitán del sheriff con recelo, añadiendo como si lo hubiera pensado mejor—: Mi señor obispo.

—A partir de aquí, yo me hago cargo de la prisionera.

Un rumor de desaprobación recorrió el grupo. Ellos habían capturado a aquella indeseable y contaban con regresar victoriosos a la ciudad. Los vecinos los felicitarían y podrían pasarse la noche bebiendo de balde en las tabernas.

—Tengo órdenes de entregar a la prisionera al sheriff Den —repuso Wigbert.

—Vuestras órdenes han cambiado.

—Eso tendréis que hablarlo con el sheriff.

Wynstan sabía que iba a perder la batalla, pero insistió de todas formas dado que solo se trataba de una distracción.

—Ya he hablado con Den y ha decretado que debéis entregar a la prisionera a los hermanos de la víctima.

—Me cuesta creeros, mi señor obispo.

Esta vez se percibió la ironía en el modo en que dijo «mi señor obispo».

—¡Ella mató a mi padre! —bramó Garulf de pronto, iracundo y fuera de sí, al tiempo que desenfundaba la espada y espoleaba su montura.

Quienes iban a pie se apresuraron a apartarse de su camino. Wigbert masculló una maldición y desenvainó, pero fue demasiado tarde, Garulf ya había pasado por su lado. Carwen chilló aterrorizada y retrocedió con espanto, pero iba sujeta a la silla de Wigbert y no podía huir. Garulf se plantó junto a ella en un abrir y cerrar de ojos. La esclava tenía las manos atadas y estaba indefensa. La espada de Garulf destelló a la luz del día cuando se la clavó en el pecho. La hoja se hundió profundamente, empujada por la acometida de hombre y caballo, y Carwen lanzó un grito. Por un momento, Wynstan pensó que Garulf la levantaría y se la llevaría ensartada en el arma, pero cuando el caballo adelantó a la esclava, esta cayó de espaldas y Garulf pudo retirar la hoja del delicado cuerpo. La sangre manó a borbotones de la herida del pecho.

Garulf dio media vuelta al caballo entre los gritos de protesta de quienes componían la partida de búsqueda, regresó junto a Wynstan y tiró de las riendas para enfrentarse a ellos con la espada cubierta de sangre empuñada en alto, como si estuviera listo para acometer con ella una vez más.

—¡Serás necio, no tendrías que haberla matado! —protestó Wynstan con voz falsa y estentórea.

—¡Apuñaló a mi padre en el corazón! —gritó Garulf fuera de sí.

Era lo que Wynstan había acordado con él que dijera, pero la rabia traspasada de dolor del joven parecía sincera, cosa extraña, ya que el obispo le había contado quién había matado a Wilf en realidad.

—¡Vete de aquí! —le ordenó Wynstan, y añadió en voz baja—: Ni muy deprisa ni muy despacio.

Garulf volvió su montura y luego miró atrás.

—¡Se ha hecho justicia! —gritó.

Partió al trote en dirección a Shiring.

—Esto no tendría que haber ocurrido —reconoció Wynstan adoptando un tono conciliador, aunque en realidad todo había salido exactamente como había planeado.

Wigbert estaba furioso, pero solo le quedaba protestar.

—¡Ha asesinado a la esclava!

—Entonces será juzgado en el consejo de la comarca y pagará la multa correspondiente a su amo.

Todo el mundo miró a la joven, que moría desangrada en el suelo.

—Ella sabía lo que ocurrió anoche en la casa de Wilwulf —observó Wigbert enfadado.

—Eso es cierto —admitió Wynstan.

Edgar había terminado con éxito el canal, que discurría en línea recta desde la cantera de Outhenham hasta el río, con casi un metro de profundidad en todo su recorrido y laterales firmes y arcillosos, con una ligera inclinación.

Ese día se hallaba trabajando en la cantera, empuñando una maceta de mango corto, que aportaba precisión a su manejo, y una pesada cabeza de hierro. Introdujo una cuña de roble en una grieta de la piedra sobre la que descargó una serie de golpes rápidos y contundentes. A medida que la cuña se hundía, la grieta se ensanchaba hasta que, finalmente, se desprendió una lasca. Era un día caluroso de verano y se había quitado la túnica, que se había atado alrededor de la cintura para estar más fresco.

Gab y sus hijos trabajaban por allí cerca.

Edgar seguía pensando en la visita de Ragna a Dreng's Ferry. «A veces es reconfortante sentirse amada», había dicho. Estaba seguro de que se refería a lo que él sentía por ella. Ragna había dejado que le tomara las manos y luego había añadido: «¿Sabrán lo que hemos estado haciendo?». Edgar no dejaba de preguntarse qué era exactamente lo que habían estado haciendo.

Por lo tanto, Ragna sabía que la quería, le complacía saberse amada por él y creía que, al cogerse de las manos, habían hecho algo que no deseaba que los demás supieran.

¿Qué sacaba en conclusión? ¿Acaso era posible que sus sentimientos fueran correspondidos? Era poco probable, casi imposible, pero ¿qué otra cosa podía significar? No estaba seguro, pero fantasear con esa idea le producía una sensación de bienestar.

Edgar había logrado un pedido grande de piedra del priorato de Combe, cuyos monjes habían obtenido el permiso del rey para defender la ciudad construyendo un terraplén defensivo y una barbacana de piedra. En lugar de llevar las piedras una a una hasta el río, a casi un kilómetro de la cantera, Edgar solo tenía que trasladarlas unos cuantos metros hasta la cabecera del canal.

La balsa estaba prácticamente cargada del todo. Edgar había distribuido las pesadas piedras en el suelo de la embarcación sin apilarlas a fin de repartir el peso y conservar la estabilidad de la balsa. Tenía que procurar no sobrecargarla, de lo contrario se hundiría por debajo de la superficie.

Justo cuando acababa de añadir una última piedra y estaba preparándose para partir oyó el estruendo distante de unos caballos a galope tendido. Volvió la vista hacia el norte de la villa. Los caminos estaban secos y distinguió una nube de polvo que se aproximaba.

Cambió de humor. La llegada de un grupo numeroso de hombres a caballo rara vez era señal de buenas noticias. Con aire pensativo, se colocó la maceta en el cinturón y cerró la puerta de casa con llave antes de abandonar la cantera y apretar el paso en dirección a la villa. Gab y su familia lo siguieron.

No fueron los únicos que habían pensado lo mismo. Hombres y mujeres dejaron de desherbar los campos y regresaron al pueblo. Otros vecinos asomaron de sus casas. Edgar compartía su curiosidad, pero decidió ser más cauto. Cuando llegó al centro, se escabulló entre dos casas a fin de ponerse a cubierto. Avanzó con extremo sigilo entre gallineros, manzanos y estercoleros, pasando de un patio trasero a otro, atento a lo que ocurría a su alrededor.

El fragor de los cascos de los caballos fue reduciéndose hasta que cesó y, a continuación, oyó unas voces masculinas, potentes e imperiosas. Edgar buscó una posición estratégica. Podía encaramarse a un tejado, pero lo verían. Detrás de la taberna crecía un frondoso roble centenario. Se encaramó al tronco hasta una rama baja y se camufló entre el follaje. Continuó trepando con cuidado de no dejarse ver hasta que atisbó por encima del tejado de la taberna.

Los jinetes habían detenido sus monturas en el pasto que se extendía entre la taberna y la iglesia. No vestían armadura, convencidos de que tenían poco que temer de los campesinos, pero llevaban lanzas y puñales, por lo que parecían claramente dispuestos a emplear la violencia. Casi todos desmontaron, salvo uno, que permaneció en la silla. Edgar vio que se trataba de Garulf, el hijo de Wilwulf. Sus compañeros estaban juntando a los campesinos, una demostración de autoridad del todo innecesaria dado que los propios lugareños se concentraban en el centro de la villa por voluntad propia, deseosos de averiguar qué sucedía. Edgar vio la cabeza canosa de Seric, el jefe de Outhenham, que se dirigía primero a Garulf y luego a sus hombres, sin recibir respuesta. Draca, el sacerdote de la cabeza afeitada, se movía entre la multitud con semblante asustado.

Garulf se incorporó apoyado en los estribos.

—¡Silencio! —gritó un hombre a su lado. Edgar vio que se trataba de Stiggy, el amigo de Garulf.

Los lugareños que continuaron hablando recibieron un garrotazo y la gente enmudeció.

—Mi padre, el conde Wilwulf, ha muerto —anunció Garulf.

Un murmullo de sorpresa y consternación recorrió la multitud.

—¡Ha muerto! —susurró Edgar para sí mismo—. ¿Qué habrá ocurrido?

—Murió anteanoche —prosiguió Garulf.

En ese momento Edgar cayó en la cuenta de que Ragna era viuda. Lo invadió una oleada de calor seguida de un escalofrío. Notó que se le aceleraba el pulso.

«Eso no cambia nada —se dijo—, no debo hacerme ilusiones. Ella continúa siendo una noble y yo no dejo de ser un simple albañil. Las viudas nobles se desposan con viudos nobles. Nunca se casan con artesanos, por buenos que sean.»

Aun así, fue incapaz de seguir su propio consejo.

—¿Cómo ha muerto el conde? —quiso saber Seric, formulando la pregunta que se había hecho Edgar.

—El nuevo conde es Wigelm, el hermano de Wilf —prosiguió Garulf, haciendo caso omiso de Seric.

—¡Eso es imposible! ¡El rey no ha tenido tiempo de nombrarlo tan pronto! —gritó Seric.

—Wigelm me ha designado señor del valle de Outhen —insistió Garulf, empeñándose en ignorar al jefe del pueblo.

—Wigelm no tiene autoridad para hacer eso —aseguró Seric dirigiéndose a sus vecinos, entre quienes empezaron a oírse murmullos de protesta—. El valle de Outhen pertenece a lady Ragna.

—También cuenta con un nuevo jefe: Dudda —anunció Garulf.

Dudda era un ladrón y un estafador, y todos lo sabían. La indignación recorrió la multitud.

Edgar comprendió que se trataba de una confabulación. ¿Qué debía hacer?

Seric le dio la espalda a Garulf y a Stiggy, un gesto intencionado con que se negaba a reconocer la autoridad de ambos, y habló para sus vecinos.

—Wigelm no es el nuevo conde porque no ha sido nombrado por el rey —aseguró con firmeza—. Garulf no es el nuevo señor de Outhen porque el valle pertenece a Ragna. Y Dudda no es el nuevo jefe porque sigo siéndolo yo.

Edgar vio que Stiggy desenvainaba la espada.

—¡Cuidado! —gritó, pero en ese momento Stiggy hundió la hoja en la espalda de Seric hasta que la punta asomó por la barriga.

El hombre gritó como un animal malherido y se desplomó. Fue tal el impacto de presenciar un asesinato a sangre fría que Edgar se descubrió sin respiración, como si hubiera recorrido un kilómetro a la carrera.

Stiggy sacó la espada de las entrañas de Seric con toda calma.

—Ahora ya no es vuestro jefe —bromeó Garulf.

Los hombres de armas se echaron a reír.

Edgar había visto suficiente. Estaba horrorizado y aterrado.

Lo primero en lo que pensó fue en contárselo a Ragna, de modo que descendió del árbol sin perder tiempo, pero vaciló al llegar al suelo.

Estaba cerca del río, podía cruzarlo a nado y llegar al camino de Shiring en un par de minutos, de esa manera tendría posibilidades de escapar sin que lo vieran los hombres de Garulf. Dejaría la balsa y el cargamento de piedras en la cantera. El priorato de Combe tendría que esperar.

Por otro lado, su yegua, Estribo, estaba en la cantera, igual que los ingresos de Ragna. Edgar tenía casi una libra de plata en el cofre, la recaudación de la venta de piedra, y puede que Ragna necesitara el dinero.

Tomó una decisión sin pensarlo, aunque implicara arriesgar su vida al quedarse en Outhenham un poco más. En lugar de dirigirse al río, corrió en la dirección opuesta, hacia la cantera.

Solo tardó unos minutos en llegar. Abrió la puerta de casa y sacó la arqueta que contenía el dinero de Ragna de su escondite. La vació en un monedero de cuero que colgó del cinturón y volvió a cerrar la casa con llave.

Estribo subió a bordo de buen grado, acostumbrada a viajar por el río. Manchas también embarcó de un salto, tan inquieta como siempre a pesar de la edad. A continuación Edgar soltó el amarre de la balsa y la alejó de la orilla.

Hasta ese momento, nunca había reparado en lo lento que se viajaba por el canal. No había corriente que arrastrara la embarcación, de manera que el único impulso procedía de la pértiga que Edgar empuñaba y con la que empujaba con todas sus fuerzas, pero la velocidad apenas aumentó.

Cuando pasó junto a los patios traseros, el rumor del prado comunal le pareció más audible y más airado. A pesar del asesinato de Seric, los lugareños protestaban enérgicamente contra los anuncios de Garulf. Los actos violentos no se detendrían, estaba seguro. ¿Lograría evitarlo?

Llegó a la altura del roble en el que se había ocultado y empezó a rezar para salir de allí sin que nadie reparara en él, una esperanza que se desvaneció segundos después. Dos hombres y una mujer corrían en dirección al río, alejándose de la taberna. Por sus vestimentas supo que se trataba de lugareños, a quienes los perseguía un hombre de armas empuñando su espada. Edgar reconoció a Bada. Habían estallado los enfrentamientos.

Lanzó una maldición. No conseguiría dejarlos atrás, eran más rápidos que la balsa. Se encontraba en una situación muy delicada: si lo apresaban, Garulf no le permitiría abandonar Outhenham; todo el mundo sabía que frecuentaba el trato de Ragna y, en mitad de una confabulación, Garulf podría considerar aquello motivo suficiente para matarlo.

Uno de los campesinos trastabilló y cayó de bruces. Edgar vio que tenía la barba oscura manchada de harina. Se trataba de Wilmund, el panadero, y las otras dos personas que lo acompañaban eran su esposa, Regenhild, y su hijo, Penda, que ya había cumplido diecinueve años y estaba más alto que nunca.

Regenhild se detuvo y dio media vuelta para ayudar a Wilmund. Cuando Bada alzó la espada, Regenhild se abalanzó sobre él, desarmada, con las manos extendidas a fin de arañarle la cara. Bada blandió su arma en vano y apartó a Regenhild de un empujón con la mano izquierda mientras alzaba la derecha para volver a descargarla sobre Wilmund.

En ese momento intervino Penda. El chico cogió una piedra del tamaño de un puño y se la lanzó. El proyectil alcanzó a Bada en el pecho con la fuerza suficiente para hacerle perder el equilibrio, por lo que la segunda estocada tampoco alcanzó su objetivo.

La balsa llegó a la altura del lugar donde se desarrollaba la pelea.

Edgar tenía miedo y estaba desesperado por alejarse de allí, pero no podía quedarse mirando sin hacer nada mientras asesinaban a personas que conocía. Dejó la pértiga, saltó de la balsa a la orilla del canal y asió la maceta que llevaba en el cinturón.

Wilmund se incorporó y quedó de rodillas. Bada descargó la espada sobre él y esta vez logró golpearlo, aunque de refilón. La punta alcanzó la parte blanda del muslo de Wilmund, junto a la cadera, y se hundió en ella. Regenhild lanzó un chillido y se arrodilló al lado de su marido mientras Bada levantaba el arma para dar cuenta de la mujer.

Edgar arremetió contra él alzando la maceta y lo golpeó con todas sus fuerzas.

En el último momento Bada se movió a la izquierda y la maceta de Edgar lo alcanzó en el hombro. La rotura del hueso produjo un chasquido audible y Bada rugió de dolor. El brazo derecho le quedó flácido y se le cayó la espada de la mano, tras lo que se desplomó en el suelo, entre gemidos.

Sin embargo, Bada no estaba solo. Unos pasos contundentes procedentes de la villa alertaron a Edgar, quien se volvió y vio que se acercaba otro hombre de armas. Era Stiggy.

Regenhild y Penda ayudaron a Wilmund a levantarse. El hombre lanzaba alaridos de dolor, pero consiguió poner un pie delante del otro y los tres se alejaron tambaleándose. Stiggy hizo caso omiso de los campesinos indefensos y se dirigió hacia Edgar, quien sostenía la maceta con la que debía de haber atacado a su compañero, Bada. Edgar sabía que se enfrentaba a una muerte segura.

Dio media vuelta y echó a correr hacia el canal. La balsa había avanzado varios metros. Oyó que corrían tras él. Cuando alcanzó la orilla, dio un gran salto y aterrizó sobre las piedras.

Se volvió y vio que la familia del panadero desaparecía entre las casas. Estaban a salvo, al menos de momento.

Stiggy estaba recogiendo piedras del suelo.

Tratando de dominar el pánico, se tumbó, devolvió la maceta al cinturón y rodó sobre sí mismo para caer al agua por el otro lado de la balsa justo en el instante en que una piedra enorme pasaba volando por encima de su cabeza. Manchas saltó junto a él.

Edgar se agarró a un costado de la embarcación con una mano y hundió la cabeza. Oyó una serie de golpes sordos y supuso que los proyectiles de Stiggy impactaban contra las piedras de la cantera. También notó que Estribo piafaba y rezó para que no le pasara nada a su montura.

Tocó la otra orilla del canal con los pies. Se volvió en el agua y empujó la balsa en dirección al río con todas sus fuerzas. Sacó la cabeza a la superficie lo justo para llenar los pulmones de aire y volvió a sumergirse.

Apreció un ligero cambio de temperatura y supuso que se encontraba al final del canal, ya que notaba el agua del río más fría.

La balsa asomó a la desembocadura del canal y, al sentir la corriente, Edgar asomó la cabeza y vio que Stiggy pretendía saltar a la balsa desde la orilla.

La distancia era considerable, y acarició la esperanza de que Stiggy no alcanzara la embarcación y cayera al agua o, incluso mejor, se quedara corto por unos centímetros y se golpeara contra los troncos. Sin embargo, Stiggy la alcanzó. Durante unos segundos se tambaleó vacilante al borde de la balsa, haciendo un molinete con los brazos, y Edgar rezó para que se precipitara hacia atrás, pero Stiggy recuperó el equilibrio y se agachó, apoyando la palma de las manos en el cargamento de piedras de la cantera.

Un instante después, se levantó y desenvainó la espada.

Edgar sabía que estaba en peligro, un peligro mayor que la ocasión en que se enfrentó al vikingo en la vaquería de Sunni, en Combe. Stiggy se encontraba de pie en la balsa con una espada en la mano y Edgar en el agua con una maceta en el cinturón.

Pensó que, con un poco de suerte, Stiggy saltaría al río para luchar con él, y así perdería la ventaja que suponía mantener los pies sobre una superficie firme. En el agua resultaría más fácil manejar una maceta de mango corto que una espada de hoja larga.

Por desgracia, Stiggy era corto de entendederas, pero no tanto, y permaneció en la balsa, desde la que le lanzó una estocada. Edgar esquivó la espada y se sumergió debajo de la embarcación.

Allí Stiggy no podía alcanzarlo, pero Edgar tampoco podía respirar. Era buen nadador y aguantaba la respiración largo rato, pero tarde o temprano tendría que volver a sacar la cabeza a la superficie.

Puede que tuviera que abandonar la balsa. Aún conservaba el dinero de Ragna y la maceta. Se sumergió cuanto pudo con la esperanza de alejarse lo suficiente de la hoja de Stiggy, y a continuación se apartó de la balsa y se dirigió hacia la orilla más distante, temiendo sentir la punta de la espada en la espalda en cualquier momento. El cauce se hizo menos profundo y supo que había llegado a la orilla del río. Se dio impulso hacia la superficie y emergió entre jadeos.

La balsa se encontraba a varios metros de él. Stiggy se hallaba de pie en la embarcación, espada en mano, mirando a su alrededor desesperadamente, sin sospechar que Edgar estaba tumbado en una zona menos profunda.

Si lograba arrastrarse unos metros y desaparecer en el bosque sin que su atacante lo viera, estaría a salvo. Stiggy no sabría qué le había ocurrido. Edgar lamentaría perder a Estribo, pero tenía su vida en mayor estima. Vivo, podía construir otra balsa y comprar otro poni.

En ese momento Manchas salió del agua, se sacudió con energía para secarse y ladró ferozmente a Stiggy, quien se volvió hacia la perra y vio a su dueño. Demasiado tarde, pensó Edgar, y se puso de pie.

Stiggy envainó la espada, agarró la pértiga y empujó la balsa hacia la orilla.

Edgar no era rival para Stiggy, más alto, fornido y acostumbrado a la violencia. Comprendió que la única posibilidad que tenía era atacarle en cuanto saltara, antes de que lograra poner pie en tierra firme y desenfundara el arma.

Edgar sacó la maceta del cinturón y corrió con todas sus fuerzas por la orilla tras la balsa, que avanzaba lentamente corriente abajo. Stiggy la impulsó hacia la ribera. Ambos se dirigían a su mutuo encuentro.

Stiggy sujetó la espada y saltó. Edgar supo que esa era su oportunidad.

El hombre de armas aterrizó en las aguas poco profundas y Edgar arremetió contra él con la maceta; sin embargo, Stiggy tropezó y Edgar erró el golpe y solo lo alcanzó de refilón en el brazo izquierdo.

Stiggy pisó el barro de la orilla y se llevó la mano a la espada.

Edgar reaccionó con rapidez y le propinó una patada en la rodilla. A pesar de que el puntapié no había sido decisivo, bastó para que Stiggy perdiera el equilibrio y, furibundo, desenvainara la espada y la blandiera como un loco tratando de alcanzar a Edgar, hasta que resbaló y cayó en el barro.

Edgar aterrizó de un salto sobre el pecho de Stiggy, de rodillas, y sintió el crujido de las costillas al romperse, pero al menos la proximidad entre ellos impedía que Stiggy pudiera utilizar la larga espada.

Edgar sabía que probablemente solo tenía una oportunidad, no más. El primer golpe sería el último y, por lo tanto, debía ser definitivo.

Blandió la maceta como lo hacía cuando encajaba una cuña de roble en las grietas de las piedras calizas de la cantera e imprimió toda la fuerza del brazo derecho en el golpe que debía salvarle la vida. Tenía un brazo poderoso, la cabeza de la maceta era de hierro y la frente de Stiggy solo estaba formada por piel y hueso. Fue como romper la gruesa capa de hielo que se forma en un estanque en invierno. Edgar sintió que el martillo le hacía añicos el cráneo y vio que se hundía en la masa blanda de los sesos. El cuerpo de Stiggy se quedó sin fuerza.

Edgar pensó en Seric, el jefe sensato, el abuelo afectuoso, y recordó a Stiggy hundiendo su espada en el cuerpo del buen hombre. «Acabo de hacer del mundo un lugar mejor», se dijo, contemplando la cabeza destrozada de su oponente.

Volvió la vista hacia la otra orilla. Nadie había visto la refriega. Nadie sabría quién había matado a Stiggy. Garulf y sus hombres ignoraban que Edgar se encontraba en las inmediaciones y los lugareños no dirían nada.

De pronto comprendió que la balsa lo delataría. Si la dejaba donde estaba, quedaría claro que había matado a Stiggy y había huido.

Vadeó el río hasta la embarcación, acompañado de Manchas, y subió a bordo. Trató de tranquilizar a la temblorosa Estribo con unas palmaditas y recuperó la pértiga que Stiggy había arrojado al agua.

A continuación se alejó de la orilla dándose impulso, en dirección a la corriente, hacia Dreng's Ferry.

Ese día hacía calor en el recinto. Ragna fue a la cocina en busca de un barreño de bronce, lo llenó de agua fresca del pozo y lo colocó delante de su casa para que los niños jugaran. Los mellizos, de dieciocho meses, chapoteaban con las manos y chillaban extasiados. Osbert se inventó un intrincado juego con varios vasos de madera que consistía en ir vertiendo el agua del uno al otro. Pronto acabaron todos empapados y felices.

Ragna experimentó un raro momento de placidez mientras los miraba. Esos niños crecerían y se convertirían en hombres como su padre, pensó: fuertes, pero no crueles; inteligentes, pero no taimados. Si llegaban a gobernantes, harían cumplir las leyes, no sus caprichos. Amarían a las mujeres sin utilizarlas. Serían respetados, no temidos.

Su buen humor no tardó en verse empañado.

—Tengo que hablar con vos —le comunicó Wigelm, acercándose a ella.

Wigelm y Wilf podían confundirse, pero no por mucho tiempo. Ambos tenían una nariz importante, la barbilla prominente, lucían bigote rubio y compartían los mismos andares, pero Wigelm carecía del encanto natural de Wilf y siempre parecía a punto de quejarse por algo.

Ragna estaba absolutamente convencida de que, de un modo u otro, Wigelm había estado involucrado en el asesinato de Wilf. Ahora que habían matado a Carwen, puede que nunca llegara a conocer los detalles de la muerte de su esposo, pero no le cabía ninguna duda al respecto. Sentía una aversión tan intensa por él que le provocaba náuseas.

—No albergo el menor de deseo de hablar con vos —contestó—. Idos.

—Sois la mujer más hermosa que he conocido jamás —proclamó Wigelm.

Ragna lo miró estupefacta.

—¿Qué estáis diciendo? Dejaos de tonterías.

—Sois un ángel. No tenéis parangón.

—Esto es una broma de mal gusto. —Ragna miró a su alrededor—. Los pánfilos de vuestros amigos estarán detrás de cualquier esquina, escuchando y riéndose, esperando ver cómo me tomáis el pelo. Marchaos.

Wigelm extrajo un brazalete del interior de la túnica.

—He pensado que tal vez os gustaría tenerlo —insistió ofreciéndoselo.

Ragna lo aceptó. Era de plata, labrado con unas serpientes entrelazadas, de manufactura exquisita, y lo reconoció al instante. Se lo había comprado a Cuthbert y se lo había regalado a Wilf el día de su boda.

—¿No vais a darme las gracias? —preguntó Wigelm.

—¿Por qué? Robasteis el tesoro de Wilf y encontrasteis esto en el cofre. Sin embargo, soy la heredera de Wilf, de manera que el brazalete siempre ha sido mío. No pienso agradecéroslo hasta que me lo devolváis todo.

—Quizá sea posible.

«Ahí está —pensó Ragna—, por fin me enteraré de qué quiere de verdad.»

—¿Posible? ¿Cómo?

—Casaos conmigo.

Ragna soltó una carcajada breve y seca, atónita ante lo absurdo de la propuesta.

—¡No seáis ridículo! —contestó.

Wigelm enrojeció de ira y Ragna intuyó que deseaba pegarle. Wigelm cerró los puños, pero se contuvo y los mantuvo pegados al cuerpo.

—No os atreváis a llamarme ridículo —la advirtió.

—Pero si ya estáis casado, con Milly, la hermana de Inge.

—La he repudiado.

—Me temo que no me gusta vuestro «repudio» inglés.

—Ya no estáis en Normandía.

—¿Acaso la Iglesia inglesa no prohíbe el matrimonio de una viuda con un familiar cercano? Sois mi cuñado.

—Medio cuñado. Somos parientes lo suficientemente lejanos, según el obispo Wynstan.

Ragna comprendió que se había equivocado en la manera de abordar la situación. La gente como Wigelm siempre encontraba el modo de saltarse las normas.

—¡Vos no me queréis! —protestó, exasperada—. Ni siquiera os gusto.

—Pero nuestro matrimonio solventaría un problema político.

—Qué halagador…

—Soy medio hermano de Wilf y vos sois su viuda. Si nos casáramos, nadie podría disputarnos el condado.

—¿A los dos? ¿Estáis diciendo que gobernaríamos juntos? ¿Acaso creéis que soy tan tonta para creeros?

Wigelm parecía enfadado y frustrado. Estaba proponiéndole un arreglo que no tenía ninguna intención de cumplir y ni siquiera era capaz de presentárselo de manera mínimamente creíble. Viendo que Ragna no era una persona fácil de engañar se quedó sin argumentos, de manera que optó por mostrarse tan encantador y seguro de sí mismo como Wilf.

—Aprenderéis a quererme, cuando estemos casados —aseguró.

—Jamás os querré. —Ya no sabía cómo hacérselo entender—. Tenéis todos los defectos de Wilf y ninguna de sus virtudes. Os odio y os desprecio, y siempre será así.

—Mala pécora —masculló Wigelm, dando media vuelta.

Ragna tenía la sensación de acabar de librar una batalla. La propuesta de Wigelm le resultaba indignante y había mostrado una insistencia despiadada. Se sentía maltratada y exhausta. Se apoyó en el costado de la casa y cerró los ojos.

Osbert empezó a llorar. Se le había metido barro en un ojo. Ragna lo cogió en brazos, le limpió la cara con la manga y el niño se tranquilizó enseguida.

El temblor había desaparecido. Era curioso cómo las necesidades de los niños relegaban todo lo demás a un segundo plano… al menos en el caso de las mujeres. No existía barón inglés, por tosco que fuera, tan tiránico como una criatura.

Volvió a respirar con normalidad mientras miraba cómo los niños jugaban con el agua. Sin embargo, una vez más, el momento de paz se vio interrumpido poco después con la aparición del obispo Wynstan.

—Mi hermano Wigelm está muy disgustado —anunció.

—Por el amor de Dios, no pretenderéis hacerme creer que está perdidamente enamorado —replicó Ragna con impaciencia.

—Ambos sabemos que el amor no tiene nada que ver en este asunto.

—Me alegra comprobar que no sois tan lerdo como vuestro hermano.

—Gracias.

—No es un cumplido.

—Id con cuidado —le advirtió Wynstan con una honda rabia contenida—, no estáis en posición de insultarme, ni a mí ni a mi familia.

—Soy la viuda del conde y nada de lo que hagáis cambiará eso. Estoy en una posición bastante buena.

—Pero Wigelm está al mando de Shiring.

—Sigo siendo la señora del valle de Outhen.

—Garulf lo visitó ayer.

Ragna se sobresaltó. Era la primera noticia que tenía.

—Anunció a los lugareños que Wigelm lo ha nombrado señor de Outhen —prosiguió Wynstan.

—Nunca lo aceptarán. Seric, el jefe…

—Seric ha muerto. Garulf ha designado a Dudda en su lugar.

—¡Outhen es mío! ¡Está recogido en las capitulaciones matrimoniales que vos mismo negociasteis!

—Wilf no tenía ningún derecho a concedéroslo. Pertenece a mi familia desde hace generaciones.

—Aun así, me hizo entrega de él.

—Es obvio que se trataba de un presente vitalicio. Mientras viviera él, no vos.

—Eso es mentira.

Wynstan se encogió de hombros.

—¿Qué vais a hacer al respecto?

—No tengo que hacer nada. El rey Etelredo nombrará al nuevo conde, no vos.

—Ya imaginé que os engañabais pensando que va a ser así —comentó Wynstan con tal seriedad que a Ragna se le heló la sangre—. Permitidme explicaros qué ocupa los pensamientos del rey en estos momentos: la flota vikinga continúa en aguas inglesas, ya que han pasado el invierno en la isla de Wight en lugar de regresar a su hogar. Etelredo acaba de negociar una tregua con ellos, por la que debe pagar veinticuatro mil libras de plata.

Ragna se quedó boquiabierta. Jamás había oído hablar de una cantidad de dinero tan extraordinaria.

—Como podéis imaginar, el rey está volcado en recaudar dicha suma —prosiguió Wynstan—. Y, por si fuera poco, está organizando sus desposorios.

Etelredo había estado casado con Elgiva de York, que había muerto en el parto de su undécimo hijo.

—Contraerá matrimonio con Emma de Normandía —continuó Wynstan.

Aquello resultó una nueva sorpresa para Ragna. Conocía a Emma, la hija del conde Ricardo de Ruan. Cinco años atrás, cuando Ragna dejó Normandía, Emma era una jovencita de doce años. En esos momentos tendría diecisiete. Imaginó que una joven normanda desposada con un rey inglés podría convertirse en una aliada.

Wynstan tenía otros planes.

—Con semejantes asuntos por los que preocuparse, ¿cuánto tiempo creéis que el rey le prestará a la elección del nuevo conde de Shiring?

Ragna no contestó.

—Muy poco —aseguró Wynstan, respondiendo su propia pregunta—. Comprobará quién está al cargo de la región y se limitará a ratificar a esa persona. El gobernador *de facto* será el conde *de iure*.

«Si eso fuera cierto —pensó Ragna—, no estaríais tan ansioso por que me casara con Wigelm.» Sin embargo, un nuevo pensamiento la asaltó y le impidió decirlo en voz alta. ¿Qué haría Wynstan cuando ella rechazara categóricamente la propuesta de Wigelm? Buscaría una solución alternativa. Se le presentaban varias opciones, pero una destacaba entre todas para Ragna.

Cabía la posibilidad de que la matara.

33

Agosto de 1002

Edgar había matado ya a dos hombres: primero al vikingo y luego a Stiggy. Sin embargo, podrían haber sido tres si Bada hubiera muerto a causa de la rotura de clavícula. Edgar se preguntaba si era un asesino.

Los hombres de armas nunca tenían que formularse esa pregunta, ya que su misión en la vida consistía en matar. Edgar, en cambio, era constructor, y la lucha no encajaba de forma natural con la actividad de un artesano. Sin embargo, había derrotado a hombres muy violentos. A lo mejor debería sentirse orgulloso. Stiggy había cometido un asesinato a sangre fría, pero aun así Edgar estaba inquieto.

Además, la muerte de Stiggy no resolvía nada. Garulf se había hecho con el control de Outhen, y sin duda endurecería su dominio sobre los habitantes.

Cuando llegó a Shiring, Edgar se dirigió de inmediato al recinto del conde. Desensilló a Estribo, guio a la yegua hasta el estanque para que bebiera y luego la dejó libre en la pradera colindante con los demás caballos.

Al acercarse a la casa de Ragna se preguntó, tal vez tontamente, si tendría un aspecto distinto por ser viuda. La conocía desde hacía cinco años, y durante todo ese tiempo había pertenecido a otro hombre. ¿Tendría una nueva forma de mirar? ¿Habría cambiado su sonrisa? ¿Denotaría su caminar una libertad a la que no estaba acostumbrada? Ragna sentía un afecto especial por Edgar, y él lo sabía. Pero ¿se permitiría ahora expresar sus sentimientos con mayor naturalidad?

La encontró encerrada dentro de casa, a pesar de que hacía sol. Estaba sentada en un banco, con la mirada perdida, ensimismada en sus pensamientos. Sus tres hijos y las dos hijas de Cat disfrutaban de su siesta bajo la supervisión de la propia Cat y de Agnes. La expresión de Ragna se iluminó un poco al ver a Edgar, para satisfacción del joven constructor. Él le tendió la bolsa de piel con las monedas de plata.

—Este es el dinero recaudado en la cantera. He pensado que tal vez lo necesites.

—¡Gracias! Wigelm se ha apropiado de mi tesoro, y hasta ahora no he dispuesto de ningún dinero. Quieren robármelo todo, incluido el valle de Outhen. Pero las viudas nobles son responsabilidad del rey, y más tarde o más temprano tendrá algo que decir sobre lo que han hecho Wigelm y Wynstan. ¿Y tú? ¿Cómo estás?

Edgar se sentó a su lado en el banco y habló en voz baja para que no lo oyeran las criadas:

—Estuve en Outhen. Vi cómo Stiggy mataba a Seric.

Ragna abrió mucho los ojos.

—Stiggy murió…

Edgar asintió, y ella articuló una pregunta casi sin voz:

—¿Tú?

Él volvió a asentir.

—Pero nadie lo sabe —susurró.

Ragna le pellizcó la muñeca como si quisiera darle las gracias en silencio, y Edgar sintió un cosquilleo en el punto en que le había rozado la piel.

—Garulf está loco de ira.

—No me extraña.

Edgar pensó en la expresión abatida que había observado en el rostro de Ragna nada más llegar.

—¿Y cómo estás tú?

—Wigelm quiere que nos casemos.

—¡Dios nos libre!

Edgar estaba horrorizado. No deseaba que Ragna se casara con nadie, pero la opción de que fuera con Wigelm le causaba especial repugnancia.

—No pienso consentirlo —añadió Ragna.

—Me alegra oírlo.

—Pero no sé qué harán. —Ragna tenía una expresión que Edgar no había visto jamás; denotaba tal angustia y desesperación que sintió ganas de estrecharla entre sus brazos y decirle que él la cuidaría—. Soy un problema que deben resolver —prosiguió ella—, y no van a dejarlo en manos del rey Etelredo. Wynstan y Wigelm no son de su devoción y es posible que no les siga la corriente.

—¿Qué pueden hacer?

—Podrían matarme.

Edgar negó con la cabeza.

—Sin duda eso provocaría un escándalo en otros reinos y...

—Dirán que estaba enferma y que he muerto de forma súbita.

—Santo Dios. —A Edgar no se le había ocurrido que pudieran ir tan lejos. Eran lo bastante despiadados para matar a Ragna, pero eso podría ocasionarles problemas graves. Con todo, solían correr riesgos. Edgar estaba seriamente alarmado—. ¡Tenemos que encontrar un modo de protegerte! —exclamó.

—No dispongo de escolta. Bern está muerto y los hombres de armas han jurado su lealtad a Wigelm.

La conversación estaba llegando a oídos de las dos doncellas, puesto que habían alzado la voz y estaban hablando con normalidad, y Cat respondió al último comentario de Ragna.

—Bestias asquerosas —dijo con el acento francés de Normandía. Bern había sido su marido.

—Lo mejor es que abandones el recinto —propuso Edgar.

—Daría la impresión de que me he rendido —dijo Ragna.

—Solo será de forma temporal, hasta que presentes el asunto ante el rey. Si mueres, no podrás hacerlo.

—¿Adónde podría ir?

Edgar se quedó pensativo.

—¿Qué tal la isla de los Leprosos? Hay un banco para acogerse a sagrado en la iglesia del convento. Ni siquiera Wigelm se atrevería a asesinar a una noble allí. Todos y cada uno de los barones de Inglaterra considerarían su deber vengar esa acción dando muerte al culpable.

La mirada de Ragna se iluminó.

—Es una gran idea.

—Tenemos que irnos cuanto antes.

—¿Me acompañas?

—Claro. ¿Cuándo crees que podrías estar lista?

Ragna vaciló, pero enseguida tomó una decisión:

—Mañana por la mañana.

Edgar tuvo la sensación de que todo parecía demasiado fácil, de que era demasiado bueno para ser verdad.

—Es posible que traten de impedírtelo.

—Tienes razón. Nos marcharemos antes de que salga el sol.

—Hasta ese momento tienes que ser discreta.

—Sí. —Ragna se volvió hacia Cat y Agnes, que escuchaban con los ojos muy abiertos—. Vosotras no hagáis nada antes de la cena, comportaos con normalidad. Luego, cuando se haga de noche, preparad todo lo necesario para los niños.

—Tenemos que llevarnos comida —observó Agnes—. ¿La cojo de la cocina?

—No. Eso nos delataría. Compra pan y jamón en la villa.

Ragna le dio tres peniques de plata de la bolsa que le había entregado Edgar.

—No utilicéis vuestros caballos —dijo él—. El sheriff Den os prestará otros.

—¿Me quedaré sin Astrid?

—Volveré a por ella en otro momento. —Edgar se puso en pie—. Pasaré la noche en casa de Den y le comentaré que necesitamos caballos. ¿Me confirmarás a última hora de la tarde que todo está listo para salir por la mañana?

—Desde luego. —Ragna cogió las manos de Edgar entre las suyas, lo cual le recordó la intensa conversación íntima que habían mantenido en su casa, en Dreng's Ferry. ¿Les aguardarían más momentos de intimidad? Edgar casi no se atrevía ni a esperar que así fuera—. Y muchas gracias por todo, Edgar. He perdido la cuenta de lo que has llegado a hacer para ayudarme.

Edgar tuvo ganas de decirle que lo había hecho por amor, pero no se atrevió delante de Cat y Agnes.

—Te lo mereces. Todo eso y más —optó por decir.

Ella sonrió y le soltó las manos, y Edgar dio media vuelta y se marchó.

—Podríamos matar a Ragna y listos —propuso Wigelm—. Eso nos pondría las cosas muy fáciles.

—Ya lo he pensado, créeme —dijo Wynstan—. Esa mujer es un estorbo.

Se hallaban en la residencia del obispo, en la planta superior, tomando sidra. Aquel tiempo caluroso resecaba la garganta.

Wynstan recordó que el sheriff Den lo había amenazado con matarlo si a Ragna le ocurría algo malo, pero prefirió no hacerle caso. Había muchas personas a quienes les habría gustado matar a Wynstan. Si tuviera que temerlos a todos, no saldría nunca de casa.

—Si Ragna no está, ningún rival me impedirá hacerme con el título de *ealdorman* —dijo Wigelm.

—Está claro que ninguno tiene demasiadas posibilidades. ¿A quién podría elegir el rey? Deorman de Norwood está medio ciego. Thurstan de Lordsborough es un indeciso incapaz de llevar la voz cantante ni siquiera en el coro, así que imagínatelo al frente de un ejército. Los otros barones no pasan de ser un puñado de granjeros con los bolsillos llenos. Ninguno tiene tanta experiencia y tantos contactos como tú.

—O sea que...

A Wynstan solía exasperarlo el hecho de que a menudo tenía

que explicarle las cosas a Wigelm más de una vez, pero en esa ocasión incluso él había captado el problema a la primera.

—Tan solo necesitamos tenerla bajo control —dijo.

—¿Y para eso hay algún modo mejor que matarla? Podríamos organizarlo todo para que la culpa recaiga sobre otro, como hicimos con Wilf.

Wynstan negó con la cabeza.

—Quizá, pero estaríamos tentando la suerte. Ya sé que la otra vez nos salió bien, aunque nos libramos por poco y mucha gente sigue sin creer que Carwen matara a Wilf. Otra muerte tan conveniente para nuestros intereses, y con tan poco tiempo de diferencia de la primera, despertaría excesivas sospechas. Todo el mundo daría por sentado que los culpables somos nosotros.

—El rey Etelredo posiblemente nos creería.

Wynstan se echó a reír con desdén.

—Ni siquiera se molestaría en fingirlo. Le estamos usurpando sus derechos en dos sentidos. Por una parte, lo estamos presionando para que se decante por un *ealdorman*. Por otra, nos estamos interponiendo en el destino de una viuda.

—Es probable que esté más preocupado por conseguir las veinticuatro mil libras, ¿no crees?

—De momento sí, pero cuando tenga el dinero hará lo que quiera.

—O sea que necesitamos mantener a Ragna con vida.

—Por poco que podamos, así es. Viva, pero bajo nuestro control. —Wynstan levantó la cabeza y vio que Agnes entraba en la sala—. Y aquí tenemos al ratoncillo que nos ayudará a conseguirlo. —Vio que llevaba una cesta—. ¿Has ido al mercado, ratoncillo mío?

—Son provisiones para un viaje, mi señor obispo.

—Ven aquí, siéntate en mi regazo.

Agnes se quedó sorprendida y avergonzada, pero también la invadió la emoción. Dejó a un lado la cesta y se sentó en las rodillas de Wynstan, con la espalda muy erguida.

—A ver, ¿qué viaje es ese? —preguntó él.

—Ragna quiere marcharse a Dreng's Ferry. Se tardan dos días en llegar.

—Ya sé cuánto se tarda, pero ¿por qué quiere ir allí?

—Cree que podríais matarla cuando os deis cuenta de que nunca se casará con Wigelm.

Wynstan miró a su hermano. Eso era precisamente lo que se temía. Menos mal que se había enterado antes de que sucediera. Qué listo había sido al poner a una espía en casa de Ragna.

—¿Cómo ha surgido ese plan? —preguntó.

—No lo sé seguro, pero vino Edgar a traerle algo de dinero, y la idea fue suya. Ragna vivirá en el convento, y cree que allí estará a salvo de vos.

Era muy probable que estuviera en lo cierto, pensó Wynstan. No deseaba ganarse la animadversión de toda Inglaterra.

—¿Cuándo partirá?

—Mañana, al amanecer.

Wynstan acarició los pechos de Agnes, y esta se estremeció de deseo.

—Lo has hecho muy bien, ratoncillo mío —le dijo en tono afectuoso—. Es una información muy importante.

—Me alegra mucho haberos complacido —respondió ella con voz temblorosa.

Wynstan le guiñó el ojo a su hermano y metió la mano por debajo del vestido de Agnes.

—¡Qué húmeda estás! —exclamó—. Parece ser que yo también te he complacido a ti.

—Sí —musitó ella.

Wigelm se echó a reír.

Wynstan bajó a Agnes de su regazo.

—Arrodíllate, ratoncillo mío —le ordenó, y se subió la túnica—. ¿Sabes lo que tienes que hacer con esto?

Ella inclinó la cabeza sobre el regazo del obispo.

—Oh, sí —susurró él—. Veo que sí lo sabes.

Cuando empezó a caer la noche, Ragna abandonó el recinto con sigilo. Se cubrió la cabeza con la capucha y cruzó la villa a toda prisa. Se alegraba de estar a punto de ver a Edgar, y se dio cuenta de que la sensación le resultaba familiar. Siempre la había alegrado reunirse con él. Y él se había comportado como un gran amigo incondicional desde su llegada a Inglaterra.

Encontró al sheriff Den y a su esposa a punto de irse a la cama. Edgar, según le explicó Den, se alojaba en una casa deshabitada del recinto, de modo que la acompañó hasta allí. El lugar quedaba iluminado por una sencilla vela de junco. Edgar estaba apostado junto al hogar, pero en él no ardía ninguna lumbre ya que el tiempo era cálido.

—Vuestros caballos estarán listos nada más despuntar el día —se apresuró a comunicarles Den.

—Gracias —dijo Ragna. Algunos ingleses eran gente decente y otros eran unos puercos, pensó. Tal vez ocurriera lo mismo en todas partes—. Es muy probable que me estéis salvando la vida.

—Estoy actuando según creo que sería la voluntad del rey —respondió él—. Además, es un placer poder ayudaros —añadió, y los miró a ambos con una discreta sonrisa—. Os dejo para que ultiméis los preparativos.

Den salió de la casa, y en ese momento el corazón de Ragna se aceleró. Eran muy pocas las veces que había estado a solas con Edgar. Tan pocas, de hecho, que podía recordar cada ocasión con detalle. La primera había tenido lugar cinco años atrás, en Dreng's Ferry, cuando la llevó en la barcaza hasta la isla de los Leprosos. Ragna rememoró la oscuridad, el repiqueteo de la lluvia que salpicaba la superficie del río, la sensación cálida de sus fuertes brazos cuando la trasladó desde la barcaza hasta la orilla para que no se mojara. De la segunda ocasión hacía cuatro años. Había sido en Outhenham, en la casa que Edgar ocupaba en la cantera, donde ella le había besado y había estado a punto de morirse de la vergüenza. La tercera fue en Dreng's Ferry, donde Edgar le mostró la caja que había tallado para el libro que ella le había regalado, y Ragna le había confesado que su amor la reconfortaba.

Esa era la cuarta vez.

—Está todo a punto —anunció ella.

Se refería a la huida.

—Yo también lo tengo todo a punto.

Edgar estaba hecho un manojo de nervios.

—Relájate —dijo Ragna—. No voy a morderte.

Él esbozó una sonrisa azorada.

—Peor para mí.

Al mirarlo a media luz, Ragna sintió unas ganas irresistibles de estrecharlo entre sus brazos, lo cual se le antojó lo más natural del mundo. Se le acercó.

—Me he dado cuenta de una cosa —le dijo.

—¿De qué?

—De que no somos exactamente amigos.

Él la comprendió al instante.

—Ah, no —contestó negando con la cabeza—. Somos otra cosa muy distinta.

Ella le posó las manos en las mejillas y notó el tacto del suave vello de su barba.

—Qué cara tan bonita —dijo—. Fuerte, inteligente y amable.

Él bajó la vista al suelo.

—¿Te estoy incomodando? —preguntó ella.

—Sí, pero no pares.

Ragna se acordó de Wilwulf y se preguntó cómo había podido amar a un guerrero. Aquel había sido un amor de juventud, pensó, mientras que lo que ahora sentía era un deseo de mujer adulta. Sin embargo, no podía decir nada de todo eso en voz alta, de modo que lo besó.

Fue un beso largo y dulce en el que exploraron mutuamente sus labios con delicadeza. Ella le acarició las mejillas y el pelo, y notó las manos de él en su cintura. Tras un intenso minuto, ella terminó el beso jadeando.

—Madre mía… —dijo—. ¿Podemos repetirlo?

—Todas las veces que quieras —respondió Edgar—. He estado reservándome para ti.

Ella se sintió culpable.

—Lo siento.

—¿Por qué?

—Porque has esperado mucho tiempo. Cinco años.

—Habría esperado diez.

A Ragna se le llenaron los ojos de lágrimas.

—No merezco tanto amor.

—Sí, sí que lo mereces.

Ella se moría de ganas de complacerlo de algún modo.

—¿Te gustan mis pechos? —le preguntó.

—Claro. Por eso los he estado contemplando durante todos estos años.

—¿Te gustaría tocarlos?

—Sí —dijo él con voz quebrada.

Ella se inclinó, cogió el bajo de su vestido, se lo pasó por la cabeza con un movimiento ágil y se quedó desnuda delante de Edgar.

—Madre mía… —exclamó él. Le acarició los pechos con ambas manos, los estrechó ligeramente y le rozó los pezones con las suaves puntas de los dedos. Su respiración se aceleró y Ragna pensó que parecía un hombre sediento que hubiera encontrado un arroyo—. ¿Puedo besarlos? —preguntó tras unos instantes.

—Edgar —empezó a decir Ragna—, puedes besar todo lo que quieras.

Él agachó la cabeza y ella le acarició el pelo, observando entre los parpadeos de la luz cómo sus labios le recorrían la piel.

Los besos de Edgar se tornaron más apremiantes.

—Si succionas, te saldrá leche —dijo ella.

Él se echó a reír.

—¿Me gustará?

Ragna adoraba el modo en que Edgar podía mostrarse apasionado y reír al mismo tiempo. Sonrió.

—No lo sé —confesó.

En ese momento Edgar recobró la seriedad.

—¿Podemos acostarnos?

—Espera un momento.

Ella se inclinó hacia delante y cogió el faldón de la túnica de Edgar. Cuando lo hubo levantado por encima de su cintura, le besó la punta del pene. Luego le quitó la prenda pasándosela por la cabeza.

Se tumbaron el uno junto al otro y ella fue explorándole el cuerpo con las manos, sintiendo el tacto de su pecho, de su cintura, de sus muslos; y él hizo lo mismo con ella. Ragna notó la mano de Edgar en su húmeda entrepierna y la punta de un dedo que se introducía en ella, y se estremeció de placer.

De pronto estaba impaciente. Rodó hasta colocarse encima de él y lo ayudó a introducirle el pene. Ella empezó a moverse, primero despacio, luego más deprisa. «No sabía lo mucho que deseaba esto», pensó encaramada sobre él, mirándole la cara. Y no se refería tan solo a la sensación, al placer, a la excitación sexual. Era algo más. Era la intimidad, la franqueza del uno para con el otro. Era el amor.

Edgar cerró los ojos, pero ella no quería que lo hiciera.

—Mírame, mírame —le pidió, y él volvió a abrirlos—. Te amo —le dijo Ragna.

Y en ese momento la desbordó el puro gozo de estar haciendo aquello con Edgar, y gritó, y al mismo tiempo sintió los espasmos de él en su interior. La sensación se prolongó unos instantes, hasta que ella se dejó caer sobre su pecho, exhausta por la emoción.

Mientras permanecía tumbada encima de Edgar, los recuerdos de los últimos cinco años la asaltaron como un poema que hubiera aprendido de memoria. Se acordó de la aterradora tormenta cuando se hallaba a bordo del *Angel*, del proscrito oculto tras un yelmo que había robado su regalo de boda para Wilf, del asqueroso Wigelm magreándole los pechos la primera vez que se vieron, del impacto al enterarse de que Wilf ya estaba casado y tenía un hijo; del sufrimiento a causa de su infidelidad con Carwen, del horror de su asesinato; de la maldad de Wynstan. Y durante todo aquel tiempo Edgar había estado allí. Edgar, cuya amabilidad se había transformado en cariño y, después, en amor y pasión. «Gracias, Dios mío, por traerme a Edgar —pensó—. Gracias, Dios mío.»

Después de que Ragna se marchara, Edgar permaneció largo rato ebrio de felicidad. Había creído que estaba condenado a vivir dos amores imposibles; el primero, por alguien que había muerto, y el segundo, por una mujer inalcanzable. Pero Ragna había confesado que lo amaba. Ragna de Cherburgo, la mujer más bella de toda Inglaterra, amaba a Edgar, un simple menestral.

Revivió cada minuto: el beso; el momento en que ella se quitó el vestido; sus pechos; la forma en que le había besado el pene, delicada, cariñosa, sin apenas rozarlo; sus palabras al pedirle que abriera los ojos y que la mirara. ¿Habían existido en el mundo dos personas que hubieran gozado la una de la otra con tanta intensidad? ¿Dos personas que se correspondieran con un amor tan grande?

«Bueno, tal vez sí —pensó—, pero seguramente no muchas.»

Con la mente ocupada en pensamientos de lo más placenteros, se sumió en el sueño.

Lo despertó la campana del monasterio. Su primer pensamiento fue: «¿De verdad he hecho el amor con Ragna?», y el segundo: «¿Llego tarde?».

Sí, habían hecho el amor, y no, no llegaba tarde. Los monjes se levantaban una hora antes del amanecer. Tenía mucho tiempo.

Ragna y él no habían planificado nada más allá de los siguientes dos días. Saldrían de Shiring, viajarían hasta Dreng's Ferry, Ragna se refugiaría en el convento y después pensarían en el futuro. Pero en ese momento Edgar no pudo evitar empezar a hacer conjeturas.

Sus respectivas posiciones sociales no distaban tanto como anteriormente. Edgar era un artesano próspero, un hombre bien considerado, tanto en Dreng's Ferry como en Outhenham. Ragna era noble, pero era viuda, y sus recursos económicos se veían amenazados por Wynstan. La diferencia era menor, aunque seguía siendo importante. Edgar no veía la forma de solventar eso, pero no pensaba permitir que arruinara su presente felicidad.

Encontró al sheriff Den en la cocina, desayunando carne adobada y cerveza. Edgar estaba demasiado nervioso y emocionado para sentir hambre, pero se obligó a comer algo, ya que era posible que necesitara servirse de su fuerza.

Den miró el cielo a través de la puerta.

—Empieza a salir el sol —comentó.

Edgar arrugó la frente. No era propio de Ragna llegar tarde en ninguna ocasión.

Se dirigió a la cuadra. Los mozos estaban ensillando tres caballos, para Ragna, Cat y Agnes, y colocando las alforjas a uno de carga para las provisiones. Edgar ensilló a Estribo.

En ese momento apareció Den.

—Está todo a punto... menos Ragna —anunció.

—Iré a buscarla —resolvió Edgar.

Atravesó la ciudad a toda prisa. Se estaba haciendo de día y vio humo saliendo de una tahona, pero no se cruzó con nadie en el camino hasta el recinto del conde.

Algunas veces la puerta de entrada estaba atrancada y había guardias vigilando, pero no en esos momentos. Ese año gozaban de una tregua con los vikingos, y los galeses se hallaban en un estado de inactividad. Edgar abrió la puerta sin hacer ruido. En el recinto reinaba el silencio.

Se dirigió rápidamente a casa de Ragna. Llamó a la puerta con fuerza y, a continuación, intentó abrirla. No estaba cerrada por dentro, de modo que entró.

Allí no había nadie.

Frunció el entrecejo, y un miedo espantoso lo asaltó de repente. ¿Qué habría ocurrido?

No había luz y aguzó la vista en la penumbra. Una rata escapó correteando del hogar de leña; debía de tener frío. Cuando sus ojos se acostumbraron a la tenue luz que se filtraba por la puerta abierta, vio que la mayor parte de las pertenencias de Ragna se encontraban allí —vestidos colgados en los ganchos, queseras y fresqueras, vasos y escudillas—, pero las cunas de los niños habían desaparecido.

Ragna no estaba. Y el hecho de que el hogar de leña estuviera frío demostraba que se había marchado hacía horas, seguramente no mucho después de darle las buenas noches en el recinto del sheriff Den. A esas alturas podría hallarse a varios kilómetros de distancia en cualquier dirección.

Debía de haber cambiado de planes. Pero ¿por qué no le había mandado un mensaje? Era posible que se lo hubieran impedido, por lo que Edgar dedujo que muy probablemente se la habían llevado en contra de su voluntad y la tenían aislada de todos. Aquello solo podía ser cosa de Wynstan y Wigelm. De modo que la habían hecho prisionera.

La rabia le ardía en las entrañas. ¿Cómo se atrevían? Era una mujer libre, hija de un conde y viuda de un *ealdorman*. ¡No tenían ningún derecho!

Si habían descubierto que tenían pensado huir... ¿quién se lo habría dicho? Tal vez uno de los criados del sheriff, o tal vez incluso Cat o Agnes.

Edgar tenía que averiguar adónde la habían llevado.

Salió de la casa hecho una furia. Estaba dispuesto a enfrentarse tanto a Wigelm como a Wynstan, pero probablemente Wigelm estuviera más cerca. Cuando iba a Shiring se hospedaba en casa de su madre. Edgar cruzó a grandes zancadas la pradera que lo separaba de casa de Gytha.

Junto a la entrada había un hombre de armas sentado en el suelo con la espalda apoyada en la pared, dormitando. Edgar reconoció a Elfgar, un joven corpulento y robusto pero de carácter afable. Lo ignoró y aporreó la puerta.

Elfgar se levantó de un respingo. Se tenía en pie con dificultad al haberse despertado de forma inesperada. Miró el suelo a su alrededor y tardó un poco en coger el tronco de roble retorcido y tallado con poca traza que le servía de garrote. Daba la impresión de no saber muy bien qué hacer con él.

La puerta se abrió de golpe y otro hombre de armas se plantó ante Edgar. Debía de estar durmiendo al otro lado del umbral. Se trataba de Fulcric, más mayor y mezquino que Elfgar.

—¿Está Wigelm en casa? —preguntó Edgar.

—¿Quién diablos eres tú? —le espetó Fulcric con agresividad.

Edgar levantó la voz:

—¡Quiero ver a Wigelm!

—Si no te andas con cuidado, te machacaré la sesera.

En ese momento se oyó una voz procedente del interior de la casa:

—No te preocupes, Elfgar, es ese constructor de pacotilla que vive en Dreng's Ferry. —Wigelm emergió entre la penumbra—. Claro que será mejor que tengas un motivo más que justificado para aporrear la puerta de mi casa a estas horas de la mañana.

—Ya sabéis cuál es el motivo, Wigelm. ¿Dónde la tenéis?

—No te atrevas a interrogarme, o haré que te castiguen por insolente.

—Y a vos os castigarán por secuestrar a una viuda noble, lo cual, a ojos del rey, es una ofensa mayor.

—Yo no he secuestrado a nadie.

—¿Y dónde está entonces lady Ragna?

Milly, la esposa de Wigelm, y la madre de este aparecieron tras él, ambas despeinadas y con cara de sueño.

Edgar continuó:

—¿Y dónde están sus hijos? El rey querrá saberlo.

—En un lugar seguro.

—¿Dónde?

—No se te habrá ocurrido pensar que puede ser tuya, ¿verdad? —se mofó Wigelm.

—Sois vos quien le pidió matrimonio.

—¡¿Cómo?! —exclamó Milly. Era evidente que nadie le había hablado de la propuesta que su esposo le había hecho a Ragna.

—Pero Ragna os rechazó, ¿no es cierto? —siguió diciendo Edgar con cierta temeridad. Sabía que era una insensatez provocar a Wigelm, pero estaba demasiado enfurecido para contenerse—. Por eso la raptasteis.

738

—Ya está bien.

—¿Es esa la única forma que tenéis de conseguir a una mujer, Wigelm? ¿Raptándola?

Elfgar soltó una risita.

Wigelm avanzó hacia Edgar y le dio un puñetazo en la cara. Era un hombre fuerte cuya única habilidad era la lucha, y el golpe le causó dolor. Edgar sintió que la mitad izquierda de la cara le ardía como si estuviera en llamas.

Mientras aún estaba aturdido, Fulcric se le acercó por detrás y lo sujetó con un movimiento experto, tras lo cual Wigelm le asestó otro puñetazo, esta vez en el estómago. Edgar tuvo la angustiosa sensación de que no podía respirar. A continuación Wigelm le propinó un puntapié en los testículos. Edgar consiguió recobrar el aliento y profirió un grito agónico. Wigelm volvió a golpearlo en la cara.

Después Edgar vio que le arrebataba el garrote a Elfgar.

El pánico se apoderó de él. Temía que lo matara de una paliza, y entonces Ragna no tendría quien la protegiera. Vio cómo el garrote se acercaba a su cara, y volvió la cabeza. La dura madera le impactó en la sien y un calambre de dolor se propagó por su cráneo.

El siguiente golpe fue directo al pecho, y sintió que se le habían roto las costillas. Se desplomó, medio inconsciente. Tan solo se sostenía porque Fulcric lo tenía agarrado.

A través del zumbido de sus oídos le llegó la voz de Gytha:

—Ya está bien. No querrás matarlo.

—Arrojadlo al estanque —ordenó Wigelm a continuación.

Lo cogieron por las muñecas y los tobillos y lo sacaron del recinto. Al cabo de unos instantes se encontraba volando por los aires. Cayó en el agua y se hundió, y tentado estuvo de quedarse allí quieto hasta ahogarse y acabar con el sufrimiento.

Sin embargo, dio media vuelta y apoyó las manos y las rodillas en el suelo fangoso del estanque, tras lo cual consiguió sacar la cabeza fuera del agua y respirar.

Poco a poco, con un dolor atroz, avanzó a gatas como un niño pequeño hasta que llegó a la orilla.

—Pobre hombre —oyó que decía una mujer.

Era Gilda, la cocinera, según pudo comprobar.

Edgar intentó ponerse en pie. Gilda lo sujetó del brazo y lo ayudó a incorporarse.

—Gracias —articuló él con los labios destrozados.

—Maldito Wigelm, Dios lo castigue —soltó Gilda. Acto seguido deslizó el brazo por debajo de la axila de Edgar y lo cargó sobre sus hombros—. ¿Adónde quieres ir?

—A casa de Den.

—Pues vamos —resolvió ella—. Te llevaré hasta allí.

34

Octubre de 1002

Aldred estaba satisfecho con la progresión del fondo de la biblioteca. Era más partidario de los libros en inglés que en latín, de esa manera podía utilizarlos todo aquel que supiera leer y no solo el clero culto. Tenía los Evangelios, los Salmos y algunos textos dedicados a la liturgia, todos ellos a disposición de sacerdotes rurales, quienes no solían contar con muchos libros, si es que tenían alguno. Su pequeño *scriptorium* producía copias que vendía a precios módicos. También atesoraba algunas exégesis bíblicas y poesía secular.

El priorato prosperaba, las rentas vecinales que recaudaba eran cada vez mayores y, por fin, los nobles le cedían tierras a modo de donativo. Habían entrado nuevos novicios en el monasterio y la escuela se nutría de alumnos del vecindario. En una tarde templada de octubre, los jóvenes estudiantes cantaban salmos en el cementerio.

Todo iba bien, salvo por Ragna, que había desaparecido junto con sus hijos y sus doncellas. Edgar había pasado dos meses buscándola de aldea en aldea y de pueblo en pueblo, pero no había hallado rastro de ella. Incluso había visitado el pabellón de caza que Wigelm estaba construyendo cerca de Outhenham. Nadie la había visto pasar por allí. Edgar estaba destrozado, pero no podía hacer nada al respecto, y Aldred lo compadecía.

Mientras, Wigelm recaudaba las rentas del valle de Outhen.

Aldred había compartido con el sheriff Den su preocupación acerca de que el rey se quedara de brazos cruzados ante aquella injusticia.

—Miradlo desde el punto de vista de Etelredo —había dicho Den—. Considera que el matrimonio de Ragna no estuvo legitimado, ya que él se negó a ratificarlo, pero Wilwulf continuó adelante de todas maneras. El consejo real amonestó a Wilf por desobediencia y este se negó a pagar la sanción, lo cual supuso un desafío a la autoridad de Etelredo y, lo que es peor, hirió su orgullo. El rey no tiene ninguna intención de fingir que lo considera un matrimonio legítimo.

—¡Pero lo único que consigue así es castigar a Ragna por los pecados de Wilwulf!

—¿Qué otra cosa queréis que haga?

—¡Podría realizar una incursión en Shiring!

—Eso es una medida drástica. Reunir un ejército, quemar pueblos, eliminar a los adversarios, llevarse los mejores caballos, el ganado y las joyas es el último recurso de un rey, y solo debe emplearse en circunstancias extremas. ¿Creéis que va a llevar a cabo algo semejante por una viuda extranjera cuyo matrimonio nunca llegó a autorizar?

—¿Sabe su padre que ha desaparecido?

—Posiblemente, pero una expedición de rescate organizada desde Normandía se consideraría una invasión del territorio inglés, y el conde Hubert no puede permitírselo, y menos aún cuando la hija de su vecino está a punto de contraer matrimonio con el rey inglés. Las nupcias de Etelredo con Emma de Normandía se celebrarán en noviembre.

—Un rey debe gobernar por encima de todas las cosas y entre sus deberes se encuentra velar por las viudas nobles.

—Deberíais exponérselo vos mismo.

—Muy bien, así lo haré.

Aldred remitió una carta al rey Etelredo.

En respuesta, el rey ordenó a Wigelm que presentara en público a la viuda de su hermano.

Aldred creía que Wigelm se limitaría a ignorar el mandato, como había hecho con otros decretos reales en el pasado, pero esa vez fue distinto: Wigelm anunció que Ragna había regresado a su hogar, a Cherburgo.

De ser eso cierto al menos explicaría por qué nadie había conseguido encontrarla en suelo inglés. Y lo lógico era que se hubiera llevado a sus hijos y a sus doncellas normandas.

Edgar había hecho una segunda visita a Combe, donde nadie había podido confirmarle que Ragna hubiera embarcado hacia Normandía, si bien cabía la posibilidad de que lo hubiera hecho desde otro puerto.

Aldred seguía rumiando sobre la situación de Edgar cuando este apareció en persona. Se había recuperado de la paliza que había recibido, aunque la nariz le había quedado ligeramente torcida y le faltaba un diente delantero. Se dirigía al cementerio en compañía de otras dos personas que Aldred reconoció: el hombre con el corte de pelo de estilo normando era Odo, y la mujer menuda y rubia era su esposa, Adelaide, los mensajeros de Cherburgo que cada tres meses le llevaban las rentas de Saint-Martin a Ragna. Tres hombres de armas los seguían de cerca, su guardia personal. Desde la ejecución de Testa de Hierro, cada vez se necesitaban menos escoltas.

Aldred los saludó.

—Odo ha venido a pediros un favor, prior Aldred —anunció Edgar.

—Haré cuanto esté en mis manos —prometió el prior.

—Me gustaría que custodiarais el dinero de Ragna en su ausencia —dijo Odo con su acento francés.

—No la has encontrado, claro —dedujo Aldred.

Odo alzó las manos con ademán derrotado.

—En Shiring dicen que ha ido a Outhenham y en Outhenham dicen que está en Combe, pero venimos de allí y no estaba.

Aldred asintió.

—Nadie conoce su paradero. Por descontado que custodiaré su dinero, si ese es tu deseo, pero lo último que nos han dicho es que ha regresado a su hogar, a Cherburgo.

Odo lo miró asombrado.

—¡Pero si no está allí! Si se encontrara en Cherburgo, ¡no habríamos venido a Inglaterra!

—Imagino que no —admitió Aldred.

—Entonces ¿dónde demonios está? —quiso saber Edgar.

Wigelm y un grupo de hombres de armas habían irrumpido en casa de Ragna y la habían maniatado y amordazado junto a Cat y a sus hijos. Al amparo de la oscuridad, los habían sacado del recinto y los habían subido a empujones a un carro de cuatro ruedas donde los habían cubierto con mantas.

Los niños estaban aterrados y lo peor de todo era que la mordaza impedía a Ragna reconfortarlos con palabras de consuelo.

El carro dio tumbos durante horas por caminos de tierra resecos y llenos de rodadas. Por lo que Ragna alcanzaba a oír, los acompañaba una escolta compuesta por media docena de hombres a caballo. Sin embargo, trataban de guardar silencio, hablaban lo menos posible y lo hacían en voz baja.

Los niños lloraron hasta caer dormidos.

Cuando el carro se detuvo y retiraron las mantas, había amanecido. Ragna vio que se encontraban en un claro del bosque. También distinguió a Agnes, que acompañaba a la escolta, por lo que Ragna dedujo que se trataba de una traidora: seguramente la había delatado y le había contado a Wynstan su plan para huir con Edgar. La costurera llevaba todo ese tiempo albergando un odio secreto contra su señora por la ejecución de Offa, su marido. Ragna maldijo el impulso compasivo que la había animado a emplear de nuevo a esa mujer.

También se percató de que los catres de los niños iban en el carro con los prisioneros, aunque todo estaba cubierto. ¿Qué habrían pensado los aldeanos al verlos pasar? Nunca imaginarían que se trataba de un secuestro, de eso no le cabía duda; ni las mujeres ni los niños iban a la vista. A juzgar por la escolta armada, ella habría supuesto que las mantas ocultaban una gran cantidad de plata u otro tipo de objetos de valor que un noble o un clérigo acaudalados pretendía trasladar de un lugar a otro.

Ahora que nadie podía verlos, Agnes desató a los niños y dejó que fueran a orinar al borde del claro. No escaparían, pues eso significaría abandonar a sus madres. Les dieron pan empapado en leche y luego volvieron a atarlos y a amordazarlos. A continuación los hombres soltaron a las madres, primero a una y luego a la otra, y las observaron atentamente mientras estas se aliviaban, tras lo cual también les dieron algo de comer y de beber. Cuando todo estuvo listo, volvieron a cubrir a los prisioneros y el carro continuó su tambaleante viaje.

Realizaron otras dos paradas, entre las que transcurrieron varias horas.

Esa noche llegaron al pabellón de caza de Wilwulf, en el bosque.

Ragna ya había estado allí, en los primeros y felices tiempos de su matrimonio. Siempre le había gustado cazar y le recordó el día que lo había hecho en compañía de Wilf en Normandía. Habían matado un jabalí entre los dos y luego se habían besado apasionadamente. Sin embargo, cuando el matrimonio empezó a ir mal, Ragna perdió el interés por la caza.

También cayó en la cuenta de que el pabellón estaba aislado y alejado de todo. El complejo se componía de establos, criaderos de perros, despensas y una casa grande, a cargo de un guarda y su esposa, que vivían en una de las construcciones más pequeñas. Aparte del matrimonio, nadie tenía motivos para pasarse por allí a menos que se hubiera organizado una partida de caza.

Condujeron a Ragna y a los demás a la casa grande, donde los desataron. El guarda clavó unos tablones sobre las dos ventanas a fin de impedir que se abrieran los postigos y cruzó una barra en la parte externa de la puerta. Su esposa les llevó un puchero de gachas para la cena y luego se fueron hasta la mañana siguiente.

Eso había ocurrido hacía dos meses.

Agnes siempre les llevaba la comida. Se les permitía hacer ejercicio una vez al día, pero a Ragna no la dejaban salir al mismo tiempo que a los niños. Además, siempre había dos guardias personales de Wigelm apostados fuera, Fulcric y Elfgar, y hasta donde ella sabía, nunca los visitaba nadie.

Wigelm y Wynstan no se habrían atrevido a hacerle aquello a una noble inglesa, respaldada por una familia poderosa, con padres, hermanos y primos con dinero y hombres de armas que habrían ido en su busca, habrían exigido al rey que hiciera valer sus derechos y, si todo eso no daba resultado, se habrían presentado en Shiring con un ejército. Ragna era vulnerable porque su familia se hallaba demasiado lejos para intervenir.

Agnes disfrutaba llevándoles malas noticias junto con la comida.

—Menudo jaleo que ha armado vuestro novio, Edgar —había comentado días atrás.

—Sabía que no se quedaría con los brazos cruzados —contestó Ragna.

—Es un amigo leal —apuntó Cat.

—Le dieron una buena paliza —prosiguió Agnes con perversa satisfacción, haciendo caso omiso de la pulla—. Wigelm lo molió a garrotazos mientras Fulcric lo sujetaba con fuerza.

—Dios lo guarde —musitó Ragna.

—No sé qué haría Dios, pero fue Gilda quien lo llevó a casa del sheriff Den. No pudo ponerse en pie hasta el día siguiente.

Al menos estaba vivo, pensó Ragna. Wigelm no lo había matado. Teniendo en cuenta los problemas que ya tenía con el rey, tal vez no había querido añadir una infracción más a su larga lista de ofensas.

Agnes era ladina, pero Ragna sabía cómo sonsacarle información.

—No pueden tenernos aquí escondidos mucho tiempo —comentó un día—. La gente sabe que Wilwulf tenía un pabellón de caza, no tardarán en venir a buscarnos.

—No, no lo harán —contestó Agnes con mirada triunfal—. Wigelm ha contado a todo el mundo que este lugar se ha quemado. Incluso ha construido un nuevo pabellón cerca de Outhenham. Dice que la caza allí es más abundante.

Desesperanzada, Ragna pensó que aquello había sido idea de Wynstan; Wigelm no era lo bastante listo para que se le hubiera ocurrido a él.

De todos modos, era imposible mantener su reclusión en secreto para siempre. En el bosque moraba gente: carboneros, cazadores de caballos, leñadores, mineros y proscritos. Puede que la presencia de los hombres de armas los ahuyentaran, pero eso no les impediría espiarlos entre los matorrales. Tarde o temprano, alguien se preguntaría si tenían prisioneros en el pabellón de caza.

Empezarían a circular rumores. La gente diría que la casa estaba habitada por un monstruo de dos cabezas, o por un aquelarre de brujas, o por un muerto que había vuelto a la vida con la luna llena y había destrozado el ataúd. Sea como fuere, alguien relacionaría la prisión con la noble desaparecida.

¿Cuánto tiempo habría de pasar hasta que eso ocurriera? El estilo de vida de los moradores de los bosques conllevaba un escaso contacto con los campesinos o la gente de la ciudad. Podían transcurrir meses antes de toparse con un extraño. En algún momento iban al mercado llevando una recua de caballos recién domados o una carretada de mineral de hierro, pero para eso seguramente habría que esperar a la primavera.

Las semanas se convirtieron en meses y Ragna sucumbió a la depresión. Los niños lloriqueaban a todas horas, Cat estaba de mal humor y Ragna no encontraba motivos para lavarse la cara por las mañanas.

Hasta que un día descubrió que le esperaba algo peor, mucho peor.

Hacía marcas con las uñas en la pared para contar los días, de esa manera supo que Wigelm llegó poco antes de la víspera de Todos los Santos.

Había anochecido y los niños ya dormían. Ragna y Cat estaban sentadas en un banco junto al fuego, a la luz de la única vela de junco que iluminaba la habitación, ya que no les permitían más. Fulcric abrió la puerta para que entrara Wigelm y luego la cerró, permaneciendo fuera.

Ragna lo escudriñó y concluyó que no iba armado.

—¿Qué queréis? —preguntó, avergonzada al instante por el miedo que teñía su voz.

Con un gesto del pulgar, Wigelm ordenó a Cat que se levantara y ocupó su sitio mientras Ragna se deslizaba hasta el otro extremo del banco para alejarse todo lo posible de él.

—Habéis tenido tiempo de sobra para pensar en vuestra situación.

Ragna hizo un gran esfuerzo para reunir parte de su antiguo coraje.

—Se me retiene prisionera de manera ilícita. Eso lo comprendí al instante.

—Carecéis de poder y estáis en la ruina.

—Estoy en la ruina porque vos me robasteis mi dinero. Por cierto, las viudas tienen derecho a reclamar su dote. La mía fueron veinte libras de plata. También robasteis el tesoro de Wilf, así que me debéis otras veinte libras de eso. ¿Cuándo podré disponer de mi dinero?

—Si os casáis conmigo, será todo vuestro.

—¿Y condenar mi alma? No, gracias, prefiero mi dinero.

Wigelm sacudió la cabeza como si la respuesta lo hubiera entristecido.

—¿Por qué sois tan arpía? ¿Qué os cuesta ser amable con un hombre?

—¿Para qué habéis venido?

Wigelm lanzó un suspiro teatral.

—Os he hecho una buena oferta. Me casaré con vos…

—¡Seréis condescendiente…!

—… y juntos pediremos al rey que nos designe para gobernar Shiring. Esperaba que a estas alturas ya hubierais comprendido que aceptar mi propuesta es lo más sensato.

—Pues no es así.

—No obtendréis una mejor. —Entonces la agarró por el brazo con firmeza—. Vamos, dejad de fingir que no os sentís atraída por mí.

—¿Fingir? Soltadme.

—Creedme, un revolcón conmigo y vendréis pidiendo más.

Ragna consiguió apartarle la mano del brazo y se puso en pie.

—¡Nunca!

Para su sorpresa, Wigelm se dirigió a la salida y llamó a la puerta antes de volverse hacia ella.

—Nunca es mucho tiempo —le advirtió.

El guardia abrió y Wigelm se fue.

—Gracias a Dios —murmuró Ragna volviendo a sentarse cuando la puerta se cerró.

—De milagro —dijo Cat mientras regresaba al banco y tomaba asiento junto a su señora.

—Por lo general no se da por vencido tan fácilmente —comentó Ragna.

—Seguís preocupada.

—En realidad diría que quien está preocupado es Wigelm. ¿Por qué crees que parece tan empeñado en casarse conmigo?

—¿Quién no querría?

Ragna negó con la cabeza.

—No me quiere como esposa, le daría demasiados problemas. Prefiere acostarse con alguien que nunca le haga frente.

—¿Y entonces?

—Les preocupa el rey. Shiring está bajo su control, igual que yo, al menos de momento, pero han suscitado la hostilidad de Etelredo para llegar donde están y tarde o temprano puede que el rey decida demostrarles quién gobierna Inglaterra.

—O puede que no —observó Cat—. Los reyes quieren vivir tranquilos.

—Cierto, pero Wynstan y Wigelm no saben qué acabará resolviendo Etelredo. En cambio, mi matrimonio con Wigelm es la mejor baza con la que cuentan para obtener el resultado que desean. Por eso insisten.

La puerta se abrió y Wigelm entró de nuevo.

Esta vez iba acompañado por cuatro hombres de armas que

Ragna no conocía. Debían de haber llegado con él. Tenían aspecto de maleantes.

Cat lanzó un chillido.

Los esbirros de Wigelm agarraron a las mujeres y las arrojaron al suelo, donde las inmovilizaron.

Los niños, debido al alboroto, se pusieron a gritar.

Wigelm echó mano al escote de Ragna, le arrancó el vestido de un tirón y la dejó completamente desnuda, sujeta por los tobillos y las muñecas y abierta de piernas.

—¡Vaya, menudo par de pichonas, y están de buen año, por los dioses! —se regocijó uno de los hombres.

—No son para ti —le advirtió Wigelm, levantándose el faldón de la túnica—. Cuando acabe, puedes trajinarte a la criada, pero a esta no. Esta será mi mujer.

Soplaba un viento helado procedente del mar y Wynstan entró agradecido en el cálido y ahumado ambiente de la casa de Mags, en Combe, seguido por Wigelm. Mags lo vio enseguida y le echó los brazos por encima.

—¡Mi sacerdote favorito! —exclamó, exultante.

Wynstan la besó.

—Mags, cariño, ¿cómo estás?

La mujer echó un vistazo por encima del hombro de Wynstan.

—¡Y vuestro hermano pequeño! ¡Igual de apuesto! —dijo abrazando a Wigelm.

—Todos los hombres ricos te parecen apuestos —comentó este con acritud.

Mags obvió el comentario.

—Tomad asiento, queridos amigos, y probad el hidromiel. Está recién hecho. ¡Selethryth!

Chasqueó los dedos y una mujer de mediana edad les llevó una jarra y vasos. Wynstan supuso que se trataba de una antigua prostituta a la que consideraban demasiado vieja para continuar ejerciendo el oficio.

Bebieron la dulcísima poción y Selethryth les rellenó los vasos.

Wynstan echó un vistazo a las mujeres que se repartían por los bancos que flanqueaban la habitación. Algunas iban vestidas, otras envueltas en chales holgados y una jovencita muy blanca estaba completamente desnuda.

—Unas vistas preciosas —comentó con un suspiro.

—He estado reservándoos una chica nueva —dijo Mags—. Pero ¿cuál de los dos la desflorará?

—¿Cuántos hombres la han desflorado hasta ahora? —preguntó Wigelm.

Wynstan rio por lo bajo.

—Sabéis que nunca os mentiría —protestó Mags—. Ni siquiera la dejo entrar aquí, está en la casa de al lado, bajo llave.

—Que Wigelm se quede con la virgen —decidió Wynstan—. Me apetece una mujer más experimentada.

—¿Qué os parece Merry? Le gustáis.

Wynstan sonrió a una morena voluptuosa de unos veinte años que lo saludó con la mano.

—Sí, Merry es perfecta —convino—. Tiene un buen culo.

Wynstan la besó cuando la chica se acercó y se sentó a su lado.

—Selethryth, ve a buscar a la virgen a la casa de al lado para el barón Wigelm —ordenó Mags.

—Acuéstate en la paja, querida, y vamos al asunto —le dijo Wynstan a Merry al cabo de unos minutos.

La joven se quitó el vestido por la cabeza y se tumbó de espaldas. Era de piel rosada y estaba rellenita; Wynstan se alegraba de haberla elegido. El obispo se levantó el faldón de la túnica y se arrodilló entre sus piernas.

Merry lanzó un chillido.

Wynstan se apartó sobresaltado y desconcertado.

—¿Qué demonios le pasa a esta mujer? —protestó.

—¡Tiene un chancro! —gritó Merry.

La joven se puso en pie de inmediato y se cubrió el pubis con ademán protector.

—¿Qué voy a tener? —replicó Wynstan.

—Dejadme ver, obispo —le pidió Mags en un tono de voz distinto. Una autoridad que no admitía réplica había sustituido la actitud servicial y complaciente de hacía unos momentos—. Enseñadme la verga —añadió con absoluta naturalidad.

Wynstan se volvió hacia ella.

—¡Por Dios bendito! —exclamó Mags—. Es un chancro.

Wynstan se miró el pene. Cerca del glande tenía una úlcera ovalada de casi tres centímetros de largo con un punto en el centro de un rojo vivo.

—No es nada —aseguró—. Ni siquiera duele.

—Sí, sí que es algo —repuso Mags con firmeza. La jovialidad había desaparecido de su voz, que había adoptado un tono frío—. Es la gran viruela.

—Eso es imposible —protestó Wynstan—. La gran viruela acaba en lepra.

—Quizá tengáis razón —le concedió Mags, suavizándose ligeramente, aunque Wynstan tuvo la sensación de que solo le seguía la corriente—. Pero, sea lo que sea, no puedo dejar que os beneficiéis a mis chicas. Si la viruela, grande o chica, pululara por esta casa, la mitad del clero de Inglaterra estaría fuera de circulación antes de que pudierais decir «fornicar».

—Vaya, esto no me lo esperaba —comentó Wynstan, abatido. Una enfermedad era una debilidad y se suponía que él era fuerte. Además, estaba excitado y quería aliviarse—. ¿Y ahora qué hago?

Mags recuperó parte de su coquetería habitual.

—Voy a meneárosla como nunca en toda vuestra vida, y me voy a emplear a fondo, mi dulce sacerdote.

—Bueno, si no hay alternativa…

—Las chicas montarán un numerito al mismo tiempo. ¿Qué os apetecería ver?

Wynstan lo meditó.

—Me gustaría ver cómo azotan a Merry en el culo.

—Lo que deseéis —le concedió Mags.

—Oh, no —protestó Merry.

—No te quejes —la reprendió la mujer—. Te sacas un tanto más por los azotes, ya lo sabes.

—Lo siento, Mags —se disculpó Merry, arrepentida—. No quería parecer desagradecida.

—Así me gusta —dijo Mags—. Ahora, date la vuelta e inclínate.

35

Marzo de 1003

Ragna y Cat estaban enseñándoles a los niños una canción para aprender a contar. Osbert, de casi cuatro años, era más o menos capaz de entonar una melodía. Los mellizos, sin embargo, solo tenían dos años y cantaban con un sonsonete monótono, aunque sí podían repetir las palabras. Las hijas de Cat, de tres y cuatro años, se encontraban en un punto intermedio. Todos disfrutaban con la actividad y, al mismo tiempo, aprendían los números.

La ocupación principal de Ragna durante su cautiverio consistía en mantener a los niños distraídos con actividades que les formaran en algún aspecto: recitaba poemas, se inventaba cuentos y les describía cada uno de los lugares que había visitado a lo largo de su vida. Les habló del barco llamado *Angel* y de la tormenta en el Canal, del ladrón Testa de Hierro, que había robado su regalo de boda, e incluso del incendio en el establo del castillo de Cherburgo. A Cat no se le daba tan bien contar cuentos, pero conocía un sinfín de canciones en francés y tenía una voz cristalina.

El hecho de entretener a los niños también impedía que las dos mujeres se sumieran en una desesperanza que las llevara al suicidio.

Estaban terminando de cantar una canción cuando se abrió la puerta y un guardia asomó la cabeza. Era Elfgar, el más joven, no tan curtido en su trabajo como Fulcric y con cierta tendencia a mostrarse comprensivo. Solía comunicarle a Ragna las últimas noticias. Por él supo que los vikingos estaban atacando de nuevo el sudoeste de Inglaterra, capitaneados por el temible rey Sven. La tregua que Etelredo había comprado a cambio de veinticuatro mil libras de plata no se había mantenido durante el segundo año.

Ragna casi deseaba que los vikingos conquistaran aquellas tierras; de ese modo la capturarían y exigirían un rescate. Al menos conseguiría salir de su prisión.

—Hora de hacer ejercicio —anunció Elfgar.

—¿Dónde está Agnes? —preguntó Ragna.

—Se encuentra mal.

Ragna no sintió pena por ella. Detestaba tener que ver a Agnes, la mujer que la había traicionado, la responsable de que la secuestraran.

Por la puerta abierta entraba aire frío, de modo que Ragna y Cat cubrieron a los niños, ya impacientes, con sus respectivas capas, y dejaron que salieran corriendo. Elfgar cerró la puerta y la atrancó por fuera.

Cuando los niños se hubieron marchado, Ragna dio rienda suelta a su tristeza.

Llevaba allí siete meses, según iba contando en el calendario que había dibujado rascando la pared. Había pulgas en las esteras del suelo y tenía piojos en el pelo, además de tos. El lugar despedía un profundo hedor: dos mujeres adultas y cinco niños hacían sus necesidades en el mismo bacín, ya que para ello no les permitían salir al exterior.

Cada día que transcurría allí dentro era un día de vida que le arrebataban, y Ragna sentía un rencor hiriente como una flecha cuando se despertaba por la mañana y comprobaba que seguía en prisión.

Además, el día anterior Wigelm había regresado.

Por suerte, sus visitas se habían vuelto menos frecuentes. Al principio acudía una vez por semana; ahora iba más bien una vez al mes. Ragna había aprendido a cerrar los ojos y pensar en las vistas que ofrecían las murallas del castillo de Cherburgo, en las ráfagas de aire puro y salino sobre el rostro, hasta que lo notaba salir de su cuerpo como una babosa. Rezaba por que muy pronto perdiera todo su interés en ella.

Los niños regresaron con las mejillas enrojecidas por el frío, y fue el turno de que las dos mujeres se pusieran sus capas y salieran al exterior. Caminaron arriba y abajo para entrar en calor, acompañadas por Elfgar.

—¿Qué le ocurre a Agnes? —preguntó Cat.

—Tiene una especie de viruela —explicó él.

—Ojalá se muera.

Hubo un silencio y entonces Elfgar siguió hablando como de pasada:

—Creo que no me quedaré mucho tiempo por aquí.

—¿Por qué? —dijo extrañada Ragna—. Lamentaremos tu ausencia.

—Tengo que partir a luchar contra los vikingos. —Elfgar quería fingir que la idea lo complacía, pero Ragna captó un trasfondo de miedo en su tono avalentado—. El rey está reclutando a un ejército que venga a derrotar a Sven Barbapartida.

Ragna se paró de golpe.

—¿Estás seguro? —quiso saber—. ¿El rey Etelredo viene hacia el sudoeste de Inglaterra?

—Eso dicen.

La esperanza hizo que el corazón de Ragna diera un vuelco.

—De modo que se enterará de que estamos presas —dijo.

—Es posible —respondió Elfgar, encogiéndose de hombros.

—Tenemos amigos; el prior Aldred, el sheriff Den y el obispo Modulf. Ellos se lo explicarán.

—¡Sí! —exclamó Cat—. ¡Y el rey no tendrá más remedio que liberarnos!

Ragna no estaba tan segura.

—¿No es así, mi señora?

Ragna no contestó.

—Es nuestra oportunidad de encontrar a Ragna —le dijo el prior Aldred al sheriff Den—. No podemos permitirnos desperdiciar la ocasión.

Aldred se había desplazado de Dreng's Ferry a Shiring con el único propósito de hablar con Den sobre ese particular, y en esos momentos estaba pendiente de su reacción. El sheriff tenía cuarenta y ocho años y, aunque era diez años mayor que él, los unían muchos intereses comunes. Los dos velaban por que se cumplieran las normas. El recinto de Den era una muestra de su tendencia a mantener el orden: el cercado estaba bien construido, las casas se veían alineadas y la cocina y el estercolero ocupaban emplazamientos opuestos, de modo que los dos espacios quedaran lo más alejados posible el uno del otro. Por su parte, desde que Aldred se había hecho cargo del lugar, Dreng's Ferry había adquirido un aspecto igualmente ordenado. No obstante, también había diferencias: Den servía al rey; Aldred servía a Dios.

—Tenemos la certeza de que Ragna no llegó a Cherburgo —siguió diciendo Aldred—. El conde Hubert nos lo confirmó y ha enviado una queja formal al rey Etelredo. Wynstan y Wigelm han mentido.

Den respondió con cautela:

—Mi deseo es hallar a Ragna sana y salva, y creo que el rey Etelredo lo compartirá. Pero un rey tiene múltiples obligaciones y las necesidades que se le imponen a veces entran en conflicto.

La esposa de Den, que se llamaba Wilburgh y era una mujer de mediana edad cuyo pelo cano asomaba por debajo de la crespina, defendía una opinión más radical al respecto:

—El rey debería meter en la cárcel a ese demonio de Wigelm.

Aldred estaba de acuerdo con ella, pero adoptó una postura más práctica:

—¿El rey dará audiencia en el sudoeste de Inglaterra?

—Debe hacerlo —dijo Den—. Allá adonde va, sus súbditos acuden a él con demandas, acusaciones, súplicas y propuestas. No puede por menos que escucharlos, y a continuación la gente quiere que se les ofrezcan soluciones.

—¿Será en Shiring?

—Si llega hasta aquí, sí.

—Sea donde sea, ¡por fuerza tiene que hacer algo acerca de Ragna!

—Antes o después lo hará. Han desafiado su autoridad, y eso no puede permitirlo. Otra cosa distinta es cuándo lo abordará.

Todo quedaba en el aire, pensó Aldred frustrado, pero tal vez fuera lo normal tratándose de un rey. En un monasterio, por el contrario, el pecado era el pecado y no cabían dudas ni titubeos al respecto.

—La nueva esposa de Etelredo, la reina Emma, será sin duda alguna una gran aliada de Ragna. Las dos pertenecen a la nobleza normanda, se conocían de jóvenes y ambas se han casado con prohombres ingleses. Deben de haber vivido las mismas penas y alegrías en nuestro país. Seguro que Emma querrá que Etelredo libere a Ragna.

—Y Etelredo lo haría, si no fuera por Sven Barbapartida. El rey está reuniendo un ejército para enfrentarse a él, y, como siempre, cuenta con la colaboración de los *thanes* para reclutar a hombres de pueblos y ciudades. Corren malos tiempos para que se enfrente a potentados como Wigelm y Wynstan.

En resumidas cuentas, otra cuestión que quedaba en el aire, pensó Aldred.

—¿Hay algo que pueda influir en su decisión?

Den lo meditó unos instantes.

—La propia Ragna —dijo.

—¿A qué os referís?

—Si Etelredo la ve, hará cualquier cosa que ella le pida. Es bella y vulnerable, y es una viuda noble. No será capaz de negarle la justicia a una mujer encantadora a quien, además, han tratado mal.

—Pero ese es precisamente el problema. No podemos llevarla ante el rey porque no sabemos dónde está.

—Exacto.

—De modo que puede ocurrir cualquier cosa.

—Sí.

—Por cierto —empezó a decir Aldred—, mientras venía de camino, me he cruzado con Wigelm, que iba acompañado de varios hombres de armas. No sabéis adónde se dirige, ¿verdad?

—Vaya a donde vaya, tiene que pasar por Dreng's Ferry, pues no hay ningún otro lugar destacable en la zona.

—Espero que no esté tratando de buscarme problemas.

Aldred regresó al priorato preocupado, pero al llegar, el hermano Godleof le explicó que Wigelm no había visitado Dreng's Ferry.

—Debe de haber cambiado de idea a medio camino y habrá dado media vuelta —dedujo Godleof.

Aldred arrugó la frente.

—Imagino que tienes razón —dijo.

Aldred oyó el rumor de fondo del ejército cuando todavía se hallaba a más de un kilómetro y medio de distancia de Dreng's Ferry. Al principio no identificó a qué se debía el ruido. Se parecía al bullicio del centro de Shiring en un día de mercado: el resultado del cúmulo de cientos de personas, tal vez miles, que hablaban, reían, daban órdenes, maldecían, silbaban y tosían, sumado a los rebuznos y relinchos de las caballerías y los chirridos y sacudidas de los carros. También oyó el destrozo de la vegetación de ambos límites del camino de barro; hombres y caballos que apisonaban plantas, carros que arrollaban árboles y arbustos... Solo podía tratarse de un ejército.

Todo el mundo sabía que el rey Etelredo estaba en camino, pero no se había anunciado qué ruta seguiría y Aldred se sorprendió de que eligiera cruzar el río en Dreng's Ferry.

Cuando Aldred oyó el barullo estaba trabajando en el nuevo edificio del monasterio, una construcción de piedra que albergaba la escuela, la biblioteca y el *scriptorium*. Copiaba minuciosamente el Evangelio de San Mateo en una hoja de pergamino apoyada en una tabla que sostenía sobre las rodillas, con la caligrafía minúscula e intrincada que se usaba para la literatura en inglés. Trabajaba con devoción, pues se trataba de una tarea sacrosanta. Copiar un fragmento de la Biblia tenía una doble función: servía para crear un nuevo libro, por supuesto, pero también era la forma perfecta de meditar sobre el significado más profundo de las Sagradas Escrituras.

Tenía por norma no permitir que los acontecimientos mundanos interrumpieran nunca el trabajo espiritual. Pero en esta ocasión se trataba del rey... De modo que paró.

Cerró el libro de san Mateo, introdujo de nuevo el tapón en el tintero de asta, enjuagó el cálamo de la pluma en un cuenco de agua limpia, sopló sobre el pergamino para secar la tinta y volvió a colocarlo todo en el arcón donde se guardaban artículos tan valiosos. Lo hizo con meticulosidad, pero el corazón se le había disparado. ¡El rey! El rey era toda esperanza de justicia. Shiring había quedado en manos de unos gobernantes tiránicos, y tan solo Etelredo tenía la capacidad de cambiar eso.

Aldred jamás había visto al rey. Lo llamaban Etelredo el Malaconsejado, pues la gente decía que tenía el defecto de rodearse de malos asesores. Sin embargo, el prior no terminaba de creérselo. El hecho de afirmar que el monarca recibía consejos desacertados era una forma habitual de atacarlo sin que lo pareciera.

Fuera como fuese, Aldred no estaba tan seguro de que las decisiones de Etelredo fueran desacertadas. Había ascendido al trono con doce años y, a pesar de su corta edad, llevaba reinando veinticinco, lo cual constituía todo un éxito en sí mismo. Cierto era que había fracasado a la hora de infligir una derrota definitiva a los vikingos que estaban asolando el sur del país, pero llevaban haciéndolo doscientos años aproximadamente y ningún otro rey se había enfrentado a ellos con mucha mejor fortuna.

Entonces se dijo que tal vez ese día Etelredo no se hallara junto a las tropas que se aproximaban. Podría haber tomado un desvío con motivo de alguna misión para reunirse con el ejército más tarde. Los reyes no tenían por qué ser esclavos de los planes que habían dispuesto.

Cuando Aldred salió del edificio, los primeros soldados asomaban a lo lejos en la orilla opuesta del río. La mayoría eran jóvenes briosos que empuñaban armas de fabricación casera, sobre todo lanzas pero también algunos martillos, hachas y arcos. Se veía algún que otro anciano y también unas cuantas mujeres.

Aldred se acercó a la orilla. Dreng estaba allí, con aire malhumorado.

Blod impulsaba la barcaza hacia la ribera opuesta. Unos cuantos hombres se lanzaron inmediatamente al río para cruzarlo a nado, impacientes por llegar al otro lado, pero la mayoría de la gente no sabía nadar; ni siquiera Aldred había aprendido a hacerlo. Un hombre guio a su caballo hasta el agua y se aferró a la silla mientras el animal nadaba, pero la mayor parte eran bestias de carga que transportaban mucho peso. Pronto se aglomeró una multitud a la espera. Aldred se preguntó cuántos soldados constituían aquel ejército y cuánto tiempo los llevaría cruzar el río en su totalidad.

Podrían haber tardado la mitad de tiempo si hubiesen contado con Edgar y su balsa, pero este se había marchado a Combe, donde estaba ayudando a los monjes a levantar construcciones defensivas. Esos días Edgar se acogía a cualquier excusa para partir de viaje, de ese modo podía continuar buscando a Ragna. No se daba por vencido.

Blod atracó en la orilla opuesta del río y anunció el precio del trayecto. Los soldados ignoraron sus palabras y se apiñaron en la barcaza: quince, veinte, veinticinco… No tenían ni idea de cuánto peso podía soportar la embarcación, y Aldred vio que Blod discutía de forma encarnizada con varios hombres antes de lograr convencerlos a duras penas para que se apearan y aguardaran al siguiente servicio. Cuando quedaron tan solo quince a bordo, impulsó la barcaza para alejarla de la orilla.

Al llegar al otro lado, Dreng la increpó:

—¿Dónde está el dinero?

—Dicen que no tienen dinero —repuso Blod.

Los soldados empujaron a Blod a un lado para desembarcar.

—No tendrías que haberlos dejado subir si no pagan —protestó Dreng.

Blod miró a Dreng con desdén.

—Pues cruza tú y a ver si lo haces mejor.

Uno de los soldados oyó la discusión. Era un hombre de edad armado con una buena espada, de modo que debía de tratarse, probablemente, de un oficial de cierto rango.

—El rey no paga peajes —le espetó a Dreng—. Más vale que ayudes a los hombres a cruzar el río. Si no, seguramente le prenderemos fuego a todo el pueblo.

—No es necesaria la violencia —medió Aldred—. Soy Aldred, el prior del monasterio.

—Yo soy Cenric, uno de los oficiales de intendencia.

—¿Cuántos soldados hay en vuestro ejército, Cenric?

—Unos dos mil.

—Esta pobre esclava no podrá ayudarlos a cruzar a todos. Tardaría un día entero, o quizá dos. ¿Por qué no lo hacéis vosotros mismos?

—¿Qué hacéis metiéndoos en esto, Aldred? ¡La barcaza no es vuestra! —protestó Dreng.

—Cállate —le ordenó el prior.

—¿Quién os habéis creído que sois?

—Cierra el pico, zopenco, o te cortaré la lengua y te la meteré por el gaznate —le soltó Cenric.

Dreng abrió la boca para protestar, pero entonces debió de darse cuenta de que Cenric no amenazaba en vano y estaba dispuesto a cumplir su palabra, de modo que cambió de opinión y se apresuró a guardar silencio.

—Tenéis razón, prior Aldred —convino Cenric—, es el único modo de lograrlo. Haremos una cosa: el último hombre en subir a bordo impulsará la barcaza hasta la otra orilla y volverá a cruzar. Me quedaré aquí una hora y me aseguraré de que lo cumplan.

Dreng volvió la cabeza y vio que algunos soldados habían entrado en la taberna.

—Pero la cerveza sí que tendrán que pagarla —dijo con voz temerosa.

—Pues será mejor que vayas a servírsela —respondió Cenric—. Haré lo posible por que los hombres se convenzan de que no van a beber gratis. —Y, en tono sarcástico, apostilló—: Ya que has sido tan amable de prestarnos la barcaza.

Dreng corrió al interior de la taberna.

Cenric se dirigió a Blod:

—Un trayecto más, esclava, y podrás dejar la pértiga para los hombres.

Blod subió a la embarcación y la impulsó de nuevo.

—Queremos comprar todas las provisiones de comida y bebida que tengáis en el monasterio —anunció Cenric dirigiéndose a Aldred.

—Veré lo que nos sobra.

Cenric negó con la cabeza.

—Me da igual que os sobren o no, padre prior, las compraremos de todos modos. —Hablaba sin malicia, pero su tono excluía cualquier negativa—. El ejército no acepta un «no» por respuesta.

Además, los precios los fijarían ellos, pensó Aldred, y nada de regateos. Por fin formuló la pregunta que había tenido en mente durante toda la conversación:

—¿Os acompaña el rey Etelredo?

—Ah, sí, se encuentra en la cabeza del grupo, junto con los próceres. Llegará dentro de muy poco.

—Pues será mejor que me marche al monasterio para pedir que le preparen algo de comer.

Aldred se alejó de la ribera y ascendió por la colina hasta la casa de Bucca Fish, donde compró todo el pescado fresco que estaba expuesto y prometió regresar más tarde para pagarlo. Bucca se alegró de efectuar la venta, pues temía que de otro modo el producto fuera requisado o robado.

Aldred regresó al monasterio y dio orden de que prepararan comida para el rey. Les explicó a los monjes que si acudía algún oficial de intendencia pidiendo provisiones, debían decirle que todo estaba destinado al monarca. Empezaron a servir la mesa, donde dispusieron vino, pan y frutos secos.

Aldred abrió un cofre que estaba cerrado con llave y sacó una cruz de plata con un cordón de cuero. Se la colocó alrededor del cuello y volvió a cerrar el cofre. La cruz servía de indicación para que todos los visitantes supieran que él era el monje que dirigía el monasterio.

¿Qué le diría al rey? Tras años enteros deseando que Etelredo llegara a aquella región de Shiring donde apenas regía la ley y pusiera las cosas en su sitio, de pronto se descubrió buscando las palabras necesarias. Las malas acciones cometidas por Wilwulf, Wynstan y Wigelm constituían un relato largo y complejo, y muchos de sus delitos no podían probarse con facilidad. Se planteó mostrarle al rey su copia del testamento de Wilwulf, pero aquello solo justificaría una parte de la historia y, en cualquier caso, cabía la posibilidad de que el rey se ofendiera al ver un testamento que él no había autorizado. A Aldred le haría falta por lo menos una semana para ponerlo todo por escrito... Y lo más probable era que luego el rey no lo leyera: muchos nobles habían sido instruidos, pero la lectura no solía ser su actividad favorita.

Oyó vítores. Debían de ser en honor al rey. Salió del monasterio y bajó corriendo por la colina.

La barcaza se estaba acercando. La impulsaba un soldado y a bordo solo había un hombre, de pie en la proa, y un caballo. El hombre llevaba una túnica roja estampada con bordados en color oro y un manto azul ribeteado de seda. Las polainas se ajustaban con unas tiras estrechas de piel, y lucía unas botas con cordones de fino cuero. Una espada enfundada colgaba de su fajín de seda amarilla. No cabía duda de que era el rey.

Etelredo no miraba hacia el pueblo. Tenía la cabeza vuelta hacia la izquierda y observaba los restos calcinados del puente, cuyos pilares ennegrecidos aún afeaban el paisaje de la ribera.

Mientras Etelredo guiaba a su caballo desde la barcaza hasta la orilla, Aldred se percató de que estaba furioso.

El rey se dirigió a Aldred, ya que por la cruz sabía que era quien ostentaba la autoridad en el lugar.

—¡Pensaba que cruzaría el río por un puente! —exclamó en tono acusatorio.

«Eso explica por qué ha elegido este camino», pensó Aldred.

—¿Qué demonios ha pasado? —exigió saber el rey.

—Quemaron el puente, mi señor —contestó Aldred.

Etelredo entornó los ojos con perspicacia.

—No has dicho «se quemó», has dicho «quemaron». ¿Quién fue?

—No lo sabemos.

—Pero lo sospechas.

Aldred se encogió de hombros.

—Sería absurdo formular una acusación de la que no tengo pruebas, y más ante el rey.

—Yo sospecho del dueño de la barcaza. ¿Cómo se llama?

—Dreng.

—Ah, sí, claro.

—Pero su primo, el obispo Wynstan, juró que Dreng estaba en Shiring la noche que ardió el puente.

—Ya veo.

—Por favor, acompañadme a mi humilde monasterio y os serviremos algo de comida, mi rey.

Etelredo dejó el caballo para que otro se ocupara de él y subió a pie por la colina junto con Aldred.

—¿Cuánto tiempo tardará mi ejército en cruzar este maldito río?

—Dos días.

—Diantres.

Entraron en el monasterio y Etelredo echó un vistazo alrededor, sorprendido.

—Veo que hablabas en serio cuando decías que el monasterio era humilde.

Aldred le sirvió un vaso de vino. No disponía de ningún asiento especial, pero Etelredo ocupó un banco sin quejarse. Imaginó que ni siquiera un rey podía andarse con exigencias cuando viajaba con su ejército. Estudió de soslayo el rostro de aquel hombre y reparó en que aparentaba casi cincuenta años a pesar de que todavía no había cumplido los cuarenta.

El prior seguía sin saber cómo abordar la importante cuestión de la tiranía ejercida en Shiring, pero la conversación sobre el puente le había dado una idea.

—Podría construir un puente nuevo si tuviera dinero suficiente —dijo.

No estaba siendo muy sincero, pues el antiguo no le había costado nada.

—Yo no puedo sufragarlo —respondió Etelredo de inmediato.

—Pero podríais ayudarme a pagarlo —prosiguió Aldred con aire pensativo.

Etelredo suspiró, y Aldred reparó en que con toda probabilidad la mitad de las personas con quienes se topaba le decían cosas similares.

—¿Qué deseas? —preguntó el rey.

—Si el monasterio estuviera autorizado a cobrar peajes, organizar un mercado semanal y una feria al año, recuperaríamos el dinero e incluso podríamos costear el mantenimiento del puente a largo plazo.

Aldred estaba improvisando, pronunciando las palabras sobre la marcha. No había previsto aquella conversación, pero estaba seguro de que se le brindaba una oportunidad y estaba decidido a aprovecharla. Tal vez fuera la única ocasión en su vida en que pudiera hablar con el rey.

—¿Qué es lo que os lo impide? —preguntó Etelredo.

—Ya habéis visto lo que le ha ocurrido al puente. Somos monjes, estamos expuestos.

—¿Qué necesitas que yo pueda concederte?

—Una cédula real. En este momento somos tan solo una filial de la abadía de Shiring. El monasterio se fundó cuando la antigua colegiata se clausuró por un caso de corrupción: se acuñaba moneda falsa.

La expresión de Etelredo se ensombreció.

—Ya me acuerdo. El obispo Wynstan negó que estuviera al corriente.

Aldred no quiso profundizar en esa cuestión.

—No tenemos garantizado ningún derecho, y eso nos hace muy débiles. Necesitamos una cédula que diga que el monasterio es independiente y que está autorizado a construir un puente y cobrar el pontazgo, y a celebrar mercados y una feria. De ese modo los nobles que quisiesen atacarnos se lo pensarían dos veces.

—Y si te concedo esa cédula, mandarás construir un puente para mí...

—Sí que lo haré —aseguró Aldred mientras rezaba en silencio para que Edgar se mostrara tan colaborador como la vez anterior—. Y muy deprisa —añadió con optimismo.

—Pues dalo por hecho —accedió el rey.

Aldred no pensaba darlo por hecho hasta que efectivamente lo estuviera.

—Haré que redacten la cédula de inmediato —dijo—. Podréis revisarla mañana, antes de partir.

—Muy bien —convino el rey—. Bueno, ¿y qué me ofreceréis de comer?

—El rey está en camino —le dijo Wigelm a Wynstan—. No sabemos con exactitud dónde se encuentra, pero llegará en cuestión de días.

—Es muy probable —contestó Wynstan, ansioso.

—Y entonces confirmará mi nombramiento como *ealdorman*.

Se hallaban en el recinto del conde. Wigelm asumía sus funciones, aunque no había recibido el beneplácito del rey. Los dos hermanos se hallaban de pie frente al gran salón, mirando al este, hacia el camino principal que conducía a la ciudad de Shiring, como si el ejército de Etelredo tuviera que asomar por allí de un momento a otro.

Hasta esas horas no había indicios de su presencia, pero un

jinete solitario se acercaba al trote. Su caballo iba dejando una estela de vaho en el aire frío.

—Cabe todavía la posibilidad de que nombre conde al pequeño Osbert, con Ragna como regente del chico.

—Ya tengo el apoyo de cuatrocientos hombres y cada día cuento con más —dijo Wigelm.

—Muy bien. Si el rey nos ataca, el ejército nos defenderá; y si no, puede luchar contra los vikingos.

—Sea como sea, le demostraré mi habilidad para reunir un ejército, y por tanto mi capacidad para ser el conde de Shiring.

—Apuesto a que Ragna puede formar ejércitos igual de bien. Pero, por fortuna, el rey no sabe de lo que es capaz. Con un poco de suerte creerá que, si quiere contar con las tropas, necesita tu ayuda.

El título de conde, en realidad, debería recaer sobre Wynstan, pero era demasiado tarde para eso; llevaba un retraso de aproximadamente treinta años. Wilwulf era el hermano mayor, y su madre había situado a Wynstan en el que constituía el segundo mejor camino hacia el poder: la Iglesia. Sin embargo, uno no podía predecir el futuro, y la consecuencia que su madre, con su cuidadoso plan, no había previsto era que Wigelm, el terco hermano menor, debía cumplir ahora con aquella función.

—También tenemos otro problema —prosiguió Wynstan—. No podemos evitar que Etelredo dé audiencia, y no podemos impedir que hable de Ragna. Nos ordenará que la presentemos ante él, ¿y qué haremos entonces?

Wigelm suspiró.

—Ojalá pudiéramos matarla y listos.

—Eso ya lo hemos descartado. Lo nuestro nos costó salir airosos con Wilf. Si matamos a Ragna, el rey nos declarará la guerra.

El jinete que Wynstan había visto en el camino estaba entrando al trote en el recinto, y comprobó que se trataba de Dreng.

—¿Qué querrá ahora ese imbécil pelotillero? —gruñó, irritado.

Dreng dejó el caballo en la cuadra y se dirigió al gran salón.

—Buenos días tengáis, primos míos —dijo con una sonrisa empalagosa—. Espero que estéis bien.

—¿Qué te trae por aquí, Dreng? —preguntó Wynstan.

—El rey Etelredo ha venido al pueblo —explicó Dreng—. Su ejército ha cruzado el río con mi barcaza.

—Deben de haber tardado un buen rato. ¿Qué ha hecho el rey mientras esperaba?

—Le ha concedido una cédula al priorato. Tienen permiso real para construir un puente y cobrar el derecho de pontazgo, celebrar un mercado semanal y una feria al año.

—Aldred está construyéndose una zona de influencia —musitó Wynstan—. Esos monjes renuncian a los placeres terrenales pero saben bien cómo velar por sus intereses.

A Dreng pareció desagradarle que Wynstan no se sorprendiera más.

—Y luego el ejército se ha marchado —siguió diciendo.

—¿Cuándo crees que llegarán aquí?

—No vienen hacia aquí. Han vuelto a cruzar el río.

—¿Cómo? —La verdadera noticia era esa, aunque Dreng no la hubiera reconocido—. ¿Han dado media vuelta y han regresado hacia el este? ¿Por qué?

—Han recibido un mensaje diciendo que Sven Barbapartida ha atacado Wilton.

—Los vikingos deben de haber navegado río arriba desde Christchurch —dijo Wigelm.

A Wynstan le daba igual el modo en que Sven hubiera llegado hasta Wilton.

—¿No comprendes lo que eso significa? ¡Etelredo se ha marchado!

—O sea que no vendrá a Shiring —dijo Wigelm.

—No de momento, por lo menos. —Wynstan se sintió profundamente aliviado—. Y tal vez tarde lo suyo —añadió, esperanzado.

36

Junio de 1003

Edgar estaba dando forma a una viga con una azuela, una herramienta similar a un hacha, pero con una hoja arqueada dispuesta en perpendicular al mango, diseñada para desbastar la madera y moldear la superficie hasta dejarla lisa y torneada. Tiempo atrás ese tipo de ocupaciones le procuraban gran placer. Le reconfortaba el olor fresco de la madera raspada, el filo cortante de la hoja y, sobre todo, la imagen clara y lógica que tenía en mente de aquello que creaba. Sin embargo, últimamente trabajaba desganado, de manera tan mecánica como una rueda de molino girando sin cesar.

Hizo una pausa, enderezó la espalda y tomó un largo trago de cerveza suave. Volvió la vista hacia el río y contempló las frondosas y reverdecidas copas de los árboles de la otra orilla bajo el pálido sol de la mañana. Antaño, el bosque era un paraje peligroso a causa de Testa de Hierro, pero en los últimos tiempos los viajeros se adentraban en él sin tantos reparos como antes.

En la orilla de Edgar las tierras de cultivo de su familia empezaban a mudar del verde al amarillo a medida que la avena maduraba. Distinguió a lo lejos las figuras encorvadas de Erman y Cwenburg, que estaban desherbando acompañados de sus hijos. Winnie, que ya contaba cinco años, era lo bastante mayor para echar una mano en la labor, pero Beorn, de casi tres, estaba sentado en el suelo, jugando absorto con la tierra. Eadbald, algo más cerca, estaba comprobando el contenido de una nasa que acababa de sacar del estanque de los peces, donde estaba metido hasta la cintura.

Ya casi llegando a su vivienda se veían las nuevas casas que se habían levantado en el pueblo, y muchas de las antiguas se habían ampliado. La posada contaba con un cobertizo donde elaboraban la cerveza, del que en esos momentos emanaba el aroma a levadura de la cebada en fermentación. Blod se había hecho cargo de la elaboración de la bebida tras la muerte de Leaf y resultó que no se le daba mal. Edgar vio que Bebbe la Gorda estaba sentada en el banco que había frente a la posada, con una jarra en la mano.

Habían ampliado la iglesia, y el monasterio disponía de un nuevo edificio de piedra que albergaba la escuela, la biblioteca y el *scriptorium*. Justo enfrente de la casa de Edgar, a mitad de la cuesta, estaban despejando poco a poco el terreno destinado al nuevo templo, de mayores dimensiones, que se alzaría allí algún día, si Aldred conseguía realizar sus sueños.

El optimismo y la ambición del prior eran contagiosos y, a excepción de Edgar, casi todo el pueblo encaraba el futuro con ánimo y esperanza. Todo lo que Aldred y él habían logrado en los últimos seis años tenía un regusto amargo. El joven solo podía pensar en Ragna, quien languidecía cautiva en algún lugar, sin que él pudiera hacer nada para ayudarla.

Estaba a punto de reanudar el trabajo cuando vio a Aldred, que bajaba del monasterio. La reparación del puente estaba llevando menos tiempo que su construcción original, pero el progreso no era significativo y el prior se desesperaba, preso de la impaciencia.

—¿Cuándo estará terminado? —quiso saber.

Edgar echó un vistazo al puente en obras. Había usado su hacha vikinga para trocear los restos carbonizados, había dejado que la corriente se llevara las cenizas inservibles y había apilado maderos medio quemados en la orilla del río para reutilizarlos como leña. Después había reemplazado los sólidos contrafuertes de ambas orillas y, a continuación, había construido una serie de sencillas barcas de fondo plano, las había unido entre sí y había amarrado los extremos a los estribos a fin de formar los pontones. En esos momentos estaba trabajando en la armadura que descansaría sobre las barcas y serviría de sostén al tablero.

—¿Cuándo estará listo? —insistió Aldred.

—Hago lo que puedo —contestó Edgar, irritado.

—No he dicho lo contrario, solo te he preguntado cuándo estará listo. ¡El priorato necesita el dinero!

A Edgar le daba igual el priorato y no le gustaba el tono que había empleado Aldred. Se había percatado de que, desde hacía un tiempo, algunos de sus amigos habían empezado a resultarle un tanto antipáticos. Era como si todo el mundo quisiera algo de él, y sus exigencias le molestaban.

—¡Estoy solo! —protestó.

—Puedo enviarte más monjes como mano de obra.

—No necesito mano de obra. La mayor parte del trabajo requiere conocimiento del oficio.

—Podríamos buscar albañiles que te ayudaran.

—Es probable que sea el único menestral de Inglaterra dispuesto a trabajar a cambio de que le enseñen a leer.

Aldred suspiró.

—Sé que somos afortunados de contar contigo y lamento importunarte, pero no sabes las ganas que tenemos de verlo terminado.

—Calculo que el puente estará listo para su uso en otoño.

—Si encontrara a otra persona que conociera el oficio y trabajara contigo, ¿crees que podría ser antes?

—Os deseo suerte. Casi todos los albañiles de los alrededores se han ido a Normandía porque allí los salarios son más altos. Nuestros vecinos del otro lado del Canal hace tiempo que nos llevan la delantera en la construcción de castillos y, por lo visto, ahora el joven duque Ricardo ha decidido dirigir su atención a las iglesias.

—Lo sé.

Había algo más que inquietaba a Edgar.

—He visto que un monje de paso se alojó anoche en el monasterio. ¿Tenía noticias del rey Etelredo?

Tras los largos meses que había dedicado a la búsqueda de Ragna, Edgar estaba convencido de que el rey representaba la única esperanza de encontrarla y liberarla.

—Sí, nos ha contado que Sven Barbapartida saqueó Wilton y prosiguió la marcha —contestó Aldred—. Etelredo no llegó a tiempo. Los vikingos ya habían zarpado en dirección a Exeter, de manera que nuestro rey y su ejército han partido hacia allí.

—Deben de haber tomado el camino de la costa porque esta vez Etelredo no ha pasado por Shiring.

—Así es.

—¿El rey ha celebrado audiencia en las tierras de Shiring?

—Por lo que sabemos, no. Tampoco ha confirmado a Wigelm como conde ni ha decretado nuevas órdenes sobre Ragna.

—Maldita sea. Lleva prisionera casi diez meses.

—Lo siento, Edgar. Lo siento por ella y por ti.

Edgar no deseaba la compasión de nadie. Echó un vistazo a la posada y vio a Dreng junto al edificio. Se había detenido al lado de Bebbe, pero estaba vuelto hacia ellos.

—¿Qué estás mirando? —le gritó Edgar.

—A vosotros dos —contestó Dreng—. A saber qué estaréis tramando ahora.

—Estamos construyendo un puente.

—Ya, pues ándate con ojo. Sería una pena que este también se quemara.

El hombre se echó a reír, se dio la vuelta y entró en la taberna.

—Ojalá se pudra en el infierno —masculló Edgar.

—Oh, de eso no me cabe duda —comentó Aldred—. Pero, mientras tanto, tengo otro plan.

Aldred viajó a Shiring y regresó una semana después con el sheriff Den y seis hombres de armas.

Edgar oyó los caballos y apartó la vista del trabajo. Blod salió de la taberna para ver qué ocurría. Al cabo de un par de minutos casi todo el pueblo se había congregado en la orilla del río. A pesar de que era verano, soplaba una brisa desapacible y hacía fresco. El cielo estaba encapotado y amenazaba lluvia.

Los hombres de armas guardaban absoluto silencio con gesto adusto. Dos de ellos cavaron un hoyo hondo en el suelo frente a la taberna, en el que encajaron un poste. La gente empezó a hacer preguntas que no obtuvieron respuesta, cosa que aumentó su curiosidad.

Aun así, resultaba fácil adivinar que alguien estaba a punto de recibir un castigo.

Los hermanos de Edgar se enteraron de que ocurría algo y acudieron con Cwenburg y los niños.

Cuando el poste quedó alojado con firmeza en el hoyo, los hombres de armas prendieron a Dreng.

—¡Soltadme! —gritó este entre forcejeos.

Lo despojaron de sus ropas, cosa que arrancó las risas de la multitud.

—¡Mi primo es el obispo de Shiring! —bramó Dreng—. ¡Lo pagaréis muy caro!

—¡Dejadlo en paz! —gritó Ethel, la única esposa que le quedaba al tabernero, mientras arremetía contra los hombres de armas con puñetazos carentes de fuerza.

Los hombres hicieron caso omiso de ella y ataron a su marido al poste.

Blod contemplaba la escena sin inmutarse.

El prior Aldred se dirigió a la multitud.

—El rey Etelredo ha ordenado que se construya un puente —anunció—. Dreng amenazó con quemarlo.

—¡No es cierto! —protestó Dreng.

Bebbe la Gorda se encontraba entre los vecinos reunidos.

—Sí, sí que lo es —afirmó la mujer—. Yo estaba allí y te oí decirlo.

—Represento al rey. Y un rey no admite desobediencia —intervino el sheriff Den.

Todos lo sabían.

—Quiero que vayáis a casa, busquéis un balde o un puchero y volváis con lo que halléis, rápido.

Los aldeanos y los monjes obedecieron con presteza. Estaban ansiosos por ver lo que iba a suceder. Entre los pocos que se negaron se encontraban Cwenburg, la hija de Dreng, y sus dos maridos, Erman y Eadbald.

—Dreng empleó palabras incendiarias —prosiguió Den cuando todos hubieron regresado—. Ahora procederemos a apagar su ardor. Que todo el mundo llene el recipiente en el río y vierta el agua sobre Dreng.

Edgar imaginó que el castigo era idea de Aldred, un escarmiento más simbólico que doloroso. A pocas personas se les habría ocurrido un correctivo tan suave, si bien era cierto que resultaba humillante, sobre todo para un hombre como Dreng, que se jactaba de lo bien emparentado que estaba con las altas esferas.

Además, también servía de advertencia: Dreng no había recibido su merecido por el incendio del puente porque entonces este pertenecía a Aldred, un mero prior de un pequeño monasterio, mientras que Dreng contaba con el apoyo del obispo de Shiring. Sin embargo, la intervención del sheriff advertía que no ocurriría lo mismo con el nuevo puente. Este pertenecía al rey y Wynstan se vería en serios apuros en el caso de que pretendiera proteger a quien le prendiera fuego.

Los aldeanos comenzaron a vaciar los recipientes llenos de agua de río sobre Dreng. El hombre no contaba con muchas simpatías entre sus vecinos, quienes disfrutaban de manera evidente con lo que hacían. Algunos se la arrojaron a la cara con toda la intención, lo que motivó las maldiciones del tabernero. Otros se rieron y se la echaron por la cabeza. Varias personas volvieron al río a llenar el balde. Dreng empezó a temblar.

Edgar no participó, se quedó mirando con los brazos cruzados. «Dreng nunca lo olvidará», pensó.

—¡Ya es suficiente! —gritó Aldred al cabo de un rato.

Los aldeanos se detuvieron.

—Permanecerá aquí hasta mañana al amanecer. Quien lo liberase antes, ocupará su lugar —anunció Den.

Con el frío que hacía, Dreng iba a pasar una mala noche, se dijo Edgar, pero lo soportaría.

Den condujo a sus hombres de armas al monasterio, donde suponía que se hospedarían hasta el día siguiente. Edgar esperaba que les gustaran las habas.

Los aldeanos comprendieron que aquello era todo y se dispersaron poco a poco.

El joven estaba a punto de reanudar su trabajo cuando vio que Dreng lo miraba.

—Vamos, ríete —lo retó el tabernero.

Edgar no se inmutó.

—Me ha llegado un rumor sobre tu preciosa dama normanda, Ragna.

Esta vez se quedó helado. Quería irse, pero no podía.

—Se dice que está embarazada.

Edgar lo miró fijamente.

—Venga, ríete ahora.

Estuvo dándole vueltas a la provocación de Dreng. Podría ser que se lo hubiera inventado, por supuesto, o que el rumor fuera falso, como ocurría a menudo. Aun así, también era posible que Ragna estuviera embarazada.

Y, en ese caso, cabía la posibilidad de que Edgar fuera el padre.

Solo habían hecho el amor una vez, pero con una vez bastaba. Sin embargo, la noche de pasión había sido en agosto, por lo que el niño tendría que haber nacido en mayo y estaban en junio.

También podía ser que el niño se retrasara. O quizá ya había nacido.

Esa noche le preguntó a Den si a él también le había llegado el rumor, y así era.

—¿Y se sabe para cuándo lo espera?

—No.

—¿Habéis encontrado alguna pista acerca del lugar en el que podría hallarse Ragna?

—No, y de contar con ella, ya habría ido a rescatarla.

Edgar había tenido aquella conversación sobre el paradero de Ragna centenares de veces. El rumor del embarazo no lo acercó a obtener una respuesta; al contrario, solo supuso un nuevo tormento.

Hacia finales de junio se percató de que necesitaba clavos. Podía hacerlos en la antigua fragua de Cuthbert, pero tendría que ir a Shiring para comprar hierro. A la mañana siguiente ensilló a Estribo y partió en compañía de dos cazadores que se dirigían a la ciudad para vender pieles.

A media mañana se detuvieron en una posada al borde del camino conocida como Stumpy's, «el cojo», porque al propietario le faltaba una pierna. Estribo comió un puñado de grano de la mano de Edgar y luego se fue a beber a un estanque y a ramonear la hierba de los alrededores mientras el joven comía pan y queso sentado en un banco al sol, en compañía de los cazadores y de otros hombres del lugar.

Estaba a punto de reemprender la marcha cuando pasó una partida de hombres de armas a caballo. Se sobresaltó al ver a Wynstan a la cabeza, pero, por fortuna, el obispo no reparó en él.

No obstante, lo que más le sorprendió fue ver que los acompañaba una mujer menuda de cabello gris que conocía: se trataba de Hildi, la partera de Shiring.

Siguió la comitiva con la mirada hasta que desapareció en una nube de polvo, en dirección a Dreng's Ferry. ¿Por qué motivo escoltaría Wynstan a una comadrona? ¿Sería una coincidencia que se rumoreara que Ragna estaba embarazada? Quizá, pero Edgar decidió creer que no.

Si llevaban a la comadrona hasta Ragna para que la asistiera, también podían conducirlo a él hasta ella.

Se despidió de los cazadores, montó en Estribo y desanduvo el camino al trote.

No quería dar alcance a Wynstan antes de llegar a Dreng's Ferry, cosa que podría acarrearle problemas, pero estaba convencido de que se encaminaban hacia allí. O bien harían noche en el pueblo, o bien seguirían su camino, puede que hasta Combe. En todo caso, Edgar los seguiría a una distancia prudencial hasta su destino.

Desde la desaparición de Ragna, no habían sido pocas las ocasiones en que se había dejado llevar por una esperanza desaforada que el más cruel de los desengaños se había encargado de frustrar y se dijo que esa vez podía ocurrir lo mismo. Aun así, las pistas eran prometedoras y no pudo evitar que el optimismo se apoderara de él, una excitación que desterró su depresión, al menos de momento.

Llegó a Dreng's Ferry al mediodía sin haberse topado con nadie más por el camino y supo de inmediato que Wynstan y su grupo no se habían detenido en el pueblo. Se trataba de un lugar pequeño y algunos de los hombres estarían en la puerta de la taberna, bebiendo, mientras los caballos pastaban.

Entró en la casa de los monjes y buscó a Aldred.

—¿Ya estás de vuelta? ¿Has olvidado algo? —se interesó el prior.

—¿Habéis hablado con el obispo? —preguntó Edgar sin preámbulos.

Aldred lo miró perplejo.

—¿Qué obispo?

—¿Wynstan no ha pasado por aquí?

—No, salvo que lo hiciera de puntillas.

Edgar estaba desconcertado.

—Qué extraño. Me lo he cruzado yendo hacia Shiring, acompañado de un pequeño destacamento. Tenían que dirigirse hacia aquí, ese camino no va a ninguna otra parte.

Aldred frunció el ceño.

—Lo mismo me sucedió en febrero —musitó el prior, pensativo—. Volvía de Shiring y me crucé en el camino con Wigelm, que iba en dirección opuesta. Pensé que debía de haber estado aquí, y me preocupé pensando qué maldades habría cometido, pero cuando llegué, el hermano Godleof me dijo que no lo habían visto por Dreng's Ferry.

—Debían de dirigirse a algún lugar situado entre la posada y el pueblo.

—Pero no hay nada entre Stumpy's y Dreng's Ferry.

Edgar chasqueó los dedos.

—Wilwulf tenía un pabellón de caza en lo profundo del bosque, al sur del camino de Shiring.

—Se quemó. Wigelm construyó un nuevo pabellón en el valle de Outhen; por lo visto, allí abunda más la caza.

—Dijeron que se había quemado —puntualizó Edgar—. Pero igual no era cierto.

—Nadie lo puso en duda.

—Voy a comprobarlo.

—Iré contigo —decidió Aldred—, pero ¿no sería mejor que nos acompañara el sheriff Den y que trajera a algunos de sus hombres?

—No pienso esperar —repuso Edgar—. Se tardarían dos días en llegar a Shiring y luego un día y medio para regresar a la posada de Stumpy's. No puedo estar cuatro días de brazos cruzados. ¿Y si trasladan a Ragna mientras tanto? Si está en el antiguo pabellón de caza, la veré hoy.

—Tienes razón —reconoció Aldred—. Voy a ensillar un caballo.

También se colgó del cuello la cruz de plata con el cordón de cuero. Edgar lo vio con buenos ojos: los hombres de Wynstan vacilarían antes de atacar a un monje con una cruz. O puede que no.

Poco después se habían puesto en camino.

Ninguno había estado en el pabellón de caza. Se hubiera incendiado o no, hacía años que nadie lo usaba: Wilwulf se había ido a la guerra y había regresado gravemente herido, y tras su muerte, Wigelm cazaba en otro lugar.

Solo conocían su ubicación aproximada. Entre Dreng's Ferry y la posada tenía que haber una vereda que partiera del camino y se adentrara en el bosque en dirección sur. Lo único que Edgar y Aldred tenían que hacer era encontrarla. Si era cierto que el pabellón había ardido y ya no lo usaba nadie, entonces la tarea se complicaría, pues el desvío estaría cubierto de vegetación y sería difícil verlo. Sin embargo, si la historia del incendio era una mentira destinada a desviar las sospechas y la vereda aún se usaba para llegar al pabellón a fin de llevar provisiones —y una partera—, entonces habría una hendidura visible en el camino; la maleza estaría pisoteada y los árboles jóvenes mostrarían algún daño o habrían sido arrancados.

Edgar y Aldred efectuaron varias excursiones infructuosas a lo largo de senderos que los condujeron a casas aisladas, a granjas y a una pequeña aldea de la que ninguno de los dos había oído hablar. Ya casi habían llegado a la posada cuando Edgar reparó en un punto por el que habían pasado varios caballos ese mismo día. Los arbustos tenían algunas ramitas partidas y el suelo estaba salpicado de excrementos recientes. Se le aceleró el pulso.

—Creo que lo hemos encontrado.

Tomaron el desvío. El camino se hizo más angosto, pero cada vez era más evidente que alguien acababa de pasar por allí. El miedo y la esperanza empezaron a apoderarse de Edgar. Puede que encontrara a Ragna, pero, de ser así, también se toparía con Wynstan y no sabía de lo que este era capaz. Aldred avanzaba junto a él sin dar muestras de inquietud, aunque probablemente pensaba que Dios lo protegería.

El bosque estaba reverdecido y exuberante. No transcurría más de un minuto sin que Edgar atisbara un ciervo que se movía con sigilo entre las sombras moteadas, prueba de que hacía mucho que nadie cazaba por allí. Tuvieron que aminorar la marcha, las ramas bajas invadían el camino y desmontaban para sortearlas. Recorrieron un par de kilómetros y continuaron avanzando.

Entonces Edgar oyó unas voces infantiles.

Ataron sus caballos y prosiguieron a pie, poco a poco, tratando de no hacer ruido, hasta que llegaron al borde de un claro y se detuvieron a la sombra de un enorme roble.

Edgar reconoció a los niños de inmediato: el de cuatro años era Osbert, los mellizos de dos años eran Hubert y Colinan, y las niñas eran las hijas de Cat, Mattie, que tenía cuatro, y Edie, de tres. Aunque un poco demacrados, por lo demás parecían estar bien, corriendo detrás de una pelota.

Sin embargo, el aspecto de Cat lo dejó impactado. Tenía el pelo lacio y sin vida, la piel cubierta de manchas y un forúnculo en un lado de la nariz respingona. Lo peor de todo era que la mirada traviesa que animaba su rostro había desaparecido y había sido sustituida por una expresión aletargada. Estaba de pie, vencida de hombros, vigilando a los niños con escaso interés.

Edgar miró la casa de madera que se veía detrás de Cat. Las ventanas estaban cerradas con tablones que impedían abrir los postigos. La puerta estaba atrancada por fuera con una barra pesada, custodiada por un guardia que había sentado cerca, en un banco, vuelto hacia el otro lado mientras se hurgaba la nariz. Edgar vio que se trataba de un chico de Shiring llamado Elfgar. Llevaba el brazo derecho envuelto en un vendaje sucio.

Había más edificios y un campo donde pastaban unos caballos y supuso que serían las monturas de Wynstan y sus hombres.

—Esa es la prisión secreta —le susurró Aldred—. Deberíamos irnos ya, antes de que nos vean. Vamos ahora mismo a Shiring a buscar a Den.

Edgar sabía que Aldred tenía razón, pero estaban tan cerca que se descubrió incapaz de moverse de allí.

—Tengo que ver a Ragna —contestó.

—No hace falta que la veas, seguro que está ahí. Cuanto más nos demoremos, más peligroso será.

—Id a buscar a Den. No me importa que me tengan preso unos días.

—¡No seas necio!

Una voz estentórea a sus espaldas interrumpió la conversación que mantenían entre susurros:

—¿Quién demonios sois?

Los dos se volvieron en redondo. El recién llegado era un

hombre de armas llamado Fulcric, que llevaba una lanza en la mano y un puñal largo que colgaba del cinturón, enfundado en su vaina de madera. Las cicatrices de las manos y la cara demostraban que era un hombre avezado en el campo de batalla, por lo que Edgar enseguida comprendió que sería inútil oponer resistencia.

—Soy el prior Aldred y he venido a hablar con lady Ragna —contestó Aldred, adoptando un tono autoritario.

—Hablaréis con el obispo Wynstan antes de ver a nadie —repuso Fulcric.

—Muy bien —aceptó Aldred, como si tuviera otra alternativa.

—Por allí.

Fulcric señaló una casa al otro lado del claro con un gesto de la cabeza.

Edgar se volvió y salió de entre los árboles.

—Hola, Cat —la saludó en voz baja—. ¿Cómo estás?

Cat lanzó un gritito de sorpresa.

—¡Edgar! —La mujer miró a su alrededor con expresión asustada—. Aquí corres peligro.

—No importa —aseguró él—. ¿Ragna también se encuentra en este lugar?

—Sí. —Cat vaciló—. Está embarazada.

Entonces era cierto.

—Eso he oído.

Estaba a punto de preguntar qué día nacería el niño cuando Elfgar despabiló y se puso en pie de un respingo.

—¡Eh, vosotros! —les llamó la atención.

—Andas medio dormido, muchacho. Estaban escondidos entre los árboles —le recriminó Fulcric.

—Nos conocemos, Elfgar —dijo Edgar—. No tienes nada que temer por mi parte. ¿Qué te ha pasado en el brazo?

—Estaba en el ejército del rey y un vikingo me hirió con una lanza —contestó el chico con orgullo—. Está curando, pero no puedo luchar hasta que mejore, por eso me enviaron a casa.

—Vosotros dos, no os paréis —les advirtió Fulcric.

Cruzaron el claro, pero aún no habían alcanzado la casa cuando se abrió la puerta y salió Wynstan. Aunque la presencia de Edgar y Aldred pareció sorprenderlo, curiosamente no se mostró contrariado.

—¡Vaya, veo que al final lo habéis encontrado! —exclamó de buen humor.

—He venido a ver a lady Ragna —dijo Aldred.

—Yo tampoco la he visto aún. He estado… ocupado.

Wynstan echó un vistazo atrás con toda la intención y Edgar creyó ver a Agnes a través de la puerta abierta de la casa de la que el obispo había salido.

Lo cual confirmaba otro rumor.

—La habéis secuestrado y confinado en este lugar en contra de su voluntad —lo acusó Edgar—. Un delito por el que tendréis que rendir cuentas.

—Te equivocas —repuso Wynstan con absoluta despreocupación—. Lady Ragna deseaba alejarse de la mirada de la gente y llorar a su difunto esposo en privado durante un año. La invité a instalarse en este pabellón aislado para que no la molestaran y aceptó mi ofrecimiento con gratitud.

Edgar lo miró con los ojos entornados. Las viudas a veces se retiraban durante el luto, pero elegían un convento, no un pabellón de caza. ¿Era posible que alguien creyera semejante patraña? Los presentes sabían que se trataba de una mentira flagrante, pero quizá otros confiarían en su palabra. Wynstan se había librado de la condena por falsificación con un ardid igual de retorcido.

—Exijo que liberéis a lady Ragna de inmediato —lo apremió Edgar.

—¿Cómo pretendes que la libere si no está prisionera? —insistió Wynstan apelando a la lógica, sin abandonar su falsa pose de amabilidad—. Lady Ragna ha expresado su deseo de regresar a Shiring y he venido a escoltarla hasta allí.

Edgar lo miró incrédulo.

—¿Vais a llevarla de vuelta al recinto?

—Sí. Como es natural, quiere ver al rey Etelredo.

—¿El rey visitará Shiring?

—Así se nos ha informado, aunque no sabemos cuándo.

—¿Y vais a llevar a Ragna ante él?

—Naturalmente.

Edgar estaba confuso. ¿Qué se traía Wynstan entre manos? No cabía duda de que tanta afabilidad era del todo falsa, pero ¿qué pretendía en realidad?

—¿Ella corroboraría lo que decís?

—Ve y pregúntale tú mismo —contestó Wynstan—. Elfgar, déjalo pasar.

El chico retiró la barra que impedía el paso y Edgar entró. La puerta se cerró detrás de él.

La estancia permanecía a oscuras, los postigos estaban echados sobre las ventanas. Olía mal, como los alojamientos de los esclavos del recinto del conde, de los que no se permitía salir a nadie una vez que anochecía. Las moscas revoloteaban alrededor de un puchero tapado que había en un rincón. Debía de hacer meses que no cambiaban las esteras del suelo. Los ratones correteaban entre sus pies. Hacía calor, no se podía respirar.

Cuando su vista se acostumbró a la penumbra, Edgar vio a dos mujeres sentadas una frente a la otra en un banco, cogidas de la mano. Era evidente que había interrumpido una conversación íntima. Una de ellas era Hildi, quien se levantó y se fue de inmediato. La otra tenía que ser Ragna, pero estaba casi irreconocible. Llevaba el pelo sucio, por lo que había perdido la tonalidad cobriza y se lo veía más oscuro, y tenía la cara llena de granos. El vestido, azul en otros tiempos, en ese momento estaba cubierto de lamparones entre marrones y grises. Los zapatos estaban destrozados.

Le tendió las manos para abrazarla, pero ella no se acercó.

Edgar había imaginado ese momento miles de veces: las sonrisas extasiadas, los besos infinitos, el cuerpo de Ragna pegado al suyo, los arrumacos entre susurros. La realidad no se parecía en nada a lo que había soñado.

Dio un paso hacia ella, pero Ragna se levantó al instante y retrocedió.

784

Edgar comprendió que debía hacerse cargo de su situación. La habían obligado a doblegarse. No era ella. Debía ayudarla a recuperar a la antigua Ragna.

—¿Puedo besarte? —preguntó con dulzura, haciendo grandes esfuerzos para que no se le quebrara la voz.

Ragna bajó la mirada.

—¿Por qué no? —quiso saber, manteniendo el mismo tono tranquilo y afectuoso.

—Estoy horrible.

—Te he visto mejor vestida. —Le sonrió—. Pero eso no importa. Sigues siendo tú. Estamos juntos. Todo lo demás me da igual.

Ragna negó con la cabeza.

—Di algo —le pidió Edgar.

—Estoy embarazada.

—Eso ya lo veo. —La observó con detenimiento. El bulto era claramente visible, pero todavía no excesivo—. ¿Para cuándo lo esperas?

—Para agosto.

Edgar ya lo sospechaba, pero la confirmación supuso un duro golpe.

—Entonces no es mío.

Ella negó con la cabeza.

—¿De quién es?

—De Wigelm. —Por fin lo miró—. Sus hombres me sujetaron. —Un atisbo de rebeldía asomó en su expresión—. Muchas veces.

Edgar tuvo la sensación de que lo hubieran arrollado. Le faltaba el aire. No era de extrañar que Ragna se hallara hundida en la desesperación. De hecho, era un milagro que no se hubiera vuelto loca.

Cuando Edgar recuperó la voz, no supo qué decir.

—Te quiero —consiguió musitar al fin.

Sus palabras no parecieron calar en ella.

Daba la impresión de que estaba ida, aturdida, como alguien

apenas consciente, una sonámbula. ¿Qué podía hacer? Deseaba reconfortarla, pero no conseguía llegar a ella. La habría tocado; sin embargo, al levantar las manos, ella retrocedió. Podría haber hecho caso omiso de su resistencia y haberla abrazado de todos modos, pero creyó que solo lograría recordarle lo que Wigelm había hecho. Se sentía impotente.

—Quiero que te vayas —dijo Ragna.

—Haré lo que me pidas.

—Entonces vete.

—Te quiero.

—Vete, por favor.

—Me voy. —Se dirigió a la puerta—. Un día estaremos juntos. Lo sé.

Ragna no contestó. Edgar creyó ver el brillo de las lágrimas en sus ojos, pero la habitación estaba en penumbra y tal vez solo era lo que le habría gustado imaginar.

—Al menos despídete de mí —le pidió.

—Adiós.

Llamó a la puerta y esta se abrió de inmediato.

—*Au revoir* —pronunció Edgar en francés—. Volveremos a vernos, pronto.

Ragna se dio la vuelta y Edgar se fue.

Ragna abandonó el pabellón de caza al día siguiente junto a Cat y los niños. Viajaron en el mismo carro que los había llevado hasta allí. Partieron temprano y llegaron con la caída de la oscuridad. Las mujeres estaban cansadas y los niños estaban de mal humor, de manera que todos se fueron a dormir tan pronto como entraron en la casa.

A la mañana siguiente Cat tomó prestado un perol grande de hierro de la cocina y calentaron agua al fuego para lavar a los niños de pies a cabeza. Ellas se asearon a continuación. Después de ponerse ropa limpia, Ragna empezó a recuperar la sensación de ser un ser humano y no ganado en una cuadra.

Gilda, la cocinera, apareció con una hogaza de pan, mantequilla fresca, huevos y sal, y todos se abalanzaron sobre la comida como si llevaran semanas sin probar bocado.

Ragna debía recuperar su hogar y decidió comenzar con Gilda.

—¿Te gustaría venir a trabajar para mí? —le preguntó cuando la mujer ya se iba—. Y tu hija también, Wilnod, ¿qué te parece?

Gilda sonrió.

—Sí, gracias, mi señora.

—Ahora mismo no dispongo de dinero con que pagarte, pero no será por mucho tiempo. El mensajero de Normandía no debería tardar en llegar.

—No os preocupéis por eso, mi señora.

—Luego hablaré con el maese cocinero. De momento, no le digas nada a nadie.

En cuanto al resto de sus posesiones, parecía que todo estaba allí. La ropa estaba distribuida por las paredes de la estancia, en colgadores, y daba la impresión de que la habían aireado a fondo. También la mayoría de los arcones, con sus cepillos y peines, aceites perfumados, cinturones y zapatos, incluso las joyas. Solo faltaba el dinero.

Iba a ver al maese cocinero, un mero sirviente, pero debía establecer su autoridad desde el principio. Escogió un vestido de seda marrón oscuro, que complementó con una faja dorada que se ciñó a la cintura, y eligió un gorro alto y puntiagudo, que sujetó con un cintillo adornado con pedrería. Remató el conjunto con un colgante y un brazalete.

Cruzó el recinto con la cabeza bien alta.

Todos sentían curiosidad por verla y comprobar el estado en que se encontraba. Miró a la cara a cuantos se cruzaron con ella, decidida a que los maltratos que había sufrido no la hicieran parecer una mujer acobardada. En un primer momento, la gente no sabía cómo reaccionar, pero luego optaban por no arriesgarse y la saludaban con una reverencia. Ragna se detuvo a hablar con algunos, que respondieron a su atención con agradecimiento. Supuso que debían de recordar con nostalgia los tiempos en que Wilwulf y ella estaban al frente del recinto; dudaba que Wigelm hubiera sabido crear el mismo ambiente.

El maese cocinero se llamaba Bassa.

—Buenos días, Bassa —lo saludó, acercándose a él.

El hombre se sobresaltó.

—Buenos días —contestó este. Luego, tras una breve vacilación, añadió—: Mi señora.

—Gilda y Wilnod irán a trabajar a mi casa —lo informó en un tono que no admitía réplica.

Bassa no supo qué decir.

—Muy bien, mi señora —se decidió al fin. La gente solía ahorrarse problemas diciendo que sí a todo.

—Que empiecen mañana por la mañana —apuntó Ragna con voz más suave—. Así tendrás tiempo para disponer tu cocina como precises.

—Gracias, mi señora.

Ragna salió de allí sintiéndose mejor. Se comportaba como una noble poderosa y la gente la trataba como tal.

Acababa de entrar en casa cuando apareció el sheriff Den acompañado de dos de sus hombres.

—Necesitáis escolta —señaló.

Era cierto. Tras la muerte de Bern, había quedado desprotegida y a Wigelm le había resultado sencillo secuestrarla en medio de la noche sin que nadie se enterara. No quería volver a ser tan vulnerable nunca más.

—Os presto a Cadwal y a Dudoc hasta que contratéis a vuestros propios guardias —le ofreció Den.

—Gracias —contestó Ragna, asaltada en ese momento por una duda—. Aunque no sé dónde podría encontrarlos.

—Este otoño muchos soldados volverán de la guerra con los vikingos. La mayoría de ellos regresarán a sus granjas y a sus talleres, pero habrá quienes busquen empleo y contarán con la experiencia que necesita un guardia.

—Bien visto.

—Convendría que los pertrecharais con armas decentes. Y os

recomiendo que les facilitéis jubones gruesos de cuero. Los mantendrán calientes en invierno al tiempo que les servirán de protección.

—Tan pronto como disponga de dinero.

Aún transcurrió otra semana antes de que viera los primeros peniques. Llegaron con el prior Aldred, a quien Odo y Adelaide habían dejado en custodia la recaudación que le llevaban a Ragna cada tres meses.

Aldred también apareció con una hoja de pergamino doblada. Se trataba de una copia del testamento de Wilwulf, transcrita en su *scriptorium*.

—Podría seros útil cuando veáis al rey Etelredo —dijo.

—¿Creéis que lo necesito? Voy a acusar a Wigelm de secuestro y violación. Ambos crímenes fueron presenciados por mi doncella Cat. —Se llevó la mano al vientre—. Y si se necesitaran más pruebas, cuento con esto.

—Y con eso bastaría si viviéramos en un mundo que se rigiera por la ley. —Aldred tomó asiento en un banco, se inclinó hacia delante y bajó la voz—: Pero la ley se supedita al hombre, como bien sabéis.

—Estoy convencida de que las acciones de Wigelm ofenderán gravemente al rey Etelredo.

—Cierto. Y podría enviar su ejército a Shiring y detener a Wigelm y a Wynstan; bien sabe Dios que, por sus obras, los dos lo merecen con creces. Sin embargo, el rey está volcado en la lucha contra los vikingos y tal vez crea que no es el mejor momento para enfrentarse a unos nobles ingleses que además resultan ser sus aliados.

—¿Estáis diciéndome que Wigelm va a salirse con la suya?

—Lo que digo es que Etelredo lo considerará un problema político en lugar de una simple cuestión de crimen y castigo.

—Maldita sea. Entonces ¿cómo creéis que resolverá el problema?

—Tal vez piense que la respuesta más sencilla sea que os caséis con Wigelm.

Ragna se levantó, furiosa.

—¡Jamás! —gritó—. ¡No puede obligarme a casarme con el hombre que me ha violado!

—No creo que os obligara, no. Es más, aunque esa fuera su intención, sospecho que la nueva reina normanda se pondría de vuestro lado. Sin embargo, no os conviene enfrentaros al rey, si podéis evitarlo. Necesitáis que os considere su amiga.

A Ragna le costaba aceptarlo. Recordaba que, en cuestiones políticas, siempre había estado a la altura de las circunstancias. La consumían la ira y la indignación, emociones que le impedían elaborar una estrategia con serenidad. Tenía suerte de que Aldred estuviera allí para abrirle los ojos.

—¿Qué creéis que debería hacer?

—Adelantaros a Etelredo. No le deis tiempo a que proponga la solución del matrimonio. Pedidle que no tome una decisión sobre vuestro futuro hasta que nazca el niño.

Ragna creyó que era razonable. Todo cambiaba si el niño moría. O la madre. Y tanto una cosa como la otra sucedían con frecuencia.

Aldred debía de pensar lo mismo, aunque el prior argumentó algo distinto:

—La idea complacerá a Etelredo porque nadie resulta ofendido.

Y lo que era más importante, se dijo Ragna, le ofrecería la oportunidad de retomar su amistad con la reina Emma y ganarse sus simpatías. No había nada tan valioso como contar con un amigo en la corte.

Aldred se puso de pie.

—Os dejo para que lo consideréis con calma.

—Gracias por custodiar mi dinero.

—Edgar me ha acompañado hasta aquí. ¿Querríais recibirlo?

Ragna vaciló durante unos instantes recordando su último encuentro con gran pesar. Se aborrecía de tal manera que había sido incapaz de comportarse como una persona en sus cabales. El embarazo debía de haberlo afectado profundamente y era probable que el estado mental en que la había encontrado hubiera empeorado la impresión.

—Por supuesto que lo recibiré —contestó.

Cuando entró, Ragna reparó en lo elegante que iba, ataviado con una túnica de lana de buena calidad y zapatos de cuero. Prescindía de alhajas, pero la hebilla y la contera del cinturón eran de plata repujada. Parecía que las cosas le iban bien.

Además, en su semblante se mezclaba el ansia y el optimismo, una expresión que conocía bien.

—Me alegro de verte —lo saludó, poniéndose en pie.

Edgar extendió las manos y se fundieron en un abrazo.

Tuvo cuidado con la abultada barriga, pero la estrechó con fuerza, tanta que Ragna casi no podía respirar, si bien a ella no le importaba, no cabía en sí de dicha de volver a tocarlo. Permanecieron abrazados largo rato.

Cuando se separaron, Edgar sonreía como un niño con zapatos nuevos.

—¿Cómo estás? —le preguntó, correspondiendo a su sonrisa.

—Bien, ahora que te han liberado.

—¿Has terminado el puente?

—Aún no. Háblame de ti. ¿Qué piensas hacer?

—Debo permanecer aquí hasta que venga el rey.

—¿Irás después a Dreng's Ferry? Podríamos seguir adelante con el plan. Te refugiarías en el convento el tiempo que fuera necesario y hablaríamos cuanto quisiéramos sobre... nuestro futuro.

—Nada me gustaría más, pero no puedo hacer planes hasta que vea al rey, ya que las viudas nobles estamos a su cargo. No sé qué resolverá en mi situación.

Edgar asintió.

—Ahora debo dejarte, necesito comprar hierro, pero ¿me invitas a cenar?

—Por supuesto.

—Ya sabes que no me importa compartir la mesa con los sirvientes y los niños.

—Lo sé.

—Solo una pregunta más.

Le tomó las manos.

—Adelante —lo animó Ragna.

—¿Me quieres?

—Con todo mi corazón.

—Entonces soy feliz.

La besó en la boca. Ragna mantuvo sus labios unidos a los de Edgar una eternidad, antes de que partiera definitivamente.

37

Agosto de 1003

El rey Etelredo daba audiencia en el mercado que había ante la catedral de Shiring. Habían acudido todos los habitantes de la localidad, además de cientos de personas de las aldeas colindantes y la mayoría de los nobles y clérigos importantes de la región. Los escoltas de Ragna abrieron un pasillo entre la muchedumbre para que pudiera llegar al frente, donde Wynstan, Wigelm y los demás prohombres estaban en pie esperando al monarca. Ella conocía a la mayoría de los *thanes*, los barones, y se preocupó de hablar con cada uno de ellos. Quería que todo el mundo supiera que había regresado.

Frente a la multitud había dos bancos tapizados de cuatro patas, colocados bajo un baldaquín provisional que habían montado para proteger a sus majestades del sol de agosto. A un lado se veía una mesa con enseres de escritura y dos sacerdotes dispuestos ya para redactar documentos por orden del rey. También contaban con una romana para pesar grandes cantidades de dinero si Etelredo imponía alguna multa.

Los ciudadanos estaban entusiasmados. Los reyes viajaban a menudo de población en población, pero un inglés de a pie rara vez tenía ocasión de ver al suyo en carne y hueso. Todo el mundo estaba impaciente por comentar si gozaba de buena salud y qué ropa llevaba su nueva reina.

Un monarca siempre era un personaje distante. En teoría era

todopoderoso, pero en la práctica los edictos que promulgaba desde su lejana corte real podían no llegar a aplicarse nunca. Las decisiones de los caciques locales tenían una repercusión mucho mayor en la vida cotidiana de la gente, pero eso cambiaba cuando el rey visitaba una localidad. Para tiranos como Wynstan y Wigelm era difícil contravenir un edicto real que había sido promulgado delante de miles de habitantes de la zona, así que las víctimas de injusticias esperaban conseguir su desagravio durante la visita del rey.

Por fin apareció Etelredo con la reina Emma. La multitud se arrodilló y los nobles hicieron una reverencia. Todo el mundo dejó paso para que la real pareja avanzara hasta sus asientos.

Emma, con sus dieciocho años, era joven y hermosa. Casi no había cambiado desde que Ragna la vio seis años atrás, solo que en esta ocasión estaba embarazada. Ragna sonrió y Emma la reconoció al instante. Para su gran satisfacción, la reina se le acercó directamente y la saludó con un beso.

—¡Qué agradable resulta encontrar un rostro conocido! —dijo en francés normando.

Ragna estaba encantada de verse señalada como amiga de la reina delante de esos hombres que con tanta crueldad la habían tratado.

—Enhorabuena por vuestro matrimonio —contestó en el mismo idioma—. Para mí es una gran alegría que seáis la nueva reina de Inglaterra.

—Vamos a ser muy buenas amigas.

—Eso espero… si no vuelven a encarcelarme.

—No lo harán. No, si puedo evitarlo.

Emma se volvió y siguió camino hacia su asiento. Le dirigió una breve explicación a Etelredo, quien asintió y también sonrió a Ragna.

Aquello era un buen comienzo. Ragna se sintió alentada por la simpatía de Emma, pero pensó con temor en esas palabras: «No, si puedo evitarlo». Era evidente que Emma no estaba segura de poder controlar los acontecimientos. Y era joven, quizá demasiado para haberse encontrado ya con las tretas que Ragna sí había sufrido.

Etelredo habló alzando la voz, aunque seguramente ni así podrían oírlo quienes estaban más al fondo de la multitud:

—Nuestra primera labor, y la más importante, es la de nombrar a un nuevo conde para Shiring.

Aldred lo interrumpió con atrevimiento:

—Mi rey, el conde Wilwulf dejó testamento.

—¡Pero nunca fue ratificado! —objetó enseguida el obispo Wynstan.

—Wilwulf pretendía mostraros sus últimas voluntades, mi rey, y solicitar vuestra aprobación, pero antes de que pudiera hacerlo fue asesinado en su propia cama, aquí, en Shiring.

—¿Y dónde está ese testamento? —preguntó Wynstan con desdén.

—Estaba en el tesoro de lady Ragna, pero fue robado minutos después de que Wilwulf muriera.

—Parece que ese documento no existe, pues.

A la muchedumbre le gustó eso, una riña entre dos hombres de Dios justo al inicio de la audiencia. Sin embargo, en ese momento Ragna tomó la palabra.

—Al contrario —declaró—. Se hicieron varias copias. Aquí tenéis una, mi rey.

Se sacó el pergamino doblado de la pechera del vestido y se lo entregó a Etelredo, que lo aceptó pero no lo abrió.

—¿Qué importa que se hicieran cien copias? —dijo Wynstan—. Ese testamento no es válido.

—Como veis en el documento, majestad, el deseo de mi marido era que nombrarais conde a nuestro primogénito, Osbert...

—¡Un niño de cuatro años! —se burló Wynstan.

—... conmigo como regente hasta que alcance la mayoría de edad.

—¡Basta! —exclamó Etelredo. Calló, y todos guardaron silencio unos segundos. Una vez hubo impuesto su autoridad, prosiguió—: En momentos como los que vivimos, el conde debe tener capacidad para reunir un ejército y llevar a sus hombres a la batalla.

Los nobles reunidos asintieron y murmuraron en aquiescencia. Ragna comprendió que, por mucho que estuvieran de su parte, no creían en ella como cabecilla militar. No le sorprendió demasiado.

—Mi hermano Wigelm —dijo Wynstan— demostró no hace mucho ser capaz en ese sentido al formar un ejército para luchar junto a vos en Exeter, mi rey.

—Así es —confirmó Etelredo.

La batalla de Exeter la habían perdido. Los vikingos saquearon la ciudad y luego regresaron a sus tierras, pero Ragna decidió no decir nada. Veía que iba a perder esa discusión, porque el rey no nombraría condesa a una mujer para que gobernara a los hombres de Shiring justo después de una derrota ante los vikingos. De todas formas, esa siempre había sido una esperanza vana.

Había perdido la primera vuelta, pero se dijo que aun así podía salir beneficiada por esa decisión. Tal vez Etelredo quisiera equilibrar esa concesión a Wigelm con otra hacia ella.

Comprendió que había recuperado su capacidad para actuar de manera estratégica. El letargo de su encarcelamiento se desvanecía con rapidez. Se sintió revivir.

—Mi rey —dijo Aldred—. Wigelm y Wynstan tuvieron prisionera a lady Ragna durante casi un año, ocuparon sus tierras en el valle de Outhen y se quedaron con sus rentas, además de negarse a devolverle la dote, a la cual tiene derecho. Os pido ahora que protejáis a esta noble viuda de la rapiña de su familia política.

Ragna se percató de que Aldred prácticamente estaba acusando a Etelredo de faltar a su deber de ocuparse de las viudas.

El rey miró a Wigelm.

—¿Es eso cierto? —preguntó con un ligero matiz de ira en la voz.

Sin embargo, fue Wynstan quien respondió:

—Lady Ragna buscó la soledad para llorar su pérdida. Nosotros nos limitamos a ofrecerle protección.

—¡Qué disparate! —exclamó Ragna, indignada—. ¡Mi puerta estaba atrancada por fuera! Me tenían encerrada.

—La puerta estaba atrancada, sí —añadió Wynstan con elocuencia—, para que los niños no pudieran escapar y perderse en el bosque.

Era un pretexto muy endeble, pero ¿lo aceptaría Etelredo?

El rey no dudó:

—Encerrar a una mujer no es protegerla.

Ragna comprendió que no era un hombre tan fácil de engañar.

—Antes de confirmar el nombramiento de Wigelm como conde —añadió el monarca—, exijo que tanto Wigelm como Wynstan juren no volver a encarcelar a lady Ragna.

Ella se permitió respirar con alivio un instante. Era libre... de momento, al menos. Porque los juramentos podían romperse, desde luego.

—¿Y qué es eso de Outhen? —añadió entonces Etelredo—. Creía que ella había recibido esas tierras como parte de las capitulaciones matrimoniales.

—Cierto —dijo Wynstan—, pero mi hermano Wilwulf no tenía derecho a cedérselas.

—¡Vos mismo negociasteis esas capitulaciones con mi padre! —exclamó Ragna, llevada por la indignación—. ¿Cómo podéis renegar ahora de ellas?

—Outhen ha pertenecido a mi familia desde tiempos inmemoriales —contestó Wynstan con voz meliflua.

—Eso no es cierto —dijo el rey.

Todos lo miraron, ya que su intervención resultó sorprendente.

—Mi padre se lo concedió a vuestro abuelo —prosiguió Etelredo.

—Tal vez existan leyendas... —adujo Wynstan.

—No son leyendas —insistió el rey—. Fue el primer documento oficial de cuya firma fui testigo.

Aquello era un inesperado golpe de suerte para Ragna.

—Tenía nueve años cuando ocurrió —explicó Etelredo—, y no pudo ser en tiempos inmemoriales ya que solo tengo treinta y seis.

Los nobles rieron.

Wynstan torció el gesto. Era evidente que no conocía bien la historia de esas tierras.

—Lady Ragna se quedará con el valle de Outhen y con todas sus rentas —dictaminó Etelredo con firmeza.

—Gracias —repuso Ragna enseguida—. ¿Y mi dote?

—Una viuda tiene todo el derecho a que se le devuelva su dote. ¿A cuánto ascendía? —preguntó el rey.

—A veinte libras de plata.

—Wigelm pagará a Ragna veinte libras.

Este puso cara de furia, pero no dijo nada.

—Hacedlo ahora mismo, Wigelm —lo instó Etelredo—. Id a por veinte libras.

—No creo que tenga tal cantidad —protestó Wigelm.

—Entonces no seréis muy buen conde. Tal vez deba reconsiderar mi decisión.

—Iré a ver. —Y salió corriendo.

—Bueno… —Etelredo se dirigió a Ragna—, ¿y qué haremos con vos y con el hijo que esperáis?

—Tengo una petición, mi rey. Por favor, no toméis esa decisión todavía. —Se trataba de la estrategia que le había aconsejado Aldred, y que a Ragna le había parecido sensata. Pero añadió un ruego más—: Me gustaría ir al convento de la isla de los Leprosos y dar a luz allí, ayudada por la madre Agatha y las monjas. Partiré mañana temprano, si tengo vuestro permiso. Os lo ruego, esperad a que haya nacido el niño antes de decidir mi futuro —dijo, y contuvo el aliento.

Aldred tomó de nuevo la palabra:

—Si me permitís el comentario, majestad, cualquiera que sea vuestra decisión hoy tal vez quede obsoleta tras el impredecible resultado del parto. Dios no lo quiera, pero el niño podría morir. Aunque viva, el panorama cambiará según sea un varón o una hembra. Y lo peor de todo, quizá la madre no sobreviva al trance. Todo eso está en manos de Dios. ¿No es más sensato esperar?

Etelredo no necesitaba que lo convencieran. De hecho, parecía aliviado al no tener que pronunciarse aún sobre ello.

—Así sea —dijo—. Reconsideraremos la situación de la viuda lady Ragna cuando haya dado a luz. El sheriff Den será responsable de su seguridad durante el viaje a Dreng's Ferry.

Ragna había conseguido todo lo que razonablemente había esperado. Podría marcharse de Shiring por la mañana con dinero suficiente para ser independiente. Las monjas le dejarían acogerse a sagrado. Arreglaría las cosas con Edgar y juntos pensarían en un plan.

No se le había pasado por alto que el rey no había contestado a la acusación de secuestro de Aldred, y nadie había mencionado siquiera la violación, pero eso ya lo esperaba. Etelredo no podía nombrar conde a Wigelm y luego acusarlo de haberla violado, así que resultaba más conveniente olvidar el tema. Sin embargo, las demás decisiones del rey le suponían tal tranquilidad que estaba dispuesta a aceptar el trato con gratitud.

Wigelm regresó entonces, seguido de Cnebba, quien cargaba con un pequeño cofre que dejó delante de Etelredo.

—Abridlo —ordenó el rey.

Contenía varias bolsas de cuero llenas de monedas.

Etelredo señaló la balanza de la mesa auxiliar.

—Pesad las monedas.

Justo entonces, Ragna sintió un brusco tirón en el abdomen. Se quedó inmóvil. Ese dolor le recordaba a otros. Lo había sentido antes y sabía lo que significaba.

El niño venía ya.

Llamó a su hijo Alain. Ragna quiso ponerle un nombre francés, puesto que uno inglés le habría recordado al padre. Además, se parecía a la palabra «hermoso» en la lengua celta de los bretones.

Alain era hermoso. Todas las madres creían que sus hijos eran guapos, pero esa ya era la cuarta criatura de Ragna, así que se creía capaz de juzgarlo con cierta objetividad. Alain tenía un sano color rosado, la cabeza cubierta de pelo oscuro y unos ojos grandes y azules que miraban con una expresión de perplejidad, como si estuvieran desconcertados al ver que el mundo era un lugar tan extraño.

Lloraba cuando tenía hambre, mamaba con avidez de los pechos de su madre hasta quedar saciado e inmediatamente después caía dormido, como si siguiera un horario que le parecía de lo más sensato. Al recordar lo impredecible e incomprensible que le había resultado Osbert, su primogénito, Ragna se preguntó si de verdad dos niños podían ser tan diferentes. Quizá era ella la que había cambiado, y se sentía más relajada y segura esta vez.

El parto no fue fácil, pero sí algo menos doloroso y agotador que los anteriores, por lo que dio gracias. El único fallo de Alain, de momento, era el de haberse adelantado. Ragna no había tenido ocasión de llegar a Dreng's Ferry en busca de reclusión. Sin embargo, pensaba ir allí para recuperarse, y Den le había dicho que contaba con la conformidad del rey Etelredo.

Cat estaba tan contenta como si hubiese dado a luz ella misma. Los niños miraban a Alain con curiosidad y una pizca de resentimiento. No parecían tener muy claro que en la familia hubiera sitio para otro más.

Una admiradora no tan bienvenida era Gytha, la madre de Wynstan y Wigelm, que iba a casa de Ragna y se deshacía en zalamerías con el bebé. Ragna sentía que no podía prohibirle tenerlo en brazos. Al fin y al cabo era su abuela, y eso no cambiaba por el hecho de que el niño fuese fruto de una violación.

Aun así, le incomodaba ver a la mujer con Alain. Le inquietaba notar que daba por hecho que el niño le pertenecía en cierta forma.

—El miembro más joven de nuestra familia —dijo Gytha—. ¡Y qué guapo es!

—Ahora tiene que comer —anunció Ragna, y recuperó a su hijo.

Se puso al niño en el pecho y este empezó a mamar con entusiasmo. Ragna había creído que la mujer se marcharía, pero, en lugar de eso, se sentó a observarlos, como para asegurarse de que su madre lo amamantaba bien. Cuando Alain paró y regurgitó un poco de leche, Gytha se inclinó hacia delante y, para sorpresa de Ragna, le limpió la barbilla con la manga de su caro vestido de lana. Fue un gesto de verdadero afecto.

Aun así, Ragna no se fiaba de su suegra.

Unos minutos después, uno de sus escoltas asomó la cabeza por la puerta.

—¿Deseáis recibir al conde Wigelm? —preguntó.

Era la última persona sobre la faz de la Tierra a quien Ragna quería ver. Sin embargo, pensó que sería mejor averiguar qué tramaba.

—Que pase —dijo—. Pero solo, sin sus secuaces. Y tú quédate conmigo mientras esté aquí.

Gytha oyó eso y endureció su expresión.

Wigelm entró con cara de ofendido.

—¿Lo ves, madre? —le dijo a Gytha—. ¡Tengo que soportar el interrogatorio de un guardia para visitar a mi propio hijo!

Entonces vio el pecho descubierto de Ragna.

—Pensad en lo necia que tendría que ser para fiarme de vos —dijo esta.

Apartó a Alain del pezón, pero el niño no había acabado y se echó a llorar, así que volvió a colocarlo y soportó la mirada embobada de Wigelm.

—¡Soy el conde!

—Sois un violador.

Gytha chasqueó la lengua como si Ragna hubiese dicho algo fuera de lugar. Resultaba extraño, pensó esta, que alguien que no había condenado la violación mostrara tal rechazo solo con oír que la mencionaban.

Wigelm parecía a punto de añadir algo más, pero lo pensó mejor y se tragó la contestación. Inspiró hondo.

—No he venido buscando pelea.

—¿Y para qué habéis venido?

Parecía incómodo. Se sentó, luego volvió a levantarse.

—Para hablar del futuro —dijo con vaguedad.

¿Qué era lo que le inquietaba? Ragna supuso que simplemente era incapaz de desenvolverse bien en la política de la corte. Sabía ejercer acoso y coacción, pero un rey debía actuar equilibrando las presiones en conflicto, y eso superaba la capacidad intelectual de Wigelm. Lo mejor sería hablarle con sencillez.

—Vos no tenéis nada que ver con mi futuro —replicó.

Wigelm se rascó la cabeza, se aflojó el cinturón y volvió a ceñírselo, se frotó la barbilla...

—Quiero casarme con vos —anunció al fin.

Ragna sintió que el terror le helaba el corazón.

—Jamás —dijo—. Por favor, no volváis a repetirlo siquiera.

—Pero es que os amo.

Era una mentira tan evidente que Ragna casi se echó a reír.

—Ni siquiera sabéis lo que significa eso.

—Todo será diferente, os lo juro.

—O sea que... —Ragna miró a Gytha y luego otra vez a Wigelm—, ¿no volveréis a hacer que vuestros hombres me retengan mientras vos me tomáis por la fuerza?

De nuevo, Gytha emitió un sonido de reprobación.

—Por supuesto que no —contestó Wigelm, indignado, como si ni soñara hacer tal cosa.

—No es esa la clase de promesa que anhela oír una mujer.

—¿Es que no queréis formar parte de nuestra familia? —preguntó Gytha.

Ragna se la quedó mirando sin dar crédito.

—¡No!

—¿Por qué no?

—¿Cómo podéis hacerme siquiera esa pregunta?

—¿Por qué tenéis que ser tan sarcástica? —dijo Wigelm.

Ragna respiró hondo.

—Porque no os amo, vos no me amáis a mí, y hablar de casarnos resulta tan absurdo que ni siquiera puedo fingir que me lo tomo en serio.

Wigelm arrugó la frente mientras intentaba desentrañar qué

significaba eso. Ragna sabía que no era rápido con las frases largas.

—O sea que esa es vuestra respuesta —dijo al cabo.

—Mi respuesta es no.

Gytha se levantó.

—Lo hemos intentado —dijo.

Wigelm y ella se marcharon.

Ragna frunció el ceño. Qué última frase más extraña...

Alain se había dormido en su pecho. Lo llevó a la cuna y volvió a cerrarse la pechera del vestido. La tela estaba manchada de leche, pero no le importaba. En ese momento le venía bien no resultar demasiado atractiva.

Les dio vueltas a esas palabras: «Lo hemos intentado». ¿Por qué había dicho eso Gytha? Casi parecía una amenaza velada, como si estuviera diciendo: «No nos culpes por lo que ocurrirá ahora». ¿Y qué ocurriría?

No lo sabía, pero se quedó intranquila.

Wynstan y Gytha fueron a ver al rey Etelredo, que se encontraba en el gran salón. El obispo no sentía su habitual seguridad en sí mismo. El monarca era impredecible. Wynstan solía ser capaz de prever las reacciones de sus vecinos ante cualquier problema; no era difícil adivinar lo que harían con tal de conseguir lo que anhelaban. Los dilemas del rey, sin embargo, resultaban bastante más complejos.

Se tocó su cruz del pecho con la esperanza de recibir asistencia divina.

Cuando entraron en el gran salón, Etelredo estaba conversando con uno de sus secretarios, y la reina Emma no se encontraba presente. El rey alzó una mano para indicar a Wynstan y a Gytha que esperasen, y ellos se quedaron a unos pasos de distancia mientras este terminaba de hablar. Entonces el secretario se marchó y Etelredo les hizo una señal para que se acercaran.

—El hijo de mi hermano Wigelm y lady Ragna es un niño sano y parece que va a vivir, mi rey —declaró Wynstan.

—¡Me alegro! —exclamó Etelredo.

—Es una buena noticia, ciertamente, aunque amenaza con desestabilizar el condado de Shiring.

—¿En qué sentido?

—Primero, porque habéis dado permiso a Ragna para ir al convento de Dreng's Ferry. Allí, por supuesto, quedaría fuera de la influencia del condado. En segundo lugar, tiene al único hijo del conde. Y en tercero, aunque ese niño muriera, Ragna tiene también a los tres hijos pequeños de Wilwulf.

—Veo adónde queréis ir a parar —comentó el rey—. Creéis que con facilidad podría convertirse en la abanderada de una rebelión contra Wigelm. La gente podría decir que sus hijos son los herederos legítimos.

Wynstan se sintió satisfecho al ver que el rey había comprendido enseguida su razonamiento.

—Sí, majestad.

—¿Y qué medidas proponéis?

—Solo hay una posible. Ragna debe casarse con Wigelm. Así mi hermano no tendrá rivales.

—Desde luego, eso zanjaría la cuestión —dijo Etelredo—. Pero no voy a ordenar algo así.

—¿Por qué diablos no? —estalló el obispo.

—Primero, porque ella se ha mostrado en contra. Podría negarse a pronunciar los votos.

—Tal vez deberíais dejar que yo me ocupara de eso —adujo Wynstan, que sabía cómo conseguir que la gente hiciera cosas que no deseaba.

Etelredo lo miró con desagrado, pero no comentó nada al respecto.

—Segundo, porque le he prometido a mi esposa que no forzaré ningún matrimonio —añadió, en cambio.

Wynstan soltó una risotada masculina.

—Mi rey, una promesa hecha a una mujer...

—No sabéis mucho del matrimonio, ¿verdad, obispo?

Wynstan inclinó la cabeza.

—Claro que no, majestad.

—No estoy dispuesto a romper una promesa hecha a mi mujer.

—Lo comprendo.

—Id y buscad otra solución.

Etelredo dio media vuelta con displicencia.

Wynstan y Gytha hicieron una reverencia y salieron de allí.

—¡Conque esas alborotadoras zorras normandas se apoyan entre sí! —espetó Wynstan en cuanto el rey ya no podía oírlo.

Gytha guardaba silencio. Su hijo la miró; estaba absorta en sus pensamientos.

Acto seguido fueron a casa de Gytha, donde ella le sirvió un vaso de vino. Wynstan dio un largo trago antes de hablar:

—No sé qué hacer.

—Yo tengo una idea —dijo su madre.

Wynstan fue a ver a Ragna a su casa.

—Tenemos que hablar seriamente —anunció.

Ella lo miró con recelo, pues era evidente que quería algo.

—No me pidáis que me case con vuestro hermano —le advirtió.

—Me parece que no entendéis en qué situación estáis.

Seguía siendo tan arrogante como siempre, pero se tocaba la cruz del pecho. Ragna pensó que eso denotaba falta de confianza, lo cual no era habitual en Wynstan.

—Iluminadme —dijo.

—Podéis marcharos de aquí cuando queráis.

—Así lo ha dictado el rey.

—Y podéis llevaros a los hijos de Wilwulf.

Ragna tardó un instante en comprender lo que quería decir eso, pero en cuanto entendió lo que implicaba, reaccionó con horror.

—¡Me llevaré a todos mis hijos! —exclamó—. También a Alain.

—No se os ofrece esa opción. —Wynstan volvió a tocarse la cruz—. Podéis marcharos de Shiring, pero no os llevaréis al único hijo del conde.

—¡Es hijo mío!

—Por supuesto que sí, y también es natural que queráis criarlo vos misma. Por eso debéis casaros con Wigelm.

—Jamás.

—Entonces tendréis que dejar al niño aquí. No hay otra opción.

Ragna sintió que una losa fría le cerraba la boca del estómago y miró hacia la cuna sin querer, como para asegurarse de que su hijo seguía allí. Alain dormía profundamente.

Wynstan puso voz almibarada:

—Es un niño precioso. Hasta yo puedo apreciarlo.

Había algo tan malicioso en ese falso cumplido que Ragna sintió náuseas.

—Tengo que criarlo yo —dijo—. Soy su madre.

—Madres no le faltarán. Gytha, la mía, está deseosa de hacerse cargo de su primer nieto.

Eso enfureció a Ragna.

—¿Para que pueda educarlo como os educó a Wigelm y a vos? —espetó—. ¿Para que sea cruel, egoísta y violento?

Se sorprendió al ver que Wynstan se levantaba.

—Tomaos vuestro tiempo —dijo el obispo—. Pensadlo y hacednos saber vuestra decisión a su debido tiempo.

Wynstan se fue.

Ragna sabía que debía actuar sin tardanza y con contundencia.

—Cat —llamó—. Ve a preguntar si la reina Emma puede recibirme lo antes posible, por favor.

Cat salió y Ragna se quedó dándole vueltas al asunto. ¿Le habían ofrecido una liberación ficticia? Ser libre de marcharse solo si dejaba allí a su hijo no era libertad. Etelredo no podía haber pretendido eso, ¿verdad?

Ragna esperaba que Cat regresara con el mensaje de cuándo podría ir a ver a la reina Emma, pero la mujer volvió casi sin aliento.

—Mi señora, la reina está aquí —anunció.

Emma entró.

Ragna se puso en pie e hizo una reverencia, pero Emma la saludó con un beso.

—Acabo de ver al obispo Wynstan —explicó Ragna—. Dice que si no me caso con Wigelm, me quitarán a mi hijo.

—Sí —repuso la reina—. Gytha me lo ha contado.

Ragna arrugó la frente. Gytha debía de haber ido a ver a Emma mientras Wynstan hablaba con ella. Lo habían planeado y coordinado.

—¿Lo sabe el rey? —preguntó.

—Sí —contestó Emma de nuevo.

La expresión de su rostro asustó a Ragna. Parecía preocupada, pero no horrorizada, ni siquiera sorprendida. Lo que su cara transmitía era lástima. Y eso le dio miedo.

Sintió que volvía a perder el control de su vida.

—Pero el rey me ha liberado. ¿Qué significa eso?

—Significa que no pueden encarcelaros, y que el rey no os obligará a casaros con un hombre al que odiáis. Pero no podréis llevaros al hijo del conde. Es su único heredero, según tengo entendido.

—¡Entonces, en realidad no soy libre!

—Afrontáis una dura decisión. No lo he sabido ver. —La reina fue hacia la puerta—. Lo siento mucho. —Y se marchó.

Ragna se sentía como dentro de una pesadilla. Por un momento se planteó elegir la primera opción, abandonar a su hijo y dejar que lo criara Gytha. Cualquier cosa con tal de evitar un matrimonio con el abominable Wigelm. Al fin y al cabo Alain era fruto de una violación. Sin embargo, solo tenía que mirarlo y verlo plácidamente dormido en su cunita para saber que no sería capaz. Aunque le hicieran casarse con cinco Wigelms.

Edgar entró y ella lo reconoció a través de las lágrimas. Se levantó y él la estrechó entre sus brazos.

—¿Es cierto? —preguntó Edgar—. ¡Todos dicen que tienes que casarte con Wigelm o entregar a Alain!

—Es cierto —confirmó ella.

Sus lágrimas empaparon la lana de la túnica de Edgar.

—¿Qué vas a hacer? —preguntó.

Ragna no respondió.

—¿Qué vas a hacer? —repitió él.

—Voy a abandonar a mi hijo —decidió.

—¡No, no puede ser! —exclamó Wynstan con furia.

—Ya está ocurriendo —dijo Wigelm—. Edgar la está ayudando a recoger todas sus pertenencias. Se irá sin el niño.

—Aun así, tiene a los tres hijos de Wilwulf. La gente dirá que ellos son los legítimos herederos. No quedamos en una situación mucho mejor.

—Tenemos que matarla —opinó Wigelm—. Es la única forma de librarnos de ella.

Estaban en casa de su madre, que entonces los interrumpió.

—No podéis matar a Ragna —dijo—. Y menos delante de las narices del rey. No dejaría que salierais impunes.

—Podríamos acusar a otra persona.

Gytha negó con la cabeza.

—Nadie lo creyó de verdad la última vez. Ni siquiera fingirán hacerlo en una segunda ocasión.

—Esperaremos a que el rey se marche —propuso Wigelm.

—Imbécil, para entonces Ragna ya estará a salvo, bien instalada en el convento de la isla de los Leprosos.

—Bueno, ¿y qué vamos a hacer entonces?

—Vamos a calmarnos un poco —dijo Gytha.

—¿Y eso de qué servirá? —espetó Wigelm.

—Ya lo verás. Tú espera.

Esa noche Edgar y Ragna durmieron juntos en casa de ella. Yacieron sobre las esteras uno en los brazos del otro, pero no hicieron el amor. Estaban los dos demasiado afligidos. Edgar encontró consuelo estrechando a Ragna, y ella apretó su cuerpo contra el de él de una forma que transmitía cariño, pero también desesperación.

Amamantó al niño dos veces durante la noche. Edgar echó

alguna cabezada, pero sospechaba que Ragna no había dormido en absoluto. Se levantaron al rayar el alba.

Él fue al centro de la ciudad y alquiló dos carros para el viaje. Pidió que se los llevaran al recinto y los dejaran frente a la casa de Ragna. Mientras los niños desayunaban, Edgar cargó la mayor parte de sus enseres en un carro y puso todos los almohadones y las mantas en el otro, para que las mujeres y los niños se sentaran en él. Ensilló a Estribo, pero a Astrid solo le puso una rienda para tirar de ella.

Estaba a punto de conseguir lo que durante tantos años había ansiado, pero no era capaz de sentir alegría. Tal vez Ragna lograra recuperarse algún día de la pérdida de Alain, pero temía que iba a llevarle mucho tiempo.

Todos se habían puesto ropa y calzado de viaje. Gilda y Wilnod irían con ellos, igual que Cat y los escoltas. Salieron de la casa, Ragna con Alain en brazos.

Gytha esperaba para quedárselo.

Los criados y los niños subieron al carro.

Todos miraban a Ragna.

Ella se acercó a Gytha con Edgar a su lado, pero titubeó. Miró a Edgar, luego a Gytha, luego al niño que llevaba en brazos. Le caían lágrimas por las mejillas. Se volvió de espaldas a su suegra, luego la miró otra vez. La mujer quiso alcanzar a Alain, pero Ragna no dejó que lo cogiera y se quedó largo rato de pie entre ellos dos.

—No puedo hacerlo —le dijo a Gytha. Se volvió hacia Edgar y añadió—: Lo siento.

Después, estrechando a Alain contra su pecho, volvió a entrar en la casa.

Fue una boda por todo lo alto, y a ella acudieron invitados de los distintos confines del sur de Inglaterra. Se había zanjado un conflicto dinástico de peso y todo el mundo quería estar a buenas con el bando ganador.

Wynstan paseó la mirada por el gran salón sintiendo una honda satisfacción. La mesa de caballetes estaba repleta de los frutos de un verano cálido y una buena cosecha: grandes pedazos de carne, hogazas de pan recién hecho, pirámides de fruta fresca y frutos secos, jarras de cerveza y vino.

La gente se peleaba por rendir pleitesía al conde Wigelm y a su familia. Wigelm estaba sentado junto a la reina Emma, dándose aires de superioridad. Como gobernante sería poco imaginativo pero de una firmeza brutal, y con la guía de Wynstan tomaría las decisiones adecuadas.

Además, había conseguido casarse con Ragna. Wynstan estaba seguro de que a Wigelm nunca le había gustado de verdad, pero la deseaba de esa forma en que los hombres se obsesionaban a veces con una mujer solo porque ella los rechazaba. Iban a ser muy desgraciados juntos.

Ragna, la única amenaza al dominio de Wynstan, había quedado aplastada. Estaba sentada a la cabecera de la mesa, junto al rey, con su hijo en brazos y aspecto de querer acabar con su propia vida.

Etelredo parecía satisfecho con su visita a Shiring. Mirándolo desde el punto de vista real, Wynstan suponía que el monarca estaba contento de haber nombrado al nuevo conde y haberse encargado de la viuda del anterior. Había reparado la injusticia del encarcelamiento de Ragna, pero le había impedido huir con el hijo del conde, y todo ello sin derramar ni una gota de sangre.

De la facción de Ragna quedaban pocos representantes. El sheriff Den estaba allí con cara de oler algo nauseabundo, pero Aldred había regresado a su pequeño priorato y Edgar había desaparecido. Tal vez había ido a ocuparse de la cantera de Ragna en Outhenham, aunque ¿de verdad habría estado dispuesto a ello después de que el amor de su vida se hubiera casado con otro? Wynstan no lo sabía, pero tampoco le importaba.

Incluso había recibido una buena noticia médica. La úlcera que le había salido en el miembro estaba curada. Eso lo había tenido asustado, sobre todo porque las rameras decían que podía acabar en lepra, pero estaba claro que había sido una falsa alarma y todo había vuelto a la normalidad.

«Mi hermano es el conde, y yo, el obispo —pensó con orgullo—. Y tanto a él como a mí nos queda toda una vida por delante. Esto solo acaba de empezar.»

Edgar y Aldred estaban en la orilla, contemplando la aldea. Se celebraba la feria de San Miguel. Centenares de personas cruzaban el puente, compraban en el mercado y hacían cola para ver los huesos del santo. Charlaban y reían, encantados de gastarse allí el poco dinero que llevaban consigo.

—Este lugar prospera —comentó Edgar.

—Estoy muy contento —dijo Aldred, aunque le caían las lágrimas.

Edgar se sintió avergonzado y conmovido. Hacía años que sabía que Aldred estaba enamorado de él, aunque nunca habían hablado del tema.

Miró hacia otro lado. Había amarrado su balsa en la orilla, algo más allá del puente, río abajo. Estribo, su poni, ya estaba embarcado en ella, y también tenía allí su hacha vikinga, todas sus herramientas y un cofre que contenía unas cuantas pertenencias valiosas, entre ellas el libro que le había regalado Ragna. Solo faltaba Manchas, su fiel perra, que había muerto de vieja.

Esa fue la gota que colmó el vaso. Hacía tiempo que le daba vueltas a la idea de abandonar Dreng's Ferry, y la muerte de Manchas consiguió que se decidiera al fin.

—¿De verdad tienes que irte? —preguntó Aldred después de secarse los ojos con la manga.

—Sí.

—Pero Normandía está muy lejos.

Edgar tenía pensado impulsar su balsa a pértiga río abajo hasta Combe, y allí tomar un barco hacia Cherburgo. Iría a ver al conde Hubert y le llevaría la noticia del matrimonio entre Ragna y Wigelm. A cambio, le pediría que le indicara dónde se estaba levantando una gran construcción. Había oído decir que en Normandía un buen artesano conseguía trabajo con facilidad.

—Quiero estar lo más lejos posible de Wigelm y Wynstan, de Shiring… y de Ragna —dijo.

Edgar no la había visto desde la boda. Lo había intentado, pero los criados se lo habían impedido. Ragna se había visto enfrentada a una dura decisión, pero había antepuesto a su hijo, algo que habría hecho casi cualquier mujer. Edgar estaba destrozado, pero no podía echárselo en cara.

—Ragna no es la única que te ama —dijo Aldred.

—Te tengo mucho cariño —repuso Edgar—, pero, como ya sabes, no de esa forma.

—Eso es lo único que me impide caer en el pecado.

—Lo sé.

Aldred tomó la mano de Edgar y se la besó.

—Dreng debería vender la barcaza —dijo Edgar—. Ragna podría comprársela para Outhenham. Allí no tienen ninguna.

—Se lo propondré.

Edgar se despidió de su familia y de la gente del pueblo. No le quedaba más que hacer allí.

Desamarró la balsa, se subió a ella y la apartó de la orilla.

Mientras ganaba velocidad, pasó por delante de la granja familiar. A propuesta suya, Erman y Eadbald estaban construyendo un molino de agua, copia del que habían visto río abajo. Eran buenos artesanos, su padre les había enseñado bien. Estaban prosperando y se convertirían en hombres importantes para el pueblo. Ambos le dijeron adiós con la mano al verlo pasar, y Edgar se fijó en que empezaban a ser bastante corpulentos. También él agitó el brazo. Echaría de menos a Wynswith y a Beorn, sus sobrinos.

La embarcación aceleraba. Edgar imaginaba que Normandía sería más cálida y seca que Inglaterra, puesto que quedaba al sur. Pensó en las pocas palabras en francés que había aprendido oyendo a Ragna hablar con Cat. También sabía algo de latín, de sus clases con Aldred. Se las apañaría.

Sería una vida nueva.

Dirigió una última mirada atrás. Su puente dominaba el panorama. Había transformado radicalmente la aldea. La mayoría de la gente ya no se refería a ella por su antiguo nombre de Dreng's Ferry.

Ahora la llamaban King's Bridge, el puente del rey.

CUARTA PARTE

La ciudad

1005-1007 d.C.

38

Noviembre de 1005

La nave de la catedral de Canterbury solía ser un lugar frío y en penumbra en las tardes de noviembre. Las velas alumbraban el espacio entre parpadeos, arrojando sombras que semejaban fantasmas inquietos. En el presbiterio, el lugar más sagrado de la iglesia, el arzobispo Elfric agonizaba lentamente, con las manos demacradas aferradas a una cruz de plata, que sujetaba sobre el corazón. Tenía los ojos abiertos, pero apenas los movía y respiraba de manera acompasada, aunque superficial. Daba la impresión de que la salmodia de los monjes que lo rodeaban lo sosegaba porque cada vez que esta se detenía, fruncía el ceño.

El obispo Wynstan rezó largo rato arrodillado a los pies del arzobispo. Él tampoco se encontraba bien: le dolía la cabeza, dormía mal, arrastraba un cansancio constante, como un anciano, aunque solo tenía cuarenta y tres años. Y encima de la clavícula le había salido un bulto de color rojizo y de aspecto nada halagüeño, que ocultaba abrochándose la capa hasta el cuello.

En esas circunstancias habría preferido no tener que atravesar Inglaterra de punta a punta con aquel tiempo más propio del invierno, pero tenía un motivo poderoso: quería ser el próximo arzobispo de Canterbury, un título que lo convertiría en el clérigo de mayor importancia del sur de Inglaterra. Y una lucha de poder no podía librarse a distancia: debía estar allí.

Consideró que ya había rezado lo suficiente para impresionar a los monjes con su devoción y respeto, de modo que se puso de pie y al instante lo invadió una sensación de mareo. Alargó un brazo en busca de apoyo y encontró un pilar de piedra sobre el que colocar la mano. Aquello lo exasperaba, le aborrecía mostrar debilidad. Toda su vida de adulto había sido el hombre fuerte, el temido por los demás, y lo último que le convenía era que los monjes de Canterbury pensaran que estaba aquejado de mala salud. Nadie quería un arzobispo enfermo.

Se recuperó al cabo de un minuto, tras el cual procedió a alejarse con lentitud reverente.

La catedral de Canterbury era el edificio de mayor tamaño que Wynstan hubiera visto jamás. Estaba construido en piedra y la planta tenía una característica forma de cruz que componían la larga nave, los transeptos laterales y el pequeño presbiterio. Un ángel dorado coronaba la torre que se alzaba sobre el crucero.

Aquel edificio podría alojar tres catedrales de Shiring.

Wynstan encontró a su primo Degbert, arcediano de Shiring, en el transepto norte y salieron juntos al claustro, donde una lluvia gélida azotaba el césped del patio interior. El grupo de monjes que se cobijaban bajo el techo guardaron un respetuoso silencio cuando los vieron acercarse. Wynstan fingió no haberse percatado de su presencia hasta que salió de sus meditaciones con un pretendido sobresalto.

—El alma de mi viejo amigo parece reacia a abandonar la iglesia que amaba —comentó con el tono de alguien deshecho de dolor.

—¿Elfric es amigo vuestro? —preguntó un joven monje larguirucho tras un momento de silencio.

—¡Por supuesto! —afirmó Wynstan—. Perdóname, hermano, ¿cómo te llamas?

—Eappa, mi señor obispo.

—Hermano Eappa, conocí a nuestro querido prelado cuando ejercía de obispo en Ramsbury, que no está lejos de mi catedral, en Shiring. Yo era un jovenzuelo cuando me tomó bajo su protección, por así decirlo. Siempre le he estado infinitamente agradecido por sus sabias palabras y consejos.

Nada de todo aquello era cierto: Wynstan despreciaba a Elfric, y todo parecía apuntar a que el sentimiento era mutuo, pero los monjes lo creyeron. A menudo lo sorprendía lo fácil que resultaba engañar a la gente, sobre todo cuando se ocupaba una posición destacada. Cuando uno era tan crédulo se merecía todo lo que le ocurriera.

—¿Qué tipo de cosas os decía? —preguntó Eappa.

Wynstan improvisó sobre la marcha:

—Que debía escuchar más y hablar menos, porque se aprende cuando se escucha, pero no cuando se habla. —Decidió que con eso bastaba—. Contadme, ¿quién creéis que será el próximo arzobispo?

—Elfheah de Winchester —contestó otro monje.

Wynstan se dijo que ese hombre le sonaba y lo estudió con detenimiento. Estaba convencido de que había visto esa cara redonda y esa barba castaña antes.

—Nos conocemos, ¿verdad, hermano? —le preguntó con recelo.

—El hermano Wigferth visita Shiring a menudo —intervino Degbert—. Canterbury posee propiedades en el sudoeste de Inglaterra y él se encarga de recaudar las rentas.

—Sí, cómo no, hermano Wigferth, me alegra volver a verte. —Wynstan recordó que Wigferth era amigo del prior Aldred y decidió proceder con cautela—. ¿Por qué se da por supuesto que Elfheah sucederá a Elfric en el arzobispado?

—Elfric es un monje, igual que Elfheah —respondió Wigferth—. Y Winchester es la catedral principal después de Canterbury y York.

—Lo cual tiene su lógica —reconoció Wynstan—, aunque quizá no sea decisivo.

—Y Elfheah ordenó la construcción del famoso órgano de la iglesia de Winchester. ¡Dicen que se oye a más de un kilómetro de distancia! —insistió Wigferth.

Wynstan concluyó que se trataba de un claro admirador de Elfheah, aunque también podría ser que simplemente estuviera en su contra por ser amigo de Aldred.

—Según la Regla de San Benito, los monjes tienen derecho a elegir a su abad, ¿no es así? —preguntó Wynstan.

—Sí, pero Canterbury no tiene abad —repuso Wigferth—. Dependemos del arzobispo.

—O, diciéndolo de otro modo, el arzobispo es el abad.

Wynstan sabía que los privilegios de los monjes no estaban claros. Tanto el rey como el Papa reclamaban el derecho de nombrar al arzobispo. Como siempre, la ley se supeditaba al hombre. Se entablaría una lucha y ganarían los más fuertes e inteligentes.

—En cualquier caso, hará falta un gran hombre para estar a la altura del ejemplo que nos ha dejado Elfric —prosiguió Wynstan—. Por lo que he oído, siempre ha procedido con equidad y sabiduría.

En sus últimas palabras se adivinaba el asomo de una pregunta. Eappa mordió el anzuelo.

—Elfric es muy estricto en cuanto al acomodo de nuestros hermanos —comentó, y los demás rieron.

—¿Cómo es eso?

—Cree que un jergón es un lujo al que se debería renunciar.

Los monjes solían dormir sobre tablas, a veces sin nada que hiciera de colchón. El huesudo Eappa debía de encontrarlo incómodo.

—Ah. Siempre he creído que un monje necesita descansar para poder entregarse en cuerpo y alma a sus oraciones —comentó Wynstan y los demás asintieron con entusiasmo.

Sin embargo, el hermano Forthred tenía conocimientos médicos y discrepaba.

—Un hombre puede dormir a la perfección sobre unas tablas —aseguró—. La abnegación es nuestro lema.

—Tienes razón, hermano, aunque los extremos nunca son buenos, ¿no creéis? —repuso Wynstan—. Los monjes no deben comer carne todos los días, por supuesto, pero comer ternera una vez a la semana ayuda a recuperar las fuerzas. Tampoco deberían tener animales domésticos, pero a veces hace falta un gato para mantener a raya a los ratones.

Un murmullo de aprobación recorrió el claustro.

Wynstan pensó que ese día ya había hecho lo suficiente para presentarse como un líder indulgente. Si se extralimitaba, comenzarían a sospechar que trataba de ganarse su favor con zalamerías, lo cual era cierto. Regresó al interior de la iglesia.

—Hay que hacer algo con Wigferth —le susurró a Degbert tan pronto como se alejaron lo suficiente para que no pudieran oírlos—. Podría encabezar una facción que se opusiese abiertamente a mi candidatura.

—Tiene esposa y tres hijos en Trench —apuntó Degbert—. Los campesinos del lugar no saben que es monje, piensan que se trata de un sacerdote normal y corriente. Si su secreto quedara al descubierto en Canterbury, le haría daño.

Wynstan lo meditó un momento y luego sacudió la cabeza.

—Lo ideal sería que Wigferth no estuviera en Canterbury cuando los monjes deban tomar su decisión. Déjame pensarlo bien. Mientras tanto, tendríamos que hablar con el tesorero.

El tesorero Sigefryth era el monje de más alta jerarquía por debajo del arzobispo y Wynstan necesitaba contar con su apoyo.

—Vive en la casa de madera que hay pegada a la iglesia al final del costado occidental —dijo Degbert.

Recorrieron la nave y cruzaron la portada occidental. Wynstan se colocó la capucha sobre la cabeza a fin de protegerse de la lluvia y atravesaron el suelo embarrado a toda prisa hasta el edificio que vieron al lado.

El tesorero, un hombre menudo y con una gran cabeza completamente calva, saludó a Wynstan con cautela, pero sin temor.

—No hay cambios en el estado de nuestro amado arzobispo —lo informó Wynstan.

—Quizá podamos seguir disfrutando de su presencia entre nosotros.

—No será por mucho tiempo, por desgracia —repuso el obispo—. Creo que los monjes agradecen a Dios que estés aquí, Sigefryth, para ocuparte de los asuntos de Canterbury.

Sigefryth correspondió al cumplido inclinando la cabeza.

—Siempre he pensado que un tesorero tiene la más ingrata de las ocupaciones —prosiguió un sonriente Wynstan en un tono desenfadado.

—¿A qué os referís? —preguntó el hombre, intrigado.

—Debe procurar que nunca falte dinero, ¡pero carece de cualquier control sobre su gasto!

Sigefryth por fin se permitió una sonrisa.

—Eso es cierto.

—Creo que los abades, o los priores, o quienes quiera que asuman dichas funciones, deberían consultar con el tesorero sobre los gastos, no solo sobre los ingresos.

—Se evitarían muchos problemas —reconoció Sigefryth.

Una vez más, Wynstan decidió que aquello era suficiente. Necesitaba congraciarse con la comunidad, pero sin que resultara demasiado obvio. Había llegado el momento de encargarse de Wigferth.

—Precisamente este año los tesoreros tienen motivos de sobra para angustiarse.

La cosecha había sido mala y la gente moría de hambre.

—Los muertos no pagan rentas.

«Un hombre pragmático —pensó Wynstan—. Eso me gusta.»

—Y el mal tiempo continúa. Las inundaciones se suceden por todo el sur de Inglaterra. He tenido que dar bastantes rodeos de camino aquí.

Estaba exagerando. Había habido fuertes lluvias, pero solo lo habían retrasado unos días.

Sigefryth chascó la lengua en señal de que lo lamentaba.

—Y parece que está empeorando. Espero que no tengas planeado viajar.

—No durante un tiempo. En Navidad habrá que recaudar las rentas de los aparceros que aún resistan. Enviaré al hermano Wigferth a vuestra vecindad.

—Si quieres que Wigferth esté allí en Navidad, no demores mucho su partida —le recomendó Wynstan—. Va a tardar bastante tiempo en llegar.

—Así lo haré —aseguró Sigefryth—. Gracias por el consejo.

«Menudo crédulo», pensó Wynstan con satisfacción.

Wigferth partió al día siguiente.

Los hijos de Ragna habían emprendido una batalla de bolas de nieve. Los mellizos, de cuatro años, se habían confabulado contra su hermano Osbert, de seis. El pequeño de dos, Alain, reía a carcajadas.

Los componentes del pequeño hogar de Ragna contemplaban la escena a su lado: Cat, Gilda, Wilnod y Grimweald, el escolta. Grimweald era un inútil; teniendo en cuenta que se trataba de uno de los hombres de armas de Wigelm, era probable que no la protegiera de la persona que pretendiera atacarla.

Aun así, vivía un momento feliz. Los cuatro niños gozaban de buena salud y Osbert había empezado a aprender a leer y a escribir. No era la vida con que Ragna había soñado, y seguía añorando a Edgar, pero tenía motivos para estar agradecida.

Cuando Wigelm fue nombrado conde, dejó de interesarle la administración diaria de Combe, por lo que Ragna pasó a desempeñar las funciones que su marido desatendía y, en la práctica, acabó siendo la alguacila de Combe y de Outhen, aunque él continuaba dando las audiencias.

Wigelm apareció de pronto, acompañado por una joven concubina, Meganthryth, y se detuvieron junto a Ragna mientras miraban a los niños jugar. Ragna no le dirigió la palabra, ni siquiera lo miró. El odio que le inspiraba había ido exacerbándose a lo largo de los dos años que hacía que duraba el matrimonio. Wigelm era torpe y cruel.

Por fortuna, apenas coincidían. El hombre se emborrachaba casi todas las noches y tenían que llevarlo a la cama, y cuando estaba lo suficientemente sobrio, pasaba la velada con Meganthryth, quien, aun así, no le había dado hijos. De cuando en cuando, el antiguo ardor se apoderaba de él y visitaba a Ragna, quien no se resistía; cerraba los ojos y pensaba en otra cosa hasta que él terminaba. A Wigelm lo excitaba fornicar con una mujer en contra de su voluntad, pero no le gustaba la indiferencia, y la aparente apatía de Ragna contribuía a desanimarlo.

Osbert lanzó una gran bola de nieve sin mirar y alcanzó a Alain en plena cara. El niño se detuvo, sorprendido, se echó a llorar y corrió hacia Ragna, quien le secó las mejillas con la manga mientras lo consolaba.

—No seas llorón, Alain. Es solo nieve, no hace nada —lo increpó Wigelm.

El tono áspero hizo que Alain llorara más fuerte.

—Solo tiene dos años —murmuró Ragna.

A Wigelm no le gustaba discutir, se le daba mejor pelear con los puños.

—No malcríes al niño —le espetó—. No quiero un blandengue por hijo. Será un guerrero, como su padre.

Ragna rezaba todos los días para que, de mayor, Alain no se pareciera en nada a su padre, pero guardó silencio. No valía la pena discutir con Wigelm.

—Y ni se te ocurra enseñarle a leer —añadió Wigelm, quien tampoco sabía—. Esas son cosas de sacerdotes y mujeres.

«Eso ya lo veremos», pensó Ragna, pero no dijo nada.

—Críalo como Dios manda o atente a las consecuencias —le advirtió Wigelm antes de dar media vuelta, seguido por su concubina.

Ragna se había quedado helada. ¿A qué consecuencias se refería?

Vio que Hildi, la comadrona, cruzaba el recinto nevado en su dirección. A Ragna le complacía hablar con ella: era una mujer sabia, de edad avanzada, y sus conocimientos médicos trascendían las labores de una simple comadrona.

—Sé que no apreciáis a Agnes —dijo Hildi.

Ragna se puso tensa.

—La apreciaba hasta que me traicionó.

—Se está muriendo y desea rogaros vuestro perdón.

Ragna suspiró. Una solicitud difícil de rechazar, aunque procediera de la mujer que le había arruinado la vida.

Le pidió a Cat que vigilara a los niños y acompañó a Hildi.

En la ciudad los desperdicios y las pisadas embarradas ya habían mancillado el blanco puro y virginal de la nieve. Hildi la condujo hasta una casita que se alzaba detrás del palacio episcopal. La vivienda estaba sucia y olía mal. Agnes yacía sobre un montón de paja amontonada en el suelo, envuelta en una manta. Un espantoso bulto rojizo, con un cráter en el centro rodeado de costras, asomaba en la mejilla, junto a la nariz.

Agnes recorrió la habitación con la mirada, como si no supiera dónde estaba, hasta que se detuvo en Ragna.

—Te conozco —murmuró.

Un comentario extraño. Agnes había vivido con Ragna durante más de una década, pero lo había dicho como si apenas se conocieran.

—A veces se desorienta. Es uno de los síntomas de la enfermedad —le aclaró Hildi.

—Me duele mucho la cabeza —se quejó Agnes.

—Me pediste que trajera a lady Ragna para poder decirle cuánto lo sientes —le recordó la comadrona.

El rostro de la joven mudó de expresión y de pronto pareció recuperar sus facultades mentales.

—No me porté bien —musitó—. Mi señora, ¿podréis perdonarme por haberos traicionado?

¿Cómo iba a negarse?

—Te perdono, Agnes —contestó Ragna con sinceridad.

—Dios me está castigando por lo que hice. Hildi dice que tengo la lepra de las rameras.

La noticia conmocionó a Ragna. Había oído hablar de esa enfermedad, que se transmitía por contacto sexual, de ahí el nombre. Los primeros síntomas consistían en dolores de cabeza y mareos, causaba deterioro mental y el enfermo acababa enloqueciendo.

—¿Es mortal? —le preguntó a Hildi en voz baja.

—En sí misma, no, pero debilita tanto a quien la padece que los accidentes son habituales y la muerte no tarda en acaecer por otras causas.

Ragna alzó la voz para dirigirse a Agnes.

—¿La tenía Offa? —quiso saber, llena de incredulidad.

—Agnes no la contrajo a través de su marido —contestó Hildi, negando con la cabeza.

—Entonces ¿a través de quién?

—Pequé con el obispo —confesó Agnes.

—¿Con Wynstan?

—Wynstan también la tiene —aseguró Hildi—. Avanza más despacio que con Agnes, por eso aún no lo sabe, pero he visto las señales: siempre está cansado y se marea. Y tiene un bulto en el cuello. Intenta esconderlo debajo de la capa, pero lo he visto, y es idéntico al que Agnes tiene en la cara.

—En cuanto lo descubra, lo mantendrá en absoluto secreto —afirmó Ragna.

—Sí —coincidió Hildi—. Si la gente supiera que se está volviendo loco, peligraría su posición.

—Exacto.

—No se lo diré a nadie. Ese hombre me infunde terror.

—A mí también —confesó Ragna.

Aldred contemplaba con expresión aturdida las pilas de peniques de plata que había en la mesa.

El tesorero del priorato de King's Bridge, el hermano Godleof, le había llevado el cofre del dinero que había sacado del arca de hierro del antiguo taller de Cuthbert y lo había dejado sobre la mesa, tras lo que habían procedido a contar las monedas de plata entre los dos. Habrían acabado antes pesándolas, pero no disponían de una balanza.

No la habían necesitado hasta ese momento.

—Después de la hambruna de este año, pensé que iríamos justos de dinero —comentó Aldred.

—El lado positivo es que obligó a los vikingos a volver a sus tierras —apuntó Godleof—. Hemos ingresado menos de lo habitual, pero aun así es una suma considerable. Tenemos los pontazgos, las rentas de los propietarios de los puestos del mercado y las donaciones de los peregrinos. Y no olvides que hemos recibido cuatro grandes concesiones de tierras este último año y, por lo tanto, también contamos con esas rentas.

—Dinero llama dinero, pero también hemos debido de tener muchos gastos.

—Hemos dado de comer a muchos hambrientos de varios kilómetros a la redonda y además hemos construido una escuela, un *scriptorium*, un refectorio y un dormitorio para los nuevos monjes que se han sumado a nosotros.

Era cierto. Aldred estaba cada vez más cerca de hacer su sueño realidad y convertir el monasterio en un centro de saber y erudición.

—Casi todos los edificios son de madera, así que no han costado mucho —prosiguió Godleof.

Aldred contempló el dinero. Después de trabajar tan duro para fortalecer las cuentas del priorato, de pronto descubría que lo incomodaba tanta riqueza.

—Hice voto de pobreza —musitó casi para sí mismo.

—El dinero no es tuyo —le recordó Godleof—. Pertenece al priorato.

—Cierto. Aun así, no está bien regodearse con él. Jesús dijo que no debemos acumular tesoros en la tierra, sino en el cielo. Toda esta abundancia se nos ha concedido con un propósito.

—¿Y cuál es ese propósito?

—Quizá Dios quiera que construyamos una iglesia más grande. No puede negarse que la necesitamos: ahora mismo nos vemos obligados a celebrar tres misas los domingos, y la iglesia siempre está llena hasta arriba. Hay veces que los peregrinos hacen cola para ver los huesos del santo hasta en días de diario.

—Un momento, lo que ves ante ti no alcanza para pagar una iglesia de piedra —le advirtió Godleof.

—Pero seguirá llegando dinero.

—Desde luego, eso espero, pero no poseemos el don de ver el futuro.

Aldred sonrió.

—Hay que tener fe.

—La fe no es dinero.

—No, es mucho mejor que el dinero. —Aldred se levantó—. Pongamos esto a buen recaudo, quiero mostrarte algo.

Devolvieron el cofre al arca de hierro, salieron del monasterio y subieron la colina. Aldred recordó que se habían construido viviendas nuevas a ambos lados de la calle y que todas pagaban rentas al monasterio. Llegaron a la altura de la casa de Edgar. Aldred tendría que habérsela arrendado a un nuevo inquilino, pero la había mantenido vacía por motivos sentimentales.

La plaza quedaba justo enfrente. No era día de mercado, pero de todas maneras había un puñado de comerciantes llenos de optimismo que, a pesar del frío, ofrecían huevos frescos, dulces, frutos secos y cerveza casera. Aldred acompañó a Godleof hasta el otro extremo de la plaza.

El bosque empezaba a partir de allí, aunque habían talado una buena parte para madera.

—Aquí se alzará la nueva iglesia. Hace años, Edgar y yo ideamos cómo sería el pueblo.

Godleof contempló la selva de arbustos y tocones de árboles.

—Habrá que limpiar todo esto como es debido.

—Por supuesto.

—¿De dónde obtendríamos la piedra?

—De Outhenham. Es probable que lady Ragna nos la proporcione de balde, como si se tratara de una donación piadosa, pero habrá que contratar a un cantero.

—Hay mucho que hacer.

—Ya lo creo, de ahí que cuanto antes empecemos, mejor.

—¿Quién construirá la iglesia? No es como hacer una casa, creo yo.

—Lo sé. —Aldred sintió que se le aceleraba el pulso—. Hay que traer a Edgar de vuelta.

—Ni siquiera sabemos dónde está.

—Pero se lo puede encontrar.

—¿Y quién va a encargarse de ello?

Aldred estuvo tentado de ponerse él mismo al frente de la búsqueda; no obstante, era imposible: el priorato prosperaba y su dirección estaba en sus manos. El viaje a Normandía duraría semanas o meses, y durante su ausencia podían surgir infinitud de contratiempos.

—Enviaremos al hermano William —propuso—. Nació en Normandía y vivió allí hasta los doce o trece años. Y que lo acompañe el joven Athulf, ese muchacho nunca para quieto.

—Esto no es algo que se te haya ocurrido hoy.

—Cierto. —Aldred no quería reconocer la frecuencia con que había soñado con traer a Edgar de vuelta a casa—. Vamos a hablar con William y Athulf.

Bajaban la cuesta que conducía al monasterio cuando Aldred reparó en un hombre ataviado con una túnica de monje que cruzaba el puente. La figura le resultaba familiar y, cuando lo tuvo más cerca, vio que se trataba de Wigferth de Canterbury.

Le dio la bienvenida y lo llevó a la cocina para que le ofrecieran algo de pan y cerveza caliente.

—¿No es muy pronto para que vengas a recaudar las rentas de Navidad? —preguntó.

—Han adelantado el viaje para deshacerse de mí —contestó Wigferth con acritud.

—¿Quién quería deshacerse de ti?

—El obispo de Shiring.

—¿Wynstan? ¿Qué hace en Canterbury?

—Intentando que lo hagan arzobispo.

—¡Pero si se suponía que sería Elfheah de Winchester! —exclamó Aldred, horrorizado.

—Yo aún conservo la esperanza de que así sea, pero Wynstan ha sabido ganarse el favor de los monjes con sus artimañas, en particular el de Sigefryth, el tesorero. Muchos de ellos ahora se oponen a Elfheah. Y una caterva de monjes descontentos puede llegar a ser un verdadero quebradero de cabeza. Puede que el rey Etelredo nombre a Wynstan a fin de evitarse preocupaciones.

—¡Dios no lo quiera!

—Amén.

El manto de nieve fresca ofreció a Ragna la oportunidad de enseñar algunas letras a los niños.

—¿Por qué letra empieza el nombre de Osbert? —preguntó, repartiéndoles un palo a cada uno.

—¡Yo lo sé, yo lo sé! —se animó el crío.

—¿Y si la dibujas?

—Es fácil.

Osbert trazó un círculo grande e irregular en la nieve.

—Ahora vosotros: dibujad la letra por la que empieza Osbert. ¿Veis?, es redonda, como la forma de los labios cuando dices su nombre.

Los mellizos bosquejaron unos círculos irregulares. A Alain le costó más, pero solo tenía dos años; además, el propósito principal de Ragna era enseñarles que las palabras se componían de letras.

—¿Por qué letra empieza Hubert? —preguntó a continuación.

—¡Yo lo sé, yo lo sé! —aseguró nuevamente Osbert, y trazó una hache pasable en la nieve.

Los mellizos la copiaron, más o menos. El intento de Alain parecían tres palos garabateados al azar, pero lo elogió de todos modos.

Ragna vio a Wigelm con el rabillo del ojo y maldijo entre dientes.

—¿Qué está pasando aquí? —preguntó Wigelm.

Ragna improvisó sobre la marcha.

—Los ingleses están aquí, en estas colinas —dijo, refiriéndose a los círculos—. Y a su alrededor… —señaló los otros garabatos—, los vikingos. ¿Qué viene a continuación, Wigelm?

El hombre la miró con recelo.

—Que los vikingos atacan a los ingleses —contestó.

—¿Y quién gana, niños? —preguntó Ragna.

—¡Los ingleses! —gritaron todos al unísono.

Ojalá fuera cierto, pensó Ragna.

Pero entonces Alain descubrió el ardid.

—Ahí pone Osbert —dijo, señalando el círculo irregular que su hermanastro había dibujado y mirando a su padre con una sonrisa triunfal, a la espera de una felicitación... que nunca se produjo. Wigelm fulminó a Ragna con la mirada.

—Te lo advertí.

—Venga, vamos a desayunar —propuso Ragna, dando una palmada.

Los niños entraron en casa corriendo y Wigelm se alejó con gesto airado.

Ragna siguió a sus hijos con más calma. ¿Cómo iba a educar a Alain? Era difícil engañar a Wigelm viviendo tan cerca de él y, además, ya le había insinuado en dos ocasiones que delegaría la crianza de Alain en otra persona, algo que Ragna no soportaría. Sin embargo, tampoco podía convertir a su hijo en un ignorante, y menos aún cuando sus hermanos se instruían.

Estaban terminando de desayunar cuando entró el prior Aldred. Seguramente había llegado el día anterior de King's Bridge y había pasado la noche en la abadía de Shiring. El hombre aceptó una jarra de cerveza caliente y tomó asiento en un banco.

—Voy a construir una nueva iglesia —anunció—. La vieja es demasiado pequeña.

—¡Enhorabuena! El priorato debe de estar prosperando para que os embarquéis en un proyecto tan ambicioso.

—Creo que podremos permitírnoslo, si Dios quiere, pero supondría una gran ayuda si continuarais cediéndonos la piedra de Outhenham de balde.

—Será un placer.

—Gracias.

—¿Y quién será vuestro maestro constructor?

Aldred bajó la voz para que los sirvientes no lo oyeran:

—He enviado mensajeros a Normandía para rogarle a Edgar que vuelva.

A Ragna le dio un vuelco el corazón.

—Espero que lo encuentren.

—Partirán hacia Cherburgo y empezarán hablando con vuestro padre. Edgar me dijo que le consultaría al conde Hubert dónde podía encontrar trabajo.

Ragna se sintió de pronto llena de esperanza. ¿Edgar volvería realmente a casa? ¿Y si no quería? Sacudió la cabeza con tristeza.

—Se fue porque me casé con Wigelm… y sigo casada con él.

—Confío en que la perspectiva de proyectar y construir su propia iglesia desde cero baste para tentarlo —repuso Aldred, inasequible al desaliento.

—Podría ser, estoy segura de que le encantaría —reconoció Ragna con una sonrisa, si bien no tardó en asaltarla otra posibilidad—. Aunque quizá haya conocido a una mujer.

—Quién sabe.

—Puede que hasta esté casado —añadió con tono sombrío.

—Habrá que esperar para saberlo.

—Ojalá vuelva —musitó Ragna con un hilo de voz.

—Lo mismo digo. No he arrendado su casa a nadie por eso mismo.

Ragna sabía que Aldred también lo amaba, y eso a pesar de que sus expectativas eran mucho menores que las de ella.

—Hay algo más que desearía pediros, otro favor —apuntó Aldred con cierta brusquedad, como si le hubiera leído el pensamiento y deseara cambiar de tema.

—¿De qué se trata?

—El arzobispo de Canterbury agoniza y Wynstan pretende sucederlo.

Ragna se estremeció.

—La idea de que Wynstan se erija en el líder moral de todo el sur de Inglaterra es simplemente obscena.

—¿Podríais comunicárselo a la reina Emma? La conocéis, os aprecia; si hubiera de escuchar a alguien, sería a vos.

—En eso tenéis razón —reconoció Ragna.

Además, había algo que Aldred ignoraba. Ragna también podía contarle a la reina que Wynstan padecía una enfermedad que poco a poco afectaría a su cordura, lo cual bastaría para evitar que fuera nombrado arzobispo.

Sin embargo, Ragna se guardaría mucho de hacerlo. No podía compartir esa información ni con Emma ni con nadie. Wynstan averiguaría con facilidad qué había impedido su nombramiento y habría represalias: Wigelm se llevaría a Alain lejos de ella, a sabiendas de que era el castigo más severo que podía infligirle.

Miró a Aldred y la invadió la tristeza. La expresión del prior delataba su optimismo y su determinación. Era un buen hombre, pero no podía concederle lo que solicitaba. Los desalmados siempre parecían salirse con la suya, se dijo: Dreng, Degbert, Wigelm, Wynstan… Y puede que siempre fuera así, en este mundo.

—No —decidió—. Me aterra lo que Wynstan y Wigelm podrían hacerme en venganza. Lo siento, Aldred, no puedo ayudaros.

39

Primavera de 1006

Los artesanos que trabajaban en la nueva iglesia de piedra pararon a descansar a media mañana. La hija del maestro albañil, Clothild, le llevó a su padre una jarra de cerveza y algo de pan. Giorgio, un constructor de Roma, empapó su pan en la cerveza para ablandarlo antes de comérselo.

Edgar era el capataz del maestro, y durante el descanso solía ir a la cabaña, como llamaban al sencillo cobertizo donde acordaban las órdenes que habría que dar el resto del día. Después de más de dos años comunicándose únicamente en francés normando, ya lo hablaba con fluidez.

Clothild había tomado por costumbre llevarle cerveza y pan también a él. Edgar le dio un trozo a su nuevo perro, Tizón, que era negro y con el hocico bigotudo.

La iglesia se estaba levantando en un terreno que bajaba en pendiente de oeste a este, lo cual suponía un gran desafío. Para mantener el suelo nivelado en toda la planta, construirían una cripta profunda y con sólidos pilares achaparrados que proporcionaría la plataforma necesaria para sostener el extremo oriental.

Edgar estaba entusiasmado con el diseño de Giorgio. La nave central tendría dos hileras paralelas de enormes arcos de medio punto sostenidos por poderosos pilares, para que las personas de las naves laterales pudieran ver todo el ancho de la iglesia. De esa manera podría asistir a misa una gran congregación. Él jamás habría concebido un diseño tan audaz, y estaba bastante seguro de que en Inglaterra tampoco lo había hecho nadie. Los trabajadores franceses se sentían tan atónitos como él; aquello era algo completamente novedoso.

Giorgio era un hombre delgado y gruñón, ya en la cincuentena, pero también el constructor más hábil e imaginativo que Edgar había conocido en toda su vida. En ese momento estaba sentado y dibujaba con un palo en la tierra para explicarle cómo tallarían las dovelas, las piedras que formaban los arcos, con unas molduras tales que, cuando se dispusieran las unas junto a las otras, parecieran una serie de anillos concéntricos.

—¿Lo entiendes? —dijo.

—Sí, por supuesto —repuso Edgar—. Es una solución muy inteligente.

—¡No digas que lo entiendes si no es verdad! —exclamó Giorgio, molesto.

A menudo esperaba tener que explicar largo rato cosas que Edgar comprendía al instante. Le recordaba un poco las conversaciones que tenía con su padre.

—Describís las cosas con mucha claridad —dijo para aplacar al constructor.

Clothild le pasó una fuente con pan y queso, de la que él comió con hambre. La muchacha se sentó frente a él. Mientras seguía debatiendo con Giorgio sobre la forma de las dovelas, ella cruzó y descruzó las rodillas varias veces mostrando sus fuertes piernas morenas.

Era atractiva, tenía un carácter muy agradable y una figura esbelta, y había dejado claro que le gustaba Edgar. Tenía veintiún años, apenas cinco menos que él. Era preciosa, solo que no era Ragna.

Hacía tiempo que Edgar se había dado cuenta de que no amaba como la mayoría de los hombres. Él parecía estar casi ciego ante todas las mujeres menos una. Le había sido fiel a Sungifu durante años después de su muerte, y ahora le guardaba lealtad a una mujer que se había casado con otro hombre. Con otros dos, en realidad.

En ocasiones deseaba estar hecho de otra pasta. ¿Por qué no habría de convertir a esa joven tan agradable en su esposa? Sería buena y afectuosa con él, como lo era con su padre. Y Edgar podría yacer todas las noches entre esas dos piernas morenas y fuertes.

—Dibujamos medio círculo en el suelo del mismo tamaño que el arco —iba diciendo Giorgio—, dibujamos también un radio desde el centro hacia la línea de la circunferencia, luego colocamos una piedra en la circunferencia de modo que esté a escuadra con el radio. Pero los laterales de la piedra, ahí donde se ensambla con las dovelas adyacentes, deben tallarse con un ligero ángulo.

—Sí —confirmó Edgar—. De modo que dibujamos dos radios más, uno a cada lado, y eso nos dará la inclinación correcta para los laterales de la piedra.

Giorgio se lo quedó mirando.

—¿Cómo lo sabías? —preguntó, irascible.

Edgar tenía que ser cuidadoso para no ofenderlo mostrando que sabía demasiado. Los constructores guardaban con mucho celo lo que ellos llamaban los «misterios» de su oficio.

—Me lo contasteis vos, hace un tiempo —mintió—. Recuerdo todo lo que me decís.

Giorgio se calmó un poco.

Edgar vio entonces a dos monjes cruzando el solar. Se paseaban por allí boquiabiertos porque seguramente nunca habían visto una iglesia tan grande como lo sería aquella. Algo le hizo pensar que eran ingleses, aunque el mayor de ambos hablaba francés normando.

—Buenos días tengáis, maestro albañil —saludó con cortesía.

—¿Qué queréis? —dijo Giorgio.

—Estamos buscando a un constructor inglés llamado Edgar.

«Mensajeros ingleses», pensó este, y sintió una extraña mezcla de emoción y miedo. ¿Traerían buenas o malas noticias?

Se fijó en que Clothild parecía consternada.

—Yo soy Edgar —dijo en inglés, un idioma al que ya no estaba acostumbrado.

El monje hizo un gesto de alivio.

—Hemos tardado mucho en encontrarte —dijo.

—¿Quiénes sois? —preguntó Edgar.

—Venimos del priorato de King's Bridge. Yo soy William y este es Athulf. ¿Podríamos hablar contigo en privado?

—Desde luego.

Ninguno de los dos vivía en el monasterio cuando Edgar se marchó, así que supuso que el lugar debía de estar creciendo. Los llevó al otro lado del terreno, junto a la pila de la madera, donde había menos ruido. Allí se sentaron en unos tablones.

—¿Qué ocurre? —preguntó Edgar—. ¿Ha muerto alguien?

—La noticia que traemos es otra —respondió William—. El prior Aldred ha decidido construir una nueva iglesia de piedra.

—¿En mitad de la pendiente? ¿Delante de mi casa?

—Exactamente donde la planeasteis ambos.

—¿Han comenzado los trabajos?

—Cuando partimos, los monjes estaban retirando los tocones de árboles del terreno y habíamos empezado a recibir partidas de piedra de la cantera de Outhenham.

—¿Y quién diseñará la iglesia?

William calló unos instantes.

—Esperábamos que tú —dijo.

O sea que de eso se trataba.

—Aldred quiere que regreses a casa —siguió explicando William, y confirmó así la sospecha de Edgar—. Ha conservado tu casa vacía para cuando vuelvas. Serás el maestro constructor. Nos ha ordenado que averigüemos cuánto gana un maestro aquí, en Normandía, y que te ofrezcamos la misma paga. Además de cualquier otra cosa que pidas.

Solo había una cosa que Edgar quisiera. No sabía si abrirles su corazón a esos dos extraños, pero seguro que en Shiring todos conocían la historia. Un momento después lo soltó sin pensarlo:

—¿Sigue lady Ragna casada con el conde Wigelm?

Por la reacción de William, comprendió que el monje ya esperaba esa pregunta.

—Sí.

—¿Sigue viviendo con él en Shiring?

—Sí.

El atisbo de esperanza que había nacido en su corazón se extinguió.

—Dejad que lo piense. ¿Tenéis donde hospedaros?

—Hay un monasterio aquí cerca.

—Mañana os daré una respuesta.

—Rezaremos para que sea afirmativa.

Los monjes se alejaron y Edgar se quedó donde estaba, meditando mientras miraba a una mujer musculosa que removía una montaña de argamasa con una pala de madera, pero casi sin verla. ¿Quería volver a Inglaterra? Se había marchado porque no podía soportar ver a Ragna casada con Wigelm. Si regresaba, se los encontraría a menudo. Sería una tortura.

Por otro lado, le estaban ofreciendo un trabajo inigualable: sería el maestro y podría decidir todos los detalles de la nueva iglesia, y crear un edificio magnífico en el estilo radicalmente nuevo que había aprendido de Giorgio. Tardaría diez años, o veinte, puede que incluso más aún. Se convertiría en su vida.

Se levantó del montón de madera donde estaba sentado y regresó al trabajo. Clothild ya se había ido. Giorgio, que seguía ocupado con la dovela de muestra, había dibujado el círculo y los radios que le había descrito antes. Edgar estaba a punto de retomar la tarea que tenía entre manos, que era la de construir el encofrado, el armazón de madera que sostendría las piedras en su sitio mientras la argamasa se endurecía, pero Giorgio lo detuvo.

—Te han pedido que regreses a casa —dijo.

—¿Cómo lo sabéis?

El maestro se encogió de hombros.

—¿Por qué, si no, habrían venido desde Inglaterra?

—Quieren que les construya una iglesia nueva.

—¿Te irás?

—No lo sé.

Para sorpresa de Edgar, Giorgio dejó las herramientas.

—Voy a contarte algo —dijo. El tono de su voz cambió, de repente parecía vulnerable. Edgar nunca lo había visto así—. Tardé en casarme —explicó el maestro, rememorando su vida—. Tenía treinta años cuando conocí a la madre de Clothild, que en paz descanse. —Calló un momento, y Edgar creyó que iba a echarse a llorar, pero Giorgio sacudió la cabeza y siguió hablando—: Tenía treinta y cinco cuando nació Clothild. Ahora tengo cincuenta y seis. Soy un anciano.

Cincuenta y seis años tampoco era una edad tan avanzada, pero no era momento para contradecirle.

—Sufro de molestias en el estómago —prosiguió el hombre.

Eso explicaba su malhumor, pensó Edgar.

—No consigo retener lo que como. Vivo de sopas.

Edgar siempre había pensado que el maestro empapaba el pan porque le gustaba así.

—Seguramente no moriré mañana —dijo Giorgio—, pero es posible que no me quede más de un año.

«Tendría que haberlo imaginado, todas las pistas estaban ahí —pensó Edgar—. Debería haberlo sabido. Ragna lo habría deducido hace tiempo.»

—Lo siento mucho. Espero que no sea así.

Giorgio desestimó esa posibilidad con un gesto de la mano.

—Cuando pienso en la vida que me queda, me doy cuenta de que hay dos cosas en este mundo que tienen un gran valor para mí. —Miró hacia los terrenos en construcción—. Uno es esta iglesia. —Su mirada regresó a Edgar—. La otra es Clothild.

La expresión de Giorgio volvió a cambiar, y Edgar vio que tenía los sentimientos a flor de piel. Le estaba abriendo su corazón.

—Quisiera que alguien se ocupara de ambas cuando yo no esté —dijo el hombre.

Edgar se lo quedó mirando mientras pensaba: «Me está ofreciendo su trabajo y a su hija».

—No regreses a Inglaterra —añadió—. Por favor.

Fue una petición tan sentida que resultaba difícil resistirse a ella.

—Tendré que pensarlo —acertó a decir Edgar, sin embargo.

Giorgio asintió.

—Desde luego.

El momento de intimidad había pasado. El maestro albañil dio media vuelta y retomó su trabajo.

Edgar estuvo meditándolo el resto del día y casi toda la noche.

«Si no querías caldo, toma dos tazas», pensó. Llegar a maestro constructor era lo que más ambicionaba en la vida, y en un mismo día le habían ofrecido dos puestos. Podía ser maestro albañil allí o en Inglaterra. Ambas opciones le supondrían una profunda satisfacción, pero era la otra mitad de la decisión la que lo mantenía despierto: ¿Clothild o Ragna?

En realidad no había elección posible. Ragna podía seguir casada con Wigelm veinte años más. Y aunque Wigelm muriera joven, tal vez la obligaran a desposarse otra vez con un noble elegido por el rey. Cuando ya se acercaba el alba, Edgar comprendió que en Inglaterra podía pasarse el resto de su vida soñando con alguien a quien jamás tendría.

Decidió que ya había estado demasiados años viviendo así. Si se quedaba en Normandía y se casaba con Clothild, no sería feliz, pero tal vez sí encontrara cierta tranquilidad.

Por la mañana les dijo a los monjes que se quedaba.

Wigelm acudió a la cama de Ragna una cálida noche de primavera, cuando los árboles empezaban a brotar. Al abrir la puerta, la despertó a ella y a su servicio. Ragna oyó que las doncellas se removían en las esteras del suelo, y Grimweald, su escolta, gruñó, pero los niños siguieron durmiendo.

Como no lo esperaba, no había tenido ocasión de lubricarse con un poco de aceite. Wigelm se tumbó a su lado y le subió las faldas hasta la cintura. Ella enseguida se escupió en la mano para mojarse el sexo antes de abrir las piernas con obediencia.

Se había resignado a ello. Sucedía solo unas cuantas veces al año. Lo único que esperaba era no volver a quedar embarazada. Quería a Alain, pero no deseaba otro hijo de Wigelm.

Esta vez, sin embargo, fue diferente. Su marido entraba y salía de ella, pero parecía incapaz de llegar al clímax, y Ragna no hizo nada por ayudarlo. Por conversaciones femeninas, sabía que cuando no había amor, otras mujeres a menudo fingían estar excitadas solo para que el acto acabara antes, pero ella no era capaz de interpretar ese papel.

Wigelm no tardó en perder la erección. Después de unos cuantos empujones en vano más, se retiró.

—Eres una zorra fría —dijo, y le dio un puñetazo en la cara.

Ragna sollozó. Ya esperaba una paliza, y sabía que su escolta no haría nada por protegerla, pero Wigelm se levantó y salió de la habitación.

Por la mañana, aunque tenía hinchado el lado izquierdo de la cara y notaba el labio superior muy abultado, se dijo que podría haber sido peor.

Wigelm entró en la casa cuando los niños estaban desayunando. Ragna se fijó en que, de tanto beber, en su gran nariz se veían unas venas de color vino, como una telaraña rojiza, una característica desagradable que no le había notado la noche anterior, a la luz del fuego.

Su marido la miró.

—Tendría que haberte dado otro puñetazo en el otro lado para igualarlo —dijo.

A ella se le ocurrió una réplica sarcástica, pero se la calló. Presentía que estaba de un ánimo peligroso y sintió un terror frío; tal vez no había acabado de castigarla.

—¿Qué quieres, Wigelm? —preguntó con un tono neutro, intentando vocalizar a pesar de la hinchazón de la boca.

—No me gusta cómo estás educando a Alain.

Aquella era la cantinela de siempre, pero esta vez Ragna detectó un nuevo grado de maldad en su voz.

—Solo tiene dos años y medio, aún es un niño. Tendrá tiempo de sobra para aprender a pelear —contestó.

Wigelm sacudió la cabeza con decisión.

—Quieres que tenga inclinaciones femeninas… Leer, escribir y esas cosas.

—El rey Etelredo sabe leer.

Wigelm se negó a discutir sobre el tema.

—Voy a encargarme yo de la educación del niño.

¿Qué significaba eso?

—¡Le daré una espada de madera! —propuso ella, desesperada.

—No me fío de ti.

Normalmente era capaz de pasar por alto casi todo lo que decía Wigelm. Profería insultos e improperios que en realidad eran irrelevantes, y al cabo de unos minutos olvidaba lo que acababa de salir por su boca. Pero esta vez Ragna tuvo la sensación de que sus amenazas no eran vacías.

—¿Qué quieres decir? —preguntó con miedo en la voz.

—Que me llevo a Alain a vivir a mi casa.

La idea era tan absurda que al principio Ragna no logró tomárselo en serio.

—¡No puedes! —exclamó—. No sabes cuidar de un niño de dos años.

—Es mi hijo. Haré lo que me plazca.

—¿Le limpiarás tú el trasero?

—No estoy solo.

—¿No te referirás a Meganthryth? —preguntó Ragna sin poder creerlo—. ¿No se lo darás a ella para que lo críe? ¡Tiene dieciséis años!

—Muchas chicas son madres a los dieciséis.

—¡Pero ella no!

—No, pero hará lo que yo le diga, mientras que tú siempre estás desoyendo mis deseos. Alain casi ni sabe que tiene un padre. Quiero que lo eduquen según mis principios. Debe convertirse en un hombre.

—¡No!

Wigelm se acercó al niño, que estaba sentado a la mesa con cara de susto. Cat se interpuso entre ambos. Wigelm la agarró de la pechera del vestido con ambas manos, la levantó del suelo y la lanzó contra la pared. Ella gritó al golpearse contra los tablones de madera y quedó encogida en el suelo.

Todos los niños empezaron a llorar.

Wigelm levantó a Alain, que gritaba aterrorizado, y se lo puso bajo el brazo izquierdo. Ragna lo agarró de la manga e intentó quitarle a su hijo, pero Wigelm le dio tal puñetazo en un lado de la cabeza que la dejó inconsciente unos segundos.

Cuando volvió en sí, estaba tirada en el suelo. Levantó la mirada y vio cómo su marido se marchaba con Alain pataleando y gritando bajo su brazo.

Consiguió ponerse en pie y se tambaleó hasta la puerta, pero Wigelm ya cruzaba el recinto con pasos furiosos en dirección a su casa. Ragna estaba demasiado aturdida para correr tras él, y de todas formas sabía que solo conseguiría que la derribara de nuevo.

Regresó al interior. Cat estaba sentada en el suelo, frotándose la cabeza por entre su mata de pelo negro.

—¿Estás muy malherida? —preguntó Ragna.

—Creo que no me he roto nada —respondió Cat—. ¿Y vos?

—Me duele la cabeza.

—¿Cómo puedo ayudar? —dijo Grimweald.

La respuesta de Ragna fue sarcástica:

—Tú sigue protegiéndonos, como haces siempre.

El escolta salió de la casa a zancadas.

Los niños no paraban de llorar, así que las mujeres se pusieron a consolarlos.

—No puedo creer que se haya llevado a Alain —dijo Cat.

—Quiere que Meganthryth críe al niño para que se convierta en un bravucón necio como él.

—No podéis dejar que se salga con la suya.

Ragna asintió. No podía permitir que aquello quedara así.

—Hablaré con Wigelm —dijo—. Quizá consiga hacerle entrar en razón.

No era optimista, pero tenía que intentarlo.

Salió de la casa y cruzó hacia la de su marido. Mientras se acercaba, oyó a Alain llorando. Entró sin llamar.

Wigelm y Meganthryth estaban hablando, ella tenía al niño en brazos e intentaba hacerlo callar.

—¡*Madde!* —exclamó el pequeño en cuanto vio a Ragna. Así era como la llamaba siempre.

Ella fue directa a él instintivamente, pero Wigelm la detuvo.

—Déjalo aquí —dijo.

Ragna miró a Meganthryth. Era regordeta y no muy alta, y habría sido guapa si la boca no se le torciera en un gesto que sugería avaricia. Aun así, era una mujer; ¿de verdad se negaría a dejar que un niño estuviera con su madre?

Ragna estiró los brazos hacia Alain.

Meganthryth le dio la espalda.

Ragna se horrorizó al ver que una joven pudiera hacer tal cosa, y su corazón se llenó de odio.

Le costó, pero apartó la mirada de Alain y se volvió para hablar con Wigelm, intentando hacerlo con una voz calmada y razonable, dentro de lo posible.

—Tenemos que hablar de esto.

—No, no hay nada que hablar. Aquí soy yo quien dice cómo son las cosas.

—¿Harás prisionero a Alain y lo tendrás encerrado en esta casa? Eso lo convertirá en un enclenque, no en un guerrero.

—Pues claro que no haré eso.

—Entonces jugará en el recinto con sus hermanos y los seguirá cuando vuelvan a mi casa, y todos los días tendrás que repetir lo que acabas de hacer. Y cuando no estés aquí, lo cual sucede a menudo, ¿quién se llevará al niño a rastras para apartarlo de su familia mientras patalea y llama a su madre a gritos?

Wigelm estaba desconcertado. Era evidente que no había pensado en nada de eso. De pronto relajó las facciones.

—Me lo llevaré de viaje conmigo.

—¿Y quién se ocupará de él por el camino?

—Meganthryth.

Ragna la miró. La joven estaba horrorizada. Era evidente que no le habían consultado nada, pero mantuvo la boca cerrada.

—Mañana me voy a Combe —añadió Wigelm—. Vendrá conmigo y así conocerá la vida de un conde.

—¿Piensas llevarte a un niño de dos años a hacer un viaje de cuatro días?

—No veo por qué no.

—¿Y cuándo regresarás?

—Ya veremos. Pero el niño no volverá a vivir contigo nunca más.

Ragna no pudo seguir controlándose y se echó a llorar.

—Por favor, Wigelm, te lo ruego, no lo hagas. No importa lo que yo sufra, pero compadécete de tu hijo.

—Lo compadezco porque lo crían una panda de mujeres que lo están volviendo un afeminado. Si permito que esto continúe, cuando crezca maldecirá a su padre. No. Se queda aquí.

—Por favor...

—No pienso escuchar nada más. Fuera.

—Pero, Wigelm, piensa que...

—¿Voy a tener que cargar contigo y lanzarte por la puerta?

Ragna no se veía capaz de soportar más palizas, así que agachó la cabeza.

—No —dijo con un sollozo.

Despacio, dio media vuelta y fue hacia la salida. Solo se volvió para mirar a Alain, que seguía gritando con desesperación y alargaba los brazos hacia su madre. Le costó lo indecible marcharse dejándolo allí.

La pérdida de su hijo pequeño dejó un vacío en el corazón de Ragna. Pensaba constantemente en él. ¿Lo tendría Meganthryth limpio y bien alimentado? ¿Estaría sano, o sufriría de alguna dolencia infantil? ¿Se despertaría de noche y la llamaría llorando? Tenía que obligarse a reprimir su recuerdo durante al menos una parte del día; si no, acabaría loca.

Pero no se había rendido. Jamás lo haría. Por eso, cuando el rey y la reina viajaron a Winchester, Ragna fue allí a suplicarles.

A esas alturas hacía un mes que no veía a Alain. La visita de Wigelm a Combe se había convertido en una inspección de primavera de toda la región, y se llevaba al niño allí adonde iba. Por lo visto, pensaba estar lejos de Shiring durante una buena temporada.

Wynstan seguía en Canterbury, ya que la lucha por decidir quién sería el nuevo arzobispo se estaba alargando. Eso significaba que ambos hermanos se perderían el consejo real, lo cual animó a Ragna.

Sin embargo, prefería no presentar su caso en el consejo mismo. Estaba destrozada, pero todavía era capaz de pensar con sentido estratégico. Una audiencia pública era impredecible, los nobles de la región podían ponerse del lado de Wigelm. Ragna prefería hablarlo tranquilamente en privado.

El domingo de Pascua, después del gran oficio en la catedral, el obispo Elfheah daría una cena en su palacio para los mandatarios reunidos en Winchester. Ragna estaba invitada, y vio allí su oportunidad. Llena de esperanza, repasó una y otra vez lo que le diría al rey.

La Pascua era la celebración más importante del año eclesiástico, y en esa ocasión también era un acontecimiento real, así que se trataría de una gran reunión social. Todo el mundo luciría sus mejores galas y se pondría sus joyas más valiosas, y Ragna no fue menos.

La casa del obispo tenía una decoración ostentosa, con bancos de roble tallado y coloridos tapices. Alguien había echado aromáticas ramas de manzano al fuego para perfumar el humo. La mesa estaba puesta con platos de bronce y vasos de ribetes plateados.

La pareja real saludó a Ragna con afecto, lo cual la alentó, así que empezó a contarles de inmediato que Wigelm le había arrebatado a Alain. La reina Emma también era madre —había dado a luz a un niño y a una niña en los primeros cuatro años de su matrimonio con Etelredo—, por lo que sin duda simpatizaría con ella.

El rey, sin embargo, la interrumpió antes de que hubiera terminado la primera frase del discurso que tenía preparado.

—Estoy al corriente —dijo—. De camino aquí nos cruzamos con Wigelm y el niño.

Eso era una novedad para Ragna; malas noticias.

—Ya he comentado el problema con él —siguió explicando el rey.

Ragna perdió la confianza. Había esperado que su historia dejara perplejos a los reyes y despertara su compasión, pero, por desgracia, Wigelm se le había adelantado. Etelredo ya había oído su versión, que sin duda estaría tergiversada.

Ella tendría que contradecirlo. Como monarca experimentado, Etelredo sabría que no debía creer todo lo que oía.

—Mi rey —expuso Ragna con vehemencia—, para un niño de dos años no puede ser bueno verse apartado de su madre.

—Me pareció una medida muy dura, y así se lo dije a Wigelm.

—En efecto —añadió la reina Emma—. El niño tiene la misma edad que nuestro Eduardo, y si lo separasen de mí, se me partiría el corazón.

—No te quito la razón, amada mía —repuso Etelredo—, pero no soy quién para decirles a mis súbditos cómo gobernar su familia. Las responsabilidades del rey son la defensa, la justicia y una moneda segura. La crianza de los hijos es un asunto privado.

Ragna abrió la boca para formular su objeción: el rey también debía ser garante de la moralidad, y tenía derecho a reprobar a los notables que se apartaban de ella. Pero entonces vio que Emma negaba enseguida con la cabeza, así que se mordió la lengua. Tras reflexionarlo un instante, comprendió que la reina tenía razón. Cuando un gobernante se expresaba de forma tan tajante, no se le podía hacer cambiar de opinión. Insistiendo solo conseguiría que Etelredo se distanciara más aún. Era duro, pero controló su decepción y su rabia.

—Sí, mi rey —dijo tras inclinar la cabeza.

¿Cuánto tiempo tendría que estar separada de Alain? No podía ser para siempre, ¿verdad?

Alguien más llamó la atención de la real pareja, y Ragna se retiró. Intentó no echarse a llorar, aunque su situación le parecía desesperada. Si el rey no la ayudaba a recuperar a su hijo, ¿quién lo haría?

Wigelm y Wynstan tenían todo el poder, esa era su maldición. Podían conseguir prácticamente todo lo que quisieran. Wynstan era un hombre listo, Wigelm era un bruto, y los dos estaban decididos a desafiar al monarca y las leyes. Si Ragna hubiera podido hacer algo para debilitarlos, ya lo habría intentado, pero parecía que nada conseguía detenerlos.

Entonces se le acercó Aldred.

—¿Ya han regresado vuestros mensajeros de Normandía? —preguntó ella.

—No.

—Llevan meses fuera.

—Les debe de estar costando encontrarlo. Los constructores suelen moverse mucho. Tienen que ir allí donde hay trabajo.

Ragna vio que parecía preocupado y contrariado.

—¿Cómo os encontráis? —quiso saber.

—Comprendo que los reyes eviten los conflictos siempre que pueden —dijo con rabia—, ¡pero hay veces que un rey debería gobernar!

Ragna tenía exactamente la misma queja, pero esa clase de cosas solo debían decirse en privado. Miró alrededor con nerviosismo. Sin embargo, nadie parecía haberlo oído.

—¿A qué viene eso?

—Wynstan ha sublevado a todo el mundo en Canterbury, así que ahora existe una facción contraria a Elfheah, y Etelredo titubea porque no quiere problemas con los monjes.

—¿Queréis que el rey dé un puñetazo en la mesa, declare que Wynstan no sería apropiado como nuevo arzobispo y nombre a Elfheah a pesar de la opinión de los monjes?

—¡Digo yo que un rey debería adoptar una postura moral clara!

—Esos monjes, al vivir tan lejos de Shiring, no saben lo que todos nosotros sabemos de Wynstan.

—Cierto.

De pronto Ragna recordó algo que podía perjudicar a su cuñado. Estaba tan angustiada por Alain que casi lo había olvidado.

—¿Y si...?

Titubeó. Había decidido mantenerlo en secreto por miedo a posibles represalias, pero Wigelm ya había hecho lo peor que podía hacer. Había cumplido la amenaza que tanto tiempo llevaba insinuando. Le había quitado a su hijo, pero su crueldad había tenido una consecuencia que él sin duda no había previsto: ya no le quedaba nada para presionarla.

Al comprenderlo, se sintió liberada. A partir de ese momento haría lo que estuviera en su mano para perjudicar a Wigelm y a Wynstan. Seguiría siendo peligroso, pero estaba dispuesta a correr el riesgo. Merecía la pena si con ello conseguía debilitar a los hermanos.

—¿Y si pudierais demostrarles a los monjes que Wynstan no es apropiado para el cargo?

Aldred la miró con repentino interés.

—¿Qué queréis decir?

Ragna dudó de nuevo. Anhelaba perjudicar a Wynstan, pero al mismo tiempo le daba miedo. Reunió todo su valor.

—Wynstan tiene la lepra de las rameras —dijo.

Aldred se quedó boquiabierto.

—¡Dios nos asista! ¿De verdad?

—Sí.

—¿Cómo lo sabéis?

—Hildi le ha visto en el cuello un bulto muy característico de la enfermedad. Y Agnes, su amante, padeció un tumor similar y murió.

—¡Pero eso lo cambia todo! —exclamó Aldred con entusiasmo—. ¿Lo sabe el rey?

—Solo lo sabemos Hildi y yo... Y ahora vos.

—¡Pues debéis decírselo!

El miedo paralizó a Ragna.

—Preferiría que Wynstan no supiese que he sido yo quien lo ha dado a conocer.

—Entonces, yo mismo se lo contaré al rey sin mencionar vuestro nombre.

—Esperad… —Aldred tenía mucha prisa, pero Ragna estaba sopesando cuál era la mejor forma de proceder—. Ante un rey hay que andarse con cautela. Etelredo sabe que sois partidario de Elfheah, y tal vez vea vuestra intervención como una oposición frontal a su voluntad.

Aldred parecía frustrado.

—¡Pero debemos aprovechar esa información!

—Desde luego —repuso Ragna—, solo que tal vez haya un modo mejor.

El obispo Wynstan y el arcediano Degbert solían ir a las reuniones de la sala capitular donde los monjes discutían los asuntos cotidianos del monasterio y la catedral. No era habitual que los visitantes asistieran a ellas, pero el hermano Eappa lo había propuesto y Sigefryth, el tesorero, se había convertido en aliado de Wynstan, así que estuvieron presentes en la primera reunión después de la Pascua.

Tras leer el capítulo, Sigefryth, que presidía las reuniones, realizó un anuncio:

—Debemos decidir cómo actuar con los pastos de la ribera del río. Los aldeanos los utilizan para apacentar a sus animales, aunque nos pertenecen a nosotros.

Wynstan no estaba interesado en ese tema, pero puso una cara muy seria. Debía fingir que cualquier cosa que afectaba a los monjes le preocupaba.

—Nosotros no usamos ese campo. No podemos culpar a la gente —opinó el hermano Forthred, el monje médico.

—Cierto —dijo Sigefryth—, pero si permitimos que lo utilicen como terrenos comunales, tal vez en el futuro tengamos problemas cuando lo necesitemos para nosotros.

El hermano Wigferth, que acababa de regresar de Winchester, tomó la palabra:

—Hermanos, disculpad la interrupción, pero hay algo de mucha más importancia que considero que deberíamos abordar de inmediato.

Sigefryth no tenía fácil negarse a un ruego tan vehemente por parte de Wigferth.

—Está bien —dijo.

Wynstan se animó. Le había dado vueltas hasta la saciedad a si ir a Winchester por Pascua o no. Detestaba perderse un consejo real tan cerca de casa, pero al final decidió que era más importante quedarse en Canterbury para tomarle el pulso a la situación. Estaba deseoso de saber qué había ocurrido.

—Asistí al consejo de Pascua —explicó Wigferth—, y muchas personas me hicieron comentarios sobre la cuestión de quién será el nuevo arzobispo de Canterbury.

Sigefryth se ofendió.

—¿Por qué querrían hablar contigo? —dijo—. ¿Acaso te hiciste pasar por representante nuestro? ¡No eres más que un recaudador de rentas!

—En efecto, es lo que soy —convino Wigferth—. Pero si la gente habla conmigo, estoy obligado a escuchar. Es una simple cuestión de modales.

Wynstan tuvo un mal presentimiento.

—Eso no importa —intervino, impacientado por esa discrepancia en cuestiones de etiqueta—. ¿Y qué te dijeron, hermano...? ¿Hermano...? —No recordaba el nombre del monje que había ido a Winchester.

—Me conocéis bien, obispo. Me llamo Wigferth.

—Por supuesto, por supuesto. ¿Qué te dijeron?

Wigferth parecía asustado pero decidido.

—La gente comenta que el obispo Wynstan no es el más apropiado para convertirse en arzobispo de Canterbury.

—¿Eso es todo? ¡Eso no depende de «la gente»! —exclamó Wynstan con desdén—. Es el Papa quien concede el podio.

—Querréis decir el palio.

Wynstan comprendió que había cometido un error. El palio era la banda bordada que el Papa entregaba a los nuevos arzobispos como símbolo de su aprobación. Avergonzado, negó su error:

—Eso es lo que he dicho, el palio.

—Hermano Wigferth —intervino Sigefryth—, ¿dijeron cuál era su objeción al obispo Wynstan?

—Sí.

Se hizo el silencio en la sala y la inquietud de Wynstan creció. No sabía lo que se le venía encima, y la ignorancia era peligrosa.

A Wigferth parecía gustarle que le hubieran hecho esa pregunta. Paseó la mirada por la sala capitular y levantó la voz para asegurarse de que todos lo oían:

—El obispo Wynstan padece una enfermedad que se conoce como la lepra de las rameras.

Estalló un pandemonio. Todo el mundo hablaba a la vez. Wynstan se levantó de un salto.

—¡Eso es mentira! ¡Es mentira! —gritó.

Sigefryth estaba de pie en el centro de la sala.

—Silencio, por favor, callaos todos, os lo ruego —pidió hasta que los demás se cansaron de gritar. Entonces añadió—: Obispo Wynstan, ¿qué tenéis que decir a eso?

Wynstan sabía que debía mantener la calma, pero estaba soliviantado.

—Digo que el hermano Wigferth tiene esposa y tres hijos en el pueblo de Trench, en el oeste de Inglaterra, y que, como monje que fornica, carece de credibilidad.

—Aunque esa acusación fuera cierta —adujo Wigferth con frialdad—, no tendría ninguna relación con la cuestión de la salud del obispo.

Wynstan comprendió de inmediato que había optado por la táctica equivocada. Lo que acababa de decir parecía una acusación revanchista, algo que podía haberse inventado sobre la marcha. ¿Estaría perdiendo habilidad? «Pero ¿qué me pasa?», pensó.

Se sentó para parecer menos preocupado antes de hablar de nuevo:

—¿Y cómo podría saber esa «gente» nada de mi salud?

En cuanto pronunció esas palabras comprendió que había cometido otro error. En una discusión nunca era bueno hacer una pregunta. Eso simplemente le daba al rival una nueva oportunidad. Y Wigferth la supo aprovechar.

—Obispo Wynstan, vuestra amante, Agnes de Shiring, murió de lepra de las rameras.

Wynstan no supo qué contestar. Agnes nunca había sido su amante, solo un capricho ocasional. Sabía de su muerte porque le había llegado noticia en una carta del diácono Ithamar, pero su secretario no había especificado qué había acabado con ella... Y a él no le interesó lo suficiente para preguntárselo.

—Uno de los síntomas es la confusión mental —siguió diciendo Wigferth—, olvidar el nombre de la gente y confundir palabras. Decir «podio» en lugar de «palio», por ejemplo. El estado mental del enfermo empeora hasta que pierde el juicio.

Wynstan volvió a encontrar su voz:

—¿Me vais a condenar solo porque se me ha trabado la legua?

Los monjes estallaron en carcajadas y Wynstan se dio cuenta de que había cometido otro error; la «lengua», había querido decir. Se sintió humillado y furioso.

—¡No me estoy volviendo loco! —rugió.

Pero Wigferth no había terminado aún:

—La prueba definitiva de la enfermedad es un gran bulto rojizo en la cara o el cuello.

Wynstan se llevó una mano a la garganta al instante para tapar su tumoración. Un segundo después se dio cuenta de que acababa de delatarse.

—No intentéis ocultarlo, obispo —dijo Wigferth.

—Es solo un forúnculo —se defendió él, y apartó la mano a regañadientes.

—Dejadme ver —pidió Forthred.

Se acercó a Wynstan, que estaba obligado a dejarse examinar, ya que cualquier otra cosa habría sido admitirlo. El obispo se quedó quieto mientras Forthred examinaba el bulto.

Por fin el monje se enderezó.

—He visto antes úlceras como esta —dijo—. En la cara de algunos de los pecadores más miserables y desgraciados de esta ciudad. Lo siento, mi señor obispo, pero lo que dice Wigferth es cierto. Tenéis la lepra de las rameras.

Wynstan se levantó.

—¡Descubriré quién ha inventado esta asquerosa mentira! —gritó, y tuvo el leve consuelo de ver el miedo en los rostros de los monjes mientras iba hacia la puerta—. Y cuando lo encuentre... ¡lo mataré! ¡Lo mataré!

Wynstan se pasó el largo viaje de vuelta a Shiring echando humo. Insultó a Degbert, gritó a los taberneros, abofeteó a las criadas y fustigó a su caballo sin compasión. El hecho de olvidar continuamente las cosas más sencillas lo enfurecía más aún.

Cuando llegó a su casa, agarró a Ithamar por la pechera de la túnica y lo lanzó contra la pared.

—¡Alguien ha ido por ahí diciendo que tengo la lepra de las rameras! ¿Quién ha sido? —gritó.

El rostro aniñado de Ithamar palideció a causa del miedo.

—Nadie, lo juro —consiguió tartamudear.

—Pues alguien se lo contó a Wigferth de Canterbury.

—Debió de inventárselo.

—¿De qué murió esa mujer? La esposa del alguacil... ¿Cómo se llamaba?

—¿Agnes? De parálisis.

—¿Qué clase de parálisis, idiota?

—¡No lo sé! ¡Cayó enferma, después le salió una pústula enorme en la cara y luego se volvió loca y murió! ¿Cómo voy a saber de qué clase era?

—¿Quién la trató?

—Hildi.

—¿Y esa quién es?

—La partera.

Wynstan soltó a Ithamar.

—Tráemela ahora mismo.

El secretario salió corriendo y Wynstan se quitó la ropa de

viaje y se lavó las manos y la cara. Aquella era la mayor crisis de su vida. Si todo el mundo acababa creyendo que tenía una enfermedad debilitante, el poder y la riqueza se le escaparían entre los dedos. Tenía que acabar con esos rumores, y el primer paso era castigar a quienquiera que los hubiese iniciado.

Ithamar regresó unos minutos después acompañado por una mujer pequeña y con el pelo gris. Wynstan no fue capaz de adivinar quién era ni por qué su secretario la llevaba ante él.

—Hildi, la partera que atendió a Agnes cuando se estaba muriendo —dijo Ithamar.

—Por supuesto, por supuesto —repuso Wynstan—. Ya sé quién es.

Entonces recordó que la había conocido cuando la llevó al pabellón de caza para comprobar si Ragna estaba embarazada. Era una mujer algo estirada, pero poseía serenidad y aplomo. Aunque se le notaban los nervios, no se la veía tan asustada como la mayoría de la gente cuando Wynstan los hacía llamar. Intuyó que las bravatas y la coacción no funcionarían con ella.

—Aún lloro la pérdida de la querida Agnes —dijo con cara de tristeza.

—No se pudo hacer nada por salvarla —repuso Hildi—. Rezamos por ella, pero nuestras oraciones no fueron atendidas.

—Cuéntame cómo murió —pidió Wynstan con aire apesadumbrado—. La verdad, por favor. No quiero palabras bonitas.

—Muy bien, mi señor obispo. Al principio se encontraba cansada y sufría dolores de cabeza. Después empezó a estar confundida. Le salió un gran bulto en la cara y perdió el juicio. Al final le dio una fiebre y murió.

La lista era terrorífica. La mayoría de esos síntomas ya los había mencionado Wigferth.

Wynstan reprimió el miedo que amenazaba con abrumarlo.

—¿Visitó alguien a Agnes durante su enfermedad?

—No, mi señor obispo. Tenían miedo de contagiarse.

—¿Con quién hablaste de sus síntomas?

—Con nadie, mi señor obispo.

—¿Estás segura?

—Del todo.

Wynstan sospechaba que mentía, así que decidió sorprenderla.

—¿No tendría la lepra de las rameras?

Vio un destello de terror en la expresión de Hildi.

—Esa enfermedad no existe, mi señor obispo, al menos que yo sepa.

La mujer había reaccionado con rapidez, pero él había visto su titubeo y estaba convencido de que mentía. Aun así, decidió no decir nada.

—Gracias por consolarme en mi pena. Puedes irte.

Al verla salir, pensó que era muy circunspecta.

—No parece la clase de mujer que difunde rumores escandalosos —le dijo a Ithamar.

—No.

—Pero se lo contó a alguien.

—Tiene amistad con lady Ragna.

Wynstan sacudió la cabeza, dubitativo.

—Ragna y Agnes se odiaban. Ragna sentenció a muerte al marido de Agnes, y luego ella se vengó advirtiéndome del intento de Ragna de escapar.

—¿Pudo existir una reconciliación en el lecho de muerte?

Wynstan reflexionó.

—Es posible —opinó—. ¿Quién podría saberlo?

—Su doncella francesa, Cat.

—¿Está Ragna ahora aquí, en Shiring?

—No, se ha ido a Outhenham.

—Entonces iré a ver a Cat.

—No os dirá nada.

Wynstan sonrió.

—No estés tan seguro.

Salió de su residencia y subió la cuesta hacia el recinto del conde. Sentía nuevas energías. De momento tenía la cabeza clara y sin la confusión que últimamente lo afligía a veces. Cuanto más lo pensaba, más probable le parecía que hubiera un vínculo entre Agnes y Wigferth de Canterbury a través de Hildi y Ragna.

Wigelm seguía lejos de casa y el recinto estaba tranquilo. Wynstan fue directo a la casa de Ragna y encontró a las tres doncellas cuidando de los niños.

—Buen día tengáis —saludó.

Sabía que la más guapa de las tres era la importante, aunque no recordaba su nombre.

La mujer lo miró con miedo.

—¿Qué deseáis? —preguntó.

Su acento francés le recordó de quién se trataba.

—Tú eres Cat —dijo.

—Lady Ragna no está aquí.

—Qué lástima, porque venía a darle las gracias.

Cat pareció entonces algo menos asustada.

—¿Darle las gracias? —preguntó con escepticismo—. ¿Qué ha hecho por vos?

—Fue a visitar a mi querida Agnes en su lecho de muerte.

Wynstan esperó a ver la reacción de Cat. Tal vez dijera: «Pero si mi señora nunca fue a verla», en cuyo caso él tendría que preguntarse si decía la verdad o no. Sin embargo, la mujer se quedó callada.

—Fue muy amable por su parte —añadió Wynstan.

Siguió otro silencio.

—Más de lo que merecía Agnes —repuso Cat entonces.

Ahí estaba. Wynstan se esforzó por no sonreír. Había acertado en su suposición. Ragna fue a ver a Agnes y debió de fijarse en los síntomas, que luego Hildi le explicaría. Era la zorra francesa quien se escondía tras los rumores.

Aun así, continuó con su farsa:

—Le estoy muy agradecido, sobre todo porque yo mismo me encontraba lejos y no pude ofrecerle consuelo a la buena de Agnes. ¿Harás el favor de comunicarle a tu señora lo que he dicho?

—Desde luego —aseguró Cat, desconcertada.

—Gracias —dijo Wynstan.

«A mí no me pasa nada —pensó—. Sigo tan perspicaz como siempre.»

Y se marchó.

Wigelm regresó una semana después y Wynstan fue a verlo a la mañana siguiente.

Al llegar al recinto vio a Alain correteando por ahí con los otros tres hijos de Ragna, todos ellos contentísimos de estar juntos de nuevo. Un instante después Meganthryth salió de la casa de Wigelm y llamó a Alain para que fuera a cenar.

—No quiero —dijo el niño.

Ella volvió a llamarlo y el pequeño echó a correr.

La muchacha se vio obligada a perseguirlo. Alain no había cumplido aún los tres años y no podía escapar de un adulto sano, así que lo atrapó enseguida y lo levantó en brazos. Al niño le dio una rabieta y empezó a gritar, a patalear y a intentar pegarle con sus pequeños puños.

—¡Quiero a *madde*! —gritaba.

Abochornada y molesta, Meganthryth lo metió en la casa de Wigelm.

Wynstan los siguió.

Su hermano, que estaba afilando una daga de hoja larga con una piedra de amolar, levantó la mirada exasperado por los gritos de su hijo.

—¿Qué le pasa a ese niño? —dijo, enfadado.

—No lo sé, no es hijo mío —respondió Meganthryth con el mismo mal humor.

—Esto es culpa de Ragna. Por Dios, maldita la hora en que me casé con ella... Hola, Wynstan. Los sacerdotes hacéis muy bien en quedaros solteros.

Wynstan se sentó.

—He estado pensando que tal vez haya llegado el momento de deshacernos de Ragna —dijo.

Wigelm lo miró con interés.

—¿Podemos?

—Hace tres años necesitábamos que entrara en la familia. Fue una forma de neutralizar cualquier oposición a tu nombramiento como conde. Pero ahora ya estás bien establecido. Todos te han aceptado, incluso el rey.

—A Etelredo le sigo haciendo falta —repuso su hermano—. Los vikingos vuelven a ser fuertes y saquean toda la costa sur de Inglaterra. Este verano habrá más batallas.

Meganthryth sentó a Alain a la mesa y le puso delante un trozo de pan con mantequilla. El niño calló y empezó a comer.

—Así que ya no necesitamos a Ragna —confirmó Wynstan—. Además, se ha convertido en una molestia. Alain no la olvidará mientras siga viviendo en este recinto, y es una espía en nuestro terreno. Creo que ha sido ella quien ha hecho correr el rumor de que tengo la lepra de las rameras.

Wigelm bajó la voz:

—¿Podemos matarla?

Nunca había aprendido a ser sutil.

—Eso nos traería problemas —contestó Wynstan—. ¿Por qué no la apartas sin más?

—¿Divorciándome?

—Sí. Es fácil conseguirlo.

—A Etelredo no le gustará.

Wynstan se encogió de hombros.

—Qué se le va a hacer… Llevamos años desafiándolo y lo único que hace es imponernos multas que no pagamos.

—Me alegraré de perderla de vista.

—Pues divórciate. Y ordénale que se marche de Shiring.

—Podría volver a casarme.

—Todavía no. Deja un tiempo para que el rey se acostumbre al divorcio.

—Entonces ¿podremos casarnos? —preguntó Meganthryth al oír eso.

—Ya veremos —contestó Wigelm con evasivas.

—Wigelm necesita más hijos —replicó Wynstan—, y tú pareces estéril.

Fue un comentario cruel, y a ella se le saltaron las lágrimas.

—Quizá no lo sea. Y si me convierto en la esposa del conde, tendréis que tratarme con más respeto.

—Está bien —dijo Wynstan—. En cuanto las vacas vuelen.

Ragna era libre por fin.

También estaba triste. No podría llevarse a Alain y no tendría a Edgar, pero al menos no habría de soportar a Wigelm ni a Wynstan.

Después de casi nueve años a merced de estos, de pronto se dio cuenta de lo reprimida que había vivido todo ese tiempo. En teoría las mujeres inglesas tenían más derechos que las normandas —conservar el control de sus propiedades era el mayor de ellos—, pero en la práctica había resultado difícil conseguir que se cumpliera la ley.

Le había dicho a Wigelm que continuaría gobernando el valle de Outhen. Tenía pensado quedarse en Inglaterra al menos hasta que los enviados de Aldred regresaran de Normandía. Cuando supiera cuáles eran los planes de Edgar, podría pensar en los suyos.

Escribiría a su padre para contarle lo sucedido y confiaría la carta a los mensajeros que le llevaban dinero cuatro veces al año. Estaba segura de que el conde Hubert montaría en cólera, pero no sabía si tomaría alguna medida al respecto.

Sus doncellas prepararon los bártulos. Las tres, Cat, Gilda y Wilnod, querían irse con ella.

Ragna le pidió a Den que le dejara un par de escoltas para el viaje. En cuanto estuviera instalada en algún lugar, contrataría otros ella misma.

No le permitieron despedirse de Alain.

Cargaron los caballos y partieron a primera hora de la mañana y sin armar revuelo. Muchas de las mujeres del recinto salieron de sus casas para despedirse de ellas casi en silencio. Todo el mundo sentía que el comportamiento de Wigelm había sido vergonzoso.

Abandonaron el recinto a caballo y enfilaron el camino que llevaba a King's Bridge.

40

Verano de 1006

Ragna se trasladó a la casa de Edgar.

La idea había sido de Aldred: Ragna le preguntó dónde podía establecerse como señora de King's Bridge y el prior le comentó que no había arrendado la casa de Edgar con la esperanza de que este regresara algún día. Ambos sabían que Edgar querría vivir con Ragna... si volvía.

La vivienda no se diferenciaba de las demás ni en el tamaño ni en la forma, pero estaba mejor construida. Las tablas verticales, que iban del suelo al techo, estaban selladas con estopa empapada en brea, como en el casco de los barcos, para impedir que el agua de lluvia se filtrara aunque diluviara. La casa contaba con dos puertas, la principal y otra situada en un extremo, que daba a un corral. Edgar también había practicado unos agujeros en los bordes del hastial, a modo de salida de humos, que hacían que el aire del interior fuera más respirable.

Ragna sentía que Edgar estaba allí, en la mezcla de meticulosidad e ingenio con que se había construido la casa.

La había visitado en una única ocasión, durante la que Edgar le había mostrado la caja que había labrado para el libro que ella le había regalado. Recordaba el ordenado estante de herramientas, el barril de vino y la fresquera para el queso, y a Manchas meneando la cola... No quedaba nada de todo aquello. También recordaba a Edgar tomándole las manos mientras ella lloraba.

No dejaba de preguntarse dónde viviría en esos momentos.

Después de instalarse en su nuevo hogar, todas las mañanas esperaba que ese fuera el día en que los mensajeros regresaban con noticias de él, pero nunca sucedía. Normandía era una región muy extensa y cabía la posibilidad de que Edgar ni siquiera estuviera allí, podría haberse trasladado a París o incluso a Roma. O también podía ser que los mensajeros se hubieran perdido. O que los hubieran asaltado y asesinado. O incluso que les hubiera gustado más Francia que Inglaterra y hubieran decidido no volver a casa.

Además, aunque lo encontraran, también era posible que Edgar no quisiera regresar. Quizá se había casado. Con el tiempo que había transcurrido, incluso podía tener un hijo que estuviera aprendiendo a hablar en francés normando. Ragna sabía que no debía hacerse ilusiones.

En cualquier caso, no pensaba vivir como una pobre mujer rechazada. Era rica y poderosa y estaba decidida a demostrarlo. Contrató a una costurera, a una cocinera y a tres escoltas. Compró tres caballos y buscó un mozo de cuadra. Empezó a construir establos, almacenes y una segunda casa en la parcela de al lado para los sirvientes que se incorporaban a su hogar. Viajó a Combe con intención de comprar tapices, menaje y todo lo necesario para equipar la cocina, y aprovechando que estaba allí, le encargó una barcaza a un constructor de barcos con la que se trasladaría de King's Bridge a Outhenham, villa en la que también pidió que le construyeran un gran salón.

No tardaría en visitar Outhenham, quería asegurarse de que Wigelm no usurpaba los derechos que tenía sobre aquella población, pero hasta entonces decidió concentrarse en la nueva vida que había emprendido en King's Bridge. En ausencia de Edgar, la escuela de Aldred era el mayor atractivo que ofrecía el lugar. Osbert tenía siete años y los mellizos, cinco. Los tres acudían a clase por la mañana, seis días a la semana, junto con tres novicios y unos cuantos niños del vecindario. Cat no quería que sus hijas se instruyeran, pues temía que eso les provocara delirios de grandeza, pero cuando los hijos de Ragna llegaban a casa, compartían con ellas lo que habían aprendido.

Ragna no se acostumbraba a no tener a Alain a su lado. Pensaban en él a todas horas, preocupada por que estuviera bien: cuando se despertaba, se preguntaba si tendría hambre; por la tarde, esperaba que no estuviera cansado; por la noche, sabía que no tardaría en irse a dormir. Los pensamientos obsesivos acerca de su bienestar poco a poco empezaron a remitir, pero el dolor era latente. Se negó a aceptar que la separación de su hijo fuera indefinida, sabía que se solucionaría de alguna manera: quizá Etelredo podría cambiar de opinión y ordenar a Wigelm que le devolviera al niño. O quizá Wigelm muriera. Todas las noches pensaba en esas gratas posibilidades y todas las noches lloraba hasta quedarse dormida.

Retomó su trato con Blod, la esclava de Dreng. Se entendían bien, lo cual no dejaba de ser sorprendente: las clases sociales a las que pertenecían estaban tan alejadas entre sí que era como si vivieran en mundos distintos. Sin embargo, Ragna admiraba el pragmatismo y la sensatez con que Blod se enfrentaba a la vida y compartían el profundo cariño que ambas le profesaban a Edgar. En esos momentos Blod era quien se ocupaba de la elaboración de la cerveza, y cocinaba y cuidaba de Ethel, la esposa de Dreng. Por fortuna, según le contó a Ragna, ya rara vez se prostituía.

—Dreng dice que soy demasiado vieja —comentó con tono sarcástico un día que Ragna fue a la posada a comprar un barril de cerveza.

—¿Cuántos años tienes? —preguntó Ragna.

—Veintidós, creo, pero de todos modos nunca he sido muy complaciente con los hombres. Ahora que los días de mercado le dejan tanto dinero, Dreng ha comprado a otra cría. —Estaban junto a la puerta del cobertizo de la cerveza y Blod le señaló la chica del vestido corto que sumergía un balde en el río. La ausencia de cualquier tipo de gorro o tocado la identificaba como esclava y prostituta, pero también dejaba a la vista una melena de espeso cabello rojo oscuro que le caía en ondas sobre los hombros—. Se llama Mairead. Es irlandesa.

—Pero si es una niña.

—Tendrá unos doce años, los mismos que yo cuando llegué aquí.

—Pobrecilla.

—Cuando un hombre paga por un revolcón, quiere algo que no tenga en casa —sentenció Blod con su proverbial y descarnado realismo.

Ragna estudió a la niña con mayor atención. Aquellas hechuras no provenían únicamente de estar bien alimentada.

—¿Está embarazada?

—Sí, y de bastante más de lo que parece, pero Dreng aún no se ha dado cuenta. No sabe nada de esas cosas, pero se va a poner furioso, eso sí. Los hombres pagan menos por una mujer embarazada.

A pesar de la dureza y el sentido práctico de Blod, Ragna detectó en su tono cierto cariño por Mairead y se alegró de que hubiera alguien que se preocupara por la joven esclava.

Le pagó la cerveza y Blod sacó un barril rodando del cobertizo.

Dreng salió del gallinero con una cesta que contenía varios huevos. Estaba cada vez más gordo y la cojera se había pronunciado. El hombre saludó a Ragna con un leve gesto de la cabeza —ahora que la gran señora había caído en desgracia, ya no se molestaba en fingir pleitesía— y pasó de largo respirando con dificultad, a pesar de que la actividad apenas requería esfuerzo.

Ethel se asomó a la puerta de la posada. Ella también parecía enferma. Ragna sabía que aún no había cumplido treinta años, pero parecía mayor, y una década al lado de Dreng no podía ser la única causa de aquel deterioro. Según la madre Agatha, Ethel padecía una dolencia interna que requería descanso.

—¿Necesitas algo, Ethel? —le preguntó Blod con gesto preocupado.

Ethel negó con la cabeza, cogió los huevos de Dreng y regresó al interior de la posada.

—Tengo que cuidarla —dijo Blod—. Si no lo hago yo, no lo hará nadie.

—¿Y la cuñada de Edgar?

—¿Cwenburg? A esa no la veréis atendiendo a su madrastra. —Blod empezó a empujar el barril colina arriba—. Os lo llevo a casa.

Era una mujer fuerte que se entregaba a su trabajo.

Frente a la casa de Ragna, Aldred estaba supervisando una cuadrilla formada por monjes y jornaleros que se dedicaban a arrancar los tocones y los arbustos del terreno destinado a la nueva iglesia. El prior reparó en ellas y se acercó.

—Pronto tendréis un competidor —le informó a Blod—. Había pensado construir una posada aquí, en la plaza, y arrendársela a un hombre de Mudeford.

—Dreng pondrá el grito en el cielo —comentó Blod.

—Siempre anda gritando por una cosa u otra —repuso Aldred—. El pueblo es lo bastante grande para albergar dos posadas. Hasta cuatro se necesitarían los días de mercado.

—¿Consideráis apropiado que un monasterio sea propietario de ese tipo de establecimientos? —preguntó Ragna.

—En este no habrá prostitutas —aclaró Aldred con expresión severa.

—Hacéis bien —lo felicitó Blod.

Ragna volvió la vista hacia el río y vio que dos frailes cruzaban el puente a caballo. Los monjes de King's Bridge viajaban mucho desde que el monasterio poseía propiedades por todo el sur de Inglaterra, pero aquellos dos tenían algo que le aceleró el pulso. Iban sucios, el cuero de sus bolsas de equipaje tenía aspecto ajado y los caballos estaban cansados. Habían recorrido un largo camino.

—¿Esos dos no serán William y Athulf, de vuelta de Normandía? —aventuró Aldred, emocionado, tras seguir la mirada de Ragna.

Si se trataba de ellos, Edgar no los acompañaba. La decepción fue tan profunda y dolorosa que Ragna torció el gesto, como si la hubieran azotado.

Aldred bajó la colina con paso apresurado para ir a su encuentro seguido por Ragna y Blod.

Los monjes desmontaron y Aldred los recibió con un abrazo.

—Habéis vuelto a casa sanos y salvos. Alabado sea el Señor —se congratuló.

—Amén —respondió William.

—¿Habéis encontrado a Edgar?

—Sí, aunque no fue sencillo.

Ragna no se atrevía a albergar esperanzas.

—¿Y qué le pareció la propuesta? —preguntó Aldred.

—Declinó la invitación —contestó William.

Ragna se cubrió la boca con las manos para contener un grito de desesperación.

—¿Dio alguna explicación? —quiso saber Aldred.

—No.

—¿Está casado? —preguntó Ragna, haciendo de tripas corazón.

—No...

—Entonces ¿qué? —lo animó a proseguir Ragna, reparando en el tono vacilante.

—En la ciudad donde vive se dice que se casará con la hija del maestro albañil y que con el tiempo ocupará el lugar del suegro.

Ragna se echó a llorar. Todos la miraban, pero en esos momentos le importaba bien poco su dignidad.

—¿Acaso ha emprendido una nueva vida?

—Sí, mi señora.

—Y no piensa renunciar a ella.

—Eso parece. Lo siento.

Ragna no pudo contenerse y estalló en sollozos mientras daba media vuelta y subía la cuesta tratando de encontrar el camino hacia su casa, que las lágrimas desdibujaban. En cuanto cerró la puerta, se tiró en la paja y se abandonó a su dolor.

—Regreso a Cherburgo —le anunció Ragna a Blod una semana después, convencida.

Era un día caluroso y los niños chapoteaban en las aguas poco profundas de la orilla del río. Ragna los vigilaba desde la posada, sentada en el banco de la puerta mientras bebía con avidez una jarra de la cerveza que elaboraba Blod. Un perro bien adiestrado guardaba un pequeño rebaño de ovejas en el prado que había junto a la posada. El pastor, Theodberht Clubfoot, estaba dentro.

Blod le había servido la bebida a Ragna y se había quedado a charlar con ella, de pie, a su lado.

—Es una pena, mi señora —se lamentó.

—No tiene por qué.

Ragna estaba decidida a combatir aquella sensación de derrota. Cierto, nada había resultado como había planeado, pero iba a salir adelante como fuera. Aún tenía mucha vida por delante y pensaba disfrutarla al máximo.

—¿Cuándo partís? —preguntó Blod.

—No hay prisa. Tengo que visitar Outhenham antes de irme. A largo plazo, mi idea es contar con dos buenas casas, una aquí y otra en Outhenham, y volver a Inglaterra cada uno o dos años para comprobar que todo va como es debido en mis propiedades.

—¿Por qué? Podríais buscar a alguien para que se encargue de esas cosas y sentaros a contar el dinero.

—No podría. Siempre he pensado que estaba hecha para mandar, disfruto impartiendo justicia y contribuyendo a la prosperidad del lugar.

—Eso suele ser cosa de hombres.

—Sí, suele ser así, pero no siempre. Además, no me gusta estar ociosa.

—No sé qué es eso.

Ragna sonrió.

—Estoy segura de que a ti tampoco te gustaría.

Cwenburg, la esposa de Erman y Eadbald, pasó por delante con una cesta de anguilas plateadas, recién pescadas en el estanque; estaban tan frescas que algunas todavía movían la cola. Ragna supuso que se dirigía a la casa de Bucca Fish. Cwenburg siempre había estado entrada en carnes, recordó Ragna, pero ahora se la veía rolliza. A pesar de que aún no había cumplido los treinta, había perdido la vigorosa frescura de la juventud y ya ni siquiera resultaba levemente atractiva. Sin embargo, los hermanos de Edgar parecían contentos con ella. Se trataba de un arreglo inusual, pero había funcionado durante nueve años.

Cwenburg se detuvo para charlar con Dreng, su padre, que acababa de salir de un cobertizo con una pala de madera en la mano. Ragna se dijo que siempre sorprendía un poco ver que las personas antipáticas y desagradables también sabían mostrar afecto, pensamientos que se vieron interrumpidos por un grito airado, procedente del interior de la posada.

Un momento después Theodberht salió renqueando y abrochándose el cinturón.

—¡Está embarazada! —protestó, enojado—. ¡No pienso pagar un penique por una ramera embarazada!

Dreng acudió a toda prisa, sin soltar la pala.

—¿Qué está pasando aquí? —preguntó—. ¿Qué problema hay?

Theodberht repitió la queja a voz en cuello.

—¡No lo sabía! —protestó Dreng—. Pero si no hace ni un año que pagué una libra por ella en el mercado de Bristol.

—¡Devuélveme el penique! —exigió Theodberht.

—Maldita muchacha, ya le enseñaré yo.

—El único culpable de que esté embarazada eres tú, Dreng. ¿Cómo es posible que no te hayas dado cuenta? —intervino Ragna.

—Mi señora, solo se quedan embarazadas si disfrutan en el fornicio, eso lo sabe todo el mundo —respondió Dreng con hosca formalidad mientras rebuscaba en el monedero y le devolvía a Theodberht su penique de plata—. Tómate otra cerveza, amigo, y olvida a la ramera.

Theodberht aceptó el dinero de mal talante y llamó al perro con un silbido de camino al prado.

—Habría bebido un galón de cerveza y se habría quedado a pasar la noche —se lamentó Dreng agriamente—. A lo mejor, hasta habría pagado por otro revolcón por la mañana. Ahora todo eso es dinero perdido.

Entró en la posada cojeando.

—¿Cómo puede ser tan necio? —comentó Ragna con Bold—.

Si prostituye a la pobre muchacha, casi seguro que tarde o temprano quedará embarazada, ¿cómo es posible que no lo sepa?

—¿Quién os ha dicho que Dreng tiene algo en la sesera?

—Espero que no la castigue.

Blod se encogió de hombros.

—La ley dice que no se puede matar o golpear a un esclavo de manera injustificada —insistió Ragna.

—¿Y quién decide lo que está justificado y lo que no?

—Yo, por lo general.

Oyeron un grito de dolor procedente del interior, seguido de un gruñido airado y sollozos. Las dos mujeres se pusieron de pie y vacilaron. No se oyó nada más durante unos segundos.

—Si eso es todo… —dijo Blod.

Pero entonces oyeron chillar a Mairead.

Entraron corriendo.

La muchacha estaba tirada en el suelo tratando de protegerse el vientre con los brazos. Tenía una herida en la cabeza y la sangre roja y brillante le empapaba el cabello rojo oscuro. Dreng estaba a su lado, sujetando la pala con ambas manos y levantada en alto mientras vociferaba de modo incoherente. Su esposa, Ethel, estaba agachada en un rincón, con semblante aterrorizado.

—¡Basta ya! —gritó Ragna.

Dreng descargó la pala con fuerza sobre el cuerpo de Mairead.

—¡Basta! —repitió Ragna.

Con el rabillo del ojo vio que Blod agarraba el cubo de roble que colgaba de una clavija detrás de la puerta. Cuando Dreng se disponía a descargar de nuevo la pala sobre Mairead, Blod levantó el pesado cubo para golpearlo con él, pero en ese momento Dreng se tambaleó.

El hombre soltó la pala y se llevó una mano al pecho.

Blod bajó el cubo.

—¡Dios, cómo duele! —gimió Dreng y cayó de rodillas.

Ragna se lo quedó mirando sin saber qué hacer. ¿De qué dolor se quejaba? Era él quien había propinado una paliza, no quien la había recibido. ¿Aquello era obra de un Dios vengativo?

Dreng se desplomó y cayó de bruces sobre el faldón de piedra del hogar. Ragna se acercó corriendo, lo agarró por los tobillos y lo apartó de las llamas sin que el cuerpo opusiera resistencia. Le dio la vuelta. Dreng se había golpeado la nariz en la caída y tenía la boca y el mentón cubiertos de sangre.

No se movía.

Le colocó una mano en el pecho, pero el hombre no respiraba y Ragna no notó los latidos del corazón.

—¿Tú cómo estás? —le preguntó a Mairead, volviéndose hacia ella.

—Me duele mucho la cabeza —respondió la esclava. Se dio la vuelta y se incorporó, con una mano en el vientre—. Pero creo que el niño está bien.

Ragna oyó a Cwenburg en el umbral de la puerta.

—¡Padre! ¡Padre!

La mujer entró corriendo, soltó la cesta del pescado y cayó de rodillas junto a Dreng.

—¡Háblame, padre!

Dreng no se movió.

Cwenburg volvió la cabeza hacia Blod.

—¡Lo has matado! —Se puso de pie de un salto—. ¡Esclava asesina, te voy a matar!

Se abalanzó sobre Blod, pero Ragna intervino agarrándola por detrás y sujetándola por los brazos para contenerla.

—¡Quieta! —le ordenó.

Cwenburg no opuso resistencia, pero continuó gritando:

—¡Lo ha matado! ¡Le ha dado con el balde!

Blod aún tenía el cubo de roble en la mano.

—Yo no le he hecho nada a nadie —protestó Blod. Volvió a colgar el cubo de la clavija—. Aquí el único que ha hecho daño a alguien ha sido tu padre.

—¡Mentirosa!

—Golpeó a Mairead con esa pala.

—Dice la verdad, Cwenburg —intervino Ragna—. Tu padre estaba pegando a Mairead y le ha dado un síncope. Ha caído de bruces sobre el hogar y lo he tenido que retirar del fuego, pero ya estaba muerto.

Cwenburg dejó de resistirse y Ragna la soltó. La mujer se sentó en el suelo de manera abrupta, llorando; probablemente era la única persona que lloraría a Dreng, pensó Ragna.

Varios vecinos acudieron a la casa hasta que estuvo abarrotada de gente que contemplaba atónita el cadáver que había tendido en el centro de la estancia. Poco después entró Aldred, quien, al ver el cuerpo en el suelo, se santiguó y murmuró una breve oración.

Ragna era la máxima autoridad en aquella habitación, pero él era el señor y el responsable de impartir justicia; sin embargo, Aldred no tenía ningún interés en discutir sobre quién tenía precedencia.

—¿Qué ha pasado? —preguntó, dirigiéndose directamente a Ragna, quien le contó lo que había sucedido.

Ethel se levantó e intervino por primera vez:

—¿Qué va a ser de mí?

—Bueno, ahora eres dueña de la posada —dijo Aldred.

Ragna no había caído en la cuenta de aquello hasta ese momento.

Cwenburg se recuperó de súbito.

—No, no es cierto —repuso poniéndose de pie—. Mi padre quería que la heredara yo.

Aldred frunció el ceño.

—¿Hizo testamento?

—No, pero me lo dijo.

—Eso no cuenta. Hereda la viuda.

—¡Cómo va a llevar una posada! —protestó Cwenburg con aire despreciativo—. Siempre está enferma. Yo sí puedo, sobre todo con ayuda de Erman y Eadbald.

Ragna estaba segura de que Edgar no lo aprobaría.

—Cwenburg, Erman, Eadbald y tú ya sois ricos, tenéis el estanque de peces, el molino de agua y los jornaleros a los que pagáis para que se ocupen de la granja —intervino—. ¿De verdad quieres robarle a una viuda su medio de vida?

Cwenburg parecía avergonzada.

—Pero a mí me fallan las fuerzas. No creo que pueda encargarme de la posada —apuntó Ethel.

—Yo te ayudaré —se ofreció Blod.

Ethel se acercó a ella.

—¿De verdad?

—Qué remedio. Ahora eres la dueña, tanto de mí como de la casa.

Mairead se colocó al otro lado de Ethel.

—Y de mí también.

—Os liberaré en mi testamento, os lo prometo. A las dos.

Un murmullo de aprobación recorrió el corro de vecinos que observaban la escena: liberar esclavos se consideraba un acto piadoso.

—Hay muchos testigos que han escuchado tu generosa promesa, Ethel —le advirtió Aldred—. Si deseas retractarte, deberías hacerlo ahora.

—No voy a cambiar de opinión.

Blod rodeó a Ethel con un brazo y Mairead hizo otro tanto.

—Nosotras tres nos encargaremos de la posada, cuidaremos del hijo de Mairead y ganaremos más dinero del que nunca hizo Dreng.

—Sí, puede que lo logremos —dijo Ethel.

Wynstan se encontraba en un lugar extraño. Perplejo, miró a su alrededor. Se trataba de una plaza de mercado, desconocida, en un día de verano, y estaba rodeado de personas que compraban y vendían huevos, queso, gorros y zapatos. Vio una iglesia, lo suficientemente grande para tratarse de una catedral, y, a continuación, una casa corriente. Enfrente se alzaba lo que parecía un monasterio. La colina que se extendía más allá de la plaza estaba coronada por un gran recinto cercado, tal vez la residencia de un barón acaudalado, o un conde, incluso. Estaba asustado. ¿Cómo podía haberse perdido de esa manera? Ni siquiera recordaba cómo había llegado hasta allí. Se echó a temblar, aterrorizado.

—Buenos días, obispo —lo saludó un extraño, con una inclinación de cabeza.

«¿Soy obispo?», pensó.

—¿Estáis bien, reverencia? —preguntó el desconocido, mirándolo con curiosidad.

De pronto, todo se aclaró. Él era el obispo de Shiring; la iglesia, su catedral, y la casa de al lado, su residencia.

—Por supuesto que estoy bien —contestó con voz airada.

El extraño, al que en ese momento reconoció como un carnicero con el que tenía trato desde hacía veinte años, se alejó con paso apresurado.

Desconcertado y asustado, Wynstan corrió a casa.

Allí lo esperaban su primo, el arcediano Degbert, e Ithamar, un diácono de la catedral. La esposa de Ithamar, Eangyth, estaba sirviendo una copa de vino.

—Ithamar tiene noticias —lo informó Degbert.

El hombre parecía acobardado. Se mantuvo en silencio mientras la sirvienta dejaba el vino en la mesa frente a él.

—Bueno, vamos, escúpelo —lo apremió Wynstan con impaciencia, contrariado aún por el episodio que acababa de vivir.

—Elfheah ha sido nombrado arzobispo de Canterbury —se decidió Ithamar al fin.

No era ninguna sorpresa para Wynstan; sin embargo, sintió que una ira incontenible se apoderaba de él e, incapaz de controlarse, agarró una de las copas que había en la mesa y arrojó el contenido a la cara de Ithamar. No satisfecho con eso, también volcó la mesa. Al oír gritar a Eangyth, cerró la mano y le propinó un puñetazo en la cabeza con todas sus fuerzas. La mujer cayó al suelo y quedó inerte, por lo que Wynstan creyó que la había matado, pero segundos después Eangyth se movió, se puso de pie y salió corriendo de la habitación seguida por Ithamar, que se secaba los ojos con la manga.

—Cálmate, primo. Siéntate y toma una copa de vino. ¿Tienes hambre? ¿Te traigo algo de comer? —preguntó Degbert intranquilo.

—Calla de una vez —le espetó Wynstan, pero se sentó y bebió el vino que le ofreció.

—Prometiste hacerme obispo de Shiring —le recordó Degbert con tono acusador cuando su primo se calmó.

—¿Y crees que ahora puedo? —contestó Wynstan—. No hay vacantes, necio.

Degbert lo miró como si la excusa le resultara poco convincente.

—Es culpa de Ragna —aseguró Wynstan—. Ella propagó el maldito rumor de que tenía lepra. —La ira volvió a apoderarse de él y empezó a desbarrar—. El castigo fue demasiado leve, solo le quitamos a uno de sus hijos, le quedan tres con los que consolarse. Tendría que habérseme ocurrido algo peor. Tendría que haberla puesto a trabajar en casa de Mags hasta que uno de esos marineros mugrientos le contagiara la lepra de las rameras.

—¿Sabes que estaba presente cuando murió mi hermano Dreng? Sospecho que lo mató ella. Hicieron correr la voz de que le dio un síncope mientras pegaba a su esclava, pero estoy seguro de que Ragna tuvo algo que ver.

—Me da completamente igual quién matara a Dreng —repuso Wynstan—. Puede que fuera mi primo, pero era un idiota, igual que tú. Largo.

Degbert se fue y Wynstan se quedó solo.

Le pasaba algo. Había perdido los papeles al recibir una noticia que solo confirmaba algo que él ya esperaba. Había estado a punto de asesinar a la mujer de un clérigo. Peor aún, hacía unos minutos no solo había olvidado dónde estaba, sino quién era.

«Estoy perdiendo la cordura», se dijo. La idea lo sobrecogió. ¿Cómo iba a estar loco? Era inteligente, implacable, siempre se salía con la suya… Sus aliados eran recompensados y sus enemigos, destruidos. La posibilidad de que estuviera volviéndose loco era tan aterradora que le resultaba insoportable. Cerró los ojos con fuerza y estampó los puños sobre la mesa que tenía delante.

—¡No, no, no!

De pronto creyó que caía, como si hubiera saltado del tejado de la catedral. En cualquier momento se estrellaría, se estamparía contra el suelo y moriría. Tuvo que realizar un esfuerzo sobrehumano para contenerse y no gritar.

Cuando el miedo remitió, volvió a pensar en lo de saltar desde el tejado. Se estrellaría contra el suelo y, tras unos momentos de agonía insoportable, moriría. Sin embargo, ¿el castigo por cometer un pecado como el suicidio no sería aún peor?

Era un hombre santo, el perdón le estaba asegurado, pero ¿incluso cuando se trataba de un suicidio?

Podía confesar sus pecados, decir misa y morir en estado de gracia, ¿no?

No, no podía. Seguiría estando condenado.

Ithamar regresó con la capa pluvial bordada que Wynstan usaba durante los oficios.

—Os esperan en la catedral —dijo—. Salvo que prefiráis que diga misa yo.

—No, lo haré yo —contestó Wynstan y se puso de pie.

Ithamar le colocó la vestimenta sobre los hombros.

El obispo frunció el ceño.

—Hace un momento estaba preocupado por algo y ahora no sé de qué se trataba —comentó.

Ithamar no dijo nada.

—No importa —aseguró Wynstan—. No debía de ser importante.

Ethel se encontraba a las puertas de la muerte.

Ragna seguía en la posada a altas horas de la noche acompañando a Blod, a Mairead y a Brigid, la recién nacida de Mairead, mucho después de que los últimos clientes hubieran salido dando tumbos por la puerta. Una vela de junco humeante iluminaba la estancia. Ethel yacía inmóvil con los ojos cerrados y la tez grisácea, respirando de manera superficial. La hermana Agatha había dicho que los ángeles la llamaban y estaba preparándose para partir.

Blod y Mairead habían decidido que criarían juntas a la niña.

—Ni queremos hombres ni los necesitamos —le comentó Blod a Ragna.

A Ragna no le sorprendía que pensaran así después de las vidas que se habían visto obligadas a llevar, pero había algo más. Tenía la sensación de que Mairead había sustituido a Edgar como objeto de la pasión de Blod. Solo se trataba de una intuición, no estaba segura y, desde luego, no iba a preguntar.

Ethel falleció discretamente poco después del amanecer. No sufrió ninguna crisis, tan solo dejó de respirar.

Blod y Mairead la desnudaron y lavaron el cuerpo. Ragna preguntó a las esclavas qué pensaban hacer a continuación. Ethel había dicho que les devolvería la libertad y Aldred les había asegurado que había hecho testamento. Podían regresar a sus hogares, si lo deseaban, pero parecía que querían permanecer juntas.

—No puedo viajar a Irlanda cargando con un niño y sin dinero —se explicó Mairead—. Ni siquiera sabría cómo encontrar mi hogar. Es una aldea en la costa, pero eso es todo lo que puedo deciros. Si se le llamaba de alguna manera, yo jamás lo supe. Ni siquiera puedo asegurar cuántos días viajé en el barco vikingo antes de llegar a Bristol.

Ragna la ayudaría con algo de dinero, por supuesto, pero el dinero no resolvería el problema.

—¿Y tú, Blod?

La mujer estaba pensativa.

—Han pasado diez años desde que vi mi hogar, en Gales, por última vez. Todos mis amigos estarán casados y tendrán hijos. No sé si mis padres seguirán vivos o habrán muerto. Ni siquiera estoy segura de que aún sepa hablar galés. Nunca imaginé que diría esto, pero casi tengo la sensación de que este es mi hogar.

Aquello no convenció a Ragna. ¿Qué estaba ocurriendo? ¿Blod y Mairead se habían tomado tanto cariño que no querían separarse?

La noticia de la muerte de Ethel no tardó en circular y Cwenburg apareció con sus dos maridos poco después del amanecer.

Los hombres parecían azorados, pero Cwenburg se presentó con actitud beligerante.

—¿Cómo os atrevéis a lavar el cuerpo? —les espetó—. Eso me correspondía a mí. ¡Soy su hijastra!

—Solo lo han hecho por ayudar, Cwenburg —trató de tranquilizarla Ragna.

—Me da igual. La posada ahora es mía y quiero a esas dos esclavas fuera de aquí.

—Ya no son esclavas —le recordó Ragna.

—Si Ethel mantuvo su promesa.

—De todos modos, no puedes echarlas de su hogar así, de la noche a la mañana.

—¿Y eso quién lo dice?

—Lo digo yo.

—Erman, ve a buscar al prior —ordenó Cwenburg.

Erman se fue.

—Las esclavas deberían esperar fuera —opinó Cwenburg.

—Quizá eres tú quien debería esperar fuera, al menos hasta que Aldred confirme que la posada es tuya —repuso Ragna.

A Cwenburg no pareció gustarle la idea.

—Venga, sal de aquí —insistió Ragna—. De lo contrario, será peor para ti.

Cwenburg se fue de mala gana y Eadbald la siguió.

Ragna se arrodilló junto al cadáver de Ethel, y Blod y Mairead la imitaron.

Aldred apareció unos minutos más tarde, con la cruz plateada colgada del cordón de cuero. Cwenburg y sus maridos entraron detrás de él. El prior se santiguó y rezó de pie junto al cadáver. A continuación extrajo un pequeño pergamino de la bolsa que llevaba en el cinturón.

—Esta es la última voluntad y testamento de Ethel —anunció—. Manuscrito por mí a su dictado en presencia de dos monjes.

Además de Aldred, Ragna era la única otra persona entre los presentes que sabía leer, así que tendrían que confiar en su palabra cuando les comunicara lo que Ethel había dispuesto.

—Como prometió, devuelve la libertad tanto a Blod como a Mairead —declaró.

Las dos esclavas se abrazaron y se besaron, sonrientes. La presencia del cadáver empañó ligeramente su celebración, pero estaban felices.

—Hay una última voluntad más —prosiguió Aldred—. Deja todas sus posesiones mundanas, incluida la posada, a Blod.

La joven se quedó boquiabierta.

—¿Es mía? —preguntó, incrédula.

—Sí.

—¡No puede hacer eso! —protestó Cwenburg—. ¡Mi madrastra no puede apropiarse de la posada de mi padre y luego dársela a una ramera y a una esclava galesa!

—Sí que puede —la contradijo Aldred.

—Y es lo que ha hecho —intervino Ragna.

—¡Es antinatural!

—No, no lo es —aseguró Ragna—. Cuando Ethel se moría, fue Blod quien la cuidó, no tú.

—¡No, no!

Cwenburg salió de la posada despotricando a voz en grito seguida de Erman y Eadbald, que parecían avergonzados.

El rumor de sus gritos fue apagándose en la distancia.

Blod miró a Mairead.

—Te quedarás y me ayudarás, ¿verdad?

—Claro que sí.

—Te enseñaré a cocinar, pero se acabó lo de prostituirse.

—Y tú puedes ayudarme con la niña.

—Por supuesto.

Las lágrimas acudieron a los ojos de Mairead, que asintió, incapaz de hablar.

—Todo irá bien —le aseguró Blod. Alargó la mano y tomó la de Mairead—. Seremos felices.

Ragna se alegró por ellas, pero sentía algo más.

Al cabo de un momento descubrió de qué se trataba.

Las envidiaba.

Cada pocos meses, Giorgio, el maestro albañil, enviaba a Edgar a Cherburgo en busca de materiales. El viaje duraba dos días, pero no había ningún lugar más cercano donde comprar hierro para fabricar herramientas, plomo para las ventanas y cal para la argamasa.

Antes de partir, Clothild lo besó y le dijo que volviera pronto. Él todavía no le había propuesto matrimonio, pero todo el mundo lo trataba como si ya formara parte de la familia de Giorgio. No se sentía cómodo con la manera en que le habían adjudicado, poco a poco y sin que nadie se diera cuenta, el papel de prometido de Clothild sin una petición formal de por medio; aquello no acababa de convencerlo. Sin embargo, la situación no lo incomodaba lo suficiente para ponerle fin.

Pocas horas después de llegar a Cherburgo, un mensajero fue a su encuentro y le ordenó que se presentara ante el conde Hubert.

Edgar solo había visto a Hubert una vez, a su llegada a Normandía casi tres años antes, y el hombre se había portado bien con él. Agradecido al tener noticias de su amada hija, había charlado con Edgar largo y tendido sobre la vida en Inglaterra y le había recomendado algunos lugares donde podía encontrar empleo relacionado con su oficio.

Edgar subió de nuevo la colina que conducía al castillo, cuyas dimensiones volvieron a dejarlo sin habla. Superaba en tamaño a la catedral de Shiring, el edificio más grande que había visto hasta ese momento. Un criado lo acompañó hasta una amplia estancia, en el piso superior.

Hubert, que por entonces ya contaba más de cincuenta años, se encontraba en el otro extremo de la habitación, hablando con la condesa Geneviève y Richard, su apuesto hijo, que debía de rondar la veintena.

El conde era un hombre menudo, de movimientos rápidos. Ragna, alta y escultural, había heredado de su madre aquella constitución tan distinta. No obstante, Hubert tenía el pelo cobrizo y los ojos verde mar, todo un desperdicio en un hombre —en opinión de Edgar—, pero abrumadoramente seductores en Ragna.

El criado indicó a Edgar que esperara junto a la puerta, pero Hubert lo vio y le hizo señas para que se acercara.

Edgar suponía que Hubert lo trataría con benevolencia, como en la ocasión anterior, pero al acercarse al conde, vio que parecía de mal humor y que lo miraba con hostilidad. Se preguntó qué podría haber hecho para enfurecer al padre de Ragna.

—Dime, Edgar, ¿los ingleses creen en el matrimonio cristiano o no? —le preguntó con voz estentórea.

Edgar no tenía la menor idea de a qué venía aquello, de manera que se limitó a responder como mejor supo:

—Mi señor, son cristianos, aunque no siempre obedecen las enseñanzas de los sacerdotes.

Estuvo a punto de agregar «al igual que los normandos», pero se abstuvo de hacerlo. Ya no era un adolescente y había aprendido a no pasarse de listo.

—¡Son unos bárbaros! ¡Unos salvajes! —protestó Geneviève.

Edgar supuso que todo aquello debía de estar relacionado de alguna manera con su hija.

—¿Le ha ocurrido algo a lady Ragna? —preguntó, preocupado.

—¡Ha sido repudiada! —exclamó Hubert.

—Lo ignoraba.

—¿Qué demonios significa que la hayan repudiado?

—Es lo mismo que un divorcio —le explicó Edgar.

—¿Sin motivos?

—Sí. —Edgar necesitaba asegurarse de que lo había entendido correctamente—. Entonces ¿Wigelm ha repudiado a Ragna?

—¡Sí! ¡Y dices que esa cosa es legal en Inglaterra!

—Sí.

Edgar no daba crédito a lo que acababa de oír. ¡Ragna estaba soltera!

—He escrito al rey Etelredo exigiéndole una compensación.

¿Cómo puede permitir que sus nobles se comporten como animales de granja?

—No lo sé, mi señor —admitió Edgar—. Un rey dicta órdenes, pero hacerlas cumplir es otro asunto.

Hubert resopló, como si le resultara una excusa poco convincente.

—Lamento muchísimo lo que mis compatriotas le han hecho —añadió.

Aunque mentía.

41

Septiembre de 1006

Ragna rehízo su vida ocupando sus días de manera que no tuviera tiempo para lamentar las pérdidas de Edgar y de Alain. El día de San Miguel fue a Outhenham en su nueva barcaza para cobrar las rentas.

La embarcación necesitaba de dos remeros fuertes. Ragna se llevó a su yegua, Astrid, para poder recorrer a caballo todo el camino del valle de Outhen. La acompañaban una nueva doncella, Osgyth, y un joven hombre de armas, un muchacho de pelo negro llamado Ceolwulf, ambos de King's Bridge. Durante el trayecto se enamoraron, y no hacían más que tontear y reír en la barcaza cuando creían que su señora no los veía, así que los dos estaban algo distraídos de sus tareas. Ragna se mostraba indulgente porque sabía lo que era estar enamorada. Esperaba que Osgyth y Ceolwulf no tuvieran que aprender jamás todo lo que ella sabía sobre la desgracia que podía conllevar el amor.

Su nuevo gran salón de Outhenham no estaba terminado aún, pero la vieja casa de Edgar en la cantera seguía vacía, así que se hospedó allí con sus criados. Le gustaba por motivos sentimentales.

La única otra vivienda que había en la cantera era la de Gab, y los remeros se alojaron en la taberna.

Ragna dio audiencia aunque no había mucha justicia que impartir. Era una época del año feliz, con la cosecha en los graneros, las barrigas llenas de pan y las rojizas manzanas en el suelo, esperando a que las recogieran. Ese año, además, los vikingos no habían llegado tan al oeste saqueándolo todo. Y cuando la gente era feliz, le costaba más pelearse y cometía menos delitos. Era en lo más crudo del invierno cuando los hombres estrangulaban a sus mujeres y acuchillaban a sus rivales, en la hambrienta primavera cuando las mujeres robaban a sus vecinos para alimentar a sus hijos.

Se alegró de ver que el canal de Edgar seguía en buen estado; los bordes aguantaban rectos y los taludes eran sólidos. Sin embargo, le molestó que los lugareños hubieran adoptado la perezosa costumbre de lanzar basura al agua. Allí no había suficiente corriente, de manera que el canal no se limpiaba como lo haría un río y en algunos puntos olía igual que una letrina. Ragna decidió imponer una regla estricta.

Para hacer respetar ese y otros edictos, destituyó a Dudda y nombró a un nuevo jefe, uno de los ancianos del pueblo, Eanfrid, el tabernero gordinflón. Un tabernero solía ser buena elección como jefe; su casa ya era el centro de la localidad, y él mismo contaba a menudo con cierta autoridad extraoficial. Eanfrid, además, era un hombre jovial que se llevaba bien con todo el mundo.

Sentada delante de la taberna con un vaso de sidra, estaba hablando con él sobre los ingresos de la cantera, que habían bajado mucho desde que Edgar se había ido.

—Edgar es una de esas personas que lo hacen todo bien —opinó Eanfrid—. Encontradnos a otro como él y venderemos más piedra.

—No hay otro como Edgar —dijo Ragna con una sonrisa triste.

Después trataron sobre el brote de morriña que había matado varias ovejas y que Ragna creía que estaba provocado por los pastos de arcilla húmeda, pero su conversación se vio interrumpida. Eanfrid ladeó la cabeza y, un momento después, Ragna oyó lo que había llamado la atención del hombre: el sonido de treinta caballos, o incluso más, acercándose no al trote ni a medio galope, sino a paso cansado. Era el ruido que hacían un acaudalado noble y su séquito en un largo viaje.

El rojizo sol otoñal ya se ponía por el oeste, así que los visitantes sin duda decidirían pasar la noche en Outhenham. La aldea los recibiría con sentimientos encontrados. Los viajeros traerían plata, y con ella comprarían comida y bebida y pagarían por el alojamiento. Pero también podían emborracharse, molestar a las muchachas y buscar pelea.

Ragna y Eanfrid se levantaron y, un minuto después, los hombres a caballo aparecieron por entre las casas, camino al centro de la localidad.

A su cabeza iba Wigelm.

El miedo atenazó a Ragna. Aquel era el hombre que la había encerrado y violado, y que luego le había robado a su hijo. ¿Qué nueva tortura habría ideado para ella? Controló su temblor. Siempre le había plantado cara, y volvería a hacerlo.

Junto a Wigelm cabalgaba su sobrino, Garulf, el hijo de Wilwulf e Inge. Ya tenía veinticinco años, pero Ragna sabía que no era más listo que de adolescente. Se parecía a Wilf, con la barba rubia, ese aire arrogante y las espaldas anchas que tenían los hombres de la familia. Se estremeció al pensar que había estado casada con dos de ellos.

—¿Qué está haciendo Wigelm aquí? —murmuró Eanfrid.

—Dios sabrá… —repuso Ragna con voz temblorosa, y luego añadió—: O tal vez el diablo.

Wigelm refrenó su caballo gris.

—No esperaba veros aquí, Ragna —dijo a modo de saludo.

Eso la tranquilizó hasta cierto punto. Su comentario indicaba que no había planeado ese encuentro. Cualquier mal que le infligiera sería improvisado.

—No sé de qué os sorprendéis —contestó—. Soy la señora del valle de Outhen. ¿Qué os trae a la aldea?

—Como conde de Shiring que soy, estoy viajando por mi territorio y he pensado pasar la noche aquí.

—Outhenham os da la bienvenida, conde Wigelm —dijo Ragna con fría formalidad—. Por favor, entrad en la taberna a comer y beber algo.

Él se mantuvo en su montura.

—Vuestro padre se quejó al rey Etelredo —dijo.

—Por supuesto. —Ragna había recuperado el coraje hasta cierto punto—. Vuestra conducta fue vergonzosa.

—Etelredo me impuso una multa de cien libras de plata por haberos expulsado sin su permiso.

—Os está bien empleado.

—Pero no la pagué —dijo Wigelm, y rio con ganas antes de desmontar.

Sus hombres siguieron su ejemplo. Los más jóvenes se dispusieron a desensillar los caballos mientras los mayores se acomodaban en la taberna y pedían bebida. A Ragna le habría gustado retirarse, pero sentía que no podía dejar a Eanfrid haciéndose cargo de la visita él solo. Tal vez le costara mantener el orden y, en eso, la autoridad de ella ayudaría.

Recorrió todo el pueblo haciendo lo posible por no cruzarse con Wigelm. Les dijo a los hombres jóvenes que llevaran los caballos a unos pastos aledaños para que pacieran. Después escogió las casas donde el conde y su séquito podrían pasar la noche, y seleccionó las de matrimonios ya mayores, o bien de parejas jóvenes con niños pequeños, pero evitó aquellas donde había niñas adolescentes. Lo habitual era pagarle al dueño de la casa un penique por acomodar a cuatro hombres, y se esperaba que la familia compartiera el desayuno con los huéspedes.

El sacerdote del pueblo, Draca, que tenía ganado vacuno, sacrificó un novillo y se lo vendió a Eanfrid. Este encendió una hoguera detrás de la taberna y lo asó en un espetón. Los hombres no dejaban de beber cerveza mientras esperaban la carne, así que Eanfrid vació dos barriles y tuvo que abrir un tercero.

Se pasaron una hora cantando himnos escandalosos, llenos de violencia y sexo, y después empezaron a discutir. Justo cuando Ragna temía que la pelea fuera inminente, Eanfrid sirvió la carne acompañada de pan y cebollas, y eso los aplacó. Después de cenar, empezaron a retirarse a sus hospedajes y Ragna consideró que ya era seguro ir a acostarse.

Regresó a la casa de la cantera junto a Osgyth y Ceolwulf, que atrancaron la puerta con firmeza. Habían llevado consigo mantas, pero todavía no hacía frío de invierno, así que se tumbaron sobre los juncos abrigados solo con sus capas. Ceolwulf se echó atravesado contra la puerta, la posición habitual de un escolta, pero Ragna vio a los dos jóvenes mirándose y supuso que habían quedado en buscarse el uno al otro más tarde.

Ella estuvo tumbada sin poder dormir durante una hora o más, nerviosa a causa de la repentina aparición de su enemigo, Wigelm, pero por fin consiguió conciliar un sueño inquieto.

Despertó con la sensación de no haber descansado mucho rato. Se sentó y miró alrededor arrugando la frente, preguntándose con angustia qué la había perturbado. A la luz del fuego vio que Osgyth y Ceolwulf no estaban. Supuso que se habrían escabullido a los bosques en busca de intimidad, y que seguramente estarían descubriendo el sexo a la luz de la luna, debajo de algún matorral.

Ragna no se sintió tan benevolente como otras veces. Se suponía que debían cuidar de ella y protegerla, no salir a hurtadillas y dejarla sola en plena noche. Los despediría a ambos en cuanto regresaran a King's Bridge.

Entonces oyó a un borracho hablar a gritos sin decir nada coherente y supuso que sería Gab. Debía de ser esa voz lo que la había despertado. Enseguida pensó que estaba segura tras la puerta atrancada, pero entonces se dio cuenta de que Osgyth y Ceolwulf tenían que haberla abierto para salir.

El borracho se acercó a la puerta y de pronto ella reconoció la voz. No era Gab, sino Wigelm, tal como comprendió con un escalofrío de terror.

Presa del pánico, imaginó lo fácil que le habría resultado dar con la casa a pesar del estado en que se encontraba; solo había tenido que seguir el canal. Era un desafortunado milagro que no hubiera caído al agua y se hubiera ahogado.

Ragna se levantó de un salto para asegurar la puerta, pero llegó un segundo demasiado tarde. Justo cuando ponía las manos en el pesado travesaño de madera, el batiente se abrió y Wigelm entró en la estancia. Ella retrocedió enseguida, gritando de miedo.

El conde iba descalzo y sin manto a pesar de la fría noche otoñal. Tampoco llevaba el cinto, ni espada o daga alguna, lo cual fue un alivio para Ragna. Daba la sensación de que acabara de levantarse de la cama y no se hubiera molestado en vestirse siquiera.

Desprendía un olor fuerte y rancio a cerveza.

Wigelm la miró largo rato a la luz del fuego, como si no estuviera seguro de quién era. Se balanceaba, y Ragna comprendió que estaba muy bebido. Por un momento tuvo la optimista esperanza de que estuviera a punto de caer inconsciente, pero su expresión de desconcierto se esfumó de pronto y empezó a hablar arrastrando las palabras:

—Ragna… Sí. Te estaba buscando.

«No podré soportar esto —pensó ella—. No puedo aguantar más sufrimiento causado por este hombre. Prefiero morir.»

Intentó ocultar su desesperación.

—Vete, por favor.

—Túmbate.

—Gritaré. Gab y su mujer me oirán.

No estaba segura de que eso fuera cierto, porque las dos casas estaban bastante alejadas, pero su amenaza resultó poco efectiva por otro motivo.

—¿Y qué van a hacer? —replicó él con desdén—. Soy su conde.

—Sal de mi casa.

Wigelm le apartó la mano. Desequilibrada y sorprendida por la fuerza que tenía a pesar de estar tan borracho, Ragna cayó de espaldas. El impacto la dejó sin respiración.

—Cierra la boca y abre las piernas —ordenó Wigelm.

Ella se recobró enseguida.

—No puedes hacerme esto. Ya no soy tu mujer.

Él se abalanzó hacia delante. Era evidente que esperaba caer encima de ella, pero en el último momento Ragna rodó hacia un lado y Wigelm se dio de bruces contra el suelo. Ella se puso a gatas, pero justo entonces él se volvió boca arriba, la agarró del brazo y tiró para acercarla hacia sí.

Intentando no perder el equilibrio, Ragna movió una pierna y, sin pretenderlo, le hincó la rodilla en el estómago.

—¡Uf! —gimió él sin aliento.

Ragna desplazó la otra pierna y le clavó ambas rodillas en el torso, luego le asió los brazos y los inmovilizó contra el suelo. En circunstancias normales, Wigelm podría haberse deshecho de ella con facilidad, pero estaba tan perjudicado que no era capaz de quitársela de encima.

Qué giro más irónico del destino. Por primera vez en la vida, ella lo tenía a su merced. Pero ¿qué haría con él?

Wigelm movió la cabeza de un lado a otro con los ojos cerrados.

—No puedo respirar —gimió.

Ragna se dio cuenta de que con las rodillas le constreñía los pulmones, pero no se movió para impedirlo porque le aterrorizaba lo que pudiera hacer él si recuperaba las fuerzas.

Wigelm empezó a tener convulsiones. De la comisura de sus labios empezó a caer un líquido, y de pronto olió a vómito. Los brazos y las piernas le quedaron inertes.

Ragna había oído que a veces los borrachos se desmayaban y morían ahogados por su propia vomitona. No tardó ni un instante en comprender que, si Wigelm moría, ella podría recuperar a Alain, porque nadie insistiría en que lo criara Meganthryth. Sintió una oleada momentánea de esperanza. Habría rezado para que Wigelm muriera si no le hubiera parecido una blasfemia.

Pero Wigelm no moría. Tenía la nariz llena de vómito líquido, pero lo atravesaban burbujas de aire.

¿Podría matarlo ella?

Eso sería pecado, además de peligroso. Se convertiría en una asesina y, aunque allí no había nadie para ver lo que estaba haciendo, tal vez la descubrieran de alguna otra forma.

Aun así, solo quería verlo muerto.

Recordó su año de encarcelamiento y las violaciones repetidas, también cómo le había arrebatado a su hijo. Al entrar en su casa a la fuerza esa noche, Wigelm le había demostrado que jamás dejaría de torturarla. No mientras viviera. Ragna había aguantado todo lo que era capaz de soportar, pero tenía que ponerle fin.

«Que Dios me perdone», pensó.

Apartó las manos de sus brazos con vacilación, pero Wigelm no se movió.

Le cerró la boca, luego le tapó los labios con la mano izquierda y apretó con firmeza.

Aún respiraba por la nariz, pero solo lo justo.

Puso el índice y el pulgar de su mano derecha a ambos lados y se la apretó con fuerza.

Ya no podía respirar.

Pero no lo había matado. Aún no. Todavía estaba a tiempo de soltarlo. Podría volverlo de lado y sacarle el líquido de la boca, permitir que tomara aire. Seguramente sobreviviría.

Sobreviviría para atacarla de nuevo.

Ragna mantuvo las manos donde estaban, tapándole la boca y la nariz, y esperó sin apartar la mirada de su rostro. ¿Cuánto tiempo vivía una persona sin aire? No tenía la menor idea.

Wigelm se estremeció, pero apenas parecía consciente y era incapaz de luchar. Ragna siguió con las rodillas sobre su barriga, cerrándole la boca con una mano y la nariz con la otra… hasta que todos sus movimientos cesaron.

¿Había muerto ya?

La casa estaba en silencio. Las ascuas del fuego no hacían ningún ruido, y ni siquiera se percibían susurros de pequeñas alimañas entre las esteras del suelo. Ragna aguzó el oído por si llegaban pasos desde el exterior, pero no oyó nada.

De pronto Wigelm abrió los ojos. Ella se sobresaltó y chilló de miedo.

Él la miró con terror. Intentó mover la cabeza, pero ella se inclinó hacia delante y apretó más aún con ambas manos para inmovilizarlo.

Durante unos segundos interminables y de muchísima tensión, Wigelm la miró fijamente a los ojos con un pánico semiconsciente. Temía por su vida pero no podía moverse, como un hombre atrapado en una pesadilla.

—Esto es lo que se siente, Wigelm —dijo Ragna con una voz que rezumaba odio—. Así es verse desamparado en manos de un asesino.

De repente los débiles esfuerzos del conde cesaron y se le pusieron los ojos en blanco.

Aun así, Ragna no lo soltó. ¿De verdad estaba muerto? Apenas podía creer que el hombre que la había atormentado durante tanto tiempo hubiera abandonado el mundo para siempre.

Por fin reunió el valor necesario para apartar las manos de la boca y la nariz. Su rostro no había cambiado. Le puso una mano en el pecho y no sintió ningún latido.

Sí, lo había matado.

—Que Dios me perdone —rezó.

Vio entonces que estaba temblando sin control. Se le estremecían las manos, también los hombros, y sentía los muslos tan débiles que quiso tumbarse.

Luchó por dominar su cuerpo. De lo que tenía que preocuparse ahora era de cómo reaccionarían los hombres de Wigelm. Nadie creería en su inocencia. El conde, su gran enemigo, había muerto en plena noche y allí no había nadie más que ella. Las pruebas serían incriminatorias.

Era una asesina.

Por fin se tranquilizó lo suficiente para levantarse.

Aquello no había terminado aún. Lo que más hablaría en su contra era que el cadáver estaba en su casa, con ella. Tenía que trasladarlo. Pero ¿cómo se desharía de él? La respuesta era evidente.

Lo arrojaría al canal.

Los compañeros borrachos de Wigelm darían por hecho que había ido a orinar. En su estado, era fácil que hubiera perdido el conocimiento y se hubiera caído al agua y ahogado antes de volver en sí. Justo esa era la clase de tontería que hacían los necios borrachos.

Sin embargo, nadie podía verla con el cadáver. Debía actuar deprisa, antes de que Osgyth y Ceolwulf se cansaran de besuquearse y regresaran, antes de que alguno de los hombres medio conscientes del conde empezara a preguntarse por qué tardaba tanto y decidiera salir en su busca.

Lo agarró de una pierna y tiró de él, pero le costó más de lo que esperaba. Lo movió un metro y se detuvo; pesaba demasiado. Wigelm era un hombre corpulento; literalmente, un peso muerto.

Ragna no podía dejarse vencer por un problema tan simple. Su yegua, Astrid, estaba en un pasto cercano. Si era necesario, iría a buscarla para arrastrar el cadáver… Aunque eso llevaría su tiempo y aumentaría el riesgo de que la descubrieran. Sería más rápido si pudiera colocar a Wigelm encima de algo, como un tablón. Recordó las mantas.

Fue a por una y la extendió en el suelo, junto a él. Con un esfuerzo considerable, lo hizo rodar hasta dejarlo encima, después agarró el extremo de la cabeza y tiró. No resultaba fácil, pero sí factible, y así cruzó la sala y lo sacó por la puerta.

Miró alrededor a la luz de la luna y no vio a nadie. La casa de Gab estaba a oscuras y en silencio. Osgyth y Ceolwulf debían de estar aún en el bosque, y no había ni rastro de una partida que buscara a Wigelm. Solo las criaturas nocturnas la rodeaban: una lechuza que ululaba en un árbol, un pequeño roedor que pasó tan deprisa que solo lo vio de reojo, el característico vuelo rasante de un murciélago silencioso.

Decidió que lo conseguiría como fuera, aun sin Astrid, y empezó a arrastrar despacio a Wigelm por la cantera. El cuerpo hacía ruido al rascar el suelo, pero no era lo bastante fuerte para que se oyera desde la casa de Gab.

Pasada la cantera, el terreno ascendía en una suave pendiente y eso le dificultó la tarea. Ya estaba jadeando del esfuerzo, así que descansó un momento y luego se obligó a continuar. No quedaba mucho más.

Por fin llegó al canal. Dejó el cadáver justo en el borde y lo hizo rodar. Se oyó un chapuzón, que a ella le pareció muy escandaloso, y poco después le llegó el olor a basura y podredumbre del agua removida. Pero la superficie se calmó enseguida y Wigelm quedó flotando boca abajo. Ragna vio una ardilla muerta meciéndose también junto a su cabeza.

Descansó y respiró con pesadez, exhausta, pero al cabo de un minuto comprendió que con eso no bastaba. El cadáver seguía demasiado cerca de la casa y levantaría sospechas. Debía alejarlo más.

De haber tenido una cuerda, podría haberlo atado y echar a andar por la orilla tirando de él en el agua. Pero no la tenía.

Pensó en los arreos de la yegua. Astrid estaba en el pasto, pero la silla y los demás enseres se habían quedado en la casa. Regresó allí. Dobló la manta y la metió debajo de las demás, esperando que nadie notara que estaba sucia hasta muchos días después. Luego separó las riendas de la brida.

Regresó al canal. Todavía no se veía a nadie por allí. Alargó el brazo sobre el agua y agarró el cadáver por el pelo para acercarlo al borde. Le ató la correa al cuello, se levantó, tiró de las riendas y empezó a caminar por la orilla en dirección a la aldea.

Una parte de ella estaba exultante al pensar que Wigelm había quedado tan impotente que podía llevarlo atado como si fuera un simple animal.

No hacía más que mirar alrededor y fijarse en las sombras de debajo de los árboles, asustada por si en cualquier momento se cruzaba con algún merodeador nocturno. A la luz de la luna vio un par de ojos amarillos que la sobresaltaron un instante, hasta que comprendió que no era más que un gato.

Cuando se acercó al pueblo, oyó voces exaltadas y maldijo para sí. Todo parecía indicar que habían notado la ausencia de Wigelm, y ella aún no estaba lo bastante lejos de la cantera para desviar las sospechas.

Necesitaba descansar el brazo, así que cambió de mano y empezó a caminar hacia atrás, pero no veía por dónde iba y, tras tropezar un par de veces, volvió a poner a trabajar el brazo agotado. También las piernas empezaban a dolerle.

Veía luces de candiles que se movían entre las casas. Los hombres de Wigelm lo estaban buscando, ya era casi seguro. Estaban demasiado borrachos para registrar la aldea de una forma sistemática, y las llamadas que se dirigían los unos a los otros eran incoherentes. Aun así, alguno podía dar con ella por casualidad, y si la pillaban arrastrando el cadáver del conde por el canal, nadie dudaría de que era culpable.

Siguió adelante. Uno de ellos fue hacia el canal con un candil. Ragna se detuvo, se tumbó en el suelo y permaneció inmóvil, vigilando los movimientos bruscos de la luz. ¿Qué haría si se acercaba? ¿Qué historia podía contar para justificar el cuerpo sin vida de Wigelm y la correa con que lo había atado?

Sin embargo, la luz resultó ir en la dirección contraria y acabó por desvanecerse. Cuando desapareció del todo, ella se levantó y siguió su camino.

Pasó por la parte de atrás de una casa del pueblo y luego por otra, hasta que decidió que ya estaba lo bastante lejos. En su estado, Wigelm habría sido incapaz de caminar en línea recta, así que supondrían que no había tomado la ruta más directa para llegar al canal, sino que había ido tropezando azarosamente por ahí.

Se arrodilló, metió las manos en el agua y le desató la correa del cuello. Después empujó el cuerpo hacia el centro de la corriente.

—Por ahí se va al infierno —murmuró.

Dio media vuelta y regresó corriendo a la cantera.

Nada se movía en la casa de Gab ni en la de Edgar. Ragna esperaba que los tortolitos no hubiesen vuelto durante su ausencia; no sabría muy bien cómo explicar lo que había estado haciendo.

Cruzó la cantera con paso silencioso y entró en la casa. Allí no había nadie.

Ocupó su lugar en los juncos y cerró los ojos.

«Creo que lo he conseguido», pensó.

Aunque sabía que debería sentirse culpable, lo único que podía hacer era alegrarse.

No durmió. No hacía más que revivir toda esa noche, desde el momento en que había oído la voz farfullada de Wigelm hasta su carrera final de vuelta a lo largo del canal. Se preguntó si habría hecho lo suficiente para que la muerte pareciera el accidente de un borracho. ¿Habría algo en el cadáver que pudiera levantar sospechas? ¿La habría visto quizá algún testigo que se había mantenido oculto? ¿Habría notado alguien que se había ausentado de la casa?

Oyó chirriar la puerta y supuso que Osgyth y Ceolwulf habían regresado, así que fingió estar profundamente dormida. Se oyó un golpe sordo cuando recolocaron el travesaño; demasiado tarde, pensó ella con resentimiento. Oyó sus pasos de puntillas, una risita ahogada y los suaves susurros de las ropas cuando se tumbaron. Imaginó que Ceolwulf había vuelto a colocarse en su posición de guardia, bloqueando la puerta para que nadie pudiera entrar sin despertarlo.

La respiración de los dos jóvenes no tardó en volverse acompasada.

Era evidente que no sospechaban siquiera el drama vivido poco antes, y entonces Ragna comprendió que su negligencia podía jugar a favor de ella. Si les preguntaban, ambos jurarían que habían pasado toda la noche en la casa, guardando a su señora, como era su deber. Su falso testimonio le daría a ella una coartada.

Pronto empezaría un nuevo día, un día feliz, el primero en un mundo sin Wigelm.

Ragna casi no se atrevía a pensar en Alain. Con su padre muerto, seguro que ella podría recuperar al niño. Nadie querría que Meganthryth lo criara ahora que el conde ya no estaba para imponer su voluntad, ¿verdad? No tendría sentido, aunque tal vez lo decidieran así por rencor. Wigelm ya no existía, pero su malvado hermano, Wynstan, seguía vivo. La gente decía que el obispo estaba volviéndose loco, pero eso solo lo hacía más peligroso aún.

Cayó en un sueño inquieto y despertó cuando llamaron a la puerta con tres golpes secos, corteses pero urgentes.

—¡Mi señora! Soy Eanfrid.

«Llegó el momento de las consecuencias», se dijo.

Se levantó, se sacudió el vestido y se alisó el pelo.

—Déjale pasar, Ceolwulf —ordenó.

Cuando la puerta se abrió, vio que estaba despuntando el alba. Eanfrid entró con el rostro congestionado y jadeando a causa del esfuerzo de mover su considerable mole a paso rápido.

—Wigelm ha desaparecido —anunció sin preámbulos.

Ragna adoptó una actitud de enérgica eficiencia.

—¿Dónde estaba la última vez que lo viste?

—En mi taberna, bebiendo todavía con Garulf y algunos otros cuando me fui a dormir.

—¿Ha salido alguien a buscarlo?

—Sus hombres llevan la mitad de la noche paseándose por ahí llamándolo a voces.

—No he oído nada. —Ragna se volvió hacia sus criados—. ¿Y vosotros?

—Nada, mi señora —se apresuró a contestar Osgyth—. Esto ha estado tranquilo toda la noche.

Ragna estaba impaciente por ver cómo los jóvenes se decidían a mentir.

—¿Alguno de los dos ha salido de la casa, aunque solo fuera para aliviarse?

Osgyth negó enseguida con la cabeza y Ceolwulf respondió con aplomo:

—No me he movido de mi sitio junto a la puerta.

—Está bien. —Quedó satisfecha. Después de eso, sería difícil que cambiaran su versión—. Ya es de día, así que deberíamos organizar una partida de búsqueda.

Se acercaron al pueblo. Al pasar junto al canal, Ragna revivió recuerdos macabros, pero los dejó de lado. Fue a casa del sacerdote y llamó a la puerta. La iglesia no tenía campanario, pero Draca contaba con una campana de mano.

—Dejadme vuestra campana, por favor —pidió con vehemencia en cuanto apareció el sacerdote de la cabeza rapada.

El hombre la sacó y ella la hizo sonar con energía.

La gente que ya estaba levantada salió de inmediato a la explanada de hierba que había entre la iglesia y la taberna. Otros los siguieron mientras se ceñían aún el cinturón y se frotaban los ojos. La mayor parte de los hombres de Wigelm tenían muy mala cara a causa de los excesos de la noche anterior.

El sol ya despuntaba cuando todos estuvieron reunidos. Ragna alzó la voz para que la oyeran bien.

—Formaremos tres partidas de búsqueda —dijo con un tono que no admitía discusión. Señaló al sacerdote—: Draca, llevaos a tres aldeanos y peinad los pastos del oeste. Explorad bien las lindes y bajad hasta la orilla del río. —Después escogió al panadero, un hombre muy responsable—. Wilmund, toma a tres hombres de armas y busca al conde por las tierras de labranza del este. De nuevo, aseguraos de ser meticulosos y llegad hasta el canal. —Si era concienzudo, Wilmund encontraría el cadáver. Por último se volvió hacia Garulf, a quien quería alejar de allí—. Garulf, vos llevaos a los demás al bosque del norte. Allí es donde será más probable encontrar a vuestro tío. Supongo que se habrá perdido por culpa de la borrachera, así que quizá lo encontréis dormido debajo de algún arbusto. —Los hombres rieron—. Muy bien. ¡En marcha!

Las tres partidas salieron.

Ragna sabía que debía actuar con normalidad.

—Me iría bien desayunar algo —le dijo a Eanfrid, aunque en realidad seguía demasiado alterada para tener hambre—. Sírveme un poco de cerveza, pan y un huevo. —Y encabezó la marcha hacia la taberna.

La mujer de Eanfrid sacó una jarra y una hogaza de pan, y se apresuró a cocer un huevo. Ragna bebió cerveza y se obligó a comer algo, y después se sintió mejor a pesar de la falta de sueño.

¿Qué dirían los hombres de armas cuando encontraran el cadáver? Por la noche, Ragna había supuesto que llegarían solos a la conclusión más obvia: que Wigelm había muerto en un accidente causado por la borrachera. Ahora, sin embargo, veía que había otras posibilidades. ¿Sospecharían de un crimen? Y en tal caso, ¿qué harían al respecto? Por suerte, allí no había nadie con un rango lo bastante elevado para desafiar su autoridad.

Tal como ella pretendía, el grupo de Wilmund encontró el cadáver.

Lo que no había esperado era la conmoción que sintió al ver de nuevo el cuerpo del hombre al que había matado.

Wilmund y Bada, uno de los hombres del séquito de Wigelm, cargaron con él hasta el pueblo. Nada más verlo, Ragna empezó a sentir el horror de sus actos.

Esa noche había estado aterrada hasta el instante en que Wigelm murió y a ella la invadió un inmenso alivio... que de pronto había desaparecido. Recordó que lo había asfixiado y había contemplado su rostro mientras la vida abandonaba su cuerpo por momentos. Mientras lo hacía no había sentido nada más que pánico, pero ahora, al recordar la escena, la culpa consiguió marearla.

Había visto cadáveres muchas otras veces, pero esto era diferente. Notó que estaba a punto de desmayarse, o de echarse a llorar, o a gritar.

Luchó por mantener la compostura. Debía organizar las pesquisas y tenía que dirigirlas con cautela. No podía parecer demasiado ansiosa por llegar al veredicto más evidente, y tampoco demostrar miedo alguno.

Ordenó que los hombres dispusieran el cadáver en una mesa de caballetes, dentro de la iglesia, y envió mensajeros para llamar a las otras dos partidas de búsqueda.

Todo el mundo se reunió en la pequeña iglesia, susurrando con respeto, mirando el rostro blanco del difunto Wigelm y cómo el agua del canal goteaba de su ropa al suelo.

Ragna empezó dirigiéndose a Garulf, el hombre de mayor rango entre el séquito de Wigelm.

—Anoche —le dijo—, os contabais entre los últimos que quedaban bebiendo en la taberna. —Le pareció que la serenidad de su voz era muy poco natural, pero nadie notó nada—. ¿Visteis a Wigelm quedarse dormido?

Garulf estaba aturdido y asustado, le costaba contestar a esa simple pregunta.

—Mmm, no sé. Esperad, no, creo que cerré los ojos antes que él.

Ragna fue guiándolo:

—¿Volvisteis a verlo después de eso?

Él se rascó la barbilla mal afeitada.

—¿Después de quedarme dormido? No, estaba durmiendo. Pero, un momento, sí. Debió de levantarse, porque tropezó conmigo y me despertó.

—¿Le visteis la cara?

—A la luz del fuego, sí, y oí su voz.

—¿Qué dijo?

—Dijo: «Voy a mearme en el canal de Edgar».

Algunos hombres rieron, pero pararon con brusquedad al darse cuenta de que era impropio.

—Y entonces ¿salió?

—Sí.

—¿Qué ocurrió después?

Garulf estaba recobrando la entereza, sus respuestas ya tenían más sentido.

—Algo más tarde, alguien me despertó diciendo: «Parece que Wigelm está echando una meada muy larga».

—¿Qué hicisteis entonces?

—Me dormí otra vez.

—¿Volvisteis a verlo?

—No, vivo no.

—¿Y qué creéis que pasó?

—Creo que debió de caerse al canal y se ahogó.

Se produjo un murmullo de conformidad entre la multitud. Ragna estaba satisfecha. Los había conducido al resultado que ella deseaba, aunque ellos creían haber llegado solos a esa conclusión.

Paseó la mirada por la iglesia.

—¿Alguien vio a Wigelm después de que saliera de la taberna en mitad de la noche?

Nadie contestó.

—Entonces, que nosotros sepamos, la causa de la muerte ha sido el ahogamiento por accidente.

Para sorpresa suya, Bada, el hombre de armas que había ayudado a llevar a Wigelm del canal a la iglesia, puso una objeción.

—Yo no creo que se ahogara —dijo.

Ragna había temido algo así. Ocultó su angustia y puso cara de interés.

—¿Qué te hace pensar eso, Bada?

—He sacado a otros ahogados del agua. Cuando los levantas, les sale mucho líquido de la boca. Es el agua que han tragado al respirar, el agua que los ha matado. Pero cuando hemos sacado a Wigelm, no le ha salido nada de dentro.

—Sí que es extraño, aunque no sé si nos lleva a alguna parte. —Ragna se volvió hacia el panadero—. ¿Tú también lo has visto, Wilmund?

—No me he fijado.

—Pero yo sí —insistió Bada.

—¿Y qué crees que significa eso, Bada?

—Demuestra que Wigelm ya estaba muerto cuando cayó al agua.

Ragna recordó cómo le había cerrado la boca y la nariz para que no pudiera respirar. Por mucho que intentara evitarlo, la imagen no hacía más que aparecer en su cabeza. Le costó un gran esfuerzo plantear la siguiente pregunta:

—Entonces ¿cómo murió?

—Tal vez alguien lo mató y luego tiró el cadáver al agua. —Bada miró a su alrededor, desafiante—. Alguien que lo odiaba, quizá. Alguien que se sentía injustamente tratado por él.

Estaba acusando a Ragna de forma indirecta. Todos sabían que ella odiaba a Wigelm. Si la acusación se hacía explícita, estaba convencida de que sus leales aldeanos se pondrían de su parte, pero no quería llevar el asunto tan lejos.

Rodeó el cadáver con pasos lentos y parsimoniosos.

—Acércate, Bada —dijo, aunque le costó mantener la voz calmada y segura—. Míralo bien.

En la iglesia se hizo el silencio.

Bada obedeció.

—Si no se ahogó, ¿cómo lo mataron?

El hombre no dijo nada.

—¿Ves alguna herida? ¿Sangre? ¿Una magulladura, al menos? Porque yo no.

De repente pensó algo que le dio miedo. La correa que había usado para tirar del cuerpo a lo largo del canal podía haber dejado marcas rojizas. Le escudriñó discretamente la piel del cuello, pero se tranquilizó al comprobar que no se veía nada.

—¿Y bien, Bada?

El hombre parecía de mal humor.

—¿Alguien más? —dijo Ragna, dirigiéndose a los presentes—. Acercaos cuanto queráis. Inspeccionad el cuerpo. Buscad señales de violencia.

Muchos dieron un paso al frente y estudiaron a Wigelm de cerca. Uno a uno, todos negaron con la cabeza y se retiraron de nuevo.

—A veces un hombre cae muerto sin más, sobre todo si se ha emborrachado todas las noches durante años. Es posible que Wigelm sufriera alguna clase de colapso mientras orinaba en el canal. Tal vez muriera antes de caer al agua. Jamás lo sabremos. Pero no hay señal alguna que indique que no fuera un accidente, ¿no es cierto?

De nuevo la multitud asintió con un murmullo.

Bada estaba empecinado.

—He oído decir —insistió— que si un asesino toca el cadáver de su víctima, el difunto vuelve a sangrar.

Ragna sintió un escalofrío. También ella había oído eso, pero jamás había visto que ocurriera y no lo creía de verdad. Aun así, tendría que comprobar si la superstición era cierta.

—¿A quién querrías ver tocar el cadáver? —le preguntó a Bada.

—A vos —respondió este.

Ella luchó por ocultar el miedo.

—Mirad bien todos —anunció fingiendo una seguridad extrema, aunque, por desgracia, no pudo evitar por completo el temblor de su voz.

Levantó el brazo derecho y lo bajó poco a poco.

En la versión que ella conocía, cuando tocara a Wigelm, le saldría sangre de la nariz, la boca y las orejas.

Por fin puso la mano sobre el corazón del difunto.

La mantuvo ahí un buen rato. Toda la iglesia contenía la respiración. El cuerpo estaba terriblemente frío. Se sintió flaquear.

Pero no ocurrió nada.

El cadáver no se movió. No salió sangre. Nada.

Ragna levantó la mano sintiendo que acababan de salvarle la vida, y los presentes soltaron un suspiro colectivo de alivio.

—¿Sospechas de alguien más, Bada?

El hombre negó con la cabeza.

—Wigelm murió en el canal cuando estaba borracho —zanjó Ragna—. Ese es el veredicto con el que terminan estas pesquisas.

La gente empezó a salir de la iglesia comentando lo que acababa de presenciar. Ragna escuchó el tono de los murmullos de la multitud y percibió en ellos convicción.

Sin embargo, los aldeanos no eran los únicos a quienes debía convencer. La ciudad de Shiring era mucho más importante. Debía asegurarse de que su versión de los hechos, corroborada por el veredicto de Outhenham, era la que se repitiera en tabernas y burdeles al día siguiente.

Y para eso tenía que ser la primera en llegar allí.

Los hombres que podían causarle mayores problemas eran Garulf y Bada, así que ideó la forma de que ambos quedaran retenidos en la aldea.

Los mandó llamar.

—Vosotros os responsabilizaréis del cadáver del conde —dijo—. Id a ver a Edmund, el carpintero, y decidle que le encargo un ataúd para Wigelm. Debería poder tenerlo listo esta noche o mañana por la mañana. Entonces escoltaréis su cuerpo hasta Shiring para celebrar el entierro en el cementerio de la catedral. ¿Está claro?

Bada miró a Garulf.

—Sí —respondió este.

Parecía agradecer que alguien le dijera lo que tenía que hacer. Bada no era tan dócil.

—Bada, ¿está claro?

—Sí, mi señora —dijo, viéndose obligado a ceder.

Ragna partiría de inmediato y sin avisar a nadie.

—Ceolwulf, ve a buscar a los remeros y llévalos a la cantera —dijo en voz baja.

El muchacho era lo bastante joven para mostrarse descarado.

—¿Y eso por qué?

—No te atrevas a cuestionarme —contestó ella con voz fría y severa—. Solo haz lo que te ordeno.

—Sí, mi señora.

—Osgyth, tú ven conmigo.

De vuelta en la casa, le dijo a la doncella que preparara los bártulos. Cuando Ceolwulf llegó, le ordenó que ensillara a Astrid.

—¿Volvemos a King's Bridge? —preguntó uno de los remeros.

Ragna no quería darle a nadie ocasión de desvelar sus planes.

—Sí —contestó, aunque solo era cierto a medias.

Salieron en cuanto estuvieron listos, ella a caballo y los criados siguiéndola a pie. Avanzaron por la orilla del canal y, al llegar al río, subieron a la barcaza.

Allí, Ragna les dijo a los remeros que cruzaran a la orilla contraria. Estos, después de haber oído más de una vez cómo reprendía a Ceolwulf por insolente, no hicieron ninguna pregunta.

Amarraron la barcaza en la otra orilla y ella desembarcó con Astrid.

—Ceolwulf y Osgyth, venid conmigo —ordenó—. Vosotros dos, regresad con la embarcación a King's Bridge y esperadme allí.

Y volvió la yegua en dirección a Shiring.

Ragna estaba nerviosa ante la idea de reunirse con su hijo.

Llevaba seis meses sin ver a Alain, lo cual era mucho tiempo en la vida de un niño tan pequeño. Ya tenía tres años. ¿Pensaría acaso que Meganthryth era su madre? ¿Se acordaría de Ragna? Cuando fuera a buscarlo, ¿lloraría por echar de menos a Meganthryth? ¿Debía contarle que su padre había muerto?

Al menos no tendría que enfrentarse a esas preguntas nada más llegar. Ya había oscurecido. La búsqueda y las pesquisas de Outhenham les habían llevado casi toda la mañana, así que se acercó a Shiring muy entrada la tarde, cuando los niños pequeños dormían ya y los adultos se preparaban para cenar. No despertaría a Alain. Durante su matrimonio con Wigelm, a veces a este se le metía en la cabeza visitar a su hijo de noche y siempre insistía en despertarlo. Alain lloriqueaba medio dormido hasta que lo acostaban otra vez, y entonces Wigelm acusaba a Ragna de volver al niño en su contra. Pero todo era culpa suya. Ragna no cometería el mismo error. No iría al recinto del conde hasta la mañana siguiente.

—Pasaremos la noche en casa del sheriff Den —informó a sus criados.

Encontró a Den sentado en su salón principal con su mujer, Wilburgh, mientras les preparaban la cena.

—Acabo de llegar de Outhenham —explicó Ragna—. Wigelm murió allí anoche.

—Alabado sea el cielo —dijo Wilburgh.

—¿Cómo murió? —preguntó Den con serenidad, planteando una cuestión decisiva.

—Se emborrachó, cayó al canal y se ahogó.

—No me extraña. —El sheriff asintió—. Aunque es una lástima que estuvierais allí. La gente sospechará de vos.

—Lo sé, pero el cadáver no presentaba señales de violencia, y los aldeanos han quedado satisfechos con la conclusión de que fue un accidente.

—Bien.

—Debo pasar la noche aquí, en vuestro recinto.

—Desde luego. Vamos a instalaros, y después vos y yo tenemos que hablar sobre lo que ocurrirá ahora.

Den les asignó una casa vacía. Tal vez fuera la misma en la que Ragna había yacido con Edgar cuatro años atrás, por primera y única vez. Recordaba todos los detalles de su noche de pasión, pero no estaba segura de en qué casa había ocurrido. Desearía poder hacer el amor con él otra vez.

Dejó a Osgyth y a Ceolwulf encendiendo el fuego y adecentando un poco el lugar mientras ella regresaba a la casa de Den.

—Mañana por la mañana iré a recuperar a mi hijo Alain —anunció—. No hay motivo para que viva con la concubina de Wigelm.

—Pienso lo mismo —dijo Wilburgh.

—Y yo —coincidió Den con ellas.

—Sentaos, mi señora, por favor —ofreció Wilburgh, que sacó una jarra de vino y tres tazas.

—Espero que el rey Etelredo me apoye —dijo Ragna.

—Creo que lo hará —opinó Den—. En cualquier caso, será la menor de sus preocupaciones.

Ella no había pensado en las demás inquietudes del monarca.

—¿A qué os referís?

—La cuestión principal es quién será el nuevo conde.

Ragna había tenido que ocuparse de muchísimas otras cosas: el cadáver, las pesquisas, ser la primera en llegar a Shiring y, sobre todo, Alain. Pero ahora que Den sacaba el tema, comprendía que era un asunto de máxima urgencia. Afectaría profundamente a su futuro. Desearía haberle dedicado más reflexión.

—Voy a decirle al rey que solo existe una solución sensata —decidió Den.

—¿Cuál? —Ragna no lograba adivinar en qué estaba pensando.

—Que vos y yo gobernemos Shiring juntos.

Se quedó estupefacta y tardó un rato en recuperar el habla.

—¿Por qué?

—Pensadlo —dijo Den—. Alain es el heredero de Wigelm, así que vuestro hijo recibirá la villa de Combe. Y el rey dictaminó que Wigelm era el heredero de Wilwulf, así que también todas las tierras de Wilwulf pasarán ahora a manos de Alain. —Se detuvo para dejar que Ragna asimilara esas palabras y luego añadió—: Vuestro pequeño es ahora uno de los hombres más ricos de Inglaterra.

—Por supuesto que lo es. —Ragna se sentía tonta—. Solo que no me había parado a pensarlo.

—Tiene dos años, ¿verdad?

—Más bien tres —lo corrigió Wilburgh.

—Sí —dijo Ragna—. Tiene tres.

—Entonces seréis señora de todas sus tierras durante por lo menos la próxima década. Además de disponer del valle de Outhen.

—Todo eso depende de la aprobación real.

—Cierto, pero no se me ocurre que pueda hacer otra cosa. Todos los nobles de Inglaterra estarán observando cómo se ocupa Etelredo del caso, y a ellos les gusta que la riqueza pase de padres a hijos, porque también quieren que sus vástagos hereden.

Ragna bebió un trago de vino, pensativa.

—El rey no tiene por qué actuar como quieran los nobles, desde luego, pero si no lo hace, le causarán problemas —dijo.

—Exacto.

—Entonces ¿a quién designarán como nuevo conde?

—Si pudiera ser una mujer, Etelredo os escogería a vos. Tenéis el patrimonio y el rango adecuados, y sois conocida por juzgar con ecuanimidad. Ya os llaman Ragna la Justa.

—Pero una mujer no puede ser condesa.

—No. Ni formar ejércitos y dirigirlos en la batalla contra los vikingos.

—Así que de eso os encargaréis vos.

—Voy a proponerle a Etelredo que me nombre regente hasta que Alain sea lo bastante mayor para gobernar como conde. Me encargaré de la defensa de Shiring contra los saqueos vikingos y seguiré recaudando impuestos para el rey. Y vos, en nombre de Alain, daréis audiencia en Shiring y en Combe, además de en Outhenham, y administraréis también todos los consejos menores. Así, tanto el rey como los nobles conseguirán lo que quieren.

Ragna estaba entusiasmada. No ansiaba grandes riquezas, quizá porque nunca le había faltado el dinero, pero estaba impaciente por conseguir poder para hacer el bien. Hacía tiempo que sentía que era su destino, y de pronto parecía estar a punto de convertirse en soberana de Shiring.

Descubrió que deseaba con ardor ese futuro que Den le había pintado y empezó a pensar en cómo asegurarlo.

—Deberíamos hacer más —dijo. Su mente estratégica volvía a estar en marcha—. ¿Recordáis lo que hicieron Wynstan y Wigelm después de matar a Wilwulf? Tomaron el control ya al día siguiente. Nadie tuvo tiempo de pensar en cómo detenerlos.

Den pareció meditarlo.

—Tenéis razón. Todavía les faltaba la aprobación real, por supuesto, pero en cuanto ocuparon su lugar, Etelredo tuvo mucho más complicado sacarlos de ahí.

—Deberíamos convocar un consejo mañana por la mañana. En el recinto del conde, delante del gran salón. Anunciaremos a los habitantes de la ciudad que vos y yo vamos a tomar el mando… No, que ya hemos tomado el mando, solo a falta de la decisión del rey. —Lo pensó un momento—. La única oposición será la del obispo Wynstan.

—Está enfermo. Pierde la cabeza, y la gente lo sabe —dijo Den—. Ya no tiene el poder de antes.

—Asegurémonos de eso —insistió Ragna—. Cuando entremos en el recinto, deberíais llevar a todos vuestros hombres completamente armados como demostración de fuerza. Wynstan no tiene hombres de armas. Jamás los necesitó, porque sus hermanos contaban con muchos. Ahora no tiene ni hermanos ni hombres. Tal vez proteste contra nuestro anuncio, pero no podrá hacer nada por evitarlo.

—Tenéis razón —dijo Den, y miró a Ragna con una sonrisa extraña.

—¿Qué? —preguntó ella.

—Acabáis de demostrarlo. He tomado la decisión correcta.

A la mañana siguiente Ragna estaba impaciente por ver a Alain.

Se obligó a no apresurarse. El consejo sería un acontecimiento público de enorme trascendencia, y ella hacía tiempo que había aprendido lo importante que era dar la impresión adecuada. Se lavó a conciencia, para oler como una noble. Dejó que Osgyth le recogiera la melena en un peinado complicado y se puso un sombrero alto, para realzar más aún su estatura. Se vistió con esmero eligiendo las prendas más costosas que llevaba consigo, para transmitir la mayor autoridad posible.

Pero entonces no pudo seguir conteniéndose y se adelantó al sheriff Den.

Los habitantes de la ciudad estaban subiendo la colina hacia el recinto del conde. Era evidente que se había corrido la voz por toda la localidad. Sin duda la noche anterior Osgyth y Ceolwulf habían relatado los acontecimientos de Outhenham por ahí, y esa mañana la mitad de la población ya conocía la historia, en la versión de Ragna. Todos estaban ansiosos por saber más.

Den escribió al rey aquella misma noche, antes de acostarse, y su mensajero ya había partido. Pasaría un tiempo antes de que recibieran una respuesta. El sheriff no estaba seguro de dónde se encontraba el rey, y su enviado podía tardar semanas en localizarlo.

Ragna fue directa a la casa de Meganthryth.

Vio a Alain de inmediato. Estaba sentado a la mesa, comiendo gachas con una cuchara mientras lo vigilaba su abuela, Gytha, además de Meganthryth y dos criadas. Ragna se sobresaltó al ver que ya no era un niño de pecho. Estaba más alto, llevaba el pelo oscuro largo y su rostro había perdido la redondez. Empezaban a verse en él la nariz y la barbilla que caracterizaban a los hombres de la familia de Wigelm.

—¡Oh, Alain, cuánto has cambiado! —exclamó, y se echó a llorar.

Gytha y Meganthryth se volvieron, perplejas.

Ragna fue a la mesa y se sentó junto a su hijo, que la miró pensativo con sus grandes ojos azules. Ella no podía saber si la había reconocido o no.

Gytha y Meganthryth contemplaron la escena sin decir nada.

—¿Te acuerdas de mí, Alain? —preguntó Ragna.

—*Madde* —dijo el pequeño con total naturalidad, como si hubiera estado buscando la palabra adecuada y se alegrara de haberla encontrado.

Después se metió otra cucharada de gachas en la boca, y Ragna sintió una oleada de alivio.

Se secó las lágrimas y miró a las mujeres. Meganthryth tenía los ojos rojos e hinchados. Gytha no lloraba, pero su rostro estaba pálido y demacrado. Les había llegado la noticia, era obvio, y ambas estaban abatidas por la pena. Wigelm había sido un hombre malvado, pero era el hijo de Gytha y el amante de Meganthryth, y lloraban su muerte. Aun así, Ragna sintió poca compasión. Ambas habían sido cómplices en la monumental crueldad de arrebatarle a Alain. No merecían ninguna piedad.

—He venido a recuperar a mi hijo —dijo con vehemencia.

Ninguna de ellas protestó.

Alain dejó su cuchara y le dio la vuelta a la escudilla para demostrar que se lo había comido todo.

—Ya está —anunció, y volvió a dejarla en la mesa.

Gytha parecía derrotada. Todas sus artimañas habían acabado en nada. Se la veía muy cambiada.

—Fuimos crueles con vos, Ragna —dijo—. Fue una vileza quitaros a vuestro hijo.

Aquel era un giro sorprendente, pero Ragna no estaba preparada para apreciarlo.

—Ahora lo admitís —repuso—. Cuando habéis perdido el poder para quedaros con él.

Gytha insistió.

—Vos no seréis tan vil como nosotros, ¿verdad? Os lo ruego, no me impidáis ver a mi único nieto.

Ragna no contestó. Se volvió de nuevo hacia Alain, que la observaba con atención.

Alargó los brazos hacia el niño y él hizo lo mismo para dejar que lo levantara. Se lo puso en el regazo. Pesaba más de lo que recordaba, ya no podría llevarlo a cuestas la mitad del día. El pequeño se inclinó contra ella y dejó descansar la cabeza en su pecho mientras Ragna sentía la calidez de su cuerpecillo a través de la lana del vestido. Le acarició el pelo.

Fuera oyó que se acercaba un numeroso grupo de personas. Supuso que sería Den, que llegaba con su séquito. Se levantó, todavía con Alain en brazos, y salió.

Den marchaba por el recinto a la cabeza de un gran destacamento de hombres de armas. Ragna se unió a él y caminó a su lado. Frente al gran salón ya los esperaba una muchedumbre.

Se detuvieron en la puerta y dieron media vuelta para colocarse de cara a los presentes.

Todos los notables de la ciudad estaban al frente de la multitud. Ragna reconoció entre ellos al obispo Wynstan y se quedó de piedra al ver su aspecto. Estaba flaco y encorvado, las manos le temblaban. Parecía un anciano. Mientras la miraba, su rostro parecía una máscara de odio, pero se lo veía demasiado débil para hacer nada, y daba la sensación de que esa debilidad alimentaba su ira.

El segundo de Den, el capitán Wigbert, dio varias palmadas fuertes.

La muchedumbre guardó silencio.

—Tenemos un anuncio que hacer —dijo Den.

42

Octubre de 1006

El rey Etelredo concedió audiencia en la catedral de Winchester con una multitud de dignatarios envueltos en gruesas pieles para protegerse del frío penetrante de un invierno cada vez más próximo.

Para alegría de Ragna, el monarca ratificó todas las propuestas del sheriff Den.

Garulf protestó, su quejido indignado resonó en los muros de piedra de la nave.

—Soy el hijo del conde Wilwulf y el sobrino del conde Wigelm —alegó—. Den es un simple sheriff sin sangre noble.

A nadie le habría sorprendido que los barones allí reunidos refrendaran sus palabras, ya que todos tenían hijos a quienes esperaban traspasar su título, pero Garulf solo obtuvo una reacción tibia por su parte.

—Perdiste la mitad de mi ejército en una absurda batalla en Devon —señaló Etelredo, dirigiéndose a Garulf.

«Los reyes tienen mucha memoria», pensó Ragna. Oyó un murmullo de aprobación entre los nobles, quienes también recordaban la derrota de Garulf.

—No volverá a suceder —aseguró el joven.

La promesa no pareció conmover al monarca.

—Cierto, no volverá a suceder porque no liderarás mi ejército nunca más. Den es el conde.

Garulf al menos supo ver que se trataba de una causa perdida y se calló.

No era solo la batalla, se dijo Ragna. La familia de Garulf había desafiado el mandato del rey una y otra vez durante una década, desobedeciendo órdenes y negándose a pagar multas. Daba la impresión de que iban a salir impunes indefinidamente, pero por fin se había puesto término a su insurrección. Después de todo se hacía justicia, aunque era una pena que hubiera tardado tanto.

La reina Emma, sentada en un banco tapizado idéntico al del monarca, se inclinó hacia él y le murmuró algo al oído. Etelredo asintió y se volvió hacia Ragna.

—Creo que os ha sido devuelto vuestro hijo, lady Ragna.

—Así es, majestad.

—El hijo de lady Ragna no será apartado de su lado —proclamó, dirigiéndose a los allí reunidos.

Se trataba de un hecho consumado, pero Ragna se alegró de que el monarca anunciara la aprobación real. Le proporcionaba seguridad de cara al futuro.

—Gracias.

Después de la audiencia, el nuevo obispo de Winchester celebró un banquete al que asistió el anterior prelado, Elfheah, que había llegado de Canterbury. Ragna estaba ansiosa por hablar con él: ya era hora de que retiraran a Wynstan del obispado y la única persona que podía destituirlo era el arzobispo de Canterbury.

Seguía preguntándose cómo propiciar un encuentro cuando Elfheah resolvió el problema acercándose a ella.

—La última vez que estuvimos aquí, creo que me hicisteis un favor —comentó el arzobispo.

—No estoy segura de a qué os referís…

—Me revelasteis la noticia de la ignominiosa enfermedad del obispo Wynstan con suma discreción.

—Habría preferido que mi participación se hubiera mantenido en secreto, pero parece que Wynstan lo descubrió.

—En cualquier caso, os estoy agradecido, pusisteis fin a su ambición de convertirse en el arzobispo de Canterbury.

—Me alegro mucho de haberos sido de utilidad.

—Así que ahora vivís en King's Bridge —prosiguió Elfheah, cambiando de tema.

—Ahí tengo mi residencia, aunque viajo mucho.

—¿Y va todo bien por el priorato?

—A la perfección. —Ragna sonrió—. Hace nueve años pasé por allí de camino a otro lugar y solo era una aldea llamada Dreng's Ferry que apenas contaba con cinco casas. Ahora es una villa, bulliciosa y próspera. Y todo gracias al prior Aldred.

—Un buen hombre. Supongo que sabéis que fue el primero que me advirtió acerca del plan de Wynstan de convertirse en arzobispo.

Ragna deseaba pedirle a Elfheah que destituyera a Wynstan, pero debía andar con pies de plomo. El arzobispo era un hombre y los hombres no soportaban que una mujer les dijera lo que debían hacer. Lo había olvidado en varias ocasiones a lo largo de su vida y sus deseos se habían visto frustrados por ese mismo motivo.

—Espero que visitéis Shiring antes de regresar a Canterbury —dijo.

—¿Por alguna razón en particular?

—La ciudad estaría encantada con la visita de un arzobispo. Y quizá convendría que vierais a Wynstan.

—¿Cómo anda de salud?

—No muy bien, pero ¿quién soy yo para opinar? —se apresuró a añadir con falsa humildad—. Vuestro juicio es, sin duda, más relevante.

Era raro que un hombre dudara de su buen juicio.

Elfheah asintió con la cabeza.

—Muy bien —dijo—. Iré a Shiring.

Conseguir que Elfheah visitara la ciudad solo fue el principio.

El arzobispo era un monje, por lo que se alojó en la abadía de Shiring, disposición que decepcionó a Ragna, quien habría preferido que Elfheah se hospedara en la residencia del obispo para que lo viera de cerca.

Wynstan debería haberlo invitado a cenar con él; sin embargo, Ragna se enteró de que el arcediano Degbert había enviado un mensaje, falso a todas luces, diciendo que su primo estaría encantado de recibir al arzobispo, pero que no se lo pedía por miedo a interferir con sus oraciones monásticas. Por lo visto, la locura de Wynstan era intermitente y aún conservaba momentos de lucidez en los que podía mostrarse tan astuto como siempre.

Ragna convenció al sheriff Den para que agasajara al arzobispo con una cena en su recinto y así poder hablarle de Wynstan, pero la artimaña desembocó en una nueva decepción: Elfheah declinó la invitación. Era un asceta de corazón y prefería comer anguila con habas en compañía de otros monjes mientras escuchaba la lectura de un pasaje de la vida de san Suituno.

Ragna temía que no coincidieran, lo que daría al traste con su plan. Sin embargo, por tradición, el arzobispo de visita diría la misa del domingo en la catedral y la asistencia de Wynstan sería obligatoria, de manera que, para alivio de Ragna, los enemigos por fin se verían las caras.

Acudió toda la ciudad. Wynstan había empeorado desde la última vez que Ragna lo había visto, el día posterior a la muerte de Wigelm. Había encanecido y caminaba ayudado de un bastón. Por desgracia, aquello no bastaba para destituirlo. La mitad de los obispos que conocía eran viejos, canosos y apenas se aguantaban en pie.

Ragna era devota de la fe cristiana y agradecía a Dios que civilizara el mundo, pero no era una cuestión a la que le dedicara mucho tiempo de meditación. Sin embargo, la misa siempre la conmovía, le hacía sentir que ocupaba un lugar en la Creación designado para ella.

Seguía con interés tanto el oficio como a Wynstan: le preocupaba que fuera capaz de llevar a cabo la liturgia sin que su locura quedara en evidencia. Sin embargo, Wynstan realizó los movimientos de manera mecánica, casi distraído, pero sin cometer errores.

Ragna siguió la elevación del Santísimo Sacramento con mayor atención de lo habitual. Jesús había muerto para redimir a los pecadores. Ragna le había confesado su asesinato a Aldred, que era sacerdote y monje, y este la había comparado con la Judith del Antiguo Testamento, la mujer que le había cortado la cabeza a Holofernes, el general asirio. La historia demostraba que incluso una asesina podía aspirar al perdón. Aldred le había encomendado que ayunara como penitencia y le había concedido la absolución.

El oficio continuó sin que Wynstan manifestara ninguna señal de locura, cosa que contrarió a Ragna. Había disfrutado del crédito de Elfheah, pero todo parecía indicar que quizá lo había desperdiciado.

Los sacerdotes iniciaron la procesión hacia la salida. De pronto Wynstan se apartó a un lado y se agachó. El obispo se levantó los faldones de las vestiduras ante un Elfheah de semblante desconcertado y defecó en el suelo de piedra.

La cara del arzobispo era la viva imagen del horror.

Solo fueron unos segundos. Wynstan se levantó y se recolocó las vestiduras.

—Qué alivio —comentó.

Y se reincorporó a la procesión.

Todos miraban atónitos lo que había dejado atrás.

Ragna suspiró, satisfecha.

—Adiós para siempre, Wynstan —musitó.

Ragna viajó a King's Bridge en compañía del arzobispo Elfheah, que regresaba a Canterbury. Era una delicia hablar con él: inteligente, educado, convencido de su fe, pero tolerante con quienes disentían. Incluso conocía la poesía latina romántica de Alcuino, que tan buenos ratos le había procurado de pequeña. Se dio cuenta de que había abandonado el hábito de leer poesía. La violencia, los hijos y la reclusión la habían desplazado de su vida. Quizá podría retomarlo en algún momento.

Elfheah había destituido a Wynstan de inmediato. Indeciso

acerca del destino del obispo loco, solicitó consejo a Ragna, quien le recomendó que lo encerrara durante un tiempo en el pabellón de caza donde ella había estado recluida durante un año. La ironía de la situación le produjo una profunda satisfacción.

Al entrar en King's Bridge, Ragna tuvo la sensación de volver a casa, lo cual era extraño, pensó, teniendo en cuenta que allí solo había transcurrido una pequeña parte de su vida. Sin embargo, por alguna razón, allí se sentía segura. Tal vez se debiera a que Aldred era el señor de la villa, un hombre que respetaba la ley y la justicia, y no juzgaba las cuestiones que se le presentaban poniendo por delante sus propios intereses, ni siquiera los del priorato. Cómo le habría gustado que todo el mundo fuera así.

De pronto reparó en un hoyo enorme, excavado en el emplazamiento de la nueva iglesia, alrededor del cual se apilaban montañas de madera y piedras. Estaba claro que Aldred había decidido seguir adelante sin Edgar.

Agradeció a Elfheah su compañía y se desvió hacia su residencia, justo enfrente del lugar de construcción, mientras el arzobispo se alejaba en dirección al conjunto de edificios que formaban el priorato.

Ragna había decidido abandonar la idea de mudarse a la casa de Wilf en Shiring. Podía vivir en cualquier parte del condado y prefería King's Bridge.

Mientras se acercaba a su hogar, cada vez más parecido al recinto de un conde, Astrid resopló al reconocer el lugar y un momento después los cuatro hijos de Ragna y las dos hijas de Cat salieron corriendo. Ragna saltó de la silla y los abrazó a todos.

La embargó una extraña emoción que al principio no reconoció, hasta que, al cabo de un momento, comprendió que era feliz.

Hacía mucho tiempo que no se sentía así.

El edificio de madera de la antigua colegiata se había convertido en la casa y el lugar de trabajo de Aldred. El prior dio la bienvenida al arzobispo Elfheah, quien le estrechó la mano con afectuosidad y le agradeció nuevamente la ayuda que le había prestado para conseguir el arzobispado.

—Perdonadme, mi señor arzobispo, cuando digo que lo hice por Dios, no por vos —se excusó Aldred.

—Lo cual resulta aún más halagador —respondió Elfheah con una sonrisa.

Tomó asiento, rechazó una copa de vino y cogió un puñado de nueces de una escudilla.

—Teníais toda la razón sobre Wynstan —reconoció—. Está completamente loco.

Aldred enarcó una ceja.

—Wynstan defecó en la catedral de Shiring durante la misa —se explicó.

—¿Delante de todo el mundo?

—De todo el clero y varios centenares de feligreses.

—¡Que Dios nos ampare! —exclamó Aldred—. ¿Ofreció alguna excusa?

—Simplemente dijo: «Qué alivio».

El prior soltó una carcajada y luego se disculpó.

—Perdonadme, arzobispo, pero resulta un tanto gracioso.

—Lo he destituido. El arcediano Degbert lo sustituirá por el momento.

Aldred frunció el ceño.

—No tengo muy buena opinión de Degbert. Ejercía de deán cuando este lugar era una colegiata.

—Lo sé, y nunca lo he tenido en gran estima. Ya le he dicho que no espere a ser ascendido a obispo.

El prior se sintió aliviado.

—Entonces ¿quién ocupará el puesto de Wynstan?

—Vos, confío.

Aldred lo miró atónito; no se lo esperaba.

—Soy monje —repuso.

—Igual que yo —dijo Elfheah.

—Pero… Es decir… Me debo a este lugar. Soy el prior.

—Tal vez sea voluntad de Dios que continuéis adelante.

Aldred deseó haber dispuesto de más tiempo para prepararse para esa conversación. Era un gran honor acceder a un obispado, y una gran oportunidad para impulsar la obra de Dios, pero la idea de abandonar King's Bridge se le antojaba intolerable. ¿Y la nueva iglesia? ¿Y la prosperidad de la villa? ¿Quién lo sustituiría?

Pensó en Shiring. ¿Podría realizar allí su sueño? ¿Podría convertir la catedral de Shiring en un centro de saber a la altura de los mejores del mundo? Primero tendría que ocuparse de los sacerdotes acostumbrados a la ociosidad y a la corrupción bajo el mandato de Wynstan. Quizá podría echarlos a todos y sustituirlos por monjes, siguiendo el ejemplo de Elfric, el predecesor de Elfheah en Canterbury, pero los monjes de Shiring respondían ante el abad Hildred, antiguo adversario de Aldred. No, trasladarse a Shiring retrasaría su proyecto varios años.

—Me siento honrado y halagado, así como sorprendido, mi señor arzobispo —contestó—. Sin embargo, ruego que me disculpéis, pero no puedo dejar King's Bridge.

Elfheah lo miró contrariado.

—Qué gran decepción —se lamentó—. Sois un hombre con un potencial fuera de lo corriente, algún día podríais ocupar mi lugar, pero jamás ascenderéis en la Iglesia si continuáis siendo el prior de King's Bridge.

Una vez más, Aldred dudó. Pocos clérigos se mostrarían indiferentes ante la posibilidad que se le planteaba. De pronto le vino una idea a la cabeza.

—Mi señor, ¿sería posible trasladar la sede de la diócesis a King's Bridge? —dijo, pensando en voz alta.

Elfheah lo miró con gesto sorprendido. Era evidente que la idea también le resultaba novedosa.

—Desde luego poseo la autoridad necesaria para dicha disposición —contestó con vacilación—, pero la iglesia de este lugar es demasiado pequeña.

—Estoy construyendo otra, mucho más grande. Os llevaré a ver el emplazamiento.

—Lo he visto de camino hacia aquí. ¿Cuándo estará lista?

—Se puede empezar a usar mucho antes de que esté terminada y ya he mandado iniciar los trabajos de la cripta, donde calculo que se podría celebrar misa en unos cinco años.

—¿Quién está a cargo de la planificación?

—Se lo pedí a Edgar, pero rechazó la oferta. Aun así, busco un maestro albañil normando. Son los mejores.

Elfheah no parecía convencido.

—Entretanto, ¿estaríais dispuesto a viajar a Shiring para las festividades importantes? Pascua, Pentecostés, Navidad… Es decir, unas seis veces al año.

—Sí.

—Así que podría concederos una carta prometiendo convertir King's Bridge en la sede del obispado tan pronto como la nueva iglesia esté en uso…

—Así es.

Elfheah sonrió.

—Sabéis cómo conseguir lo que queréis. Muy bien.

—Gracias, mi señor.

Aldred no cabía en sí de júbilo. ¡Obispo de King's Bridge! Y solo tenía cuarenta y dos años.

Elfheah volvió a adoptar un gesto pensativo.

—No sé qué hacer con Wynstan.

—¿Dónde se encuentra en estos momentos?

—Está recluido en el antiguo pabellón de caza de Wigelm.

Aldred frunció el ceño.

—Tener a un obispo encerrado da mala imagen.

—Y siempre existe el peligro de que Garulf o Degbert intenten liberarlo.

A Aldred se le iluminó el rostro.

—No os preocupéis, conozco el lugar perfecto para él —aseguró.

Al final de la tarde, Ragna se había detenido en el puente de Edgar para disfrutar de la puesta del sol rojo río abajo mientras escuchaba el arrullo constante del agua y recordaba el primer día que había puesto el pie en la aldea —muerta de frío, calada, llena de barro y presa del desánimo— y la consternación con que había contemplado el lugar donde se vería obligada a pasar la noche. Qué cambio.

En la orilla de la isla de los Leprosos, una garza, inmóvil como una estatua, miraba el agua con absoluta concentración. Ragna observaba el ave cuando vio aparecer una embarcación río arriba que avanzaba a gran velocidad. Entornó los ojos para protegerse del sol, tratando de distinguirla con claridad. Se trataba de un bote con cuatro remeros y un pasajero, que iba de pie en la proa. Debían de dirigirse a King's Bridge, era demasiado tarde para continuar el viaje.

El bote se acercó a la playa que se extendía frente a la posada. Ragna también advirtió que a bordo iba un perro negro; estaba tumbado en la proa con la mirada dirigida hacia delante, tranquilo pero alerta. Ragna creyó distinguir algo familiar en el pasajero y el corazón le dio un vuelco. Diría que se parecía a Edgar, pero no podía asegurarlo, el sol la deslumbraba. Puede que solo se tratara de su imaginación y que sus anhelos estuvieran jugándole una mala pasada.

Echó a andar con paso apresurado. En cuanto descendió la rampa de la orilla, se adentró en la sombra alargada de los árboles lejanos y pudo ver al viajero con mayor claridad. El recién llegado desembarcó de un salto, seguido por el perro, y se inclinó para atar un cabo a un poste. Ragna lo supo en ese mismo instante.

Era él.

En un súbito momento de revelación, tan dulce que dolía, reconoció la forma de los anchos hombros, la seguridad con que se movía, la destreza de aquellas manos fuertes y hábiles, el modo de inclinar la cabeza, y sintió el pecho tan lleno de alegría que casi no podía respirar.

Se encaminó hacia él, reprimiendo las ganas de echar a correr como una loca. Y entonces se detuvo, asaltada por una terrible idea. El corazón le decía que su amado había regresado y todo iría bien, pero la cabeza sostenía otra cosa. Recordó a los dos monjes de King's Bridge que habían encontrado a Edgar en Normandía. El mayor, William, había dicho: «En la ciudad donde vive se dice que se casará con la hija del maestro albañil y que con el tiempo ocupará el lugar del suegro». ¿Lo habría hecho? Era posible. Además, Ragna conocía a Edgar, sabía con certeza que no abandonaría a una mujer una vez que se uniera en matrimonio a ella.

Pero, si estaba casado, ¿por qué había vuelto?

La alegría ya no era el motivo del latido acelerado de su corazón, sino el miedo. Echó a andar de nuevo hacia él. Vio que vestía una capa de lana de buena calidad, de un rojo otoñal, obviamente cara. Había prosperado en Normandía.

Edgar terminó de amarrar el bote y alzó la vista. Ahora Ragna estaba lo bastante cerca para distinguir el color avellana, tan maravillosamente conocido, de sus ojos. Estudió su expresión con la misma atención que la garza contemplaba el agua. Al principio creyó adivinar cierta preocupación y comprendió que él también se había preguntado si su amor habría sobrevivido a tres años de separación. Edgar a su vez examinó el rostro de Ragna y supo al instante cómo se sentía. En ese momento una sonrisa le iluminó el semblante.

Ragna se echó en sus brazos sin pensarlo. Edgar la estrechó con tanta fuerza que dolía, pero ella sostuvo su cara entre las manos y lo besó en la boca con pasión, recordando a qué sabía, su olor, eso que tan bien conocía. Se aferró a él sin intención de soltarlo, saboreando la magnífica sensación de notar el cuerpo de Edgar pegado al suyo.

Finalmente Ragna lo dejó y dijo:

—Te amo más que a mi vida.

—No sabes cuánto me alegra oírte decir eso.

Esa noche hicieron el amor cinco veces.

Edgar no lo hubiera creído posible, ni en su caso ni en el de nadie. Lo hicieron una vez, otra más, luego durmieron un rato y volvieron a hacerlo. A media noche, Edgar dejó vagar la imaginación y pensó en arquitectura, en King's Bridge, en Wynstan y en Wigelm, hasta que recordó que por fin estaba con Ragna y que la tenía entre sus brazos, lo que hizo reavivar su pasión, igual que la de ella, y lo hicieron por cuarta vez.

Luego charlaron en voz baja, para no despertar a los niños. Edgar le habló de Clothild, la hija del maestro albañil.

—No me porté bien con ella, aunque nunca pretendí hacerle daño —le confesó, apenado—. Debería haberle hablado de ti desde el principio. No me habría casado con ella ni aunque me hubieran ofrecido el trono del rey, pero a veces me engañaba a mí mismo como a un tonto diciéndome que a lo mejor algún día acabábamos desposados; la miraba con cariño y ella creyó que eso significaba algo más. —Escudriñó el rostro de Ragna a la luz de la lumbre—. Quizá no debería habértelo contado.

—Tenemos que contárnoslo todo —repuso ella—. ¿Por qué has vuelto a casa?

—Por tu padre. Estaba fuera de sí porque Wigelm te había repudiado. Me gritaba como si yo fuera el responsable. A mí lo único que me importaba era que estabas divorciada.

—¿Por qué has tardado tanto en llegar hasta aquí?

—El viento desvió el rumbo de mi barco y acabé en Dublín. Temía que los vikingos me mataran para quitarme la capa, pero me tomaron por un hombre rico y trataron de venderme esclavos.

Ragna lo estrechó entre sus brazos.

—No sabes cuánto me alegro de que te perdonaran la vida.

Edgar vio que amanecía.

—Aldred no verá esto con buenos ojos. Desde su punto de vista, somos fornicadores.

—Las personas que duermen en la misma habitación no tienen por qué compartir lecho necesariamente.

—No, pero en nuestro caso, ni Aldred ni nadie de King's Bridge creerá lo contrario.

Ragna se echó a reír.

—¿Crees que es tan obvio?

—Sí.

Ragna recuperó la seriedad.

—Mi amado Edgar, ¿quieres casarte conmigo?

Edgar rio desbordado de alegría.

—¡Sí! Claro que sí. Casémonos hoy.

—Me gustaría contar con la aprobación de Etelredo. No quiero ofender al rey. Lo siento mucho.

—Desde que le enviemos un mensaje y obtengamos una respuesta pueden transcurrir semanas. ¿Estás diciendo que tenemos que vivir separados todo ese tiempo? No puedo.

—No, creo que no. Si nos prometemos y se lo hacemos saber a todo el mundo, nadie salvo Aldred esperará que no compartamos lecho. Desde luego que lo desaprobará, pero no creo que arme un escándalo.

—¿El rey accederá a tu petición?

—Diría que sí, aunque ayudaría si fueras un noble.

—Pues soy constructor.

—Eres un hombre rico y un ciudadano prominente, y podría cederte las tierras y el recinto de un barón. Thurstan de Lordsborough ha muerto hace poco, podrías ocupar su lugar.

—Edgar de Lordsborough.

—¿Te gusta la idea?

—No tanto como me gustas tú —contestó.

Y lo hicieron por quinta vez.

43

Enero de 1007

El lugar donde estaba previsto construir la catedral bullía de actividad. Gran parte de los menestrales cavaban cimientos y apilaban materiales. Los artesanos que Edgar había contratado en Inglaterra, Normandía y tierras más lejanas estaban construyéndose casetas, chozas improvisadas donde podrían dar forma a la madera y a la piedra hiciera el tiempo que hiciese. Empezarían a levantar los muros el día de la Anunciación, el 25 de marzo, cuando disminuía el riesgo de que las heladas nocturnas congelaran la argamasa.

Edgar había terminado de trazar el proyecto sobre la superficie. El pergamino era demasiado caro para emplearlo en dibujar planos, pero existía una alternativa más barata. Había introducido tablones en la tierra para formar cajones poco profundos, de unos tres metros y medio por dos, que rellenaba con una capa de argamasa. Si se rascaba el material se formaban marcas de color blanco. Con ayuda de una regla, una punta de hierro afilada y un compás, podría delinear todas las columnas y todos los arcos necesarios. Las marcas blancas se difuminaban con el tiempo, de modo que sobre los viejos planos podrían trazarse otros nuevos, aunque los surcos persistían durante años.

Edgar se había construido su propia caseta, una simple cubierta sostenida por cuatro postes, en mitad del emplazamiento donde debía proyectar el edificio, de forma que podría continuar con el trabajo aunque lloviera. Estaba arrodillado, contemplando una ventana que acababa de dibujar, cuando apareció Ragna y lo interrumpió.

—Ha llegado un mensajero del rey Etelredo —anunció.

Él se puso de pie. El corazón le latía con fuerza.

—¿Qué dice el rey sobre nuestra boda?

—Dice que sí.

Aldred permaneció junto a la madre Agatha mientras servía la comida de mediodía a los leprosos. La hermana Frith dio gracias por los alimentos y, a continuación, los hombres y mujeres imposibilitados se apiñaron en torno a la mesa con sus cuencos de madera.

—¡Nada de empujar! —gritó la hermana Frith—. Hay comida para todos. ¡El último tendrá lo mismo que el primero!

No le hicieron ningún caso.

—¿Cómo está? —preguntó Aldred.

Agatha se encogió de hombros.

—Sucio, decaído y trastocado, como casi todos.

Cuando Aldred fue nombrado obispo despidió a todos los clérigos que Wynstan tenía a su cargo en la catedral de Shiring, incluido el arcediano Degbert, que, sumido en la más absoluta pobreza, había acabado de párroco en Wigleigh. Aldred sustituyó a los hombres de Wynstan por monjes de King's Bridge bajo la supervisión del hermano Godleof. De camino a casa, Aldred había recogido al antiguo obispo de su prisión en el pabellón de caza y lo había devuelto a la isla de los Leprosos. Wynstan aguardaba en la cola a que le sirvieran la comida junto con los demás.

Iba vestido con harapos y llevaba mugre desde la cara hasta los pies descalzos. Era todo piel y huesos y tenía la espalda encorvada. Debía de sentir frío, pero no lo demostraba. La hermana le llenó el cuenco con el espeso guiso de tocino y avena, y él se lo comió deprisa con sus dedos inmundos.

Cuando hubo terminado, levantó la cabeza y un destello de

lucidez asomó a su rostro al ver a Aldred. Se acercó al lugar donde se encontraba junto a la madre Agatha.

—Yo no debería estar aquí —dijo—. Ha habido un tremendo error.

—No hay ningún error —explicó Aldred sin saber hasta qué punto Wynstan podía entenderlo—. Has cometido pecados terribles: el asesinato, la falsificación, la fornicación y el secuestro. Estás aquí por todo el mal que has hecho.

—Pero soy el obispo de Shiring, y van a nombrarme arzobispo de Canterbury. ¡Lo tengo todo atado! —Miró alrededor con desesperación—. ¿Dónde estoy? ¿Cómo he llegado aquí? No me acuerdo.

—Te traje yo. Y ya no eres obispo, el obispo soy yo.

Wynstan se echó a llorar.

—No es justo —dijo entre sollozos—. No es justo.

—Sí que lo es —respondió Aldred—. Es más que justo.

Ragna y Edgar contrajeron matrimonio en Shiring.

El anfitrión del banquete fue el conde Den. En esa época del año no se disponía de muchos alimentos frescos, por lo que Den había almacenado grandes cantidades de ternera en salazón, habas y decenas de barriles de cerveza y sidra.

Acudieron todos los próceres del sudoeste de Inglaterra, y la villa en pleno se aglomeró en el recinto de lo alto de la colina. Edgar avanzaba entre la multitud: daba la bienvenida a los invitados, aceptaba las felicitaciones y saludaba a personas a quienes no había visto durante años.

Los cuatro hijos de Ragna estaban presentes. «Cuando acabe el día tendré una esposa y cuatro hijastros», pensó Edgar. Le resultaba extraño.

El murmullo de las conversaciones cesó y empezaron a llegarle a los oídos muestras de sorpresa y admiración. Miró hacia el punto de donde venían, y al ver a Ragna se quedó unos instantes sin respiración.

Llevaba un vestido de un intenso tono amarillo oscuro con las mangas abombadas y rematadas por un galón bordado, y sobre este lucía una túnica sin mangas de lana verde oscuro. El tocado de seda era castaño, su color favorito, y la tela estaba entretejida con hilos de oro. Su espléndido pelo cobrizo le caía suelto por la espalda como una cascada. En aquel momento Edgar supo que era la mujer más bella del mundo entero.

Ragna se le acercó y le tomó las manos. Él miró sus ojos verde mar y le costó creer que fuera suya. A continuación empezó a hablar:

—Yo, Edgar de King's Bridge y Lordsborough, te tomo a ti, Ragna de Cherburgo y Shiring, como esposa, y prometo amarte, cuidarte y serte fiel todos los días de mi vida.

Ragna respondió en voz baja con una sonrisa:

—Yo, Ragna, hija del conde Hubert de Cherburgo y señora de Shiring, Combe y el valle de Outhen, te tomo a ti, Edgar de King's Bridge y Lordsborough, como esposo, y prometo amarte, cuidarte y serte fiel todos los días de mi vida.

Aldred, con sus vestiduras de obispo y la gran cruz de plata sobre el pecho, pronunció unas palabras en latín para bendecir su matrimonio.

Dicho esto, lo normal era que los recién casados se besaran. Edgar llevaba años esperando ese momento y no pensaba precipitarse. Se habían besado en otras ocasiones, pero por primera vez lo harían como marido y mujer, y sería distinto, pues habían prometido amarse siempre.

Miró a Ragna durante un intenso momento. Ella captó lo que sentía —cosa que le sucedía a menudo— y esperó, sonriente. Edgar se inclinó despacio y le rozó los labios con los suyos. La multitud prorrumpió en aplausos.

Seguidamente la rodeó con los brazos y la atrajo hacia sí con delicadeza, y al hacerlo notó en el torso el contacto de sus pechos. Sin cerrar los ojos, hizo presión sobre su boca. Ambos separaron los labios y unieron sus lenguas con un titubeo, explorándose como si se tratara de la primera vez, como si fueran adolescentes.

Edgar sintió que Ragna empujaba con las caderas contra las suyas. Lo rodeó con ambos brazos y tiró de él con más fuerza, y Edgar oyó cómo la multitud reía y gritaba para animarlo.

Sintió una oleada de pasión mayor de lo que era capaz de controlar. Deseaba pegar cada centímetro de su cuerpo al de Ragna, y sabía que ella sentía lo mismo. Durante unos instantes se olvidó de los invitados y la besó como si estuvieran a solas, pero eso provocó que los espectadores armaran más escándalo y al final interrumpió el beso.

No apartaba su mirada de la de Ragna. Sentía tal emoción que estaba a punto de echarse a llorar, y repitió las últimas palabras de su voto con un susurro:

—Todos los días de mi vida.

Vio que los ojos de Ragna se arrasaban en lágrimas, y a continuación pronunció su respuesta:

—Y de la mía, amor, y de la mía.

Agradecimientos

La Edad Oscura dejó pocas pistas. No se escribió gran cosa, se hicieron escasos dibujos y casi todos los edificios se construyeron con madera que acabó descomponiéndose hace mil años o más. Todo ello deja lugar a suposiciones y discrepancias, más que en el caso del Imperio romano que la precedió y que en el de los años posteriores de la Edad Media. En consecuencia, al mismo tiempo que doy las gracias a mis asesores históricos, debo añadir que no siempre he seguido sus consejos.

Dicho esto, han sido de enorme ayuda John Blair, Dave Greenhalgh, Nicholas Higham, Karen Jolly, Kevin Leahy, Michael Lewis, Henrietta Leyser, Guy Points y Levi Roach.

Como es habitual, mi documentación ha contado con el apoyo de Dan Starer, de la organización Research for Writers de Nueva York.

En los diversos viajes que he realizado para investigar, agradezco la amable ayuda prestada por: Raymond Armbrister, de la iglesia de Saint Mary, en Seaham; Véronique Duboc, de la catedral de Ruan; Fanny Garbe y Antoine Verney, del Museo del Tapiz de Bayeux; Diane James, de la iglesia colegiata Holy Trinity, en Great Paxton; Ellen Marie Naess, del Museo de los Barcos Vikingos, y Ourdia Siab, Michel Jeanne y Jean-François Campario, de la abadía de Fécamp.

He disfrutado en particular al conocer a Jenny Ashby y The English Companions.

Mis editores han sido Brian Tart, Cherise Fisher, Jeremy Trevathan, Susan Opie y Phyllis Grann.

Los familiares y amigos que han revisado los borradores del libro incluyen a John Clare, Barbara Follett, Marie-Claire Follett, Chris Manners, Charlotte Quelch, Jann Turner y Kim Turner.

Descubre tu próxima lectura

Si quieres formar parte de nuestra comunidad,
regístrate en **www.megustaleer.club**
y recibirás recomendaciones personalizadas

Penguin
Random House
Grupo Editorial

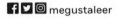 megustaleer

← glastonbury ✝
ᚷᛚᚨᛋᛏᚨᛏᛒᚢᚱᚨ

ᛏᚱᛗᛏᛚᚾ trench

ᚹᛁᚷᛖᛗᛁᚷᚾ
Wigleigh

Bathford
ᛒᚨᛏᚾᚠᚠᚱᛉ

dreng's fer
ᛉᚱᛗᛏᚷ᛬ᚾ᛫ᚠᛗᚱᚱ

shiring
ᛋᚾᛁᚱᛁᛏᚷ

Outhenham
ᚠᚾᛏᚾᛗᛏᚾᚨᚨ

✝
← eXeter
ᛗᚤᛗᛏᛗᚱ

e t
ᛗᚷ